Diogenes Taschenbuch 24173

de
te
be

Arnon Grünberg

Mitgenommen

Roman

Aus dem Niederländischen
von Rainer Kersten

Diogenes

Titel der 2008 bei Lebowski, Amsterdam,
erschienenen Originalausgabe:
›Onze Oom‹

Die deutsche Erstausgabe
erschien 2010 im Diogenes Verlag
Umschlagillustration:
Marjorie Weiss, ›The Trip‹, 1999

Für Mayu

Veröffentlicht als Diogenes Taschenbuch, 2012

www.diogenes.ch
50/12/36/1
ISBN 978 3 257 24173 0

Inhalt

I

Verführung

1

Der Mörder von Lina Siñani Huancas Eltern konnte selbst keine Kinder zeugen, darum beschloss er, Lina Siñani Huanca zu adoptieren. Er brauchte nicht lange darüber nachzudenken, das Kind stand da im Halbdunkel und sah ihn an, als hätte es unwillkürlich erraten, dass er der Leiter dieser Operation war, als wisse es, dass die Entscheidung, was jetzt zu geschehen hatte, allein von ihm abhing. Noch bevor er irgendetwas gesagt hatte, musste die Kleine begriffen haben, dass ihrer beider Schicksal von heute an eines war. Auf immer miteinander verbunden, eine Verbindung, stärker als jede Blutsverwandtschaft.

Sie stand neben einem Holztisch mit den Resten der letzten Mahlzeit. Schmutzige Teller, Besteck, Kerzen, eine Zeitung und eine tiefe Pfanne. Die angebrannten Reste eines Eintopfs? Reis mit etwas Fleisch?

Er war aus dem Schlafzimmer heruntergekommen, um einem Geräusch nachzugehen – eine überflüssige Frage im Grunde, was konnte so ein Geräusch schon bedeuten? –, und hatte ihre Anwesenheit physisch gespürt. Obwohl sie noch einige Meter von ihm entfernt stand, nahm er sie körperlich wahr. Noch bevor er sie gesehen hatte, bevor das Licht der Taschenlampe auf ihr Gesicht fiel, fühlte er sich von ihr abgetastet wie von einer Blinden.

Er hatte seine Karriere als Späher begonnen. Er roch den

anderen, bevor er ihn sah. Und obwohl er diese Fähigkeit verloren geglaubt hatte – sie hatte ihn verlassen wie eine Geliebte –, war sie heute Nacht mit einem Mal wieder da. Stärker als jemals zuvor. Die alte Gewissheit, dass allein absolute Konzentration, mit der man seine Umgebung belauerte, das eigene Überleben sicherte.

Er richtete den Lichtkegel auf sie, sah ihre Zöpfe, nicht lange, doch lange genug, um zu wissen, dass er mehr Licht brauchte.

Sie hatte sich nicht von der Stelle gerührt. Hinter ihr eine Tür, die wohl in ihr Zimmer führte. Er hielt den Blick auf sie gerichtet, während seine Männer im Obergeschoss schweigend umherliefen und er die Taschenlampe auf den Boden richtete, um die Kleine nicht zu blenden. Für einen Augenblick hatte er sich gefragt, ob sie wusste, was im Schlafzimmer ihrer Eltern geschehen war, doch dann hatte er wieder fasziniert auf ihre Zöpfe gestarrt, die längsten, die er jemals gesehen hatte.

Seine Männer durchkämmten das Haus, suchten Beweismaterial, alles, was irgendwie als »belastend« eingestuft werden konnte, obwohl sich das eigentlich erübrigt hatte. Es war eine Formalität, doch gerade darum so wichtig. Formalitäten trennten den Menschen vom Chaos. Immer wieder schärfte er seinen Männern ein, dass eine Hausdurchsuchung kein Grund zum Vandalismus sei. Es ging nicht darum, so viel wie möglich zu verwüsten oder mitgehen zu lassen, es ging um belastendes Material. Manchmal waren seine Männer in einem Rausch. Kein Rausch von Alkohol oder Drogen, sondern berauscht vom Leben im ursprünglichsten Sinn: dem Rausch der Vernichtung.

Das Mädchen hielt sich mit der linken Hand an einem Tischbein fest. Sie trug einen gelben Pyjama. Ihre Zöpfe waren lang und prächtig, und ihr Haar war so schwarz, dass es fast blau wirkte. Er versuchte vergeblich, ihr Alter zu schätzen. Neffen oder Nichten hatte er nicht, und seine wenigen Bekannten traf er stets ohne Kinder. Wie sollte er da das Alter eines Kindes einschätzen lernen? Er konnte andere Dinge.

Sein Vater war anglophil, ohne jemals in England gewesen zu sein. Mühsam ergatterte er ab und zu ein paar *scones* und etwas, das entfernt *clotted cream* ähnelte, und zu Weihnachten musste seine Frau sich mit einem *christmas pudding* abplagen. Der Vater des Majors sprach nur mäßiges Englisch, trotzdem war diese Sprache seiner felsenfesten Überzeugung nach die Sprache der Kultur schlechthin. Übermäßig gesprächig war er nie gewesen, und doch konnte er aus heiterem Himmel ein lautes »*Indeed*« von sich geben. Der Sohn durfte daher auch nicht Antonio heißen – wie der Vater des Vaters –, sondern musste als Anthony durchs Leben gehen.

In der Schule war er der einzige Anthony gewesen, genauso bei der Armee. Er hatte sich damit abgefunden. Höchstens hatte er sich vorgenommen, dass seine eigenen Kinder, wenn er je welche hätte, gewöhnliche Namen bekämen, solche, die man überall aussprechen konnte.

Der Major wischte sich den Schweiß von der Stirn, ohne das Mädchen aus den Augen zu lassen. Nur ein einziges Wort kam ihm in den Sinn: »*Indeed.*« Er stand mit dem Rücken zur Wand und horchte auf die Schritte seiner Männer. Wie oft hatte er ihnen eingebleut: »Unsere Aufgabe erfordert Diskretion.«

Er war in dieser Provinzstadt geboren worden und zur Armee gegangen, um etwas von der Welt zu sehen, etwas zu lernen, ohne dazu ein Stipendium zu benötigen oder reiche Eltern. Er wollte weg aus der Provinz, die er schon hasste, als er noch jung war, und die er immer noch hasste. Der Hass war im Laufe der Zeit nicht kleiner geworden, nur stiller. Er hatte etwas Vertrautes bekommen. Man lernte, mit ihm zu leben. Er jedenfalls hatte es gelernt. Die Männer seiner zwei älteren Schwestern hatten zwar studiert, doch einer von ihnen war arbeitslos, und der andere verdiente kaum seine Miete. Nein, er hatte sich die Universität rechtzeitig aus dem Kopf geschlagen, noch bevor er einen Fuß über ihre Schwelle gesetzt hatte, und es nie bereut. Die Armee war vielleicht nicht das, was er sich ursprünglich von ihr erträumt hatte, man hatte ihm andere Dinge versprochen, ein anderes Leben, damals in der Ausbildung, aber immer noch besser, als an einer Dorfschule als Lehrer dahinzuvegetieren. Er hatte ein ordentliches Einkommen und hatte Karriere gemacht. Selbst die Männer, die ihn ständig verhöhnten und nicht einmal damit aufhörten, wenn er in Hörweite war, mussten das zugeben, sonst hätten sie gar keinen Grund, so beleidigend über ihn zu reden.

Die Armee hatte ihm einen Ausweg geboten. Er hatte die Möglichkeit mit beiden Händen ergriffen, auch wenn die anfängliche Hoffnung sich später zerschlagen sollte. »Intelligent, aber nicht brillant«, hatte der Pater, der Anthony auf der Schule in Mathematik unterrichtete, ihm ins Zeugnis geschrieben. Diese Beschreibung stimmte noch immer, musste er zugeben, obwohl er inzwischen hinzufügen konnte: »Zeigt hohen Einsatz und viel Disziplin, verbunden mit besonderer Teamfähigkeit.« Letzteres bedeutete für ihn, dass er mehr als andere Offiziere bereit war, persönliche Animositäten ruhen zu lassen. Eine Armee, in der jeder sein eigenes Süppchen kochte, war zum Tode verurteilt. Ein Soldat diente einem höheren Ziel. Zu Beginn seiner Laufbahn hatte er die Gabe unfehlbarer Sinneswahrnehmung gehabt, die Gabe, den anderen zu riechen, lange bevor der ihn sah. Das hatten die anderen anzuerkennen, daran hielt er sich fest.

Er beleuchtete einen Schrank in der Zimmerecke und sah Porzellanteller, Fotos, ein kleines gerahmtes Landschaftsgemälde. Dann richtete er seine Taschenlampe nach unten, Licht fiel auf seine Stiefel. Schmutzige Stiefel, fiel ihm auf, Stiefel, die dringend geputzt werden mussten. Doch alles war voller Schlamm, voller Dreck, vor allem in Vierteln wie diesem, besonders zur Regenzeit.

Der Major hustete. Langsam sah er auf, während er die Taschenlampe noch einen Moment auf den Boden gerichtet hielt. Vorsichtig schwenkte er den Strahl, das Licht traf nun den Oberkörper des Mädchens, den gelben Pyjama. Er sah dem Kind, für das er ab jetzt die Verantwortung trug, in die Augen. »Ich bin Major Anthony«, sagte er. »Ich leite diese Operation. Und wie heißt du?«

Sie bewegte sich nicht. Ihre Zöpfe hingen reglos an ihrem Körper herunter, ihre herrlichen Zöpfe.

Er redete nicht gern, und wenn er redete – vor allem mit Fremden –, klang es gezwungen. Die Armee war kein Diskussionsclub. Seiner Meinung nach wurde in der Armee sowieso schon zu viel geredet, zu viel über andere getratscht. Reden war ein Symptom der Zersetzung.

Die Kleine sah zu ihm auf. Sie starrte ihn an, ihr Gesicht

verriet nicht die geringste Regung, als sei sie bei lebendigem Leibe mumifiziert.

Vor circa neun Stunden hatte er zu hören bekommen, dass er den Einsatz persönlich leiten solle. In einem Nebensatz hatte man es ihm mitgeteilt und ihm dann ein Papier mit den wichtigsten Informationen in die Hand gedrückt. Bei den Wörtern »Einsatz« und »leiten« musste er jedes Mal wieder lächeln – eigentlich war er ja nicht zur Armee gegangen, um Polizist zu spielen.

Ein junger Korporal, den er noch nicht kannte, war ihm zugeteilt worden. Ein feucht glänzendes Gesicht auf einem langen mageren Körper.

»Woher kommst du?«, hatte der Major gefragt, bevor sie in den Jeep stiegen.

»Aus den Bergen«, antwortete der Korporal.

»Aus den Bergen«, wiederholte der Major. »Aha.«

Um halb zwei in der Nacht hatten sie die Kaserne verlassen, Major Anthony, der Korporal und zwei Soldaten, mit denen er schon früher zusammengearbeitet hatte. Sein Bataillon hatte die Aufgabe, verdächtige Individuen festzunehmen. Dass er als Major immer noch selbst auf Einsatz geschickt wurde, hatte vermutlich damit zu tun, dass er nicht besonders beliebt war. Nicht, dass er verhasst gewesen wäre wie gewisse andere Offiziere, die langsam von ihren Untergebenen fertiggemacht wurden. Major Anthony hatte diese Offiziere gekannt, war dabei gewesen, wie sie, um ihre Ehre zu retten, nach Abschluss einer Übung den Abzug gedrückt hatten.

Bei manchen war der Major sogar beliebt – das war zumindest sein Eindruck –, nur nicht bei denen, auf die es ankam. Nicht beliebt genug, um ein komfortables Leben zu führen wie andere Offiziere, oft jünger als er. Darum musste er mitten in der Nacht ausrücken und Dinge erledigen, für die andere Offiziere seines Ranges sich längst zu schade waren.

Doch er tat es nicht ungern. Praxiserfahrung war wichtig, gerade für einen Offizier. Er hatte immer mehr sein wollen als einer von diesen Schreibtischtätern. Wer mit dem Aufspüren und der Festnahme von Verdächtigen betraut war, musste ihnen ab und zu gegenüberstehen, sonst wurde die Arbeit hoffnungslos abstrakt. Man musste das verdächtige Individuum sehen, es riechen, um zu wissen, worin der Sinn dieser Arbeit bestand.

Er war in erster Linie loyal: loyal seinem Vater gegenüber, obwohl der mehr anglophil als Vater gewesen war, loyal seinem Arbeitgeber, obwohl der oft mehr von ihm verlangte, als man von einem Arbeitnehmer verlangen durfte, vor allem jedoch loyal gegenüber dem Staat. Ein Bürger hat dem Staat gegenüber loyal zu sein, sonst ist er kein Bürger mehr, und für einen Militär galt diese Loyalität doppelt, war seine feste Überzeugung. Der Staat war für ihn so etwas wie ein geliebter Verwandter, ein Onkel.

»Aber diese Loyalität, ist das nicht die eines Gefangenen in seiner Zelle?«, hatte sein Vater einmal gefragt. Für Major Anthony war die Armee eine Falle, obwohl er das anderen gegenüber so niemals zugegeben hätte.

Das Viertel, in dem die verdächtigen Individuen wohnten, war gerade ohne Strom. Das kam öfter vor. Niemand wusste, woran es lag, einige meinten, dass die Elektrizitätsgesellschaft manche Viertel zu bestimmten Zeiten nicht mehr belieferte, andere, dass der Staat den Strom abstellte, um gewisse Bevölkerungsgruppen kollektiv zu bestrafen. Wieder andere sprachen von Sabotage.

Sie saßen im Jeep und warteten am Anfang der Straße, in der die verdächtigen Individuen wohnten. Die zwei Soldaten kauten Kaugummi, einer von ihnen machte Blasen, ohne sie platzen zu lassen. Der Korporal hatte ein paarmal gehustet, bis Major Anthony leise befahl: »Korporal, hören Sie auf mit dem Husten.« Sie warteten, weil die Order lautete, die verdächtigen Individuen um drei Uhr morgens festzunehmen. Pünktlichkeit war der halbe Erfolg. Bevor sie die Kaserne verließen, hatte er es seinen Männern noch einmal eingeschärft: »Bei der Festnahme von Verdächtigen muss man abwarten und dann im richtigen Moment zuschlagen. Ihr steht da nicht nur für euch, nicht nur für mein Bataillon, ihr kommt im Namen des Staates, und so habt ihr euch auch zu verhalten.«

Worauf der Korporal gemeint hatte: »In dieser Armee hab ich nie was andres gemacht als immer nur warten.«

Es war ruhig auf der Straße, niemand verletzte die Ausgangssperre. Weil der Major Kritik geäußert, seine Vorgesetzten auf gewisse Missstände hingewiesen hatte, musste er jetzt Operationen leiten, für die sich ein Leutnant zu gut war. Doch so sagten seine Vorgesetzten es nicht. Sie sagten: »Du bist begabt im taktischen Einsatz.«

Ja, ihm lag der Einsatz vor Ort.

Vom Jeep aus hatte er das Haus beobachtet, in dem die Verdächtigen sich angeblich aufhielten. Von außen war dem Haus nichts anzumerken. Von außen sah man nie etwas.

Noch einmal hatte der Korporal gehustet, und Major Anthony hatte geflüstert: »Korporal, jetzt hören Sie endlich auf! Wir sind hier nicht auf der Krankenstation.«

Zum sechsten Mal hatte er auf die Uhr gesehen.

»Was erwartet uns da drin?«, hatte der eine Soldat gefragt. »Sind sie bewaffnet?«

»Von Waffen habe ich nichts gehört«, sagte der Major. »Aber bleibt bei der Sache. Seid auf der Hut. Bleibt konzentriert. Ich werde vorgehen.«

In seiner Brusttasche steckte der Zettel mit den Namen der Verdächtigen, versehen mit Stempel und Unterschrift. Er holte ihn hervor, doch es war zu dunkel, um ihn zu lesen. Er steckte ihn sorgfältig wieder ein. Von der Regenzeit hatte er eine leichte Migräne. Die Melodie eines bekannten Lieds ging ihm nicht aus dem Kopf, nur an den Text konnte er sich nicht mehr erinnern. Er versuchte, sich die Worte ins Gedächtnis zu rufen, doch ohne Erfolg.

Um exakt drei Uhr morgens waren sie in das Haus eingedrungen. Die Haustür war nicht abgeschlossen, in Vierteln wie diesem nichts Ungewöhnliches. Irgendwo schlug ein Hund an, doch da waren sie schon drin. Mitten im großen Zimmer. Einer der Soldaten hatte auf eine Art Leiter gezeigt, die zu einem nachträglich gebauten Oberstock, wohl dem Elternschlafzimmer, führte. Wie angekündigt, ging Major Anthony voran, die Dienstwaffe im Anschlag, obwohl er keine Probleme erwartete.

Wie vermutet, fand er die Verdächtigen im Bett vor. Der beste Moment, jemanden festzunehmen, war, wenn der sich im Schlaf oder Halbschlaf befand, gerade erst wach geworden von irgendeinem Geräusch. Darum kamen sie immer nachts, damit die Operation für alle Beteiligten so problemlos wie möglich verlief. Diskretion war das Entscheidende. Neugierige Zuschauer hätten gestört.

Ein Ehepaar, hatte er von seinen Vorgesetzten erfahren. Er hatte die Waffe sinken lassen und mit der Taschenlampe aufs Bett geleuchtet. »Sind Sie …«, hatte er begonnen. Doch weiter war er nicht gekommen.

»Sind Sie Señor und Señora Siñani?«, hatte er fragen wollen. So lautete die Vorschrift. Manchen Offizieren zufolge vollkommen überflüssig, seiner Meinung nach nicht. Eine Armee lebt von Vorschriften und Formalitäten.

Er hatte seine Frage – welche Antwort auch immer gekommen wäre, die Festnahme hätte stattgefunden, doch es war seine Pflicht, diese Frage zu stellen – nicht zu Ende gebracht, weil eines der verdächtigen Individuen, der Mann, plötzlich nach etwas auf dem Nachttisch gegriffen hatte, vermutlich nach einer Waffe.

In dem Moment begann der Korporal zu schießen.

Er schoss wie ein Anfänger. Er schien gar nicht mehr aufhören zu wollen.

Der Major hatte nicht gesehen, dass der Korporal seinen Finger am Abzug hielt. Immer wieder sagte er seinen Männern: »Legt euren Finger erst an den Abzug, wenn es so weit ist. Nicht eine Sekunde früher.«

Zu früh schießen war genauso gefährlich wie zu spät.

»Stopp!«, hatte der Major gebrüllt. »Stopp! Idiot!«

Endlich hatte der Korporal den Finger vom Abzug genommen. Er hatte die Maschinenpistole sinken lassen und den Major mit hängenden Schultern angesehen. Major Anthony hatte dem Korporal mit der Taschenlampe ins Gesicht geleuchtet, und ihm war aufgefallen, wie deprimiert und kraftlos der Korporal aussah. Unterernährt, das war das Wort. Er bemerkte es erst jetzt. Sie hatten ihm einen unterernährten Korporal geschickt.

»Die Armee schikaniert uns«, sagten die Leute manchmal zu ihm, wenn sie von seinem Beruf erfuhren. Doch was die meisten nicht wussten, war, dass die Armee vor allem ihre eigenen Leute schikanierte. Ihm hatten sie einen unterernährten Korporal aufgedrückt.

Dann hatte er den Lichtkegel auf das Bett gerichtet, und er und die Männer sahen, dass der Verdächtige nicht nach einer Waffe, sondern nach seiner Brille gegriffen hatte. Wozu brauchte der ausgerechnet in dem Moment eine Brille? Wer setzt seine Brille auf, wenn er festgenommen wird?

»Dieses Arschloch«, murmelte der Major, er wusste nicht, ob er den Korporal oder den Verdächtigen meinte.

»Dieses Arschloch«, wiederholte er, leiser jetzt, zögernd. Er war sich seiner Sache gar nicht mehr sicher. Wer war hier das Arschloch? Er steckte seine Dienstwaffe ins Halfter, als sei die Operation schon beendet.

»Herr Major«, sagte einer der Soldaten und zeigte auf das andere verdächtige Individuum. Die Frau war ebenfalls verwundet, aber sie lebte noch. Sie blutete und wand sich wie eine Schlange. »Das sieht nicht gut aus, Herr Major«, sagte der Soldat. »Gar nicht gut. Sie wird es nicht schaffen.«

»Die Nase«, so nannte man diesen Soldaten, weil er ein großes Muttermal auf der Nase hatte. Alle kannten ihn nur als »die Nase«. Auch der Major, der schon öfter mit ihm gearbeitet hatte, hatte keine Ahnung, wie der Soldat wirklich hieß. Er müsste in seiner Akte nachsehen.

»Was sollte das?«, fragte der Major den Korporal. »Macht ihr das so bei euch in den Bergen? Wo hast du deine Ausbildung gemacht? Hast du überhaupt eine?«

Der Korporal hustete, und Major Anthony fühlte sich alt und schwach. Alle Hoffnung verließ ihn, ja, er wusste nicht einmal mehr, ob er in den letzten Jahren überhaupt etwas gehofft hatte. Alles Leben wich aus ihm, sein eigenes, doch auch das der Verdächtigen, die er hätte festnehmen sollen. Es war, als verlasse der Mann auf dem Bett die Welt durch den Leib des Majors. Der Major war die letzte Station des verdächtigen Individuums vor seinem Aufbruch in eine andere, bessere Welt.

Die verwundete Frau lag immer noch neben dem Mann. Sie waren beide verdächtig gewesen. Der Staat ging keine unnötigen Risiken ein. Mit wem man verheiratet ist, ist kein Zufall. Liebe ist oft nur ein Vorwand für subversive Aktivitäten.

»Herr Major, ich dachte, er hätte eine Waffe«, flüsterte der junge Korporal. »Er hatte auch eine, Sie haben es selbst gesehen. Es sah aus wie eine Waffe.«

Als Major Anthony den Jungen näher ansah, fiel ihm erneut auf, wie krank der Korporal wirkte. »Das war eine Brille. Hast du keine Augen im Kopf?« Er starrte auf das Bett, auf den Toten, die Brille, die Laken, die Decke, die verwundete Frau und roch den ekelerregenden Geruch nach Blut.

»Ich dachte …«, flüsterte der Korporal.

»Du hast gedacht!«, rief der Major. »Du sollst hier nicht denken. Tu nichts, was du nicht kannst. Niemand soll machen, was er nicht kann.«

Er fluchte ein paarmal. Übel wurde ihm von diesem Geruch. Dieses Süßlich-Benebelnde. Der Soldat, der »die Nase« hieß, kaute rhythmisch auf seinem Kaugummi, der andere machte eine Blase. Der mit der Blase war neunzehn und im Grunde ein Analphabet. Er konnte seinen Namen schreiben, aber das war's auch schon. Bevor er zur Armee gegangen war, hatte er die meiste Zeit Klebstoff geschnüffelt. Trotzdem war er ein guter Junge. Bei einer Aktion vor ein paar Wochen hatte der Major sich mit ihm unterhalten. Der Junge war ehrlich, aber hatte kein Rückgrat. Wie sollte er auch, nach sechs Jahren Leben auf der Straße? So, wie die Armee zerfiel, zerfiel das gesamte Land, der ganze Krieg, der kein Krieg war und den man offiziell nicht so nennen durfte, und so zerfiel auch der Major. Was ihn noch zusammenhielt, war seine Uniform.

»Herr Major, es sind Arschlöcher!«, rief der Korporal. »Nichts als Arschlöcher, wissen Sie, was die mit uns gemacht hätten? Sie wissen, was die gemacht hätten.« Seine Stimme überschlug sich. Immer weiter rief er »Arschlöcher, Herr Major«, bis der Major sagte: »Jetzt halt endlich die Klappe.«

Diese Provinzstadt, in der er geboren war, hatte er niemals verlassen. Acht Kilometer von ihr entfernt lag die Kaserne, wo er fünf Tage pro Woche frühmorgens hinfuhr. Meist fuhr er am Abend wieder nach Hause, zu seiner Frau, die er bei einer Übung in den Bergen kennengelernt hatte, in einer Kneipe.

Andere Offiziere machten immer viel Lärm. Er nicht, Major Anthony war nie laut. Darum hatte sie ein Gespräch mit ihm angefangen. Sie hieß Paloma. Ihr Vater besaß eine

Tankstelle, die sein ganzer Stolz war, sein Schatz. Sie hatten schnell geheiratet, in diesen Dingen sollte man nicht zu lange warten, hatten Paloma und ihre Eltern gefunden. Und er hatte sie mitgenommen, aus den Bergen in die Provinzstadt.

Der Major sah auf das Bett und dachte an sein Zuhause, den kleinen Swimmingpool im Garten, er hatte ihn erst seit zwei Jahren. Als sich herausstellte, dass sie keine Kinder bekommen konnten – alles Mögliche hatten sie versucht, jahrelang –, hatte er einen Swimmingpool anlegen lassen. Doch bloß damit war seine Frau nicht zufrieden gewesen. Sie sagte: »Ein Swimmingpool ist kein Kind.« Darauf hatte der Major nichts mehr gesagt, sondern sich demonstrativ in den Pool fallen lassen. Er wollte beweisen, dass ein eigener Pool besser war als ein Kind.

»Sie schafft's nicht«, sagte die Nase, »sie kommt nicht durch, Herr Major. Was sollen wir mit ihr machen?«

Er klang wie ein Schüler, der sich aus einer Prüfung herausreden will, für die er nicht genug gelernt hat. Kinder waren sie, diese Soldaten.

Der Major trat einen Schritt auf das Bett zu. Soweit er sah, könnte die Frau es sehr wohl schaffen. Mit einiger Mühe, doch schaffen könnte sie es. Doch wem nutzte das? Er würde trotzdem Ärger bekommen. Er hatte keine Freunde in höheren Chargen. Ihm würde man nichts verzeihen. Kein Auge zudrücken. Es würde Komplikationen geben, er musste hierfür geradestehen. Man schoss nicht einfach drauflos bei einer Festnahme. Man schoss nicht, weil ein verdächtiges Individuum nach seiner Brille griff.

Die Frau auf dem Bett öffnete den Mund, schien etwas sagen zu wollen, doch heraus kam nur Blut. Ein kleiner, diskreter Schwall. Sie sah ihn an. Sie hatte langes braunes Haar.

So weit ist es also mit der Armee gekommen, dachte er, und mit mir. Er hörte die Nase sagen: »So eine Scheiße.«

Wieder dachte er an seinen Swimmingpool und an die Bauarbeiten. Zuerst hatte noch ein Wasserspeier in Form einer Meerjungfrau dazukommen sollen, doch das hätte das Budget endgültig gesprengt, und so war es bei einem einfachen Wasserstrahl geblieben, ohne Brunnenfigur.

Jetzt wusste er wieder, worauf er die letzten zwei Jahre gehofft hatte: auf seine Meerjungfrau.

»Bring es zu Ende«, befahl Major Anthony dem Korporal.

Der Junge begann, nervös zu lachen. Und wieder zu husten.

Der Blick des Majors blieb auf den Korporal gerichtet, um die Frau nicht ansehen zu müssen, die ihn vom Bett aus noch immer anstarrte, wie er wusste. Er spürte es. Der Späher in ihm war noch immer lebendig.

Sobald sie die Augen schlösse, könnte er sie wieder ansehen. Und das würde er tun, konzentriert. Nicht lang, doch lange genug, um sie nie mehr zu vergessen.

»Was soll ich?«, fragte der Korporal. »Nein, Herr Major, das geht nicht, das geht nicht, nein … Nicht ich …«

Der Major machte zwei Schritte auf den Korporal zu. Mit der einen Hand packte er ihn an der Kehle, während er ihm mit der Taschenlampe in sein ungesundes Gesicht leuchtete. »Was geht hier nicht? Was kannst du nicht? Du hast uns den ganzen Schlamassel eingebrockt. Geht das irgendwie in deinen Schädel? Kommt da überhaupt mal was an?«

Er drückte dem Korporal die Kehle zu, mit aller Kraft. So

war er sonst nicht. Er war außer sich, nicht er selbst. Das hier verstieß gegen sein Credo, ja seine Ethik. Und immer mehr verstieß er dagegen, immer fester drückte er zu.

Der Korporal hustete, der Korporal röchelte.

Wieder sah der Major seinen Pool, mit dem Springbrunnen ohne Meerjungfrau.

Endlich ließ er den Korporal los.

Das Gesicht des Jungen sah noch elender aus als zuvor. Seine Wangen waren dreckverschmiert, seine Stirn schweißbedeckt, und für einen Moment fragte sich der Major, ob der Korporal noch ganz bei Sinnen war.

»Jetzt!«, befahl er.

Der Korporal sah dem Major ins Gesicht, genau in die Augen, und der Major spürte den Hass. Kein Zweifel möglich, auch nicht daran, dass der andere, wenn er die Möglichkeit hätte, die Waffe auf ihn richten und bis zur letzten Patrone leer schießen würde. Und doch war der Hass ihm egal. Mit welchem Recht hasste der Korporal ihn? Hatte der Major sie in diese Lage gebracht? War er verantwortlich für die Unruhe im Land, für die Mittel, mit denen man sie unterdrücken musste? Hatte er diese Operation befohlen? War es seine Idee gewesen, einen unerfahrenen Korporal aus den Bergen auf diesen Einsatz zu schicken?

Der Junge legte an, das Gesicht mit der Farbe verregneter Pappe, und er schoss, wie zuvor schon. Man sah sofort, dass er wenig geübt war. Ungenau schoss er, zielte nicht, er schoss wahllos, wie mit der Gießkanne. Wie ein anderer seinen Garten sprengt. Endlich ließ der Korporal die Waffe sinken. »Jetzt alles in Ordnung, Major?«, fragte er. »Sind wir fertig? Sind Sie jetzt zufrieden?«

Der Korporal sackte mit dem Rücken die Wand entlang zu Boden. Er hustete schrecklich.

Der Major schluckte. An den Schusslärm, diesen alles durchdringenden Krach, hatte er sich seltsamerweise nie ganz gewöhnt. Wie auch an die Spritzen und an die Blutproben, die man alle sechs Monate zum Gesundheitscheck von ihnen verlangte. Auch an die hatte er sich niemals gewöhnt.

Die kranke Armee wollte gesunde Männer und Frauen. Für die vorübergehende Taubheit, die auf das Schießen meist folgte, das Sausen im Ohr, das oft minutenlang anhielt, dafür interessierte sich niemand. Nur wenn man Angst, Todesangst hatte, wenn man dachte, sterben zu müssen, trat es nicht auf.

Der Major hatte keine Angst vor dem Sterben, nicht hier jedenfalls, und nicht jetzt.

Der Korporal hustete noch lauter.

Major Anthony sah weder zu ihm noch auf das Bett. Er sah zu dem Soldaten mit den Kaugummiblasen. Er zischte: »Du Arschloch aus den Bergen.«

Erst dann wagte er, den Blick wieder auf das Bett zu richten.

Dort lagen sie, die verdächtigen Individuen. Das Blut und die Einschusslöcher machten sie noch verdächtiger als zuvor schon im Halbschlaf. Ihr gewaltsamer Tod war Urteil und Schuldbekenntnis zugleich. Wer so starb, musste schuldig sein.

»Sie haben Widerstand geleistet«, sagte der Major leise. »Ich werd in meinem Bericht schreiben: ›Bei der Festnahme leisteten die Verdächtigen Widerstand.‹«

Er strich sich übers Gesicht wie nach dem Rasieren, wie seine Frau nach dem Rasieren der Beine. Wenn sie sich vergewissern wollte, dass sie keine Stelle vergessen hatte.

»Was für Widerstand?«, fragte der Soldat mit den Kaugummiblasen. »Was soll ich mir darunter vorstellen?«

Major Anthony stellte sich vor den Soldaten. »Widerstand eben. Du brauchst dir nichts darunter vorzustellen. Du hast dir nichts vorzustellen, du hast zu gehorchen.«

Fast hätte er wieder »du Arschloch« gesagt, aber so war er nicht. Er war kein Offizier, der seine Autorität durch Beleidigung von Untergebenen zu sichern versuchte. Er hatte Autorität, weil er immer gut zu seinen Männern war und ihnen beigebracht hatte, dass Integrität bei der Armee das A und O bedeuteten. Und Integrität war Vertrauen. Zuallererst Vertrauen untereinander. Blindes Vertrauen. Doch auch zu ihm, dem Major, der die Operation leitete. Darum fluchte er im Prinzip nie. Ein integrer Major fühlte sich für seine Männer verantwortlich und sorgte dafür, dass sie lebend in die Kaserne zurückkehrten und nicht im Leichensack. Auch außerhalb der Arbeit, selbst wenn er im Bett lag, lastete diese Verantwortung auf ihm und machte ihn zu dem, der er war. Er ließ niemanden im Stich. Und er beleidigte im Prinzip nie.

»Verzeihung, Herr Major«, sagte der Soldat leise.

Am Boden hörte man noch immer den Korporal husten. Das Husten ging über in Geröchel. Der Major betrachtete den Jungen, wie er da saß, zusammengekauert, die MP neben sich, und sah Tränen über die Wangen des Jungen laufen. Da wurde ihm klar, dass es kein Geröchel gewesen war. Der Korporal weinte.

Major Anthony nahm seinen Block und notierte das Wort »Widerstand«. Er spürte Verachtung dem Korporal gegenüber, eine Verachtung, die an Ekel grenzte. Er nahm sich diese Verachtung übel, doch er konnte nicht anders. Er hasste den Korporal, so wie der Korporal ihn.

Gefühle waren ein Zeichen für einen Mangel an Professionalität. Wer unter Gefühlen litt, konnte nicht funktionieren. So jemand musste Fehler machen.

Das war nicht er. So kannte er sich nicht. Das war jemand anders. Er hatte seinem Land nie Schande bereitet, und umgekehrt hatte sein Land ihn niemals verraten.

Der Korporal hörte nicht auf zu weinen. Major Anthony hatte keine Wahl. Er stieß ihn mit dem Stiefel an und sagte: »Nehmen Sie sich zusammen, Korporal. Nehmen Sie sich zusammen, oder soll ich hierüber rapportieren?«

Da hörten sie es – alle zugleich; er sah es an ihren Blicken und daran, dass einer der Soldaten sein Kaugummikauen kurz unterbrach.

Es war ein Schluchzen, ein schrecklich lautes Schluchzen, doch vom Korporal stammte es nicht. Dessen Geschluchze klang wie Geröchel.

Irgendwo im Haus heulte ein Kind.

»Verdammt«, sagte der Soldat, der die ganze Zeit Blasen machte.

Keiner sagte etwas, selbst der Korporal gab keinen Laut von sich. Sie horchten. Seit der nächtlichen Ausgangssperre war die Stadt nach acht Uhr abends so still, dass das Schluchzen eines Kindes jedem durch Mark und Bein ging. Es schwoll langsam an wie eine Sirene, in langen Tönen, dazwischen manchmal eine kleine Pause.

»Ich gehe nachsehen«, sagte der Major schließlich. »Durchsucht alle Räume, nehmt belastendes Material mit.«

»Was genau ist denn ›belastend‹?«, fragte die Nase.

Wieder stellte der Major sich direkt vor ihn. Auch das tat er sonst nicht. Er brauchte niemanden einzuschüchtern. Man hörte auf ihn, weil seine Befehle vernünftig waren. »Wenn du denkst, dass etwas belastend sein könnte«, sagte er, »nimmst du es mit und zeigst es mir, dann entscheide ich, ob es belastend ist oder nur so aussieht. Und benehmt euch ein bisschen. Wir sind hier zu Gast, vergesst das nicht. Verhalten wir uns entsprechend.«

Für einen Moment fühlte er sich genauso verloren wie der Korporal. Er rieb sich mit dem Arm übers Gesicht. Es fühlte sich feucht an.

Plötzlich hörte das Gegrein auf. Es brach einfach ab.

Der Major und der Korporal sahen einander an: ohne Hass, nur noch erschöpft. Dann ging der Major hinunter ins große Zimmer. Er zückte seine Pistole, steckte sie jedoch sofort wieder in den Halfter zurück.

Die Taschenlampe würde seine Waffe sein.

Weil keine Antwort auf seine Frage gekommen war und das Kind auch keine Anstalten machte zu reden, wiederholte er: »Ich bin Major Anthony. Ich leite diese Operation. Und wie heißt du?«

Was sollte mit ihr geschehen? Wo sollte das Kind hin? Herr im Himmel, jetzt hatten sie auch noch ein Kind am Hals. Mit der Taschenlampe leuchtete er durch den Raum und richtete das Licht schließlich erneut auf das Kind mit den prächtigen Zöpfen.

Er war in Trance, alles, was er auf der Militärakademie gelernt hatte, schien vergessen. Der Major ging zum Esstisch, neben einem schmutzigen Teller lag eine Streichholzschachtel. Er zündete die Kerzen an, als wohne er hier. Er hatte die Taschenlampe dazu auf den Tisch legen müssen.

Er dachte an seinen Swimmingpool. Und plötzlich sah er es vor sich, wie ein alter Plan, eine Idee, die er seit Jahren hegte, aber aus unerfindlichen Gründen nie ausgeführt hatte: Ich nehme sie mit, dachte er. Ich gebe ihr ein Zuhause, ich gebe ihr eine Mutter. Paloma wird eine gute Mutter sein. Sie wird sie lieben. Ich gebe ihr einen Swimmingpool.

Er nahm die Lampe vom Tisch und steckte sie in eine seiner Taschen. Er stellte sich mit dem Rücken zur Wand. Der Major betrachtete das Mädchen, und sie betrachtete ihn. Die Kerzen begannen zu flackern.

So verging eine Minute. Der Major gewann seine Ruhe zurück, wurde wieder zu dem, als den er sich seit seinem achtzehnten Lebensjahr kannte: ein Militär, der sich trotz aller Hürden und Hindernisse in der Armee wohl fühlte, weil sie ihm bot, was der Rest der Welt ihm verwehrte: eine klare Linie, Struktur.

Er zeigte auf sich, und während die Kerzen flackerten wie bei einem romantischen Diner, das sich langsam dem Ende zuneigt, sagte er: »Ich bin Major Anthony. Ich leite diese Operation. Aber du kannst Anthony zu mir sagen.«

So stellte er sich dem Kind zum dritten Mal vor, dem Kind, das er seiner Frau mitbringen würde. Mehr als alles auf der Welt hatte sie sich ein Kind gewünscht, doch es wollte einfach nicht klappen. Nicht, dass er keine Erektionen bekam, Erektionen waren nicht das Problem. Samen hatte er auch genug. Doch der Samen war nicht lebendig. Nachträglich betrachtet, überraschte ihn das nicht: verdorbene Politik, verdorbene Armee, verdorbener Samen. Eins führte zum anderen. Doch seine liebe Frau hatte sich damit nicht abfinden wollen. Sie siechte dahin, verfiel mehr und mehr.

Das Mädchen blieb regungslos wie ein Standbild.

Aus dem oberen Stockwerk kamen die vertrauten Geräusche einer Hausdurchsuchung. Möbel wurden beiseitegerückt, Kissen aufgeschlitzt, sicherheitshalber, wie auch die Matratzen. Er kannte die Vorschriften. Es ging nicht anders.

Etwas lauter sagte er jetzt: »Ich wüsste so gern, wie du heißt. Ich bin Major Anthony.«

Keinerlei Reaktion.

Sie forderte ihn heraus. Das Kind machte ihn lächerlich.

Er trat auf sie zu. Er ging in die Knie. So verharrte er eine Weile, und es klang fast flehend, als er noch einmal sagte: »Ich wüsste so gern, wie du heißt.«

Der Major streckte ihr seine Hand entgegen, und jetzt, wo er sich auf gleicher Höhe mit ihr befand, sah er, wie sehr sie ihrer Mutter ähnelte.

Er betrachtete ihre Zöpfe, sah, wie kunstvoll sie geflochten waren, frühmorgens im Hinterhof wohl oder vor dem Haus, in der Kälte. Und plötzlich hatte er wieder den kleinen Schwall Blut vor Augen, der aus dem Mund ihrer Mutter gekommen war.

Es war besser so. Die Verdächtigen wären nur in einem der vielen Gefängnisse gelandet. Wer kam da je wieder heraus? Er hatte den Eltern dieses Kindes eine Menge erspart. So hatten sie keine Zeit gehabt, zu denken, zu trauern, sich Sorgen zu machen. Sie lagen im Bett, und plötzlich war alles vorbei.

Ein Akt der Barmherzigkeit, wenn man's genau nahm. Eine humanitäre Aktion, unter schwierigen Bedingungen.

Doch jetzt war da ein Kind. Niemand hatte etwas davon gesagt, niemand etwas gemeldet. Jetzt musste er die Verantwortung übernehmen, sonst müsste der Staat sich um sie kümmern.

Der Staat war ein guter Onkel, doch nicht jeder Onkel eignet sich als Erzieher. Schreckliche Geschichten machten die Runde über Kinder von Verdächtigen, die nach der Festnahme der Eltern vom Staat erzogen wurden.

Der Staat streckte seinen Arm so weit aus wie möglich, als liege in der geöffneten Hand eine Süßigkeit oder ein Spielzeug. Doch er reichte seine Hand nur zum Ansporn, bot eher Freundschaft als Rettung.

Er strich ihr kurz über den linken Zopf, und noch mehr als zuvor wurde ihm klar, dass nur er sie noch retten konnte. Jetzt war es an ihm. Und nicht nur das Mädchen, auch die eigene Ehe würde er retten.

Heute Nacht würde er zwei, nein: drei Menschen retten.

Das Schicksal hatte ihm die Kleine anvertraut. Er konnte sie nicht mehr wegschicken. Wenn er sie jetzt gehen ließ, war sie für immer verloren, wie seine Frau, wie er selbst.

Er kannte die Erziehungsmethoden des Staates, er würde andere Methoden benutzen.

»Jetzt sag mir doch, wie du heißt«, flehte er. »Es ist etwas Dummes passiert, aber darunter sollst du nicht leiden. Ich nehme dich mit. Hier kannst du nicht bleiben. Es ist nicht sicher. Du kommst mit mir. Darum muss ich wissen, wie du heißt.«

Je länger er das Kind ansah, desto deutlicher sah er die

Frau auf dem Bett vor sich. Er spürte den Schweiß auf seiner Stirn und den Armen und auch, wie der Schweiß ihm den Rücken hinunterlief. Er kniff die Augen zusammen und sah den Korporal, wie der seine Maschinenpistole auf die Verdächtigen richtete und schoss, ohne aufzuhören.

»Ich heiße Lina«, sagte das Mädchen. »Lina Siñani Huanca.«

Der Major öffnete die Augen. Er fühlte sich erleichtert, wie nach einer schwierigen Operation, wenn er all seine Männer wieder unversehrt in die Kaserne zurückbrachte. Er versuchte, sie beruhigend anzusehen. Sein Blick sollte sagen: Alles ist gut, ich bin ja da, ich bin gekommen, um dich zu retten.

»Ah«, sagte er, »Lina.«

Er stützte sich mit der linken Hand auf den Boden.

»Ich werde dich Lina nennen, und du kannst Anthony zu mir sagen.« Er sprach, als erzähle er ihr ein Geheimnis, das sie mit niemandem teilen dürfe. »Nicht Major oder Major Anthony, einfach Anthony.«

Die Nase kam die Leiter herunter. Schon von oben hatte der Soldat gerufen: »Herr Major, wir haben nichts gefunden. Ein paar Bücher. Wollen Sie die sehen?«

Der Major stand auf. Obwohl es keinen Grund gab, fühlte er sich ertappt. So schnell stand er auf, dass ihm schwindlig wurde. Langsam schüttelte er den Kopf und sagte: »Nein, brauche ich nicht.«

Der Soldat sah das Kind und stieß einen Fluch aus. Dann räusperte er sich, er schien den Fluch zu bereuen, und fragte: »Und was machen wir mit ihr?«

»Nichts.«

Der Major betrachtete die Kerzen, die er in einem wirren Moment, einer spontanen Anwandlung angezündet hatte.

»Wie meinen Sie das: Nichts?«

Die Haut des Soldaten war von der Sonne gebräunt und doch pickelnarbig. Schlechte Nahrung, schlechte Haut.

»Wie ich es sage«, antwortete der Major. »Nichts. Wir werden nichts mit ihr machen.«

»Lassen wir sie hier?«

Der Soldat trug seine MP auf dem Rücken. Er war nicht groß. Er war zu klein für seine MP.

»Ich nehme sie mit«, sagte der Major. Eigentlich hatte er sagen wollen: Ich nehme Lina mit. Sie hatte einen Namen, es gab keinen Weg mehr zurück. Das hier war seine Operation, und er würde sie auf seine Weise beenden.

»Wir könnten so tun, als hätten wir sie nicht gesehen«, sagte der Soldat. »Wir gehen einfach. Wir haben nichts gesehen und nichts gehört.«

»Ich nehme sie mit«, sagte der Major. Er sah Panik in den Augen des anderen. »Ab jetzt fällt sie unter meine Verantwortung.«

Der Soldat rieb sich die Nase. »Ist das nicht gegen die Vorschriften?«, fragte er. »Ich meine …«

Der Soldat hatte seine Frage noch nicht ganz ausgesprochen, da begriff der Major, dass seine Autorität zu bröckeln begann. Unter normalen Umständen hätte ein Soldat solch eine Frage niemals zu stellen gewagt. Schon die Andeutung illegaler Handlungen war genug, die bestehende Macht zu untergraben.

»Das hier ist meine Operation«, sagte der Major. »Hier gelten meine Vorschriften.«

Der Soldat zuckte mit den Schultern. Er sah sich um, zum Tisch, dem Mädchen, dem Major. »Oben sind wir fertig«, sagte er. »Sollen wir noch irgendwas machen?«

Er zeigte auf das Schlafzimmer, wo der Major sich kurz zuvor so alt und schwach gefühlt hatte. Das Schlafzimmer, wo er einem Ehepaar ungewollt ein schreckliches Schicksal erspart hatte.

In Zeiten wie diesen musste man über Leben und Tod entscheiden, um Schlimmeres zu verhüten. Die Götter hatten ihre Chance gehabt. Sie hatten versagt.

»Hol eine Waffe aus dem Jeep«, sagte der Major in dem sanften, freundlichen Ton, den er normalerweise benutzte, wenn er Befehle gab.

Liquidieren auf eigene Initiative war der Armee verboten, doch Selbstverteidigung war etwas anderes. Niemand würde hier Fingerabdrücke nehmen. Es herrschte Ausnahmezustand. Aus seinem Bericht würde hervorgehen, dass auch das Kind Widerstand geleistet hatte. Das war nicht außergewöhnlich. Kinder leisteten oft sinnlosen Widerstand. Kinder wissen nicht, was sie tun.

Die Nase ging nach draußen zum Wagen. Major Anthony sah sich noch einmal um, ob er auch nichts vergessen hatte.

Wieselflink schoss das Kind plötzlich an ihm vorbei Richtung Leiter, zum Elternschlafzimmer. Überraschend schnell war sie, für so ein kleines Ding.

Wie ein Tiger stürzte der Major ihr hinterher. Er rannte hinauf, packte Lina am Arm und zog sie zurück, Richtung Esstisch.

»Nicht nach oben gehen«, sagte er. »Das geht jetzt nicht.«

»Aber meine Mama?«, piepste das Kind verängstigt. »Schläft meine Mama?«

Der Major hatte einen trockenen Mund. »Mama ist krank«, sagte er und hielt sie weiter am Oberarm fest.

Er sagte es in einem Ton, als glaube er es selbst nicht.

Der Soldat kam mit einer Waffe zurück, er würdigte den Major und das Kind keines Blickes. Mit dem Gewehr auf dem Rücken ging er nach oben. Er würde die Waffe auf das Bett werfen, so, wie man einem Freund eine Orange zuwirft. So hatten sie das schon öfter gemacht.

»Mama ist sehr krank, Lina«, sagte der Major, ohne sie loszulassen, und dachte: Das hier ist meine Operation, das ist mein Leben. Dazu bin ich geschaffen.

Seine Männer kamen die Treppe herunter. Der Korporal trug einen Stapel Bücher.

»Eindeutig Rebellen, Herr Major«, sagte er. »Schauen Sie nur: diese Bücher. Terroristen. Wollen Sie sie mitnehmen?«

»Wen?«, fragte Major Anthony geistesabwesend.

»Die Bücher.«

»Lass sie hier.«

Er richtete sich auf, Lina fest an der Hand. Eine kleine, trockene Hand. Im Vergleich zu ihrer war seine glitschig und klebrig.

»Hört zu«, sagte er, den Blick auf die Männer gerichtet, die man kaum Männer nennen konnte. Kinder. Kranke. Patienten. Aber nicht Männer.

»Hört zu«, sagte er noch einmal, »was hier passiert ist, ist …«

Ihm fehlten die Worte.

Der Korporal hustete. Diesmal maßregelte der Major ihn nicht.

»Pech«, sagte Major Anthony schließlich. Es war das beste Wort, das ihm einfiel. »Was hier passiert ist, war Pech. Solche Dinge geschehen. Es gefällt uns allen nicht. Aber ich trage die Verantwortung für diese Aktion, ihr habt nichts zu befürchten. Ich schreibe einen Bericht, morgen früh. Meine Aufgabe ...«

Er spürte, wie er sentimental wurde. Schon als Kind war es ihm schwergefallen, andere leiden zu sehen. Ein sterbender Schmetterling bereitete ihm Alpträume. Doch gerade wer gegen Leiden war, konnte aus dem Töten seinen Beruf machen. Die Armee war dazu da, unnötiges Leiden zu verhindern.

»Meine Aufgabe besteht darin«, fuhr er fort, »euch wieder lebend nach Hause zu bringen. Darum geht es primär. Der Rest ist Nebensache. Und diese Aufgabe werde ich auch diesmal erfüllen. Verstanden?«

Vorsichtig wurde genickt.

»Und das Kind?«, fragte der Korporal.

»Das bringe ich auch lebend nach Hause.« Die Stimme des Majors klang anders als sonst. Schärfer. Eine Routineaufgabe, schon zigmal ausgeführt, war persönlich geworden. Wie viele Verdächtige hatte er nicht schon festgenommen? Hunderte, vielleicht Tausende. Und er war gut darin. Besser als die anderen. Professionell. Rücksichtsvoll. Jeder Verdächtige hatte ein Recht auf Respekt. Auch heute Nacht war er trotz allem taktvoll geblieben. Und doch war diese Operation anders als sonst verlaufen. Heute Nacht hatte er nicht nur die Verantwortung für seine Männer übernommen, sondern auch für das Kind und damit für seine Ehe.

»Herr Major, dafür gibt es doch Vorschriften«, sagte der Korporal. »Elternlose Kinder müssen …«

Seine Stimme ärgerte den Major. Nicht einmal, was er sagte, das beachtete er kaum, vielmehr, wie er es sagte, der Klang dieser Stimme, dieses Nölige.

»Ich weiß nicht, wo du herkommst«, sagte der Major, »und wo du dich die vergangenen zwei Jahre rumgetrieben hast, aber jetzt bist du hier. Und hier machen *wir* die Vorschriften. Wir *sind* die Vorschriften. Das ist das Wesen des Ausnahmezustands. Die Vorschriften werden den jeweiligen Zuständen angepasst, verstehst du? Und solange ich diese Operation leite, entscheide ich über die Auslegung dieser Vorschriften. Und diese Vorschriften sagen jetzt, dass das Kind nirgendwohin geht, wo ich es nicht schützen kann. Verstanden? Haben Sie das kapiert, Korporal?«

Keine Antwort. Mindestens eine halbe Minute lang blieb es still. Da standen sie, in einem fremden Zuhause, das sie vermutlich nie wiedersehen würden. Die Kerzen flackerten, und der Major hatte vergessen, worauf er noch wartete. Er wusste nur, dass er Lina mitnehmen, mit ihr dieses Haus verlassen würde. Mit ihr oder gar nicht.

»Ein Freund von mir, Herr Major«, sagte der Korporal, »hat eine Brandbombe an den Kopf bekommen. Sein halbes Gesicht ist weg. Hätte er nur früher geschossen.«

Mit dem Mädchen an der Hand ging der Major aus dem Haus. Er zerrte sie fast. Er rannte mehr, als dass er ging.

Die Männer folgten den beiden in einigem Abstand. Irgendwo flogen Kampfhubschrauber.

»Hätte er nur früher geschossen«, wiederholte der Korporal quengelnd, wie ein Kind, das recht behalten will.

»Da«, sagte die Nase. Er zeigte auf die Helikopter. Niemand reagierte.

Jetzt waren sie bei ihrem Jeep. Der Korporal öffnete die Tür und setzte sich ans Steuer, der Major saß auf dem Beifahrersitz, das Kind auf dem Schoß.

»Schläft meine Mama?«, fragte das Kind.

»Mama schläft«, sagte der Major. »Sie ist ein bisschen krank.«

»Und mein Papa schläft auch?«, fragte das Kind.

»Papa schläft auch«, bestätigte der Major.

Der Korporal nahm ein Taschentuch aus seiner Hose und wischte sich die Hände ab. »Es war beim Checkpoint«, sagte er. »Das Auto verlangsamte, dann warfen sie eine Brandbombe. Haben Sie schon mal an einem Checkpoint gestanden, Herr Major?«

Der Major schwieg. Er mochte das Wort Checkpoint nicht, er sprach lieber von Kontrollpunkten.

»Können wir fahren?«, fauchte er.

Der Jeep fuhr los. Major Anthony hielt Lina an den Oberarmen fest. Er dachte an seine Frau. Was da jetzt auf seinem Schoß saß, war das schönste Geschenk, das es je für sie geben konnte.

Das würde sie von niemandem bekommen, nur von ihm.

Auf dem Rücksitz sagte die Nase: »Nur noch vier Monate, vier Monate Sold fehlen mir noch.«

»Wozu?«, fragte der andere Soldat.

»Um mir das Muttermal wegmachen zu lassen. Ich bin beim Arzt gewesen. In vier Monaten hab ich das Geld zusammen. Dann ist das Muttermal weg. Ihr werdet mich nicht wiedererkennen.«

2

Um Viertel vor fünf am Morgen, es war noch dunkel, kam Major Anthony mit Lina nach Hause. Er öffnete die Haustür und ging direkt in die Küche, wo er für sich und das Kind ein Glas kalten Kräutertee einschenkte. In einer Schublade suchte er nach Kopfschmerztabletten. Als er keine fand, hielt er den Kopf unter den Wasserhahn. Er bibberte. Mit einem Geschirrtuch trocknete er sich ab.

»Das ist die Küche«, sagte er. »Unsere Küche.«

Der Major hielt sich an der Anrichte fest und zeigte nach draußen. »Und da ist der Swimmingpool«, sagte er. »Einen Meter tief, tauchen geht leider nicht, aber schwimmen kann man hervorragend.«

Einen Moment spürte er wieder die Zufriedenheit, die er öfter empfand, wenn er den Pool betrachtete. Er war der Einzige in der ganzen Gegend mit einem eigenen Swimmingpool.

»Den Kräutertee mache ich jeden Tag frisch«, sagte er. »Das Rezept habe ich mir selbst ausgedacht.« Er drückte Lina das Glas in die Hand und half ihr, es an den Mund zu führen.

Sie nahm zwei Schlucke.

Der Major atmete schwer. Er wusste nicht, was ihn so sehr mitnahm. Das Schwerste lag hinter ihm.

»Wo ist meine Mama?«, fragte Lina.

»Mama, ja, Mama«, stammelte der Major. Er versuchte zu lächeln.

»Wo ist meine Mama?«, wiederholte das Mädchen.

Für einen Augenblick kam ihm zu Bewusstsein, was er getan hatte, was er hier machte, größer als alles, was er je unternommen hatte. Doch er konzentrierte sich auf Linas Zöpfe, und die Gedanken verschwanden.

»Ich werde dich meiner Frau vorstellen«, sagte er.

Er nahm sie bei der Hand und ging mit ihr die Treppe hinauf. Neben seinem und Palomas Schlafzimmer lag noch ein anderes, leeres Zimmer, für das Kind, das nie gekommen war. Sie hatten vorsorglich eine Kommode hineingestellt, und die stand immer noch da, ein Zeichen enttäuschter Hoffnung. Sie hätten ein Arbeitszimmer daraus machen können oder ein Gästezimmer, doch der Raum blieb, was er ursprünglich war und hatte sein sollen: das Kinderzimmer.

Er machte das große Licht an und blieb in der Türöffnung stehen.

Paloma schlief nackt. Sie liebte frische Luft, keine Klimaanlage. Neben dem Bett lag ihr Slip. Paloma war halb vom Laken verdeckt. Sie drehte sich um. Die Bettwäsche war teuer gewesen. Paloma kaufte gern teure Sachen.

»Das ist meine Frau«, sagte der Major leise zu Lina, die nicht reagierte. Sie starrte auf das Bett, so, wie der Major auf das Bett der verdächtigen Individuen gestarrt hatte: mit einer Mischung aus Misstrauen und Ekel.

Wieder drehte die Frau des Majors sich um, doch sie wurde nicht wach. Sie wühlte in ihren Kissen, murmelte etwas. Sie redete im Schlaf. Das geschah öfter. Nur selten wachte der Major davon auf.

»Meine Frau schläft tief«, sagte er zu der Kleinen.

Er ging auf seine Seite des Betts und schaltete die Leselampe an. »Paloma«, sagte er. »Paloma, ich bin wieder da.« Er rüttelte sanft an ihrer Schulter.

Für einen Moment öffnete sie die Augen, schloss sie aber gleich wieder. »Lass mich doch schlafen«, flüsterte sie, »es ist noch früh.«

Bis vor kurzem hatte sie in einem Reisebüro gearbeitet. Das Reisebüro musste schließen. Fast niemand reiste mehr. Die Leute, die reisen konnten, hatten das Land verlassen, und diejenigen, die noch da waren, hatten kein Geld mehr zum Reisen.

»Nein«, sagte der Major, »aufwachen, Schatz. Ich hab dir was mitgebracht. Eine große Überraschung.« Er zwinkerte Lina zu, um sie zur Verschworenen zu machen, um ihr zu zeigen, dass niemand anders als sie die Überraschung war.

Fremdgehen war eines der Dinge, die er niemals getan hatte. Nicht, dass er nie die Versuchung verspürt hatte, jeder kannte die. Doch wer an Integrität glaubte, durfte sich nicht kompromittieren. Selbst als es so ausgesehen hatte, als würde ihre Ehe nicht halten, wegen des ausbleibenden Kindes, hatte er sich nicht zu ehrlosen Handlungen hinreißen lassen. Er hatte einen arbeitslosen Bauarbeiter engagiert, und der hatte im Garten zu graben begonnen.

Der Swimmingpool hatte seine Ehe gerettet. Jeden Morgen, bevor er zur Arbeit fuhr, fischte er Blätter und Ungeziefer heraus. Wenn er fremdgegangen war, dann mit dem Swimmingpool, und das zählte nicht.

Manchmal, wenn sein Blick über die Veränderungen im Garten schweifte, hatte er sich schon gefragt, ob er seine Frau noch liebte, doch war er zuletzt zu dem Schluss gekommen, dass solche Fragen sinnlos waren. Er liebte sie, weil er sich nicht vorstellen konnte, sie nicht mehr zu lieben, und die Ehe musste fortgesetzt werden, wie man eine schwierige Militäroperation fortsetzt. Es gab einen Schlachtplan, und den musste man einhalten. Darum schenkte er ihr jetzt, was sie schon gedacht hatte, nie mehr zu bekommen. Er folgte einem Befehl. Mehr war es eigentlich nicht.

»Was ist es denn?«, fragte die Frau des Majors. »Kann es nicht bis morgen warten?«

»Nein«, sagte er. »Nicht bis morgen. Jetzt. Schau.« Seine Stimme überschlug sich vor Erregung. Der Major hob Lina hoch. Er setzte sie auf die Bettkante. »Schau«, sagte er noch einmal. Er fasste einen von ihren Zöpfen.

Halb schlafend streckte Paloma die Hand aus und berührte das Bein des Kindes. Sie öffnete die Augen.

Für einen Moment war es still, und ein paar Sekunden blickte Major Anthony sie erwartungsvoll an, er war davon überzeugt, ein großes Lächeln zu ernten, reines Glück, reiner und tiefer als alle Zuckungen des Orgasmus, die eigentlich nicht viel mit Glück zu tun hatten, außer man meinte damit das Glück des Todes.

Doch die Frau, die er hatte überraschen wollen, brach in ein Kreischen aus, als krieche ihr eine große Spinne über den Bauch, Richtung Schamhaar.

Großer Gott, wie sie kreischte!

Lina rannte in die hinterste Zimmerecke, wo sie sich mit dem Gesicht zur Wand stellte.

»Lina!«, rief der Major. Eben hatte er ihr noch über den Zopf gestreichelt, eben noch war alles gut. Jetzt presste sie das Gesicht an die Wand, während seine Frau nicht aufhörte zu kreischen.

Wie viele Menschen kann man zur gleichen Zeit beruhigen? Der Major hatte Übungen in *crowd control* absolviert, doch das hier war keine Menschenmenge, das war eine Familie. Jedenfalls sollte es eine werden.

So ruhig wie möglich sagte er: »Sei still, Paloma. Du erschreckst sie. Sei still, Schatz. Es gibt keinen Grund, so zu schreien.«

Endlich hörte sie auf. Es wurde still, ganz still, wie es im Schlafzimmer von Linas Eltern gewesen war, als der Korporal endlich seinen Befehl ausgeführt hatte: Linas Mutter von ihrem Leiden erlösen. Eine friedliche Stille hatte das Zimmer erfüllt, nur ab und zu unterbrochen vom Husten des Korporals.

»Wer ist das?«, fragte Paloma. »Wer ist dieses Kind?« Sie zeigte auf Lina, die ihren Kopf an die Wand presste.

Paloma kreischte öfter. Es war nicht das erste Mal, doch dieses Mal war es anders. Lauter, schriller.

»Das ist Lina«, sagte der Major.

Das Mädchen stand da im gelben Pyjama, und es war, als hätte es sich am liebsten in der Wand verkrochen. Heiß wurde dem Major von dem Anblick. Er schwitzte.

»Was macht sie hier?«, fragte Paloma. Sie saß jetzt aufrecht im Bett, gab sich keine Mühe, ihre Brust zu bedecken. Vor wem auch? Der Major kannte ihre Brüste, sie waren schön, aber er hatte sie wirklich genug gesehen. Und vor einem Mädchen wie Lina brauchte sie sich nicht zu genieren.

»Sie hat kein Zuhause«, sagte der Major und dachte an das Zimmer, wo er sie gefunden, wo sie ihn angesehen hatte, wie

Kinder den Weihnachtsmann ansehen, mit Ehrfurcht und ein klein wenig Angst. Er dachte an die Kerzen, die Pfanne auf dem Tisch.

»Na und? Was habe ich damit zu tun?« Paloma schien wieder losschreien zu wollen und zu kreischen.

»Ich habe sie mitgenommen«, sagte der Major. »Ich weiß, wie sehr du dir ein Kind wünschst. Ich dachte, du fändest es eine gute Idee. Du würdest dich freuen.«

»Eine gute Idee? Mich freuen? Worüber? Du weckst mich mitten in der Nacht und setzt mir ein Kind auf die Bettkante …«

Der Major seufzte. Er schaute zu Lina, doch die rührte sich nicht. »Sie kann nirgendwohin«, sagte er leise, aber mit Nachdruck. »Sie wird hier wohnen. Sie gehört jetzt zu uns.«

»Zu uns?«

»Das Kind gehört zu uns. Entschuldige, wenn ich dich damit überfalle, aber ich dachte, das hier hättest du dir gewünscht.«

»Gewünscht? Wie kommst du auf die Idee? Wovon redest du?«

Der Major ging zu Lina und legte ihr die Hand auf den Kopf. Er glühte. Und während er ihre Haare spürte, dachte er an ihre Mutter. Er sah wieder, wie sie den Mund aufgemacht hatte, als wollte sie etwas sagen, und wie nur noch etwas Blut herausgekommen war.

Er musste die Mutter vergessen. Von nun an war seine Frau Linas Mutter: Paloma. Endlich wurde sie, was sie immer gewollt hatte. Alles in der Natur dreht sich um Fortpflanzung, und er und Paloma hatten sich eben so fortgepflanzt, was machte das schon? Es herrschte Ausnahmezustand, und da liefen die Dinge ein wenig anders. In einem Ausnahmezustand konnte man auch das hier Fortpflanzung nennen.

»Ich habe es so entschieden«, sagte er. »Es ist mein Entschluss.«

»Und warum?«

»Warum was?«

»Warum hast du das so entschieden? Was ist in dich gefahren? Herr im Himmel, wie kommst du auf so eine Idee?«

»Auf so eine Idee?« Die Stimme des Majors zitterte.

Seine Hand ruhte auf Linas Kopf. Er spürte die Nähe des Mädchens und wie sehr er sich schon an sie gewöhnt hatte. So schnell ging das also. Doch unlogisch war es nicht, er war verantwortlich für den Ausfall ihrer Eltern – je mehr er über deren Tod nachdachte, desto mehr kam er zu dem Schluss, dass es so für alle das Beste war, unter den gegebenen Umständen vermutlich die humanste Lösung: Die Leute wären nie mehr aus dem Gefängnis gekommen, vielleicht hätte man sie gefoltert, vergewaltigt, was auch immer, und wenn sie daran nicht gestorben wären, wären sie nach einiger Zeit womöglich doch noch verschwunden – es waren merkwürdige Zeiten. Darum übernahm er jetzt die Verantwortung für ihre Tochter, die zu jung war, an etwas schuldig zu sein. Er hatte die Operation geleitet, hatte eine Entscheidung getroffen, er würde die Folgen tragen. Der Rest waren Erklärungen, blumige Details. Nachträgliches Geschwafel.

»Du wolltest ein Kind!«, rief er. »Hier ist es. Jetzt freu dich! Es ist da. Lina gehört jetzt zu uns.« Er drehte das Mädchen ein wenig, so dass sie Paloma das Gesicht zuwandte. »Für dich habe ich das hier beschlossen. Für dich! Weil du dahinsiechst, wie du selbst dauernd sagst. Dein Leben war leer ohne Kind, ziel- und nutzlos. Ohne Kind wolltest du nicht mehr leben. Darum habe ich die Entscheidung getroffen. Endlich hast du etwas, wofür du leben kannst.«

Er schob Lina einen halben Meter auf das Bett zu, das er für sich und Paloma zur Hochzeit gekauft hatte.

Und noch ein Stück weiter, bis sie direkt vor Paloma stand.

Die Frau des Majors kreischte wieder. Sie sagte kein Wort, kreischte nur, laut und schrill.

»Ein Alptraum ist das!«, rief sie, als sie sich ausgekreischt hatte. »Ich bin in einen Alptraum geraten.« Sie stieg aus dem Bett, riss eine Schranktür auf und zog sich ihren Bademantel an. Den Bademantel hatte sie aus dem Hotel mitgenommen, wo sie und der Major ihre Hochzeitsreise verbracht hatten.

Der Major dachte an die Reise. Er hatte lange dafür gespart, doch er hatte sie kaum genießen können. Das Hotel war eine Enttäuschung gewesen, genau wie das Essen, und Paloma klagte andauernd. Nur der Bademantel hatte Gnade vor ihr gefunden. Seither hatte der Major sich an ihre Klagen gewöhnt, hatte gelernt, sie zu lieben. Solange sie sich bei ihm beklagte, zeigte sie ihm, dass sie ihn brauchte.

»Nein, Schatz«, sagte der Major, »das ist kein Alptraum. Das ist ein Geschenk. Mein Geschenk an dich. Hast du nicht davon geträumt? Das war doch immer dein größter Wunsch!«

Er hob Lina hoch, bis sie sich auf Augenhöhe mit Paloma befand.

»Hier ist sie!«, rief er. »Das ist unsere Tochter.«

Er bebte, übermannt von seinen Gefühlen, es lag am Gekreisch seiner Frau, der Empfindung, ein Kind in Händen zu halten, das ihm gehörte, an der Erschöpfung nach der nächtlichen Operation.

So blieb er stehen, das Kind vor sich haltend. Alle drei schwiegen. Paloma schaute das Kind an, doch das Kind sah durch Paloma hindurch. Es starrte in eine unergründliche Ferne.

Jetzt beginnt mein Leben, dachte der Major. Diese Operation hatte alle anderen Operationen überflüssig gemacht. Hierfür trug allein er die Verantwortung. Er und niemand sonst hatte das hier beschlossen.

»Wo hast du sie gefunden?«, fragte Paloma. Sie fuhr sich durchs Haar. Die blondierten Strähnen reichten ihr bis zu den Schultern. Sie war eine schöne Brünette gewesen, hatte sich aber blondieren lassen, weil alle Offiziersfrauen blond waren. Ihr Gesicht behandelte sie mit einer Creme, die ihre Haut aufhellen sollte. »Werd ich schon heller?«, fragte sie ab und zu, doch der Major sah keinen Unterschied.

»In der Stadt«, sagte er, »nicht weit von hier. Aber ich habe sie nicht gefunden.« Er stellte Lina vorsichtig wieder auf den Boden und wischte sich die Hände an der Uniform ab.

Paloma verschränkte die Arme vor der Brust. Sie schien vergessen zu haben, dass der Major ihr Mann war, selbst dass sie schon neun Jahre in diesem Haus wohnte, seit ihrer Hochzeit. Nur noch, dass sie in einen Alptraum geraten war, schien sie zu wissen. Da war sie sich sicher, und verglichen damit verblassten alle anderen Sicherheiten zu bloßen Vermutungen. Das war es, was ihr Gesicht ausdrückte. Sie hatte einen Teil ihres Alptraums gesehen, und dieses bisschen war ihr genug.

»Bring sie zurück«, sagte sie und zog den Bademantel fest um sich. »Es ist nett von dir, dass du an mich gedacht hast, sehr aufmerksam, aber ich will es nicht.«

»Was willst du nicht?«

»Das da.« Sie zeigte auf das Kind wie auf ein Insekt, das zwar grässlich und beängstigend ist, jedoch viel zu groß, um es einfach zu töten.

»Das geht nicht. Dazu ist es zu spät.« Der Major redete leise und merkte, wie Enttäuschung ihn übermannte, tiefer und intensiver als damals, als der Doktor zu ihm gesagt hatte, dass es an ihm lag, dass sein Samen nichts taugte, dass es seine Schuld war. »Haben Sie vielleicht einen Bruder, der Ihre Frau befruchten könnte? Das wäre eventuell eine Lösung«, hatte der Doktor hinzugefügt.

»Ich will's einfach nicht!«, rief Paloma. »Anthony, hörst du? Nicht für eine Million.«

Was seine Frau sagte, war schrecklich und unerträglich. Der Major hielt dem Kind die Ohren zu, so, wie er sich selbst die Ohren zuhielt, wenn Artilleriegeschütze gezündet wurden. Das war die Reihenfolge: »Ohren zu! Feuer!«

Nicht nur, dass Paloma anders reagierte, als er gehofft hatte, damit konnte man leben, doch wie sie reagierte, gehörte sich einfach nicht: So empfing man kein Kind, das gerade beide Eltern verloren hatte.

Der Major nahm seine Hände von Linas Ohren. Dann sagte er, als spreche er zu den Rekruten bei ihrer Aufnahme in die Kaserne: »Lina, das hier ist dein Zuhause. Ab heute ist das hier dein Stützpunkt. Du stehst unter meinem Schutz.«

Leichte Panik ergriff ihn. Jetzt kam es darauf an, die Situation unter Kontrolle zu halten. Wenn er das bei einem Bataillon schaffte, musste ihm das bei seiner Frau auch gelingen.

Paloma setzte sich vor den Spiegel. Sie begann, sich zu schminken, gehetzt und chaotisch, laut atmend, mit feuchten Augen. Dann sagte sie: »Anthony, es ist lieb von dir, unheimlich lieb, aber das hier ist für mich keine Lösung. Ich kann das nicht.«

Je beherrschter Paloma sprach, desto unruhiger wurde Major Anthony. Die Ablehnung des Mädchens bedeutete eine Ablehnung seiner eigenen Person. Das hier war schlimmer als Meuterei, das war ein Todesurteil. Wer Lina nicht wollte, wollte auch ihn nicht.

»Du verstehst nicht«, sagte er. »Du hast es immer noch nicht richtig begriffen. Das hier ist meine Tochter. Von heute an ist das meine Tochter. Und darum auch deine. Ich habe ihr das Leben geschenkt. Es ist unsere Tochter. Fang an, sie zu lieben. Das wolltest du doch? Ein Kind, das du liebhaben kannst? Worauf wartest du noch? Warum liebst du sie nicht?«

Er redete immer lauter. Er erschrak vor sich selbst. »Hör nicht hin auf das, was ich sage«, sagte er zu dem Kind, dessen Blick immer noch geistesabwesend in die Ferne gerichtet schien. »Es hat nichts mit dir zu tun.«

Dann ging er zu seiner Frau und flüsterte ihr ins Ohr: »Offiziell gibt es sie nicht mehr, aber ich werde ihr neue Papiere besorgen, eine neue Identität. Wir geben ihr ein neues Leben. Ich garantiere für alles. Vertrau mir. Alles wird gut.«

Hastig, fast keuchend hatte er es geflüstert. Er, der Mann des Gesetzes, diente jetzt seinem eigenen Gesetz. Er musste sich an die neue Situation noch gewöhnen, doch wenigstens stand er nicht im Morast der Illegalität, auch nicht mit einem Bein, vielmehr handelte es sich bei ihm um legitime Illegalität. Eigentlich tat er nichts, was das Tageslicht scheuen musste.

Paloma sprang auf und rannte die Treppe hinunter.

Der Major zögerte nicht. Er rannte hinterher, das Kind, das gerade seine Tochter geworden war, in den Armen. Jetzt ging es darum, die Kontrolle nicht zu verlieren. Die Reihen mussten geschlossen bleiben.

»Wohin willst du?«, fragte er im Flur vor dem Spiegel. Er stellte das Kind auf den Boden.

»Zu meinen Eltern«, sagte sie. Ruhig, ganz ruhig eigentlich.

»Es ist Ausgangssperre. Niemand darf auf die Straße.«

»Das ist mir egal.«

»Du bist halb nackt.«

»Ich will weg hier. Mein Gott, lass mich gehen.« Jetzt klang sie nicht mehr ruhig, hatte alle Selbstbeherrschung verloren.

Sie machte ein paar Schritte zur Haustür. Der Major folgte ihr, zog das Kind hinter sich her. Er war bereit einzugreifen. Intervenieren war seine zweite Natur.

Auf der Fußmatte ließ die Frau des Majors sich zu Boden sinken. Sie brach in Tränen aus. Sie kniete wie in der Kirche.

Mit der Linken hielt der Major das Mädchen fest. Mit der Rechten griff er nach seiner Pistole, einer kleinen Dienstwaffe, die er selten bis niemals benutzte. Seine Frau, wie sie da heulend auf der Fußmatte kniete, war das Schlimmste, was er seit langem gesehen hatte, schlimmer als die sterblichen Überreste beim jüngsten Einsatz, schlimmer als die

Soldaten, die er nach diversen Militäraktionen verstümmelt in die Kaserne hatte zurückbringen müssen, Verstümmelungen, die ein eigenes Leben zu führen begannen, wenn er sie zu Hause am Swimmingpool plötzlich gestochen scharf vor sich sah. Sie sprachen zu ihm, die Verstümmelten. Oder nein, die Verstümmelungen selbst führten das Wort. Wenn er es am wenigsten erwartete, hörte der Major Monologe abgerissener Gliedmaßen.

»Willst du deine Beruhigungspillen?«, fragte er seine Frau.

Zwischen zwei Schluchzern entgegnete sie: »Wo sind ihre Eltern?«

»Die sind nicht mehr da«, sagte der Major leise. »Sie hat nur noch uns. Steh jetzt auf. Komm, bitte, steh auf. Sie hat nur noch uns. Lass uns in aller Ruhe darüber reden.«

Er hielt Paloma die Hand hin, doch sie schlug sie weg. »Nein!«, rief sie. »Nein!«

Sie zog sich an der Türklinke hoch und versuchte, die Haustür zu öffnen.

Jetzt begriff er: In ihrem überreizten Zustand wollte Paloma auf die Straße. Ihr frisches Make-up war teils schon wieder verschmiert.

»Bleib hier«, sagte der Major. In Momenten wie diesen war er die Ruhe selbst. Die Ruhe eines Mannes vor der Aktion. Nicht, dass er keine Angst hatte, er fürchtete sich jetzt mehr als vor einem Heckenschützen auf dem Dach, mehr als vor einem Anschlag auf eine Patrouille, mehr als vor Verletzungen oder gar dem Tod. Doch Angst und Ruhe flossen für ihn zusammen. Angst war eine besondere Art der Konzentration.

»Ich kann nicht mehr«, sagte sie. »Ich will nach Hause. Mein Gott, ich will nach Hause.«

Paloma öffnete die Haustür. Da draußen lag die Provinzstadt – oder deren bessere Gegend, wo sie mit ihrem Mann, dem Major, lebte. Regen erwartete sie. Sonst nichts. Sie heulte, aber anders, als Lina geheult hatte, und auch wieder ganz anders als der Korporal, als er auf dem Boden zusammengesunken war.

»Aber du bist zu Hause!«, sagte der Major. »Du hast gerade ein Kind bekommen, darum bist du so durcheinander. Das kommt öfter vor bei Frauen, die eben ein Kind bekommen haben, sie sind verwirrt, traurig, depressiv, aber das geht vorbei. Glaub mir, es geht vorbei. Du wirst dich an sie gewöhnen, du wirst sie lieben.«

Paloma machte ein paar Schritte vors Haus. Sie fiel auf in ihrem weißen Bademantel in der einsamen Nacht. Ein Gespenst mit nackten Füßen.

In der Türöffnung stand der Major mit Lina, dem Mädchen, das er vor dem staatlichen Waisenhaus gerettet hatte. Er hatte sein Bestes getan, er zweifelte keine Sekunde daran. Weil Machtlosigkeit und Verzweiflung im Grunde das Gleiche sind, nahm er seine Waffe, obwohl er wusste, er würde sie nicht benutzen, doch er nahm sie, weil er nichts anderes hatte, während er weiter das Kind festhielt, und zielte auf die Frau, für die er einen Swimmingpool gebaut hatte, für die er die Vorschriften gebrochen, für die er ein Kind gerettet und Lina mit nach Hause gebracht hatte, und rief: »Das hier ist meine Operation, Paloma, und ich sage dir: Du bleibst hier, und du wirst dieses Kind lieben! Du wirst dieses Kind lieben!«

Paloma drehte sich um und starrte den Major an, der mit der einen Hand die Waffe und mit der anderen Lina festhielt. »Mein Leben ist keine Militäroperation«, sagte sie. »Ich will nach Hause. Hörst du? Nach Hause.«

Sie brach in Gelächter aus, immer lauter. »Wirst du mich jetzt umbringen?«, fragte sie. »Bin jetzt ich an der Reihe? Dann schieß doch. Schieß!«

Der Major kam auf sie zu; er versuchte, sie an ihrem Bademantel ins Haus zu zerren. Sie fiel hin.

Kurz sah sie ihn an. Dann rappelte sie sich wieder hoch. Sie öffnete den Mantel und ließ ihn zu Boden fallen. Nackt stand sie da, und der Major fragte sich, warum ihr nackter Körper keine Begierde mehr in ihm auslöste. Ihr Körper erinnerte ihn nur an den Tod, der in seinen Hoden wohnte.

»Die Nachbarn können dich sehen!«, rief er. »Komm rein!«

Ein Hubschrauber flog über sie hinweg. Auf Leute, die die nächtliche Ausgangssperre missachteten, durfte geschossen werden. Der Aufruhr musste bekämpft werden, das war auch seine Aufgabe. Er kämpfte für sein Land. Für den Staat, der wie ein guter Onkel über ihn wachte und vor dem er sich würde verantworten müssen für das, was er getan hatte. Er setzte sich ein für eine bessere Welt.

Dieser Gedanke erlöste ihn aus der Erstarrung. Nur die vollkommene Unterwerfung erfüllte, war eine Art glückseliger Lähmung. Er steckte seine Waffe wieder ein. Das Kind fest an der Hand, ging er zu Paloma, packte sie und zerrte sie ins Haus wie ein verdächtiges Individuum, als sei sie der zu bekämpfende Widerstand höchstpersönlich. Er zerrte sie Richtung Küche. Neben der Küche befand sich ein kleines Zimmer, mehr eine Abstellkammer für Kleidung, die man nicht mehr trug, dorthin brachte er seine Frau. Er schob sie hinein zu seinen alten Anzügen und Oberhemden und ihren getragenen Röcken und Kleidern. Dann schloss er die Tür.

Sie hatte sich nicht einmal richtig gewehrt. Sie hatte gelacht, ihn ausgelacht. Doch wer ihn auslachte, lachte auch über das Kind, lachte über die gesamte Operation.

Es war nicht das erste Mal, dass er die Frau, die er mehr liebte als irgendetwas auf der Welt, in die Abstellkammer sperrte. Es tat ihm weh, seine Frau einsperren zu müssen, fürchterlich weh, doch was sollte er tun? Manchmal wollte sie in überreiztem Zustand einfach auf die Straße laufen. Seit bekannt war, dass in seinen Hoden der Tod wohnte, hatte Paloma Anfälle hysterischer Melancholie. Der Doktor hatte ihr Beruhigungspillen verschrieben, doch die wirkten nicht immer.

Paloma hämmerte mit den Fäusten gegen die Tür.

Der Major kniete vor Lina, die von jetzt an seine Tochter sein würde. Er kniete, um ihr direkt in die Augen zu sehen, in ihr Gesicht, das genauso feucht war wie seins, die Regenzeit schlug sich bei allen nieder, und sagte: »Papa und Mama sind nicht mehr da. Sie sind weg. Du kannst überall suchen, sie sind weg. Tut mir leid. Wirklich. Von jetzt an bin ich dein Papa, und ich werde dich liebhaben. Ich hab dich schon lieb, und meine Frau wird deine Mama und dich auch liebhaben. Jetzt ist sie gerade in der Abstellkammer, weil sie durcheinander ist, verstehst du? Dein Papa und deine Mama waren auch durcheinander, darum waren sie gegen den Staat, vielleicht sogar Staatsfeinde, oder sie haben den Staat bedroht, ich weiß nicht. Darüber habe ich nicht zu entscheiden. Ich vertrete den Staat, das Gesetz, darum musste ich tun, was ich getan habe. Aber du bist kein Staatsfeind, das wusste ich gleich, als ich dich sah, und dass ich dich nicht deinem Schicksal überlassen durfte. Dutzende, Hunderte, Tausende verdächtige Individuen habe ich festgenommen, und das hat mir keine schlaflosen Nächte bereitet, überhaupt nicht, Verdächtige sind Verdächtige, darüber braucht man sich keine Gedanken zu machen. Gefühle sind für zu Hause, obwohl es auch da schwierig ist mit den Gefühlen, denn ich nehme meine Arbeit ja überall mit hin, es ist meine Arbeit, den Staat zu schützen, und der Staat ist überall, auch zu Hause. Und dann sind da noch die Männer, meine Untergebenen, grüne Jungs eigentlich, ich muss dafür sorgen, dass sie abends wieder unversehrt in die Kaserne kommen. Das ist meine Aufgabe, und an die denke ich selbst dann noch, wenn ich nach Hause komme. Verstehst du, Lina?«

Immer noch hämmerte die Frau des Majors mit den Fäusten an die Tür. Der Major hörte es kaum, für ihn klang es, als übten die Nachbarn Trommeln. Er sah Lina an und sagte: »Leider muss ich meine Frau manchmal einsperren, wenn sie zu laut schreit, denn bei Krach kann ich nicht denken. Aber ich liebe sie, so, wie ich dich liebe. Wir sind eine Familie. Eine glückliche Familie, und wir werden noch glücklicher werden. Verstehst du?«

»Aber meine Sachen«, sagte Lina, »sind meine Sachen noch bei Papa und Mama?«

»Morgen holen wir deine Sachen. Das ist meine Verantwortung. Wer unter meinem Schutz steht, hat ein Recht auf sein Eigentum.«

Er brachte sie in das Zimmer mit der Kommode. Aus ihr holte er eine Matte, die er auf dem Boden ausrollte.

»Eine Decke wirst du nicht brauchen«, sagte er und breitete ein Laken über die Matte.

Der Major sah dem Kind zu, doch es legte sich nicht hin. In ihrem neuen Zimmer stand seine neue Tochter neben der Kommode und betrachtete mit einer Mischung aus Erstaunen, Angst und Ergebenheit ihren neuen Vater.

»Ich wünsche dir eine gute Nacht«, sagte der Major. »Du hast viel durchgemacht. Schlaf schön. Ruh dich jetzt aus.«

Leise schloss er die Tür, ging in die Küche und schenkte sich ein Glas Milch ein. Langsam trank er es aus. Draußen wurde es Tag.

Nachdem er das Glas ausgespült hatte, öffnete er die Tür der Abstellkammer. Paloma war auf dem Boden eingeschlafen. Der Major hob sie hoch und brachte sie vorsichtig zu Bett. Dort deckte er sie zärtlich zu, gab ihr einen Kuss auf die Stirn, ließ das Licht an und ging dann zur Haustür. Ihm fiel der weiße Bademantel ein, der noch vor der Tür lag. Er schaute sich um, ob jemand ihn sah, und zog den Mantel dann hastig ins Haus. Wie ein totes Tier, das er erlegt hatte.

Um acht Uhr wurde er in der Kaserne erwartet. Er legte sich nicht mehr hin. Es hatte keinen Sinn. In der Küche putzte er sich sorgfältig die Stiefel. Dann fischte er ein paar Blätter und Ungeziefer aus dem Swimmingpool, bis er im Garten rechts von seinem den Nachbarn bemerkte. Er legte den Käscher auf den Beckenrand und ging zu der Hecke, die die beiden Gärten voneinander trennte.

»Guten Morgen«, rief der Major dem Nachbarn zu, »alles in Ordnung?«

Der Nachbar nickte, und der Major kam noch näher, trotz der Hecke, so nah, dass er den Mann fast berühren konnte. »Ich wollte Ihnen nur sagen, dass wir Familienzuwachs bekommen haben«, berichtete er.

Der Major sah den Nachbarn erwartungsvoll an. Eine wahnsinnige Freude lag auf seinem Gesicht. Ein Glück, an das er sich erst noch gewöhnen musste.

3

Zu guter Letzt hatte Lina sich doch noch auf der Matte niedergelassen, die der Major für sie ausgerollt hatte. Zuerst hatte sie kurz die Wand angestarrt und dann geweint. Mit dem Zeigefinger hatte sie Kreise auf der hellblauen Wand gezogen. Immer neue, große und kleine. Das beruhigte sie.

Sie sehnte sich nach Papa und Mama, nach ihrem Haus und ihrem Zimmer, ihr fehlten das Bett und die Zeichnungen darüber. Dieses Gefühl hörte nicht auf, auch nicht, als sie aufhörte zu weinen. Ihr fehlten die Geräusche, die sie vor dem Einschlafen immer hörte, die Bücher, die sie geschenkt bekommen hatte und in denen sie morgens immer lesen musste, wenn ihre Eltern noch schliefen. Ihr fehlten der Geruch ihrer Mama und der des Essens, was beinahe ein und dasselbe war. Mama roch nach dem Essen und das Essen nach Mama.

Ihre Mutter sagte immer: »Bleib im Bett, bis ich dich hole. Du darfst uns nicht wecken. Lies so lange ein Buch.« Darum las sie immer, bis ihre Mutter sie holte.

Erst jetzt fiel ihr auf, dass ihr die Füße weh taten, weil sie ohne Schuhe mit dem Mann mitgegangen war. Sie hatte sich gefürchtet. Sie konnte sich nicht erinnern, je zuvor solche Angst gehabt zu haben.

Sie legte sich hin, obwohl sie eigentlich hatte sitzen bleiben wollen. Sie wollte wach bleiben, aufpassen: Jetzt, wo ihre Eltern nicht da waren, musste sie auf sich selbst aufpassen. Hier würde sie auf Papa und Mama warten. Und nun lag sie doch, ihr Blick wanderte durch das seltsame Zimmer. Sie betrachtete es, wie jenes andere Zimmer, als sie einmal bei ihrer Tante übernachtet hatte. Auch damals hatte sie nicht schlafen können.

Doch das hier war anders. Hier gab es weit und breit keine Tante.

Lina zweifelte nicht daran, dass ihre Eltern kommen und sie holen würden, wie ihre Mutter sie jeden Morgen aus dem Bett holte. Bis jetzt waren sie immer gekommen. Manchmal hatte es lange gedauert, aber gekommen waren sie. Sie musste nur Geduld haben. Davon redeten ihr Papa und ihre Mama auch oft: Geduld.

Wenn sie schlafen würde, ginge das Warten schneller vorbei. Schlafen ist warten, ohne dass man Geduld dazu braucht.

Sie rollte sich zusammen. Die Matte roch sauer. Sie begann wieder zu weinen, doch leise, niemand durfte sie hören. Lautlos rief sie nach ihrer Mama.

Um neun Uhr wachte sie auf. Sie wusste sofort, wo sie war. Sie erinnerte sich, dass sie mit einem fremden Mann mitgegangen war.

Das Sonnenlicht schien grell durch die weißen Gardinen.

Lina stand auf und zog die Gardinen ein wenig beiseite. Obwohl es bewölkt war, war das Licht so hell, dass es ihr in den Augen weh tat.

Sie musste pinkeln. Während sie zur Matte zurückging, fragte sie sich, wo wohl die Toilette war. Sie wagte das Zimmer nicht zu verlassen. Im Haus herrschte Totenstille; nirgends ein Laut.

Ein paar Minuten lief sie durch das fast leere Zimmer. Zweimal rief sie leise: »Mama!« Sie wagte nicht, lauter zu rufen.

Sie ging zur Tür. Sie wusste, dass dies hier – dieses Zimmer, die Gardinen, die Matte – ihre Strafe war, weil sie mit dem fremden Mann mitgegangen war, und wie lange sie auch darüber nachdachte, sie konnte sich nicht mehr erinnern, warum sie das getan hatte. Vielleicht, weil er in ihrem Haus gestanden hatte, mitten im Zimmer. Jemand, der mitten im Wohnzimmer steht, ist kein Fremder.

Sie wurde wieder traurig. Bevor sie einschlief, hatte sie gehofft, dass alles anders wäre, wenn sie wach würde, doch alles war noch genau so.

Lina musste jetzt so dringend, dass sie es nicht mehr aushielt. Die Angst, in die Hose zu machen, war größer als alle Furcht. Sie schaute an ihrem gelben Pyjama hinunter. Leise öffnete sie die Tür.

Ein Flur. Türen zu anderen Zimmern. Hier waren die Wände nicht blau gestrichen.

Noch immer nirgends ein Laut. War überhaupt jemand zu Hause?

Auf Zehenspitzen lief sie über den Flur, auf der Suche nach einer Toilette. Sie musste an eine Geschichte von einem Wolf denken. Ein lieber Wolf, der bei Leuten im Bad wohnte, weil sonst die Gäste vor ihm Angst bekamen. Mama hatte ihr die Geschichte erzählt. Sie mochte Geschichten, vor allem, wenn Mama sie ihr erzählte.

So leise wie die Tür des Zimmers, in dem sie geschlafen

hatte, öffnete sie die nächsten Türen. Hinter der zweiten entdeckte sie ein Bad. Darin war auch eine Toilette. Vor der Schüssel lag eine Matte.

Nirgends ein Wolf.

Es fühlte sich gut an, barfuß auf dem Vorleger zu stehen, der weich und warm war. Vorsichtig zog sie sich die Pyjamahose herunter, um nur ja keinen Lärm zu machen, und setzte sich langsam hin. Auch die Klobrille fühlte sich merkwürdig an. Während sie pinkelte, schweifte ihr Blick durch das Badezimmer: eine Wanne, zwei Bademäntel an einem Haken, eine schwarze Waage, ein Handtuchständer, an dem auch eine durchsichtige Duschhaube hing.

Das Klopapier war nicht rosa wie zu Hause, sondern weiß mit einem kleinen Muster.

Lina drückte nicht auf die Spülung. Sie hatte gelernt, morgens leise zu sein. »Mucksmäuschenstill«, sagte ihre Mutter immer. »Still wie ein Mäuschen, versprochen? Bis wir dich holen.«

Als sie sich die Pyjamahose wieder hochgezogen hatte, verließ sie das Bad. Sie fragte sich, ob außer ihr noch jemand im Haus war. Bei ihr daheim war es manchmal auch still, aber dann schliefen die Eltern noch.

Nachdem sie eine Weile vor dem Badezimmer gestanden hatte, unschlüssig, was sie jetzt tun sollte, beschloss sie, nach unten zu gehen. Da war die Haustür. Durch die musste sie, um nach draußen zu kommen. Vorsichtig ging sie die Treppe hinunter. Stufe für Stufe.

Ihre Eltern waren sicher von ihr enttäuscht, darum hatten sie sie allein gelassen. Wenn Mama sich ärgerte, rief sie oft: »Du bist unmöglich, ich schmeiß dich raus. Scher dich weg!«

So war es jetzt gekommen, nur doch wieder anders.

Sie ging in die Küche, dort war sie in der Nacht auch schon gewesen. Einen Moment blieb sie stehen. Es roch frisch. Nicht nach Essen, sondern nach Reinigungsmittel. Anders als bei ihr zu Hause. Alles war anders hier.

Sie hatte Durst.

Nach einigem Zögern kletterte sie mit Hilfe eines Hockers auf die Spüle und trank Wasser aus dem Hahn. Dann kletterte sie wieder hinunter. Obwohl sie ein wenig Hunger hatte, suchte sie nicht nach Essen. Sie setzte sich auf den Hocker und beschloss, dass sie Geduld haben müsste, bis ihre Eltern sie holen kämen. Irgendwann wäre ihre Enttäuschung verflogen, und sie würden sich sagen: »Ja, Lina hat uns enttäuscht, aber jetzt ist es genug.«

Sie schaute aus dem Fenster und sah ein Stück Swimmingpool im Garten. Ein schöner Garten, fand sie. Einmal war sie mit Papa und Mama an einem See gewesen, doch das Wasser dort war sehr kalt. In einem Swimmingpool hatte sie noch niemals geschwommen.

Dann ging sie zum Kühlschrank – ein schöner Kühlschrank, aber sie wagte nicht, ihn zu öffnen.

Schräg darüber hing eine große Uhr mit Sekundenzeiger, die sehr laut tickte. Ein Weilchen betrachtete Lina die Uhr. Sie war überzeugt, dass, wenn sie sich nur genug konzentrierte, es an der Tür läuten oder jemand ans Fenster klopfen würde und ihre Eltern dann vor der Tür ständen. Wenigstens Papa. Dann wäre alles wieder wie früher.

Mehr verlangte sie nicht.

Vielleicht hatten sie sich im Garten versteckt. Manchmal spielten die Eltern mit Lina. In letzter Zeit war das nicht mehr oft vorgekommen, sie hatten keine Zeit mehr dazu. Papa war noch manchmal auf einen Baum geklettert, aber das hatte ihr nicht gefallen, Papa auf diesem Baum. Man konnte sehen, dass er es selbst auch ein bisschen gruselig fand. Sie hatte Angst bekommen, dass er nicht mehr herunterkäme. Als er endlich unten war, hatte sie gesagt: »Solche komischen Spiele machen wir in Zukunft nicht mehr.«

Sie setzte sich auf den Hocker zurück und wartete. Sie bekam wieder Durst, doch sie gab ihm nicht nach. Jetzt hatte sie außerdem Hunger, aber auch um den kümmerte sie sich nicht. Sie hatte begriffen: Wenn sie mucksmäuschenstill auf dem Hocker sitzen blieb, würde alles bald wieder gut.

Kurz nach neun kam die Señora, die Dame des Hauses, in Pantoffeln in die Küche geschlurft. Sie war nur wenig bekleidet und schien zu erschrecken, als sie Lina entdeckte, aber sie kreischte nicht. In der Nacht hatte sie laut geschrien, aber jetzt schauderte ihr nur, wie vor einem Insekt. Ihr Gesicht war verschmiert, vor allem um die Augen. Sie stöhnte, als hätte sie Schmerzen.

»Bist du immer noch da?«, fragte sie Lina.

Es war eine Frage, aber so hörte es sich nicht an. Es klang eher wie ein Vorwurf.

Die Dame füllte einen Kessel mit Wasser und stellte ihn auf den Herd. Dann öffnete sie einen Schrank, holte ein Döschen Tabletten heraus und nahm zwei, die sie mit einem Glas Wasser hinunterspülte. Sie verzog das Gesicht.

Linas Vater schluckte auch Tabletten, und dann verzog er das Gesicht auch immer. Als würden die Tabletten dann besser wirken.

Die Frau mit den Pantoffeln wartete, bis das Wasser im Kessel kochte. Während sie sich mit einer Hand durch die Haare fuhr, öffnete sie eine Schublade und holte einen Terminkalender hervor, in dem sie blätterte.

Lina ließ sie nicht aus den Augen, so, wie sie einmal im Zoo die Affen und Tiger beobachtet hatte. Immer noch saß sie auf ihrem Hocker und wagte kaum zu atmen. Am Esstisch zu Hause hörte sie manchmal ihren Eltern zu, wenn die sich über Erwachsenendinge unterhielten, aber da hatte sie immer alles verstanden. Worten, die sie nicht kannte, konnte sie selbst eine Bedeutung geben, und Sätze, aus denen sie nicht schlau wurde, wiederholte sie bei sich so lange, bis sie alles begriff.

Die Señora hier jedoch sagte nichts. Da gab es auch nichts zu begreifen, und Lina fiel wieder ein, dass sie sie auch heute Nacht nicht richtig verstanden hatte.

Das Wasser kochte; die Señora goss es in eine Teekanne, hängte einen Teebeutel hinein und wartete einen Moment, immer noch mit dem Rücken zu Lina. Dann nahm sie zwei Tassen aus dem Schrank, drehte sich um und fragte: »Möchtest du Tee?«

Die Frage klang vertraut und bedrohlich zugleich. Lina wollte zwar welchen, doch war »Ja« die richtige Antwort? Sie starrte auf ein Stück nackter Brust der Señora.

»Ja«, sagte Lina nach einer Weile, »gern.«

Sie bekam eine Tasse, und die Frau mit dem offenen Bademantel sagte: »Pass auf, er ist heiß.«

Die Frau trank im Stehen, ab und zu rieb sie sich über die Arme, als wäre ihr kalt; erst nach einer Weile sagte sie wieder etwas.

Die ganze Zeit hatte Lina keinen Schluck zu nehmen gewagt. Sie hatte mit ihrer Tasse dagesessen, totenstill und wartend, sie wusste selbst nicht, auf was. Ein Zeichen, die Türklingel, auf Papa und Mama.

Was die Señora zu guter Letzt sagte, war: »Ist er schon weg?«

Lina nahm die Tasse in die andere Hand. Auf der Tasse war eine Kutsche zu sehen. »Wer?«, fragte sie schließlich. Das war besser als nichts. Schweigen war unhöflich.

»Ist er schon weg?«, wiederholte die Dame. Sie hatte eine tiefe, nicht unangenehme Stimme. Ein bisschen heiser.

»Wer, Señora?«

So hatte sie das gelernt. Intuitiv begriff Lina, dass sie höflich sein musste. Je höflicher sie war, desto schneller kämen ihre Eltern sie holen. Es war eine Probe. Das Zimmer, in dem sie geschlafen hatte, die Küche, die Frau im Bademantel: eine Bewährungsprobe, um zu sehen, wie tapfer sie war.

»Mein Mann«, sagte die Dame. »Ist er schon weg?« Sie schaute zur Decke, doch da war nichts zu sehen. Eine ganz gewöhnliche Zimmerdecke.

»Ich weiß nicht, Señora.«

Die Dame schenkte sich noch einen Tee ein, dann fragte sie: »Auch noch was?«

»Ja«, sagte Lina, »gern … – Señora.« Obwohl sie Tee ohne Zucker und Milch nicht mochte und eigentlich auch nicht diese Sorte Tee, nicht mal mit Zucker und Milch. Doch wer höflich sein will, kann nicht allzu viel ablehnen.

»Aber du hast ja noch«, sagte die Dame. Sie schenkte Lina nicht nach.

Lina begann, ihren Tee in kleinen Schlucken zu trinken.

Höflichkeit bedeutete trinken, weitertrinken in diesem Fall. Sie durfte keine Fehler machen. Es war eine Probe.

Sie betrachtete die Pantoffeln der Señora. Rosa Pantoffeln mit flauschigem Besatz, wie ein Fell. Später wollte sie auch mal solche Pantoffeln haben. Sie mochte flauschige Sachen.

»Ich hab um elf einen Termin beim Frisör«, sagte die Señora. »Ich kann dich hier nicht allein lassen. Ich kenne dich nicht. Und die Haushälterin hat Ausgang, wegen einer Beerdigung, sie kommt erst Ende der Woche zurück. Hast du Hunger?«

Sie redete nicht unfreundlich, eher tonlos. Ohne die Stimme zu heben. Wie betäubt.

Lina schüttelte den Kopf, doch eigentlich meinte sie »ja«. Sie tat es nicht überzeugend. Sie wusste nicht, was sie sagen sollte. Sie kannte die richtige Antwort nicht.

»Wirklich nicht?«, fragte die Dame. »Es ist Kuchen da.«

Sie wartete nicht auf Antwort; hinter einer großen Tablettendose holte sie einen halben Sandkuchen hervor. Er war in Folie verpackt, die sie löste. Sie schnitt ein Stück ab, legte es auf einen Teller und reichte ihn Lina.

Jetzt saß Lina mit einer Tasse in der einen und einem Teller in der anderen Hand auf dem Hocker.

»Ich bin froh, wenn ich den Abend erlebe«, sagte die Señora.

Lina hatte nicht den Eindruck, dass sie mit ihr sprach, obwohl sonst niemand da war. Sie fragte sich, warum die Señora den Abend wohl nicht mehr erleben sollte.

»Iss«, sagte die Señora. »Oder magst du keinen Kuchen? Ich schon. Aber er ist nicht gut für mich. Du kannst ihn haben.«

Sie nahm Lina die Tasse ab. »Ich hab nicht den ganzen Tag Zeit«, sagte sie.

Da begann Lina zu essen. Schnell und doch vorsichtig, um nicht zu krümeln. Krümeln war ungehörig. Viel wusste sie nicht, nicht, wo sie sich befand, nicht, wer diese Frau war, doch dass sie keine Fehler machen durfte, daran zweifelte sie keine Sekunde. Es war eine Gewissheit, die ihr die Röte in die Wangen trieb.

Die Señora sah zu, wie sie aß. Im Kuchen waren Rosinen. Lina mochte keine Rosinen.

»Ich frühstücke selten«, sagte die Señora. »Meist nur etwas Joghurt. Man muss mit der Zeit gehen, sagen meine Freundinnen immer.«

Die monotone, tiefe Stimme faszinierte Lina. Die Frau redete, als sei ihr egal, was sie sagte.

Linas Mutter war nie so nackt, schon gar nicht in der Küche, aber ihre Mutter hatte auch keine rosa Pantoffeln.

»Ja, Señora«, erwiderte Lina.

Vielleicht mochte die Señora auch keine Rosinen. Zuerst hatte Lina zerstreut ein paar aus dem Kuchen gepickt, aber schließlich aß sie sie doch. Aufessen war auch wichtig. Sie zwang sich weiterzuessen, bis keine Rosine mehr auf ihrem Teller war. Leichte Übelkeit überkam sie, doch sie aß weiter.

»Ich glaube, ich geb dich der Haushälterin«, sagte die Señora, die Tasse in der Hand. Sie schaute in den Tee und lächelte. »Sie ist verrückt nach Kindern. Sie hat schon drei Große, aber für ein Kleines ist bestimmt auch noch Platz.«

Lina stellte den Teller vorsichtig auf die Spüle, neben die Tasse. Keinen Krümel hatte sie übriggelassen. Und immer noch war sie mucksmäuschenstill.

»Du hast schöne Zöpfe«, sagte die Dame. Sie kam näher, als wollte sie die Zöpfe berühren, doch mittendrin überlegte sie es sich anders. Ihr Arm hielt auf halbem Weg inne. Dann ließ sie ihn sinken.

»Und Papa und Mama?«, fragte Lina. Sie konnte sich nicht mehr zurückhalten. Vielleicht war es ein Fehler und wahrscheinlich auch unhöflich, aber sie musste diese Frage stellen.

»Was ist mit Papa und Mama?« Für einen Moment berührte die Señora nun doch Linas Zöpfe.

»Wann kommen sie?« Mehr wollte Lina nicht wissen. Sobald sie wusste, wann ihre Eltern kommen würden, konnte sie zu zählen anfangen. Sicherheitshalber fügte sie schnell noch hinzu: »… Señora.«

Der Gesichtsausdruck der Señora änderte sich schlagartig. Sie wich ein paar Schritte zurück. Sie packte den Kuchen wieder in die Folie, tat einen Gummi darum und sagte: »Die siehst du so schnell nicht wieder, die sind weg.«

Weg, das klang furchtbar. Weg, das ließ sich nicht zählen. Keine Stunden oder Tage, die man abstreichen konnte. Weg, das war endlos. Lina hätte jetzt gern geweint, aber das ging nicht, das war nicht gut. Wenn man bei anderen Leuten war, weinte man nicht. Weinen tat man erst, wenn man wieder zu Hause war.

Die Señora hatte den Kuchen weggelegt, sie nahm Linas Hand und sagte: »Du kannst auch nichts dafür, ich weiß. Die Haushälterin wird nett zu dir sein. Sie ist nett zu allen, selbst zu meinem Mann. Möchtest du noch etwas essen?«

Lina schüttelte den Kopf. »Nein danke, Señora.« Jetzt fügte sie das »Señora« gleich hinzu.

Die Señora zögerte. Sie ließ Linas Hand los und berührte ihren Pyjama mit spitzen Fingern. »Du hast bestimmt nichts zum Anziehen dabei, was? Oder doch? Hast du einen Koffer?«

Lina schüttelte den Kopf. Einen Koffer. Warum hätte sie einen Koffer mitnehmen sollen? Niemand hatte ihr das gesagt. Sie schaute an ihrem gelben Pyjama hinunter. Es waren Flecken darauf. Alte und neue.

»Ich hab nichts in deiner Größe«, sagte die Señora, während sie den Stoff des Pyjamas befühlte. »Du wirst das hier weiter tragen müssen. Ich kann dir nichts leihen. Das macht dir doch nichts?«

»Nein, Señora«, sagte Lina. Es machte ihr auch wirklich nichts, der Pyjama roch wenigstens nach zu Hause. Der Pyjama roch nach Mama.

»Ich gehe jetzt duschen«, sagte die Dame. »Warte hier. Nichts anfassen.«

Die Señora ging Richtung Tür, doch sie zögerte und kam zurück. Sie zog eine Schublade auf und schloss sie wieder. Mit den Fingern kämmte sie sich durchs Haar und betrachtete Lina.

Einen Moment blieb sie so stehen, in Gedanken, sie schaute fast freundlich, dann öffnete sie einen Schrank, füllte ein Glas mit Wasser und schluckte mit verzerrtem Gesicht noch eine Pille.

»Für mich ist es auch nicht leicht«, sagte sie leise. »Nach allem, was ich durchgemacht habe, nach allem, was wir probiert haben, meint er, so ließe das alles sich lösen. Als wärst du so gut wie ein eigenes Kind, als wär es egal, wo du herkommst. Aber als ich dich heut Nacht da auf der Bettkante sah, war das ein Schlag ins Gesicht, was bildet der Kerl sich nur ein? Dass man für ein Kind einfach in ein Heim geht wie bei einer Katze oder einem Hund? ›Hier, den hab ich gefunden. Er war umsonst. Niemand will ihn.‹ Ich seh ja ein, dass du nichts dafür kannst. Du hast dir das auch nicht ausgesucht.«

Sie stellte das Glas in die Spüle, und als sie an Lina vorbeiging, drückte sie ihr kurz die Schulter.

Lina schaute der Frau mit den Pantoffeln hinterher und blieb auf dem Hocker sitzen, weil man es ihr so befohlen hatte. Nur zu Hause durfte sie frech sein. Die Worte der Señora hatte sie nur zur Hälfte verstanden, aber das war nicht schlimm. Solange sie keine Fehler machte, käme alles von selbst wieder in Ordnung. Und sie wartete auf dem Hocker, als hätte sie nie etwas anderes getan.

Es dauerte lange, so lang duschte ihre Mutter daheim nie.

Endlich kam die Señora wieder. Jetzt war sie auch weniger nackt. Sie trug Jeans und eine Bluse. Ihr Gesicht war geschminkt. In der Hand trug sie eine durchsichtige Duschhaube, die sie auf die Anrichte legte.

Aus einer Schublade nahm sie einen Faden und begann vor einem Handspiegel, den sie gegen die Teekanne lehnte, sich die Zähne zu reinigen.

Lina schaute zu, so etwas hatte sie noch nie gesehen.

Mit kleinen, fanatischen Bewegungen manövrierte sich die Señora den Faden zwischen die Zähne, während sie unablässig weiter in den Spiegel schaute.

»So«, sagte sie, als sie fertig war und der Faden im Mülleimer lag, »man muss sich gut pflegen, niemand sonst tut es für einen.« Nochmals bleckte sie vor dem Handspiegel die Zähne.

»Ja, Señora«, sagte Lina, obwohl sie keinen Schimmer hatte, was die Frau meinte.

»Ich gehe jetzt zum Frisör«, sagte die Dame, »und du kommst mit. Ich kann dich hier nicht allein lassen.«

Sie schaute auf Linas Füße.

Lina folgte dem Blick. Ihr war kalt an den Füßen.

»Wo sind deine Schuhe?«, fragte die Señora.

»Zu Hause«, antwortete Lina.

»Hat er dich so mitgenommen?«

Lina hatte keine Ahnung, was sie antworten sollte. Ihr war nicht klar gewesen, dass man sie mitnahm. Sie nickte vage. Es konnte sowohl ja als auch nein bedeuten.

Die Señora seufzte tief. »Was ist nur in ihn gefahren?«, fragte sie. Sie seufzte noch einmal. »Barfuß kannst du nicht auf die Straße«, sagte sie. »Was sollen die Leute von mir denken? Der Pyjama allein ist schon schlimm genug. Ich werd dir was an die Füße kaufen. Was Billiges. Aber erst muss ich zum Frisör. Wenn ich meinen Termin versäume, hat er keine Zeit mehr für mich, er ist sehr gefragt. All meine Freundinnen gehen zu ihm.«

Trotz des Lippenstifts und der sorgfältig gekämmten Haare sah die Señora deprimiert und mitgenommen aus. »Zieh so lange meine Pantoffeln an. Ich kaufe mir neue«, sagte sie. »Du kannst sie behalten.«

Sie nahm noch eine Tablette, packte die durchsichtige Duschhaube und ging nach oben. Schnell kam sie mit den flauschigen rosa Pantoffeln zurück und stellte sie vor Lina hin.

Lina schlüpfte erfreut hinein. Einen Moment lang vergaß sie, dass man sie mitgenommen hatte.

»Geht's?«, fragte die Señora. »Kannst du darin laufen?«

Die Pantoffeln waren zu groß, und mit dem gelben Pyjama zu den rosa Pantoffeln sah Lina aus wie verkleidet. Wenn sie sich ansah, musste sie an einen Clown denken, den sie vor einiger Zeit mit drei Freundinnen im Zirkus gesehen hatte. Auch wie sie jetzt lief, erinnerte sie an den Clown. Weil die Pantoffeln zu groß waren, musste sie schlurfen.

»Du bist ein hübsches Mädchen«, sagte die Dame. »Wie heißt du eigentlich?«

»Lina Siñani Huanca, Señora.«

Die Señora nahm die Autoschlüssel aus einer grünen Handtasche. »Ich hatte mir schon Namen für mein Kind ausgedacht«, sagte sie, »zehn, zwanzig Mädchen- und auch Jungennamen. Lina war nicht dabei. Es war mir egal, was es werden würde. Zwillinge wären auch schön gewesen. Zwar viel Arbeit, aber, ach …«

Sie dirigierte Lina zur Haustür, und als sie sie öffnete, dachte Lina einen Moment, ihre Eltern stünden davor. Doch der Platz vor der Tür war leer. Die Straße selbst kam ihr auch unbekannt vor. Wie alles hier.

Die Señora stieg in ein weißes Auto. Vom Fahrersitz aus öffnete sie Lina die Tür.

Das Mädchen stieg ein. Dabei verlor sie einen Pantoffel, den sie nur mit Mühe wieder an den Fuß bekam.

»Der Gurt«, sagte die Señora.

Lina brauchte Hilfe. Sie fuhr nicht oft Auto, und wenn, brauchte sie nie einen Gurt anzulegen. Meist hatten die Autos gar keinen.

Das Autoradio ging an. Musik, die Lina nicht kannte.

Die Señora setzte sich eine Sonnenbrille auf. Lina sah aus

dem Fenster, obwohl sie zu klein war, um wirklich etwas sehen zu können. Sie hätte ein Kissen gebraucht, sie war klein für ihr Alter. Wie ihre Eltern. Ihre Mutter hatte einmal gesagt: »Du wirst noch mal die Größte in der ganzen Familie.«

Die Señora sang das Lied im Radio mit, doch was sie sang, konnte Lina nicht verstehen.

Sie passierten drei Sperren, nirgends wurden sie angehalten, brauchten sie ihre Papiere zu zeigen, nirgends wurde der Kofferraum kontrolliert. Die Soldaten winkten sie durch.

Die Señora parkte das Auto. Als der Wagen stand, sagte sie leise: »Es tut mir leid, es tut mir aufrichtig leid.«

Lina hatte sich vorgenommen, weniger schweigsam zu sein, sie sollte mehr reden. Auch die Lehrerin hatte wegen ihrer Schweigsamkeit schon mal mit Papa und Mama geredet. »Kinder können auch zu still sein«, hatte sie gesagt. Sie sollte antworten, wenn man ihr eine Frage stellte, und wenn sie die Frage nicht verstand, höflich nachfragen, was gemeint war. Papa und Mama wären stolz auf sie.

»Was tut Ihnen leid, Señora?«

Die Señora nahm ihre Sonnenbrille ab. »Dass ich dich nicht haben will.«

»Das macht nichts«, sagte Lina.

Was die Señora genau meinte, verstand sie nicht, aber das war nicht schlimm. Was sollte das machen? Lina wollte auch ab und zu etwas nicht haben.

»Bist du dir sicher?«

»Ja, Señora«, sagte Lina, »ganz sicher.«

»Auch wenn du … wie soll ich sagen … hellere Haut hättest, hätte ich dich nicht haben wollen. Das sollst du wissen. Es hat nichts mit deiner Herkunft zu tun.«

Lina schluckte. Kurz schaute sie auf ihre Handgelenke und Hände. »Kein Problem«, sagte sie. Das sagte sie in der Schule zur Lehrerin auch oft: »Kein Problem.« Sie konnte eine vorbildliche Schülerin sein.

»Tröstet dich das, dass es nichts Persönliches ist?« Die Señora spielte mit den Bügeln ihrer Sonnenbrille.

»Was, Señora?«

»Dass es nichts mit deiner Herkunft zu tun hat.«

»Ja, Señora.«

»Und ich setze dich ja auch nicht einfach auf die Straße. Nicht mal einem Hund würde ich das antun. Irgendwo mag ich dich sogar, aber Gott behüte, die Leute würden denken, du wärst mein Kind oder gehörst zu mir. Ganz abgesehen von der Tatsache, dass wir uns nicht ähnlich sehen und jeder gleich sieht, dass du und ich nichts gemein haben. Ich möchte was haben, das in mir gewachsen ist, in meinem Bauch. Das verstehst du doch?«

Sie nahm Linas Hand und legte sie sich auf den Bauch. Dann nahm sie ein Taschentuch, aus ihren Augen quollen auf einmal Tränen.

So blieben sie einen Moment sitzen. Lina begriff, dass sie die Señora jetzt trösten müsste, wie sie das manchmal auch bei ihrer Mama tat, doch sie wusste nicht, wie. Außerdem war es ja auch nicht zu leugnen: Sie war nicht im Bauch der Señora gewesen, sondern in Mamas Bauch. Wie oft hatten sie es ihr nicht erzählt? Ganz klein war sie da gewesen.

Als die Tränen der Señora getrocknet waren, gingen sie in den Salon. Er war stickig und voll, und es roch süßlich.

»Ich hab hier noch kurz zu tun«, sagte der Frisör, »ich bin gleich bei dir, Paloma.« Er sah die Señora und Lina genau an, ließ die Frau, der er gerade die Haare schnitt, kurz allein und fragte: »Paloma, wen hast du uns denn da mitgebracht?«

Er beugte sich zu Lina. »Wer ist das?«

Das Gesicht des Frisörs war riesengroß, aber vielleicht lag das auch daran, dass er es so nah vor ihres hielt.

»Ich bin Lina«, sagte Lina, »Lina Siñani Huanca.«

Sie hatte sich heute schon oft vorgestellt, offenbar gehörte das hier dazu. Noch bevor sie richtig sprechen konnte, hatten die Eltern ihr ihren Namen beigebracht. »Wenn du dich mal verläufst«, hatten sie gesagt, »musst du immer sagen: ›Ich bin Lina Siñani Huanca.‹«

Dem Frisör verschlug es einen Moment lang die Sprache.

»Wo hast du sie her?« Er richtete sich wieder auf.

»Eine entfernte Cousine von mir«, sagte die Señora. »Eine Großcousine, Urgroßcousine.«

Sie schaute wieder zur Decke. Das tat sie offenbar überall. Immer wieder warf sie den Kopf in den Nacken und schaute nach oben, als gäbe es dort was zu sehen.

»Unglaublich. So ein kleiner Engel.« Der Frisör redete laut, so dass alle ihn hören mussten. Andere Kundinnen blickten neugierig auf.

»Ihre Familie konnte sie nicht mehr behalten«, sagte die Señora hastig, als hätte sie es sehr eilig. »Auf einmal stand sie bei uns vor der Tür. Sie haben sie vor unserer Tür deponiert. Wie einen Welpen, den letzten im Wurf, den schäbigen Rest.«

Der Frisör fasste Linas Kopf. Er streichelte ihr übers Haar. »Sie ist ein schäbiger Rest«, sagte er, »das arme Ding, ein schäbiger Rest.«

Der Frisör hatte braunes Haar. Wieder beugte er sich zu

Lina und brachte sein Gesicht ganz nah vor ihres. »Magst du was Süßes?«

Die anderen Frauen standen auf und umringten Lina. Alle wollten das Kind sehen. Der schäbige Rest erregte Aufsehen. Als alle sie eingehend betrachtet hatten, gingen sie schnell wieder auf ihre Plätze. Nur der Frisör blieb noch bei ihr stehen.

»Na, Paloma, da hast du ja jetzt gut zu tun«, sagte er. »Aber was für ein kleiner Schatz. Was für ein Schnuckelchen. Und so herrliches Haar.«

»Ich bin kein schäbiger Rest«, sagte Lina. »Ich heiße Lina.«

Mama hatte immer gesagt: »Und wenn du deinen Namen genannt hast, fragst du: ›Und wie heißt du?‹« Das fand Lina unter diesen Umständen allerdings übertrieben. Sie wollte nur einen Irrtum berichtigen. Sie hatte nur ihren Namen und ihren Pyjama, damit musste sie sorgsam umgehen. Je besser sie auf ihre Sachen achtete, desto schneller kämen Papa und Mama zurück.

»Ein helles Köpfchen, Paloma, hast du das gehört?« Wieder streichelte der Frisör Lina übers Haar.

Die Señora sah wieder zur Decke und sagte: »Ich bin froh, wenn ich den Abend erlebe.«

Immer wieder schauten die anderen Frauen auf und lächelten Lina zu, doch Lina lächelte nicht zurück. Irgendwie empfand sie das als Verrat an der Dame, die sie mit hergenommen hatte. Sie atmete tief ein. Langsam roch es im Frisiersalon etwas angenehmer.

»Ich würde gern was mit deinen Haaren machen«, sagte der Frisör. »Darf ich dir die Haare schneiden, Kleine – mit deinen herrlichen rosa Pantoffeln?«

»Mama schneidet mir immer die Haare«, sagte Lina.

»Aber darf ich sie dir nicht ein einziges Mal schneiden, ein einziges klitzekleines Mal? Das ist gut für dich. Das kräftigt die Haare.« Mit den Fingern fuhr der Frisör Lina durchs Haar, soweit ihre Zöpfe das zuließen.

Laut flüsterte er der Señora ins Ohr: »Was für ein Goldstück.«

Die Señora setzte sich, und eine ältere Frau legte ihr einen Umhang an.

Lina blieb am Eingang stehen, neben dem Schirmständer. Die Frau, die der Señora gerade den Umhang angelegt hatte, kam zu ihr. Sie öffnete die Hand. Darin lag ein Keks. Auf dem Keks war eine rote Kirsche.

Lina mochte diese Art Kekse nicht, trotzdem nahm sie ihn. Das war höflich. Sie steckte ihn sich in den Mund und begann zu kauen.

»Putschi, Putschi, Putschi«, sagte die Frau zu ihr.

Lina verstand nicht, was das heißen sollte. Sie trat einen Schritt zurück, stand nun eingeklemmt zwischen Schirmständer und Wand. Das Wort »Putschi« kannte sie nicht.

»Ich hatte mal einen Hund«, sagte die Frau, »der hieß Putschi. Leider lebt er nicht mehr, er ist im Hundehimmel, und dich nenn ich jetzt auch so, denn du bist genauso süß.«

Die Frau ließ sie kurz stehen, doch schon war sie wieder zurück. Mit ausgestreckter Hand kam sie auf Lina zu, die sich so gut es ging an die Wand drückte.

Auf ihrer Hand lag wieder ein Kirschkeks, wieder knallrot. »Mein Putschi«, sagte sie, »mein Putschi, Putschi, Putschi.« Dann kam sie näher und bedeckte Lina mit Küssen, während sie ihr alle paar Sekunden »Putschi« ins Ohr flüsterte.

Lina mochte das nicht, doch ließ sie die Frau gewähren.

Endlich hörte die Frau auf. Sie wandte sich einer neuen Kundin zu, der sie einen Umhang anlegen musste.

Während die Señora die Haare geschnitten bekam, blieb Lina neben dem Schirmständer stehen und malte mit dem Zeigefinger große und kleine Kreise an die Wand. Die Wand war hellbraun.

Die Señora kam unter die Trockenhaube. Sie las in einer Zeitschrift voller Fotos. Lina schaute von ihrer Ecke aus fasziniert zu. Die anderen Damen lasen auch. Ab und an schauten sie auf und winkten ihr zu.

Jetzt kam der Frisör zu Lina. Er hob sie hoch und setzte sie auf einen hohen Stuhl. Es geschah alles ganz plötzlich.

Lina begann, laut zu kreischen.

»Ich werd dir die Haare schneiden«, sagte der Frisör.

Lina kreischte noch lauter. Sie strampelte mit den Beinen. »Nur Mama darf mir die Haare schneiden!«, rief sie.

»Haar«, sagte der Frisör, »wächst umso besser, wenn man die toten Spitzen ab und zu abschneidet. Und an deinem Haar sehe ich viele tote Spitzen.«

Er hielt sie kräftig fest.

Lina schrie wie am Spieß, doch die Señora saß unter der Haube und schien nichts zu hören. Resolut blätterte sie die Zeitschrift um, als würde der Inhalt sie ärgern. Die anderen Frauen blickten lächelnd in ihre Richtung.

»Jetzt sitz doch mal still«, sagte der Frisör. Er war nicht mehr jung, aber auch noch nicht alt. Er hatte braune Augen, und aus seiner Nase wuchsen Haare. »Ich tu dir nicht weh«, sagte er.

Lina brüllte noch immer.

Die Frauen, die fertig frisiert waren, sahen Lina vorwurfsvoll an, eine von ihnen hielt sich die Ohren zu, und die Frau, die den anderen die Umhänge anlegen musste, rief: »Putschi! Putschi!«, als wollte sie Lina übertönen.

Doch dann erinnerte Lina sich an die Spielregeln. Sie musste gehorchen. Sonst würde sie ihre Eltern niemals mehr sehen. Sie hörte zu schreien auf und schloss die Augen, während der Frisör ihr die Haare schnitt.

Plötzlich hörte sie in ihrem rechten Ohr: »Er ist im Hundehimmel, aber du bist hier.« Schnell öffnete sie die Augen.

Die Frau, die ihr geliebtes Geschöpf verloren hatte, stand mit dem Besen neben ihr und fegte die Haare zusammen. Es waren sehr viele. »Putschi ist im Hundehimmel«, sagte sie. »Aber du bist hier.« Es klang, als fände sie das eine grobe Ungerechtigkeit.

Der Frisör schnitt routiniert und mit sichtlicher Freude. Ab und zu nahm er eine Blumenspritze und spritzte Linas Haare nass. Um sie ein bisschen zu ärgern, spritzte er ihr einmal auch ins Gesicht.

Lina schloss wieder die Augen. Sie dachte an ihre Mutter, wie sie immer durchs Haus lief, an das Brot, das sie zu speziellen Gelegenheiten backte, und behielt weiter die Augen zu, bis der Frisör sagte: »So, geschafft – war's so schlimm? Hat es sich gelohnt, deswegen so laut zu brüllen?«

Der Frisör führte sie vor den großen Spiegel am Eingang. Sie hielt ihre Augen noch immer geschlossen. »Schau«, sagte er. »Ich hab dir einen französischen Haarschnitt gemacht. Topmodern.«

Lina hielt ihre Augen geschlossen.

»Jetzt guck doch mal«, sagte der Frisör, »du siehst toll aus.«

Doch Lina stand mit zusammengekniffenen Augen vor dem Spiegel, und die Señora schrie: »Könntest du dich jetzt bitte um mich kümmern, ich verbrenn hier!«

Der Frisör ließ Lina los, sie hörte, wie er wegging.

Vorsichtig öffnete sie erst das eine Auge, dann das andere.

Ihr langes Haar war verschwunden. Sie hatte keine Zöpfe mehr. Einige Flusen lagen noch auf dem Boden, alles andere hatte die ältere Frau schon weggefegt. Der Frisör hatte Lina eine Jungenfrisur verpasst. Sie zog an den Haaren, um zu sehen, wie kurz sie waren. Sie waren sehr kurz.

Auch ihr Gesicht sah jetzt anders aus. Sie musste sich an sich selbst gewöhnen, mit dem kurzen Haar und den rosa Pantoffeln. Nur der gelbe Pyjama gehörte noch zur alten Lina. Aber richtig gelb war der auch nicht mehr, dazu hatten sie ihn zu oft gewaschen.

Sie stellte sich mit dem Gesicht zur Wand, neben den Schirmständer.

Was würde Mama sagen, wenn sie so ohne Zöpfe nach Hause käme? Lina bekam es mit der Angst zu tun, einer Angst, die sich in eine solche Trauer verwandelte, dass sie wohl nie mehr vergehen, sie nie mehr verlassen würde.

»Was hast du mit der Kleinen vor?«, fragte der Frisör, als die Señora endlich fertig war und bezahlte.

Die Señora seufzte tief auf. »Ich geb sie der Haushälterin. Die kann bestimmt was mit ihr anfangen.«

»Gib sie mir«, sagte der Frisör. »Ich wüsste auch schon was mit ihr anzufangen.«

Die Señora brach in unnatürlich schrilles Gelächter aus.

Lina sollte weggegeben werden, so viel war klar. Was das bedeutete, konnte Lina sich immer noch nicht vorstellen. Zweifellos gehörte das zu der Probe. Man wollte sehen, wie stark sie war. Das schien ihr die logischste Erklärung für alles, was mit ihr passierte.

Der Frisör kniff Lina in die Wange, und die Frau, die den anderen die Umhänge anlegte, gab Lina vier Kekse für unterwegs mit, während sie noch einige Male »Mein Putschi, mein Putschi« flüsterte.

Auf dem Weg zum Auto stolperte Lina über die rosa Pantoffeln und fiel in eine dreckige Pfütze. Der gelbe Pyjama war voller Flecken. Der linke Pantoffel war nicht mehr rosa, sondern grau.

»Igitt«, sagte die Señora und klopfte Lina mit einer Hand hastig und leicht beschämt den Dreck ab. Danach säuberte sie sich selbst die Hand. »Igitt«, sagte sie noch einmal.

Der Dreck würde schnell trocknen. Den Pyjama konnte man waschen. Aus diesem Pyjama waren schon viele Flecken entfernt worden.

Sie stiegen in das weiße Auto; die Señora legte eine Plastiktüte auf den Beifahrersitz. »Sonst machst du alles schmutzig«, sagte sie und setzte sich die Sonnenbrille auf. Die Musik ging an. »Wie findest du mich?«, fragte sie.

»Wie meinen Sie das, Señora?«

Lina schaute auf die Pantoffeln. Sie gehörten jetzt ihr, das spürte sie. Die Señora würde sie nicht mehr zurückverlangen. Sie fand es schade, dass der eine Pantoffel so grau geworden war, aber vielleicht könnte Mama ihn waschen.

»Wie sehe ich aus?«

»Gut«, sagte Lina.

»Sehe ich aus wie ein Filmstar?«

Lina zuckte zuerst mit den Schultern, doch dann fiel ihr ein, welche Antwort von ihr erwartet wurde. »Ja, Señora. Ich glaube schon.«

»Glaubst du es, oder bist du dir sicher?«

»Ich bin mir ganz sicher.«

»Schön«, sagte die Señora, »der Generalleutnant kommt nämlich heute Nachmittag.«

Sie startete den Wagen. Sie fuhr eilig davon.

Lina schaute zum Fenster hinaus. »Muss ich heute nicht in die Schule?«, fragte sie.

Die Señora bremste abrupt. Sie nahm ihre Sonnenbrille ab. Ein Lastwagen voller Soldaten fuhr vorbei. Manche Soldaten winkten.

Lina war von dem abrupten Bremsen erschrocken.

»Hör mal, Kleine«, sagte die Señora. »Offiziell bist du gar nicht mehr da. Wenn es dich offiziell noch gäbe, dürftest du nicht hier sitzen. Offiziell gibt es dich nicht, und darum darfst du mir keine so schwierigen Fragen stellen. Du musst still sein, denn dass du da bist, ist für uns alle schon schwierig genug.«

Es war das erste Mal, dass Lina hörte, dass es sie offiziell nicht mehr gab. Sie beschloss, darüber nachzudenken, und fragte sich, ob es wohl noch mehr Menschen gab, die offiziell nicht mehr da waren. Dann dachte sie an den Hundehimmel, wo ein Hund namens Putschi wohnte. Was für ein blöder Name für einen Hund.

Die Señora gab Gas.

»Und Papa und Mama?«, fragte Lina leise.

Wieder trat die Señora abrupt auf die Bremse. »Jetzt reicht's aber! Hab ich dir das nicht gerade erklärt? Die gibt's offiziell auch nicht mehr«, rief sie. »Genau wie dich, aber du bist noch da. Gott weiß, warum. Das ist dein Problem. Und jetzt ist es auch meins. Mein Mann … Na ja. Mein Mann ist, wie er ist. Er wollte mich mit dir glücklich machen.«

Die Señora lachte hysterisch auf.

Danach fragte Lina nichts mehr und nahm sich vor, das so schnell auch nicht mehr zu tun.

Als sie an einer Ampel hielten, legte die Señora Lina die Hand aufs Knie und drückte es leicht. »Mach dir nicht zu viele Sorgen über die Zukunft«, sagte sie. »Irgendwer will dich bestimmt haben.«

4

Der Generalleutnant konnte jeden Moment kommen, und darum war Lina eingeschärft worden, auf das Zimmer zu gehen, in dem sie geschlafen hatte, und sich auf keinen Fall zu rühren.

»Endlich wird das Kinderzimmer einmal benutzt«, hatte die Señora gesagt, aber sehr unglücklich dabei dreingesehen. Offenbar hatte sie sich die Einweihung des Kinderzimmers ganz anders vorgestellt.

»Setz dich auf die Matte«, sagte die Señora, »und keinen Mucks!«

Lina senkte den Kopf und musterte ihre Pantoffeln.

Die Señora schloss leise, doch unerbittlich die Tür.

Wie befohlen, setzte Lina sich auf die Matte. Sie rührte sich nicht. Neben der Matte stand ein Glas Wasser. Sie steckte den Zeigefinger hinein und leckte ihn ab. Sie wusste nicht, warum sie das tat. Wahrscheinlich, um nicht laut loszubrüllen: »Mama, wo bist du?«

Der Dreck auf ihrem Pyjama war inzwischen getrocknet, aber die Flecken waren immer noch da. Der eine Pantoffel war wahrscheinlich nicht mehr zu retten. Die Flauschhaare klebten zusammen, nur wer genau hinsah, konnte erkennen, dass der Pantoffel einmal rosa gewesen war.

Lina streichelte den Pantoffel und wurde traurig. Ihre Mutter war eine ordentliche Hausfrau, und auch sie mochte

Sauberkeit. Wenn sie in der Schule Flecken auf ihre Uniform machte, wusch sie sie zu Hause eigenhändig heraus.

Im Kinderzimmer gab es keine Bücher, eigentlich gar nichts, nur die Kommode, die Gardinen und ihre Matte. Und sie selbst natürlich, sie war auch da.

Lina hörte die Klingel und dachte an Papa und Mama. Dann hörte sie Schritte, Stimmen, aber nicht die ihrer Eltern.

Das musste der Generalleutnant sein.

Ein Stuhl wurde zurechtgerückt.

Die Stimmen kamen nicht näher. Der Generalleutnant und die Señora blieben im Erdgeschoss. Was sie zueinander sagten, konnte sie nicht verstehen. Ab und zu drang ein kurzes Lachen zu ihr.

Das Lachen jagte Lina Angst ein, obwohl sie nicht wusste, warum. Sonst hörte sie gern Lachen. Mama lachte sehr schön. Das fand Papa auch.

Nach ein paar Minuten kamen sie die Treppe herauf. Lina hörte die Schritte, die Stimmen und dazwischen hoch und schrill das Lachen der Señora, das abrupt abbrach. Lina setzte sich kerzengerade auf ihre Matte, mit verschränkten Armen. Die Pantoffeln hatte sie ordentlich in die Ecke neben die Kommode gestellt. Ihr fiel wieder ein, dass die Señora gesagt hatte, sie solle weggegeben werden. Sie wusste immer noch nicht, was das bedeutete. Einmal hatte Papa zwei junge Hunde an Freunde weggegeben, weil Lina vor Hunden Angst hatte.

Sie hatte erwartet, der Generalleutnant und die Señora kämen zu ihr, doch das taten sie nicht. Sie wollten sie nicht sehen. Schade, eigentlich war sie neugierig auf den Generalleutnant gewesen.

Sie gingen in ein anderes Zimmer, und da wurde das Gespräch fortgesetzt. Manchmal entstanden Pausen. Lina kannte das von zu Hause: Wenn ihre Eltern Besuch hatten, entstanden beim Essen auch manchmal Pausen, bis ihre Mutter das Schweigen brach. Das war immer Mamas Aufgabe, das Schweigen zu brechen.

Lina legte sich auf die Matte.

Eigenartig, dass Lina sich nicht mehr richtig an ihre Mutter erinnern konnte. Natürlich wusste sie noch, wie sie aussah, wie sie redete, aber wenn sie sie jetzt wiedersähe, gäbe es bestimmt eine Menge, was sie in der kurzen Zeit vergessen hatte. Nur mit Mühe konnte Lina sich ihre Mutter noch vorstellen, sie wusste nicht mehr, was sie selbst zuletzt zu ihr gesagt hatte oder Mama zu ihr. Lina ließ die einzelnen Körperteile ihrer Mutter Revue passieren, und über die meisten hatte sie, stellte sie zu ihrer Verblüffung fest, nichts mehr zu sagen. Die Ohren zum Beispiel, was war besonders an Mamas Ohren? Sie konnte sich nicht mehr erinnern. Papa hatte ein Muttermal auf dem Ohr. Das würde sie niemals vergessen.

Lina musste auf die Toilette. Das hatte ihr die Señora nicht ausdrücklich verboten, wahrscheinlich war es also erlaubt. Sich nicht zu rühren hieß ja noch nicht, sich in die Hose zu machen.

Sie pinkelte im Bad, mucksmäuschenstill. Als sie fertig war, drückte sie nicht auf die Spülung, um nur ja keinen Lärm zu machen. Obwohl sie Angst vorm Entdecktwerden hatte, stellte sie sich auf den Wannenrand, um sich und ihre neue Frisur zu begutachten. Sie vermisste ihre langen Haare und ihre Zöpfe. Sie sah seltsam aus, fand sie. Sie war eine andere geworden, ihre Eltern würden vor ihr erschrecken.

Auf dem Rückweg ins Zimmer, wo sie eigentlich hätte bleiben und sich nicht hätte rühren sollen, hörte sie den Generalleutnant reden. Sie konnte alles verstehen. Seine Stimme war beeindruckend. Er redete schön, klar und deutlich, als würde er etwas vorlesen.

Sie ging zur Schlafzimmertür, wollte sehen, wie der Mann aussah, dem diese Stimme gehörte. Sie glaubte zu wissen, wer er war. Ihre Eltern hatten ab und zu von ihm geredet. Der Name des Generalleutnants war beim Abendessen ziemlich häufig gefallen. Papa und Mama hatten von ihm gesprochen wie von einem alten Bekannten, doch Lina war sich ganz sicher, dass er nicht zu ihrem Freundeskreis zählte. Sie hätte nie gedacht, dass sie ihn noch einmal leibhaftig zu sehen bekäme.

Die Tür war halb offen. Der Generalleutnant stand am Fenster und schaute hinaus. Die Señora saß auf dem Bett und rauchte. Auf dem Fußboden stand ihre grüne Handtasche.

Lina blieb neben der Tür stehen und spähte ins Zimmer, wie zu Hause. Dort konnte sie abends, wenn sie eigentlich schlafen sollte, auch Mäuschen spielen, wenn Papa und Mama noch späten Besuch hatten.

Der Generalleutnant drehte sich um, er trug einen Schnurrbart und eine Frisur, die so korrekt aussah, dass sie fast nicht mehr echt wirkte. Seine Haarfarbe war grau, eine Farbe, die gut zu seiner Uniform passte.

»Wir haben noch eine halbe Stunde«, sagte er, während er auf seine Armbanduhr sah.

»Jetzt setz dich doch«, sagte die Señora. Sie klopfte mit der rechten Hand auf die Bettdecke.

Der Generalleutnant setzte sich zu ihr.

»Wir haben noch eine halbe Stunde«, wiederholte er mit einem erneuten Blick auf die Uhr. »Neunundzwanzig Minuten.«

»Raúl«, sagte die Señora und stippte ihre Zigarettenasche in den Aschenbecher.

»Nenn mich nicht Raúl.« Der Generalleutnant stand wieder auf. Er schneuzte sich. Sein Taschentuch war blau mit roten Streifen. Er faltete es ganz auseinander, bevor er sich schneuzte. Dann faltete er es sorgfältig wieder zusammen, als hätte er etwas Kostbares darin deponiert.

»Du weißt«, sagte er, »ich mag es, wenn du mich Generalleutnant nennst. Das Wort gibt mir was, ich geb's zu. Ich schäme mich nicht dafür. Mir wird davon warm ums Herz, und wenn du es aussprichst, sogar noch woanders.«

»Generalleutnant«, sagte die Señora. Auf dem Nachttisch, neben dem Telefon, stand der Aschenbecher. Die Señora drückte ihre Zigarette aus.

Er lächelte. »Ja, das tut gut.«

»Sehe ich aus wie ein Filmstar?«, fragte sie. »Findest du mich .. Bin ich ...«

Er sah sie flüchtig an und antwortete: »Die meisten Filmstars können dir nicht das Wasser reichen. Ich weiß nicht, wie sie heißen, ich hab keine Zeit, ins Kino zu gehen. Die eine, du weißt schon, die kommt vielleicht entfernt an dich ran. Aber du bist besser. Voller.«

Der Generalleutnant nahm wieder sein Taschentuch. Doch er schneuzte sich nicht. Er faltete es noch sorgsamer zusammen. Langsam. Alles, was er tat, erweckte den Eindruck größter Wichtigkeit.

»Wann ist es endlich so weit?« Die Señora lächelte. Sie schien verlegen.

»Was?«, fragte der Generalleutnant. Er ging zum Fenster. Und dann wieder zum Bett. Der Generalleutnant lief hin und her. Das tat Papa auch manchmal. Mama machte das ganz verrückt, sagte sie.

»Was?«, fragte er nochmals. »Was soll so weit sein?«

Die Señora zeigte auf sich. »Wann wird dieser Filmstar endlich glücklich gemacht? Filmstars sind doch glücklich?«

»Nicht alle«, sagte der Generalleutnant, ohne mit dem Hin-und-Hergehen aufzuhören. »Und auch nicht immer. Wie heißt diese eine, berühmte … – die, die sich umgebracht hat? Du weißt schon. Die eine. Meiner Meinung nach braucht ein Filmstar auch Unglück.«

Er blieb stehen, als fiele ihm etwas ein. »Oder mache ich dich etwa nicht glücklich?«, fragte er. Er sagte es nicht, er brüllte. »Mache ich dich nicht glücklich?« Er brüllte noch lauter. Es war keine Frage mehr, es war ein Befehl.

»Doch«, sagte die Señora, »sehr sogar. Aber es fehlt etwas. Und du weißt auch, was zum Glück fehlt. Du weißt es, Liebling.«

Sie tat jetzt ganz kindlich, wie ein Mädchen, das versucht, den Vater zu überreden, sie doch noch ins Kino zu lassen.

Der Generalleutnant seufzte. Er ging wieder zum Bett und setzte sich neben sie. Er legte den Arm um ihre Hüfte. »Wenn dieser Krieg vorbei ist«, sagte er. »Das weißt du doch. Erst muss der Krieg vorbei sein. Ich bin der Einzige im ganzen Generalstab, der noch ein bisschen den Überblick hat, der Einzige, der noch klar denken kann. Vom Präsidenten brauchen wir gar nicht zu reden. Die Luftwaffe kannst du vergessen. Es bleibt alles an mir hängen, und ich tue mein Bestes, aber das Letzte, was ich jetzt brauchen kann, ist ein … Du weißt, was ich sagen will: ein außereheliches Kind. Nennen wir's beim Namen. Ich will keine zusätzlichen Probleme. Der Krieg ist mein Kind. Und er ist ein Problemkind, verstehst du? Ich muss bei meinem Kind bleiben, sonst stirbt es. Und wenn mein Kind stirbt, sterben wir alle. Aber sobald der Krieg aus ist, die Rebellen besiegt sind, sobald wir sie ausgeräuchert haben, bringen wir alles in Ordnung, du und ich. Dann komme ich her … Wenn die Terroristen besiegt sind, komme ich her, um dich zu …«

»Ja«, sagte die Señora, »sag's, Raúl. Was wirst du tun? Was machst du mit mir, wenn der Krieg aus ist?« Sie sprach wieder mit ihrer Kinderstimme.

»Nenn mich nicht Raúl.«

»Generalleutnant, was machst du, wenn dieser Krieg aus ist, was wirst du dann mit mir tun?«

Ihre Stimme war jetzt so hoch, dass sie sich ein paarmal überschlug.

»Dann komme ich her«, sagte er, »und dann … dann bin ich kein Generalleutnant mehr, dann bin ich befördert. Dann ist es meine Armee, mein Land, und du bist meine Frau. Und dann nehme ich dich, ich werde herkommen und dich …«

»Ja«, sagte sie und rieb ihren Kopf an seiner Brust, wie ein Haustier, wie eine Katze.

Lina hörte gebannt zu. Sie konnte die Augen nicht von der Uniform des Generalleutnants abwenden. Sie dachte an Papa, der so oft über den Generalleutnant sprach, und fragte sich, ob das hier wirklich derselbe Mann war.

»Dann komme ich her«, sagte er. »Wenn der Krieg endlich aus ist, wir diesen schrecklichen Krieg endlich gewonnen haben, dann komme ich her, und dann spritz ich dich voll, deine geile Fotze, deine herrliche, geile Schlampenfotze. Die spritz ich dir voll. Du kennst mich. Ich halte meine Versprechen. Ich spritz sie dir voll, von oben bis unten, mit gutem und ehrlichem Samen. So voll, dass er dir die Beine hinunterläuft, bis zu den Knöcheln, wie ein Bergbach wird er deine göttlichen Beine hinunterlaufen, denn mein Samen ist nicht nur gut, er ist auch reichlich, überreichlich. Deine herrliche Fotze wird bis auf den letzten Kubikmillimeter mit gutem und ehrlichem Samen gefüllt. Und dann kommt neun Monate später ein gutes und ehrliches Kind raus. Deine entzückende Schlampenfotze wird nicht unbenutzt bleiben, sie wird gefüllt werden: erst mit Samen, dann mit einem Kind. Einverstanden, ja? Willst du das so?«

»Machst du das wirklich?«, fragte die Señora. Ihre Stimme überschlug sich vor Erregung.

Der Generalleutnant schnaufte, doch nicht, um zu riechen. Er atmete jetzt anders. »Bestimmt«, sagte er. »Und nicht einmal, dutzende Male, wenn's sein muss. Hintereinander. Denn dein Mann kann das ja nicht. Ich frag mich, wie er überhaupt Major hat werden können, mit seinem Samen. Hat er überhaupt Eier? Ich will's gar nicht wissen, was er da hängen hat. Erzähl's mir nicht. Es ist abstoßend. Und mit solchen Leuten soll man den Krieg gewinnen: Männern mit degeneriertem Geschlechtsapparat. Männer, die nicht mal den Krieg zu Hause gewinnen können. In ihrem eigenen Schlafzimmer verlieren sie ihn jede Nacht. In ihrem Wohnzimmer werden sie kastriert. In ihrer Küche erniedrigt, von ihrer eigenen Frau. Mit solchen Soldaten hat man doch schon verloren, bevor der erste Schuss gefallen ist. Ein Soldat muss erst den Krieg zu Hause gewinnen, dann kann er den auf der Straße, in den Gassen, den Städten, in den Bergen gewinnen. Er muss den Feind demütigen, seine Frau, seine Eltern, seine Kinder, seine Nachbarn, die Freundinnen seiner Frau. Wo die Demütigung erfolgreich ist, beginnt der Respekt. Der harte Kern der Demütigung ist Liebe, der harte Kern meiner Liebe – Demütigung. Solange Krieg ist, solange die Rebellen noch nicht geschlagen sind, solange sie mit ihren terroristischen Methoden Tod und Verderben säen und uns die Freiheit nehmen wollen, so lange spritz ich dir nur in den Mund, Liebling. Ich kann mir jetzt keine Probleme leisten. Ich hab Probleme genug. Die Provinzen im Norden. Die Provinzen im Süden. Die Berge. Weißt du, wie viele Männer wir täglich verlieren? Ich will dich nicht damit langweilen. Ich lasse dich nicht im Stich, das ist die Hauptsache. Ich liebe dich. Ich spritz dich voll. Darum geht es. Das ist Liebe. Wir haben noch einundzwanzig Minuten. Packen wir's an.«

»Wie schön«, sagte die Señora. »Herrlich! Mein Mund ist bereit. Bereit für dich.«

Lina sah, dass die Señora jetzt kerzengerade dasaß und den Mund wagenweit aufsperrte, wie beim Zahnarzt.

Der Generalleutnant beugte sich vor und sah ihr in den Rachen. »Ja«, sagte er, »dein herrlicher Mund ist bereit für meinen Samen. Ich kann deine Mandeln sehen, ich wusste nicht, dass du die noch hast, ich spritz meinen Samen an ihnen vorbei direkt in die Speiseröhre. Ja? Willst du das?«

Die Señora schloss ihren Mund. »Ja«, sagte sie. »Aber

macht es dir etwas aus, wenn … Darf ich dich um was bitten?«

»Natürlich.« Der Generalleutnant war aufgestanden.

»Macht es dir etwas aus, Liebling, wenn ich mir was auf den Kopf setze? Ich komme frisch vom Frisör.«

»Kein Problem. Nicht das geringste. Setz dir nur was auf.«

Die Señora nahm die durchsichtige Duschhaube vom Nachttisch und stülpte sie sich vor dem Spiegel sorgfältig über den Kopf. Dann setzte sie sich wieder aufs Bett.

»Noch neunzehneinhalb Minuten«, sagte der Generalleutnant. Er strich sich über das Haar. »Du weißt, was du mir bedeutest, wie wichtig du mir bist. Das hier bedeutet mir mehr, als du vielleicht denkst. Hierfür lebe ich. Und für den Krieg natürlich. Aber der Krieg ist vorübergehend, der geht vorbei. Der Krieg ist ein Mittel. Ein letztes Mittel, ein Mittel zur Rettung. Das hier nicht, das ist kein Mittel. Das ist ein Zweck, ein Ziel, das ist mein Leben, das hier ist herrlich.«

Er fuhr der Frau des Majors mit dem Handrücken über die Wange.

Die Señora kniete vor ihm wie vor einem Altar. Dann öffnete sie ihm vorsichtig die Hose und vergrub ihr Gesicht in seinem Schritt. Von ihrem Beobachtungspunkt aus sah Lina von der Señora eigentlich nur noch die durchsichtige Duschhaube.

Immer tiefer vergrub die Señora ihren Kopf in seinem Schritt.

Lina blieb regungslos stehen, obwohl sie kurz überlegte, in das Zimmer zurückzugehen, in dem sie mucksmäuschenstill hätte warten sollen, solange der Generalleutnant da war. Doch sie konnte den Blick nicht von der Duschhaube lösen. Das durchsichtige Ding faszinierte sie. Wie es sich bewegte, als hätte es nichts mit der Señora zu tun, als führte es ein eigenes Leben.

Das Telefon läutete. Die Señora ließ den Generalleutnant los und eilte zum Nachttisch. Sie zögerte, die Hand auf dem Hörer, doch sie nahm nicht ab. »Und wenn es mein Mann ist?«, fragte sie. Sie klang etwas panisch.

»Dann lass ihn klingeln«, sagte der Generalleutnant. »Du hast jetzt keine Zeit. Oder doch? Hast du Zeit für deinen Mann mit seinem degenerierten Gemächt? Willst du deine kostbare Zeit damit verschwenden?«

»Nein«, sagte sie. »Ich hab keine Zeit für ihn.«

»Genau«, sagte der Generalleutnant. Er nahm den Kopf der Señora und drückte ihn wieder in seinen Schritt.

Kurz darauf löste der Generalleutnant sich von der durchsichtigen Duschhaube. Er hielt sein Glied in der Hand. Es hatte die Farbe der untergehenden Sonne. Der Generalleutnant brummte wie manche Tiere im Zoo. Dann kam eine Soße aus seinem Glied, mit der er das Gesicht der Señora bedeckte, wie eine Torte mit Sahne verziert wird.

Lina dachte an Quark oder die Milchspeisen, die ihre Mutter aus Magerjoghurt bereitete.

Der Generalleutnant seufzte tief und schlug der Señora ein paarmal leicht mit dem Glied gegen die Nase. »Das ist meine Frühjahrsoffensive«, sagte er.

Die Señora antwortete: »Liebling.«

»Du hast ein entzückendes Näschen«, erklärte der Generalleutnant. »Alles an dir ist entzückend. Ein entzückendes Näschen, eine entzückende Möse, entzückende Augen. Und ein entzückender Mund, das vor allem. Ein göttlicher Mund.«

An der Nase der Señora hingen ein paar Spritzer, die Lina jetzt nicht mehr an Quark, sondern an Kleister erinnerten. Tapetenkleister. Lina hatte eine Kinderschere, manchmal bekam sie von Papa alte Zeitschriften, aus denen sie Dinge herausschneiden und in ein Heft kleben durfte.

»Ich mach mich kurz frisch«, sagte die Señora.

»Ja«, sagte der Generalleutnant, »tu das. Wir haben noch gut zehn Minuten, die müssen wir ausnutzen.«

Die Señora stand auf. Mit der Duschhaube auf dem Kopf ging sie zur Tür, und Lina dachte noch, dass sie jetzt wirklich ins Kinderzimmer huschen müsste, schnell wie der Wind – das sagte Mama immer: »Auf dein Zimmer – schnell wie der Wind« –, aber sie starrte wie gebannt auf die durchsichtige Duschhaube, sah nichts anderes mehr, keinen Generalleutnant, keine Señora, kein Bett, nur noch das eine Ding, die Welt bestand nur noch aus der durchsichtigen Duschhaube. Sie konnte sich nicht rühren. Sie wollte zwar, aber sie konnte nicht.

Die Señora stolperte über sie.

Einen Moment lang blickte sie sprachlos auf das Etwas, das ihr den Weg versperrte, das Hindernis, das offensichtlich ein Kind war, und dann kreischte sie los, wie in der Nacht zuvor. Laut und schrill.

»Was machst du hier?«, rief sie, als sie sich ausgekreischt hatte.

Der Generalleutnant rannte zur Tür. Sein Glied hing ihm noch aus der Hose, auch darauf klebten Spritzer. Auf halbem

Weg fiel ihm offenbar etwas ein, er blieb stehen und verstaute sein Ding, während er wieder brummte wie ein Tier im Zoo. Als alles verpackt war, stürmte er aus dem Schlafzimmer.

»Wer ist das?«, fragte er.

Die Señora stand neben Lina.

»Wer hat uns ausspioniert?«, brüllte er.

»Eine Nichte.« Die Señora war außer Atem, vom Kreischen wahrscheinlich. Sie hatte Leidenschaft in ihr Kreischen gelegt. Sie hielt Lina immer noch fest, auf dem Kopf die Duschhaube, das Gesicht bedeckt von der Soße des Generalleutnants. Ihr ganzes Gesicht glänzte.

»Wessen Nichte?«, schrie der Generalleutnant. »Ich dachte, wir wären allein! Ich dachte, wir wären allein, verdammt! Wer ist sonst noch im Haus?« Er riss den erstbesten Schrank auf, doch der enthielt nur Bettwäsche.

Der Generalleutnant wirkte enttäuscht, er schien zu erwarten, dass in jedem Schrank Leute steckten.

»Niemand«, sagte die Señora. »Wirklich niemand. Sie ist eine Nichte der Haushälterin. Es ist nichts, Raúl. Setz dich aufs Bett. Ich komme gleich.«

»Nenn mich nicht Raúl.« Er schloss den Wäscheschrank mit einem Knall und riss den nächsten auf. »Wer ist sonst noch im Haus?«, schrie er.

Der Generalleutnant starrte auf einen Stapel Kissenbezüge. Frisch gewaschen und gebügelt.

Die Señora hielt Lina fest an der Hand und hatte sich vor sie gestellt, als hätte sie Angst, der Generalleutnant könnte sich auf sie stürzen wie ein angeschossenes Tier auf seine letzte Beute.

»Setz dich in Ruhe aufs Bett, Raúl. Es ist nichts passiert. Das Kind hat nichts gesehen. Es … Es ist …«

»Nenn mich nicht Raúl.«

Die Señora stotterte, als wüsste sie nicht mehr, was sie sagen wollte. Je mehr sie stotterte, desto fester hielt sie das Kind an der Hand. »Es ist zurückgeblieben, Generalleutnant. Geht nicht mal in die Schule. Was sie sieht, versteht sie nicht. Sie kriegt nichts mit.«

»Bist du sicher?«

»Ganz sicher!«, rief die Señora. »Sie ist behindert.«

Der Generalleutnant holte tief Luft. »Das tut mir leid«, sagte er, jetzt etwas leiser. Er schloss den Schrank mit den Kissenbezügen.

»Was?«, fragte die Señora, die Hand des Mädchens immer noch fest umschlossen. Sie stand nicht mehr vor, sondern neben ihr. »Was tut dir leid, Liebling?«

Der Tapetenkleister des Generalleutnants war jetzt zum Teil auf ihrer Bluse.

»Dass so ein Kind nicht lernen kann«, antwortete er. »Wir können die Rebellen mit militärischen Mitteln besiegen, und wenn sie mich hätten machen lassen, wäre das längst geschehen, aber das alles hat nur Sinn, wenn es von einem anderen Prozess begleitet wird, einem politischen, einem Bewusstseinsprozess. Wenn wir den Analphabetismus bekämpfen, die Lernstörungen, den Bildungsnotstand, die Behinderten, wenn wir uns um die Erziehung kümmern. Wenn wir die Schulen verbessern. Wenn wir die Bildung auf die Agenda setzen. Verstehst du? Sonst neiden sie uns nur unsere Freiheit, wenn wir ihnen nicht beibringen, was Freiheit ist.«

»Ja, natürlich«, sagte sie. »Ich versteh dich. Aber ich mach mich kurz frisch. Ich bin gleich wieder da. Setz dich so lange aufs Bett.«

»Verstehst du mich wirklich?«, fragte er. Er fasste sie an den Schultern. »Begreifst du, was ich sage? Ich will keine Jasager. Ich will Leute, die mitdenken, Leute, die nachdenken. Manche Leute verlieren ihr Leben im Kampf fürs Vaterland, für eine bessere Welt, heute Morgen hab ich schon zehn verloren, zehn auf einen Streich, weißt du, was das in einem anrichtet? Manche Leute verlieren ihr Leben, weil sie nie wirklich damit angefangen haben. Verstehst du? Drück ich mich klar aus? Begreifst du, was ich meine?«

»Ja«, sagte die Señora. »Als ich dich kennenlernte, begann ich zu leben. Davor gab es nichts. Davor hab ich gewartet.«

»Wir haben noch acht Minuten«, sagte der Generalleutnant. »Lass uns die nutzen.«

Die Señora eilte ins Badezimmer und zog Lina hinter sich her. Als sie die Tür verschlossen hatte, schlug sie Lina dreimal ins Gesicht. Lina musste nicht weinen, aber die Señora. Sie hielt sich am Waschbecken fest und weinte lautlos, die Soße des Generalleutnants vermischte sich mit ihren Tränen und lief jetzt noch schneller an ihr herunter.

»Es tut mir leid«, flüsterte sie schließlich. »Aber verstehst du immer noch nicht, dass es dich offiziell nicht mehr gibt, willst du uns alle ins Unglück stürzen? Nur weil ich dich nicht haben will? Hab ich kein Recht auf das Gleiche wie alle? Muss ich bestraft werden, weil ich mir den falschen Mann ausgesucht habe, weil er sich mich ausgesucht hat? Ich war jung, ich *bin* noch jung, aber bald nicht mehr. Ich muss an mich denken. So ist es nun mal. Es tut mir leid, aber wenn ich an dich denke, hab ich kein Leben mehr. Ich kann es mir nicht leisten, an dich zu denken. Wenn ich an dich denke, riskiere ich den Tod.«

Die Schläge hatten Lina erschreckt, aber weh getan hatten sie nicht. Die Señora hielt sich noch immer am Waschbecken fest.

»Es tropft von Ihrem Gesicht, Señora«, sagte Lina leise.

Die Señora nahm ein Handtuch und wischte sich die Soße des Generalleutnants von Nase, Wangen und Lippen. Vor dem Spiegel nahm sie die durchsichtige Duschhaube ab. Ein paar Spritzer waren auch darauf gelandet, sie wusch sie sorgfältig ab und hängte die Haube auf den Handtuchständer zum Trocknen. Danach wusch sie sich das Gesicht und trocknete es gründlich. Sie versuchte, noch schnell ein paar Flecken aus ihrer Bluse zu entfernen. »Verdammt«, sagte sie und hörte zu reiben auf. Sie hielt ihr Gesicht vor den Spiegel und begann, sich zu schminken.

Es wurde an die Tür geklopft. Der Generalleutnant rief: »Was ist da drin los? Was machst du da? Ich hab noch gut fünf Minuten. Ich will ein Gespräch mit dir führen, ich will endlich ein gutes Gespräch führen.«

Lina erschrak und versteckte sich, so gut es ging, unter dem Waschbecken. Der Generalleutnant hätte sie sofort gesehen, wenn er hereingekommen wäre. Doch die Tür war abgeschlossen. Lina war mit der Señora allein.

»Ich komme«, rief die Señora, während sie sich hastig weiterschminkte. »Ich bin gleich da.«

»So kann ich ihm nicht vor die Augen treten«, flüsterte sie Lina zu.

Wieder wurde an die Tür geklopft. Jetzt noch lauter.

»Ich gehe ein großes Risiko ein, indem ich herkomme«, brüllte der Generalleutnant, »aber ich tue es, denn das ist Liebe. Und was tust du? Du schließt dich mit einem Kind im Bad ein. Einem beschränkten Kind. Ist das Liebe? Vom Präsidenten brauchen wir nicht zu reden. Der Generalstab ist eine Bande Alkoholiker, degenerierte Homosexuelle, einer von ihnen sogar dement. Jeder weiß es, aber niemand tut was dagegen. Das ist keine Liebe, das ist Gleichgültigkeit. Ich bin der Einzige, der begreift, dass dieser Krieg ein Kind ist, das man mit Liebe umsorgen muss.«

Wieder ein lauter Schlag gegen die Tür. Lina hatte Angst, er könnte die Tür einschlagen.

»Ja, ja«, sagte die Señora, »ich komm gleich. Du hast recht. Nur noch etwas Lippenstift. Ich will doch schön sein für dich.«

»Die Führung dieses Landes hängt nur an mir!«, rief der Generalleutnant. »Mir allein! Der Krieg braucht mich mehr als du, und da wagst du zu klagen, ich hätte keine Zeit für dich und meine Arbeit würde immer vorgehen. Solange der Krieg dauert, geht der Krieg vor, ja. Solange Krieg ist und ich jeden Tag zwanzig bis dreißig Männer verliere, hörst du, jeden Tag, so lange habe ich andere Sorgen als ein Kind. Ich habe noch drei Minuten, ich will ein Gespräch führen, von Mensch zu Mensch, hörst du, ich habe das Bedürfnis nach einem Gespräch. Hörst du?«

Sein Klopfen war jetzt so laut, dass das ganze Haus zitterte. Lina war sich sicher, es würde einstürzen.

»Bleib hier«, flüsterte die Señora, »und keinen Mucks.«

Sie öffnete die Tür. »Da bin ich«, sagte sie. »Da bin ich, Liebling.«

Der Generalleutnant richtete seine Frisur, ohne in den Spiegel zu sehen. »Wir haben noch zwei Minuten und fünfunddreißig Sekunden«, sagte er ruhig. »Ich will ein Gespräch führen, ich habe das Bedürfnis nach einem Gespräch. Ich vertraue dir Staatsgeheimnisse an, und du schließt dich im Bad ein.«

»Ich will keine Staatsgeheimnisse, ich will dich«, sagte die Señora und lachte laut.

Lina lugte durch den Spalt in der Badezimmertür. Sie sah alles. Sie wollte alles sehen.

Die Señora nahm die rechte Hand des Generalleutnants. Sie hielt sie fest, drückte sie. Langsam gingen sie Richtung Treppe. Dort blieben sie stehen.

»Ich will«, sagte er langsam, »dass die Leute mich einmal lieben. Ich verstehe, dass sie mich jetzt hassen, denn ich verordne eine bittere Medizin. Aber notwendige Maßnahmen sind nun mal bitter, und Bürger sind wie Kinder, sie wollen Leckerlis, alles soll süß schmecken. Ich bin der Arzt, der ein Bein abnehmen muss und der sagt: ›Ihr Bein muss amputiert werden. Ich werde operieren. Betäubung ist unmöglich, ich werde schneiden müssen, während Sie bei vollem Bewusstsein sind.‹ So ein Doktor ist nicht beliebt, das versteh ich. Aber wenn dieser Krieg aus ist, werden sie begreifen, dass ich es fürs Vaterland tue, für sie, ihre Kinder, für unsere Kinder. Für den Frieden. Aber jetzt? Die Provinzen im Norden …«

Der Generalleutnant machte sich von der Hand der Señora los. »Glaubst du, die Provinzen im Norden sind unter Kontrolle?«

»Ich weiß nicht«, sagte sie. »Ich weiß nur, dass du mich unter Kontrolle hast.«

»Wir haben da nichts mehr zu sagen«, rief der Generalleutnant. »Dort herrscht Anarchie, dort hat die Zentralgewalt keine Autorität. Und wo keine Zentralgewalt ist, herrscht Rechtlosigkeit. An so einem Ort gedeiht nur noch Unkraut. Da kann es keine Liebe geben. Ich bin nicht nur Stratege, ich bin auch Politiker und Philosoph. Diese drei sind voneinander untrennbar. Wie kann man das eine sein wollen, ohne zugleich das andere zu sein? Nicht nur die Rebellen arbeiten an einer Frühjahrsoffensive, wir auch, Paloma. Und wenn die Leute fragen, warum, dann ist die Antwort: ›Für Vaterland und Freiheit.‹ Aber auch, damit die Leute mich einmal lieben, wie noch nie ein Mensch geliebt worden ist. So, wie du jetzt mich liebst, so sollen sie mich lieben.« Die Augen des Generalleutnants wurden feucht. Er warf einen Blick auf seine Armbanduhr. »Wir haben noch vierzig Sekunden«, sagte er. »Jetzt musst du etwas sagen.«

Die Señora umarmte den Generalleutnant. »Liebling«, flüsterte sie. Der Rest war nicht zu verstehen.

Der Generalleutnant schob sie beiseite. »Ich liebe zwei Frauen«, sagte er. »Meine eigene und dich. Viele Männer können das nicht, denn sie haben keine Disziplin. Ich schon. Krieg ist Hochleistungssport, Liebe ist Hochleistungssport, mein ganzes Leben ist Hochleistungssport, und du bist ein wichtiger Teil davon. Darum bist auch du Hochleistungssport.«

Sie gingen eilig die Treppe hinunter.

Lina wartete im Bad, bis die Señora wiederkam. Sie war schnell zurück.

»So«, sagte die Señora laut, »nächste Woche um diese Zeit kommt der Generalleutnant wieder.«

Sie war in Gedanken nicht bei Lina, schien sich nicht bewusst zu sein, dass das Kind noch im Bad war. Sie nahm einen Föhn, richtete ihn auf die durchsichtige Duschhaube und trocknete sie hektisch.

5

Am Nachmittag hatte der Major seine Frau angerufen, doch sie hatte nicht abgenommen. Darauf fuhr er in das Haus, wo die beiden verdächtigen Individuen in der Nacht zuvor sinnlosen Widerstand geleistet hatten.

Der Räumtrupp war schon da gewesen. Früh am Morgen waren die Leichen aus dem Haus geschafft worden. Der Räumtrupp arbeitete schnell und diskret.

Gemäß den Papieren, die der Major unterschrieben hatte, hätten im Haus auch die sterblichen Überreste eines Kindes vorhanden sein müssen. Manchmal leisten auch Kinder sinnlosen Widerstand. Doch die Männer vom Räumtrupp hatten nicht nach dem Körper gesucht. Bevor sie aus der Kaserne fuhren, hatte der Major ihnen etwas in die Hand gedrückt und gemurmelt, dass die Überreste des Kindes möglicherweise inzwischen verschwunden seien. Die Männer hatten genickt. Es verschwand öfter mal was.

Noch am selben Tag sollten die Überreste verbrannt werden. Die Asche wurde in der Regel im Garten hinter dem Verteidigungsministerium verstreut. Dort wuchs alles Mögliche: weiße und gelbe Rosen, Bougainvilleas, auf Anordnung des Ministers waren sogar ein paar Dattelpalmen gepflanzt worden, doch die hatten den Winter nicht überlebt.

Der Präsident hatte befohlen, die sterblichen Überreste verdächtiger Individuen nicht mehr den Hinterbliebenen zu übergeben. Es war oft vorgekommen, dass diese mit Hilfe von Staatsfeinden die Beerdigungen zu Demonstrationen oder Krawallen umfunktionierten. Darum hatte der Präsident beschlossen, dass tote Verdächtige das Recht auf eine Beerdigung verwirkt hatten. »Kaum gibt man ihnen den kleinen Finger, schon nehmen sie die ganze Hand«, hatte er bemerkt, während er das Dekret unterzeichnete. Der Körper eines Individuums, das verdächtigt wurde, in irgendeiner Weise Gewalt unterstützt zu haben, verwandelte sich mit dem Tod automatisch in Staatseigentum.

Auch die Asche des verdächtigen Individuums war mithin Eigentum des Staates, hatten Juristen gefolgert. Hinterbliebene, die einen Prozess gegen den Staat angestrengt hatten, um die Asche ihrer Anverwandten zurückzubekommen, hatten den Prozess verloren, und der Richter hatte sein Urteil noch nicht formuliert, da hatte der Präsident schon befohlen, mit der Asche den Garten des Verteidigungsministeriums zu düngen. Der Präsident war ein großer Rosenliebhaber. Er träumte davon, dass eines Tages eine Rose nach ihm benannt würde.

Familienangehörige oder Hinterbliebene wurden in der Regel über das Schicksal festgenommener Verdächtiger nicht informiert. Der Präsident hatte beschlossen, dass die Weitergabe solcher Informationen die Sicherheit des Staates gefährdete. Der Präsident war ein umsichtiger Mann, zumal das Gros seiner Vorgänger ihr Leben in Ausübung des Amtes verloren hatte.

Während er an seine Frau und die neue gemeinsame Tochter dachte, durchsuchte Major Anthony das ehemalige Zuhause von Lina Siñani Huanca. Ab und zu hob er ein

Buch auf oder öffnete einen Schrank. Er hatte einen schweren Tag hinter sich, nicht nur wegen der langen Nacht, vor allem, weil er Berichte von Außenposten in den nördlichen Provinzen auf den Schreibtisch bekommen hatte, die über Nahrungs- und Wassermangel klagten. Seine Vorgesetzten hatten ihm befohlen, die Kommandanten der Stützpunkte davon zu unterrichten, dass man die Lieferungen vorübergehend abgesetzt habe, weil eine beträchtliche Zahl von Konvois in Hinterhalte der Rebellen geraten sei, dass die Versorgung jedoch binnen kurzem wieder aufgenommen würde. Ein Oberst hatte ihn angeschrien: »Wenn die Jungs da oben ihre Arbeit ein bisschen besser machten, würde es keine Hinterhalte geben, und sie hätten genug zu essen! Wenn sie Hunger haben, sollen sie jagen! Munition haben sie doch genug!? Der Dienst bei der Armee ist kein Schulausflug.«

Dies hatte der Major dem Befehlshaber des nördlichsten Außenpostens sinngemäß mitgeteilt, ohne allerdings das mit dem Schulausflug zu erwähnen. Danach hatte er ein Memorandum geschrieben, dass die Wiederaufnahme der Truppenversorgung in den nördlichen Provinzen höchste Priorität besitze. Alle anderen Operationen müssten zurückgestellt werden, bis die Bevorratung wieder in Gang gekommen sei.

Erst als er mit diesem Memo fertig war, hatte er wieder an Lina gedacht. Sein Kind. Es war anders gelaufen, als er gedacht hatte, und doch konnte er an seinem Schreibtisch ein kurzes Gefühl des Triumphs nicht unterdrücken. Er hatte dem Schicksal ein Schnippchen geschlagen.

Danach hatte er einen vertraulichen Bericht gelesen, doch mittendrin aufgehört. Der Bericht war niederschmetternd. Daraufhin hatte er der Sekretärin, die er mit zwei anderen, höheren Militärs teilen musste, etwas von einem kurzen Außeneinsatz gesagt, er komme jedoch später am Nachmittag wieder.

In seinem Auto war er zum ehemaligen Zuhause des Mädchens gefahren, das er zu seiner Tochter erwählt hatte. Wahrscheinlich hatte sie ihr ganzes Leben lang dort gewohnt. Na und? Er war jetzt ihr Vater, ihre Vergangenheit durfte für ihn keine Rolle mehr spielen. Und sei es nur, weil er keinen Anteil an dieser Vergangenheit hatte. Die Vergangenheit ließ sich löschen.

Bei Tageslicht sah das Haus anders aus. Kleiner. Armseliger.

Die Tür war nicht abgeschlossen, wie in der Nacht zuvor. Der Major ging vorsichtig hinein. Am Esstisch blieb er stehen. Die Kerzen hatten getropft, das Wachs auf dem Tisch war geronnen. Die Pfanne mit Essensresten stand noch daneben.

Ungefähr hier hatte er in der Nacht gestanden. Er betrachtete die Stelle, wo er Lina zum ersten Mal gesehen hatte.

Er war nicht beruflich hier, auch wenn er Uniform trug. Es gab keinen offiziellen Grund für seine Anwesenheit. Er war illegal hier. Der Major verletzte die Vorschriften, und so glücklich es ihn auch machte, jetzt eine Tochter zu haben, die Tatsache, dass er sich nicht an die Vorschriften hielt, bereitete ihm Bauchschmerzen. Man kehrte nicht an den Ort einer Festnahme zurück, es sei denn, man handelte auf Befehl. Er hatte ein Gewissen, doch es gab auch Gesetze, es gab Vorschriften.

Der Major ging in Linas früheres Zimmer und sah sich dort um wie in einem Museum.

Er dachte wieder an seine Frau. Gut, er musste sie ab und zu einsperren, das war nicht, was man sich zuerst unter einer Ehe vorstellte, eine Frau in der Abstellkammer, er jedenfalls hatte sich das nicht vorgestellt, doch es war unumgänglich, um sie vor sich selber zu schützen. Die Ehe selbst war in Ordnung. Es war eine gute Ehe, vor allem, seit er den Swimmingpool hatte anlegen lassen. Kein anderer Major, den er kannte, hatte einen eigenen Swimmingpool. Er stellte sich kurz vor, wie Lina darin herumplanschen würde, mit Schwimmflügeln an den Armen.

Der Major zog die Gardinen auf. Linas Decke lag auf dem Boden. Der Bezug war aus Frottee und sah verwaschen aus. Er war hellblau. Auf einem hölzernen Schreibtisch lagen ein Stapel Hefte und zwei Kinderbücher. Buntstifte. Der Schreibtisch sah aus wie aus Holzresten zusammengezimmert. Vor dem Schreibtisch stand ein kleiner roter Stuhl.

Andere Eltern hatten nur Sex gehabt, um ihr Kind zu zeugen, er hatte es den Pforten der Hölle entrissen, es aus den Klauen des Todes errettet. Er war überzeugt, dass er mehr Recht auf das Kind hatte als die leiblichen Eltern, die dafür bloß eine Runde gevögelt hatten. Er als Militär hatte bewusst die Vorschriften dafür übertreten. Vögeln tat jeder, auch jeder Militär, in allen Rängen, obwohl auch Sex eine Pflichtverletzung sein konnte. In der Ehe wurde, was sonst ein Vergehen war, auf einmal zur Pflicht.

War Ehe nicht letztlich genauso wie Krieg? Auch Krieg verwandelte das Vergehen in Pflicht, für Militärs jedenfalls. Sie mussten ihre Aufgabe nach Ehre und Gewissen erfüllen. Die Pflicht ging über alles.

Der Major setzte sich auf den niedrigen Stuhl. Der Stuhl

knarrte, vielleicht war auch er selbstgemacht. Er schaute sich um und fragte sich, was er mitnehmen könnte. Er war zurückgekehrt, um Sachen von Lina zu holen, damit sie sich am neuen Wohnort schneller zu Hause, sich in die neue Familie aufgenommen fühlte, die Familie, die sich so schrecklich nach ihr gesehnt hatte. Jetzt war er hier, und sosehr er sich auch umschaute, er sah nichts, was er hätte mitnehmen können. Bei den Kinderbüchern war er unschlüssig. Sollte er sie besser hierlassen? Man wusste nie, was für Geschichten drinstanden.

Der Major nahm ein Papiertaschentuch und schneuzte sich. Der Stuhl knarrte noch stärker als zuvor. Er war nicht für einen erwachsenen Mann gedacht. Einen Koffer, zunächst einmal brauchte er einen Koffer. Oder eine Tasche. Schnell ein paar Sachen hineinstopfen und dann machen, dass er fortkam. Diese Umgebung war gefährlich für ihn. Es war stickig hier, es roch nach Menschen, die nicht mehr lebten, ein widerlicher Geruch. Vielleicht hatte es auch zu ihren Lebzeiten schon so gerochen, doch das spielte jetzt keine Rolle.

Auf dem Fußboden bei der Tür lag ein Paar Sandalen, zweifellos Linas. Er hob sie auf. Sie mussten dringend zum Schuhmacher, doch für den Moment immerhin etwas. Worin aber sollte er sie verstauen? Der Major kam auf die Idee, unter dem Bett nachzusehen.

Kartons, Eimer, Spielzeug. Zwischen all dem Gerümpel ein kleiner knallrosa Koffer.

Auf den Knien öffnete er ihn. Puppen. Ein Koffer voller Puppen.

Aber egal, Hauptsache ein Koffer, der Major nahm die

Puppen heraus. Darunter kamen Puppenkleider zum Vorschein. Auch die warf er hastig auf den Boden. Der Illegale ist immer in Eile, und hier, an diesem Ort, in diesem Moment, war er kein Major, sondern ein Illegaler in Uniform, und das machte es noch schlimmer. Es gab viele Arten, einen Offizier zu bestrafen. Wenn seine Vorgesetzten ihn loswerden wollten, hätte er ihnen jetzt eine Steilvorlage geliefert.

Der Major keuchte, es lag an der Regenzeit, ganz bestimmt, wahrscheinlich fühlte er sich darum so schlecht.

Immer noch auf den Knien, legte er die Sandalen in den rosa Koffer. Überall um ihn herum lagen Puppen und Puppenkleidung. Mit einem kleinen Pullover wischte der Major sich gehetzt das Gesicht ab und musste wieder daran denken, wie Linas Mutter ihn angesehen hatte. Normalerweise versuchte er, alles sofort zu vergessen. Das Einzige, woran er sich nach Einsätzen erinnerte, war, dass er seine Männer sicher wieder in die Kaserne zurückgebracht hatte.

Der Major stand auf. Was braucht ein Kind unbedingt, was könnte Lina auf keinen Fall entbehren? Er war sich nicht sicher, doch eigentlich lag es auf der Hand, er riss den Kleiderschrank auf. Hastig raffte er ein paar Hosen zusammen, T-Shirts, Socken, eine Mütze. Er stopfte alles in den kleinen Koffer, bis er voll war.

Er brauchte noch eine Tasche. Das hier war zu wenig. Er musste mehr für seine Tochter mitnehmen. Er würde wahrscheinlich nie wieder herkommen, und wenn, würden andere Leute hier wohnen. So ging das. Häuser blieben nicht lange leer.

Mit schnellen Schritten verließ er Linas Zimmer und ging

in die Küche, doch auch da fand er nichts Passendes. Eine zerrissene Papiertüte, die nutzte ihm nichts.

Im Elternschlafzimmer vielleicht! Hastig lief er hinauf. Nicht mehr zögernd, nicht mehr Schritt für Schritt, er lief, als wäre er hier zu Hause, schon seit Jahren ein regelmäßiger Gast.

Auf dem Bettzeug der Siñanis waren immer noch Blutflecken, in der Wand bemerkte er Einschusslöcher, die ihm nachts zuvor nicht aufgefallen waren.

Auf dem Boden lagen Patronenhülsen.

Der Major meinte, den ekelerregenden Geruch von Blut wahrzunehmen. Er öffnete einen Schrank. Kleidung, noch mehr Kleidung, aber keine Tasche. Der Major kniete sich hin, um unters Bett zu sehen. Zweifellos würde Lina es bei ihm und seiner Frau besser haben als jemals bei ihren leiblichen Eltern. Die verdienten so ein Kind gar nicht, die ließen es in abgetragenen Sandalen herumlaufen.

Er durfte nicht mehr an ihre früheren Eltern denken, es ging um ihre Zukunft. Was gewesen war, war gewesen.

Ganz hinten unter dem Bett glaubte der Major eine Tasche zu sehen. Er kroch halb darunter. Noch kam er nicht dran. Bäuchlings robbte er ein paar Zentimeter weiter, wie auf einer Übung.

Er hatte den Griff schon fest in der Hand, als er ein Geräusch hörte. Irgendwo im Haus knarrte der Boden. Noch jemand da!

So schnell er konnte, kroch der Major unter dem Bett vor. Er griff nach seiner Pistole und horchte. Schritte. Jemand im großen Zimmer.

Der Major entsicherte seine Waffe. War es womöglich der

Räumdienst? Das kam vor, manchmal kamen sie zurück, um Dinge zu beschlagnahmen, die sie beim ersten Mal vergessen oder die nicht mehr in den Wagen gepasst hatten. Aller Besitz verstorbener Verdächtiger war Eigentum des Staates.

Was er gerade tat, war gegen die Vorschriften, es gab keinen Grund für ihn, hier zu sein. Blitzschnell überlegte er, was er sagen könnte, um seine Anwesenheit zu erklären. Er hatte in der Nacht etwas verloren. Ein Feuerzeug. Er rauchte nicht, es war ein Geschenk seiner Frau, er suchte sein Feuerzeug. Das verstanden die Leute. Ein Geschenk der Frau lässt man nicht am Einsatzort liegen.

Vorsichtig schlich der Major die Treppe hinunter, Pistole im Anschlag, er hatte lange nicht mehr damit geschossen. Er musste daran denken, wie Lina da gestanden, ihn erst heulend und dann schweigend angesehen hatte. Warum hatte sie geheult? Von dem Vorfall im Elternschlafzimmer konnte sie doch nichts mitbekommen haben.

Ein Mann schlurfte durchs Wohnzimmer. Ein alter Mann mit dünnem Haar und weißem Oberhemd, dessen oberste drei Knöpfe offen standen. Seine Hose wurde von schwarzen Hosenträgern gehalten. Das Hemd war schmuddlig, so wie der ganze Mann. Er hatte den Major nicht gehört. Er bewegte sich vorwärts, als hätte er Schmerzen beim Gehen.

Ein paar Sekunden lang musterte der Major den Alten. Angst überfiel ihn: keine Angst vor dem Tod, sondern vorm Rest seines Lebens, Angst, dass er die falsche Entscheidung getroffen hatte, sich nie mehr aus der Illegalität befreien könnte, jetzt, wo er mit einem Bein hineingeraten war. Die Illegalität war ein saugendes Moor, in dem er langsam versank.

»Was machen Sie hier?«, fragte er. Seine Stimme klang heiser. Er räusperte sich.

Der alte Mann erschrak. Er zuckte zusammen, machte eine abwehrende Bewegung. »Wer sind Sie?«, fragte er zurück, nachdem er sich nach dem Major umgewandt hatte, blinzelnd, als schiene die Sonne ihm in die Augen.

Der Major machte ein paar Schritte auf den Mann zu. Die Waffe steckte er wieder ein. »Ich bin Major Anthony, der Major hier«, sagte er. »Können Sie das nicht sehen? Sehen Sie nicht, was ich bin?«

Der alte Mann schüttelte den Kopf. Die spärlichen langen Haare, die auf seinem Kopf lagen wie ein dünnes Deckchen, flogen in alle Richtungen.

»Ich kann nicht mehr gut sehen«, sagte der Mann. »Entschuldigen Sie, Herr Major.«

Der Mann hatte fast keine Zähne mehr.

»Ich bin Major Anthony«, wiederholte der Major, »ich leite diese Operation. Was machen Sie hier?«

Der Alte öffnete den Mund, schien verwirrt, er wusste nicht, was er sagen sollte. Er stammelte etwas Unverständliches.

»Was sagen Sie?«, fragte der Major.

Noch mehr Gestammel. Der Major verstand kein Wort.

»Was machen Sie hier?«, fragte Major Anthony noch einmal.

»Ich bin der Nachbar«, sagte der Alte schließlich. »Wo sind sie? Wo ist Martha? Wo ist ihr Mann? Sie bringt mir immer zu essen. Heute nicht, da bin ich nachsehen gegangen.«

»Sie sind verreist«, sagte der Major.

Das Gefühl des Triumphs, das sein neues Kind eben noch in ihm ausgelöst hatte, war verflogen. Ein schrecklicher Verdacht beschlich ihn: dass er trotz allem, was er erreicht hatte, im Grunde gescheitert war. Dass er dem Scheitern nicht entkommen, er seine Frau niemals glücklich, niemanden glücklich machen würde, er immer der Major bliebe, der den Krieg zu Hause nicht gewinnen konnte, und nur ein Heldentod ihn noch vor dem vernichtenden Gefühl retten konnte, mehr Gescheiterter als Major zu sein.

»Oh«, sagte der alte Mann. »Und Lina?«

»Auch verreist.«

»Das ist doch nicht möglich! Sie haben mir nichts gesagt. Das würden sie nie machen, weggehen, ohne mir was zu sagen. Sie bringen mir immer das Essen.«

»Sie sind verreist«, wiederholte der Major.

»Ja, Herr Major, und mein Essen? Woher krieg ich jetzt was zu essen?« Es klang wie ein Vorwurf.

Der Major ging einen Schritt auf den alten Mann zu. »Ist das Ihre einzige Sorge? Ihr Essen? Merken Sie nicht, was hier los ist?«

Wieder sah er die Augen der Frau auf dem Bett, wie sie ihn angestarrt hatte, während ihr das Blut aus dem Mund schwappte. Er mochte es nicht, wenn verdächtige Personen ihn ansahen, sie hatten die Augen niederzuschlagen. Er mochte ihre Blicke nicht. Ein Oberst hatte ihm einmal erklärt, das sei so, weil sich in ihren Augen die Leere widerspiegle.

Der Major spürte Wut in sich aufsteigen. Sollte er sich jetzt auch noch um das Essen eines alten Mannes kümmern? Hatte der keine Kinder oder andere Angehörige, die ihn versorgten? Warum musste er die Nachbarn mit seinem Essen belästigen, konnte er sich nicht selbst eine Suppe kochen? Er hob die Hand, um den Alten zu schlagen, doch der zuckte wieder zusammen und rief: »Nicht! Ich steh hinter euch! Ich hab euch immer unterstützt. Vor fünf Jahren, als meine Gesundheit noch besser war, hab ich der Armee sogar Blut gespendet. Hier, ich kann es beweisen!«

Aus seiner Hosentasche pfriemelte der Mann eine zerfledderte Bescheinigung und hielt sie dem Major zitternd hin.

»Da steht's«, stammelte er mit heiserer Stimme, »lesen Sie selbst. Ich hab die Armee immer unterstützt. Ich steh hinter der Truppe. Vor fünf Jahren hab ich euch Blut gespendet. Meine ganze Familie ist in der Armee, ich hab keine Kinder, aber sieben Neffen. Die sind alle in der Armee.«

Der Major würdigte den Fetzen keines Blicks. Er gab ihn schweigend zurück.

Der Alte steckte den Zettel hastig wieder ein, als sei er ein wertvolles Dokument. »Da sehen Sie's«, sagte er, und seine Stimme klang fast triumphierend. »Sie sehen, auf welcher Seite ich stehe. Jetzt wissen Sie's. Lang lebe der Präsident! Lang lebe der Präsident!«

»Machen Sie, dass Sie fortkommen!«, sagte der Major leise. »Und kommen Sie nie mehr zurück. Holen Sie sich Ihr Essen in Zukunft woanders. Ich weiß, was ich sage. Das ist kein Ort für Leute wie Sie. Lassen Sie sich hier nie wieder blicken.«

»Was für eine Operation leiten Sie eigentlich, Herr Major?«, fragte der alte Mann jetzt. »Was für eine Operation ist das?«

Major Anthony lächelte. Vielleicht war der Alte gar nicht

so dumm, wie er sich stellte. Unwillkürlich musste er lächeln. So ein altes Schlitzohr, glaubte, einen Major an der Nase herumführen zu können!

»Eine Geheimoperation, ich darf mit niemandem darüber reden. Sie müssen vergessen, was ich gerade gesagt habe. Vergessen Sie, was Sie gesehen haben, dann werde ich vergessen, dass Sie hier eingedrungen sind wie ein dahergelaufener Dieb. Ich werde alles vergessen, wenn Sie beweisen, dass auch Sie alles vergessen können. Sie wissen doch: Unser Land braucht keine Leute, die alte Wunden aufreißen. Wer nicht vergessen kann, dem müssen wir helfen. Wer zu viel an die Vergangenheit denkt, wird sie nur endlos wiederholen. Und das kann der Präsident nicht erlauben. Die Armee unterstützt ihn, die alten Wunden zu heilen.«

»Aber die Siñanis?«, fragte der Mann, sich langsam schon Richtung Tür bewegend. »Wann kommen sie wieder?«

Irgendwo in der Nähe begannen Hunde zu bellen.

»Sie sind verreist«, sagte der Major. »Wie ich schon sagte. Sie machen einen langen Urlaub auf Kosten des Staates. Es ist besser, ihren Namen nicht mehr zu erwähnen. Besser vergessen Sie ihn sogar. Sonst kriegen Sie Ärger, und Sie haben doch schon Probleme genug, wie's aussieht.«

»Ja, ja«, sagte der Mann, »ich hab genug Probleme, ich hab ihn auch schon vergessen, den Namen von eben. Ich kam nur wegen dem Essen. Darum. Sonst hab ich hier nichts verloren. In Zukunft werd ich mir mein Essen woanders holen. Ich weiß nichts mehr, Herr Major. Alles weg.«

Der Mann schlich aus dem Haus. Er öffnete die Tür einen so schmalen Spalt, als wolle er sich in Luft auflösen.

Der Major ging zum Wasserhahn und hielt seine Hände

unter den Strahl, der weder kalt noch warm werden wollte, das Wasser blieb lauwarm. Ihm war übel, das Verletzen der Vorschriften machte ihm Bauchschmerzen.

Im Schlafzimmer riss er die Tasche unter dem Bett hervor. Eine alte, staubige Umhängetasche, ausgebleicht und verschlissen, und wieder war da dieser ekelerregende Geruch, der ihm den Magen umdrehte. Trotz aller Erfahrung so vieler Einsätze ertrug er das alles nicht mehr: all die Verletzten, verletzte Verdächtige, verletzte Soldaten. Wenn es ihn träfe, so hatte er all die Jahre gehofft, wenn es denn einmal geschehen musste, dann hoffentlich richtig. Nicht nur ein bisschen, nicht halb. Er wollte nicht in einem Militärhospiz enden. Ein Held im Rollstuhl, sabbernd, röchelnd, wartend auf Freunde und Familienangehörige, die doch niemals kamen. Alles, nur das nicht. Dann lieber tot. Aber vielleicht würde er anders darüber denken, wenn es so weit wäre.

In Linas Zimmer stopfte er noch mehr Kleider, Pullover, Unterhosen und Socken in die Tasche. Ein paar Bücher, Hefte und ein Spiel in einer Schachtel, das auf einem Regal über dem Schreibtisch lag. Er raffte wahllos alles zusammen, griff sich, was ihm in die Finger kam.

Als die Tasche voll war, nahm er zum zweiten Mal auf dem roten Stuhl Platz. Wieder bellten draußen Hunde. Wahrscheinlich war irgendwo im Viertel wieder eine Aktion im Gang.

Er überlegte, seiner Tochter vielleicht doch eine Puppe mitzunehmen. Ein Mädchen braucht etwas zum Spielen. Er bückte sich, nahm irgendeine Puppe und ein paar Puppenkleider und blieb dann regungslos sitzen. Gedankenverloren streichelte er der Puppe über den Kopf. Er konnte sich nicht aufraffen. Er musste in die Kaserne zurück und dann nach Hause, oder besser sofort nach Hause, nicht mehr in die Kaserne. Seine Frau würde Lina sicher noch lieben lernen wie ein eigenes Kind, sie brauchte nur Zeit, das war verständlich. Sie hatte so lange darauf gewartet. Und wenn sie Lina erst einmal liebte, würde sie auch ihn wieder lieben, wie früher.

Immer wieder klopfte er mit der Puppe gegen seinen Oberschenkel. Ja, die Dinge brauchten Zeit. Der Major fragte sich, ob Lina weiter so heißen sollte, er selbst fand andere Namen besser und schöner. Aber konnte man ein Kind zwingen, sich an einen neuen Namen zu gewöhnen? Sie musste sich schon an so viel gewöhnen.

Und würden die Leute sich nicht über den Familienzuwachs wundern? Viele Freunde hatte er nicht, ja, ein paar Anglerbrüder, aber die würden von dem Zuwachs nichts erfahren. Die Nachbarn hatte er schon informiert, die reagierten eher gleichgültig. In der Arbeit würde er zunächst auch wenig darüber sprechen. Nach ein paar Jahren könnte er sagen: »Ach ja, wir haben ein Kind adoptiert, wusstet ihr das nicht? Ein goldiges Mädchen.«

Vielleicht würden die Leute sogar denken, es sei sein eigenes Kind, zwar hatte es etwas dunkle Haut, aber ein paar Onkel von ihm hatten das auch. Es war nicht unmöglich.

Seinem Vater würde er alles nur in groben Zügen schildern, hier und da etwas weglassen, ein paar unbedeutende Details. Es war ja auch egal – wichtig war, dass er jetzt eine Enkelin hatte. Nachkommenschaft. Sein Vater wäre glücklich. Momentan hatte er zwar vor allem *cream teas* mit Erdbeermarmelade und *clotted cream* im Kopf, aber langfristig war doch erst eine Enkelin die richtige Abrundung einer erfüllten Existenz.

Langsam stand der Major auf. Er würde nicht mehr zurückkehren. Wenn Lina noch etwas brauchte, musste er jetzt daran denken, es jetzt für sie einpacken. Doch das Wichtigste hatte er. Was sollte er übersehen haben?

Im großen Zimmer musste er sich am Tisch festhalten. Einen Moment glaubte er, sich übergeben zu müssen, zum ersten Mal seit Jahren. Doch er behielt alles bei sich. Wahrscheinlich hatte er zu Mittag in der Offizierskantine etwas Falsches gegessen. Mit dem knallrosa Koffer und der verschlissenen Tasche über der Schulter ging er auf die Straße.

Er hatte befürchtet, alle Welt würde sich nach ihm umdrehen. Ein rosa Koffer an einem Major in Uniform fällt fürchterlich auf. Doch auf der Straße begegnete er fast niemandem, und die paar spärlichen Passanten beachteten ihn nicht. Irgendwo bellten zwei Hunde.

Seit er die Vorschriften gebrochen und jenen Fehltritt begangen hatte, den er im einen Moment als vertretbare und notwendige Entscheidung verteidigte, im nächsten aber als groben Fehler ansah, als unverzeihlichen Akt des Egoismus, hatte er weder an Staat noch Gesetz gedacht, nur an sich und seine Frau – und an das neue Kind. Natürlich rechnete er damit, dass man ihn beobachtete, doch dieses Gefühl würde, so hoffte er, von selbst wieder verschwinden. Manche Militärs und ihre Familien wurden vom Geheimdienst überwacht, doch solche Militärs hatten Anlass dazu gegeben. Manchmal hatte der Staat etwas von einem eifersüchtigen Liebhaber. Doch der Major hatte dem Staat nie Grund zur Eifersucht gegeben, bis auf den kleinen Fehltritt. Nachdem er den Koffer und die Tasche in seinem Auto verstaut hatte, überprüfte er sicherheitshalber noch einen Geländewagen, der weiter hinten in der Straße geparkt stand. Er glaubte, Leute in dem Wagen gesehen zu haben. Von weitem war das wegen des gespiegelten Sonnenlichts nicht gut zu erkennen gewesen.

Der Major spähte durch die Scheiben. Der Geländewagen war leer.

Ein Junge lief vorbei, einen Fußball unter dem Arm.

Major Anthony lächelte. Von nun an konnte man ihn jederzeit erwischen. Das war nun sein Leben: stets in Gefahr, ertappt zu werden. Er begriff es noch nicht ganz, doch er hatte das vage Gefühl, dass er die Front überall mit hinnehmen würde. Wo er auch auftauchte, der Feind war schon da. Der Feind befand sich im Innern der Organisation, für die der Major arbeitete; er hatte sich selber zum Feind gemacht, indem er die Vorschriften brach.

Scheinbar unbeschwert schlenderte er zurück zu seinem Wagen. Hinter dem Steuer blieb er kurz sitzen. Er musterte die Straße, in der sein Kind gewohnt hatte.

Etwas weiter vorn überquerte ein Mann langsam die Straße. Es war der Alte, den er in Linas Behausung getroffen hatte. Seine paar Haare flatterten im Wind. Er trug einen Topf.

Der Major legte die Hand auf den rosa Koffer neben sich. Er wartete, bis der Mann außer Sicht war. Erst dann startete er den Wagen.

6

Weil die Haushälterin nicht da war, hatte Paloma selbst etwas gekocht, etwas Einfaches: Fleisch mit Reis. Der Major saß am einen Ende des länglichen Tischs, seine Frau am anderen, wie jeden Abend, seit sie verheiratet waren. Heute saßen sie hier zum ersten Mal zusammen mit ihrem Kind.

Der Major trug seine Uniform. Anders als die meisten Militärs behielt er sie auch zu Hause gern an, er hielt wenig von Freizeitkleidung. Seit Paloma wusste, dass die Schuld ihrer Kinderlosigkeit bei ihm lag, war ihr Respekt vor ihm gesunken. Es war ihm nicht entgangen: Sie sah ihn anders an. Die Uniform verlieh ihm Autorität, das half, seine Hoden zu vergessen.

»Jetzt iss doch«, sagte er zu Lina. »Es ist lecker.«

Das Mädchen war immer noch im Pyjama, an den Füßen die Pantoffeln der Frau des Majors, doch das sah der Major nicht, er sah nur ihr Gesicht, die Augen, die Nase, den Mund. Ihre Haare. Er sah, dass sie keine Zöpfe mehr hatte, das war ihm gleich aufgefallen, doch jedes Mal, wenn sein Blick auf sie fiel, war ihm, als sähe er es zum ersten Mal: Die Zöpfe waren verschwunden.

Die Frau des Majors zermanschte das Essen, geistesabwesend, wie es schien.

Der Major nahm ein paar Bissen, doch er konnte nicht

weiteressen. Er legte das Besteck neben den Teller und stützte das Kinn in die verschränkten Hände.

Seine Frau aß unbeeindruckt weiter.

Der Major schloss die Augen, wie um sich auf eine schwierige Aktennotiz zu konzentrieren. Er dachte an das Kind und dass es für ihn immer das bleiben würde, was es gewesen war, als es dort neben dem Tisch mit den Resten der Mahlzeit gestanden hatte: das Mädchen mit den längsten Zöpfen, die er jemals gesehen hatte, ein Mädchen, das ihn ansah, weil es wusste – daran zweifelte er keine Sekunde –, dass er die Operation leitete und es retten würde.

Seine Appetitlosigkeit erinnerte ihn an die Zeit, als er Paloma gerade erst kannte und die kleinste Berührung, ihre Hand auf seiner Schulter, ihn aus der Fassung gebracht hatte. Das war lange her. Später hatte er es noch einmal erlebt, dieses Gefühl, nichts essen zu können, den Anflug von Übelkeit: als der Doktor ihm vorsichtig beigebracht hatte, dass es an ihm lag.

Er öffnete die Augen. »Was hast du mit ihr gemacht?«, fragte er.

Die Gabel seiner Frau blieb auf halbem Weg zum Mund stehen. »Was meinst du?«, fragte sie. Endlich nahm sie den Bissen.

»Was hast du mit ihr gemacht?« Er zeigte mit dem Kopf auf ihre gemeinsame Tochter, die so verloren und unbehaglich dasaß. Das war seine Antwort auf den verdorbenen Samen: das Mädchen – die Rache am Sperma, das ihn verraten hatte. Wer brauchte lebendigen Samen, wenn er eine Waffe hatte? Er war nie Scharfschütze gewesen, doch auf dem Schießplatz verschaffte er sich noch immer Respekt.

»Wovon sprichst du? Was soll ich mit ihr gemacht haben?«

Er richtete sich zu seiner ganzen Größe auf und beugte sich etwas nach vorn. »Was hast du mit ihren Zöpfen gemacht? Wo sind ihre Zöpfe geblieben?«

Paloma lachte. »Ach, das«, sagte sie. »Sie ist mit mir beim Frisör gewesen.«

Der Major schaute seine Frau an, wie er verdächtige Individuen anschauen konnte, forschend, doch nicht ohne Mitgefühl. Auf der Hut, doch immer professionell. Jeder hatte ein Recht auf korrekte Behandlung. Für alles gab es ein festes Verfahren. »Wer hat dir das erlaubt?«

Er schaute Lina an, die ohne ihre Zöpfe ganz anders aussah, fast gewöhnlich, als sei sie nicht mehr sein Kind und er müsse erst neu mit ihr vertraut werden. Als müsse sie ihn nochmals verführen, ihm noch einmal wortlos erklären, dass sie seine Tochter war. Dass sie immer auf ihn gewartet hatte und verstand, dass er ihre Eltern verschwinden lassen musste, verschwinden lassen, um sie zu retten. Die Eltern, die nicht mehr ihre Eltern waren, hätten das auch so gewollt. Wenn sie noch sprechen könnten, würden sie sagen: »Ja, es ist das Beste so.«

»Erlaubt? Wozu brauche ich deine Erlaubnis? Um sie zum Frisör mitzunehmen? Hab ich um sie gebeten? Morgens wach zu werden, in die Küche zu kommen, und da sitzt sie? Hab ich das verlangt? Hatten wir das verabredet?«

»Ist es nicht lecker?«, fragte der Major das Mädchen. Er beugte sich zu ihr, so weit er konnte. »Schmeckt's dir nicht, Lina?«

Der Major tat sein Bestes, aber er musste noch üben. Es klang noch nicht flüssig, nicht selbstverständlich. Er stockte, doch das würde sich geben. Erziehen war wie schießen: ruhig, konzentriert, emotionslos und zielgerichtet. Man konnte es lernen, doch man brauchte auch Übung.

»Warum soll ich so tun, als wäre das hier mein Kind? Das wäre für jede Frau eine Beleidigung. Was erwartest du von mir, Anthony? Wenn ich dich nur schon sehe, muss ich lachen. Meine Freundinnen lachen auch über dich. Siehst du nicht, was ich bin? Weißt du überhaupt, was in deinem Haus vorgeht?«

Der Major konzentrierte sich auf seine Tochter. »Oder möchtest du lieber ein belegtes Brot?«

»Ja, mach ihr ein belegtes Brot«, sagte Paloma, die jetzt offenbar endgültig mit Essen fertig war. »Gib ihr, was sie will, gib ihr alles. Gib ihr den Swimmingpool. Wie lang soll das so gehen? Wie lang muss ich das noch ertragen? Ich werd noch verrückt.«

»Soll ich dir ein Omelett machen?«, fragte der Major.

»Ich möchte nach Hause, Señor«, sagte das Mädchen.

Der Major, der sein Bestes tat, sich als Vater zu fühlen, legte das Besteck neben den Teller. Er spürte eine Enttäuschung, die kaum von Schmerz zu unterscheiden war. Begriff seine Tochter es nicht? Erwartete er zu viel von ihr und zu schnell?

»Das hier ist dein Zuhause«, antwortete der Major. »Hat meine Frau dir das nicht gesagt? Hier ist dein Zuhause. Wir sind deine neue Familie. Deine vorigen Eltern haben dich uns gegeben. Sie konnten nicht mehr für dich sorgen. Sie hatten keine Zeit und kein Geld. Aber sie haben dich liebgehabt, und darum haben sie uns gebeten, für dich zu sorgen. Du gehörst jetzt zu uns. Du wohnst hier. Wir haben lange auf dich gewartet.«

»Erzähl dem Kind keinen Unsinn.« Die Stimme seiner Frau klang nicht böse, eher müde. Gleichgültig.

Zwei Kerzen brannten auf dem Tisch, in schönen silbernen Ständern. Vielleicht musste das Mädchen sich erst eingewöhnen. Ein Hochzeitsgeschenk, die Kerzenständer.

»So ist es doch?«, sagte der Major. »Wir haben auf ein Kind gewartet, unendlich lange. Wir haben über Adoption nachgedacht, über alles Mögliche, über, wie heißt das, du weißt schon, über weiß Gott was …«

»Ja«, sagte sie ruhig, »über all das haben wir gesprochen.«

Die Kerzen brannten anheimelnd. Die Frau des Majors schaute in die Flammen.

»Aber Adoption«, fuhr der Major fort, in etwas ruhigerem, fast dozierendem Ton, »ist kompliziert. Oft bekommt man kranke Kinder, Kinder, die niemand haben will. Geisteskranke. Man sieht es nicht, solange sie jung sind, aber später stellen sie sich zum Beispiel als geistig behindert heraus. Oder es sind Kinder von Alkoholikern, mit Hirnschäden. Man erfährt ja nicht, wer so ein Kind ins Waisenhaus gebracht hat. Man weiß nie, was man bekommt. Doch als ich sie sah …«

Der Major schob seinen Teller von sich. Er rieb sich mit der Hand über die Stirn. Er versuchte, die Worte sorgfältig zu wählen, wie er es tat, wenn er einen schriftlichen Befehl zu verfassen hatte.

»Ich wusste sofort, dass ich mich um sie kümmern musste. Keinen Moment habe ich gezweifelt. Ich wusste es, ich hab es gerochen. Sie ist makellos. Sie ist herrlich.«

Der Major lächelte. Liebevoll streckte er die Hand nach Lina aus. Er war gerührt, weniger von seiner improvisierten

Rede als von den herrlichen Aussichten, die er für sich und seine Familie herbeigeführt hatte. Von dem Glück, das er trotz allem empfand.

»Du hast keinen Moment gezweifelt? Du hast nicht gedacht: Was mache ich hier, um Himmels willen?«

»Nein«, sagte der Major. »Wie seltsam sich das vielleicht auch anhört, aber ich hab keine Sekunde gezweifelt. Ich habe ihr ein schreckliches Schicksal erspart, weil ich wusste ... ich dachte ... ich glaubte zu wissen, dass es uns alle glücklich macht.« Während dieser Worte fühlte er sich wieder einen Moment lang verliebt, konnte sich für einen Augenblick an das Mädchen erinnern, das vor Jahren an der Tankstelle der Eltern gearbeitet hatte, hoch in den Bergen, und das er mitgenommen hatte.

»Als wir gestern Abend hier saßen«, sagte sie, »hab ich dir da gesagt: ›Wenn du unterwegs zufällig ein Kind siehst, bring's mit!‹? Hab ich das zu dir gesagt?«

Sie schwieg einen Moment. Der Major schaute sein Kind an. Offenbar war das Glück schon wieder verflogen.

»Stimmt«, sagte sie, »ich wollte ein Kind, aber von dir, ein Kind, das in mir wachsen würde, das aus meinem Bauch kommt. Aber das konntest du mir nicht machen. Das konntest du nicht, und es hat dich offenbar auch wenig interessiert.«

Er senkte den Kopf. »Nein«, sagte der Major. »Das konnte ich nicht.« Er strich sich über die Uniform. Er sah seine Abzeichen, die mit Klettband an ihr befestigt waren, seinen Nachnamen, den Dienstgrad. Ein heftiger Schmerz pochte in ihm, so heftig, dass er ihm den Atem nahm. Er starrte seine Tochter an.

Nach einigen Sekunden ging es wieder besser. Nein, er konnte kein Leben schenken, nicht wie andere Männer, aber er konnte entscheiden, in bescheidenem Rahmen, wer am Leben blieb und wer nicht. Er herrschte vielleicht nicht über das Leben, aber über den Tod, und war das nicht besser, zivilisierter als diese banale Geschichte vom Samen, der die Vagina einer Frau infiltriert?

»Du warst heute Nacht nicht dabei«, sagte er leise, als hätte er Angst, jemand könnte ihn hören. »Du bist nachts nie dabei. Das Festnehmen von Verdächtigen ist nicht mit Kampfhandlungen zu vergleichen. Es ist größtenteils Routine. Operationstechnisch betrachtet ist es ein Witz, ich bin für diese Art Arbeit nicht ausgebildet. Der erstbeste Polizist könnte es, aber er tut es nicht.«

»Nein«, sagte seine Frau, »ich war heute Nacht nicht dabei. Gott sei Dank nicht.«

»Ich bin als Späher ausgebildet«, sagte der Major. Er fühlte sich seiner Frau unterlegen, ihr Untergebener. Es war ein schreckliches Gefühl. Noch nie hatte ein verdächtiges Individuum ihn so gedemütigt. Sie gehörte bestraft. »Ich kann sehen, was niemand sieht, hören, was niemand hört«, sagte er gedankenverloren. »Ich rieche den Feind, noch bevor man ihn sieht. Aber heutzutage müssen wir Aufgaben erledigen, für die wir nicht ausgebildet sind. Und wenn du das drei-, ab und zu viermal pro Woche tust, Verdächtige festnehmen, dann merkst du eines Tages, dass du jemand anders geworden bist, anders als vorher.«

»Ach«, sagte seine Frau, »die Verdächtigen sind schuld!«

»Nicht dass ich an der Richtigkeit und Notwendigkeit unseres Tuns zweifle«, sagte der Major. Er hatte beschlossen, sich nicht aus dem Konzept bringen zu lassen. »Aber dann gehst du durch so ein Haus, und du denkst: Ich bin als Späher ausgebildet, im Gelände, das hier ist nicht meine Arbeit. Und dann geht manchmal was schief. Vor allem mit verdächtigen Individuen. Wie soll ich das erklären? Kämpfe vermeiden, das habe ich gelernt. Manchmal bedeutet das, nicht zu schießen und auf den günstigsten Moment zu warten. Aber nicht jeder ist gleich gut ausgebildet, nicht jeder gleich diszipliniert. Ein Schuss führt zum nächsten, so geht das oft. Ich hab Lina mitgenommen, weil ich wusste, dass du sie lieben könntest. Du hast recht, du hast sie nicht geboren, aber ich, so empfinde ich das. Ohne mich gäbe es sie nicht.«

Der Major lehnte sich zurück. Seine Frau sah ihn lange an. Er spürte ihre Kälte. Vor langer Zeit hatte diese Kälte ihn angezogen, er hatte sie für Unnahbarkeit gehalten und für Kraft. Er hatte geglaubt, dass ein Militär sich an Eis wärmen müsse.

»Du hast sie geboren?«

Wieder rieb sich der Major mit der Hand über die Stirn. »Sozusagen, natürlich«, sagte er. »Ich habe die Operation geleitet, und das heißt: Ich habe alles entschieden. Ich trage die Verantwortung für alles Geschehene. Dafür werd ich bezahlt. Davon leben wir. Es ist mein Beruf, unwiderrufbare Entscheidungen zu treffen. Und das liegt mir. Ich lebe mit den Konsequenzen dieser Entscheidungen. Bei dir bin ich doch auch geblieben? Verantwortung übernehmen ist meine zweite Natur. So bin ich nun mal.«

Seine Frau wischte sich den Mund mit einer Serviette ab. »Sozusagen – tja«, sagte sie. »Das erklärt manches, aber dann habe immer noch nicht ich sie ›sozusagen‹ geboren, sondern du. Und es ist nicht mein Beruf, mit den Konsequenzen deiner Entscheidungen zu leben. Mein Beruf ist zu leben. Hörst du? Zu leben. Und das will ich. Ich will mein eigenes Kind.«

Sie wischte sich wieder den Mund ab und spielte mit ihrem Glas Wasser. »Ich hab darüber nachgedacht, Anthony, ich glaube, es ist das Beste, wenn wir sie der Haushälterin geben, die kann bestimmt was mit ihr anfangen.«

»Wen?« Die Stimme des Majors klang scharf.

Paloma machte eine Kopfbewegung in Richtung Lina.

Das Mädchen schaute von der Señora zum Major und dann wieder auf den Teller. Sie rührte das Essen nicht an.

»Der Haushälterin?«

»Das Kind«, präzisierte Paloma.

Der Major schob seinen Stuhl zurück, er stand auf. »Die kann bestimmt was mit ihr anfangen?« Es war keine Frage, eher ein Schmerzensschrei wie nach einer schrecklichen Verletzung. »Weißt du, was ich getan habe, um sie hierherzubekommen – um dich glücklich zu machen? Hast du eine Ahnung von den möglichen Konsequenzen dieser Aktion? Jeder zahlt einen Preis für sein Glück, und unser Glück sitzt hier: Es heißt Lina. Ich hab einen hohen Preis dafür bezahlt. Ich habe Gesetze gebrochen. Sie ist kein Hund. Ich meine … Sie ist …«

»Ja, was ist sie?« Palomas Stimme klang ruhig und gefasst. Das war sie auch.

Der Major wich einen Schritt zurück. Er schaute auf seinen Teller. »Du wolltest ein Kind!«, rief er. »Da ist es! Gewöhn dich daran. Das ist dein Kind! Lern, sie zu lieben, bevor es zu spät ist. Es gibt keinen Weg zurück. Noch heute

Abend kümmere ich mich um ihre Papiere. Paloma, das hier ist unwiderruflich. Darüber können wir nicht diskutieren, das haben wir so gewollt, dafür haben wir gebetet, und wir haben es bekommen. Unsere Gebete sind erhört worden.«

Er lief aus dem Zimmer, zu seinem Swimmingpool. Dort nahm er den Käscher und begann, Blätter und anderen Dreck aus dem Becken zu fischen. Normalerweise tat er das nur morgens, doch heute war alles anders.

Während er schöpfte, überlegte er nochmals in aller Ruhe, warum er Lina am Leben gelassen hatte. Es war eine spontane Entscheidung gewesen, in einem Anfall von Euphorie. Ohne lange über die Konsequenzen nachzudenken, hatte er in ihr das Kind erkannt, das die Familie vervollständigen würde. Ein Gnadenschuss war gegen die Vorschriften, doch manchmal unerlässlich. Der unterernährte Korporal hatte es für ihn getan. Er hätte alles getan, was der Major ihm befohlen hätte. Nicht immer war Leben besser als der Tod.

Die Entscheidung jedoch, das Kind hier zu retten, hatte er aus voller Überzeugung getroffen, und jetzt konnte er nicht mehr zurück. Das Kind lebte. Wie er. Wie Paloma. Jetzt lebten sie zusammen, nebeneinander, er, seine Frau und das Kind. Vater, Mutter und Kind, eine perfekte Familie.

Obwohl keine Blätter mehr im Swimmingpool trieben, schöpfte er weiter. Er fischte unsichtbare Blätter heraus und versuchte, sich ein Bild von der Zukunft zu machen. Warum eigentlich? Hatte er sich nicht auch einmal vorgestellt, dieses Provinznest zu verlassen? Diese Provinzstadt, und vielleicht sogar das Land? Diesmal hatte er keine Zukunftsvision. Nur eine an Gewissheit grenzende Vermutung: Wer eine Vorschrift verletzt, verletzt schnell auch die zweite. War er in einer einzigen Nacht zum Gesetzlosen geworden? So jemand ist nicht mehr als die Summe aller Gesetze, die er gebrochen hat. Letztlich also ein Krimineller. Wäre auch er am Ende nichts anderes? Die Summe der Vorschriften und Gesetze, die er gebrochen hat?

Der Major hatte keine Wahl. Er hatte ein Protokoll unterschrieben, in dem stand, dass das Kind sich der Festnahme seiner Eltern widersetzt hatte. Es hatte die Soldaten mit Worten und Handlungen bedroht, darum hatte der Major sich gezwungen gesehen, dessen Widerstand mit Gewalt zu brechen. So stand es im Protokoll. Da stand auch, dass das Kind schon vor Ort seinen Verletzungen erlegen war.

Er hatte das Kind gerettet, es unterstand seiner Verantwortung, er musste es an einen sicheren Ort bringen. Für den Moment war das sein Haus, doch später, wenn Lina groß wäre, würde er einen anderen Ort für sie finden. Ihre Rettung war nun seine Lebensaufgabe. Diese Pflicht müsste er immer erfüllen, sonst wäre alles umsonst gewesen. Er musste sie lieben, das war Teil dieser Operation. Zu dieser Operation gehörte auch Liebe.

Der Major legte den Käscher ins Gras und ging ins Schlafzimmer, wo er seine Uniform auszog. Er wählte einen Pullover und eine Jeans, die er von Paloma bekommen hatte und viel zu selten trug. Neben dem Bett standen die verschlissene Tasche und der rosa Koffer. Nachher würde er Lina alles geben.

Im Badezimmer kämmte er sich die Haare. Er entfernte auch ein paar aus seiner Nase, während er sich auf die vor ihm liegende Mission konzentrierte: das Organisieren neuer Papiere für Lina.

Auf dem Wannenrand sitzend, warf er einen flüchtigen Blick auf die durchsichtige Duschhaube am Handtuchständer. Dann zog er seine Turnschuhe an. Eine Weile hatte er häufig gejoggt, in der Annahme, davon würde sein Samen wieder lebendig. Antiterroristische Aktionen waren aufreibend, doch dass man sich bei ihnen körperlich viel bewegte, konnte man nicht behaupten.

Später hatte er sogar noch eine Heilerin aufgesucht, eine Zauberin. »Nützt's nichts, schadet's nichts«, hatte Paloma gesagt. Zuerst hatte er sich gesträubt, was gab es an etwas Totem zu heilen? Doch als das Joggen nichts half, hatte er sich von Paloma überreden lassen. Die Heilerin erwies sich als eine ältere Frau, die ihn stundenlang mit wohlriechenden und weniger wohlriechenden Salben eingeschmiert hatte. Sein Samen blieb trotzdem tot wie ein verdorrter Acker. Der Major hatte noch kurz erwogen, von der Heilerin das Honorar zurückzuverlangen, doch als er bei ihr vorbeiging, um ihr das Resultat ihrer Behandlung zu melden, hatte er sich so geschämt, dass er gar nichts erzählte. Er hatte eine Tasse Tee mit ihr getrunken und war schnell wieder gegangen.

Im Wohnzimmer saßen Paloma und seine Tochter am Esstisch, vor sich die Teller. Lina hatte ihr Essen noch immer nicht angerührt. Sie starrte wie hypnotisiert vor sich hin.

»Komm, wir gehen«, sagte der Major. Er hatte es eilig, er wollte die Aktion hinter sich bringen.

Er ging zu Lina und legte ihr mit einem festen Blick auf seine Frau die Hand auf die Schulter. »Wir werden dir Papiere besorgen«, sagte er. »Wir werden dich legalisieren.«

»Überleg dir bitte gut, was du tust«, sagte die Frau mit

starrem Blick in den Garten, obwohl dort von ihrem Platz aus wenig zu sehen war. »Sonst tust du etwas, das du nachher bereust.«

Er antwortete nicht und ging in die Küche, wo er sich die Hände wusch und ein Glas Kräutertee trank.

Paloma folgte ihm. Bleich, aber gepflegt. »Was hast du vor?«, fragte sie.

Der Major suchte die Autoschlüssel. Sie mussten in der Küche am Haken hängen, doch da waren sie nicht.

»Hast du die Autoschlüssel gesehen?«, fragte er.

Keine Reaktion.

Er ging nach oben. Die Autoschlüssel lagen im Badezimmer neben dem Waschbecken. Dann rannte er wieder ins Erdgeschoss. Jetzt, wo sein Entschluss für die Aktion dieses Abends gefasst war, saß ihm die Ausgangssperre im Nacken. Die Schlüssel in der Hand, sagte er zu seiner Frau: »Du wirst sie schon lieben, so sehr lieben, wie ich sie schon jetzt. Ich hab es für dich getan, aber ich konnte auch nicht anders, ich hatte keine andere Wahl. Und ich bin froh, dass ich es getan habe. Unserem Leben fehlte etwas, darum konnten wir nicht glücklich werden. Das geht erst jetzt.«

Die Frau des Majors nahm eine Vitamintablette aus einem Döschen. »Anthony«, sagte sie. »Ich will sie nicht, wirklich.«

Der Major schlug mit der flachen Hand auf die Anrichte. »Muss das Kind denn unbedingt aus deinem Bauch kommen, ist das das Einzige, was dich interessiert? Worum geht es eigentlich, um deinen Bauch oder das Kind? Sie hat nicht verlangt, hier zu sein, sie hat sich uns nicht aufgedrängt. Kein Kind verlangt, auf die Welt zu kommen. Wir haben uns für sie entschieden. Ich habe beschlossen, dass sie unsere Tochter wird, dass wir Familienzuwachs bekommen. Ist das so viel schlechter, als wenn der Zufall ein Spermium und ein Ei zusammenbringt? Deine Gebärmutter bleibt unbenutzt, na und? Bei jedem bleibt irgendwas einmal unbenutzt.«

Er trommelte mit den Fingern auf die Anrichte. »Unbenutzt«, murmelte er. »Muss denn immer alles benutzt werden?«

Seine Frau schien ihn nicht zu hören. Sie schluckte ihre Tablette. »Sie hatte schon Eltern, Anthony«, sagte sie. »Sie brauchte uns nicht. Sie hatte Eltern, ein Zuhause, ein Bett. Das alles hatte sie schon.«

Der Major rieb sich die Hände mit einer Creme ein, die neben dem Haken, an dem normalerweise die Autoschlüssel hingen, auf dem Küchenregal stand. Er hatte gern glatte Hände, trotz seines Berufs. Wenn er seine Frau streichelte, nicht dass das oft geschah, aber wenn, tat er es am liebsten mit glatten Händen. Das mochte sie, Sanftheit.

»Aber jetzt nicht mehr«, sagte er, Cremereste zwischen den Fingern. »Hörst du? Nicht mehr. Vorbei. Keine Eltern, nichts. Sie hat nur uns.«

Da sah er sie. Sie stand in der Türöffnung, in ihren Pantoffeln und dem gelben Pyjama. Der eine Pantoffel war grau, fast schwarz, voll getrocknetem Schlamm und Flecken. Der andere Pantoffel war rosa.

»Señor«, sagte sie.

Der Major ging langsam auf sie zu.

»Señor«, sagte sie nochmals.

Er blieb stehen. Seine Frau drehte langsam den Deckel auf das Tablettendöschen.

»Ich möchte so gern nach Hause, Señor.«

Er ging vor ihr in die Knie und nahm ihre Hand. »Wir werden dir Papiere besorgen«, sagte er. »Weißt du, was das ist? Papiere?«

Sie schüttelte den Kopf.

»Das ist eine Bescheinigung, dass es dich gibt. Jeder braucht Papiere. Auch du.«

»Ich möchte wirklich gerne nach Hause, Señor«, sagte sie. Sie sagte es langsamer als zuvor, wie einstudiert. Als hätte sie tagelang an diesem Satz geübt, als setzte sie alles daran, den einen Satz klar und verständlich auszusprechen.

Der Major legte ihr seine andere Hand auf den Kopf. Fast nackt fühlte er sich ohne Uniform. Seine Frau stand hinter ihm. Sie konnte nicht vorbei, das Kind und er versperrten ihr den Weg.

»Hör mir zu«, sagte er, »hör gut zu. Momentan gibt es dich offiziell nicht. Offiziell bist du weg, verschwunden, ein Nichts.« Er schaute auf seine Uhr. »Offiziell bist du jetzt Asche und schwebst durch die Luft. Verstehst du? Asche – offiziell. Aber in Wirklichkeit nicht. In Wirklichkeit bist du keine Asche. Fühl nur. Du bist echt, hier: Fleisch und Blut und Knochen.«

Er zog sie sanft am Ohrläppchen, um sie spüren zu lassen, dass es sie gab, falls sie daran zweifeln sollte.

»Und jeder Mensch, den es gibt«, fuhr der Major fort, »braucht Papiere, eine offizielle Identität. Ein Mensch ohne Identitätspapiere ist nichts, ist ein Tier, ja, weniger als das. Ein Mensch ohne Identitätspapiere kann nichts beanspruchen, höchstens Mitleid. Und wer will davon schon abhängig sein?« Er nahm seine Hand von Linas Kopf.

Seine Frau stand immer noch hinter ihm. Es nervte ihn, wie sie da stand. Sie schaute auf ihn und das Kind herunter. War das alles, was sie zu bieten hatte? Nach all den Jahren?

»Du heißt weiter Lina«, sagte er. »Aber du bekommst einen anderen Nachnamen, du bekommst meinen. Das regeln wir. Darum musst du mitkommen.«

»Ich möchte lieber keinen anderen Namen, Señor«, sagte Lina. Sie hatte zu flüstern begonnen. Sie sprach wie jemand, der keine Hoffnung mehr hat und nur der Form halber noch protestiert.

»Tut mir leid«, sagte der Major. »Wirklich, aber es geht nicht anders. Du bekommst Zeit, dich an deinen neuen Namen zu gewöhnen. Man gewöhnt sich an alles und das wirst du auch. An uns. Dieses Haus. Mich. Meine Frau. Wir werden uns aneinander gewöhnen.«

Der Major schaute fast flehend. Sein Blick hatte etwas von einem Hund. Treu, aber argwöhnisch.

Er stand auf und strich sich ohne Not die Haare glatt.

Das Mädchen schaute ihn fragend an.

»Du willst nicht auf mich hören«, sagte die Frau. »Du denkst, du wärst ein Held, dabei bist du ein Versager. Das warst du schon immer, ich hab es nur nicht bemerkt. Ich wollte es nicht bemerken.« Sie ging gehetzt in den Garten.

Der Major betrachtete die Kleine, er dachte an ihre Zöpfe. Er hustete. Die Regenzeit legte sich ihm auf die Lungen.

Er glaubte zu erfrieren. Das war es, was das Gefühl des Scheiterns, des fundamentalen Scheiterns, bewirkte. Man erfror bei lebendigem Leib, wurde zu Eis, aber atmete weiter.

Er folgte seiner Frau in den Garten.

Sie saß in einem Lehnstuhl am Swimmingpool neben dem Springbrunnen, dessen Wasserspeier ursprünglich die Form einer Meerjungfrau haben sollte.

Er ging zum Beckenrand, als wollte er hineinspringen, wie an einem warmen Sommertag. Etwas Illegales zu tun widerstrebte ihm, sein Körper rebellierte dagegen. Lieber fand er innerhalb der gesetzlichen Grenzen die Freiheit des Handelns. Das Gesetz war sein moralischer Kompass. Durfte er den ignorieren?

»Ich habe eine Entscheidung getroffen«, sagte er schließlich. Er sah an seiner Frau vorbei auf den Pool. Am Rand trieb ein Thermometer. »Es war eine menschliche Entscheidung.«

»Menschlich?«, fragte sie. »Was soll das heißen?«

Der Major starrte über die Hecke aufs Nachbargrundstück. Ein Garten ohne Swimmingpool. Nette Leute, die Nachbarn. Sie wussten schon, dass der Major Familienzuwachs bekommen hatte.

Hatte ein Versager einen eigenen Pool? Den Rang eines Majors?

»Meine Entscheidung war menschlich«, wiederholte er. Jetzt, beim zweiten Mal, kam es ihm mühsamer über die Lippen. Menschlichkeit war keine Entschuldigung für Gesetzesbruch. Trotzdem verteidigte er sich und berief sich auf einen international anerkannten Begriff, um seinen Fehltritt zu begründen.

»Du hast ihre Eltern ermordet, gib's zu, und jetzt fängst du an, hier groß von Menschlichkeit rumzutönen. Du machst mir kein Kind, und auf einmal geht nichts über Vaterschaft. Dein Samen ist tot – ist das für dich ›menschlich‹? Ist das

›Menschlichkeit‹? Macht dich das menschlich, dass du in allem versagst?«

Mit dem Schuh stieß er das Thermometer vom Beckenrand weg. »Ich habe ihre Eltern nicht ermordet, ich hatte den Auftrag, sie festzunehmen.«

»Sie sind tot!«, schrie Paloma. Ihre Stimme überschlug sich. »Es ist mir egal, was du getan oder vorgehabt hast, jetzt sind sie tot. Komm mir also nicht mit diesem Trara von Menschlichkeit.«

Das Thermometer war zum Rand zurückgetrieben. Der Major bückte sich, das Wasser hatte achtzehn Grad. Er richtete sich wieder auf. »Manchmal enden Festnahmen mit dem Tod«, sagte er langsam. Er wirkte wie in Trance, als hätte er das Kind vergessen, ebenso wie den Swimmingpool und seine Frau. »Verdächtige leisten oft Widerstand, wehren sich, werden gewalttätig, drohen. Das alles legitimiert … Was heute Nacht geschehen ist, war gesetzeskonform. Das macht es nicht weniger tragisch, das leugne ich nicht. Aber manchmal ist das Gesetz selber tragisch.«

Er schaute zu seinem Haus und brachte sich seine Situation zu Bewusstsein. Er sah auf die Uhr. Jetzt musste er in die Stadt, er konnte nicht länger warten.

»Pff«, machte seine Frau schnippisch. Sie saß immer noch am Wasser, obwohl es ziemlich kalt war und schon dunkel wurde. Kurz fühlte er sich versucht, sie in die Abstellkammer zu sperren. Er konnte es nicht ausstehen, wenn sie seine Überlegungen so leichthin beiseitewischte. Sie tat, als hätte er keine Moral, wäre gefühllos wie eine Topfpflanze oder ein Schrank. Doch das rechtfertigte kein Einsperren. Sie sprach beherrscht und kreischte nicht, drohte nicht, zu ihren Eltern zu gehen, machte keine Anstalten, die Ausgangssperre zu ignorieren, und lief nicht halbnackt und barfuß auf die Straße.

Als er merkte, dass seine Frau auch weiterhin schweigen wollte, ging er ins Haus zurück.

Der Major fand seine Tochter im Wohnzimmer. Sie betrachtete ein Gemälde. Es stellte seinen Großvater dar. Er war Plantagenbesitzer gewesen, nicht viele Plantagen, zu wenige, um damit reich zu werden, und sein weniges Geld hatte er ausgegeben, ehe sein Sohn etwas erben konnte.

»Das ist mein Opa«, sagte der Major. »Dein Uropa. Da kommen wir her. Das ist unsere Geschichte.«

Er nahm wieder die Hand seiner Tochter, diesmal entschlossener. »Komm«, sagte er. »Wir kümmern uns um die Zukunft. Wir werden die Tradition fortsetzen.«

Sie folgte ihm, ohne Fragen zu stellen oder sich zu sträuben. Als wäre es die normalste Sache der Welt.

Er hob sie ins Auto, obwohl das gar nicht mehr nötig war. Sie konnte allein einsteigen.

»Kannst du darin laufen?«, fragte er und zeigte auf die ehemaligen Pantoffeln seiner Frau.

Das Mädchen schwieg.

Erst als er neben ihr saß und den Motor angelassen hatte, kam wieder ein Laut über Linas Lippen. »Fahren wir zu Papa und Mama, Señor?«

Er schüttelte den Kopf. Der Motor ging aus.

Der Major schaute zu seinem Haus. Er betrachtete sein Kind. Ein Versager hatte nicht solche Kinder.

»Wir fahren in die Stadt«, sagte er. »Zu einem Freund in der Stadt.«

Er startete den Motor zum zweiten Mal. Fuhr ein Versager solch einen Wagen?

»Du bist mein Kind«, sagte der Major. »Wenn ich mal tot bin, wird nichts von mir bleiben, bis auf dich. Du wirst auf mich folgen.«

7

Schweigend fuhr er in die Innenstadt. Ab und zu warf er einen Blick auf seine Tochter. Eigentlich nichts Auffälliges an dieser Konstellation, fand er: Ein Mann fährt mit seinem Kind in die Stadt, in Eile vor Beginn der Ausgangssperre, sie müssen noch etwas besorgen. Alles ganz, wie es sein sollte.

An einer Ampel fragte Lina: »Señor, wissen Sie, wo mein Papa und meine Mama sind?«

Der Major tippte ein paarmal mit dem Zeigefinger aufs Lenkrad wie gegen die Kaffeemaschine, wenn das Wasser nicht durchlaufen will. Er lächelte, so väterlich wie möglich. Er durfte sich nicht anmerken lassen, dass ihn diese Frage verletzte. Diese Frage machte ihn weich. Weichheit war der Anfang vom Ende. »Sie sind verreist«, sagte er wieder.

Die Ampel sprang auf Grün. Der Major begann zu summen, doch nicht vor guter Laune. Das Kind sagte nichts mehr.

Nicht weit vom großen Markt parkte er den Wagen.

Ein Mann mit Holzbein bot an, das Auto zu bewachen. Der Major nickte zerstreut. Er ließ den Blick über den Markt schweifen, der eigentlich schon hier anfing. Frauen mit Kindern auf einer Decke, Zwiebeln und Karotten verkaufend. Ein Mann mit zwanzig Regenschirmen. Eine Frau mit T-Shirts.

Er fiel hier nicht auf, nicht in dieser Kleidung, und doch hatte er Angst, man könnte ihm ansehen, was der wahre Zweck seines Marktbesuchs war.

Erst als der Mann mit dem Holzbein sein Angebot wiederholte, antwortete er nur: »Ja, ja.«

Er kurbelte die Autoscheibe hoch, stieg aus und half nun auch Lina aus dem Wagen.

Der Mann mit dem Holzbein sah Lina an. Der Major nahm ihre Hand, und immer noch ruhten die Augen des Mannes auf dem Kind.

War irgendetwas nicht in Ordnung? Er war der Vater, sie seine Tochter. Warum starrte der Mann das Mädchen so an? Was sah der Mann mit dem Holzbein?

Endlich fiel der Blick des Majors auf Linas Schuhe. Er sah Pantoffeln, die seiner Frau gehörten, an einem Kind im gelben Pyjama, und zum ersten Mal fiel ihm auf, wie unpassend diese Kombination war.

Er hatte die Pantoffeln oft an Paloma gesehen, ohne sie sonderlich zu beachten. Wenn sie Sex gehabt hatten, ging sie immer ins Bad, pinkelte und trank einen Schluck Wasser, dazu schlüpfte sie in ihre Pantoffeln. Wenn sie Sex gehabt hatten, musterte der Major seine Frau immer genau, auf der Suche nach Spuren der Lust, der Bestätigung seines Glücks, doch die sah er nie.

»Hat meine Frau dir keine Schuhe gegeben?«, fragte er, ohne auf Antwort zu warten. Er drückte sanft Linas Hand. Der Bürgersteig war schmal; überall hupende Autos, Männer und Frauen mit vollen Einkaufstüten. In kaum anderthalb Stunden würde die Ausgangssperre beginnen.

Der Major befürchtete, man könnte ihm seine Tochter

wieder wegnehmen. Jetzt, wo er sie einmal erobert hatte, durfte er sie nicht mehr verlieren. Was für den Offizier galt, galt auch für den Privatmann: Eine einmal eroberte Stellung ist bis zum Letzten zu halten. Der Auftrag ging über alles. Erst kam der Auftrag, dann kam das Leben.

Eine Frau mit drei Einkaufstüten rempelte ihn an. Sie fluchte.

»Hat meine Frau dir keine Schuhe gegeben?«, fragte er nochmals. »Sandalen vielleicht? Keine Sandalen gekauft?« Er dachte an das Paar, das er aus Linas alter Behausung mitgenommen hatte, und an seinen Schuster, der es neu besohlen könnte. Er bückte sich und zog Lina die Pantoffeln seiner Frau fester über die Füße.

Der Mann mit dem Holzbein stand jetzt direkt neben ihm. Er schaute auf die Pantoffeln, dann auf den Major.

»Lass uns in Ruhe«, sagte der Major. Vor Aufregung nahm er Lina so fest bei der Hand, dass er sie fast quetschte.

Der Major stand auf. »Hau ab«, sagte er zu dem Mann, der hier die Autos bewachte.

Ob nun wegen dem überfesten Händedruck oder etwas anderem, jedenfalls begann Lina plötzlich zu weinen. Erst klang es wie ein asthmatischer Anfall, dann wurde es ein Schluchzen, ein Kreischen, immer lauter, immer schrecklicher. Es erregte Aufsehen. Was würden die Leute denken?

»Nicht weinen«, sagte der Major, erst noch leise.

»Nicht weinen!«, wiederholte er kurz darauf lauter. Es war ein Befehl, der Befehl eines Mannes, der zu befehlen gewohnt war.

Er nahm sein Taschentuch und wischte Lina übers Gesicht – wie über eine Autoscheibe, die gereinigt werden muss. Doch es nutzte nichts. Er war auf diese Aufgabe nicht vorbereitet. Er war nicht dafür ausgebildet.

»Was ist mit ihr?«, fragte der Mann mit dem Holzbein.

»Nichts«, sagte der Major. »Gar nichts.«

»Kann ich helfen?«

Unwillkürlich nahm der Major das Kind auf den Arm. Seine neue Tochter. Seine Erstgeborene.

Sie kreischte immer noch.

Er eilte davon, wusste nicht, wohin, hatte jedes Gefühl für die Richtung verloren, wusste nicht einmal mehr, in welche Richtung er musste, doch er lief, das war das Wichtigste. Weg von hier.

Der Mann mit dem Holzbein folgte ihm ein paar Schritte. »Kann ich helfen?«, fragte er nochmals.

Der Major begann zu rennen. »Weg!«, rief er. »Aus dem Weg!«

Es war ein Fehler gewesen: Er hätte sie nicht am Leben lassen dürfen. Dieses Leben in seinen Armen war ein Fehler, und es war sein Fehler.

An einer Ecke blieb er stehen. Er konnte nicht mehr, sein ganzer Körper tat weh. Immer noch waren sie in der Nähe des Marktes, aber nicht mehr im quirligsten Teil. Überall sah der Major Läden, Buden und Stände, Leute, die etwas verkauften: Essen, Putzmittel, Spielzeug, Weltkugeln. Hier gab es alles.

An Linas Füßen waren immer noch die Pantoffeln seiner Frau. Hurenhaft. Pantoffeln wie von einem Flittchen. Dass er das nicht früher gesehen hatte! Seine Frau trug Pantoffeln wie von einem Flittchen. Er musste es ihr einmal sagen. Sie kam aus den Bergen, ihr Vater hatte eine Tankstelle. Was wussten solche Leute von Stil? Von Tradition? An einem ruhigen Sonntagmorgen musste er ihr einmal sagen: »Schatz, deine Pantoffeln sehen ein bisschen aus wie von einem Flittchen.«

»Kinderschuhe?«, fragte der Major eine Frau, die mit einem Kind vorbeikam. »Wissen Sie, wo es hier Kinderschuhe gibt?«

Sie starrte ihn an, antwortete aber nicht.

Inzwischen hatte Lina zu kreischen aufgehört. Sie weinte nur noch.

Er setzte sie ab, seine Arme taten weh. Weil er nicht wusste, wie er sie trösten konnte, beschloss er, sich auf die neuen Sandalen zu konzentrieren. Mit den Sandalen käme der Trost.

Vorläufig schaute er sich nur hilflos um. Er suchte ein vertrauenswürdiges Gesicht in der Menge. Er suchte Hilfe, doch sah er nur zwielichtiges Gelichter, Leute, die ihn an Verdächtige erinnerten. Als wäre jeder um ihn herum ein potentieller Delinquent.

Sollte er selbst einen Schuhladen suchen? Das würde zu lange dauern. Die Ausgangssperre saß ihm im Nacken, und außerdem war er nicht wegen Sandalen hier.

Der Major hörte Linas Geschluchze schon nicht mehr, es verschmolz mit dem Rest des Krawalls, mit seinem eigenen Keuchen.

Ein junger Mann näherte sich, eine ältere Frau am Arm. Die Frau bewegte sich mühsam voran.

»Kennen Sie sich hier aus?«, fragte der Major. »Ich suche Schuhe für mein Kind.« Er zeigte auf Lina. Sein Kind.

Die Frau und der Mann sahen Lina an, doch sie antworteten nicht. Sie starrten sie beide nur an, ihn und das Kind.

Der Major wusste nur allzu gut, was sie sahen. Ihn und das Kind in den nuttigen Pantoffeln.

Er wiederholte seine Frage, und auf einmal kam Leben in die Frau. Sie zeigte nach Osten und erklärte ihm ausführlich, wo er vorbeikäme. Wo sie einmal zu reden angefangen hatte, wollte sie gar nicht mehr aufhören. Vom Hundertsten ins Tausendste kam sie. Klatsch, Geschichten aus ihrem Leben, Erlebnisse mit einer Verkäuferin in einem Schuhgeschäft, die bei einem Bombenanschlag ums Leben gekommen war.

Nach einer Weile unterbrach der Major sie. »Ja, ja, aber sagen Sie mir lieber, wie ich da hinkomme.«

»Lassen Sie mich ausreden, junger Mann.« Ihre obere Gebisshälfte fiel beinahe heraus. Mit der Zunge drückte sie sie wieder an ihren Ort. »Die Leute haben keine Geduld mehr. Das ist die Krankheit unserer Zeit.« Ihr magerer Leib bebte.

Der Major zeigte auf seine Uhr. »In gut einer Stunde beginnt die Ausgangssperre, Señora. Wir haben es eilig, das ist alles.«

Die Ausgangssperre schien die Frau absolut nicht zu interessieren. Fast herausfordernd sah sie ihn an. Sie hatte keine Angst, weder vor ihm noch vor der Ausgangssperre noch vor dem Tod, obwohl allgemein bekannt war, dass bei Verletzung des Ausgangsverbots geschossen werden durfte. Erst ein Warnschuss, dann ein gezielter Schuss auf die Beine. Wenn derjenige dann immer noch nicht stehen blieb, durfte auf den ganzen Körper geschossen werden.

»Die Leute haben keine Geduld mehr, Señor, und sehen Sie nur, wohin uns das alle gebracht hat.« Sie gestikulierte mit dem freien Arm, der andere stützte sich immer noch auf den jungen Mann. Sie sprudelte wie ein Wasserfall.

Mitten im Satz brach die Frau ab. Sie streckte den Arm aus, diesmal jedoch nicht in östlicher Richtung. Sie zeigte auf das Kind.

Der Major sah Flecken auf ihrer Hand. Braune Flecken, doch auch eine Wunde, eine Entzündung. Etwas, weswegen sie eigentlich zum Arzt müsste.

»Das ist Lina. Ich habe sie adoptiert«, sagte er nach kurzem Zögern, besorgt, ungewollt mit der Wahrheit herauszuplatzen: Ich habe sie gestohlen, geraubt, jetzt bin ich nichts anderes mehr als ein Gesetzesbrecher, ein Mann mit einem Bein im Sumpf der Illegalität. Er hatte Angst, die Wahrheit könnte aus ihm herausschießen wie ein Schwall Kotze.

»Was hat sie denn?«, murmelte die Frau. Sie zeigte immer noch mit ihrer gefleckten Hand auf das Kind.

»Sie hat gar nichts«, sagte der Major und wich einen Schritt zurück. »Das sind ihre Pantoffeln.«

Beim Wort »Pantoffeln« begann sich in ihm alles zu drehen, als würde ihm ein Messer in den Magen gebohrt. Was ihm im Leben Halt geboten hatte, war plötzlich wie weggefegt. Sein Dienstgrad – ein Witz, seine Vergangenheit – zusammengeschnurrt auf ein paar lächerliche Details. Er hatte nur noch Angst. Wie manche Festgenommenen, diese Helden. Zu Hause eine große Klappe, aber kaum stand die Armee vor der Tür, war es mit der großen Klappe auf einmal vorbei.

»Von meiner Frau«, fügte er schnell hinzu. »Die Kleine ist gerade erst zu uns gekommen. Es hat schneller geklappt als erwartet. Wir wussten ihre Größe nicht, ihre Schuhgröße.«

Er wollte alles erklären. So konnte er wieder werden, der

er eigentlich war: ein Major der Armee, der sich äußerste Mühe gab, besser zu sein als die anderen, und der auf dem Schießplatz immer noch sehr gut war. Er hatte Bücher gelesen, die andere Offiziere nicht einmal dem Namen nach kannten, hatte sich selbst etwas Französisch beigebracht, sich mit Kriegen und Strategien der Vergangenheit beschäftigt.

Doch trotzdem hatte er in der Armee nicht so Karriere gemacht wie manche Kollegen, die genauso lange dabei waren wie er.

Die Frau ließ den Arm sinken. Sie beugte sich, so weit ihr Rücken und ihr Alter das zuließen, zu Lina.

Was musterte sie so genau? Das Kind? Seine Kleidung?

Die Frau wollte sich gerade wieder aufrichten, als Lina herausplatzte: »Ich will zu Papa und Mama.«

Sie hatte es nicht zu der Frau gesagt, auch nicht zum Major, sie sprach zu niemandem im Besonderen. Doch ihre Stimme klang klar und deutlich, sie musste bis in den letzten Winkel des Marktes zu hören gewesen sein.

»Aber ich bin doch Papa«, sagte der Major schnell. »Dein Papa bin ich.«

Der Frau war anzusehen, dass sie ihm nicht glaubte, und er dachte: Ich bin ein Gesetzesbrecher, das bin ich. Hätte ich sie doch töten sollen? Wahrscheinlich hätte ich damit auch die Vorschriften verletzt, aber diese Verletzung wäre geduldet worden.

Das Kind war gleichzeitig sein Glück und seine Strafe.

Lina wiederholte: »Ich will zu Papa und Mama.«

Die Frau mit den Altersflecken stand vorgebeugt da, während der junge Mann neben ihr dümmlich grinste.

»Sie ist durcheinander«, sagte der Major leise. »Sie ist

adoptiert. Das stand schon in ihren Papieren: ›Kind ist verwirrt.‹«

Er nahm sein Mädchen auf den Arm. »Kind ist verwirrt«, murmelte er nochmals. »Kind ist verwirrt.« Langsam ging er von der Mutter mit ihrem Sohn davon.

»Bitte, helfen Sie mir, Señor«, sagte Lina, als sie weit genug weg waren.

Der Major sah sich um. Unwahrscheinlich, dass die Alte das Kind hatte rufen hören. Der frischgebackene Vater lächelte noch einmal, während er flüsterte: »Aber ich bin doch bei dir, und ich helfe dir, Lina.«

Der Major wusste nicht mehr, wohin er eigentlich wollte, nur noch, dass er einen Ort suchte, wo niemand ihn sehen, niemand ihn mit Fragen belästigen und niemand ihn oder die Pantoffeln seiner Tochter anstarren konnte.

Sein Kind begann wieder zu heulen.

Er hatte sie nicht nur gerettet, er hatte sie auch gestohlen. Das war, kurz gesagt, sein Problem.

Halb verborgen hinter Marktständen und Buden sah der Major eine verfallene Kirche. Zehn Bettler saßen davor.

Jahrelang hatte er keinen Fuß mehr in eine Kirche gesetzt, nicht mal zu Weihnachten. Religion war nichts für ihn, hatte er einmal beschlossen. Mit dem Kind auf dem Arm ging er hinein. Schlich mehr, als er ging. Ein paar Bettler hielten die Hand auf, doch er ignorierte sie. Einer zog ihn am Hosenbein.

Obwohl das Kind schluchzte, schaute niemand auf, als er die Kirche betrat.

Drinnen wurde gerade die Messe gelesen. Die Kirchgänger knieten. Viele waren es nicht, höchstens zwanzig, vor allem ältere Leute.

Es war kalt in der Kirche. Der Major ging zu einer der hintersten Bänke im Mittelschiff, nahm ein Gebetbuch, setzte seine Tochter neben sich und kniete nieder.

»Du musst auch knien«, flüsterte er. »Los, knie dich hin.«

Sie hörte zu weinen auf. Sie wischte sich mit der Hand übers Gesicht.

»Du musst niederknien«, wiederholte der Major flüsternd. »Alle machen das.«

»Warum?«

Ihre Fingernägel waren dreckig. Trauerränder unter fast jedem Nagel. Der Major hätte sie am liebsten gesäubert.

»So sind die Vorschriften.« Er flüsterte weiter, obwohl niemand in der Nähe war. Die Kirchgänger knieten alle in den vorderen Reihen.

Endlich kniete auch seine Tochter. Er legte dem knienden Kind die Hand auf die Schulter. Irgendwo musste er anfangen, aber wo? Er musste ihr alles beibringen, klare Anweisungen geben. Viele Probleme entstanden aufgrund unklarer Instruktionen. Unklare Führung, damit begann das Elend ja öfter.

»Lina, weißt du«, sagte er, »ich habe die Vorschriften gebrochen. Hörst du, Lina?«

Der Major wandte sich vom Altar ab, hin zu seinem Kind. »Der einsamste Mensch auf der Welt ist der Bataillonskommandeur«, hatte ein Kommandeur am Abend bei einem Bier einmal zu ihm gesagt. Doch was war die Einsamkeit so eines Kommandeurs im Vergleich zu der des Majors?

»Ja«, sagte sie. Sie malte mit dem Zeigefinger Kreise auf die Holzbank. Immer wieder, große und kleine.

»Du dürftest eigentlich nicht mehr leben«, flüsterte er.

»Ich habe die Vorschriften gebrochen. Nie zuvor habe ich das getan, nur dieses eine Mal. Darum musst du mir helfen. Sonst werden wir beide … Sonst sind wir beide hinüber.«

Er suchte Halt an der Kirchenbank vor ihm, während die andere Hand noch immer auf Linas Schulter ruhte. Sie sah ihn nicht an, starrte nur auf die Lehne vor ihr, auf der sie mit dem Zeigefinger Kreise zog.

Kurz fragte der Major sich, wie lange sie den gelben Pyjama schon anhatte. Musste er nicht gewechselt werden?

»Du darfst in der Öffentlichkeit nie mehr heulen«, flüsterte er. »Das ist gefährlich, schon mal als Erstes. Heul niemals. Wer heult, zieht Aufmerksamkeit auf sich, und das Letzte, was wir brauchen können, ist Aufmerksamkeit. Zweitens: Frag nie mehr nach Papa und Mama. Das ist wichtig, das musst du dir merken. Ich bin dein Papa. Und meine Frau ist deine Mama. Und wenn du nicht willst, dass ich dein Papa bin, dann tu wenigstens so, das ist das Beste. Das Einzige, was wir tun können. Verstehst du? Hörst du mich? Für mich bist du meine Tochter. Ich …«

Der Major schluckte. An der Front wusste man: Irgendwann ist es vorbei, in ein paar Monaten darf ich wieder nach Hause. Wenn ich dann noch lebe, darf ich nach Hause. Doch das hier hörte vielleicht nie mehr auf.

Seine Hand ruhte noch immer auf der Schulter des Kindes. »Ich werde dich liebhaben wie meine eigene Tochter, denn ich habe diese Operation angefangen und werde sie auch zu Ende bringen. Zu dieser Operation gehört Liebe. Verstehst du, Lina? Zu dieser Operation gehört Liebe. Das ist das Einzige, was ich von dir verlange: Arbeite mit, sonst kann ich für deine Sicherheit nicht garantieren.«

Das Mädchen schwieg, zeichnete nur weiter seine Kreise. Der Major fasste sie am Kinn und drehte ihr Gesicht in seine Richtung, wie bei einem störrischen Rekruten. Ein Rekrut wird in der Ausbildung zu einem perfekten Soldaten geformt, genauso würde er auch Lina zu einer perfekten Tochter heranziehen.

»Sag ›Papa‹ zu mir«, bat der Major. Die Knie taten ihm weh, auch sein Rücken.

»Sag ›Papa‹ zu mir«, wiederholte er, noch immer ihr Kinn in der Hand.

Sie schwieg, zeichnete nur weiter mit dem Zeigefinger Kreise; sie schien nicht einmal zu bemerken, dass jemand mit ihr redete.

»Sag ›Papa‹ zu mir.« Er flüsterte nicht mehr, er sprach laut und eindringlich. Es gelang ihm gerade noch, ruhig zu bleiben. Für einen Moment hatte er Angst, den Verstand zu verlieren. Er hatte junge Soldaten erlebt, die plötzlich nicht mehr kämpfen konnten. Sie waren im Einsatz gewesen und hatten den Koller bekommen. An der Nähe des Todes hatte es nicht gelegen. Auch andere hatten dem Tod gegenübergestanden und wollten danach sofort zurück an die Front. Wenn man dem Tod einmal entgangen war, war das Leben oft nur noch platt und bedeutungslos. Das Davonkommen gab dem Leben Sinn, das Davonkommen selbst war Bedeutung.

Er schüttelte sie sanft, aber eindringlich. »Sag ›Papa‹ zu mir!«, wiederholte er laut. »Ich fleh dich an, nenn mich ›Papa‹.« Er rief es, er hörte das Echo seiner eigenen Stimme.

»Papa«, sagte Lina. Sie presste es heraus, als würde sie gewürgt.

Er ließ sie los, er keuchte.

Der Major war so erleichtert, dass Rührung ihn übermannte. Er musste sich an der Bank festhalten, ihm war, als falle er sonst jeden Moment um. Durchdrungen von dieser Erleichterung, begann er, sich für den drohenden Ton, in dem er gerade mit Lina gesprochen hatte, zu schämen.

»Du kannst auch erst mal ›mein Freund‹ zu mir sagen, wenn das einfacher für dich ist. Wenn du nur darauf achtest, dass niemand dich hört. Dass ich dein Freund bin, ist unser Geheimnis. Du musst mir helfen«, flüsterte der Major. »Sonst kann ich dir nicht helfen.« Feuchtigkeit stand ihm im Gesicht. Schweiß oder Tränen? Er wusste es nicht.

Sie nickte, schien zu nicken, der Major jedenfalls betrachtete es so. Sie waren ein Team. Sie verstanden sich. Seine Operation war auch die ihre.

Der Major blickte hoch, ein Mann sah sie an. Schnell stand er auf. Die Messe war vorbei, die Leute verließen langsam die Kirche. Nur in den ersten Reihen blieben einige Frauen sitzen. Eine Dame mit Kopftuch zündete eine Kerze an.

Er zog seine Tochter empor und setzte sich zusammen mit ihr auf die Bank. Er öffnete das Gebetbuch auf einer x-beliebigen Seite.

Die Augen des Majors schweiften über den Text, ohne einen Buchstaben zu lesen. Dann fixierte er den Pyjama und die Pantoffeln des Kindes. Er hatte sich vorgenommen, ihr heute Identitätspapiere zu besorgen. Und das würde er tun.

Der Major nahm innerlich Anlauf. Wenn er genug Kraft beisammenhätte, würde er die Kirche verlassen, um ihr Papiere zu kaufen. Zu Hause würde er sie neu einkleiden, oder besser gesagt: sie ihre alte Kleidung anziehen lassen, denn dafür, jetzt noch etwas Neues zu kaufen, war es zu spät.

Der Major blätterte geistesabwesend eine Seite um, und noch eine.

»Ich mag Musik«, sagte Lina.

Der Major ließ das Gebetbuch sinken. »Was hast du gesagt?«, flüsterte er.

»Ich mag Musik«, wiederholte Lina.

Der Major begann zu strahlen. Er nahm Linas Hand. »Gut so«, sagte er. »Sprich mit mir. Erzähl mir alles. Ich will alles wissen. Was magst du sonst noch?«

»Ich mag Musik«, wiederholte das Kind.

Der Major wandte sich jetzt ganz zu ihr hin. »Das ist schön«, sagte er. »Zu Hause haben wir auch Musik. Wir haben ein Radio. Und einen Fernseher. Meine Frau hat ein paar Musikkassetten. Wir könnten noch welche dazukaufen.« Er nickte vergnügt bei der Idee.

»Darf ich singen?«, fragte Lina.

»Was willst du denn singen?«

»Lieder.«

»Hier?«

Sie nickte. Nicht begeistert, eher schüchtern.

»Nicht hier«, sagte der Major. »Hier wird schon gesungen. Nachher darfst du singen. Wir müssen übrigens gleich weg. Hier können wir nicht bleiben.«

Jetzt reagierte sie nicht mehr. Sie begann wieder, mit dem Finger Kreise zu ziehen.

Der Major wartete auf einen geeigneten Moment. Er musterte die anderen Kirchenbesucher. Er beobachtete die Leute, die hinter ihm standen, aus den Augenwinkeln. Einen Moment erinnerte ihn das hier an seine Zeit als Späher: die absolute Konzentration. Die völlige und bedingungslose Hingabe an den Auftrag, im Wissen, dass jede Unachtsamkeit mit dem Tode bestraft würde.

Er nahm das Kind bei der Hand, und so geräuschlos wie möglich verließ er die Kirche.

Draußen versperrten zwei Bettler ihm den Weg. Einer von ihnen zog ihn am Pullover.

Der Major blieb stehen, suchte in seiner Hosentasche nach Kleingeld. Einen Augenblick sah er den Bettler an. Das Gesicht kam ihm bekannt vor, er hatte aber keine Ahnung, woher.

Major Anthonys Hosentasche war leer.

»Tut mir leid«, sagte er zu dem Bettler. »Ein andermal.«

Ein Mädchen, das Kaugummi verkaufte, kam auf ihn zu. Er wich ihr aus, verlor dabei beinahe das Gleichgewicht.

Der Major fragte sich, warum er mit diesem Kind an der Hand hier herumlief. Wann hatte alles angefangen? Gestern Abend? Oder viel früher, als der Arzt ihm eröffnet hatte, dass etwas mit seinem Samen nicht stimmte? Als er seine Frau geheiratet hatte? Oder noch früher, als er sich vornahm, dieses Provinznest zu verlassen, wo er doch hätte wissen müssen, dass ihm das niemals gelingen würde.

Zurück auf dem Marktplatz, blieb er stehen, er orientierte sich. Er stand länger als zur Orientierung eigentlich nötig. Obwohl es sicher ein Hirngespinst war, hatte er das Gefühl, dass man ihm folgte.

Zum ersten Mal seit der missglückten Festnahme ihrer Eltern empfand er Mitleid mit dem Mädchen. Es war kein angenehmes Gefühl, Mitleid hat einen bitteren Beigeschmack.

Es peinigte ihn mindestens so wie die Vorstellung von seinem toten Samen, die auch etwas von Mitleid hatte.

Mitten auf dem Platz hockte er sich vor Lina hin und sagte: »Du musst dich nicht schämen, dass deine Eltern vielleicht Staatsfeinde waren. Dich trifft keine Schuld. Du bist nicht für deine Eltern verantwortlich. Gerade darum hassen uns ja unsere Feinde, weil wir Verantwortung für uns selbst übernehmen. Wir sind freie Menschen, und um diese Freiheit zu schützen, müssen wir manchmal ein klein wenig Freiheit aufgeben. Verstehst du? Macht nichts, wenn dir das jetzt noch zu hoch ist, später wirst du's schon begreifen. Beeilen wir uns, bald fängt die Ausgangssperre an.«

Er schwieg und blieb noch kurz vor Lina hocken, während Dutzende, nein, Hunderte Leute vorbeiliefen, ohne sie zu beachten.

War sie sein Fehltritt? Ging er an diesem Fehltritt zugrunde? Wenn sie tot wäre, würde niemand ihn anklagen. Nun aber war jede Minute ihres Lebens, jede Sekunde, die sie atmete, eine Anklage an ihn.

Mit der rechten Hand strich er sich über die Stirn. Dann stand er auf.

Es ging wieder. Er war wieder, wer er sein musste.

Zusammen überquerten sie den Platz.

»Halt dich gut an mir fest«, sagte der Major. »Lass mich nicht entkommen.«

8

Auf dem Schaufenster stand: »Telefonreparaturen aller Art.« Der Laden wirkte eher wie ein Lagerraum als wie ein Geschäft. Kein Verkaufstisch, ein einziger Stuhl, ansonsten Kartons, Kartons und nochmals Kartons.

Der Major stand zwischen den Kisten mit Lina an der Hand, wie ein Mann, der sein Telefon reparieren lassen will und daneben sein Kind zum Luftschnappen in die Stadt mitgenommen hat. Ein Abendspaziergang, ein Gespräch von Vater zu Tochter. Zu Hause hatte er noch Angst gehabt, er könnte sie vergessen wie einen Schirm nach dem Regen, doch diese Angst war verschwunden. Er würde sie nie mehr vergessen.

Neben dem einzigen Stuhl blieb er stehen, der Raum war nur schummrig beleuchtet. Er sah sich um, er war eine Weile nicht hier gewesen.

Aus dem hinteren Raum kam ein dicklicher Mann in grauen Jogginghosen und blauem T-Shirt. Er trocknete sich die Hände an einem Geschirrtuch, das über einer der Kisten hing. Er kaute, offenbar hatte er gerade gegessen.

»Anthony«, sagte der Mann mit vollem Mund. »Major Anthony. Alles klar, alles paletti?«

Der Major nickte.

»Möchtest du tauschen?«, fragte der Mann. Er lachte.

Einen Moment schauderte es den Major, er wusste selbst

nicht, warum. Es musste mit dem Gedanken zu tun haben, warum er hierherkam, etwas, das er noch nie zuvor getan hatte.

»Nein, ich möchte nicht tauschen«, sagte er. Hier wurden nicht nur Telefone repariert, hier wurde auch Geld gewechselt, zu günstigen Kursen. In diesem unscheinbaren Laden galt der schwarze Wechselkurs.

Der Mann klopfte dem Major auf die Schulter.

Der Major ließ es geschehen. Hier herrschte auch ein jovialer Ton.

»Was möchtest du dann?«, fragte der Mann in der Jogginghose. Er kaute weiter, als habe er etwas im Mund, das sich nicht kleinkriegen ließ.

»Ich komme nicht tauschen«, wiederholte der Major. Die lokale Währung verlor so schnell an Wert, dass man sein Geld ständig umtauschen musste, um noch etwas davon zu behalten. Doch deswegen kam der Major heute nicht. Er hatte andere Geldwechsler, und dieser Mann gab ihm nicht den günstigsten Kurs, aber er hatte etwas, das andere Geldwechsler nicht hatten: ein Geheimnis. So könnte man es nennen, soweit das Schwarztauschen nicht auch schon Geheimnis genug war, ein mysteriöser Zaubertrick, den nur Eingeweihte begriffen.

Der Major zeigte auf das Mädchen. »Schau«, sagte er.

Er hatte Linas Hand losgelassen, er rieb sich über die Lippen. Sie waren trocken. Der Major hatte vor einiger Zeit einen Herpes gehabt, hoffentlich kam der nicht wieder.

Der Telefonhändler und Geldwechsler sah Lina an. »Was ist das denn?«, fragte er. »Was hast du da mitgebracht? Ein Geschenk?« Er lachte wieder.

»Mein Kind«, sagte der Major. »Unser Kind. Wir haben Familienzuwachs bekommen.«

»Familienzuwachs?«

Der Major nickte.

Der Geldwechsler lachte noch mehr. Er brüllte vor Lachen. Zweimal wiederholte er das Wort »Familienzuwachs«, und jedes Mal wieherte er lauter.

Lachende Menschen machten den Major nervös. Oft verstand er nicht, was gerade so lustig sein sollte, und beschlich ihn der Verdacht, dass über ihn gelacht wurde. In seinem Bataillon hatte er für Spaßvögel einen sicheren Riecher. Er trieb ihnen die Spottlust schnell aus.

»Hast du …?«, fragte der Geldwechsler. Er spuckte etwas Undefinierbares in seine Hand, warf einen kurzen Blick darauf, wohl ein Rest Fleisch, und schnippte es dann in die Ecke. Er wischte sich die Hand am Geschirrtuch ab. Danach formte er Daumen und Zeigefinger zu einem Kreis, in dem er den Zeigefinger der anderen Hand rhythmisch-schnell hin- und herbewegte.

»Hast du …?«, fragte er nochmals.

Der Major schüttelte den Kopf.

»Vor einer Weile, vor längerer Zeit?«, fragte der Geldwechsler. »Hast du sie bestiegen? Konntest du die Finger nicht von ihr lassen? Hast du sie bestiegen, Major Anthony?« Wieder brüllte der Mann in der Jogginghose vor Lachen.

»Ich habe sie nicht bestiegen«, sagte der Major leise.

»Warum, denkst du, hält meine Ehe?«, fragte der Geldwechsler. »Weil ich außer Haus drübersteige. Sie sollten uns Medaillen umhängen. Fürs Außer-Haus-Poppen. Dank uns besteht die Institution der Ehe noch.«

Der Geldwechsler lachte, doch jetzt nicht mehr so laut.

»Das hier ist unser Kind«, sagte der Major und sah Lina an. Dass sie immer noch ihren gelben Pyjama trug, erfüllte ihn auf einmal mit tiefer Scham. Einer Scham, so kalt wie der Tod. Vielleicht war der Tod selbst nichts anderes als äußerste Scham.

»Aber offiziell existiert sie nicht. Offiziell ist sie …« Der Major brachte seinen Mund ans Ohr des anderen und wiederholte das Wort, das er schon Lina gegenüber benutzt hatte: »Asche.«

Der Geldwechsler nickte. Lang und verständnisvoll. Hätte der Major ihm von einer außerehelichen Affäre erzählt, mit allen Details, wie es im Bett zuging, auf dem Autorücksitz, der Kneipentoilette, der Mann hätte wahrscheinlich genauso genickt. Ihn überraschte nichts mehr.

Der Geldwechsler sagte: »Asche.« Er sah das Kind an und wiederholte das Wort: »Asche.«

Er wischte sich mit dem Geschirrtuch übers Gesicht. »Was hast du mit ihr vor? Sie verkaufen? Willst du Geld für sie?«

Der Major hielt sein Kind fest, nicht weil er Angst hatte, es zu verlieren, sondern weil er fürchtete, sich nicht mehr beherrschen zu können, dem Mann gegenüber, von dessen Diensten er abhängig war.

Alles würde gut, er brauchte nur Papiere für Lina. Mehr nicht. Und er würde bezahlen. Dann würde er nie mehr zurückkehren, bräuchte diesen Mann nie mehr zu sehen.

»Ich habe sie adoptiert«, erklärte er. »Meine Frau und ich haben sie adoptiert.«

Er betonte das Wort »adoptiert«. Seltsam unglaubwürdig

klang es in dieser Umgebung. Adoption schien hier genauso ein Märchen wie nimmer endende Liebe.

Der Geldwechsler schaute ihn ausdruckslos an.

»Wir sind sehr glücklich«, fügte der Major hastig hinzu, um weitere Missverständnisse auszuschließen. »Wir lieben sie. Wir haben uns gesagt: ›Das ist jetzt unser Kind. Wir geben ihr ein neues Leben. Eine Zukunft. Wir werden sie glücklich machen.‹«

Zu dieser Operation gehörte nicht nur Liebe, sondern auch Glück. So war es. So hatte er es beschlossen.

»Das Einzige, was zu unserem Glück noch fehlt, ist ein Name, Papiere für Lina. Wie kann man glücklich sein, wenn es einen offiziell nicht mal gibt?« Er betrachtete sein Kind, das still und brav wartete. Sie benahm sich tadellos, wusste, was auf dem Spiel stand. Ihr Leben, seins, selbst das seiner Frau.

Für ihr Glück hatte er alles aufs Spiel gesetzt, und obwohl dieses Wissen ihm eine Gänsehaut machte, erfüllte es ihn doch auch mit Stolz. Tief im Inneren hatte er immer geglaubt, durch eine Heldentat könnte er diesem Provinznest entkommen. Eine Heldentat, mehr brauchte es nicht. Ganz tief im Inneren, musste er zugeben, war er wohl zur Armee gegangen, weil er an Heldentum glaubte, und dieser Glaube hatte ihn niemals verlassen. Die Zeremonie im Hof der Kaserne, wenn Soldaten gefallen waren, berührte ihn immer noch. Nicht weil sie fürs Vaterland oder die Freiheit gestorben waren – nein: Für das Heldentum waren sie gestorben, den Stolz – um die Scham zu überwinden. Sie wollten die Scham endgültig besiegen.

»Du willst Papiere für sie?«, fragte der Geldwechsler leise.

Und dann, etwas lauter: »Das kann der Junge hier für dich regeln.«

»Wie teuer, ist mir egal«, sagte der Major, »aber sie müssen perfekt sein. Das Beste vom Besten. Sie müssen lange halten. Ein ganzes Leben.«

Der Mann in der Jogginghose nickte. »Auf welchen Namen?«

»Unseren natürlich«, sagte der Major. »Es ist mein Kind. Unser Kind. Ich habe es adoptiert.«

»Vorname?«

»Lina.«

»Warum Lina?«

»Weil sie so heißt.«

Der Geldwechsler ging einen Schritt auf das Kind zu. »Heißt du Lina?«, fragte er.

Sie presste die Lippen zusammen.

»Heißt du Lina?«, wiederholte er seine Frage.

Wiederum keine Antwort. Stille. Sie sah ihn nicht einmal an, starrte zu Boden.

Er kniete sich vor sie hin; strich ihr mit dem Zeigefinger über die Wange, die Nase, den Mund, dann wieder über die Wange. »Lina«, sagte der Geldwechsler. »Warum keinen anderen Namen? Weißt du keinen besseren? Wenn du doch neu anfängst? Lina klingt ein bisschen schlapp. Das hat kein Flair. Nimm was Peppigeres. Sie ist ein peppiges Mädchen, sie verdient einen peppigen Namen.« Der Geldwechsler stand wieder auf. Er atmete schwer. »Wie alt?«, fragte er.

»Was?«

»Das Kind«, sagte der Geldwechsler. »Wie alt ist sie? Sie ist ein flotter Käfer. Aber wie alt? Wie alt soll sie sein?«

Der Major sah erst Lina an, dann den Mann mit dem Geschirrtuch und seinem schweren Atem. Jedes Mal, wenn der Geldwechsler den Mund aufmachte, sah der Major bei ihm Fleischfäden zwischen den Zähnen. Er wollte sich bücken, sein Kind fragen: »Wie alt bist du? Entschuldigung, dass ich nicht früher gefragt habe. Aber wie alt bist du?«

Doch er ließ es. Er murmelte nur: »Ich weiß es nicht.«

»Du weißt es nicht?«, fragte der Geldwechsler und begann wieder, brüllend zu lachen.

Der Major schüttelte den Kopf, und als der Geldwechsler zu Ende gelacht hatte, wiederholte er sicherheitshalber: »Ich weiß es nicht.«

»Hat sie Haare?«

»Haare?«

»Haare. Hat sie Haare da unten? Wolle zwischen den Beinen? Oder ist sie noch kahl wie 'ne Billardkugel?« Die Augen des Geldwechslers begannen zu funkeln. Offenbar waren Haare ein Thema, das ihn überaus interessierte, mehr noch als Ausweispapiere und Geld. Vielleicht waren Haare seine Passion. Haare zwischen den Beinen.

»Ich weiß es nicht«, sagte der Major wieder. »Wirklich nicht.«

»Das weißt du nicht? Was bist du denn für ein Vater?«

Der Geldwechsler kam in Bewegung. Er ging zur Ladentür, schloss sie ab, kam wieder zurück, bückte sich und zog der Tochter des Majors die Hose herunter.

Der Major zog seiner Tochter die Hose blitzschnell wieder hoch.

Lisa selbst tat nichts. Sie stand nur da. Als wäre sie nichts anderes gewöhnt.

»Wenn Haare drauf wachsen, ist es keine Pädophilie«, sagte der Geldwechsler, der jetzt vor dem Mädchen kniete. »Wenn Haare da sind, und wär's nur ein kleines Büschel, fünf, sechs, sieben Härchen, dann ist es legal. Ein paar Härchen, und ich weiß: Es ist erlaubt.«

»Da ist kein Haar«, sagte der Major eisig.

»Ich dachte doch, dass ich ein paar Härchen gesehen hätte«, sagte der Geldwechsler, der sich wieder mit dem Geschirrtuch übers Gesicht wischte. »Ich hab ein paar Härchen gesehen.«

»Sie hat keine Haare da unten«, sagte der Major.

Der Geldwechsler rappelte sich langsam hoch. Er atmete noch schwerer als zuvor. Mit dem Geschirrtuch wischte er sich über den Nacken. »Du hast sie adoptiert, aber du weißt nicht, wie alt sie ist.«

Der Major sah das Mädchen an, dann die Kisten im Laden. »Ich habe sie gerettet«, sagte er fast unhörbar.

»Wie alt bist du, Lina?«, fragte der Geldwechsler. »Wann hast du Geburtstag, kleine Maus?«

Das Mädchen sah weiter zu Boden. Sie trug einen Pony. Der Frisör hatte ihr einen Pony geschnitten. Die Zöpfe hatten dem Major viel besser gefallen, doch seltsamerweise war er froh, dass der Geldwechsler die Zöpfe nicht zu sehen bekam.

Der Geldwechsler ging vor dem Kind in die Hocke. »Willst du nicht sagen, wie alt du bist, kleine Maus?«, fragte er. »Ist das ein Geheimnis?«

Der Geldwechsler schaute hoch zum Major. »Ich nenn Mädchen immer ›kleine Maus‹«, sagte er. »Bevor ich drübersteige, sage ich immer: ›Kleine Maus, hier kommt die große Maus.‹«

»Es spielt keine Rolle«, sagte der Major leise, »ihr Alter.«

Der Geldwechsler stand wieder auf. »Wie alt wird sie sein?«, fragte er laut. Es klang, als spreche er über ein Rennpferd, das er zu kaufen erwog.

Der Major schaute zur Decke, an der Spuren eines Wasserschadens zu sehen waren.

»Zehn«, sagte er nach einer Weile. »Sagen wir: zehn.«

»Ich denke eher acht, vielleicht sieben«, erklärte der Geldwechsler, »wenn ich mir ihre Größe ansehe. Sie ist klein. Ich hab eine zehnjährige Nichte, die ist einen Kopf größer.«

»Zehn«, wiederholte der Major. »Oder neun.«

»Sie hat keine Brüste«, sagte der Geldwechsler. »Nicht mal den Ansatz von Titten. Mach sie nicht zu alt. Du darfst eine Frau nie zu alt schätzen, das mögen sie nicht.«

»Zehnjährige Kinder haben keine Brüste«, sagte der Major. Auch er spürte das Bedürfnis, sich den Schweiß von Gesicht und Nacken zu wischen, doch er tat es nicht.

»Meine Nichte«, sagte der andere, »ist zehn und hat Brüste, das haut dich um. Solche Titten, Major Anthony. Zehn Jahre, aber schon Titten, und sie ist stolz darauf.« Er wischte mit dem Zeigefinger über einen Karton, als wollte er überprüfen, ob Staub darauf lag. Eine sinnlose Geste, überall lag hier Staub.

»Wie alt bist du?«, fragte der Major, in der Hoffnung, diese ihm unangenehme Diskussion zu beenden. »Sag doch, wie alt du bist, Lina.«

Doch die Kleine schwieg beharrlich. Kein Wort kam über ihre Lippen.

Der Geldwechsler seufzte und sagte: »Sagen wir also: acht. Welches Sternzeichen?«

»Was?«

»Welches Sternzeichen soll sie haben? Wir brauchen auch einen Geburtstag. Menschen werden geboren, und dann haben sie ein Geburtsdatum.«

Der Major nickte. »Ja«, sagte er, »stimmt.«

»Waage?«

Der Major schüttelte den Kopf.

»Stier? Löwe? Jungfrau vielleicht? Oder Schütze?«

»Nimm Skorpion«, sagte der Major.

Der Geldwechsler bückte sich. »Wir machen einen Skorpion aus dir«, sagte er. »Was hältst du davon, kleine Maus? Du wirst ein schöner Skorpion, »28. Oktober, gefällt dir das? Sieben Uhr morgens.«

Der Geldwechsler richtete sich wieder auf. »Das brauche ich für die Geburtsurkunde«, sagte er. »Ohne die bist du in diesem Land nichts. Aber eine Geburtsurkunde ist das reinste Kinderspiel im Vergleich zu einem Ausweis.«

»Drei Uhr morgens«, sagte der Major. »Viertel nach drei Uhr am Morgen. Da ist sie geboren. Da ist sie zur Welt gekommen.«

Der Geldwechsler schrieb etwas auf einen Zettel. »Lina, sagtest du?«, fragte er.

»Ja, Lina«, bestätigte der Major. »Kein zweiter Name. Einfach Lina.«

»Ein Foto brauche ich auch noch, dann sind wir fertig für heute«, sagte der Geldwechsler.

Er ging in das Hinterzimmer, und der Major sagte zu Lina: »Komm, wir machen ein Foto. Wir brauchen ein Passfoto für dich.« Er zog sie so geduldig und sanft wie möglich hinter sich her.

Im Hinterzimmer standen noch mehr Kartons. Auf einem ein Teller mit Essen. Der Geldwechsler sagte: »Setz sie einfach hier drauf.« Er zeigte auf einen Stapel, der nicht so hoch war wie die anderen. Er stellte den Teller beiseite.

Der Major hob das Kind auf den Stapel; er strich ihr ein paar Haare aus dem Gesicht, zupfte ihren Pyjama glatt.

»Bald hast du deinen Ausweis«, sagte er leise. »Dann steht dir die Welt offen. Dann kannst du alles werden. Dann gibt es dich wieder.«

Von irgendwo hatte der Geldwechsler einen Fotoapparat geholt. Er versuchte, sich in einiger Entfernung vor dem Kind aufzustellen, doch das war schwierig wegen der Kisten. Er musste ein paar beiseiteschieben.

»Schau mich an«, sagte er. »Du brauchst nicht zu lächeln, nur ansehen musst du mich, kleine Maus.«

Der Major musste ihr Kinn anheben, und währenddessen flüsterte er ihr ins Ohr: »Arbeite mit, kleine Lina, um Himmels willen, arbeite mit, nur ein bisschen. Mach es uns nicht so schwer.«

Der Major zog seine Hand weg.

Linas Kopf blieb unverändert in der angenommenen Position. Sie schaute direkt in die Kamera, Stirn nicht gerunzelt, nicht wütend, doch auch nicht fröhlich. Neutral.

Zwei, drei Fotos machte der Geldwechsler, dann sagte er: »So, das war's.« Er legte den Fotoapparat auf einen Karton, nahm den Teller mit seiner Mahlzeit und aß ein paar Happen. »Komm in drei Tagen wieder«, sagte er. »Selbe Uhrzeit. Die Hälfte jetzt, den Rest, wenn du es abholen kommst. Willst du noch tauschen?«

Der Mann flüsterte dem Major einen Betrag ins Ohr, und

der Major roch, was der Mann gerade gegessen hatte. Etwas mit Curry.

»Ich brauch nicht zu tauschen«, sagte der Major. Aus seiner Tasche holte er Geld, er zählte es dem Mann schnell, aber sorgfältig vor. »Ich verlass mich auf dich«, sagte er.

»Das kannst du, Major«, antwortete der Geldwechsler. »Das konntest du immer. Ich bin der vertrauenswürdigste Mann in der Stadt.«

Und wieder das Lachen.

Der Geldwechsler leckte sich über die Lippen und wischte sich mit dem Handrücken über den Mund. Er führte den Major in den Laden zurück. »Viel Glück mit deinem Kind«, sagte er. »Sie redet nicht viel, aber sie ist ein hübsches Mädchen.«

»In drei Tagen um dieselbe Zeit bin ich wieder da«, erwiderte der Major. Er wollte sichergehen, dass er nicht umsonst kommen würde.

Er schüttelte dem Geldwechsler die Hand.

»Du bist ein komischer Vogel«, sagte der Mann, während er ihm die Tür öffnete. Es klang nicht unfreundlich. Es war eher eine Feststellung als eine Kritik.

Der Major drehte sich um und schaute dem Geldwechsler in die Augen.

»Du musst mehr leben«, sagte der Mann im blauen T-Shirt. »Du bist zu ernst, du lachst nie. Stürz dich ins Leben. Steig außer Haus mal drüber. Wenn du willst, kann ich was für dich arrangieren.«

Auf der Straße gingen drei Soldaten vorbei. Junge Burschen. Der Major lächelte sie an, doch sie lächelten nicht zurück, sie schienen ihn nicht mal zu bemerken.

Der Geldwechsler schloss seinen Laden, und der Major wollte eilig davon, doch seine Tochter war wieder bockig geworden. Er musste sie hinter sich herziehen.

Ein paar Straßen weiter kaufte er bei einer Spielzeughändlerin einen kleinen Rucksack in Form eines Bären. Auf dem Rücken des Bären war ein Reißverschluss.

Er legte seinem Kind den Rucksack über die Schultern.

»So«, sagte er. »Jetzt hast du eine Tasche. Papa hat eine Tasche für dich gekauft.«

In zwanzig Minuten würde die Ausgangssperre beginnen. Er nahm Lina auf den Arm und lief mit ihr zu seinem Wagen. Mit der Rechten hielt er ihre Füße umklammert, ängstlich, sie könnte in letzter Sekunde die Pantoffeln seiner Frau doch noch verlieren.

Ein guter Späher hinterlässt keine Spuren.

9

Unser Kind mag Musik«, rief der Major in der Tür zum Schlafzimmer, Hand in Hand mit Lina. »Unser Kind singt gern.«

Seine Frau lag auf dem Bett, sie las eine Zeitschrift. Ihr Gesicht glänzte schon von der Nachtcreme. »Wer?«, fragte sie.

»Unser Kind«, sagte der Major.

Er ließ Linas Hand los. Im Wagen hatte er ihr die Situation, in der sie drei sich jetzt befanden, noch einmal erklärt. Nicht hoffnungslos, aber eine, die besondere Umsicht erforderte. Diesen Ausdruck hatte er benutzt, »besondere Umsicht«.

»Unser Kind«, wiederholte der Major, wobei er beide Worte betonte. »Sie hat es mir selbst erzählt, nicht wahr? Du magst doch Musik?«

»Ich weiß nicht, was du von mir willst – was soll das?«, fragte seine Frau, immer noch auf dem Bett liegend. Sie trug ein rotes Nachthemd. Der Major hatte immer gedacht, sie würden gut zusammenpassen, er und seine Frau, auch wenn er sie ab und zu einsperren musste, um sie zur Ruhe zu bringen, und das dachte er immer noch. Sie waren füreinander geschaffen.

Der Major machte ein paar Schritte auf seine Frau zu, er schob das Kind vor sich her. »Es geht um sie, ich will mit dir über sie reden«, sagte er. »Das soll das.«

Er ging allein weiter zum Bett. Er beugte sich über seine Frau, küsste sie auf die Wangen und den Mund und flüsterte: »Dir ist doch klar, in was für einer Situation wir uns befinden? Warum musstest du ihr deine Pantoffeln anziehen? Warum hast du ihr keine Schuhe gekauft?«

»Ich hatte einen Termin beim Frisör«, sagte sie und vertiefte sich wieder in ihre Zeitschrift. Sie schlug nervös die Seiten um.

Der Major blieb über das Bett gebeugt stehen. Er hätte seine Frau gern noch mehr geküsst, auf den Mund, schließlich gehörte das zu dem Glück, das jetzt mehr oder weniger vollständig war: ein Mann, eine Frau, ein Swimmingpool und ein Kind. Doch ihre letzte Bemerkung machte, dass er die Zärtlichkeiten abbrechen musste.

Ein Frisör, gab es an einem Tag wie diesem keine anderen Prioritäten? Der Major fasste seine Frau am Kinn, drehte ihr Gesicht zu sich und drückte das Kinn fest zusammen. »Dein Frisör ist so wichtig, dass unser Kind den ganzen Tag in Lumpen herumlaufen muss, willst du mir das sagen? Hat der Frisör Vorrang vor allem? Lebst du nur für den Frisör?«

»Das ist nicht unser Kind«, sagte die Frau des Majors. »Und ich hab keine Kinderkleidung im Haus, du kündigst mir ja nicht an, wenn du auf Kinderraub gehst. Und ein Termin beim Frisör ist wichtig, ja. Dass du mich nicht mehr ansiehst, heißt ja noch nicht, dass andere das auch nicht mehr tun. Ich sorge schon dafür, dass sie mich sehen.«

Der Major drückte das Kinn fester. Sie waren füreinander geschaffen, darum drückte er. Er hatte es schon damals gewusst, in der Kneipe, während der Übung in den Bergen.

Die Nächte dort waren eiskalt gewesen. Und tagsüber schien die Sonne so heiß, dass man bei lebendigem Leib verbrannte, die Natur war unerbittlich, und die Menschen dort waren es auch. Und ausgerechnet da hatte er seine Frau kennengelernt. Dort auf der Hochebene hatte der Späher sie zum ersten Mal gerochen, gesehen – und gewusst, dass sie füreinander geschaffen waren.

»Was hast du gesagt?«, fragte er.

»Dass du mir nicht ankündigst, wenn du auf Kinderraub gehst!« Sie sagte es nicht, sie schrie. Offenbar sollten alle es hören, wollte sie die Sache an die große Glocke hängen. Das Kind, die Nachbarn, alle sollten es wissen.

Der Major riss ihr die Zeitschrift weg und warf das Heft auf den Boden. Dann blieb er einen Moment stehen und sah sie an. Weder einschüchternd noch provozierend, eher ängstlich. Das Wort, das sie benutzt hatte, ängstigte ihn. Es baute eine Wand auf zwischen ihm und seiner Frau, solch ein Wort war schlimmer als Ehebruch.

»Willst du uns alle umbringen?«, fragte er so stoisch wie möglich. Als hätte er ihr diese Frage schon lang stellen wollen, endlich allen Mut zusammengenommen, um ihr das Problem vorzulegen und ihre Meinung zu hören.

Alle umbringen, tot, oder doch lieber nicht? Hinter jedem Verlangen lauert der Trieb zur Zerstörung, doch jetzt sollte sie's endlich mal ehrlich sagen: Wie destruktiv wollte sie es?

»Ja«, sagte sie, nun auch wieder ruhig. »Vielleicht wäre das das Beste. Vielleicht wär das die Lösung.«

Da stand der Major, ohne Uniform, in Zivilkleidung, in der er sich immer leicht unwohl fühlte. Er hatte zärtlich sein wollen, und ihre Antwort darauf war der Vorschlag, der Tod sei vielleicht das Beste für alle. Gab es eine Zärtlichkeit, die den Tod überlebte?

Da stand er nun in seinem eigenen Schlafzimmer, mit seinen guten Absichten, seinen schönen Projekten, die er eben im Auto durchgespielt hatte.

Tod, das war ihre Antwort auf seine Zärtlichkeit.

Er musste es noch einmal versuchen. Er vergaß das Kind, die Ausweispapiere, die Probleme in der Kaserne, den Krieg, er näherte seinen Mund dem ihren und drückte ihn darauf, ohne ihr Kinn loszulassen. Das hier war Zärtlichkeit, die Zärtlichkeit, die sie liebte, die er ihr geben, die sie ertragen konnte: Zärtlichkeit nach dem Swimmingpool und dem toten Samen.

Er löste sich von ihrem Mund.

»Hast du deine Tabletten genommen?«, fragte er. »Gegen deinen Wahnsinn?«

Der Doktor hatte ihr Tabletten gegen den Wahnsinn verschrieben. Der Doktor nannte es anders: Depressionen, Angstzustände, Neurosen, doch wie er es auch immer nannte, der Major wusste, was es war: hysterische Melancholie.

»Das hier hat nichts mit meinen Tabletten zu tun. Vielleicht solltest *du* sie nehmen, dann bräuchten wir diese Diskussion nicht zu führen, dann wäre sie jetzt nicht hier.« Sie zeigte auf Lina.

Lina selbst stand scheinbar teilnahmslos mitten im Zimmer. Sie schaute ins Leere. Jedenfalls nicht zu ihren Eltern. Ihr seltsamer Aufzug wirkte immer normaler. Der Bärenrucksack auf ihrem Rücken vervollständigte das Bild.

»Wo sind die Tasche und der kleine Koffer, die ich hier abgestellt hatte?«, fragte der Major. »Was hast du damit gemacht?«

Er sah sich in dem aufgeräumten Schlafzimmer um, doch er konnte sie nirgends entdecken. Er wusste genau, wo er sie hingestellt hatte, sie waren verschwunden.

»Ich hab sie in die Küche gestellt, ich will den Plunder nicht sehen. Ich will nichts damit zu tun haben, hörst du? Das hier ist mehr, als ein Mensch ertragen kann, als ich ertragen kann jedenfalls.«

Der Major hob die Zeitschrift auf und legte sie auf den Nachttisch. Da lag auch ihre Armbanduhr. Und die Zeitschrift, neben Telefon und Aschenbecher, sonst nichts. Er hatte ihr die Uhr zum Geburtstag geschenkt, er mochte traditionelle Geschenke, wie auch eine gewisse Generosität. Wenn ihm der Swimmingpool eines bewies, dann seine Großzügigkeit. Großzügigkeit war das Gegenteil von Provinzialismus, von Engstirnigkeit.

»Was meinst du mit Plunder?«, fragte er leise. »Wovon redest du? Was musst du so Unerträgliches ertragen?«

Er kniete neben dem Bett, wie eben in der Kirche, weil ihm das als das Beste erschien. »Ist sie der Plunder?«, flüsterte er. »Ist Lina Plunder? Meinst du sie?«

Diese Provinzstadt, das war für ihn Engstirnigkeit. Mit sechzehn hatte er begonnen, Bücher über Napoleon zu lesen. Viele wollten reich werden, andere Musiker oder auf irgendeine Weise berühmt, einer sogar Dichter, und dann waren da die Unzähligen, die ein Haus haben wollten und eine Familie, aber er hatte gedacht: Was Napoleon konnte, kann ich auch. Für ihn hatte das Heldentum nichts Doppeldeutiges an sich, nichts Ironisches oder gar Lächerliches.

Und als er später hörte, dass dem Heldentum etwas Lächerliches anhaften solle, hatte er das nicht verstanden. Und vielleicht noch wichtiger: Von dem Moment an hatte er jeder Ironie abgeschworen. Nur wer das Heldentum nicht ernst nahm, die alles durchdringende Scham nicht kannte, die mangelndes Heldentum zurückließ, konnte Heldentum für etwas Lächerliches halten.

Das hieß nicht, dass er nicht nach und nach gelernt hätte, sich mit der Wirklichkeit abzufinden. Ein Militär muss sich der Realität stellen. Doch er war sich selber nie untreu geworden, hatte seine frühen Ideale niemals vergessen. Die Beziehung zwischen ihm und dem Heldentum war wie eine Ehe, wenn auch eine ohne Körperkontakt.

»Ich kann nicht mehr«, sagte die Frau des Majors. »Ich bin geschafft. Es war ein harter Tag, ich will schlafen. Ich nehm dir nichts übel, wenn es das ist, was du hören willst. Aber ich kann nicht so tun, als wäre sie mein Kind. Wenn du das von mir verlangst, sag ich dir gleich, das kannst du vergessen. Nicht jetzt, nicht morgen und nicht in einer Woche. Sie ist nicht mein Kind und auch nicht deins. Ich weiß nicht, wem sie gehört, ich weiß nicht, warum du sie mitgebracht hast, und ich will eigentlich auch nicht darüber nachdenken, so, wie ich über deinen ganzen Beruf nicht mehr nachdenken will.«

Der Major stützte sich mit der einen Hand auf den Nachttisch, mit der anderen auf die Matratze. Er hatte das Bedürfnis, dieses Gespräch zu beenden. Er wollte es nicht, nicht jetzt jedenfalls. Möglichst nie. Ihm war eiskalt. Er musste an die Nächte denken, in denen er als Kontrollposten auf der Hochebene gestanden und das Gefühl gehabt hatte, dass ihm nie wieder warm würde. In solchen Nächten hatte er nur noch seine eiskalten Füße gespürt, mit keiner anderen Gewissheit als der, dass seine Füße nie wieder warm würden.

Auch damals war das Heldentum ihm nicht lächerlich vorgekommen, er wusste nur, dass es seinen Preis hatte, einen Preis, den er nicht zahlen konnte. Der Preis hatte ihm Angst eingejagt.

Dumm, dass er gerade jetzt an die kalten Füße denken musste.

»Ich mag starke Männer«, sagte seine Frau. »Ist das ein Verbrechen?«

»Was haben starke Männer damit zu tun?«, fragte der Major leise.

Sie schüttelte den Kopf, sie schien sich Mühe zu geben, vernünftig zu bleiben, das Spiel von Frage und Antwort, von Aktion und Reaktion so lange wie möglich mitzuspielen. Es war ein gewöhnliches Gespräch, an einem ganz gewöhnlichen Abend.

»Seit dem Moment«, sagte sie, »als du mit ihr nach Hause gekommen bist, habe ich das Gefühl, dass ich träume, verstehst du? Ich muss mich kneifen, um mich zu überzeugen, dass sie wirklich da ist, dass es kein Alptraum ist. So empfinde ich das, und das hat nichts mit meinen Tabletten zu tun. Ich kann nicht auf Kommando jemanden lieben. Ich kann das nicht, und ich will es auch nicht. Ich bin kein Waisenhaus.«

Er nahm ihre Hand und streichelte sie. Wie lange hatte er das schon nicht mehr getan? Er hatte andere Körperteile gestreichelt, aber nicht ihre Hand.

Wieder musste er an seine kalten Füße denken. Seine Jugend, das waren die kalten Füße gewesen. Und danach? Auch danach waren seine Füße nie wieder warm geworden.

»Wer nicht auf Kommando lieben kann, kann überhaupt niemanden lieben«, flüsterte er. »Wenn man töten kann auf Kommando, kann man auf Kommando auch lieben. Gefühle haben da nichts mit zu tun.«

Sie versuchte, sich loszureißen, doch der Major hielt sie fest. »Wenn du nicht auf Kommando lieben kannst«, sagte er, »musst du es ganz sein lassen. Liebe geht auf Kommando.«

»Du hast leicht reden«, zischte sie. »Du hast ihre Eltern ermordet.«

Der Major schüttelte den Kopf. »Ich habe nur das Gesetz befolgt. Ich habe das Gesetz nicht gemacht. Ich bin nicht das Gesetz. Ich habe nach Ehre und Gewissen gehandelt.« Er ließ ihre Hand los.

Er stand auf und strich sich ohne Not die Hose glatt.

Als er schließlich neben dem Bett stand, wie zum Schlafen bereit und als hätte er die Anwesenheit des Kindes völlig vergessen, rief Paloma auf einmal: »Ich werd noch verrückt, Anthony! Du machst mich verrückt.«

Es war wie ein Codewort.

Der Major trat in Aktion, er hob seine Frau aus dem Bett, sie wehrte sich, doch er war stärker. Schließlich hatte er sie überwältigt. Er hielt sie fest und trug sie über der Schulter, nicht wie ein Bräutigam seine Braut, eher wie ein Küchengehilfe einen Sack voll Kartoffeln.

So trug er seine Frau die Treppe hinunter, in das Kabuff neben der Küche.

Sie waren füreinander geschaffen, darum trug er eine besondere Verantwortung. Darum hatte er nicht gesagt: »Such dir einen Mann, der dir ein Kind machen kann.« Er hätte das tun können, doch er hatte sie mitgenommen, aus den Bergen in dieses Provinznest, und das schuf Verantwortung. Sie hatte sich unter seiner Führung verändert und hatte ihn, musste er zugeben, überholt. Der Lehrling war seinem Meister entwachsen. Auf vielen Gebieten. Doch nicht auf allen.

Das Mädchen folgte ihm, als liefe sie mit in einem Umzug. Als kannte sie ihre Aufgabe genau.

»Ich werde verrückt!«, rief Paloma, während sie über der Schulter ihres Mannes hing. »Ich werd hier verrückt.«

Der Major legte seine Frau vorsichtig in die Abstellkammer. »Nicht verrückt werden«, sagte er.

»Weißt du, wer ich bin?«, fragte sie. »*Was* ich bin?«

Der Major rührte sich nicht. Er kauerte auf Händen und Füßen neben seiner Frau, in der Abstellkammer, wo er sie wie ein Paket abgelegt hatte.

»Du vernachlässigst mich«, sagte sie.

Der Major streichelte ihr über die Füße, die Knöchel. »Vernachlässigung tut einem gut«, sagte er sanft. »Sie härtet ab.«

Dann schloss er die Tür. Er drehte den Schlüssel zweimal um.

Er sah das Kind, das am unteren Treppenabsatz stehen geblieben war.

Es wurde gegen die Tür der Abstellkammer getrommelt. Eine Stimme rief: »Lass mich raus! Lass mich hier raus, so kann das nicht weitergehen!«

Der Major ging langsam auf seine Tochter zu. So war er schon einmal auf sie zugegangen, vor gar nicht so langer Zeit, in der Nacht, als er ihre Eltern hatte festnehmen sollen, doch das schien in einem anderen Leben gewesen zu sein, auf einem anderen Planeten.

Es hatte ein Leben gegeben, bevor er seiner Tochter begegnet war. Man hatte ihn zum Major befördert, er hatte einen Swimmingpool im Garten anlegen lassen. Auch die Idee, ein Napoleon dieser Zeit zu werden, hatte er aufgegeben. Nein, nicht so sehr aufgegeben, eher allmählich vergessen, verdrängt, das war sein Leben. Bis er ihr begegnet war: der Kleinen, die jetzt sein Kind war, seine Lina. Seine Füße, auf der Hochebene eiskalt geworden, waren jetzt wieder warm.

Nur dass er das Gesetz gebrochen hatte. Damit war sein Leben wertlos geworden. Unwahr. Nicht mehr als eine Vorübung für den Moment, als er das Kind zwar nicht geraubt, wie seine Frau behauptete, aber doch vor seinem Arbeitgeber gerettet hatte.

Er hatte sie retten wollen, das war sein Verbrechen. Er hatte gerettet, was man nicht hätte retten dürfen. Das war seine Schwäche.

»Die Alternative«, sagte er zu seinem Kind und zeigte auf die Abstellkammer, »wäre viel schlimmer. Die Alternative wäre die psychiatrische Anstalt.«

Er blieb einen Moment stehen. »Aber alles wird wieder gut«, sagte er. »Es geht ihr schon wieder besser. Schuld ist der Ausnahmezustand. Seit dem Ausnahmezustand und dem Ausgangsverbot kann sie abends nicht aus dem Haus. Früher ging sie mit Freundinnen bridgen, das geht jetzt nicht mehr. Jetzt grübelt sie, statt Bridge zu spielen, und das tut ihr nicht gut. Sie muss wieder bridgen.«

Der Major sah das Kind an, dann drehte er sich um und ging in die Küche.

Da standen tatsächlich die Umhängetasche und der rosa Koffer. Gleich neben der Tür. Als wären sie für die Haushälterin bestimmt, wenn sie von ihrem Familienbesuch zurückkäme.

Er betrachtete sie, mit nun doch leichtem Erstaunen und einem Anflug von Zweifel. Hatte er das alles mitgebracht? War er in das Haus zurückgegangen? Hatte er das wirklich getan?

»Lina!«, rief er. »Lina!«

Sie kam in ihren Pantoffeln zu ihm. Sie sah den Koffer und die Tasche, und auf ihrem Gesicht erschien etwas, das aussah wie ein Lächeln.

Es musste ein Lächeln sein, beschloss der Major. Sein Kind lächelte. Sie würde glücklich werden.

Immer noch wurde gegen die Tür der Abstellkammer getrommelt. Eine dem Major wohlbekannte Stimme rief: »Lass mich raus! Lass mich raus hier!«

Bald würde es nachlassen, wusste er. Sie würde sich beruhigen, sie beruhigte sich immer. Dass sie ihn des Kinderraubs beschuldigt hatte, lag nur an ihrer Krankheit.

Er öffnete den rosa Koffer, holte die Sachen heraus, die er am Nachmittag hastig hineingestopft hatte. Kleidung, Sandalen, eine Puppe, eine einzige Puppe.

Auch die Puppe hatte er gerettet.

Lina nahm die Sachen, ließ sie durch ihre Finger gleiten, an einigen schnupperte sie. Sie schien nach einem Geruch zu fahnden. Sie hielt sich eine Hose unter die Nase.

»Was riechst du?«, fragte er.

Keine Antwort. Darum drückte der Major selbst die Nase in eins von Linas Kleidungsstücken. Er roch nur Waschmittel, ein anderes Waschmittel, als seine Haushälterin benutzte.

Das Hämmern gegen die Tür zur Abstellkammer ging weiter. Was für eine Energie seine Frau hatte! Erst wenn er sie einsperrte, fiel es ihm richtig auf, als werde ihre überbordende Energie erst dann freigesetzt.

»Weißt du, was sie in der Kaserne über mich sagen?«, fragte der Major auf den Knien. »Dass ein Offizier erst den Krieg zu Hause gewinnen muss, bevor er ihn auf dem Schlachtfeld gewinnt. Sie sagen, dass ich den Krieg zu Hause verloren habe.« Er lachte, ohne zu wissen, warum.

»Aber das ist nicht wahr. Es ist eine Lüge. Ich habe den Krieg gewonnen, hier im Haus habe ich den Krieg gewonnen. Ich kann mir die Schande eines verlorenen Krieges nicht leisten.«

Er öffnete die Tasche und holte noch mehr Kleidung hervor. Pullover, Hosen, Socken. Fast keine Unterhosen, von denen hatte er nur ein paar gefunden.

Der Major nahm Lina den Bärenrucksack vom Rücken.

»Zieh dich an«, sagte er. »Endlich hast du wieder was zum Anziehen, deine Sachen. Möchtest du einen Pullover, ist dir kalt? Oder Socken? Sollen wir mit den Socken beginnen?« Er hielt ein Paar Socken hoch. Graue, mit blauen Streifen.

Die Küche sah aus wie ein kleiner Trödelladen.

Auf dem Boden sitzend, zog Lina sich die Pantoffeln aus und schlüpfte in ihre Socken.

Der Major sah sie an, so, wie er sie beim ersten Mal angesehen hatte. Forschend, konzentriert, doch auch leicht gerührt. Die Zöpfe hatten ihn gerührt, so, wie ein Kunstwerk einen rühren kann.

»Warum haben sie dir nur die Zöpfe abgeschnitten?«, fragte er. »Weißt du, was mir als Erstes an dir aufgefallen ist? Deine Zöpfe. Mehr eigentlich nicht. Es waren die längsten Zöpfe, die ich jemals gesehen hatte.«

Er wartete auf eine Reaktion. Doch ihre Habseligkeiten nahmen die Tochter des Majors voll in Beschlag. Als wüsste sie, dass das hier ihre ganze Vergangenheit war. Ihre Vergangenheit passte in einen Koffer und eine Tasche. Ihre Vergangenheit war tragbar.

»Ich habe dem Staat gedient«, sagte der Major. »Und der Armee. Ich bin verlässlich. Ich halte meine Versprechen. Es gibt Leute, die den Staat vernichten wollen. Meine Aufgabe ist es, diese Menschen zu vernichten, bevor sie das mit dem Staat tun. Ich frage nicht, warum sie das wollen, das liegt außerhalb meiner Befugnis. Ich weiß nicht, was sie denken. Dafür sind andere Stellen zuständig, herauszufinden, was in so jemandem vorgeht, warum er so denkt. Meine Aufgabe ist direkter, einfacher, praktischer. Ich weiß, dass wir ohne den Staat nicht überleben können. Wir wären Würmer. Der Staat ist wie ein lieber Verwandter, wer den Staat angreift, greift mich an. Sicher, kein Staat ist perfekt, auch unserer nicht. Aber ich habe Staat und Armee bedingungslos gedient, denn nur eine bedingungslose Liebe können Staat und Armee akzeptieren. Ebenso, wie ich für die beiden da war, werde ich jetzt für dich da sein. Verlass dich drauf. Ich habe keine Wahl. Offiziell bist du Staatseigentum. Indem ich dich hierher nach Hause mitgenommen habe, hab ich den Staat bestohlen. Ist dir kalt? Möchtest du einen Pullover?«

Der Major zog ihr einen Pullover an, über den Pyjama.

»Darf ich jetzt singen?«, fragte Lina.

»Ja«, sagte der Major. »Hier darfst du singen, hier kann niemand dich hören.«

Von ihrer Bitte war er angenehm überrascht. Alles besser als Stille.

Ihr Lied war in einer Sprache, die der Major nicht verstand. Erst betrachtete er noch ihr Haar, dann sammelte er ihre Sachen ein und tat sie in Tasche und Koffer zurück. Sie hatte eine hübsche Stimme und sang mit Inbrunst.

Während er mit ihr die Treppe hinaufging und sie ins Kinderzimmer brachte, sang Lina immer noch. Er stellte den Koffer und die Tasche neben die Matte.

»Morgen kaufen wir dir eine Zahnbürste«, sagte er.

Lina hörte ihn nicht, sie sang.

»Immerhin haben wir deine Sandalen, ein bisschen abgenutzt zwar, aber das macht nichts. Du hast besseres Schuhwerk als diese Pantoffeln.«

Noch mehr Gesang.

»Schlaf schön«, sagte er.

Gesang war die einzige Antwort.

Der Major schloss die Tür zum Kinderzimmer, ging in die Küche zurück, warf einen kurzen Blick auf den Swimmingpool und öffnete die Abstellkammer.

Seine Frau war eingeschlafen, den Kopf auf einem alten Koffer.

Er hob sie vorsichtig hoch und trug sie ins Schlafzimmer, wo er sie aufs Ehebett legte.

Er selbst legte sich noch nicht hin. Er stellte sich ans Fenster und schaute auf die Straße.

Er kannte alle Autos da draußen. Kein kleiner Lieferwagen, der aus unerfindlichen Gründen schräg vor dem Haus geparkt stand. Nichts Beunruhigendes. Und doch war er sich sicher, dass sie alles wussten. Seine Vorgesetzten, die Kollegen, der ganze Apparat. Sie warteten nur auf den richtigen Moment, ihn mit den Tatsachen zu konfrontieren. Er hatte das Gesetz verhöhnt, mehr blieb nicht von ihm, nur noch das, der Rest waren Erklärungen, blumige Details, Wortgeklingel, die auf die Richter keinen Eindruck machen würden.

Langsam zog er sich aus, doch die Trauer abzulegen, schaffte er nicht, eine Trauer, die ihn sich kurz danach sehnen ließ, sich in nichts aufzulösen, so allumfassend war sie.

Noch mehr als früher musste er jetzt beweisen, dass er ein fähiger Offizier war, der dem Staat treu diente, nicht sein Feind war und auch nie einer werden würde.

Erst als er sich ins Bett legte, dachte er wieder an die Zöpfe, die Zöpfe, die er zuerst im Halbdunkel gesehen hatte. Damit hatte es angefangen. Was hatte er darin gesehen? Was ihn in Versuchung geführt? Was wollte er wirklich von diesem Kind?

Er lag totenstill auf dem Bett, aus Angst, seine Frau zu wecken.

Lina sang immer noch. Jetzt hörte er es, noch deutlicher als zuvor.

Irgendwo in der Ferne flogen Helikopter.

Vielleicht könnte seine Tochter irgendwann, an einem Sonntagnachmittag nach dem Essen, für Freunde und Bekannte einmal was singen. Die Idee gefiel ihm. So stellte er sich das Glück vor: perfekt, so sah die Welt aus, wenn man es geschafft hatte. Am Sonntagnachmittag sang dein Kind

Lieder, der Swimmingpool glitzerte in der Sonne. Wenn das Kind zu Ende gesungen hatte, lud man die Gäste zu einem Sprung in den Pool ein. Das waren keine hochfliegenden Pläne, aber war Glück nicht immer ein wenig banal? Hatte er nicht gelernt, damit zu leben?

Vorsichtig stand er auf und lugte ebenso vorsichtig durch die Vorhänge.

Er ging ins Kinderzimmer. Jetzt sang sein Kind nicht mehr, es schlief.

Der Major hatte Entscheidungen getroffen, die er erst mit dem Gesetz hätte abgleichen müssen. Er hatte sich selbst zum Gesetz aufgeworfen, und jetzt erdrückte ihn dieses Gesetz. Das Gesetz, das er selbst gemacht und das kein echtes Gesetz war, das er sich eigenhändig zusammengebastelt hatte und für das er nur mit Bauchschmerzen die Verantwortung übernahm, dieses Gesetz lastete schwer auf ihm.

Immer wieder hatte er erzählt, dass er es nur für seine Frau tat. Doch diese Geschichten erzählte er nicht anderen, sondern sich selbst.

Er hockte sich neben die Matte, wagte jedoch nicht, seine Tochter zu berühren. »Sie wissen alles«, flüsterte er. »Aber ich werde es leugnen. Immer weiter leugnen, das ist unsere einzige Chance. Und ich werde beweisen, dass ich ein fähiger Offizier bin, dass sie ohne mich nicht auskommen. Ich bin unentbehrlich. Der Staat ist bereit, ein Auge zuzudrücken, wenn er einen dringend braucht.«

II

Der Konvoi

1

Der Generalleutnant breitete die Arme aus, als empfange er seinen besten Freund. Eine Kiste Zigarren wurde hervorgeholt, obwohl der Generalleutnant wissen musste, dass der Major nicht rauchte.

Der Generalleutnant war ein charismatischer Mann. Man munkelte, dass er auch politische Ambitionen hatte.

Einigermaßen enttäuscht schloss der Generalleutnant die Zigarrenkiste wieder. »Dann einen Kaffee, Anthony?«, fragte er. »Oder Cognac? So oft kommt es nicht vor, dass wir mal Gelegenheit haben, in Ruhe miteinander zu reden.«

»Kaffee dann«, sagte der Major.

»Keinen Cognac?«, fragte der Generalleutnant. »Lässt du mich allein trinken und rauchen?«

»Und einen Cognac«, gab sich der Major geschlagen. Er mochte keinen Cognac, er mochte überhaupt keinen Alkohol. Nur in der Ausbildung hatte er getrunken, weil das dazugehörte. Damals hatte er vielleicht sogar mehr getrunken als andere, er wollte zeigen, dass er es konnte.

Der Generalleutnant schenkte ein. Er tat es sichtlich erfreut, mit einer gewissen Wollust.

Vor gut zwei Wochen hatte der Major Linas neue Papiere beim Geldwechsler abgeholt und Lina die Woche darauf bei der einzigen internationalen Schule seiner Provinzstadt angemeldet, einem französischen Gymnasium. Sein Kind sollte

Französisch lernen. Er selbst sprach ein bisschen Französisch, und seine Frau kaufte regelmäßig eine Zeitschrift über französische Küche. Ungefähr einmal pro Monat kochte sie zusammen mit der Haushälterin aus dieser Zeitschrift. Zu ihrer Enttäuschung fiel dem Major der Unterschied zwischen regionaler und französischer Küche oft gar nicht auf.

»Wie geht's?«, fragte der Generalleutnant, als er ihnen beiden eingeschenkt hatte. »Anthony, warum bist du eigentlich noch nicht befördert? Wie lange muss man heutzutage bei der Armee sein, um sich Oberstleutnant nennen zu dürfen?«

Der Generalleutnant wartete nicht auf eine Antwort, er nahm das Telefon, bestellte freundlich, aber entschieden zwei Kaffee und legte den Hörer wieder auf. Aus der Kiste nahm er eine Zigarre, die er sich aber nicht anzündete. Er sah sie ein Weilchen wehmütig an und legte sie dann vor sich hin auf den Schreibtisch.

Er lächelte jovial, wie es sich für einen guten Gastgeber gehört.

»Ich weiß auch nicht, warum ich noch nicht Oberstleutnant bin«, sagte der Major. Jetzt lachte er, weil er wusste, dass das erwartet wurde. Er lachte herzlich.

»Jetzt sei nicht so förmlich«, sagte der Generalleutnant. »Du weißt es nicht? Natürlich weißt du es. Wie lange kennen wir uns schon? Zu lange! Wie geht's deiner Frau?«

»Gut«, antwortete der Major. Er fragte sich, inwiefern er soeben förmlich gewesen war. Er wusste es nicht. Er selbst hatte den Eindruck, dass er sich gerade höchst locker verhalten hatte. Um das zu unterstreichen, schlug er die Beine übereinander und lächelte.

Er war ein Risiko eingegangen, Lina auf der französischen Schule anzumelden, doch er hatte keine andere Wahl. Er hatte ihr eingeschärft, dass seine Geheimnisse von nun an ihre Geheimnisse waren. Dass sein und ihr Leben von diesen Geheimnissen abhingen.

Dem Schulleiter hatte er erzählt, Lina sei eine Verwandte, deren Eltern bei einem tragischen Unfall ums Leben gekommen waren. Allein geblieben sei dabei dieses Häufchen Mensch namens Lina.

Mit Ausweispapieren, die sich von echten nicht unterschieden, dachte sich der Major.

»Ein Autounfall?«, hatte der Rektor gefragt.

Der Major hatte genickt.

»Sie fahren in diesem Land wie die Verrückten«, hatte der Schulleiter noch gemurmelt. Dann war die Anmeldung beendet.

»Deine Beförderung steht im Raum«, sagte der Generalleutnant, »aber es sind schwierige Zeiten, die Entscheidungen sind delikat. Wen übergeht man? Wer kriegt ein Zuckerl? Das größte Problem der Armee ist, dass man alle zufriedenstellen muss. Aber du bist ja zufrieden, für dich brauchen wir nichts extra zu tun. Du bist's von Natur aus. Immer zufrieden, immer fröhlich, nicht wahr?« Der Generalleutnant nahm einen Schluck Cognac.

»Es sind schwierige Zeiten«, sagte der Major. »Das ist so.«

Er hatte Lina erklärt, dass sie ihre Vergangenheit nicht nur verschweigen müsse, es sei sogar besser, diese Vergangenheit ganz zu vergessen. Sie musste lernen, nichts von sich zu erzählen. Die anderen würden das nicht einmal merken, solange sie freundlich blieb. Das Wichtigste sei, normal zu sein, ganz normal, so wie er. Unauffällig. Ein Lamm unter Lämmern, ein Wolf unter Wölfen.

»Es gibt Leute, die dich einen komischen Kauz finden«, sagte der Generalleutnant. »Schwierig, unnahbar. Aber denen sage ich immer, sie sollen Geduld haben, sie müssten dich besser kennenlernen. Du bist nicht, was du auf den ersten Blick scheinst. Es ist nichts Unnahbares an dir.«

Er sah ihn an, als erwarte er eine Antwort, doch der Major schwieg. Wenn er nicht war, was er auf den ersten Blick schien, was war er dann? Er hatte nicht die geringste Ahnung.

»Anthony«, sagte der Generalleutnant und hielt sein Glas kennerhaft prüfend in die Höhe. Der Cognac hatte eine schöne Farbe im Sonnenlicht, doch nicht einmal die Farbe des Getränks gefiel dem Major. »Ich hab deine Memos gelesen. Und ich kann es nicht anders sagen: Ich bewundere dich, deinen Charakter, deine Fähigkeit, klar zu analysieren, ziemlich klar jedenfalls, eine Fähigkeit, die in dieser Armee viel zu selten vorkommt. In dieser Armee, was sag ich: im ganzen Land.«

Die ganze Zeit hatte der Generalleutnant in sein Glas geschaut, wodurch es aussah, als rede er eigentlich mit dem Cognac.

»Ja«, sagte der Major. Er nahm einen Schluck. »Ehrlich gesagt weiß ich nicht, ob es so viel an mir zu bewundern gibt. Ich mache meine Arbeit. Das ist alles.«

Der Schreibtisch des Generalleutnants war aus schönem Holz. Das ganze Zimmer strahlte eine gewisse Ruhe und Gediegenheit aus, die den Major an bestimmte Hotels erinnerte. Hotels, die er nur selten betreten hatte.

»Aber du hast Feuer«, fuhr der Generalleutnant fort. »Du hast Leidenschaft. Immer bereit für die Sache. Vielleicht ist es das, was manche an dir nicht mögen. Du bist ein Hundertzehnprozentiger, Anthony, und das irritiert manche. Die meisten Leute haben andere Leidenschaften als ihre Arbeit.«

Der Major schüttelte langsam den Kopf. Obwohl er selbst um diese Unterredung gebeten hatte, nahm das Gespräch eine andere Wendung, als er gedacht hatte. Er war auf viel vorbereitet gewesen, nicht jedoch darauf, dass er gezwungen sein würde, über sich und seine Leidenschaften zu sprechen.

»Ich versuche nur, meine Arbeit anständig zu machen«, sagte er, den schweren Geschmack des Cognacs im Mund. »Die Arbeit macht mir mehr Freude, wenn ich sie gut mache. Eigentlich bin ich ein ganz einfacher Kerl. Früher dachte ich mal, was Besonderes zu sein, wie alle jungen Burschen, aber ich habe gemerkt, dass das nicht stimmt. Ich bin ganz gewöhnlich. Wahrscheinlich bin ich darum auch noch kein Oberstleutnant, ich bin zu gewöhnlich dazu.«

Während er das sagte, musste er an Lina denken. So gewöhnlich war er in Wirklichkeit gar nicht. Dass er das Gesetz übertreten hatte, unterschied ihn von den anderen.

Der Generalleutnant wirkte plötzlich zerstreut, als ob das Gespräch ihn nicht mehr interessierte. Er setzte die Lesebrille auf, las etwas und schaute den Major erstaunt an.

»Ich habe deine Memos mit dem Generalstab besprochen«, sagte er nach einer kurzen Pause, »und im Prinzip sind wir ganz deiner Meinung. Wir finden, du hast vollkommen recht. Im Prinzip.« Der Generalleutnant lächelte entrückt, als müsse er an einen schönen Moment in seinem

Leben denken, der zwar leider vorbei war, aber noch immer lebendig in seiner Erinnerung. Offenbar konnte er die Erinnerung förmlich riechen, denn er schnaufte und leckte sich die Lippen.

»Die Versorgung der Truppen in den nördlichen Provinzen hat absolute Priorität«, fuhr der Generalleutnant fort. »Auch die Außenposten müssen versorgt werden. Sicher. Gerade die. Es ist unsere Pflicht, die Truppen zu versorgen, wo auch immer sie sich befinden. Wir lassen niemanden im Stich. Aber wie du ja – besser als viele andere – weißt, ist in den vergangenen Wochen kein einziger Konvoi mehr durchgekommen. Die Aufständischen, die Terroristen, die kriminellen Elemente in unserer Gesellschaft, unterstützt von kriminellen Elementen aus dem Ausland, haben es de facto unmöglich gemacht, unsere Truppen in einigen Außenposten zu beliefern. Selbstverständlich ist das nur vorübergehend. Aber bis dahin … Der Generalstab trägt die Verantwortung für alle, nicht nur für die Truppen in einigen isolierten Posten.«

Die Lesebrille wurde abgesetzt, das Cognacglas gehoben. Der offizielle Teil des Gesprächs war offenbar beendet.

Doch nicht für den Major. »Wie Sie vielleicht in meinen Aktennotizen gelesen haben …«

»Du – wie du gelesen hast.«

Eine Sekretärin brachte den Kaffee. Der Major wartete, bis sie das Zimmer wieder verlassen hatte. Sie war jung und auf seltsame Weise attraktiv. Nicht, dass sie schön war, sie war zu mollig, ihre Lippen waren zu rot, und sie benutzte viel zu viel Puder. Sie war anziehend aufgrund ihrer Funktion. Ihre Uniform, ihr Lächeln, ihr vom Staat ausgesuchter und bezahlter

Rock, das alles machte sie anziehend. Das Verlangen, sie zu besitzen, auch wenn sie sich zunächst wehren sollte, befiel für einen Moment den Major. Wie Verdächtige wehrten Frauen sich manchmal. Als er den Gedanken vertrieben hatte, konnte er sich wieder auf den eigentlichen Zweck seiner Unterredung konzentrieren.

»Wie du vielleicht gelesen hast, bin ich der Meinung, dass bei der Belieferung der Posten logistische Fehler gemacht wurden. Mit Unterstützung aus der Luft, der richtigen Vorbereitung und dem richtigen Material hätte ein Konvoi realistische Chancen durchzukommen.«

Der Generalleutnant setzte sein Glas ab und hob es sofort wieder. Die Sonne schien dem Major direkt ins Gesicht, so dass er leicht blinzeln musste, um den Generalleutnant richtig zu sehen.

»Ich weiß deine Treue zur Truppe zu schätzen, ebenso wie deinen Einsatz bei der Bekämpfung krimineller Elemente in der Gesellschaft. Gäbe es nur mehr Leute wie dich. Dann wären viele Probleme in diesem Land schnell gelöst. Aber mein Kollege von der Luftwaffe hat mir unmissverständlich zu verstehen gegeben, dass er nicht vorhat, auch nur einen einzigen Hubschrauber inklusive Bemannung zu opfern, bloß um achtzig Mann zu retten. Das hat er nicht vor, Anthony. Ich meine, weißt du, wie wenige Hubschrauber wir bloß noch besitzen? Weißt du, wie viele sie uns schon runtergeschossen haben?«

»Hundertfünfundvierzig.«

»Hundertfünfundvierzig Hubschrauber? Wovon redest du?«

»Hundertfünfundvierzig Mann«, sagte der Major, plötzlich auffallend selbstsicher. »Davon reden wir. Inklusive zehn Verwundeter. Die müssen dringend versorgt werden.« Es erstaunte den Major, dass der Generalleutnant das nicht wusste, der Generalleutnant war bekannt für seine Faktenkenntnis. Es ärgerte ihn sogar. Er bereitete sich gut vor, das erwartete er auch von anderen. »Hundertfünfundvierzig Mann sind noch übrig, und täglich werden es weniger.«

Eine Wolke hatte sich vor die Sonne geschoben, wodurch der Major wieder normal sehen konnte. Er nahm den Zucker, den die Sekretärin in einer großen Dose auf den Tisch gestellt hatte, tat einen Löffel voll in seine Tasse und rührte behutsam um. Das Selbstvertrauen, von dem er immer fürchtete, es könnte Übermut sein, war wieder verschwunden. Was davon übrig blieb, war die alltägliche Scham, an die er sich gewöhnt hatte wie an den eigenen Körper mit dem verdorbenen Samen.

»Könntest du mir dann bitte sagen«, fragte er, »wie du das Problem zu lösen gedenkst? Was denkt der Generalstab darüber? Wie will der das Problem lösen?«

Der Generalleutnant schaute aus dem Fenster, als erwarte er, dort eine Antwort zu finden. Der Major folgte seinem Blick. Doch dort war nur Himmel. Ein paar Wolken und sonst blauer Himmel. Ein überraschend schöner Tag mitten in der Regenzeit.

»Schau, Anthony«, sagte der Generalleutnant langsam, als sei er ein wenig betrunken, »alle Moral lässt sich einteilen in praktische und offizielle Moral. Die offizielle Moral lehrt uns, dass wir alles unternehmen müssen, um unsere Truppen an abgelegenen Posten in den Nordprovinzen zu versorgen. Die praktische Moral sagt mir, dass, wer zu einem

Opfer gezwungen ist, sich immer für das kleinere zu entscheiden hat. Das ist die praktische, die wirkliche Moral. Gefühlsduselei ist keine Moral, nur Manipulation. In einer Demokratie vielleicht notwendig, aber die Armee funktioniert anders, wie du selbst besser weißt als jeder andere, die Armee funktioniert nach eigenen Gesetzen. Wir sind der Wachhund der Demokratie. Solange wir bellen, lebt die Demokratie. In der Vergangenheit haben sie uns einen Maulkorb verpasst, darum sitzen wir jetzt im Schlamassel.«

Der Major nahm einen Schluck von seinem Kaffee und merkte, dass er zu wenig Zucker hineingetan hatte. Es schien ihm ungehörig, ein zweites Mal nach der Zuckerdose zu greifen. Vielleicht half besseres Rühren. Er nahm seinen Kaffeelöffel, während er entgegnete: »Ehrlich gesagt – ich muss zugeben, dass ich deine Meinung nicht teile.«

Die Stimme des Majors klang hoch und schrill. Ihn ekelte vor der eigenen Stimme. »Es gibt die reale Chance, einen Konvoi durchzubringen. Ich habe die Hinterhalte, in die die vorigen Konvois geraten sind, analysiert. Ich habe Schlussfolgerungen gezogen, Vorschläge gemacht. Ich habe beschrieben, was wir an Ausrüstung brauchen. Ich meine ... Wir können doch hundertfünfundvierzig Mann nicht ihrem Schicksal überlassen. Auch aus praktischen Gründen. Das würde zu völliger Demoralisierung führen. Und wie viel würde das erst auf lange Sicht kosten? Es wäre eine Katastrophe, wenn es herauskäme. Wenn das je auffliegt.«

Der Generalleutnant beugte sich vor, als sei ihm etwas Wichtiges eingefallen. Dann sank er wieder in seinen Lehnstuhl zurück. Er fasste sich ans Kinn.

»Aber Anthony«, sagte er, »die Armee ist doch schon demoralisiert. Sie ist ein Spiegel der Gesellschaft. Kein getreuer Spiegel, das wär auch unmöglich. Krüppel brauchen wir nicht. Die Demoralisierung ist aber das Schlimmste. Wir sind ein demoralisiertes Land mit einer demoralisierten Armee und einer demoralisierten politischen Führung. Wenn künftige Generationen von Demoralisierung reden, werden sie uns als Beispiel benutzen. Ein Viertel, nein, ein Drittel der Armee ist nicht einsatzbereit, und nicht, weil das Material veraltet wäre, nein: weil die Jungs nicht mal als Verkehrspolizisten einsetzbar wären. Ich werde keine Eliteeinheit für ein Himmelfahrtskommando opfern. Wir müssen unsere Verluste dort oben akzeptieren und auf ein Wunder hoffen. Wir hoffen auf ein Wunder. So hat es der Generalstab beschlossen.«

Der Major nahm einen Schluck Kaffee. Die Brühe war viel zu stark.

»Das kann ich den Männern nicht sagen, die mich jeden Tag anfunken«, sagte er. »Täglich schicken sie mir Berichte, bitten mich um Verstärkung, um Lieferungen oder wenigstens einen Verwundetentransport.« Die Stimme des Majors klang flehend, flehend und schwach, und einen Moment fragte er sich, warum er um diese Unterredung gebeten hatte. Warum hatte er es nicht beim Schreiben einiger Aktennotizen belassen, wie er es im Grunde seit Jahren schon tat?

Das Telefon des Generalleutnants läutete. Er nahm ab und sagte in anderem Ton: »Jetzt nicht. Ich rufe zurück.« Dann wandte er sich wieder lächelnd an den Major. »Schau, Anthony«, sagte er, »deine Leidenschaft ehrt dich. Sie macht dich schwierig im Umgang, und sentimental, aber sie ehrt dich. Aber ich darf den Gefühlen nicht nachgeben. Wir dürfen den Gefühlen nicht nachgeben. Ich stehe auf Seiten der Moral, und die beruht auf Fakten, sie ist glasklar. Und diese Moral sagt mir, dass ich keine unnötigen Opfer bringen darf. Dass ich mir das nicht leisten kann. Ich trage eine Verantwortung, die meine Gefühle übersteigt. Wir müssen die Frühjahrsoffensive noch etwas verschieben. So leid es mir tut.«

Als er hörte, dass man ihn sentimental nannte, beschlich den Major zum x-ten Mal das Gefühl, dass sie alles wussten.

So ging das bei der Armee. Es war schwierig, ein Geheimnis zu bewahren.

»Ich bin kein sentimentaler Mensch«, sagte er und trank seinen Cognac in einem Zug. Wenn er es jetzt nicht tat, würde es nie mehr was, das Zeug musste weg. Der Alkohol brannte, doch genauso quälte ihn dieses Gespräch. »Ich bin ein sachlicher Mensch. Ich habe Leidenschaften, aber außerhalb meiner Dienstzeit.« Er dachte an seinen Swimmingpool. Den Springbrunnen. Den Springbrunnen mit Meerjungfrau, den er sich bald würde leisten können. Er sagte: »Ich habe um dieses Gespräch gebeten, um über bestimmte operationstechnische Probleme zu sprechen, und die Auskunft, dass diese Probleme nicht lösbar sein sollen, finde ich, bei allem Respekt, inakzeptabel. Wir lassen keine Truppenteile im Stich, nur weil … weil wir denken, es wäre besser so.«

Er verstummte, obwohl er noch zahllose andere Sätze und Argumente im Kopf hatte. Er konnte nicht mehr. Er war erschöpft.

Der Generalleutnant schenkte dem Major nach, obwohl dieser abwehrte.

»Ich will mich nicht hinter Zahlen verstecken«, sagte der Generalleutnant, so leise, dass der Major sich vorbeugen musste, um ihn zu verstehen, »aber ich werde keine unnötigen Verluste eingehen, ich gönne dem Feind keinen Sieg, der sich hätte vermeiden lassen. Ich kenne den Zustand dieser Armee, und ich sage dir, dass deine Pläne nicht realistisch sind. Die Ehre und der Kodex, auf die du dich berufst, stammen aus einer anderen Zeit, einer anderen Welt. Einer Welt, die nicht mehr real ist, wenn es sie je gegeben hat. Wenn du partout den Helden spielen willst, mach das lieber in deiner Freizeit.«

Die letzten Worte verletzten den Major so tief, dass er auch das zweite Glas Cognac in einem Zug leerte. Er griff danach wie nach einem Strohhalm.

Er spürte, wie ihm übel wurde. So sahen die anderen ihn also, als jemanden, der den Helden spielen wollte und das besser in seiner Freizeit tun sollte. Als Poseur. Ein Mann, der keine andere Passion kannte als seine Arbeit, der aus der Arbeit seine Leidenschaft gemacht hatte, aus Mangel an Phantasie, weil ihm nichts Besseres einfiel, weil sonst in ihm alles leer war.

»Ich habe überhaupt nicht das Bedürfnis, den Helden zu spielen«, stieß er hervor. »Ich habe meine Meinung geäußert, weil ich dachte, das ist in meiner Position meine Pflicht, weil ...«

Er brach mitten im Satz ab.

Der Generalleutnant schenkte dem Major noch einmal nach, stellte die Flasche hin und schlug mit der flachen Hand auf den Tisch. »Aber wenn du wirklich alles auf eine Karte setzen willst, wenn der Erfolg dieser Unternehmung allein von dir abhängt, warum sollte ich dich dann aufhalten?«, rief er begeistert. »Wenn du tatsächlich meinst, dass du mit einem Konvoi durchkommst, dann versuch's. Warum sollte ich einen pflichtbewussten Major aufhalten? Durchstoß die feindlichen Linien. Vielleicht sind meine Einschätzungen falsch, vielleicht hast du recht. Wer kann deine Erkenntnisse besser in die Tat umsetzen als du?«

Der Major lachte gequält. Er dachte, dass sich der Generalleutnant mit ihm einen Scherz erlaubte, ein Gefühl, das er schon seit längerem hatte. »Wie meinst du das?«, fragte er. Seine Kehle brannte. Er tupfte sich den Mund mit dem Taschentuch ab. Seine Lippen klebten. Eine leichte Migräne kündigte sich an.

Der Generalleutnant nahm die Zigarre, und endlich zündete er sie an. Es dauerte eine Weile, bis sie brannte. Die ganze Zeit über dachte der Major nicht an den Konvoi, nur an Lina. Wenn sie nicht gewesen wäre, hätte er es auch diesmal beim Schreiben einiger Aktennotizen belassen. Er war ein Mensch, der – in vorsichtigen Formulierungen, versteht sich – den Vorgesetzten gegenüber Kritik äußerte, er schickte Memos herum und wartete auf eine Reaktion. Ob die nun kam oder nicht, das lag außerhalb seiner Verantwortung. Er ließ sich ohne Murren auf Einsätze schicken, für die andere Majore sich vermutlich zu gut waren, doch auch hier lag die Entscheidung nicht bei ihm. Ihm war wichtig, dass das Nötige getan wurde. Es befriedigte ihn zu wissen, dass seine Arbeit mehr war als ein Bürojob.

»Wenn es jemanden gibt, der mit einem Konvoi die feindlichen Linien durchbrechen kann, dann bist du das«, sagte der Generalleutnant. »Ich kenne niemanden, der mit so viel

Feuer über dieses Thema redet wie du. Natürlich wird die Operation geheim bleiben müssen, ich kann das vor der Öffentlichkeit nicht verantworten. Eine Operation, die es für mich nicht gibt und auch nie gegeben haben wird. Aber ich wag's, ich vertraue dir, Anthony. Sag mir, was du an Männern und Ausrüstung benötigst, und wenn deine Wünsche sich in vernünftigen Grenzen halten, werde ich sie erfüllen. Denk nur daran, dass du auf Luftunterstützung nicht zu zählen brauchst. Auf die Luftwaffe dieses Landes braucht niemand zu zählen.«

Der Generalleutnant brach in so lautes Gelächter aus, dass er fast daran zu ersticken drohte. Der Major sah ihn voll Abscheu an. Nur gut, dass die meisten Militärs diesen Anblick niemals zu sehen bekämen.

»Aber auf mich kannst du zählen«, sagte der Generalleutnant, nachdem er endlich zu Ende gelacht hatte. »Es bleibt unter uns, aber auf mich kannst du zählen.«

Der Major spielte mit seinem Löffel. Den Kaffee konnte er nicht trinken, doch höflichkeitshalber hatte er ihn ab und zu umgerührt.

»Und wann?«, fragte er. »Ich meine, wann genau …«

»Heute ist Mittwoch. In einer Woche. Donnerstagmorgen. Das sollte uns ausreichend Zeit lassen, alle Vorbereitungen zu treffen.«

Die Zigarre des Generalleutnants war ausgegangen, er unternahm keinen Versuch, sie wieder anzuzünden. »Wer Leben retten will, Anthony«, sagte er, »darf nicht zu lange zögern. Vielleicht solltest du mit deinem Konvoi sogar schon früher aufbrechen. Aber das überlasse ich dir. Es ist deine Operation, du führst sie durch, wie es dir richtig erscheint.«

Der Generalleutnant stand auf. Der Major folgte dem Beispiel. »Ich vertraue dir«, sagte der Generalleutnant, während er auf seinen Untergebenen zuging. »Solche wie dich gibt es nicht mehr viele. Offiziere von altem Schrot und Korn. Zum militärischen Handwerk gehört Hoffnung. Mut. Mitgefühl. Vielleicht haben manche von uns das vergessen. Vielleicht lassen wir uns zu sehr von den praktischen und rationalen Seiten unseres Berufs in Beschlag nehmen. Haben wir nicht alle geschworen: ›Fürs Vaterland bis in den Tod‹? Bei vielen meiner Kollegen hab ich den Eindruck, dass sie das Vaterland lieber für sich sterben lassen, um selber am Leben zu bleiben. Du bist nicht so, Anthony. Du bist anders.« Der Generalleutnant wirkte gerührt.

Was war so rührend an dem Eid, den sie geschworen hatten?, dachte der Major. Der Tod, zu dem sie sich bereit erklärt hatten, war nur theoretisch. Solange man lebte, war Reden über den Tod reine Theorie. Der Major war nicht viel anders als alle anderen. Es gab engagierte und weniger engagierte Militärs. Er gehörte zu den engagierten. Das war alles.

Der Generalleutnant legte dem Major die Hände auf die Schultern und drückte ihn an sich. Einen Moment roch der Major dessen Schweiß. Vermischt mit ziemlich penetrantem Deodorant.

»Wenn unsere Demokratie stirbt«, sagte der Generalleutnant, während er den Major an sich gedrückt hielt, »liegt das daran, dass sie uns nicht rechtzeitig haben zubeißen lassen. Aber noch ist nicht alles verloren. Unkraut kann man jäten. Die Materialisten werden ihren Hochmut ablegen, die Dekadenten mit hängenden Ohren um Verzeihung flehen. Wir werden die Feinde der Freiheit behandeln, wie ich das Unkraut in meinem Garten behandle, ich jäte, jäte, bis zum Umfallen, bis kein Halm Unkraut mehr übrig ist.«

Endlich ließ der Generalleutnant den Major los. Der Generalleutnant trat einen Schritt zurück.

»Nächste Woche Donnerstag, in aller Frühe. Morgen im Laufe des Tages höre ich, was du deiner Einschätzung nach brauchst. Offiziell wird kein Konvoi die Kaserne verlassen. Offiziell halten wir an der Überzeugung fest, dass wir kleine Opfer bringen müssen, um große Verluste zu vermeiden. Offiziell, Anthony, existiert deine Mission nicht, aber inoffiziell hast du meine volle Unterstützung. Manchmal muss man etwas wagen, damit dieses Land nicht auseinanderbricht, von Barbaren übernommen wird, Fundamentalisten, die unsere Tradition hassen, weil sie selbst keine haben. An meinem Garten sehe ich aber, dass Hoffnung sich lohnt. Wenn die Bürger ihren Garten jäten würden, wenn die, die noch nicht demoralisiert sind, eine Lösung fänden für die demoralisierten, die mit ihrem defätistischen Geschwätz letztlich dem Feind zuarbeiten, dann hätten wir eine Zukunft. Wie eine Firma Arbeitskräfte entlässt, so muss auch der Staat ab und zu Bürger loswerden, die ihre Bürgerpflichten vernachlässigen, ihre eigene Demoralisierung zum Götzen erheben, die nichts anderes ausleben als ihre eigene Demoralisierung. Ist das schwierig? Ja, sehr schwierig. Ist es schmerzhaft? Ja, tausendmal ja. Aber die Frage ist doch: Ist es vernünftig? Und wenn ich mir meine Kinder ansehe und an meine Enkel denke und an die Enkel meiner Enkel, dann sage ich: Es ist sehr vernünftig.«

Der Major knetete seine Hände. Er konnte sich auf die Ergüsse des Generalleutnants nicht mehr konzentrieren.

»Na, ich rede zu viel. Aber was ich sagen wollte: Wenn irgendjemand es schafft, dann bist du es. Hast du nicht längere Zeit in den Bergen gedient? Es gibt offizielle und inoffizielle Versionen der Wahrheit. Bist du nicht der Idealtyp des Militärs, der die inoffizielle Wahrheit vertritt?«

»Ein Weilchen«, sagte der Major, »war ich in den Bergen. Lange her. Vielen Dank aber für Ihr Vertrauen. Ich werde Sie nicht enttäuschen. Danke für die Chance, die Sie mir bieten.«

War es eine Chance? So hatte er es eigentlich noch gar nicht betrachtet. Er dachte an die Worte »inoffizielle Version der Wahrheit«. Eine dieser Versionen war seine, und der Generalleutnant wusste es.

Soweit er überhaupt noch gezweifelt hatte, jetzt war er sich sicher: Sie wussten alles. Er wartete darauf, dass der Generalleutnant noch etwas sagte, ein abschließendes Wort, doch es schien nichts mehr zu kommen. Der Generalleutnant stand mit seiner erloschenen Zigarre vor ihm und schwieg.

»Gut«, sagte der Major schließlich, »dann melde ich mich also morgen, im Laufe des Tages. Ich werde mitteilen, was ich voraussichtlich brauche. Innerhalb vernünftiger Grenzen natürlich.«

»Ich habe gehört, dass ihr einen kleinen Gast zu Hause habt«, sagte der Generalleutnant jetzt, als hätten sie die ganze Zeit fröhlich miteinander geplaudert, als hätten sie von ganz anderen Dingen geredet.

»Eine entfernte Cousine«, sagte der Major. Er fuhr sich über den Kopf. Der Geschmack des Cognacs war immer noch in seinem Mund. »Ihre Eltern sind bei einem Unfall ums Leben gekommen.«

»Tragisch. Was für ein Unfall?«

»Ein Verkehrsunfall.«

Der Generalleutnant nickte. »Du bist für solche Fälle prädestiniert, Anthony. Ich habe dich immer für den idealen Stiefvater gehalten.« Er schaute fast freundlich.

»Wie das?«, fragte der Major.

»Du bist ein gewissenhafter Mensch, keiner, der unnötig Risiken eingeht. Darum habe ich beschlossen, dir diese Chance zu geben. Du bist nicht der ruchlose Typ, kein Hasardeur. Und auch kein schräger Vogel, meiner Meinung nach.«

Der Major schüttelte langsam den Kopf. »Ich glaube, ich verstehe nicht ganz«, sagte er leise und schnell, als wäre es ihm nur herausgerutscht.

»Man hört so dies und das, im Offizierskasino und auf dem Flur«, sagte der Generalleutnant. »Major Anthony ist so ein schräger Vogel, der Anthony ist ein komischer Kauz, kann nicht mal den Krieg zu Hause gewinnen. – Nichts da! Sie schauen nicht richtig hin. Die Leute sind zu sehr mit sich selber beschäftigt. Du bist engagiert, pflichtbewusst, pünktlich, dazu ausgebildet, etwas zu tun, und das tust du auch wie kein Zweiter. Aber vergiss nicht: Wer beim Barbier sitzt, soll sich nicht rühren.«

Der Major nickte, als habe er verstanden. Doch in Wirklichkeit verstand er kein Wort. »Was meinen Sie mit ›beim Barbier sitzen‹?«, fragte er.

»Du – ›Was meinst du‹, Anthony.«

»Was meinst du mit ›beim Barbier sitzen‹?«

Der Generalleutnant lachte. »Alles im übertragenen Sinne«, sagte er. »Ich dachte an Verdächtige, die reinkommen und anfangen, sich endlos zu beschweren. Die verstehen auch nicht, dass man beim Barbier besser stillhält. Es passieren Unfälle, wenn man zu viel aufmuckt.«

»Ja«, sagte der Major, »das ist wichtig. Stillsitzen, wenn man beim Barbier ist.« Er blieb noch ein paar Sekunden stehen, dann verließ er das Zimmer. Er ging geradewegs in sein Büro, wo er sich die Uniformjacke auszog. Er setzte sich an den Schreibtisch und hielt sich den Kopf. Vor ihm unter den Akten lagen die Kopien seiner letzten Memos.

Er nahm sein Adressbuch und blätterte hastig, doch konzentriert, bis er die Nummer fand, die er suchte. Einen Moment zögerte er. Vielleicht war es übertrieben, vielleicht sah er Gespenster und war es besser, alldem weiter keine Beachtung zu schenken.

Dann rief er einen Freund an, mit dem er zusammen auf der Akademie gewesen war und der jetzt für eine Abteilung des militärischen Sicherheitsdienstes arbeitete. Den Hörer in der Hand, fragte er sich, ob es wirklich ein Freund war. Guido war sein Trauzeuge gewesen, doch das war einige Zeit her. Letztlich war Guido vielleicht doch eher ein Bekannter.

Der Freund, der mehr Bekannter als Freund war, schien erstaunt, die Stimme des Majors zu hören. Sie hatten sich aus den Augen verloren. Auf Geburtstagen waren sie sich noch hin und wieder begegnet, doch der Major hatte schon einige Jahre seinen Geburtstag nicht mehr gefeiert und seitdem auch die Geburtstage anderer Leute nicht mehr besucht.

»Störe ich, Guido?«, fragte der Major. »Anthony am Apparat.«

Guido verneinte. Er fragte, wie es ihm ging.

»Prima«, sagte der Major.

»Gibt es einen speziellen Grund für deinen Anruf?«

»Ja«, sagte er. »Ich muss dich was fragen, was nicht so gut am Telefon geht. Etwas Persönliches.«

»Ein Heiratsantrag?«, fragte Guido lachend.

»Ja«, sagte der Major. »So was Ähnliches.«

Sie verabredeten sich für in zwei Tagen in der Innenstadt zum Kaffee. Der Major hatte kaum zu drängen brauchen.

Als er aufgelegt hatte, holte er aus einer Schublade ein Polaroidfoto von Lina, sich und seiner Frau, aufgenommen auf der Plaza Mayor der Stadt. Sonntags standen dort immer Männer mit Polaroidkameras, die gegen geringe Bezahlung Fotos von einem machten. Manchmal verkauften sie auch Ballons.

Er nahm ein Vergrößerungsglas und studierte das Foto. Sehr scharf war es nicht. Weder Lina noch seine Frau lachten. Sie schauten den Fotografen ernst, fast angespannt an. Er selbst versuchte zu lächeln, doch es sah aus wie ein nervöses Zucken.

Das Foto hatte nichts Seltsames oder Verdächtiges an sich. Sie waren vielleicht nicht die glücklichste Familie der Stadt, aber sie waren eine Familie. Innerhalb kurzer Zeit hatte er eine Familie zusammenbekommen. So würde es ihm auch gelingen, innerhalb kurzer Zeit einen Konvoi zusammenzukriegen.

Ein paar Sekunden blieb der Major mit dem Foto in der Hand sitzen. Das hier war seine Familie. Er legte das Foto in die Schublade zurück, in eine Biographie über Napoleon, die er nach altem Brauch letztes Jahr zum Vatertag von Paloma bekommen hatte. Damals war er noch nicht Vater gewesen.

2

Der Major hatte Schwimmflügel für Lina gekauft, schon vor über einer Woche. Jetzt planschte sie endlich im Wasser, in seinem Pool. Noch etwas unbeholfen, etwas unsicher, aber sie planschte. Vielleicht war es sogar mehr als planschen, schon fast schwimmen.

Mit Mühe hatte er sie überredet, seinen Pool zu benutzen. Davor hatte sie das Wasser nur schüchtern beäugt. Sie hatte den Pool immer wieder umkreist, fünf-, sechsmal. Wie ein Tier im Käfig war sie um das Becken herumgestrichen.

Er hatte schon früher versucht, Lina ins Wasser zu locken. »Geh ruhig rein«, hatte er gesagt. »Es ist herrlich. Ich hab den Pool auch für dich gebaut. Das Wasser ist nicht kalt.« Sie hatte sich immer geweigert. Bis heute Nachmittag. Sie hatte sich überreden lassen, hatte gesagt: »Ist gut.« Und sie hatte sich ausgezogen. Weil sie noch keine Badekleidung hatte, schwamm sie in der Unterhose.

In einer Stunde wäre die Sonne hinter den Bergen verschwunden, dann war es zu kalt für ein Kind, noch weiter zu schwimmen. Er verfolgte ihre Bewegungen vom Beckenrand aus, während sie durchs Wasser glitt. Gleiten war vielleicht ein zu großes Wort. Es war immer noch mehr Wassertreten als Schwimmen, aber sie würde es lernen. Sie lernte ja schnell.

Ab und zu rief er: »Gut so! Sehr gut, wie du das machst!«

Der Pool war nicht groß, doch nach drei Bahnen wollte Lina sich ausruhen. Sie hing am Beckenrand.

Der Major bückte sich. »Und – hat's dir gefallen?«, fragte er.

Sie rieb sich mit einer Hand die Augen und spuckte Wasser. Sie nickte vorsichtig, als sei sie nicht sicher, welche Antwort die richtige war.

Die Frau des Majors war zusammen mit der Haushälterin in der Küche. Die Haushälterin und seine Frau waren Freundinnen, könnte man sagen. Die Grenze zwischen Angestellter und Freundin hatte sich nach und nach verwischt.

Das Personal war letztlich der beste Freund. Freunde kamen und gingen, verschwanden, doch Personal blieb einem treu. Der Gärtner, die Haushälterin: ihre besten Freunde waren es geworden, allen Erwartungen zum Trotz.

»Nächste Woche bin ich nicht da«, sagte der Major zu seiner Tochter. »Dass du's schon mal weißt. Du wirst hier ein Weilchen allein sein.«

Sie nickte, so schien es jedenfalls dem Major. Er ging in die Hocke und streckte die Hände Richtung Schwimmbecken aus, nach seinem Kind, das er nach außen als »entfernte Cousine« verkaufte.

»Hörst du?«, fragte der Major sicherheitshalber.

»Ja«, sagte sie. »Ja, Señor.«

»Du bist ein paar Tage allein mit meiner Frau, aber das ist nicht schlimm. Sie gewöhnt sich langsam an dich. Ich wusste, dass das geschehen würde. So was braucht Zeit bei einer Frau. Bei Männern ist das anders. Bei mir jedenfalls. Ich hab dich gesehen und wusste sofort: Du bist es, du gehörst zu mir. Willst du aus dem Wasser? Hast du genug geschwommen?«

Sie hielt sich mit beiden Händen am Beckenrand fest. Die Schwimmflügel waren orange.

Er fragte sich, wann er zum letzten Mal in seinem Pool geschwommen hatte. Eigentlich schwamm er sehr selten darin. Er kümmerte sich um die Pflege – wie er zugeben musste, hatte er ihn vor allem in der Hoffnung gebaut, dass andere sich daran freuen würden.

»Soll ich dich aus dem Wasser holen?«, fragte der Major.

Sie nickte.

Er packte sie an den Armen. Dann zog er sie aus dem Wasser und trug sie zu einem Stuhl neben dem Becken, wo schon ein Handtuch bereitlag. Es war ein Handtuch seiner Frau, rosa. Seine Frau hatte rosa und gelbe Handtücher, er grüne und blaue. Sie ekelten sich nicht voreinander, aber so hatte die Haushälterin es beschlossen. Es gab Gepflogenheiten, die unbemerkt zu festen Regeln geworden waren, zu Gesetzen.

Der Major nahm Lina die Schwimmflügel ab und begann, das Kind trockenzurubbeln. Bis vor ein paar Wochen hatte er noch nie ein Kind abgetrocknet, ja überhaupt keinen anderen Menschen. Ab und zu hatte er seiner Frau ein Handtuch gereicht, doch dabei war es geblieben.

In Filmen hatte er ein paarmal gesehen, wie Geliebte sich gegenseitig abtrockneten, doch das Erotische daran war ihm verschlossen. Seine Frau hatte ihn niemals darum gebeten, und er hatte nie einen Drang danach verspürt.

Als er frisch bei der Armee war, hatte er seine Waffe erotisch gefunden. Nach dem Putzen hatte er sie ab und zu gedankenverloren, doch mit unverkennbarer Zärtlichkeit gestreichelt. Wenn er sich einsam fühlte, hatte er sogar mit ihr geredet wie andere Leute mit ihrem Haustier. Doch in dem Maße, wie er sich mehr und mehr aufs Schreiben von Aktennotizen verlegt hatte, war die Erotik seiner Waffe geschwunden, hatte an Kraft eingebüßt. Er war ihr entfremdet. Auf den Schießplatz ging er immer häufiger nur noch aus Pflichtgefühl, obwohl es ihn nach wie vor stolz machte, wenn er merkte, dass er noch immer gut schoss. Doch es gab auch Tage, an denen er sich nicht konzentrieren konnte. Wenn er dann zielte, war es mit einem gewissen Zögern, als hätte er den Ehrgeiz verloren zu treffen.

»Und – in der Schule alles in Ordnung?«, fragte er, während er Lina weiter trockenrubbelte.

Wieder nickte sie.

»Stellen sie dir komische Fragen?«, wollte er wissen.

Sie schüttelte den Kopf. Was für komische Fragen sollten sie ihr auch stellen? Solange sie keinen Verdacht schöpften, fragten sie nichts. Für außergewöhnliche Neugier mussten auch außergewöhnliche Gründe vorliegen.

»Die Sprache wird zu Anfang etwas schwierig sein, aber das lernst du schnell. In deinem Alter lernt man alles im Handumdrehen. Ich hab mir selbst ein paar Worte Französisch beigebracht, aber da war ich schon älter. Bei mir hat es lange gedauert, aber du bist jung. Bei dir ist es eine Frage von Wochen, höchstens ein paar Monaten.«

Der Major trocknete sie gründlich ab. Wie seine Mutter es immer bei ihm getan hatte: gründlich und etwas ruppig.

»Ich bin ungefähr eine Woche lang weg«, sagte er. »Wenn's kompliziert wird, etwas länger. Du brauchst keine Angst zu haben. Meine Frau ist ja da. Sie wirkt manchmal, wie soll ich sagen … ein bisschen bösartig. Manchmal. Aber das ist sie nicht. Sie ist ab und zu durcheinander, das ist alles. Das Wichtigste ist, dass du dich nicht verplapperst. Wer nichts sagt, kann sich auch nicht versprechen. Wenn die Schule aus ist, kommst du sofort nach Hause. Du fährst mit dem Schulbus. Wenn andere Kinder dich fragen, ob du zu ihnen spielen kommst, sagst du, dass Papa und Mama das nicht möchten. Hier zu Hause bist du am sichersten, vorläufig jedenfalls. Später wird alles anders. Dann darfst du auch mit anderen spielen. Jetzt besser nicht. Wir müssen vorsichtig sein.«

Sie war jetzt ganz und gar trocken. Er legte ihr das Handtuch um die Schultern.

»Du hast es gehört, nicht wahr?«, fragte er. »Du hast mich verstanden?«

Er wollte sie nicht belehren, nur sicher sein, dass seine Ermahnung auch angekommen war.

Durch die Küche ging er mit dem Kind nach oben, auf ihr Zimmer, wo sie immer noch aus der Umhängetasche und dem rosa Koffer lebte, als sei sie hier zu Besuch, als sei sie bald wieder weg. Sie lebte, als könnte sie jeden Moment wieder verschwinden, wie sie gekommen war. Ohne erkennbaren Grund und ohne größere Spuren zu hinterlassen.

»Zieh dich an, Schatz«, sagte der Major. »Wir essen gleich.« Er schloss die Tür zum Kinderzimmer, er war diskret, er ging zurück in die Küche.

»Schatz«, das war so ein Wort, das ihn mit Stolz erfüllte. Dass er es sagen konnte, dass es jemanden in seinem Leben gab, den er »Schatz« nennen konnte.

Das Gesicht der Haushälterin war tief zerfurcht, vertrocknet wie eine Tomate, die lang in der Sonne gelegen hat, doch sie war freundlich, und sie war ergeben. Seit er mit seiner Frau hier wohnte, hatte die Haushälterin ein Zimmer im Keller, schräg unter der Abstellkammer, in der seine Frau ab und zu einige Stunden verbrachte.

Er hatte seiner Frau die Haushälterin zur Hochzeit geschenkt. Zu Anfang hatten seine Eltern noch etwas zu ihrem Lohn dazugegeben.

Sie stand an der Anrichte, sie schnitt etwas klein. Ihr Mann war umgekommen – oder weggelaufen, ganz klar war das nie geworden, es gab verschiedene Versionen. Einen ihrer Söhne kannte der Major seit Jahren. Damals lebte der Kleine zusammen mit seiner Mutter im Keller. Jetzt war er ein junger Mann der schüchternen Sorte und wohnte woanders. Ebenfalls in einem Keller, doch nicht mehr mit seiner Mutter. Er arbeitete als Gärtner. Zum Geburtstag gab der Major ihm immer etwas Geld. Manchmal kam er vorbei und brachte den Garten in Ordnung, ohne etwas dafür zu verlangen. Der Major mochte das nicht. Es war ihm unangenehm, anderen etwas zu schulden.

Der Major ging zum Swimmingpool, doch die Haushälterin rief ihn zurück. »Herr Major«, sagte sie, »ich hab heute Nachmittag Marmelade gekocht, zusammen mit Doña Paloma. Möchten Sie probieren?« Sie zeigte auf ein Einmachglas. Der Inhalt war grün. Sie klang stolz.

»Da bin ich neugierig«, sagte er. »Ich werde sie sicher probieren. Morgen zum Frühstück.«

Er wollte weiterlaufen, doch sie ließ ihn nicht gehen.

»Herr Major«, sagte sie, »das Kind da oben, das Kind, das Sie da haben …«

»Ja?«, sagte er. Er bekam einen sauren Geschmack im

Mund, als hätte er etwas Falsches gegessen. Hatte er ein Kind ›da oben‹? Wie andere einen Papagei, ein Tier, das man eigentlich nicht im Haus halten durfte?

»Das Kind da oben«, sagte die Haushälterin, »sitzt die ganze Zeit nur auf dem Zimmer. Aber so ein Kind will doch viel lieber mit anderen spielen, meinen Sie nicht? Meine Freundin wohnt in der Stadt, sie hat eine fünfjährige Tochter. Vielleicht wär es eine gute Idee, wenn sie mal hierherkäme? Ich kümmere mich schon um die zwei. Ich pass auf sie auf.«

»Lieber nicht«, sagte der Major, »vielen Dank. Lina, so heißt das Kind ›da oben‹, so heißt mein Kind, spielt am liebsten allein. Andere Kinder machen sie nervös. Als ich jung war, konnte ich andere Kinder auch nicht vertragen. Sie hat viel durchgemacht. Darum machen andere Kinder sie nervös. Die haben nicht so viel durchgemacht.«

Der saure Geschmack in seinem Mund war immer noch da. Er hatte das Bedürfnis auszuspucken.

»Herr Major«, sagte die Haushälterin, »ein Kind muss spielen.«

»Aber sie spielt doch«, sagte er. »Sie spielt. Und sie singt.«

Letzteres stimmte. Sie sang ziemlich viel, wenn sie allein war. Vor dem Schlafengehen und frühmorgens. Wenn sie im Garten war und um das Schwimmbecken herumlief. Immer wieder hörte man sie singen.

Er legte der Haushälterin die Hand auf die Schulter. »Lina«, sagte er, »Lina geht es ausgezeichnet.«

Die Haushälterin sah ihn an. »In fünf Minuten ist das Essen fertig«, sagte sie.

Mit wütenden Schritten ging der Major zum Swimmingpool, doch als er dort angekommen war, hatte er vergessen, was er hier eigentlich wollte. Er stellte den Stuhl, auf dem Linas Handtuch gelegen hatte, gerade hin. Er setzte sich, hob die Schwimmflügel auf und ließ die Luft langsam heraus. Dann faltete er sie zusammen.

Wenn er die richtige Ausrüstung und die richtigen Leute bekäme, könnte der Konvoi durchkommen, daran zweifelte er nicht. Scheitern war keine Option. Eine zweite Chance würde er nicht bekommen.

Durchs Fenster sah er seine Frau im Wohnzimmer sitzen, das auch als Esszimmer diente. Sie saß schon am Tisch. Sie rührte sich nicht, mit vor der Brust verschränkten Armen. Sie sah ihn nicht. Er dachte an das Gespräch mit dem Generalleutnant. Vielleicht sollte er sich wirklich über die ihm gebotene Chance freuen. Wenn der Konvoi unter seiner Führung durchkäme, würde man ihn anders beurteilen. Dann bräuchte er sich auch weniger Sorgen um Lina zu machen, hätte er mögliche Fehler aus seiner Vergangenheit ausgebügelt. Man würde ihm alles verzeihen.

Der Major stand auf und ging ins Haus. Vom Flur aus rief er: »Lina, essen!« Ohne auf Antwort zu warten, ging er weiter zum Wohnzimmer und betrat es wie das Büro eines wenig vertrauten Kollegen.

Bevor er sich setzte, gab er seiner Frau einen kleinen Kuss auf die Wange.

Sie reagierte nicht, sie roch nach Parfüm.

»So«, sagte er und setzte sich.

Er massierte sich vorsichtig, doch ohne Not den Nacken. Er hatte keine Nackenprobleme. Er tat es, um etwas zu tun zu haben.

»So«, sagte er noch einmal.

Lina kam dazu. Sie trug noch ihre alte Kleidung, nur die Sandalen hatte der Major vor ein paar Tagen, morgens, bevor er in die Kaserne fuhr, zusammen mit ihr in der Stadt gekauft. Es waren Sandalen, die zu seinem Kind passten. Nicht modisch, aber adrett, nicht billig, aber auch nicht übertrieben teuer. Robust. Haltbar. Der Major mochte haltbare Dinge.

Dem Schuster zufolge waren die alten Sandalen rettungslos hinüber.

Lina setzte sich an ihren Platz.

Die Haushälterin trug die Suppe auf. »Zusammen mit Doña Paloma gekocht«, sagte sie zum Major. »Das Rezept stammt aus der französischen Zeitschrift.«

Der Major nickte.

Die Suppe war noch heiß. Ihre Farbe undefinierbar.

Grau, beige? Schwer zu sagen.

Er schenkte sich ein Glas Wasser ein und wartete, bis die Haushälterin das Zimmer verlassen hatte.

»Nächste Woche verreise ich«, sagte er zu seiner Frau. »Ich bleibe ein paar Tage weg.«

»Oh«, sagte sie. Sie nahm die Pfeffermühle und tat reichlich Pfeffer auf ihre Suppe, ohne auch nur gekostet zu haben. »Fährst du weit weg?«

»Probier doch erst«, sagte er. »Sonst schmeckst du nachher nur noch Pfeffer.«

»Ich habe diese Suppe gekocht«, antwortete sie.

Er nickte, in Diskussionen mit seiner Frau zog er meistens den Kürzeren, aber Kollegen hatten ihm gesagt, dass man Diskussionen mit Frauen sowieso nie gewinnen konnte.

Jetzt sah er Lina an. Am Anfang hatte sie sich geweigert

zu essen, dann hatte sie nur kleine Bissen genommen, doch mit der Zeit war ihr Appetit wiedergekommen. Der Major sah das als ein Zeichen von Zutrauen. Vielleicht war es aber auch nur ganz gewöhnlicher Hunger.

Seine Frau griff noch einmal zur Pfeffermühle. »Wohin fährst du?«, fragte sie.

»In den Norden.« Der Major hustete. Er legte sich die Papierserviette auf den Schoß. »Die Information ist vertraulich. Ich darf nicht viel darüber sagen. In den Norden. Das ist alles. Ein geheimes Kommando.«

»Oh«, sagte sie wieder.

Er nahm ein paar Bissen. »Lecker, die Suppe«, sagte er. »Wie heißt sie?«

»Wie sie heißt?« Seine Frau reagierte, als hätte er ihr einen unsittlichen Antrag gemacht.

»Die Suppe, der Name der Suppe.«

»Tomatenfischsuppe. Es sind Tomaten drin und Fisch, also wird es wohl Tomatenfischsuppe sein.«

»Lecker«, wiederholte der Major. »Nicht, Lina? Lecker, was? Aber sie ist heiß. Du musst pusten. So wie ich, erst pusten, dann essen.«

»Ja, Señor«, sagte Lina.

»Verrücktes Huhn«, sagte der Major.

Wieder griff seine Frau nach dem Pfeffer. Er befand sich in einer elektrischen Mühle. Man drückte auf einen Knopf, und dann begann sie zu mahlen. Sie hatten sie von einer Bridgefreundin von Paloma bekommen. Die Mühle machte ein Geräusch wie ein elektrischer Rasierapparat.

»Wer beim Barbier sitzt, soll sich nicht rühren«, hatte der Generalleutnant zu ihm gesagt.

Er würde zeigen, was er zu leisten imstande war. Er würde die feindlichen Linien durchstoßen. Doch kurz darauf zweifelte er wieder: Das Gelingen der Mission hing kaum von seinen Fähigkeiten ab.

»Die Mission ist nicht ohne Risiko«, sagte der Major. »Aber ich vermute … Ich gehe davon aus, dass alles gutgeht. Nichts, weswegen man sich Sorgen machen müsste. Mit Risiko verbunden ist alles. Selbst … Nun ja, alles eben.« Er lächelte. »Leckere Kombination«, fügte er hinzu. »Fisch und Tomate. Gute Idee. Manchmal haben sie gute Ideen, diese französischen Zeitschriften.«

»Es ist fast kein Fisch mehr zu kriegen«, sagte seine Frau.

»Ach nein?« Der Major tupfte sich mit der Serviette die Lippen ab. »Es sind schwierige Zeiten, aber wir schlagen uns schon irgendwie durch. Wir haben schon so viel erlebt in diesem Land, alles Mögliche. Meine Vorfahren sind irgendwann hergekommen, warum sie geblieben sind, ist mir ein Rätsel.« Er sprach mehr zu Lina als zu seiner Frau. Die kannte seine Familiengeschichte bereits.

»Wirst du auch vorsichtig sein?« Seine Frau hatte den Teller von sich geschoben. Ihre Stimme klang freundlicher als zuvor, auch lebendiger. Weniger benebelt. Nicht so benommen.

»Natürlich«, sagte der Major. »Du kennst mich doch. Ich pass auf mich auf. Ich bin die Vorsicht in Person.« Er schaute wieder zu Lina. »Meine Vorfahren sind hiergeblieben, obwohl damals noch alles eine einzige Wüstenei war. Das war auch nicht ohne Risiko. Alle möglichen Krankheiten gab es. Cholera. Aber sie sind geblieben. Was für Krankheiten gab es gleich sonst noch?«

Seine Frau antwortete nicht, sie faltete etwas aus ihrer Serviette. Das tat sie öfter. Sie war geschickt. Sie machte häufig Dinge aus Papier, vor allem aus Papierservietten. So waren früher ganze Abende vergangen: Seine Frau faltete, und er sah interessiert zu. Bis auf die Abende, an denen seine Frau Bridge spielte, dann saß er allein am Tisch und nahm sich zur Entspannung historische Abhandlungen über Militärstrategien vor, oder er holte eins seiner Napoleonbücher aus dem Schrank und las ein paar Seiten noch einmal. Um der Haushälterin zu helfen, brachte er an solchen Abenden die Teller selbst in die Küche. Das verschaffte ihm stets eine merkwürdige, doch tiefe Befriedigung.

Jetzt war es Lina, die interessiert zuschaute.

»Ich habe mehr Gründe denn je, vorsichtig zu sein«, sagte der Major. Er löffelte die Suppe aus. Er aß schnell.

»Was machst du eigentlich da oben im Norden?« Paloma war mit dem Falten ihrer Serviette fertig. Es war eine Art Schwan geworden.

»Die Information ist vertraulich. Ich muss hin, das ist das Wichtigste. Wenn ich zurück bin, kann ich dir mehr erzählen.«

»Kam der Befehl überraschend?« Sie stellte den Schwan vor Linas Teller.

Der Major nickte. »Ja«, sagte er, »sehr überraschend.« Er schaute sich um, das Zimmer war karg möbliert, das Gemälde seines Großvaters, ein Bücherregal, die Skulptur eines Mannes und einer Frau. Es war eine bewusste Entscheidung gewesen. Nicht zu viel an der Wand, nicht zu viele Möbel, zu viel Gerümpel, ein bisschen Freiraum, das mochte er. Seine Eltern hatten ihr Haus mit Nippes vollgestopft. Er hatte beschlossen, es anders zu machen. Was man nicht brauchte, wurde weggeschmissen.

»Es ist eine wichtige Operation«, sagte er. »Es hängt viel davon ab.«

Lina nahm den Schwan in die Hand. Sie studierte eingehend das gefaltete Tier.

Er fragte sich einen Moment, was doch gleich von der Operation abhing. Schon fiel es ihm wieder ein, die Leben der Männer auf den Außenposten. Und sein eigenes Leben natürlich, das hing auch davon ab.

»Kommst du bei meinen Eltern vorbei?«

»Nein«, sagte er, »wir nehmen eine andere Route.«

Die Haushälterin kam herein und trug das Hauptgericht auf. Obwohl er sie fast genauso lang kannte wie seine Frau, hatte er nie viel mit ihr geredet.

»Wie lange dauert der Krieg eigentlich noch?«, fragte seine Frau. »Es wird langsam lästig.« Sie zerkleinerte ihr Rindfleisch.

Lästig. So hatte er den Krieg noch nicht betrachtet. »Krieg« war auch nicht das richtige Wort. Obwohl Ausnahmezustand herrschte, offiziell war es kein Krieg, das würde ausländische Investoren unnötig abschrecken.

»Es ist kein Krieg«, sagte er. »Es gibt Elemente in unserer Gesellschaft, terroristische Elemente, die die Zentralgewalt untergraben wollen. Sie wollen nichts als Zerstörung. Das ist ihre Einstellung zum Leben. Meine Aufgabe ist es, die Autorität der Zentralgewalt in den Regionen zu stärken und, wo nötig, wiederherzustellen. Darum fahre ich in den Norden. Wir glauben nicht an Zerstörung. Wir glauben an Freiheit. Und an die Zukunft.«

»Was vor einem Monat noch überall zu kriegen war, gibt es jetzt nicht mehr. Und was es noch gibt, ist unbezahlbar.« Seine Frau klang nicht erregt. Eher enttäuscht. Erwartete sie, dass seine Mission die Versorgungsengpässe beenden und Rindfleisch danach wieder billiger würde?

Die Haushälterin verließ das Zimmer. Sie hatte nichts gesagt und tat, als hätte sie auch nichts gehört.

»Manche Wege sind blockiert«, sagte der Major. »Darum stagnieren die Lieferungen. Die Zentralgewalt wird die Blockaden binnen kurzem beenden. Die Aufständischen werden ausgeräuchert. Die Aufständischen … die Banditen …«

Er machte eine Pause, dachte an den Generalleutnant. Er schlug die Arme übereinander. »Schmeckt's dir? Ist es lecker?«, fragte er Lina.

Er sah seine Tochter an. Fast flehend. Als hinge sein Leben von ihrer Antwort ab.

»Ja, Señor«, antwortete sie. Noch immer hielt sie den Schwan in der Hand.

Ihm selbst schmeckte das Fleisch nicht. Es war zu zäh. Wahrscheinlich nicht gut geschnitten. Nicht professionell.

War »Banditen« das richtige Wort? Banditen waren Straßenräuber, Taschendiebe, Verkäufer, die abends vor der Tür standen und einem eine Zitronenpresse andrehten, die nicht funktionierte. Wer den Krieg gewinnen wollte, musste lernen, auch die Sprache effektiv zu benutzen. Sprache konnte eine Dienstwaffe sein, bei fachkundigem Gebrauch.

»Der Generalleutnant sagte kürzlich zu mir, wenn die Armee rechtzeitig gebellt hätte, wäre die Demokratie gesünder. Aber sie haben uns nicht bellen lassen. Sie haben dem Wachhund einen Maulkorb vorgebunden.«

Warum hatte er das nur gesagt? Keine Ahnung, es schien dem Gespräch etwas hinzuzufügen, Paloma versank in Gedanken, aber woran?

Seine Frau legte die Gabel neben den Teller und fragte mit vollem Mund: »Bist du der Wachhund?«

Die Armee hatte auch Hunde in Dienst. Auf Kommando konnten die töten. Sie sprangen einem an die Kehle und bissen sich fest. Vielleicht war er kein Wachhund, sondern ein Armeehund.

Er nahm noch einen Bissen, es wollte ihm einfach nicht schmecken. »Ich muss nach dem Essen noch kurz in die Stadt«, sagte er. »Es wird nicht lang dauern. Vor der Ausgangssperre bin ich zurück.« Er sah auf die Uhr. »Vielleicht ist es besser, ich gehe sofort, dann bin ich auf jeden Fall rechtzeitig wieder da.« Er rückte seinen Stuhl vom Tisch ab.

»Aber dein Essen«, sagte seine Frau.

»Ich habe genug.« Er stand auf und strich sich die Uniform glatt.

»Du hast fast nichts gegessen.«

»Ich bin satt.«

Lina schaute von ihrem Teller auf. »Darf ich singen?«, fragte sie.

»Ja, natürlich«, sagte der Major. »Hier darfst du singen. Zu Hause darfst du immer singen.« Er ging zur Tür.

»Anthony!«, rief seine Frau.

Auch mit seiner Frau hatte er nie viel geredet, sie hatten sich wortlos verstanden. Sie hatten Liebe gemacht, im selben Haus gewohnt, zusammen gegessen. Und als sie Depressionen bekam, Anfälle, Wahnvorstellungen, hatte er sie wortlos in die Abstellkammer gebracht.

Er blieb stehen, strich sich die Haare glatt. »Ja?«

»Ich möchte lieber nicht, dass das Kind singt. Wenn es dir nichts ausmacht? Nicht beim Essen.«

Der Major ging zu Lina und legte ihr die Hand auf den Mund. »Meine Frau ...«, sagte er, »... deine Mama möchte jetzt nicht, dass du singst. Sie möchte in Ruhe essen. Macht es dir etwas aus, noch einen Moment mit dem Singen zu warten? Bis sie zu Ende gegessen hat? Erst essen, dann singen. Abgemacht?«

Er nahm seine Hand wieder von ihrem Mund.

»Ja, Señor«, sagte das Kind.

Er küsste sie. Sein Kind, sein Verbrechen, das Geschenk an seine Frau, das sein Untergang werden würde, wenn er nicht auf der Hut war.

In der Küche suchte er die Autoschlüssel, doch die steckten in seiner Hosentasche. Die Haushälterin saß am Küchentisch und aß schnell, die Arme um den Teller, als hätte sie Angst, jemand könnte ihn ihr wegnehmen. Als der Major hereinkam, hörte sie zu essen auf und erhob sich.

»Lass dich nicht stören«, sagte er nur. »Iss ruhig weiter.«

Schnell trank er ein Glas Wasser, während er der Haushälterin zusah, die sich wieder hinsetzte und weiteraß.

»Du bist jetzt schon so lange bei uns«, sagte er zu ihr und stellte das Glas in die Spüle. »Fast zehn Jahre. Was denkst du eigentlich über uns, über mich und meine Frau? Was denkst du? Du kennst uns besser als jeder andere.« Er lächelte die Haushälterin an. Als hätte er ihr eine Quizfrage gestellt.

Sie sah ihn mit offenem Mund an, der Löffel erstarrt zwischen Kopf und Teller. »Sie sind Major«, sagte sie. »Sie machen wichtige Arbeit.«

Er wusch sich die Hände.

»Ja, glaubst du?«, fragte er. »Ist sie wichtig, meine Arbeit?«

Sie nickte. »Sie sind Major«, wiederholte sie.

Er trocknete sich die Hände. »Du machst auch wichtige Arbeit.«

Seine Arbeit war also wichtig. Sie machte ihn aus. Der Rest waren bunte Details.

In fünf Tagen würde er aufbrechen. Er hatte dem Generalleutnant die Liste mit dem benötigten Material und den benötigten Leuten zugestellt, doch der hatte nichts mehr von sich hören lassen. Er hüllte sich in Schweigen.

So schwieg jetzt auch der Major, gegenüber seiner Frau, dem Kind und der Haushälterin.

Paloma saß am Tisch im Wohnzimmer und faltete wieder etwas aus einer Serviette.

Der Major setzte sich ins Auto und startete den Motor. Seine Kollegen waren in letzter Zeit netter zu ihm. Er hatte keine Ahnung, warum. Angenehm war es schon. Sie behandelten ihn als einen der ihren. Als Mann unter Männern.

In der Kantine fragte ihn niemand mehr, ob er genug Mumm hatte, den Krieg zu Hause zu gewinnen.

3

In einem bekannten Café in der Innenstadt setzte der Major sich an einen Tisch am Fenster. Die Tapete war vergilbt, die Tische und Stühle hatten schon bessere Tage gesehen, und dennoch – oder vielleicht gerade deswegen – hatte er sich hier immer wie in einer Weltstadt gefühlt. Früher. Hier und nur hier. An diesem Ort hatte die Provinz aufgehört. Hier hatte die große Welt begonnen.

Jetzt herrschte Ausnahmezustand, und von der großen Welt war nichts mehr zu sehen.

Er bestellte Tee. Die junge Kellnerin lief sofort weiter. Sie trug eine weiße Schürze, doch auf dem Kopf eine Mütze, die nicht zu ihrer Kellnerinnenuniform passte, das war wohl die neue Mode.

»Eine Zeitung?«, rief er ihr hinterher. »Haben Sie vielleicht eine Zeitung?«

Sie blieb stehen, schüttelte den Kopf und ging weiter.

Ohne Zeitung wartete er auf Guido, den Mann, der weniger war als ein Freund, doch mehr als ein Bekannter.

Der Major musterte seine Fingernägel. Ab und zu schaute er auf und beobachtete die anderen Gäste. An einem Tisch etwas weiter saßen vier junge Mädchen.

Nach der Militärakademie hatte Guido bei einer Abteilung angefangen, deren Aufgabe es war, die interne Korruption der Streitkräfte zu bekämpfen. Später war die Abteilung erweitert worden und hatte den inoffiziellen Namen »Sektion Unkraut« bekommen. Man beschäftigte sich mit der Entfernung unzuverlässiger und krimineller Elemente aus der Armee.

Der Major hatte nach dem Ende des Studiums den traditionellen Weg eingeschlagen. Er hatte sich auf einen Krieg vorbereitet, der nicht kam. Und als der Krieg endlich doch gekommen war, war es ein anderer gewesen als der erwartete. Sein Bataillon hatte den Auftrag erhalten, den ständig wachsenden Terrorismus zu bekämpfen. Und diesen Auftrag hatten sie treulich erfüllt, bis der Generalleutnant ihm die Chance gegeben hatte, endlich einmal zu zeigen, was in ihm steckte.

Der Major bekam seinen Tee. Während er den Zucker umrührte, behielt er die Tür im Auge. Er hatte Guido mindestens zwei Jahre nicht mehr gesehen. Das letzte Mal war auf einer Party gewesen, er wusste nicht mehr, von wem. Einmal noch hatte Guido sich bei ihm gemeldet, doch er hatte nicht zurückgerufen.

Er nahm einen Schluck, verbrannte sich die Zunge und versuchte, die Kellnerin auf sich aufmerksam zu machen. Ein Glas Wasser könnte er jetzt gebrauchen. Sie beachtete ihn nicht, trotz seiner Uniform.

Nur die vier Mädchen am Tisch etwas weiter sahen ihn. Sie flüsterten sich etwas ins Ohr, schauten in seine Richtung und begannen zu kichern.

Vielleicht gelang es ihm zu Hause allmählich, den Krieg zu gewinnen, hier im Café war er dabei, ihn zu verlieren. Der Major versuchte, Speichel zu sammeln, um damit das Brennen auf seiner Zunge zu lindern, und genau in dem Augenblick kam Guido herein. Er sah kaum anders aus als früher, gerade genug, um sagen zu können: »Du hast dich verändert, du siehst gut aus.«

Doch das würde der Major nicht sagen.

Guido trug eine legere Trainingsjacke. Keine Uniform. Er war der sportliche Typ, immer gewesen. Ein Mann, der viele Freundinnen gehabt, aber drei Jahre nach dem Major schließlich doch noch geheiratet hatte.

Der Major war zur Hochzeit eingeladen gewesen, doch man hatte ihn nicht gebeten, Trauzeuge zu sein.

Er winkte. Weil das erfolglos blieb, stand er auf. Er winkte noch einmal.

Die vier Mädchen sahen ihn an. Ihr Gespräch stockte.

Da sah Guido ihn. Er kam auf den Major zu und begrüßte ihn, herzlicher, als der erwartet hatte. Der Mann, der mehr als ein Bekannter war, umarmte Major Anthony kräftig. Und gerade das beunruhigte ihn. Ob Guido etwas wusste? War er so herzlich aus Mitleid?

Der Mann, der für die Sektion Unkraut arbeitete, war etwas kleiner als der Major. Er hatte kräftiges Haar, das den Major seltsamerweise an Linas Zöpfe erinnerte. Die Dicke des Haars, die Farbe.

Sie setzten sich.

»Wie geht's Paloma?«, fragte Guido, und während er das fragte, wusste der Major nicht mehr, warum er sich mit ihm verabredet hatte. Was hatte er von diesem Treffen erwartet?

»Gut«, sagte der Major.

»Immer noch so schön?«

»Ja«, antwortete er. »Immer noch. Und …?« Während er

anhob, merkte er, dass er den Namen von Guidos Frau vergessen hatte. »Und deiner Frau?«

»Mira?«, fragte Guido. »Sie ist wieder schwanger.«

»Das zweite?«, fragte der Major und nahm vorsichtig einen Schluck Tee. Dabei fiel ihm ein, dass er Guido etwas zu trinken anbieten musste. Wie die Bedienung auf sich aufmerksam machen?

»Das dritte«, sagte Guido.

»Das ging schnell.«

»Ja«, sagte Guido. »Ihr wird es etwas viel. Zwei Kinder und ein dicker Bauch. Und ich immer viel zu tun. Aber ihre Eltern helfen, und meine helfen auch.«

»Viel zu tun bei der Arbeit?«, fragte der Major, vielleicht etwas zu hastig.

»Viel zu tun gibt es immer«, sagte der Mann, den der Major früher aus Gründen bewundert hatte, an die er sich jetzt kaum noch erinnern konnte. »Du weißt ja, wie's überall aussieht.«

Der Major wusste vor allem, wie es für ihn aussah. Sein Zweifel von eben war verschwunden: Wenn jemand ihm helfen konnte, dann dieser Mann. Sein früherer Freund war der Einzige, den er ins Vertrauen ziehen konnte, der Einzige, von dem er sich sicher war, dass er ihn nicht verraten würde. Ihre Wege hatten sich getrennt, doch Loyalität überlebt auch längere Zeiten der Stille, selbst wenn die ein paar Jahre dauern.

Sie schwelgten in Erinnerungen. Der Major wollte zwar lieber von den Dingen reden, die ihm unter den Nägeln brannten, aber er wusste nicht, wo und wie er beginnen sollte.

Guido redete schnell und begeistert von der Vergangenheit. Der Ausbildung, den gemeinsamen Touren, den Partys, den albernen Streichen. Der Major lachte eifrig mit, auch über Anekdoten, an die er sich nicht mehr erinnerte oder die er nur peinlich fand und überhaupt nicht witzig.

Endlich kam die Bedienung.

»Einen Whisky«, sagte Guido. »Was trinkst du, Anthony? Tee? Aber nicht doch! Um diese Uhrzeit trinken wir keinen Tee. Zwei Whisky.«

»Wir haben keinen Whisky.« Aus dem Mund dieser Bedienung klang das nicht wie eine Entschuldigung, sondern eher frech.

Guido wirkte erstaunt. »Keinen Whisky?«

»Wir warten schon seit zwei Wochen auf die Lieferung.«

»Was haben Sie denn?«

»Wir haben noch Gin.«

»Dann also Gin. Gin-Tonic. Zwei Gin-Tonic.«

Guido richtete sich wieder an den Major. Für Guido war offenbar alles in Ordnung. Er ergänzte Erinnerungen des Majors, brachte das Gespräch auf Freundinnen von ihm, an die er seit Jahren nicht mehr gedacht hatte. Sie lachten zusammen, von Zeit zu Zeit. Der Major immer ungezwungener, immer aufrichtiger. Die Vergangenheit wurde langsam wieder lebendig.

Inzwischen bekamen sie ihren Gin-Tonic. Gin-Tonic fand der Major weniger eklig als Cognac.

Die Freundlichkeit seines Gesprächspartners, Guidos unverkennbare Wärme, ließen den Major schaudern. Eiskalt fühlte er sich, wie tot, während er mit diesem Mann, der einmal ein Freund gewesen war, redete.

Endlich entstand eine Pause, und der Major ergriff die Gelegenheit: »Ich hätte da mal eine Frage.«

Sein früherer Freund lehnte sich zurück. Die ganze Zeit hatte er seine Trainingsjacke anbehalten, jetzt zog er sie aus und hängte sie über den Stuhl.

Darunter trug er ein Oberhemd. Die Ärmel waren hochgekrempelt. Ein schönes Oberhemd, teuer.

»Willst du wieder heiraten?«, fragte Guido lachend. »Darf ich dein Trauzeuge sein?« Und in etwas anderem Ton: »Ist was mit dir und Paloma?«

Der Major schüttelte den Kopf. »Nein, nichts«, sagte er, »alles in Ordnung.«

Er nahm einen Schluck Gin-Tonic. »Arbeitest du immer noch für die Sektion?«, fragte er leise.

Am Tisch etwas weiter saßen unverändert die vier Mädchen. Sie sahen Guido an, der seinen Gin-Tonic umrührte, obwohl schon mehr Eis darin war als Tonic.

»Hast du immer noch dieselbe Stelle?«, fragte der Major, etwas weniger leise jetzt.

»Ja«, sagte sein früherer Freund.

Der Major schämte sich für die Frage, die er nun stellen wollte, doch er konnte nicht mehr zurück, er hatte alles in Bewegung gesetzt, um diese Frage zu stellen, jetzt musste er es auch tun.

»Weißt du, ob es eine Akte über mich gibt?« Der Major hatte versucht, seine Stimme normal klingen zu lassen, als würde er sagen: »Weißt du, dass meine Tante gestorben ist?«

Die Mädchen schauten wieder zu ihnen. Vielleicht fanden sie Guido attraktiv.

Der Major dachte nicht gern über sein eigenes Äußeres nach. Die meisten Frauen hatten ihn ignoriert oder schienen das zumindest zu tun, und die logische Konsequenz war, dieses Desinteresse dann eben zu erwidern. Er hatte Aufregung genug. Seit er verheiratet war, hatte der Schießplatz ihm ausreichend Spannung verschafft, und seine Arbeit war von Zeit zu Zeit auch ziemlich aufregend. Ab und zu hatte er attraktive Frauen festgenommen, es war ihm aufgefallen, er war nicht blind, doch war es ihm nie in den Sinn gekommen, die Situation auszunutzen. Er hielt sich an die Vorschriften. Vergewaltigung war ein Kriegsverbrechen.

Andere nutzten die Situation aus. »Ein bisschen rumspielen«, sagten sie. »Niemand braucht es zu wissen.« Er nicht. Nur einmal hatte er die Situation ausgenutzt, aber nicht für Sex, sondern, um seine Frau glücklich zu machen.

»Ist es noch spannend für dich?«, hatte seine Frau vor einer Weile gefragt, als sie beide erfahren hatten, dass sein Samen verdorben war. Doch für ihn hatte die Ehe nicht spannend zu sein. Ruhig sollte sie sein, friedlich.

Sein früherer Freund nahm einen Schluck. »Schau, Anthony«, setzte er an, »Akten gibt es über sehr viele. Das hat nichts zu bedeuten. Es geht um den Inhalt. Eine Akte kann auch positive Dinge enthalten. Jede große Organisation muss wissen, wer ihre Mitarbeiter sind und was sie so treiben.«

»Ich meine«, erwiderte der Major und gab sich Mühe, das Ganze möglichst unverfänglich klingen zu lassen, »weißt du, ob es irgendwo eine Akte gibt, die mich und meine Familie belastet?«

Er sah sich um. Das Café leerte sich zusehends, es bekam dadurch etwas Tristes, wirkte noch heruntergekommener, als es vielleicht in Wirklichkeit war. Die vier Mädchen saßen immer noch da. Seine Frau hatte recht, dieser Krieg wurde mehr und mehr lästig.

»Hab ich etwas nicht mitgekriegt?«, fragte Guido. »Möchtest du mir was sagen? Auf jeden Fall weiß ich von nichts. Jedenfalls nichts von einer Akte.«

Es klang aufrichtig. Aus purer Erleichterung gab der Major seinem früheren Freund einen Klaps auf die Schulter. Er lachte, und dann knackte er mit den Fingern. »Nein, du hast nichts versäumt«, sagte er. »Aber du weißt, wie das ist, vor allem momentan. Kollegen spielen einem Streiche. Sie reden über dich, verbreiten Gerüchte, als wären es Tatsachen. Du spürst, dass man dich anders anschaut. Und du willst es zurechtrücken, aber das klappt nicht. Mit der kleinsten Bemerkung machst du dich unbeliebt. Du kennst das, schon heißt es: ›Der kann den Krieg zu Hause nicht gewinnen.‹ Erst sagt es einer. Dann noch einer. Dann sagt es ein Dritter.«

Die Bedienung kam zu ihnen. Gelangweilt verkündete sie: »Wir schließen. Darf ich kassieren?«

Bevor sein früherer Freund etwas tun konnte, war der Major aufgestanden und gab der Kellnerin ein paar Scheine. Wortlos ging sie damit davon.

Der Major setzte sich wieder. »Ich lade dich ein«, sagte er. »Das hier müssen wir öfter machen.«

»Ja«, sagte sein Freund. Es klang wie eine Frage.

Für einen Moment waren beide still. Dann fragte Guido: »Was hast du denn gesagt, das dich so unbeliebt gemacht hat?«

Der Major knetete seine Hände. Von irgendwo zog es. »Ich habe logistische Fehler aufgezeigt, Memos über die Versorgungsproblematik geschrieben. Darauf hingewiesen, dass der Transport verdächtiger Individuen effizienter organisiert werden kann. Aber die Leute nehmen die Dinge persönlich. Sie fühlen sich angegriffen, suchen deine Schwachpunkte, fangen an, in deinem Privatleben zu wühlen.«

»Ja«, sagte Guido nach einer kurzen Pause. Jetzt klang es nicht mehr wie eine Frage.

Der Major stützte die Ellbogen auf den Tisch, verschränkte die Hände. »Paloma und ich«, sagte er, »wir haben ein Kind.«

Ein breites Lächeln erschien auf Guidos Gesicht. »Warum hast du das nicht gleich gesagt? Glückwunsch! Herzlichen Glückwunsch, Anthony!«

Er schaute sich um, als suche er die Bedienung. »Darauf müssten wir einen trinken. Aber es ist schon spät.«

Der Major knackte zum zweiten Mal mit den Fingern. »Es ist nicht so gelaufen, wie es normalerweise läuft.« Er flüsterte. »Ich habe Paloma nicht geschwängert, wie Männer das sonst tun.«

Er sah, wie Guidos Gesicht sich verdüsterte.

»Wir haben schon Sex«, fügte er schnell hinzu. »Ich besteig sie. Und sie besteigt mich.« Er lachte, kurz und etwas verlegen. »Aber ich konnte sie nicht befruchten. Es hat nicht geklappt. Es ging nicht. Wir haben alles probiert.«

Vom Flüstern bekam er eine trockene Kehle. Er nahm einen letzten Schluck Gin. Die Mädchen saßen immer noch da. Warum gingen sie nicht nach Hause?

»Ja«, sagte Guido. »Und dann?«

»Eines Abends«, fuhr der Major fort, »oder eher: eines Nachts, musste ich Leute festnehmen. Du weißt, was mein Bataillon momentan tut. Wir nehmen sie fest, bevor sie gefährlich werden können. Ich bringe sie zu den Vernehmungsinstanzen, und damit hört meine Verantwortung auf. In dieser Nacht musste ich ein Ehepaar festnehmen. Reine Routine.«

Der Major sah zur Tür. Eine Frau kam herein, schaute sich um, als suche sie jemanden, und ging wieder fort.

Er fixierte den Mann an seinem Tisch, doch an dessen Blick konnte er nichts erkennen. Der Blick war neutral. Freundlich, aber neutral.

»Das Ehepaar leistete Widerstand. Ich musste Gewalt anwenden. Tja, wie das so geht. Was mir aber keiner gesagt hatte, war, dass es da noch ein Kind gab. Es war ein Kind im Haus. Ich hab es mitgenommen, für mich und meine Frau. Ich dachte: Ich gebe ihm eine Zukunft, ich gebe ihm Liebe, gebe ihm ein Zuhause und eine Mutter.«

Endlich standen die Mädchen auf. Sie rückten mit ihren Stühlen, sie machten Lärm.

»Und dann?«, fragte der Mann, der früher ein Freund des Majors gewesen war.

»Ich hab dir alles erzählt«, sagte der Major, enttäuscht, dass Guido nicht mehr zu sagen wusste als: »Und dann?«

Der Major hatte noch Tee übrig. Er hatte sich auf seinen Gin-Tonic konzentriert. Er nahm einen großen Schluck kalten Tee. »Es ist schwer, sich das alles vorzustellen, wenn man nicht selbst dabei war. Aber ich hab das Gefühl, dass sie alles wissen, dass sie mich umschleichen und nur auf den richtigen Moment warten, mich mit den Beweisen zu konfrontieren. Verstehst du, was ich sagen will? Oder seh ich Gespenster?«

Guido schüttelte den Kopf. »Ich glaube, ich versteh dich«, sagte er. Der Major atmete auf. Die Bedienung kam mit dem

Wechselgeld. Sie legte es auf den Tisch. »In zehn Minuten machen wir zu.« Und mit einem Blick auf den Major: »Die Ausgangssperre.«

Das war eindeutig, er war der Inbegriff für alles Unangenehme, das aus diesem Kampf gegen den Terror resultierte, er hatte die Ausgangssperre zu verantworten und nicht die Feinde des Staates, denen man das Ausgangsverbot doch zu verdanken hatte. Für das Mädchen war er das Ausgangsverbot, und darum verachtete sie ihn – für all das, was seine Frau mit dem Wort »lästig« bezeichnete. Wo er doch hier war, um sie zu beschützen. Die Ausgangssperre diente ihrer eigenen Sicherheit.

Der Major wartete, bis sie weg war, dann sagte er: »Ich kann es nicht erklären, es ist ein Gefühl. Vielleicht mehr als das. Dass sie was wissen, aber es mir nicht sagen. Man hat eine Geschichte, aber von einem Moment auf den anderen hat man eine, die nicht mehr stimmt, und dann muss man sie hinbiegen, und ich weiß nicht, ob das meine Stärke ist. Meine Geschichte hat immer gestimmt. Von Anfang bis Ende. Und jetzt nicht mehr. Findest du es falsch, was ich getan habe?«

Sein früherer Freund zog die Trainingsjacke wieder an. »Du hast getan, was du tun musstest«, sagte er. Er fuhr sich mit der Hand durch die Haare. »Ich möchte dir was erklären. Unsere Sektion sammelt Informationen. Die meisten Informationen sind trivial. So trivial, dass du dich totlachen würdest. Ich lach mich auch manchmal tot, wenn ich die Berichte lese. Was Leute zueinander sagen, wenn sie denken, dass sie allein sind. Dein Bild vom Menschen wird nicht rosiger, bei meiner Arbeit. Aber wir werfen die Informationen nicht weg, denn was jetzt trivial erscheint, ist es irgendwann vielleicht nicht mehr. Aber im Grunde ist meine Arbeit eine Komödie. Denn Menschen sind komische Figuren. Wenn man genau hinsieht, und wir sehen sehr genau hin, wenn man ihnen gut zuhört, und wir hören sehr genau zu. Vielleicht nicht ich persönlich, aber meine Kollegen. All die Leute, die jammern: ›Niemand hört uns zu, die Politik hört nicht auf die Bürger‹ – alles Unsinn: Ihnen wird ganz genau zugehört, und wenn du diese Arbeit ein Weilchen machst, weißt du, dass die Menschen Clowns sind. Ausnahmslos. Früher oder später entpuppt sich jeder als Clown.«

»Und was hat das mit meiner Sache zu tun?«, fragte der Major.

»Ich denke, du brauchst Ruhe«, sagte Guido. »Mach Urlaub. Zusammen mit deiner Frau. Fahrt doch ein paar Tage weg.«

Er stand auf, der Major folgte seinem Beispiel.

Junge Männer stellten hier und da schon die Stühle hoch. Küchenpersonal wischte den Boden. An der Bar stand die Bedienung. Sie hatte die Schürze abgelegt.

»Ich hab keine Zeit auszuruhen«, sagte der Major. Sie haben mir eine wichtige Mission übertragen. Ich fahre in den Norden.«

»Das hier sollten wir öfter machen«, sagte sein früherer Freund. »Von jetzt an treffen wir uns wieder häufiger.«

»Man hat mir eine wichtige Mission übertragen«, wiederholte der Major.

Sie gingen zum Ausgang, Guido vorneweg.

Der Major sagte: »Ich habe gerne zu tun. Wie früher, wenn ich am Kontrollpunkt stand und die Tage zählte, bis ich wieder in die Kaserne durfte, aber kaum war ich in der Kaserne, wollte ich doch wieder nur zum Kontrollpunkt zurück, auf der Hochebene, weil man dort frei war.«

»Ich hab nie an einem Checkpoint gestanden«, sagte sein früherer Freund.

Vor dem Café blieben sie stehen. Es hatte angefangen zu regnen. Sie standen unter dem Vordach, über dem in besseren Zeiten ein Schild mit der Aufschrift »Grand Café« gehangen hatte. Das Schild war beleuchtet gewesen, doch weil das Auswechseln der Glühbirnen zu teuer geworden war, hatte man das Licht schließlich weggelassen. Irgendwann hatten dann Diebe das Schild mitgenommen.

»Meinst du, ich kann es Familienzuwachs nennen?«, fragte der Major nach einer Weile.

»Was?«

»Das Kind. Das Mädchen, das jetzt mein Kind ist. Kann ich es Familienzuwachs nennen?«

»Familienzuwachs? Ja, ich glaub schon.«

»Zu Anfang wollte sie nicht essen, und reden tut sie immer noch kaum«, sagte der Major. »Aber sie singt viel.«

»Was singt sie denn?«

»Lieder, die sie in der Schule gelernt hat, nehme ich an. Oder von ihren Eltern. Sie hat eine schöne Stimme. Sie ist eine Bereicherung. Lina heißt sie.«

Beide starrten sie in den Regen.

»Hast du einen Schirm dabei?«, fragte Guido.

Der Major schüttelte den Kopf.

»Mein Auto steht hier in der Nähe«, sagte sein früherer Freund. »Ich pack's. Ruf mich an. Lass nicht wieder zig Jahre vergehen.«

Der frühere Freund des Majors stürzte sich in den Regen. Schon bald begann er zu laufen. Viele Leute waren nicht auf der Straße.

Der Major sah ihm nach. Er wusste nicht, was er von diesem Gespräch und seinem früheren Freund halten sollte. Sorgfältig ging er noch einmal durch, was er alles gesagt, ob er irgendwo einen Fehler gemacht, ob Guido ihn vielleicht falsch verstanden hatte.

Die Kellnerin kam vor die Tür, stellte sich neben ihn. Sie hatte einen Schirm, doch ihn würdigte sie keines Blicks. Einen Moment starrte sie in den Regen, dann öffnete sie den Schirm und ging. Rassig. Elegant vermied sie die Pfützen.

Eigentlich hatte der Major seinem früheren Freund hinterherrufen wollen: »Gibt es nun eine Akte über mich oder nicht? Wissen sie alles und halten nur vorläufig den Mund?«

Doch Guido war weg, und im Café waren alle Stühle schon hochgestellt.

Endlich setzte sich der Major in Bewegung. Er beeilte sich nicht, er würde ohnehin nass werden.

In der Straße, wo er sein Auto geparkt hatte, hielten zwei Soldaten den Verkehr auf. Ihr Jeep stand mitten auf der Straße. Es gab einen kleinen Tumult. Ein paar Leute standen im Kreis um die Uniformierten.

Er musste an ihnen vorbei. Er hatte keine andere Wahl. Etwas weiter stand sein eigenes Auto.

Vor den Uniformierten blieb er stehen, die eine eine ziemlich dicke Soldatin.

»Was ist hier los?«, fragte er.

Die Soldatin schaute ihn forschend an. Dann zeigte sie auf den Boden. »Ein Hund wurde angefahren, Herr Major.«

Der Major schaute nach unten. Das Tier blutete, aber lebte noch. »Wer hat das getan?«

»Wir, Herr Major«, sagte der männliche Kollege. »Er ist uns vors Auto gelaufen. Ein herrenloser Hund wahrscheinlich.«

Der Major zitterte, aber nicht wegen des Tiers, sondern wegen des Regens. Es gab viele streunende Hunde in der Stadt. An einem Kontrollposten hatte ein Kollege ihm mal erzählt, dass die Seelen der Verstorbenen in streunenden Hunden wohnen.

Eine Frau löste sich aus der Menge. Sie trug eine Plastiktüte über dem Kopf, gegen den Regen. Sie war nicht mehr jung. »Der Hund gehört mir, Señor«, sagte sie. »Mir.« Sie schaute den Major an, während ihr von der Tüte Wasser auf die Nase tropfte.

Wieder zitterte der Major. Er hätte einen Regenschirm mitnehmen sollen, warum dachte er nur nie daran?

»Mein Hund, Señor«, sagte die Alte. »Was passiert jetzt mit ihm?«

»Die Ausgangssperre beginnt in wenigen Minuten«, sagte der Major. »Das gilt auch für Haustiere. Sorgen Sie dafür, dass das Tier rechtzeitig drinnen ist.«

Die alte Frau antwortete nicht, sie sah ihn nur an. Er kannte diesen Blick, kannte ihn bis zum Erbrechen.

»Machen Sie den Weg frei«, sagte er den Soldaten. »Sorgen Sie dafür, dass die Autos durchfahren können.«

Die Soldaten salutierten, er salutierte müde zurück.

Von seinem Auto aus sah er, wie die Soldatin den Hund an den Pfoten in den Rinnstein zerrte.

4

Am Tag vor dem Aufbruch blieb der Major zu Hause. Er saß am Rand des Swimmingpools und betrachtete sein Haus.

Seine Frau und die Haushälterin waren zusammen auf den Markt gefahren, einkaufen. Lina war in der Schule.

Er betrachtete das Schwimmbecken, das er hatte bauen lassen, und die kleine Fontäne, die bald durch den Wasserspeier in Form einer Meerjungfrau ersetzt werden würde. In Freizeitkleidung saß er da, und während er dasaß und schaute, schnitt er sich zuerst die Zehen- und dann die Fingernägel.

Der Aufbruch war auf drei Uhr morgens festgesetzt, wenn der Konvoi die Kaserne in der Nacht verließ, würde es weniger auffallen. Der Major würde erst noch daheim zu Abend essen, dann duschen und in aller Ruhe in die Kaserne fahren. Dort würde er ein Briefing über die Situation unterwegs bekommen. Eine leicht aktualisierte Version dessen, was er wahrscheinlich schon wusste. Dass die Situation nicht rosig war und sich Probleme ergeben könnten.

Kurz vor der Abfahrt müsste er den Glücklichen, die zu dieser Mission auserwählt waren, selbst noch ein Briefing geben.

Jetzt hatte er die Nagelpflege beendet. Die abgeschnittenen Nägel in der Hand, stand er auf, um sie in der Küche wegzuwerfen.

In Gedanken ging er die Fahrtroute noch einmal durch. Auf sein Memo, in dem er seinen Mannschafts- und Materialbedarf kurz und bündig auseinandergesetzt hatte, hatte er vom Generalleutnant nichts mehr gehört. Doch gestern hatte dessen Sekretärin ihn angerufen und ihm versichert, dass alles in Ordnung gehe.

Statt in die Küche lief er eine Runde durch den Garten, um das Schwimmbecken herum, wie es sein Kind so oft tat.

Nach ungefähr fünf Runden, die abgeschnittenen Nägel noch immer in der Hand, ging er endlich in die Küche und entledigte sich der Nägel; dann ging er hinauf ins Schlafzimmer. Auf seinem Nachttisch lag ein Geschenk für Lina, das er tags zuvor gekauft hatte. Er hatte es einpacken lassen.

Nicht allzu groß, aber nett. Ein Geschenk, das ihr sicher gefallen würde: ein Eimer mit Schippchen.

Für seine Frau hatte er auch etwas gekauft. Eine dünne Kette mit einer vergoldeten Meerjungfrau als Anhänger. Auch kein großes Geschenk, aber es ging nicht um Geld, es ging um die Geste. Die Kette war nicht großartig verpackt. »Tun Sie's einfach in ein Säckchen«, hatte er zum Juwelier gesagt.

Er setzte sich aufs Bett und dachte an wenig, ein paar Kleinigkeiten, die er vor der Abfahrt noch erledigen musste. Eine unbezahlte Rechnung, ein Termin beim Zahnarzt, den er noch nicht abgesagt hatte.

Als er seine Frau und die Haushälterin nach Hause kommen hörte, ging er nach unten.

In der Küche war die Haushälterin gerade dabei, die Einkäufe auszupacken. »Alles ist knapp«, sagte sie, ohne mit dem Auspacken aufzuhören.

»Ich bin über die Problematik im Bilde«, antwortete der Major. Er wusste nicht genau, ob sie es zu ihm oder zu seiner Frau gesagt hatte. »Aber es dauert nicht mehr lange, es wird sich bald ändern.«

»So kann ich nicht arbeiten«, sagte die Haushälterin und knallte vier magere Maiskolben auf die Anrichte.

Die Frau des Majors stand in der Tür zum Garten. Sie rührte sich nicht. Sie sagte auch nichts.

»Könnten wir heute Abend etwas früher essen als sonst?«, fragte der Major. »Ich reise heute Nacht ab. Es braucht nicht viel früher zu sein. Eine halbe Stunde genügt. Zwanzig Minuten.«

»Ich weiß, dass Sie verreisen, Herr Major«, sagte die Haushälterin, »machen Sie sich keine Sorgen. Es kommt schon in Ordnung.«

Dann ließ er sie allein, die beiden Frauen, die seit kurzem nicht mehr die einzigen Frauen im Haus waren. Am Esstisch schrieb er einen Scheck aus für die offene Rechnung. Bei der Gelegenheit kontrollierte er sein Scheckheft. Er rief den Zahnarzt an und den Handwerker, der den Swimmingpool gebaut hatte, doch der war nicht zu Hause. So blieb er noch ein Weilchen sitzen, das Scheckheft vor sich.

Zu guter Letzt rief er seine Frau.

Sie antwortete nicht.

Er rief noch einmal: »Paloma!«

Keine Antwort.

Langsam ging er die Treppe hinauf.

Seine Frau saß auf dem Bettrand. Sie hatte sich die Schuhe ausgezogen.

Er stellte sich ans Fenster und schob die Vorhänge ein wenig beiseite. »Es zieht sich zu«, sagte er. »Es wird wieder regnen.«

»Es ist Regenzeit.«

»Es ist Regenzeit«, bestätigte er.

Er drehte sich um und schnaubte ein paarmal. Er sah sich im Schlafzimmer um, in dem er all die Jahre geschlafen hatte. Zu Anfang hatte er noch gedacht, die Unterkunft hier sei nur vorübergehend, sie würden bald etwas Besseres finden. Ein schöneres, größeres Haus in einer besseren Gegend. Sehr schnell jedoch war ihm klargeworden, dass ihm dazu die Mittel fehlten. Die einzige Verbesserung, die noch folgen sollte, hatte er selbst in Angriff genommen: den Bau des Swimmingpools.

»Ich fahre heute Abend«, sagte er.

»Ja«, sagte seine Frau. »Wie spät genau?«

»Nach dem Abendessen.«

Er schwieg ein paar Sekunden.

»Ich bin maximal zwei Wochen weg, je nach den Schwierigkeiten, auf die wir unterwegs stoßen.«

»Okay«, sagte sie. »Zwei Wochen.«

Er fuhr sich über die Wangen. Am Morgen hatte er sich gründlich rasiert. Er war mit Lina auf die Straße gegangen und hatte sie zum Schulbus begleitet. Zusammen mit ihr hatte er an der Haltestelle gewartet. Manchmal brachte er sie selbst in die Schule, doch heute Morgen nicht. Er hatte zugesehen, wie sie in den Bus eingestiegen war. Dann war er wieder ins Haus gegangen.

»Wollen wir noch mal miteinander schlafen?«, fragte er.

Seine Frau stand vom Bett auf und nahm den Wecker, der

auf ihrem Nachttisch neben dem Telefon stand. »Jetzt?«, fragte sie.

Sie stellte den Wecker wieder zurück. Der Major hatte ihn ihr geschenkt, als sie eine Weile Yoga machte. Damals musste sie früh aufstehen, denn die Yogastunden begannen sehr zeitig. Sie hatte schnell wieder damit aufgehört. Es hatte nichts geholfen, sie war nicht ruhiger geworden. Sie sei nicht der Typ für Yoga, hatte sie damals gesagt.

»Ich fahre heute Abend«, sagte er. »Vielleicht ein guter Anlass, noch mal miteinander zu schlafen.«

»Ja«, sagte sie. »Du fährst heute Abend.« Es klang verträumt. Sie hatte sich wieder aufs Bett gesetzt, sie schüttelte das Kissen.

»Wenn du nicht willst«, sagte er, »ist es auch gut. Es war nur eine Idee. Zwei Wochen sind keine lange Zeit. Es ist abzusehen.«

»Es ist eine gute Idee«, sagte sie, während sie immer noch das Kissen aufschüttelte. Sie klang, als denke sie an etwas ganz anderes. »Schlafen wir noch mal miteinander.«

Sitzend begann sie, sich die Bluse aufzuknöpfen.

Er setzte sich auf seine Seite des Betts und zog sich Schuhe und Socken aus.

Sie stand auf und hängte ihre Bluse über einen Stuhl. Dann setzte sie sich wieder hin und löste ihren BH. Ein weißer BH.

Der Major zog sich den Pullover aus. Er legte ihn zusammengefaltet neben die Schuhe und Socken. Hier wurde gründlich geputzt. Man konnte problemlos etwas auf den Boden legen. Seine Frau war aufgestanden, sie öffnete ihre Jeans und schob sie hinunter.

»Es ist eine Weile her«, sagte sie, »dass du so lang von zu Hause weg warst.«

Sie legte die Jeans über den Stuhl. Sie trug einen für ihre Verhältnisse unauffälligen Slip, keine Spitzen, keine Verzierungen. Rot, ein leicht verwaschenes Rot. Ein alter Slip, der aus unerfindlichen Gründen nicht in der Mülltonne gelandet war.

»Ja«, sagte der Major. »Es ist lange her. Aber zwei Wochen sind abzusehen.« Er rieb sich über die Knie. Im Sitzen zog er sich die Hose aus.

Seine Frau lag schon unter der Decke. Über die Schulter sah er sie an. »Sind wir glücklich?«, fragte er.

Ohne auf eine Antwort zu warten, stand er auf und zog sich die Unterhose aus. Sein Glied war noch nicht steif. Sein Schamhaar war üppig und ging nahtlos in die Behaarung der Oberschenkel über. Der Major war nie ein besonders behaarter Mann gewesen, doch im Lauf der Jahre waren immer mehr Haare dazugekommen. Außer auf dem Kopf.

»Wie meinst du das?«, fragte sie.

»Na, ob wir glücklich sind. Wenn Leute uns fragen würden: ›Seid ihr glücklich?‹, würden wir dann ›Ja‹ antworten?« Auch er legte sich jetzt unter die Decke.

»Jetzt?«, fragte sie. »Ob wir jetzt glücklich sind, meinst du?«

Er streckte den linken Arm nach ihr aus und suchte unter der Decke. Er fand eine Brust, eine Warze. Er nahm die Brustwarze zwischen die Finger, wie eine Nuss, die geschält werden muss.

»Im Allgemeinen«, sagte er. »Sind wir glücklich?«

Er begann, die Brustwarze zu massieren. Während er das

tat, musste er an den Einsatz vor einigen Wochen denken, an das Gesicht von Linas Mutter, an Linas Zöpfe, den zusammengesackten Korporal.

»Ich denke schon«, sagte seine Frau. »Nicht immer, aber im Allgemeinen sind wir mehr oder weniger glücklich, meine ich. Ich nicht immer, aber wir zusammen, ja, zusammen vielleicht schon. Wir wollten doch Sex machen?«

»Wir sind doch schon dabei?« Er rückte näher an sie heran. Mit der Hand begann er, über ihre Arme und Schultern zu streichen. Die Brustwarze hatte er losgelassen.

Sie krabbelte ihn auf der Brust, wie ein Baby, ein seltsames Baby, mit dem sie nicht richtig vertraut war, das Baby einer entfernten Verwandten.

Er beugte sich über sie, presste seine Lippen auf ihren Mund, doch der Kuss wollte keiner werden. Sie rieben die Lippen aufeinander, ihre trockenen Lippen, und er dachte daran, was er den Männern sagen sollte, die ihn auf dem Konvoi in den Norden begleiteten.

»Hast du eine andere?«, fragte sie.

»Eine andere?« Der Major lachte. Eine andere! Schon der Gedanke. Und dass er sie auch noch »haben« sollte, er hatte ja kaum seine eigene Frau. Selbst die Verdächtigen hatte er nicht. Er holte sie ab und brachte sie irgendwohin. »Ich hab keine andere. Du bist doch da. Du bist die andere.«

Er strich sich mit der Zunge über die Vorderzähne. »Und du?«, fragte er. »Hast du einen anderen?«

Sie schüttelte den Kopf. Sie nahm sein Glied und knetete die Hoden, wie sie es früher öfter getan hatte. Sein Glied war immer noch schlaff, aber es würde steif werden. Lange konnte es nicht mehr dauern.

»Schade«, sagte sie, »dass wir kein Kind bekommen konnten. Vielleicht wäre dann alles anders. Schade, findest du nicht?«

»Vielleicht«, flüsterte er. »Vielleicht wäre dann alles anders.«

»Schade«, ein Wort wie die letzten Tropfen im Ausguss.

»Macht nichts«, sagte sie.

Während er darüber nachdachte, was nun schade war und was nicht, nahm er den eigenen Körper mehr und mehr wahr. Es gab ihm einen Stich. Es gab schönere Körper, aber auch hässlichere. Er hatte immer gut funktioniert, sein Körper hatte getan, was er sollte. Und war das nicht, was zählte?

»Aber ich habe eine Lösung gesucht, und ich habe eine gefunden.« Er sprach lauter als zuvor. Mit Überzeugung oder jedenfalls gespielter Überzeugung.

»Ich weiß«, sagte sie. »Du hast eine Lösung gesucht und gefunden.«

»Liebst du sie?«, fragte er. »Hat es geklappt?«

»Sie? Nein«, sagte sie. »Das Kind gehört nicht hierher. Ich will sie gern eine Weile behalten, wenn dich das glücklich macht, aber sie gehört nicht hierher. Wir gehören nicht zu ihr und sie nicht zu uns.«

Noch immer war sein Glied nicht steif, es wurde zwar steifer, es wuchs, doch es wuchs langsam.

»Das denkst du nur«, sagte er. »Weil du durcheinander bist. Aber wir gehören zu ihr, und sie gehört zu uns.«

Der Major legte sich auf sie, unbeholfen, aber nicht schüchtern, ungeschickt, aber nicht roh.

»Noch nicht«, sagte sie. »Willst du mich nicht erst streicheln?«

Heute Nacht würde er aufbrechen, in den Norden, er würde seine Pflicht tun, die Truppen der Außenposten beliefern, die Verwundeten evakuieren, die Toten bergen. Er hatte keine Zeit, sie erst noch ausführlich zu streicheln, er hatte andere Sorgen. Seine Gedanken kreisten um seinen Auftrag, den Konvoi, die Männer, für die er Verantwortung trug.

Der Major legte sich wieder neben seine Frau und begann, sie zu streicheln, trotz der Zeitnot: ihre Beine, den Bauch, die Brüste. Er streichelte, als sei das seine Mission, präzise, konzentriert und behutsam.

»Wir haben das lange nicht mehr getan«, sagte sie.

»Nein«, antwortete er.

»Wie lange nicht?«

»Ich weiß nicht«, sagte er.

Leidenschaft war etwas, womit er wenig anfangen konnte. Er hatte Militärs kennengelernt, die als überaus leidenschaftlich galten. Man wusste nie, woran man mit ihnen war. Sie waren eine Gefahr für sich und für andere.

Sein Swimmingpool war seine Leidenschaft, hatte er immer gedacht. So etwas Kleines für ein so großes Wort, aber was machte das schon?

»Ich gefall dir doch noch?«, fragte sie. Ihre Stimme klang immer noch wie von fern. Vielleicht dachte sie an das Kind, das sie nicht lieben konnte, oder an die Abreise ihres Mannes. Vielleicht dachte sie auch an gar nichts.

»Du bist eine schöne Frau«, sagte der Major.

Das langte, fand er, er hatte jetzt lange genug gestreichelt. Auch diese Pflicht war erfüllt. Jetzt kamen die anderen Pflichten. Er musste sich auf seine Mission vorbereiten, das Streicheln musste ein Ende finden.

Er legte sich wieder auf sie. Noch immer war sein Glied nicht steif, nicht steif genug, nicht, wie es sich gehörte.

»Schön bist du«, sagte er. »Immer gewesen.«

Er lag auf ihr, sie fühlte zwischen seinen Beinen und sagte, was er auch schon wusste: »Du bist nicht steif.«

»Nein«, sagte er, »vielleicht musst du ihn kurz in den Mund nehmen. Das hilft. Dein Mund hat immer geholfen. Du hast einen herrlichen Mund.«

Er ging wieder von ihr herunter und warf einen Blick auf den Wecker. In etwas mehr als zwölf Stunden würde er aufbrechen.

Sie kroch über ihn wie eine Schlange. Sie brachte ihren Mund an sein Glied.

»Es ist eine gefährliche Mission«, sagte er. »Aber sie ist wichtig. Ich weiß nicht, warum sie mir den Auftrag gegeben haben. Vielleicht, weil ich darauf bestanden habe, dass sie was tun. Jeder hat seine Verantwortung. Aber ein Militär darf vor seiner Verantwortung nicht davonlaufen wollen. Sonst hat er sich den falschen Beruf ausgesucht.«

Paloma küsste das Glied des Majors. Ihre trockenen Lippen berührten das Ding, rieben darüber hinweg. »Und die Wehrpflichtigen?«, fragte sie.

»Denen bringen wir bei, ihr Land zu lieben«, sagte der Major.

Sie nahm das Geschlecht des Majors in den Mund.

»Das tut gut«, sagte er. »Das fühlt sich gut an.«

Seine Waffe nahm nach und nach Gefechtsstellung an: eine geladene Waffe.

Es hatte eine Weile gedauert, doch jetzt war es so weit.

Die Frau des Majors legte sich auf den Rücken. Es galt,

keine Zeit zu verlieren. Sie lag erwartungsvoll da, ein Geschütz in Bereitschaft.

Vorsichtig, doch auch gierig ließ der Major sich auf sie fallen. Kontrollierte Gier.

Er drang mühelos in sie ein. Ein angenehmes Gefühl. Eine feuchte Wärme, die Festigkeit des weiblichen Geschlechts in dem Moment, wo man eindringt. Danach wurde es weniger fest; wenn es feuchter wurde, fühlte das weibliche Geschlecht sich schnell an wie ausgeleiert. Doch direkt nach dem Eindringen war es noch fest und angenehm. Er stellte sich vor, dass die Vagina seiner Frau ein riesiges Insekt war, das sein Geschlechtsteil umklammerte. Eine erregende Vorstellung.

Seltsam, dass er gerade jetzt an Leidenschaft denken musste, vielleicht, weil sie ihm einmal vorgeworfen hatte, er sei leidenschaftslos. »Du bist so ein leidenschaftsloser Mann«, hatte sie gesagt. Bei Tisch, die Haushälterin stand daneben.

Er hatte geantwortet, dass man die Leidenschaft der ersten Zeit nicht immer bewahren konnte, es trat etwas anderes an ihre Stelle. Er hatte die Haushälterin angesehen und sich geschämt. Geschämt vor ihrem Urteil, ihrer Anwesenheit.

»Und was?«, hatte seine Frau gefragt.

Er wusste nicht mehr, was er geantwortet hatte.

»So«, sagte der Major, »das tut gut.«

Er stieß wieder in sie hinein. Er stieß und stieß. Sein Kopf neben ihrem, die Augen geschlossen, Speichel lief aus seinem Mund vor Anstrengung.

Er stieß und stieß.

Sie strengte sich an, seinem Rhythmus zu folgen, doch es

nutzte wenig. Je länger er in sie stieß, desto mehr war er bei seiner Mission, der Abfahrt, die auf drei Uhr morgens festgesetzt worden war.

Er öffnete die Augen, warf einen Blick auf den Wecker. »Du bist ein herrliches Ding«, murmelte er.

Wieder begann er zu stoßen. Sie hielt ihn fest. Mit diesem Mann war sie verheiratet, mit ihm hatte sie ein Kind haben wollen, sie hatte ihn kennengelernt, und er hatte ihr gefallen, hatte sie gesagt, doch sie schien nicht mehr zu wissen, warum.

Jetzt schlief ein gestohlenes Kind in ihrem Haus. So sah sie das. So sah seine Frau es, und doch hielt sie ihn fest, während er in sie stieß.

»Du lässt mich hier doch nicht im Stich?«, fragte sie.

»Nein, nein«, sagte der Major, während ihm der Speichel aus dem Mund lief und er weiter in sie stieß. Der Krieg musste gewonnen werden. Auch zu Hause. Sie hielt ihn immer fester, krallte ihre Fingernägel in seine Haut, und er stieß in sie wie eine Dampfmaschine.

»Ich bleibe hier nicht allein?«, rief sie. »Mit dem Pool und der Haushälterin und einem fremden Kind?«

»Nein, nein«, stöhnte er, während er weitermachte. Er spürte ihre Fingernägel. Sie tat ihm weh.

»Ich will nicht allein bleiben!«, schrie sie. »Nicht allein in diesem Haus!«

Er musste sich jetzt konzentrieren, sonst klappte es nicht. Er musste sich auf den Krieg zu Hause konzentrieren. Doch die einzige Flüssigkeit, die er hervorbrachte, kam aus seinen Augen.

Von einem Moment auf den anderen hörte er auf. Er blieb kurz auf ihr liegen und rollte dann von ihr herunter.

Sein Glied war nicht mehr richtig steif. Halbsteif war es und feucht, doch nicht von Sperma oder Vorlaufsaft, nur feucht von Paloma. Einen Moment blieb er so liegen, neben ihr, seiner Frau. Er hatte sie geliebt und liebte sie noch immer. So war es. So musste es sein. Kein Zweifel möglich, Wenn die Operation einmal in Gang war, konnte man sich keine Zweifel erlauben. Weil es dann keine Zeit zum Nachdenken gab. Trotz ihrer Krankheit, der mysteriösen Krankheit, für die die Ärzte keine wirksame Medizin hatten, war alles geblieben, so, wie es war. Eine Idylle. Zerbrechlich, aber eine Idylle.

»Ich kann nicht mehr«, sagte er. Er wischte sich übers Gesicht. »Wenn ich zurück bin, bringen wir's zu Ende.«

»In Ordnung«, sagte sie ruhig, »wenn du zurück bist, bringen wir es zu Ende.« Sie streichelte ihm die Wange. Es schien, als habe sie vergessen, dass sie eben noch geschrien hatte.

Er durfte nicht länger liegen bleiben, er musste sich vorbereiten, vorbereiten auf seine Mission. Er erhob sich und zog hastig die Unterhose an.

Eine richtige Antwort auf seine Frage hatte er nicht bekommen, darum gab er sie selbst, um allen Zweifeln ein Ende zu machen. »Wir sind glücklich«, sagte er.

Er zog sich Pullover und Hose an. Sie blieb liegen. Halb unter dem Bettzeug, zur Decke starrend. Auf der Bettkante sitzend, schlüpfte er in die Socken. Dann kam sie in Bewegung. Vor dem Spiegel begann sie, sich anzukleiden. Sie zog sich die Jeans an, schloss ihren Büstenhalter.

»Früher hab ich mir manchmal vorgestellt«, sagte sie, »noch mal von vorn anzufangen, mit jemand anderem, einem Fremden.«

»Das tun wir doch alle«, sagte der Major, »wir stellen uns alle mal vor, mit wem anders von vorn anzufangen. Phantasien sind harmlos.«

»Ja«, sagte sie. »Phantasien sind harmlos.«

Bevor er das Schlafzimmer verließ, berührte er kurz ihre nackte Schulter. Zärtlichkeit, hatte er sagen wollen, Zärtlichkeit tritt an die Stelle der Leidenschaft. Das alles ist Zärtlichkeit.

Sie nahm ihre Bluse und begann, sie zuzuknöpfen.

Die Kleine kam aus der Schule nach Hause, auf dem Rücken den Rucksack, den der Major ihr gekauft hatte, den Rucksack in Form eines Bären; ihre Sachen passten gerade so hinein. Sie ging nach oben, auf ihr Zimmer, legte den Rucksack ab und ließ sich auf ihrer Matte nieder. So tat sie das jeden Tag nach der Schule. Sie wartete, bis man sie rief. Spielen tat sie in der Zwischenzeit wenig. Manchmal sortierte sie die Sachen, die der Major aus ihrem früheren Zuhause geholt hatte und die inzwischen in zwei Schubladen verstaut waren.

Es gab Tage, an denen die Haushälterin sie holte und auf einen Hocker in der Küche setzte. »Hier«, sagte sie dann, »siehst du wenigstens etwas mehr als nur die Tapete.«

Doch heute war alles anders.

Der Major war zu Hause, und die Haushälterin kochte geschäftig.

Der Major stand unter der Dusche. Er wusste nicht, wann er wieder dazu käme, darum duschte er heute zweimal.

Er seifte sich gründlich ein und wusch sich das Glied, als hätte es wochenlang im Dreck gelegen, das tat er immer, wenn er Sex gehabt hatte. Danach wusch er sich die Haare.

Heute würde alles, was es an seinem Körper zu waschen gab, auch gründlich gewaschen werden.

Als er fertig war, zog er sich die Uniform an, knöpfte penibel das Oberhemd zu. Nicht geistesabwesend und routiniert wie andere Dinge, die man schon zigmal getan hat. Er tat es, als hätte er es gerade gelernt.

Aus dem Kleiderschrank, wo er sie stets zwischen den Socken aufbewahrte, holte er seine Dienstwaffe.

Er sah in den Spiegel, er war aufbruchbereit. Unverkennbar.

Vom Nachttisch nahm er die Geschenke für Frau und Kind. Eigentlich war es üblich, Geschenke von einer Reise mitzubringen, doch er fürchtete, dass es dort, wo er hinfuhr, keine Souvenirläden gab.

Die Haushälterin war immer noch in der Küche beschäftigt. Für sie hatte er nichts gekauft, und einen Moment tat ihm das leid.

Im Wohnzimmer stellte er die Geschenke auf den Tisch. Es war noch nicht gedeckt. »Lina!«, rief er.

Er wusste, dass sie nicht gleich reagieren würde. Darum ging er nach oben und holte sie. Sie saß auf ihrem Zimmer, vor einer der Schubladen des billigen Möbels, in dem ihre Habseligkeiten verstaut waren. Sie legte sorgfältig die Socken übereinander. In ordentlichen Stapeln.

»Lina«, sagte der Major von der Türöffnung aus, »komm runter. Ich hab was für dich. Wir müssen was feiern.«

Feiern war eigentlich nicht das richtige Wort, eine Abreise feiert man nicht, aber was machte das schon? Man könnte sagen, dass sie Linas neues Zuhause feierten. Linas Dasein, das im Grunde auch neu war.

Er hob Lina hoch, auf den Arm, mit dem Knie schob er die Schublade zu. »Wie war's in der Schule?«, fragte er, ohne auf eine Antwort zu warten. Es kam auch keine. Er trug sie die Treppe hinunter, setzte sie auf ihren Stammplatz am Esstisch. Im Handumdrehen hatte sie sich einen festen Platz erobert. Sie gehörte hierher, das sah jeder. Sonst hätte sie keinen Stammplatz.

Jetzt musste er nur noch seine Frau suchen.

Sie war nicht in der Küche, im ersten Stock war sie auch nicht, sie war im Garten. Sie saß am Rand des Schwimmbeckens, die bloßen Füße im Wasser.

»Komm«, sagte er zu seiner Frau. »Du erkältest dich noch. Ich hab was für dich.«

Sie sah zu ihm hoch. Sie planschte mit den Füßen im Wasser. Die Haare des Majors waren noch nass vom Duschen.

»Wie kann man hier glücklich sein?«, fragte sie.

Er legte ihr die Hand auf den Kopf. »Es gibt schlimmere Orte«, sagte er leise. »Das Klima hier ist recht angenehm. Die Stadt hat alles, was man von einer Stadt erwarten kann. Fast alles. Es gibt schlimmere Orte.«

»Ja«, sagte sie, »aber auch bessere.«

Der Major zuckte mit den Schultern.

Plötzlich packte sie ihn am Ärmel, mit einer Heftigkeit, die ihn überraschte. »Wie konnten wir hier je glücklich sein?«, fragte sie.

Er hatte seine Hand von ihrem Kopf genommen und schaute auf den Pool. »Es gibt auch so etwas wie Schicksal«, sagte er. »Niemand sucht sich aus, wo er geboren wird. Niemand seine Eltern. Manchmal gewinnt man gegen das

Schicksal, manchmal verliert man. Komm, lass uns hineingehen.«

Sie hatte seinen Ärmel losgelassen. Er sah sie an, und in ihren Augen stand Schmerz, nur noch Schmerz. Früher war ihm das nicht aufgefallen, vielleicht war es nicht zu sehen gewesen, vielleicht hatte er es auch nicht sehen wollen.

Er zog sie an den Armen nach oben.

Was er in ihren Augen gesehen hatte, erschütterte die Grundpfeiler seiner Existenz. Wenn seine Frau nur noch Schmerz war, was war dann er?

Sie zitterte vor Kälte, sie musterte ihn gründlich.

»Da«, sagte sie. Sie zeigte auf seine linke Wange. Sie fasste ihm ins Gesicht. »Schnell einen Pickel ausdrücken.«

»Hör auf!«, rief der Major. Seine Stimme hallte durch den Garten.

Doch sie drückte. Sie drückte, schien sich in seiner Haut festzubeißen, nicht mit den Zähnen, sondern mit den Händen, den Fingern, den Nägeln.

Endlich ließ sie ihn los.

»So«, sagte sie. »Jetzt siehst du wieder manierlich aus.« Sie wischte sich die Hand an der Hose ab.

»Wenn ich wieder da bin, bringen wir es zu Ende«, sagte er, »das von eben.« Es klang verlegen.

Vorsichtig schob er sie Richtung Wohnzimmer. Und sie ließ sich führen, barfuß. »Irgendwann werden wir von hier fortgehen«, flüsterte er. »Eines Tages. Dann verlassen wir dieses Provinznest.«

Ihre Schuhe waren am Beckenrand liegen geblieben. Der Major sah sich kurz um, doch er fand, dass man die Schuhe auch später noch holen konnte.

Er begleitete seine Frau zu ihrem Stuhl.

Endlich saßen sie so am Tisch, wie der Major es sich gewünscht, wie er es sich vorgenommen hatte. Zusammen. Die Familie war vollzählig.

»Ich fahre weg«, sagte er. »Es gehört zu meiner Arbeit, dass ich ab und zu wegmuss. Darum hab ich etwas für euch gekauft.« Er lachte. Er hatte den roten Faden seiner kleinen Rede verloren.

Das Päckchen mit dem Eimer und der Schippe gab er Lina. »Das ist für dich«, sagte er. »Damit kannst du spielen, wenn du am Strand bist. Wenn ich wieder da bin, nehm ich ein paar Tage frei, dann können wir zusammen ans Meer fahren.«

Sie riss das Papier von dem Päckchen. Ein roter Eimer kam zum Vorschein, mit einer grünen Schippe. Der Henkel des Eimers – des Eimerchens, mehr war es eigentlich nicht – war weiß.

»Vielen Dank, Señor«, sagte sie.

»Ach, hör doch auf«, rief der Major, »ich bin kein Señor.« Er stand auf und küsste das Kind, das er den Fängen seines Arbeitgebers entrissen hatte. Dann blieb er stehen, neben Paloma, zögernd, als wisse er selbst nicht, was jetzt kommen sollte.

»Für dich hab ich auch was gekauft«, sagte er schließlich zu seiner Frau. »Damit die Zeit schneller vergeht, wenn ich nicht da bin, damit …« Wieder verlor er den Faden. Ein begnadeter Redner war er nie gewesen, aber besser als jetzt konnte er's schon. So viel wusste er.

Er gab seiner Frau das Geschenksäckchen.

Es war aus schwarzem Samt, mit einer feinen Schnur darum.

Vorsichtig öffnete sie es, nahm das Kettchen heraus, betrachtete es, und der Major glaubte, sie lächeln zu sehen. Ihre Freude erleichterte ihn, war ein gutes Zeichen.

»Schön«, sagte sie.

»Wirklich? Gefällt's dir?«

»Ja«, sagte sie, »schön. Nicht protzig, elegant.« Sie legte sich das Kettchen um den Hals.

Der Major setzte sich wieder. »Genau, das dachte ich auch«, sagte er, »darum hab ich es für dich ausgesucht.«

Er schaute zu Lina. »Gefällt es dir?«, fragte er. »Was Mama da umhat, gefällt dir die Kette?«

Keine Reaktion.

»Lina«, sagte der Major. »Es ist eine Meerjungfrau.«

»Ja«, sagte Lina. »Sehr schön, Señor.«

Dann warteten sie schweigend, dass die Haushälterin das Essen auftrug. Ab und zu blickte der Major auf seine Armbanduhr, dann wieder richtete sich sein Blick auf seine Familie.

Endlich erschien die Haushälterin. Es gab Suppe. Sie hatte alle Register gezogen. Es war seine Lieblingssuppe: Hühnersuppe mit Ei. Trotzdem schmeckte es ihm nicht, er aß aus Pflichtgefühl, nicht aus Appetit.

Der Hauptgang wurde aufgetragen. »Weil Sie wegfahren«, sagte die Haushälterin, »habe ich Lamafleisch gebraten. Extra zu Ihrer Abreise.«

Der Major tranchierte das Fleisch, das auf einer großen Servierplatte auf dem Tisch stand. Er liebte es, Knochen abzunagen, doch heute Abend würde keine Zeit dafür bleiben.

»Lama kann zäh sein, aber wenn man es gut zubereitet, ist

es herrlich«, sagte der Major, noch bevor er einen Bissen genommen hatte.

Warum er das sagte, wusste er nicht, und als er sie einmal gemacht hatte, schämte er sich für die Bemerkung. Er dachte an die Fahrtroute des Konvois und fragte sich, ob er immer noch eine genauso geschärfte Wahrnehmung hatte wie früher, als die Geländeerkundung seine Aufgabe gewesen war.

Der Major aß hastig, wie in der Kantine.

»Nur die Ruhe«, sagte seine Frau, »du hast Zeit.«

»Ich komme nicht gern zu spät«, sagte er zwischen zwei Bissen, »ich möchte lieber pünktlich sein, mich in aller Ruhe vorbereiten.«

Die Knochen lagen auf seinem Teller. Er hatte kaum daran genagt.

Lina aß noch, langsam, aber sie aß.

Als Dessert gab es Mousse, eine Zitronenmousse. »Extra zu Ihrer Abreise«, sagte die Haushälterin wieder.

Die Mousse war dem Major zu schwer, zu viel rohe Eier, doch er aß eisern zu Ende. Was extra zu seiner Abreise zubereitet worden war, musste auch aufgegessen werden.

Lina hatte auch ein paar Happen davon genommen. Sie legte ihren Löffel neben den Teller.

Die Frau des Majors war wieder mit Serviettenfalten beschäftigt.

»Darf ich singen?«, fragte Lina.

Der Major sah seine Frau an, doch die war ganz ins Falten vertieft. Sie sagte nichts.

»In Ordnung«, sagte er, »heute Abend darfst du singen. Normalerweise geht das beim Essen ja nicht, aber ich fahre weg, und da machen wir eine Ausnahme.«

Lina schob die Zitronenmousse beiseite und sang. Sie sang in der Sprache, die er nicht verstand, der Sprache einer Bevölkerungsgruppe, die ihm eigentlich fremd war. Aber sie sang nicht schlecht.

Er schaute zu seiner Frau, sie faltete immer noch an ihrer Serviette. Er konnte nicht sehen, was es werden sollte, eine Blume, ein Tier? Vielleicht würde es auch gar nichts und blieb, was es war: eine zusammengelegte Papierserviette.

Und Lina sang, ohne Pause. Bis der Major aufstand und sagte: »Ich geh jetzt, das Taxi wird gleich da sein.«

Sofort hörte Lina zu singen auf.

Das Auto ließ er zu Hause. Das war besser, als es zehn Tage unbeaufsichtigt bei der Kaserne stehen zu lassen, vielleicht sogar länger, zwei Wochen.

»Bleibt ruhig hier, kommt nicht mit raus«, sagte der Major.

Er ging zu Lina und nahm sie auf den Arm. »Denk an unser Geheimnis«, flüsterte er ihr ins Ohr. »Wir sind miteinander verbunden, wir haben ein Geheimnis zusammen. Wer mich verrät, verrät auch dich. Und wer dich verrät, verrät auch mich. Wach über unser Geheimnis, denn unser Geheimnis ist unser Bund.«

Er küsste sie dreimal, dann setzte er sie auf den Stuhl zurück, vor die kaum angerührte Zitronenmousse.

Der Major ging zu seiner Frau. »Bleib auch ruhig drin«, sagte er. Er küsste sie zweimal auf die Wange. »Bis in zwei Wochen.«

»Ja«, sagte sie.

An der Tür blieb er noch einmal stehen. Sie saßen regungslos da, Mutter und Tochter, die Frau und das Kind.

Die Frau mit der gefalteten Serviette, das Kind vor seinem Nachtisch.

»Seid ein bisschen nett zueinander«, sagte er.

Seine Frau wollte aufstehen, doch er sagte: »Nein, Schatz, bleib sitzen, ich kenne den Weg. Draußen ist so ein hässliches Wetter.«

Dann begann Lina wieder zu singen. Er ging schnell in den Flur, wo er vor dem Spiegel ein letztes Mal seine Uniform kontrollierte, die Gesichtsmuskeln wie erstarrt, so sehr hatte er sich zusammennehmen müssen.

In seine Brusttasche hatte er eine Karte der Gegend gesteckt, in die sie fuhren. Er sorgte gerne selber vor. Die Armee versprach zwar, sich um alles zu kümmern, doch ob sie es dann in der Praxis auch tat, war eine andere Sache.

Er öffnete die Tür zur Küche. Die Haushälterin war am Essen.

»Ich muss los«, sagte er. »Bleib sitzen. Lass dich nicht stören.«

Sie stand auf. Von der Anrichte nahm sie eine große Papiertüte. »Ich hab Zimtschnecken für Sie gebacken«, sagte sie. »Weil Sie wegfahren, Herr Major. Die essen Sie doch so gern?«

Er starrte die Frau mit dem runzligen Gesicht an.

»Acht frische Zimtschnecken«, sagte sie mit einer ihm unerklärlichen Freude.

Er warf einen Blick in die Tüte. Jede der acht Schnecken war in Alufolie gewickelt.

»Sie sind noch warm«, sagte die Haushälterin. »Warten Sie, ich geb Ihnen eine bessere Tüte.«

Sie kramte in einem Schrankfach und zog eine Plastiktüte

hervor, in die sie die Papiertüte mit den Zimtschnecken hineinsteckte.

»So«, sagte sie. Sie gab ihm die Plastiktüte.

»Vielen Dank, sehr aufmerksam.«

»Gute Reise, Herr Major. Ich komm noch mit Ihnen vor die Tür.«

»Nein, nein«, sagte er. »Bleib hier. Dein Essen wird kalt. Ich komm schon zurecht.«

An der Tür drehte er sich noch einmal um. »Das Essen heute Abend war herrlich«, sagte er, »du hast dich selbst übertroffen. Pass gut auf meine Familie auf, solange ich weg bin. Ich werde dich wissen lassen, ob sie genauso lecker waren wie immer.« Es klang jovial, fast fröhlich. Er hielt die Tüte mit den Zimtschnecken hoch, als könnte noch unklar sein, was er meinte. Schweigend verließ er die Küche.

Das Taxi stand vor der Tür. Der Major stieg ein und nannte dem Chauffeur das Fahrziel.

»Wird es eine lange Nacht?«, fragte der Mann.

»Ich weiß nicht«, antwortete der Major. »Wir werden sehen.« Er hielt die Tüte mit den acht Zimtschnecken auf dem Schoß. Er sah aus dem Fenster. Wie er gebeten hatte: Niemand war vors Haus gekommen, um ihm zum Abschied zuzuwinken.

5

In der Kaserne ging er sofort in sein Büro. Es brannte kaum noch ein Licht, das Verwaltungspersonal war schon lange nach Hause gegangen.

Er ging durch die menschenleeren Flure und schaltete in seinem kleinen Büro alle Lampen an. Der Major sah im Eingangsfach seines Schreibtisches nach, ob noch Berichte für ihn gekommen waren, ein Memo, eine verspätete Postsendung. Das Fach war leer. Er wischte ein paar Krümel und Papierschnipsel heraus.

Dann setzte er sich an den Schreibtisch. Die Tüte mit den Zimtschnecken vor sich, las er noch einmal das Memo, in dem er auseinandergesetzt hatte, welche Bedingungen erfüllt sein müssten, damit eine Mission wie diese zum Erfolg führen konnte. Eine der wichtigsten Bedingungen, so wusste er, war nicht erfüllt worden. Es würde keine Luftunterstützung geben.

Er schaute auf seine Uhr. In gut zehn Minuten würde das Sicherheitsbriefing beginnen. Der Major räumte sein Büro auf, stapelte die Unterlagen, die noch aufgehoben werden mussten, und warf überflüssigen Papierkram in den Müll. Ein Foto seiner Frau, das all die Jahre auf seinem Schreibtisch gestanden hatte, verstaute er in der Schublade, in der auch seine Lieblingsbiographie von Napoleon lag. Auf dem Foto war seine Frau Anfang zwanzig. Sie posierte mit stark geschminkten Lippen auf einem Balkon. Sie waren frisch verheiratet, es war ihre Hochzeitsreise. Sie trug denselben Bademantel, von dem sie sich noch immer nicht trennen konnte.

Er stand auf, sah sich um, er hatte nichts vergessen. Er nahm die Tüte mit den Zimtschnecken, schaltete die Lichter aus und ging in den Teil des Gebäudes, in dem das Sicherheitsbriefing stattfinden sollte. In einigen Fluren musste er nach den Lichtschaltern tasten, in anderen hatte man die Lichter brennen lassen.

Er ging durch die verlassenen Flure, langsamer als gewöhnlich. Er mochte es nicht, zu einem Treffen zu früh zu kommen. Schließlich erreichte er die Abteilung, wo man ihn erwartete.

Er war lange nicht hier gewesen. Man brauchte einen besonderen Grund, um hierherzukommen. Den hatte er nicht gehabt.

Er musste ein wenig suchen, doch schließlich fand er den Raum, in dem er sich melden sollte, Zimmer 4.12. Vor zwei Tagen hatte er das Memo bekommen. Uhrzeit und Raumnummer, mehr hatte nicht darin gestanden.

Er klopfte an die Tür.

»Herein«, wurde von drinnen gerufen.

Er schob die Tür auf. Am Ende eines langen Tisches saßen zwei Männer, jünger, als der Major erwartet hatte. Einer der beiden hatte kurzes braunes Haar und trug eine Brille. Für einen Moment meinte der Major, den Mann zu kennen, er musste ihn schon einmal gesehen haben, er wusste nur nicht mehr, wo.

Im Raum brannte Neonlicht.

An der Wand hing ein Poster, auf dem ein Soldat mit Telefon abgebildet war. Darunter der Text: »Telefongespräche nach Hause? Der Feind hört mit!«

»Setzen Sie sich, Major«, sagte der Mann mit der Brille.

Major Anthony nahm Platz, nicht weit von den Männern entfernt. Der Tisch war für mindestens sechzehn Leute gedacht.

»Kaffee?«

Der Major nickte.

Die Männer hatten sich nicht vorgestellt, in ihren Kreisen war das wahrscheinlich nicht üblich. Wer mit dem Sammeln von Informationen beschäftigt war, bevorzugte Diskretion.

Auf dem Tisch stand eine Thermoskanne. Der Mann mit der Brille pumpte Kaffee aus dem Behälter, der ein unangenehmes Blubbern von sich gab. Sonst war nur das Summen der Neonröhren zu hören. Gesprochen wurde nicht. Noch nicht.

»Zucker?«, fragte der Mann mit der Brille schließlich.

Der Major nickte. Die Frage erleichterte ihn irgendwie. Eine Tasse mit kleinen Zuckertüten wurde in seine Richtung geschoben. Er nahm zwei.

»Na denn«, sagte der andere Mann. Im Gegensatz zu dem mit der Brille trug er keine Uniform. Er hatte ein kleines Feuermal auf der Stirn, schräg über dem linken Auge.

Der Mann mit der Brille machte eine Notiz.

Hatten sie nicht einmal an derselben Übung teilgenommen?, fragte sich der Major. Eine Übung, von der ihm nichts in Erinnerung geblieben war außer ein paar Gesichtern?

»Wir haben nicht viel Zeit«, sagte der Mann mit dem Feuermal. »Kommen wir also zur Sache. Wenn es Ihnen recht ist, Major.«

Der Major nickte.

Der Mann holte eine Karte hervor, die er auf dem Tisch ausbreitete. Er hielt den Zeigefinger darauf. »An diesem Pass«, sagte er, »sind die letzten drei Konvois in den Hinterhalt geraten. Nun, Major, Sie kennen die Details, ich brauche sie Ihnen nicht zu erläutern.«

Er nahm ein Lineal und legte es auf die Karte. »Hier oben«, sagte er, »oberhalb dieser Linie herrscht Anarchie. Das bedeutet: keine Autorität der Zentralgewalt. Überhaupt keine Autorität. Ein paar Polizeiposten, aber wer die kontrolliert, ist unklar, wir sind es jedenfalls nicht.« Er lachte, ein kurzes, heiseres Lachen.

»Ja«, sagte der Major. Auf dem Stuhl neben ihm lag die Plastiktüte der Haushälterin.

»Weiterhin in dieser Region: zwei isolierte Außenposten. Diese Außenposten sind das Ziel Ihrer Mission.«

Der Major nahm einen Schluck Kaffee. »Ich weiß«, sagte er.

Es war einen Moment still.

»Wie man hört, haben Sie die Mission selber beantragt?«, fragte der Mann mit der Brille.

Der Major räusperte sich. »Ich habe gesagt …« Er zögerte. »Ich habe gegenüber dem Generalstab die Meinung vertreten, wir hätten eine moralische Verpflichtung.«

Hatte er das wirklich gesagt? War das seine Überzeugung gewesen? Er hing an dem Ehrenkodex, den man ihm auf der Militärakademie beigebracht hatte, wie andere an den Gebrauchsanweisungen ihrer Maschinen. Was auch immer er an seinem Arbeitgeber auszusetzen hatte, er fühlte sich eins mit seiner Arbeit, er *war,* was er tat. Dass er im Leben noch etwas anderes tun könnte, lag außerhalb seiner Vorstellung.

Der Mann mit der Brille nickte zerstreut. Seine Frage schien ihn mehr zu interessieren als die Antwort. »Wir haben Grund zu der Annahme, dass die meisten unserer Informanten in diesem Gebiet nicht mehr leben. Das bedeutet, dass wir vorübergehend an einen wesentlichen Teil unserer Informationen nicht mehr herankommen.« Er machte eine Pause, wie um seinen Worten Nachdruck zu verleihen.

Der Major kannte die Situation, auch ohne Wiederholungen und Kunstpausen. Mach weiter, wollte er sagen. Bringen wir's hinter uns.

Er fragte sich, ob das Feuermal wirklich ein Feuermal war, vielleicht war es auch nur das Überbleibsel einer Wunde. Er konnte nicht aufhören, es anzustarren, obwohl er wusste, dass das unhöflich war.

»Natürlich hören wir ihre Telefonleitungen ab«, sagte der Mann mit der Brille, »aber das Problem ist: Sie wissen, dass wir sie abhören. Darum haben wir die Informationen, die wir auf diesem Wege erhalten, als nur beschränkt zuverlässig eingestuft.«

»Beschränkt zuverlässig«, wiederholte der Major.

Der Mann mit dem Feuermal setzte sich anders hin. »Bei einigen Gesprächen, die wir abhören, merken wir sofort: Das sagen sie wegen uns.«

Der Mann mit der Brille unterbrach seinen Kollegen. »Es ist eine Menge Fehlinformation dabei, das können wir mit hoher Wahrscheinlichkeit sagen. Es ist uns nur noch nicht gelungen, die Fehlinformation von den echten Informationen zu trennen. Ich will offen mit Ihnen reden, Major. Wir machen Fortschritte, aber hundertprozentige Sicherheit können wir niemandem bieten.«

Der Major nickte. Er dachte an sein Haus und den Pool, in dem das Kind geschwommen, an seine Frau, mit der er im Bett gelegen hatte.

Der Mann mit dem Feuermal nahm einen Stift aus der Brusttasche. Der Grund war unklar, denn er notierte nichts. »In der Bevölkerung gibt es einen gewissen Rückhalt für die Aktionen der Terroristen«, sagte er routiniert, fast gelangweilt. »In den von ihnen kontrollierten Gebieten haben sie für ein gewisses Maß an Sicherheit und Stabilität gesorgt. Das hat ihre Popularität vergrößert.«

Er legte den Zeigefinger wieder auf die Karte. »Jenseits dieser Linie können wir nichts mehr für Sie tun. Dort sind Sie auf sich allein gestellt. Noch etwas Kaffee?«

Der Major nickte. Mit den Augen verfolgte er den Weg des Konvois, der auf der Karte gelb eingezeichnet war. Ein sich windender Weg durch die Berge.

Der Kaffee wurde aus der Thermoskanne gepumpt. Das Blubbern klang noch unangenehmer als beim ersten Mal.

»Ihr braucht eine neue Thermoskanne«, sagte der Major.

»Ja«, sagte der Mann mit der Brille. »Nach unserer Einschätzung können die Außenposten noch zehn, maximal vierzehn Tage durchhalten.« Er machte eine Pause. »Wir wissen auch, die Terroristen erwarten, dass wir noch einen Konvoi schicken, und dass sie alles daransetzen werden, auch den aufzuhalten. Aber wir wissen nicht, wie und wo sie das tun werden. Sichere Aussagen können wir nur über die Vergangenheit machen. Sie kennen deren Methoden,

Major. Sie haben sie studiert. Sie haben Berichte darüber verfasst.«

Der Mann kramte in seinen Papieren. Der Major erkannte seine eigenen Memos wieder.

»Auf Ihnen ruht eine schwere Verantwortung.«

Der Major nickte. Auch deswegen war er zur Armee gegangen: um wichtige Entscheidungen zu treffen. Und Offizier war er geworden, weil er glaubte, andere Militärs inspirieren, sie begeistern zu können.

In Wirklichkeit hatte er vor allem seinen Schreibtisch begeistert. Er wusste es, doch zu seinem eigenen Erstaunen störte es ihn nicht mehr. In diesem Moment fürchtete er sich gewaltig vor dem Tod. Als er noch jung war, wirklich jung, war ihm der Tod an manchen Abenden als ideale Lösung erschienen. Wenn man Mumm in den Knochen hatte, sah man ihm ins Auge, man war kein Beamter, der auf seine Pension wartete, nein: Man forderte den Tod heraus.

Er sehnte sich nach seinem Zuhause, wie unvollkommen das oft auch war.

»Wonach riecht es hier?«, fragte der Mann mit dem Feuermal plötzlich.

Die zwei Männer begannen zu schnuppern.

»Oh«, sagte der Major, »das bin wahrscheinlich ich, meine Zimtschnecken. Die Haushälterin hat sie frisch für mich gebacken. Für unterwegs.« Er hielt die Tüte hoch.

Die Männer nickten, und der Mann, den der Major glaubte, von einer Übung zu kennen, drückte ihm ein paar Blätter in die Hand. »Das sind die Männer, die heute Nacht mit Ihnen aufbrechen werden«, sagte er. »Der Generalleutnant hat mich gebeten, Ihnen diese Liste zu geben. Es werden ein paar Ihnen unbekannte Namen dabei sein, wir mussten sie von überall her zusammensuchen. Wir müssen mit den Mitteln kämpfen, die wir haben, Sie kennen die Situation.« Der Mann nahm seine Brille ab und rieb sich die Augen.

Der Major überflog das Verzeichnis. Zwar hatte er nicht erwartet, dass man ihm all seine Wünsche für den Konvoi erfüllen würde, doch das hier waren so wenig Leute, dass er die Blätter zweimal umdrehte, ob auf den Rückseiten vielleicht noch ein paar Namen standen.

Er konnte sich nicht mehr konzentrieren, die Buchstaben verschwammen vor seinen Augen. Schweigend trank der Major seinen Kaffee.

Der Mann setzte die Brille wieder auf. »Auf der dritten, nein: vierten Seite steht die Einteilung pro Fahrzeug. Der Generalleutnant sagte, es tue ihm leid, dass er es nicht mehr mit Ihnen persönlich besprechen konnte, aber, na ja …«

»Sie kennen die Situation«, ergänzte der Mann mit dem Feuermal. »Nähern wir uns in diesem Krieg einem Sieg? Nein. Steuern wir auf eine Niederlage zu? Das kommt drauf an, wie man die Sache betrachtet. Sie scheinen ein Optimist zu sein.«

Der Major sortierte die Blätter, die er bekommen hatte, bis sie wieder in der richtigen Reihenfolge lagen. »Optimist«, sagte er. »Ich weiß nicht. Keine Ahnung, aber das hier …« Er zeigte auf die Papiere. »Das hier ist lächerlich. Wenn Sie meine professionelle Meinung hören wollen: Ich würde den Konvoi abblasen. Ich würde sagen: Wir fahren nicht. Nicht mit so wenigen Leuten, nicht so, mit so wenigen Fahrzeugen. Das ist meine professionelle Meinung. Aber ich habe noch nie einen Befehl verweigert und werde das auch heute nicht tun.«

Der Mann mit dem Feuermal warf die Hände in die Höhe. »Nicht auf den Boten schießen«, sagte er.

Der Mann mit der Brille verschränkte die Hände. »Wir geben Einschätzungen«, sagte er. »Das ist unsere Aufgabe. Und unserer Einschätzung nach ist Ihre Mission schwierig, aber nicht unmöglich. Krieg führt man mit dem Material, das man hat.«

»Warum bekomme ich nicht mehr Männer für diese Mission?« Zum ersten Mal erhob der Major seine Stimme.

Der Mann mit dem Feuermal trommelte mit den Fingern auf den Tisch. Dann sagte er: »Die Situation ist Ihnen bekannt. Es gibt nicht nur die eine Front. Die Front ist überall, wohin Sie auch gehen, auch in den Städten und Dörfern, die Front verläuft quer durch Wohnungen und Häuser. Die Truppen werden überall gebraucht. Niemand kann an mehreren Orten gleichzeitig sein.«

Quer durch Wohnungen und Häuser? Der Major schaute in seine Tasse, es war kein Kaffee mehr drin. Der Mann mit dem Feuermal schob die Thermoskanne in seine Richtung, doch der Major wehrte ab. Er faltete die Papiere sorgfältig zusammen und steckte sie in eine der Taschen seiner Uniform. Wieder dachte er an seine Frau, wie sie Servietten faltet, am Abendbrottisch, schweigend. So hatten sie da gesessen, Abend für Abend, als würde es immer so weitergehen.

Er dachte an ihren Körper.

Quer durch die Häuser. Für ihn war klar, was sie damit meinten. Sein Haus meinten sie, quer durch sein Haus verlief die Front, durch seine Frau, sein Kind und den Swimmingpool. Die Männer schwiegen. Der Mann mit dem Feuermal begann, die Karte zusammenzufalten.

Dann sagte der Major: »Gut, das war's, glaube ich.«

Der Mann mit dem Feuermal gab dem Major ein Kärtchen. »Wenn Sie mich einmal brauchen. Wenn mal was sein sollte … Auch unterwegs. Nicht, dass wir viel tun könnten … Aber man weiß ja nie. Wenn mal was ist …«

Der Major nahm das Kärtchen. Es stand kein Name darauf, nur eine Nummer. Er steckte es in die Tasche, während er noch einmal das Poster an der Wand betrachtete. Ein seltsamer Soldat, den sie für das Poster ausgesucht hatten. Vielleicht war es auch gar kein Soldat, sondern ein Fotomodell.

Er stand auf. »Es war sehr instruktiv«, sagte er. »Instruktiv und doch angenehm.«

Auch der Mann mit dem Feuermal stand nun auf. »Gute Reise«, sagte er. Sie schüttelten sich die Hand.

Der Mann mit der Brille ging auf ihn zu, schien dem Major auf die Schulter klopfen zu wollen, doch zuletzt gab er ihm bloß die Hand. »Wir verstehen Ihre Bedenken, aber Sie unterschätzen Ihre Erfahrung, und die Kraft und den Ehrgeiz Ihrer eigenen Leute. Sie werden alles daransetzen, dass Ihre Mission ein Erfolg wird.«

Der Major nickte. Er nahm die Tüte mit den Zimtschnecken vom Stuhl.

Gerade als der Major weggehen wollte, als er dachte, es sei vorbei, sagte der Mann, dessen Gesicht ihm bekannt vorkam: »Und noch etwas. Halten Sie das Ziel Ihrer Reise so lange wie möglich geheim. Ihre Untergebenen sind nicht dumm. Sie wissen, was mit den vorigen Konvois passiert ist. Fahnenflucht ist ein wachsendes Problem in unserem Geschäft. Die Leute wissen nicht, wohin die Reise geht. Das ist Ihr Vorteil. Lassen Sie sich diesen Vorteil nicht vorzeitig aus der Hand schlagen. Informieren Sie sie erst im letzten Moment. Nicht eher als nötig.«

»Danke für Ihren Rat«, sagte der Major leise. »Danke, dass Sie sich die Zeit genommen haben.« Er hatte noch etwas hinzufügen wollen, doch dann erschien es ihm besser, es hierbei zu belassen.

»Es ist tapfer von Ihnen…«, sagte der Mann mit dem Feuermal. Er beendete seinen Satz nicht, als sei ihm die Fortsetzung entfallen oder wolle er nicht sagen, was genau tapfer war. »Es ist tapfer«, sagte er schließlich, »sich zu solch einer Mission zu melden.«

»Nein«, antwortete der Major heftig. »Ich habe mich nicht zu dieser Mission gemeldet, und tapfer ist es auch nicht. Ich bekomme Befehle, und die führe ich aus. Auch wenn sie schwer sind. Das ist mein Beruf. Das bin ich. Ich laufe nicht vor meinen Pflichten davon. Das habe ich mein ganzes Leben lang nicht getan. Dazu bin ich ausgebildet, das ist meine Spezialität.« Es war sein Ernst. Im Ausführen von Befehlen hatte er all die Jahre brilliert.

Durch die leeren Flure ging er Richtung Innenhof, in der Linken die Plastiktüte. Als er sich sicher war, dass die Männer ihn nicht mehr sehen konnten, blieb er stehen, um seine Uniform zu richten. Er atmete ein paarmal tief durch. Sein Mund war trocken, der Kaffee hatte nichts geholfen. Noch knapp fünf Stunden. Am liebsten wäre er sofort aufgebrochen. Erzwungene Untätigkeit, das hasste er am meisten.

Auf einer Bank in einem der Flure nahm er eine Zimtschnecke aus der Alufolie und aß sie, obwohl er eigentlich keinen Appetit hatte. Sie war immer noch etwas warm.

Danach zerknüllte er das Silberpapier zu einer kleinen Kugel. Er schaute sich um, doch nirgends war ein Mülleimer zu sehen.

6

Im großen Innenhof stand der Konvoi, abfahrbereit. Das bläuliche Licht der Scheinwerfer stach dem Major in die Augen, obwohl es nicht besonders grell war. Fünf Last- und sieben Panzerwagen – notdürftig gepanzert. Der Major schritt die Fahrzeuge ab. Das hier war weder die Anzahl noch der Typ Fahrzeuge, die er bestellt hatte.

Vor einem der Lastwagen hockte ein Sergeant. Er war dabei, den Reifendruck zu kontrollieren.

Der Major blieb stehen, um ihm zuzusehen. Es dauerte einen Moment, bis der Sergeant ihn bemerkte. Ein junger Bursche Mitte zwanzig. Ziemlich dick.

»Ich hatte Sie nicht gesehen, Herr Major.« Der Sergeant stand auf und wischte sich die Hände an der Hose ab.

»Was machst du da?« Der Major nahm die Plastiktüte von der linken Hand in die rechte.

»Das ist mein Lastwagen«, sagte der Sergeant. »Damit fahre ich heute Nacht los.«

»Dann fährst du mit mir«, sagte der Major. »Wie lange bist du schon bei der Armee?«

»Ungefähr sechs Monate, Herr Major.«

»Was hast du davor gemacht?«

»Alles Mögliche.«

»Hast du schon mal am Steuer von einem Lastwagen gesessen?«

»Ich war eine Zeitlang Busfahrer.«

Der Major ging weiter. Er dachte an die Nacht, als er Lina zum ersten Mal gesehen hatte, an ihre Zöpfe. Jene Nacht gehörte zu einem anderen Leben, er war ein anderer Major gewesen. Ein Major ohne Kinder.

»Wo fahren wir eigentlich hin, Herr Major?«, rief der Sergeant ihm hinterher.

Der Major tat, als hätte er es nicht gehört. Er ging Richtung Kasernentor. Langsam und doch konzentriert. Bei einem Strommast, nicht weit vom Tor der Kaserne entfernt, blieb er stehen. Er schaute zum Wachturm empor, dann auf die Sandsäcke und die Soldaten, die daneben Wache hielten. Zwei waren es. Im Turm standen noch zwei, doch die schauten in die andere Richtung. Er sah sie, doch sie sahen ihn nicht.

Mit der Plastiktüte in der Hand stand der Major da, regungslos, leicht angespannt, konzentriert. Das konnte er gut, darin war er trainiert. Es kam nicht nur darauf an, wie man sich bewegte, sondern vor allem darauf, wann. Stillstehen war eine Kunst. Ein guter Späher hatte gelernt, keinen Laut von sich zu geben.

Über eine Stunde stand er so da, unter dem Strommast, mit der Tüte, wie ein Raubtier, lauernd auf Beute. Er würde diese Mission zu einem guten Ende bringen, auch unter diesen Umständen. Er würde auf keinen Fall aufgeben, auch wenn er den Tod seiner Männer nicht leichtfertig riskierte. Was das Schicksal bestimmt hatte, würde geschehen. Wenn nichts dazwischenkam, würde der Konvoi heute Nacht aufbrechen. Und es würde nichts dazwischenkommen. Wenn es sein musste, war er unerbittlich, zu sich und zu anderen.

Wenn das hier war, was man von ihm verlangte, das hier die Rolle, die man ihm zugeteilt hatte, dann würde er diese Rolle ausfüllen.

Er dachte an den Körper seiner Frau, ihre Beine, den Hintern, und fragte sich, ob sie sich einen anderen Mann nehmen würde, wenn er wider Erwarten nicht mehr zurückkehrte. Nicht, dass er damit rechnete, aber wer weiß? Vielleicht würde sie mit dem anderen Mann in seinem Haus wohnen. Würde sie alles so lassen, wie es war, das Bett, die Schränke, das Wohnzimmer? Und würde der andere Mann in seinem Bett liegen, seine Kleidung tragen, von seinem Teller essen? Würde seine Frau noch ab und zu an ihn denken, wenn sie seinen Nachfolger küsste? Und sein Kind, würde sie das lassen, so, wie es war?

Als er merkte, dass die Zeit drängte, er sich sicher war, dass alle, die mitkamen, im Innenhof auf ihn warteten, ging er zurück.

Nach ein paar Schritten blieb er noch einmal stehen, er drehte sich um und betrachtete den Strommast, unter dem er Posten gefasst hatte. Er fragte sich, ob Lina jetzt wohl noch sang und was seine Frau gerade machte.

Wie ein Fuchs näherte der Major sich dem Innenhof. Er lief im Schatten, das Licht der Scheinwerfer fiel nicht auf ihn. Niemand konnte ihn sehen, niemand ihn hören. Vielleicht war das die Quintessenz dessen, was er war: jemand, den man nicht wahrnahm.

Er sah sie im Hof stehen. Seine Jungs. Manche standen allein, andere in Gruppen. Ein paar hielten Wasserflaschen in der Hand. Ihre Rucksäcke hatten sie schon in den Fahrzeugen verstaut.

Er beobachtete sie. Mit diesen Jungs, Männer konnte man sie kaum nennen, müsste er das Ganze also durchziehen. Eine moralische Verpflichtung, so hatte er diesen Konvoi in seinen Aktennotizen genannt. Jetzt kam ihm diese Verpflichtung abstrakt und wertlos vor. Hatte er keine wichtigeren Verpflichtungen? Auf ihn zu Hause wartete ein Kind. Er hatte es dort hinverpflanzt wie ein junges Bäumchen in den Garten, in der Hoffnung, dass es dort Wurzeln schlägt. Er kannte das Geheimnis dieses Kindes, denn es war sein Geheimnis. Sein Verbrechen. Er hatte versucht, ein tadelloses Leben zu führen, loyal, nach seinen Prinzipien, Prinzipien, die nicht zufällig auch die Prinzipien des Staates waren. Es war ihm nicht gelungen.

Jetzt belauerte er diese Jungen, die auf ihn warteten. Von moralischen Verpflichtungen und Verbrechen wussten sie nichts, und das war wohl auch besser so. Wenn er sich in einer Sackgasse befand, dann hatte er sich selbst dort hineinmanövriert, und nicht nur sich. Diese Jungs waren hier, weil er behauptet hatte, dass die Armee die Außenposten nicht abschreiben durfte wie eine Fehlinvestition. Und weil der Generalstab auf ihn gehört hatte.

Die Männer hatten recht gehabt, als sie sagten, dass er die Mission selbst beantragt hätte. Das hier war nicht einfach ein Auftrag, den er ausführte, die x-te Festnahme verdächtiger Individuen. Er hatte selbst darauf gedrungen, er hatte nur nicht gedacht, dass man ihn beim Wort nehmen würde.

Es kostete ihn Mühe, seine Position zu verlassen, im Halbdunkel, wo niemand ihn sah, er alle anderen aber sehen konnte. Die Zeit drängte. Er ging auf die Soldaten zu.

Sie sahen ihn immer noch nicht.

Sie bemerkten ihn erst, als er den Mund öffnete. Er musste zweimal rufen, bis alle in seine Richtung blickten. War er darum nie zum Oberstleutnant befördert worden? Fehlte ihm die natürliche Autorität? Vielleicht war seine Stimme nicht kräftig genug. Im ersten Kontakt – bis er sich entspannter fühlte – strahlte er zunächst immer eher eine Persiflage von Autorität aus als wirkliche Autorität. Im kleinen Kreis wirkte er noch am besten. Da entströmte ihm die Autorität wie Mineralwasser der Quelle.

»Guten Abend!«, rief er.

Die Gespräche hörten nach und nach auf. Es war wie in der Schule. Schlimmer als früher, bei seinem Eintritt in die Armee. Damals wurde weniger durcheinandergeredet, begegnete man Offizieren mit einem gewissen Respekt.

»Ich bin Major Anthony«, sagte der Major. »Die Operation steht unter meinem Befehl. Ich rufe jetzt eure Namen auf. Wer seinen Namen hört, ruft laut und deutlich ›Hier!‹«

Er nahm die Liste aus seiner Tasche. Die Plastiktüte lag neben ihm auf dem Boden. Vielleicht war es das blaue Licht der Scheinwerfer, doch er hatte Mühe beim Lesen. Er musste die Liste weiter von seinen Augen weghalten als sonst. Sowie er zurück war, musste er sich eine Lesebrille besorgen. Er blinzelte, ein Auge begann zu tränen.

Es herrschte gespannte Stille. Keinen Mucks machten die Jungs, blickten in seine Richtung. Erwartungsvoll, so schien es, voll Hoffnung. Sie vertrauten ihm.

Jetzt musste er anfangen, jetzt ihre Namen aufrufen. Doch je mehr er die Augen zusammenkniff, desto mehr tränte das eine.

Endlich hatte er für die Liste einen geeigneten Augenabstand gefunden.

Er rief den ersten Namen auf.

Irgendwo hinten rief ein Junge: »Hier, Herr Major.«

Der Major schaute, ob er das Gesicht sehen konnte, das zu dem Namen gehörte, doch der Junge stand hinter anderen Soldaten. Es blieb ein Name ohne Gesicht.

Er nannte den zweiten Namen. Die Namen standen in alphabetischer Reihenfolge.

Der Major hätte dies nicht zu tun brauchen, hätte es an einen Untergebenen delegieren können, doch diese Aufgabe wollte er selbst übernehmen.

In einem anderen Teil der Kaserne landete ein Hubschrauber. Der Major musste den Krach übertönen.

Langsam arbeitete er sich durch die Liste. Bei jedem »Hier!« versuchte er, einen kurzen Blick auf das betreffende Gesicht zu werfen, um wenigstens eine vage Vorstellung von seinen Untergebenen auf dieser Mission zu bekommen.

Nach drei Vierteln der Liste war ihm klar, dass dies samt und sonders Leute waren, die die Armee loswerden wollte. Die Schwachen, die Kranken, die Problemfälle, die seelischen Wracks, die Neulinge, die sich schon nach ein paar Wochen als unbrauchbar herausgestellt hatten – wie wurde man die wieder los? Man hatte sie ihm aufgedrückt. Er vermutete, dass auch er zu dieser Kategorie gehörte. Abgeschrieben. Kategorie: So schnell wie möglich ersetzen.

Diese Mission war kein Gunstbeweis, sondern ein Strafbataillon. Weil er das Gesetz gebrochen, ein Kind an sich genommen hatte, das eigentlich dem Staat gehörte, war er auserkoren, diese Operation zu leiten.

Er war am Ende der Liste angelangt. Die meisten der Jungs, die da im blauen Licht der Scheinwerfer standen, waren Anfang zwanzig. Manche von ihnen waren zur Armee gegangen, um nicht ins Gefängnis zu müssen, andere von ihren Eltern gezwungen worden, einige hatten das Abenteuer gesucht. Der Major kannte das, die Befürchtung, nichts erlebt zu haben und nichts mehr zu erleben, das Leben zu verpassen.

Sein Blick schweifte über die Truppe. »Noch irgendwelche Fragen?«

Ein Sergeant hob die Hand. »Herr Major, wohin geht unsere Mission eigentlich?« Seine Stimme klang heiser, als hätte er in den letzten Tagen ununterbrochen geschrien.

»Wir fahren nach Norden. Das genaue Fahrziel wird noch bekanntgegeben.«

»Und warum nicht jetzt?«, fragte derselbe Sergeant.

»Weil ich es selber nicht weiß. – Andere Fragen?« Er schaute abermals in die Runde. Das eine oder andere Gesicht kam ihm bekannt vor, die meisten jedoch hatte er noch niemals gesehen. Sie beobachteten ihn, so, wie er sie beobachtete. Wie wenn Leute sich fragen: Wer von uns beiden wird den anderen als Erstes zerfleischen?

Ein Korporal fragte: »Was ist der Zweck unserer Mission?«

»Der Zweck der Mission ist humanitär. Die Details werden unterwegs bekanntgegeben.«

»Was sollen wir uns darunter vorstellen?«, rief ein Soldat. Er stand in der Nähe des Majors. Er hatte eine ziemlich große Tätowierung auf der Hand.

»Ihr werdet informiert, wenn ihr die Informationen braucht. Die Mission ist geheim. Das war's.«

Er schwieg einen Moment, machte eine Pause, doch nicht aus rhetorischen Gründen, sondern weil er nach den richtigen, wirkungsvollsten Worten suchte. Ein Anführer inspirierte, und das begann mit der richtigen Wortwahl.

»Wir werden's schaffen!«, rief der Major schließlich. »Wir kennen die Gefahr. Wir wissen, was uns erwartet. Für einige von euch ist das hier das erste Mal. Vertraut eurem Training und euren Kameraden. Seid konzentriert und diszipliniert. Ich habe volle Zuversicht, dass wir es schaffen!«

Er ließ wegtreten. Dann hob er die Plastiktüte auf und ging langsam zu dem gepanzerten Fahrzeug, in dem er selbst fahren würde.

Etwas weiter entfernt waren zwei Soldaten dabei, Fotos voneinander zu machen. Sie kicherten.

Der Major änderte seine Route, er ging auf sie zu. »Was ist hier los?«, fragte er.

Das Lachen brach ab.

»Wir machen Fotos«, sagte der eine, ein kleiner Bursche mit etwas ängstlichem Blick. Er sah aus, als erwarte er, jeden Moment geschlagen zu werden. Er zeigte seinen Fotoapparat. »Das hier ist unsere erste Mission«, erklärte er. »Darum machen wir Fotos. Ich bin noch nie so weit von zu Hause weg gewesen.«

Der Major warf einen Blick auf den Fotoapparat, dann auf den Soldaten.

Der andere, etwas größer und mit etwas weniger ängstlichem Blick, fragte: »Herr Major, dürfen wir mit Ihnen aufs Foto?«

Nein, hatte er sagen wollen. Was denkt ihr, was wir hier machen? Was habt ihr gelernt? Was für eine Ausbildung habt ihr gehabt? Ihr müsst lernen zu töten. Wie könnt ihr töten, wenn ihr tut, als ginge es auf eine Urlaubsreise, auf einen Schulausflug?

Das Einfachste war natürlich immer, nicht zu töten, dachte der Major. Die Waffe unbenutzt zu lassen, zu erstarren, die Augen zusammenzukneifen, zu hoffen, dass man nicht getroffen würde. Oder, vielleicht genauso verhängnisvoll, wild drauflos zu schießen. Auf Hoffnung setzen konnte jeder. Das brauchte man nicht zu lernen, das musste man ablegen.

Ein Soldat musste lernen, das, was andere Glück nennen, als Resultat von Training und Disziplin zu begreifen. Mehr noch als um Ehre und Stolz ging es um Training und Disziplin.

»Wie alt bist du?«, fragte der Major.

»Neunzehn, Herr Major.«

»Und woher kommst du?«

Der Junge nannte den Namen eines Dorfs, von dem der Major noch niemals gehört hatte.

»Dann mach dein Foto«, sagte er. »Aber schnell.«

Sie stellten sich neben ihn, jeder auf eine Seite, und baten einen dritten Soldaten, der in der Nähe gestanden hatte, das Foto zu schießen.

Der Major machte keine Anstalten zu lächeln. Er schaute, wie er auf Fotos immer schaute: ernst und ein wenig angespannt.

»Macht euch bereit«, sagte der Major, noch vom Blitz geblendet.

»Wofür, Herr Major?«, fragte der Soldat, der erst so ängstlich ausgesehen hatte. Er klang schon etwas sicherer, fast übermütig.

»Für eure Mission«, sagte der Major. Während er das sagte, merkte er, dass er selbst an seiner Mission zweifelte: dafür zu sorgen, dass er die Jungs hier lebend wieder nach Hause brächte. Er war ein Kurier, das war das richtige Wort. Er holte Leute ab und brachte sie irgendwohin. Jetzt musste er Soldaten abholen und abliefern. Man nannte ihn Offizier, doch eigentlich hatte er all die Jahre ein Transportunternehmen geleitet. Zum ersten Mal war er sich nicht mehr sicher, ob er auch diesmal erfolgreich sein würde.

Der Major ging zu seinem Panzerwagen, während seine Untergebenen so lange wie möglich draußen blieben, so lange wie möglich die frische Nachtluft genießen wollten, und nahm im stickigen Inneren Platz, wo es nach Schweiß und Metall roch.

Er setzte sich, die Plastiktüte neben sich auf dem Boden. Er war in seine Höhle gekrochen, anders konnte man es nicht nennen. Hier würde er die kommenden Stunden, ja Tage verbringen.

Ihm fiel ein, dass er schon öfter mit so einem Konvoi unterwegs gewesen war. Und doch war es diesmal anders. Er saß neben den Waffen, der Munition, den Schutzwesten und Helmen, die Füße auf einer Kiste mit Wasserflaschen, und versuchte, sein Leben bis dato in Worte zu fassen. Er endete mit einer Liste von Fakten, doch bei diesen Fakten war etwas Wichtiges auf der Strecke geblieben. Etwas fehlte. Zwischen all den Fakten – der Ausbildung, der Laufbahn, der Ehe, den kleinen Siegen und Niederlagen, den Übungen, den verdächtigen Individuen, die er festgenommen hatte, den paar Gelegenheiten, bei denen er hatte töten müssen – klaffte ein Loch.

Er hatte den Eindruck, dass er selbst es war. Er selber fehlte.

Der Major betrachtete das Gepäck der Männer, die mit ihm das Fahrzeug teilten. In einem Helm lag eine Tüte Chips. Woanders stand ein Kaffeebecher aus Keramik. Dachten die Jungs, dass sie jeden Morgen frischen Kaffee bekämen?

Sollten sie sich auf diese Mission gefreut, ihr gar entgegengefiebert haben? Als er selbst noch jung war und begeistert bei der Sache, weil es wenig anderes gab, wofür man sich hätte begeistern können, hatte er den Krieg herbeigesehnt.

Draußen rief jemand seinen Namen, laut und kräftig. Und noch einmal, immer lauter und deutlicher. Er kannte die Stimme. Mechanisch nahm er die Plastiktüte und kletterte aus dem gepanzerten Fahrzeug.

Da stand der Generalleutnant. Er strahlte. Buchstäblich. Als hätte er sich das Gesicht mit Öl eingeschmiert, doch vielleicht lag das auch nur am Scheinwerferlicht. Er roch wieder stark nach Deodorant und schüttelte die Hand des Majors lang und herzlich.

»Anthony«, sagte er, »ich bin extra kurz hergekommen, um dir eine gute Reise zu wünschen.«

»Wie aufmerksam«, sagte der Major. Er versuchte zu lächeln, versuchte aufzutauen.

»Und, bist du zufrieden?«

»Womit?«

»Mit dem, was wir dir mitgeben.« Der Generalleutnant machte eine weit ausholende Geste, als hätte er dem Major mit alldem hier ein Königreich geschenkt.

Manche hatten den Major in der Vergangenheit grausam genannt, manche sogar einen Sadisten, mehr als einmal war es ihm zu Ohren gekommen, doch er hatte dem nie viel Beachtung geschenkt, weil er wusste, dass es nicht stimmte. Er versuchte, seine Aufgabe gut zu erfüllen, grausam konnte man das nicht nennen, er war sachlich. Die Aufgabe des Majors war nicht, sich bei seinen Männern beliebt zu machen. Das hier jedoch war wirklich grausam. Die Frage des Generalleutnants war mehr als sadistisch.

Als das dem Major klar wurde, merkte er auch, was hier wirklich gespielt wurde. Dabei hatte er im Leben nie nach etwas anderem gestrebt als nach einem gewissen Anstand. Zur Essenszeit war er immer als Letzter in die Kantine gegangen. Ein guter Offizier isst, wenn seine Männer satt sind. An solch einfache Regeln hatte er sich gehalten, aus ihnen hatte sein Leben bestanden, ihnen hatte er sich verpflichtet, auch wenn jüngere Offiziere als Erste in die Kantine stürmten, an nichts anderes denkend als an den eigenen Appetit.

»Es ist schwer, zufrieden zu sein«, sagte er leise. »Schwer vorzustellen, dass es mit diesen Jungen und dieser Ausrüstung klappt. Darum: Nein, ich bin nicht zufrieden.«

Der Major brachte seinen Mund dichter ans Ohr des Generalleutnants, er flüsterte. Das hier durften seine Jungs nicht hören. Das durfte eigentlich niemand hören. »Wenn Sie meine persönliche Meinung wissen wollen, meine persönliche, aber professionelle Meinung: Ich hätte diesen Konvoi nicht genehmigt, nicht mit dieser Ausrüstung, mit diesen grünen Jungen. Verkehrspolizisten sind besser ausgebildet. Verkehrspolizisten haben auch eine bessere Ausrüstung.«

»Du«, sagte der Generalleutnant. »Vergiss das doch nicht immer, wir duzen uns. Und das hat seinen Grund. Wir mögen uns, Anthony, wir sind Freunde.«

Der Major nickte. Er hatte es sich nie leichtgemacht, er würde sich auch jetzt einsetzen, wie es sich für einen Offizier gehörte. Das stand außer Frage.

Der Generalleutnant legte dem Major die Hände auf die Schultern. »Anthony, du weißt, in was für einem Zustand die Armee sich befindet, du weißt, in welcher Krise wir stecken. Wir haben dir das Beste gegeben, was wir momentan haben. Krieg ist Improvisieren. Aber das ist bei dir ja in guten Händen. Das Improvisieren liegt dir im Blut. Nein, nein, das klappt schon. Das kriegst du schon hin.«

Es klang fast aufrichtig.

»Ich hoffe es«, sagte der Major.

»Und deine Frau? Zu Hause alles unter Kontrolle?«

»Alles unter Kontrolle«, sagte der Major. Er wollte zurück in seinen Panzerwagen, doch der Generalleutnant ließ ihn nicht los, seine Hände lagen auf den Schultern des Majors.

»Sie sind noch jung«, sagte der Generalleutnant. »Es *sind* grüne Jungs, aber du wirst über sie wachen wie ein Vater.«

Vater, das Wort verursachte ihm einen hohlen Magen. Als könnte er jeden Moment in Ohnmacht fallen.

»Ich habe mir selbst den Befehl gegeben«, sagte der Major, wieder sehr leise, weil außer dem Generalleutnant niemand ihn hören durfte, »sie lebend wieder hier abzuliefern, und wenn ich das schaffe, ist es nicht dank, sondern trotz des Generalstabs.«

Der Generalleutnant ließ den Major los und musterte ihn

von Kopf bis Fuß. Dann fragte er: »Was hast du da eigentlich? Was ist das in der Tüte?«

Der Major wurde rot. Viele nahmen Essen und Süßigkeiten von zu Hause mit, wenn sie auf einen längeren Einsatz fuhren, doch eigentlich fand er, dass sich ein Offizier mit der Armeeverpflegung begnügen müsse. Lecker essen tat ein Offizier in der Freizeit. »Zimtschnecken« sagte er, »von meiner Haushälterin. Ich wollte sie nicht vor den Kopf stoßen. Sie hat sie extra für mich gebacken.«

Der Generalleutnant nickte. »Lecker. Hätte ich nur auch jemanden, der so gut für mich sorgt.«

Der Major trat einen Schritt zurück. Er salutierte.

»Ich unterstütze dich, Anthony«, sagte der Generalleutnant. »Ich hab dich immer gefördert. Du verdienst es, etwas Besseres zu tragen als eine Majorsuniform.«

Ohne noch etwas zu sagen, kletterte der Major in den Wagen. Er schaute sich nicht mehr um. Und obwohl er immer noch keinen Hunger hatte, holte er eine Zimtschnecke aus der Tüte, wickelte das Silberpapier ab und aß sie. Er kaute bewusst jeden Bissen.

Er dachte über das Wort »Vater« nach und über die Art, wie der Generalleutnant es ausgesprochen hatte.

Dafür würde er sich rächen.

Um zehn vor drei kletterten fünf Soldaten in das gepanzerte Fahrzeug. Sie stellten sich noch einmal vor.

Er gab sich Mühe, sich die Namen zu merken. Einen Korporal erkannte er wieder. Es war derselbe, der bei der etwas verunglückten Festnahme von Linas Eltern mitgewirkt hatte, vor ein paar Wochen. Der kranke, unterernährte Korporal. Beim Appell eben war er ihm nicht aufgefallen.

»Du auch hier?«, fragte der Major.

»Ja, Major«, sagte der Korporal. »Mich hat's wieder erwischt.«

Das Gesicht des Jungen hatte immer noch die Farbe vergregneter Pappe, vielleicht mehr noch als vor ein paar Wochen.

»Alles in Ordnung?«

»Jawohl, Herr Major«, sagte der Korporal. Der Junge nahm im Fahrzeug Platz, die Waffe zwischen den Knien. Er schaute geradeaus.

Ein Sergeant reichte Bonbons herum. Der Major lehnte ab.

Die Funkanlage wurde ausprobiert. »Hier Romeo«, beantwortete ein zweiter Sergeant, der als Fahrzeugkommandant neben dem Fahrer saß, die Frage aus dem anderen Fahrzeug, »ich höre Sie laut und deutlich.«

Jemand neben ihm hustete, der Major wusste nicht, wer. Er betrachtete seine Fingernägel, die er sich kurz vor der Abfahrt am Rand des Pools noch geschnitten hatte. Er fuhr gern mit sauberen Fingernägeln auf Einsatz.

Der Sergeant, der die Bonbons verteilt hatte, nahm ein Passfoto aus der Brusttasche und ließ es herumgehen. »Meine Verlobte«, sagte er. »In einem Monat heiraten wir.«

Schweigend ging das Foto von Hand zu Hand, bis es wieder bei dem Sergeanten angekommen war, der es ebenso wortlos wieder einsteckte.

Dieser Konvoi, kam es dem Major vor, war eine fahrbare Müllhalde, die Abschussliste der Armee. Sie hatten alles hier abgeladen, was sie nicht brauchen konnten, alle, denen keiner eine Träne hinterherweinen würde.

Der Konvoi fuhr langsam bis kurz vor das Tor. Dort stiegen die Männer aus und luden ihre Waffen durch.

Auch der Major war ausgestiegen, um durchzuladen, das Gewehr und seine Pistole.

Er ließ den Blick über die jungen Männer schweifen. Er war wieder ruhig. Er würde wie ein Vater zu ihnen sein. Wenn das die Aufgabe war, die die Armeeführung ihm zugedacht hatte, dann würde er sie erfüllen. Er würde der Vater der Müllhalde sein.

Er kletterte zurück in das Fahrzeug und nahm Platz in dem engen Raum, wo es jetzt schon nach Schweißfuß und schlecht geputzter Toilette stank.

Der Major schaute auf die Uhr. »Gleich drei«, sagte er. »Wir fahren los.«

Der Konvoi setzte sich in Bewegung. Einer der Soldaten ließ einen Furz. Der Major stand auf, öffnete die Luke und schaute hinaus.

Am Tor standen zwei Soldaten, die dort die ganze Nacht Wache geschoben hatten. Sie salutierten vor dem Major und schauten gelassen, fast erstaunt auf den Konvoi, der an ihnen vorbeizog.

Major Anthony führte seine Hand an die Schläfe, doch die wachhabenden Soldaten schauten schon nicht mehr zu ihm.

Der Abstand zwischen den Fahrzeugen betrug ungefähr zwanzig Meter. Er fuhr in einem der mittleren. Sie fuhren ohne Licht. Je schlechter man sie sehen konnte, desto besser. Selbst hier, in der Nähe der Kaserne.

Das erste Fahrziel war eine kleine Stadt circa vierhundert Kilometer nordöstlich der Garnison. Endlich hatten sie das

Tor durchfahren. Es ging langsam. Der Konvoi fuhr nicht, er kroch.

Der Major schloss die Luke und setzte sich wieder auf seinen Platz. Zwischen den Beinen die Plastiktüte, auf dem Schoß seinen Helm.

»Weiß irgendwer einen Witz?«, fragte der Sergeant, der die Bonbons herumgereicht hatte.

Niemand reagierte. Einer der Jungs hatte Kopfhörer aufgesetzt. Er wippte im Takt der Musik.

Ein Soldat sagte zu dem Korporal: »Schade, dass du keine Tussi bist.«

»Wieso?«, fragte der Korporal.

»Dann könnt ich beim Wichsen an dich denken.«

Alle lachten, bis auf den Korporal.

Der Major schloss die Augen.

7

Die Explosion war so heftig, dass alles erbebte. Die Tüte mit den Zimtschnecken, der Helm auf dem Schoß des Majors, der ganze Panzerwagen, die Erde selbst schien zu schaukeln und zu zittern wie eine Schleudertrommel kurz vor dem Stillstehen, und für einen Augenblick glaubte der Major an ein Erdbeben.

Dann glaubte er, sie selbst seien getroffen, so laut war die Explosion gewesen, so stark das Fahrzeug durchgerüttelt worden.

Dann dachte er an den Tod.

Doch nicht lange. Er hatte nie lang an den Tod gedacht.

Der Sergeant und Kommandant des Fahrzeugs rief: »Was war das, zum Teufel?«

Der Major schwieg.

Der Konvoi war zum Stillstand gekommen. Ein paar Sekunden lang blieb es still, auch im Fahrzeug des Majors. Einer der Soldaten atmete schwer, doch das hatte er vielleicht schon vorher getan.

Dann kam eine Stimme aus dem Funkgerät, eine Stimme, die der Major nicht kannte: »Romeo – Romeo, hören Sie mich?«

Der junge Sergeant, der die Bonbons herumgereicht hatte, wollte aus dem Fahrzeug klettern, doch der Major befahl scharf: »Keiner verlässt den Wagen.«

Per Funk erbat der Sergeant neben dem Fahrer weitere Informationen, während neben dem Major jemand leise, doch deutlich hörbar zu fluchen begann. Wer es war, konnte er nicht erkennen. Sechzehn Stunden waren sie jetzt unterwegs, doch sie hatten kaum miteinander gesprochen.

Dann herrschte, bis auf das leise Fluchen, wieder Stille.

»Was ist mit dem Funkgerät los?«, fragte der Major. Er hatte seinen Helm aufgesetzt. In Kürze würden sie den Panzerwagen verlassen müssen.

»Ich weiß nicht«, sagte der Sergeant. »Die Verbindung ist unterbrochen.« Er sah den Major hilflos an.

Weiter hinten im Wagen sagte ein Junge: »Ich hätte auf meine Freundin hören sollen.«

»Ruhe«, befahl der Major.

Der Funkkontakt blieb unterbrochen.

Der Major öffnete die Luke und schaute nach draußen. Es war fast dunkel, die Fahrzeuge vor ihnen waren nicht zu erkennen. Er setzte sich wieder, hatte keine Ahnung, was er tun sollte. Ja, führen musste er, aber wie sollte das unter diesen Umständen gehen? Hierfür war er nicht ausgebildet.

»Weißt du, was sie zu mir gesagt hat?«, fragte der Junge. »Das Gefängnis ist besser als die Armee.«

Das Funkgerät knackte. Das Einzige, was der Major aus dem Lautsprecher hörte, waren die Worte: »Das vorderste Fahrzeug.« Sie wurden ein paarmal wiederholt, als handle es sich um ein Gebet.

Dann nichts mehr. Knacken. Und wieder Stille.

»Was ist mit der Verbindung?«, fragte der Major.

»Ich weiß nicht«, antwortete der Sergeant. »Als wir losgefahren sind, war noch alles in Ordnung.«

Der Major wartete. Was sollte er anderes tun? Er warf einen kurzen Blick in die Runde.

»Was ist mit dem ersten Wagen?«, rief er ins Funkgerät, als das Schweigen ihm zu lang wurde. »Wie ist die Situation?« Eine lächerliche Frage, doch er wusste nicht, wie er es anders formulieren sollte. Mit dem Armeejargon hatte er sich nie recht anfreunden können, er benannte die Dinge mehr wie ein Beamter als wie ein Militär. Er war vor allem theoretisch beschlagen. Es ließ sich nicht länger leugnen, an diesem Abend, hier und jetzt.

Wieder nur Knacken. Stille und Knacken.

»Wer ist für die Funkgeräte verantwortlich?«, fragte der Major.

»Ich weiß nicht«, sagte der Sergeant.

Major Anthony hatte den Eindruck, dass sie seit über einer halben Stunde stillstanden. In Wirklichkeit, sah er auf seiner Armbanduhr, waren es höchstens ein paar Minuten.

Je länger es dauerte, desto mehr schämte er sich. Es war mehr als Scham, es war die Vermutung, überflüssig, ja schlichtweg nutzlos zu sein und außerdem noch ein völlig sinnloses Unternehmen gestartet zu haben.

Jede Sekunde, die dieses Schweigen noch andauerte, bestätigte diese Vermutung.

»Versuch's auf einem anderen Kanal«, befahl der Major.

»Hab ich schon probiert.« Der Sergeant klang ganz ruhig, doch an seinem Gesicht war zu sehen: Es war eine Pose. Er zwinkerte, ein nervöser Tick, der dem Major vorher nicht aufgefallen war.

Zum zweiten Mal machte der junge Sergeant von eben

Anstalten, das Fahrzeug zu verlassen. »Ich muss raus hier!«, rief er. Er war schon aufgestanden.

»Was bildest du dir ein?«, zischte der Major ihn an. »Dass es draußen sicherer ist als hier drin? Du bleibst hier, wie alle anderen auch.«

Er hätte am liebsten gebrüllt. Er sprang auf, streckte den Arm aus, bekam die Uniform des Jungen zu fassen und zog ihn mit aller Kraft zurück, zurück in die sichere Stellung, in der er seit sechzehn Stunden gesessen hatte.

»Ich muss pissen«, sagte der Junge.

»Du pisst, wenn alle pissen, oder du pisst in die Hose.« Der Major nahm eine leere Colaflasche, die schon eine ganze Weile auf dem Boden herumrollte. »Oder pinkel hier rein«, sagte er.

Der Junge machte keine Anstalten zu pinkeln, er nahm die Flasche und starrte geradeaus.

»Jetzt piss schon!«, rief der Major. Er sah seine Männer an, doch sie schauten nicht zurück, sie mieden seinen Blick.

Er wandte sich wieder nach vorn und nahm dem Fahrzeugkommandanten das Funkgerät ab.

»Gibt es Verwundete?«, rief er hinein. »Hier Romeo. Erbitte exakte Information, und zwar sofort! Gibt es Verwundete?«

Dies war immer sein Notanker gewesen: exakte Informationen, die er dann gründlich analysieren konnte. Fakten waren unerlässlich.

Erst war nur Knacken zu hören, dann eine Stimme: »Romeo, keine Verwundeten.«

Der Major spürte Triumph. Nicht, weil es keine Verwundeten gab, sondern weil die Verbindung wieder funktionierte.

Er rief ins Funkgerät: »Gibt es Tote? Hier Romeo, gibt es Tote?«

Es kam keine andere Antwort als ein Knacken.

Der Sergeant, der so dringend hatte pissen müssen, sagte: »Können wir nicht einfach abhauen?«

Das war nicht das, wofür Major Anthony ausgebildet war. Die Verdächtigen, die er hatte festnehmen müssen, widersetzten sich manchmal, ohne Sinn und Verstand, doch darauf war er vorbereitet. Das hier war etwas anderes: Soldaten, die weglaufen, Untergebene, die pissen wollen, als sei das wichtiger als der Krieg und unterbrochene Funkverbindungen.

»Gibt es Tote?«, wiederholte der Major brüllend. »Gibt es Tote, die geborgen werden müssen? Hier Romeo. Ich habe eine Frage gestellt.«

Nichts. Keine Antwort. Nur Knacken.

Er gab dem Fahrzeugkommandanten das Funkgerät zurück. Wie ein Raubtier betrachtete er seine Männer. Der Korporal mit der ungesunden Gesichtsfarbe starrte geradeaus, als habe er von alldem nichts gehört. Die Explosion, das Knacken des Funkgeräts, der Sergeant, der erst so dringend und dann wieder nicht hatte pissen müssen. Er bekam es nicht mit.

Der Major holte die Karte hervor, die er von zu Hause mitgenommen hatte. Er hatte sie gekauft, als er vor langer Zeit mit seiner Frau in dieser entlegenen Gegend Urlaub machen wollte. Er studierte die Karte, faltete sie wieder zusammen und steckte sie in die Tasche.

»Du«, sagte der Major und zeigte auf den Korporal. Dann zeigte er auf den Sergeant mit der leeren Colaflasche zwischen den Beinen. »Und du«, sagte er. »Ihr zwei kommt mit.«

Wortlos setzten sie ihre Helme auf.

Der Major kletterte aus dem Wagen. Die Lichter der Fahrzeuge waren immer noch aus. Die Straße, die einmal asphaltiert gewesen war, hatte sich durch Erdrutsche und Dauerregen in eine Schlammpiste verwandelt.

Der Mond gab ein mattes Licht.

Der Major wartete, bis auch der Korporal herausgeklettert war. Er kannte ihn. Das war immerhin etwas. Der Junge war krank, doch den anderen ging es auch nicht viel besser. In der Vergangenheit hatte er gehorcht, er würde auch jetzt wieder gehorchen. Und wenn der junge Sergeant so gern nach draußen wollte, na, dann sollte er eben mitkommen.

»Wenn das ein Hinterhalt wäre, hätten sie schon längst auf uns geschossen«, sagte der Major und sah die jungen Soldaten an. Er spürte Hass gegen sie in sich aufkommen, doch er hasste auch die Situation, in die er sich selbst manövriert hatte. Er hasste ihren Mangel an Disziplin, ihre Skepsis. Alles, was er bei sich selber hasste, hasste er auch an ihnen.

Nirgends war ein Geräusch zu hören. Nur ab und zu leiser Wind.

Der Sergeant schaltete seine Taschenlampe an.

»Stell das Ding ab«, zischte der Major. »Wir haben Mondlicht.«

Der junge Mann steckte die Lampe wieder ein, dann öffnete er den Hosenschlitz und pinkelte gegen das Fahrzeug, das hinter ihrem Panzerwagen stand.

Der Major sah den Staub und den Dreck, die an dem Lastwagen klebten, und betrachtete die anderen Fahrzeuge. Wenn man es nicht besser wusste, könnte man denken, der Konvoi sei unbemannt. Weit und breit keine Spur von Leben.

Wann hatte er das zum letzten Mal gedacht: »Das ist Leben?« Was war das eigentlich? Ein paar Rituale, vage Hoffnungen, unbegründete Freude und vor allem: Gehorchen. Und doch war diese totenähnliche Landschaft etwas anderes als der unerbittliche Gehorsam, der ihm rückblickend ebenfalls tot erschien.

Langsam gingen sie zu den vorderen Wagen, der Major zwischen dem Korporal und dem jungen Sergeant. Unter Schlamm und Geröll kam hier und da noch etwas Asphalt zum Vorschein.

Sie liefen am Konvoi entlang, links von ihnen eine Böschung, rechts ging es steil hinab in ein Tal. Hier kam sonst niemand vorbei, schon gar nicht um diese Uhrzeit. Die Zivilisation hatte sich von hier zurückgezogen wie der Asphalt. Die Zivilisation, das war die Armee, und er, der Major, war ein Handelsreisender in Sachen Zivilisation. Hatte er je ein anderes Ideal gehabt, als Zivilisation zu verbreiten? War wahres Heldentum nicht Fallen auf dem Feld der Zivilisation? War ihm das Zähmen der Wilden, das Zähmen der Wildnis nicht immer als höchstes Gut erschienen? Hatten seine Vorfahren sich dieses unwirtliche Land nicht untertan gemacht, und waren sie bei diesem Versuch nicht selbst Untertanen geworden?

Nicht nur aus Abenteuerlust war er zur Armee gegangen. Es gab etwas zu entwickeln, und das wollte er auch: entwickeln, verbessern, in kleinen Schritten Fortschritt verbreiten. Es gab etwas zu verkünden, und das wollte er tun. Wenn die Zivilisation sich zurückzog, blieb das hier übrig: eine

Schlammpiste. Darum war er, waren sie hier. Um zu zeigen, dass die Zivilisation sich nicht geschlagen gab, nicht vor dem Tod zurückscheute. Die Zivilisation durfte sich nicht fürchten, dafür war sie Zivilisation.

Beim vorderen Panzerwagen hatte sich ein Krater gebildet. Das Dach des Fahrzeugs war haarscharf abgerissen, wie ein Deckel, den man vom Topf gehoben hat. Das Fahrzeug selbst war durchbohrt, heillos zerquetscht und zerdrückt wie eine leere Konservendose.

Als ob die Götter sagen wollten: Eure gepanzerten Fahrzeuge sind uns ein Dorn im Auge. Wenn wir mit euch zu Ende gespielt haben, werfen wir euch wieder weg.

Vor langer Zeit, nach der ersten gemeinsamen Nacht, hatte die Frau das zum Major gesagt: »Wenn du mit mir fertig bist, wirfst du mich dann einfach gelangweilt wieder weg?«

Wer hatte wen gelangweilt weggeworfen?, fragte der Major sich jetzt.

Zwei Soldaten aus dem zweiten Wagen standen schweigend davor und betrachteten aus sicherer Entfernung die zerstreuten Trümmer des Fahrzeugs. Sie hatten ihre Taschenlampen in der Hand, ohne sie jedoch zu benutzen.

Ein Teil des Fahrzeugs, sah der Major erst jetzt, lag wie Konfetti über die Böschung verstreut.

Der Major baute sich vor den Soldaten auf. Sie blieben stumm und regungslos. »Warum passiert hier nichts?«

»Wir warten auf Befehle, Herr Major«, sagte der kleinere Soldat. Er war so klein, dass er dem Major kaum bis zur Brust reichte, es war widerlich, wie klein er war.

»Warum bist du nicht ausgemustert?«

»Ich weiß nicht, Herr Major«, sagte der kleine Soldat.

»Sollen wir diesen Krieg mit Zwergen gewinnen?« Solche Fragen waren sonst nicht seine Art, doch die Situation war auch nichts für ihn.

Stille. Nur das Geräusch des Windes und in der Ferne etwas, das sich wie ein Tier anhörte.

»Sollen wir diesen Krieg mit Zwergen gewinnen?«, fragte der Major noch einmal.

»Ich weiß nicht, Herr Major.«

Major Anthony trat einen Schritt zurück. Er musterte den kleinen Soldaten, und während er das tat, schämte er sich. Unerträgliche Scham überfiel ihn. Er konnte die Scham jetzt nicht brauchen – was er jetzt brauchte, war: an seine Arbeit zu glauben. Gerade jetzt. Mehr noch als früher, mehr als beim Festnehmen verdächtiger Individuen. Doch wie sollte er glauben, sie könnten den Krieg mit Zwergen gewinnen?

»Wer ist für die Funkgeräte verantwortlich, warum sind die Verbindungen so schlecht?« Es ging darum, den Anschein von Normalität zu erwecken. Als Offizier musste er führen, inspirieren.

»Der Wagen ist auf eine Sprengladung gefahren, Herr Major. Wir warten auf Befehle.« Der kleine Soldat sah stur geradeaus. Es schien, als gebe er sich Mühe, weder den Major noch die Reste des Fahrzeugs anzusehen.

Es stank nach verbranntem Fleisch.

Der Major räusperte sich. »Und warum sagst du nichts?« Er wandte sich an den größeren Soldaten.

»Sie haben mich nichts gefragt, Herr Major.«

Auf die Scham folgte Verzweiflung. Der ganze Konvoi wartete auf ihn, und das Einzige, dessen er sich noch sicher war, war seine Angst: Angst, seine Autorität verspielt zu haben, die anderen könnten merken, dass auch er nicht mehr weiterwusste.

»Herr Major!« Die Stimme des jungen Sergeanten hatte etwas Quengelndes. Schon als er die Bonbons herumgereicht hatte, hatte Major Anthony sich über diese Stimme geärgert.

Der Major drehte sich um. Der Sergeant zeigte auf etwas am Boden.

Was dort lag, war in der Dunkelheit nicht recht zu erkennen. Der Major bückte sich, hob es auf. Es war ein Körperteil. Eine Hand, abgerissen, verkohlt, doch wenn man es dicht vor die Augen hielt, war es als Hand noch gut zu erkennen. Eine linke Hand.

Der Major legte sie vorsichtig zurück. Er richtete sich auf und räusperte sich erneut. Vom Geruch des zerfetzten Panzerfahrzeugs wurde ihm schlecht, dieser Kombination von Metall und verbranntem Fleisch.

»Gut«, sagte er, »wir werden die Toten bergen.«

Der Konvoi hier war seine Idee gewesen, sein Plan. Er konnte es sich nicht leisten, Reue zu empfinden, und er empfand auch keine. Er hatte richtig gehandelt und die richtigen Entscheidungen getroffen. Es hatte keine Alternative gegeben, und auch jetzt sah er keine. Oder besser gesagt: Die Alternative war unmoralisch, verwerflich.

Außerdem hatte er den Befehl nicht selbst gegeben, er hatte nur einen Befehl erhalten und ausgeführt. Was davor lag, spielte jetzt keine Rolle. Selbst sein Wunsch, sich als hervorragender Militär beweisen zu wollen, verblasste angesichts des Befehls, den er vom Generalstab erhalten hatte.

Der kleine Soldat sagte: »Herr Major – aber hier ist nichts

zu bergen. Sehen Sie das nicht? Rein gar nichts. Fahren wir zurück. Dieser Weg ist nicht sicher.«

Der Major zeigte auf den Körperteil, der auf dem Boden lag. »Und was ist das hier?«, fragte er, erst noch ruhig. »Was ist das? Wie kannst du behaupten, dass es hier nichts zu bergen gibt?« Jetzt schrie er. »Hier ist jede Menge zu bergen! Ich habe eine moralische Verpflichtung gegenüber den Hinterbliebenen! Überall um uns liegen Menschen, nein, Teile von Menschen, von unseren Leuten, unseren Männern, und die lassen wir nicht im Stich. Wir überlassen ihr Fleisch nicht den Tieren zum Fraß. Du als Zwerg denkst vielleicht, das hier ist eine Zwergenarmee, und vielleicht macht man das bei den Zwergen so, dass man die Toten als Müll aus dem Fenster wirft, aber wir tun das nicht. Wir werden unsere Toten bergen. Wo sind die Leichensäcke?«

Niemand antwortete. Der Major sah sich um. Sein Helm war etwas verrutscht. Die Soldaten sahen ihn an, doch niemand tat oder sagte etwas. Mitgenommen, doch auch angespannt, so wirkten sie.

Dann fiel ihm ein, dass das ja der Ausschuss der Armee war, den man ihm aufgedrückt hatte. Soldaten, die niemand vermisste. Im Gegenteil. Der Generalstab würde aufatmen, wenn diese Soldaten verschwunden wären.

Seine Worte taten ihm leid, wie auch seine Wut.

Der größere Soldat sagte schließlich: »Ich glaube, die Leichensäcke sind im vierten Fahrzeug.«

»Dann hol sie!«, rief der Major. »Und bring Verstärkung mit. Wir werden die Toten bergen. Wir gehen hier nicht eher weg, als bis wir die Toten geborgen haben. Wir haben eine Aufgabe zu erfüllen, das ist kein Schulausflug.«

Viel konnte er für die Opfer nicht tun. Doch wenn er sie schon nicht lebend zurückbringen konnte, würde er sie wenigstens in würdiger Form tot zurückbringen.

Die beiden Soldaten gingen zum vierten Fahrzeug, während der Major seine Taschenlampe nahm und die Reste des Panzerwagens beleuchtete. Er sah den Krater, die ehemals asphaltierte Straße, die Böschung. Mit bloßem Auge sah er noch mehr menschliche Überreste. Hier und da haftete Fleisch an der Fahrzeugruine, als sei es mit Leim festgeklebt.

»Wie ist das passiert?«, fragte der Sergeant.

»Ich habe keine genauen Informationen«, sagte der Major und schaltete die Lampe wieder aus. »Eine Mine oder anderweitige Sprengladung. Keine Ahnung. Das müssen andere herausfinden. Dafür gibt es den technischen Dienst. Wir haben jetzt anderes zu tun.«

Die Schutzweste störte den Major. Wenn er Verdächtige festnehmen musste, zog er sie nie an. Offiziell war sie Pflicht, doch festnehmen konnte man auch ohne Schutzweste.

»Ist es nicht besser, wir fahren weiter?«, fragte der Sergeant. »Hier sind wir ein leichtes Ziel. Ich meine …«

Jetzt stand der Korporal zum Pinkeln am Straßenrand.

»Gehen Sie nicht zu weit weg, Korporal!«, rief der Major. »Hierbleiben. Sie wissen nicht, was da noch an Sprengladungen liegt. Wir brauchen jeden. Selbst Sie.«

Der Korporal trat einige Schritte zurück und pinkelte weiter. Er pisste, sah der Major, auf menschliche Überreste.

Krank war der Junge, so krank, dass er nicht einmal sah, wohin er pinkelte. Der Major hatte Lust, ihm eine Ohrfeige zu geben.

»Fahren wir zur Kaserne zurück?«

Der Major drehte sich zum Sergeant um. »Wie meinst du das?«

»Dass wir uns vielleicht zurückziehen sollten, vorübergehend, um mit Verstärkung wiederzukommen.«

»Wir sind die Verstärkung.«

Der Sergeant zeigte auf den Bergrücken zu ihrer Linken. »Wenn die wollen«, flüsterte er, »können sie uns jederzeit … Wenn sie hier sind. Vielleicht sind sie hier.«

»Nein«, sagte der Major. »Wir bergen die Toten. Das hier ist meine Operation, und ich sage, dass wir die moralische Pflicht haben. Wir überlassen die Toten nicht einfach den Tieren zum Fraß. Nicht unter meinem Kommando. Und wir fahren auch nicht zurück. Das geht nicht mehr. Und sie sind nicht hier. Siehst du sie? Wer sie auch sind, sie sind feige. Das ist kein Hinterhalt, begreif doch. Wir sind in keinen Hinterhalt geraten, sonst hätten sie uns längst beschossen. Das erste Fahrzeug ist auf eine Sprengladung gefahren. Mehr ist nicht passiert.«

»Aber wen gibt es denn hier noch zu bergen?«, fragte der Sergeant leise. »Hier ist nichts mehr.«

»Ach nein?« Wieder zückte der Major seine Taschenlampe und beleuchtete ein Stück Fleisch, das er soeben bemerkt hatte. Es klebte am Metall des Fahrzeugs, an dem, was einmal die Tür gewesen war. Er beleuchtete andere Überreste um ihn herum. »Und was ist das?«, rief er. »Ist das niemand? Ist das ein Stück Mensch oder nicht? Da, die Haut? Lassen wir das hier zurück? Wenn es dein Fleisch wäre, würdest du dann wollen, dass man es so liegenlässt? Dass das Arschloch dahinten drübergepinkelt hat, spielt keine Rolle. Wir lassen es nicht einfach liegen.«

Der Korporal kam wieder zu ihnen. Er fummelte an seinem Reißverschluss herum. »Verzeihung, Major, ich hatte es nicht gesehen.«

»Dann schau in Zukunft besser hin. Auf gefallene Kameraden pinkeln, ist das Achtung? Ist das Respekt? Wir urinieren nicht mal auf tote Terroristen.« Der Major spürte, dass eine Migräne im Anflug war. Der Geruch hier, der Gestank, die Männer, die ihm zugewiesen worden waren, das alles machte ihn krank.

»Nein«, sagte der Sergeant. »Das würde ich nicht wollen.«

»Was würdest du nicht wollen?«

»Meine Kameraden so liegenlassen.«

»Schon aus Achtung vor deiner Mutter darfst du sie nicht zurücklassen«, sagte der Major. »Schon ihren Müttern zuliebe müssen wir alles einsammeln, was wir finden können.«

Die Soldaten kamen zurück. Der größere sagte: »Herr Major, im vierten Fahrzeug sind keine Leichensäcke. Wir haben gesucht. Die ganze Besatzung hat mitgeholfen. Wir haben nichts gefunden.«

»Dann sucht in den anderen Wagen«, fuhr der Major ihn an.

»Sie sollten im vierten Fahrzeug sein, aber da sind sie nicht. Wie's aussieht, haben wir sie vergessen.«

Der Major sah erst die Soldaten an, dann den Sergeant, den Korporal und dann die Trümmer des Panzerwagens.

»Wer ist für die Leichensäcke verantwortlich?«, rief er. »Holt den Verantwortlichen her.«

Er konnte sich nicht länger auf der Nase herumtanzen lassen. Wenn er nicht jetzt seine Autorität bewies, ein für allemal klarmachte, wer hier das Sagen hatte, konnte er die Mission gleich abblasen.

Die Soldaten entfernten sich, und auf einmal war es still. Nur ab und zu etwas Wind. Ein leichter, milder Wind eigentlich, mild für die Berge und für diese Zeit des Jahres.

Hier war die Temperatur noch recht angenehm. Wenn sie höher kämen, würde ein eiskalter Wind wehen, und selbst ohne ihn waren die Nächte eiskalt. Der Major kannte das. Er hatte lange genug an einem Kontrollposten gestanden, dort in den Bergen, einem Kontrollpunkt, den die anderen Checkpoint nannten. Zusammen mit einem Freund. Als er noch jung, noch kein Major und dieser Weg noch nicht asphaltiert war.

»Korporal«, sagte der Major, »Sie sind doch noch bei der Sache? Wir werden gleich unsere Toten bergen. Und Sie werden mithelfen. Sie werden mit anpacken.«

Der Major sah den Jungen an, der regungslos dastand, bleich und wankend, und dachte wieder an die Festnahme von Linas Eltern und an das Mädchen, das er dort gesehen hatte. Die Zöpfe des Mädchens. Die Augen des Kindes. Er war weich geworden, und wer weich wurde, der war es für immer. Wer zögerte, liebte das Leben nicht. Vielleicht war das sein wahres Verbrechen: Er hatte das Leben nicht genug geliebt, und darum stand er jetzt hier, auf einem ruinierten Weg in den Bergen, verantwortlich für Jungs, für die niemand sonst mehr Verantwortung tragen wollte. Seine Vorgesetzten hatten keinen Finger zu rühren brauchen, um ihn zu bestrafen, er hatte es selbst getan.

Er dachte wieder daran, wie er die Leiter im Haus von Linas Eltern hinuntergegangen war, um dem Geräusch nachzugehen, dem alles durchdringenden Geräusch, das von einem weinenden Kind stammen musste. Es war eine Erinnerung, von der ihm schwindlig wurde, doch es konnte auch sein, dass es an dem Geruch hier lag. Die lange Fahrt vielleicht. Die sechzehn Stunden in einem nur notdürftig gepanzerten Fahrzeug.

Die Soldaten kehrten mit einem Sergeant zurück, der eine Narbe auf der rechten Wange hatte.

Der Major leuchtete ihm mit der Taschenlampe ins Gesicht. »Sind Sie für die Leichensäcke verantwortlich, Sergeant?«

»Ja, Herr Major«, sagte der Unteroffizier. Er war kaum zu verstehen. Er lispelte.

»Und wo sind die Leichensäcke?«

»Ich hab sie vergessen.« Er schaute zu Boden. Dadurch war er noch schlechter zu verstehen.

»Hör auf zu lispeln. Warum hast du sie vergessen?«

»Ich weiß es nicht. Ich war nervös, glaube ich.«

Der Major warf einen forschenden Blick auf den Sergeant. »Hast du eine Hasenscharte?«, fragte er.

»Ich bin operiert«, sagte der Sergeant mit der Narbe. »Ich hatte eine, aber als Baby haben sie mich operiert, und jetzt ist sie weg.«

Der Major sah ihn unverwandt an. Davor hatte der Generalleutnant ihn gewarnt: die sinnlosen Opfer. Und trotzdem ging es nicht anders. Manchmal mussten sinnlose Opfer sein, manchmal war es ethisch betrachtet das einzig Richtige.

Er schaltete die Taschenlampe aus. Dann sagte er: »Holt Plastiktüten. Wir werden doch Plastiktüten haben. Holt alle, die ihr finden könnt. Wir werden unsere Toten bergen.«

Die Soldaten und der Sergeant mit der Narbe suchten die Fahrzeuge ab. Der Major lief aufgeregt zu seinem Panzerwagen zurück, wo er die Zimtschnecken, noch sechs insgesamt, aus der Tüte holte. »Mitkommen!«, befahl er den Insassen. »Mitkommen. Wir müssen unsere Toten bergen.«

Dann war er wieder weg. Mit flatternder Plastiktüte lief er zu den Trümmern des ersten Fahrzeugs. Stolz lief er jetzt, er hatte eine Aufgabe.

Beim Krater angekommen, zog er sich Gummihandschuhe an. »Hat jeder Handschuhe?«, rief er.

Doch auch an Handschuhen herrschte offenbar Mangel. Die meisten Soldaten hatten keine, obwohl vor der Fahrt der eindeutige Befehl ergangen war, dass etwaige Tote mit Gummihandschuhen zu bergen seien.

»Wer ist für die Gummihandschuhe verantwortlich?«, rief der Major.

Er war ein Mensch, der sich in Details verbiss. Der Sieg hing nicht zuletzt von Details ab.

Noch einmal rief er: »Wer ist für die Gummihandschuhe verantwortlich?«

Der Sergeant mit der Narbe meldete sich. »Korporal …« Er flüsterte, und durch seinen Sprachfehler war er jetzt wirklich nicht mehr zu verstehen. Nur das Wort »Korporal« hatte der Major noch verstanden, der Rest war untergegangen.

»Wer?«, rief der Major. »Jetzt red doch deutlich, zum Teufel! Wenn du schon nichts anderes kannst, kannst du doch wenigstens deutlich reden.«

»Korporal Ernesto«, wiederholte der Sergeant.

Über solche kleinen Dinge konnte der Major sich maßlos

ärgern. Die leere Tüte flatterte im Wind. Wenn es einen Befehl gab, die Toten mit Gummihandschuhen zu bergen, dann musste man auch Gummihandschuhe mitnehmen. Das war doch selbstverständlich!

»Wo ist Korporal Ernesto?«, rief er.

»Korporal Ernesto saß im vorderen Wagen.« Der Sergeant lispelte jetzt noch mehr. Er zeigte auf die Fahrzeugruine.

»Aha«, sagte der Major nach einer kleinen Pause. »Dann können wir Korporal Ernesto nicht für die fehlenden Gummihandschuhe zur Verantwortung ziehen.« Für einen Moment war ihm wieder schwindlig. »Fangen wir an«, sagte er.

»Wir bergen unsere Toten!«, rief er laut. »Denkt nicht: Das ist ja nur ein kleines Stück Fleisch, ein klitzekleiner Knochen, den brauch ich nicht mitzunehmen. Wir lassen hier von unseren Kameraden nichts liegen. Wir versuchen, sie vollständig in die Kaserne zurückzubringen. Wer Gummihandschuhe hat, birgt die Toten mit Gummihandschuhen. Wer keine hat, bekommt von mir die Erlaubnis, es mit bloßen Händen zu tun.«

Er gab dem Korporal seine Taschenlampe und sagte: »Leuchten Sie mir, Korporal!«

Der Major bückte sich und steckte die verkohlte Hand in die Tüte, in der die Zimtschnecken gesteckt hatten. So eine Hand war schwer, merkte er.

Etwas weiter fand er noch einen Körperteil. Ein Stück Bein wahrscheinlich. Auch das landete in der Tüte.

»Wir brauchen mehr Tüten!«, rief der Major. Mit dem Taschenmesser kratzte er ein Stück Haut ab, das am verwüsteten Fahrzeug klebte, und deponierte es in seinem Beutel. Es war keine schöne Arbeit, aber notwendig. Er würde den

Hinterbliebenen seiner Untergebenen in die Augen sehen können und ihnen sagen, dass man ihre Jungen nicht in den Bergen zurückgelassen hatte.

Langsam wurde die Plastiktüte des Majors voll. Er knotete sie zu und nahm eine aus dem Vorrat, den der Sergeant mit der Narbe so eifrig zusammengesucht hatte.

Der Major ging in seiner Arbeit auf. Und während er sich der Konzentration bewusst wurde, mit der er nach den Überresten seiner Truppe suchte, wurde ihm klar, dass Arbeit die einzige Rettung war, das Einzige, was Genesung versprach. Arbeit war das einzig Sinnvolle auf der Welt, die Art der Arbeit spielte dabei kaum eine Rolle.

Er suchte und suchte, wie ein Spürhund. Und je konzentrierter er suchte, desto leichter fiel es ihm zu vergessen, was er da suchte.

Seine Aufgabe war es, die Überreste seiner Jungs zusammenzuklauben, doch wenn er den Befehl erhalten hätte, Schokoladeneier zu suchen, hätte er das mit demselben Einsatz und demselben Eifer getan.

Auch die anderen gingen im Suchen auf. Wenn eine Plastiktüte voll war, knoteten sie sie zu und stellten sie an den Rand des Kraters. Es gab schon viele volle Tüten, manche größeren Teile passten nicht hinein. Sie lagen lose daneben.

So sehr ging der Major in seiner Arbeit auf, dass er fast glücklich war, bis er einen Schrei hörte. Er schaute in die Richtung, aus der der Schrei kam. Auf der anderen Seite des Fahrzeugs ging etwas vor sich. Jemand schrie, dann noch jemand.

Wütend stürmte er hin. Jetzt, wo er eine Aufgabe hatte, fiel es ihm leicht, Autorität zu zeigen.

Ein Soldat kotzte.

»Was ist hier los?«, fragte der Major.

Zwei andere Soldaten gingen beiseite.

»Warum kotzt du? Bist du krank?«

Der Soldat wischte sich den Mund ab und zeigte auf das Fahrzeug. Dort, wo vermutlich einmal das Lenkrad gewesen war, lag etwas.

Der Major rief: »Licht!«

Einer der Soldaten richtete seine Taschenlampe auf den Gegenstand.

Es war ein Kopf. Verkohlt, doch deutlich erkennbar ein Kopf. Wer die betreffende Person gut gekannt hatte, konnte sie anhand dieses Kopfes vermutlich identifizieren.

Eine riesige Wut überkam den Major, unerklärlich auch für ihn selbst. »Kommst du von der Frisörschule?«, fragte er den Soldaten, der sich übergeben hatte. »Ist dir das bisschen hier schon zu viel? Wärst du lieber bei Mama geblieben? Wenn du so ein bisschen Blut schon nicht aushältst? Dann fahr doch nach Hause. Hau ab, tramp zurück zu Mama. – Wenn das dein Kopf wäre, wolltest du, dass wir ihn den wilden Tieren hierlassen? Fändest du das eine gute Idee, wenn wir deinen Kopf liegenlassen und denken würden: Ach, die wilden Tiere werden sich schon drum kümmern?«

Der Soldat schüttelte den Kopf.

»Dann birg die Toten!«, rief der Major. »Bergt unsere Toten!«, schrie er jetzt noch lauter. »Und entehrt sie nicht, indem ihr kotzt. Der Tod ist nicht schmutzig, nicht eklig. Nur weil wir ihn nicht kennen, denken wir das. Weil wir die Geschichten glauben, die man über ihn erzählt. Wir werden ihn kennenlernen. An die Arbeit! Wir haben nicht ewig Zeit.«

Das Wichtigste war, hatte der Major immer gedacht, heiter zu bleiben, den Mut nicht zu verlieren. Und, wenn möglich, freundlich zu lächeln. Doch es gelang ihm immer weniger.

Der Soldat zögerte kurz. Dann nahm er den Kopf mit beiden Händen und hielt ihn fest, während ein anderer Soldat ihm die Plastiktüte aufhielt.

Der Kopf passte nicht in die Tüte. Er war zu groß.

»Wir brauchen größere Tüten!«, rief der Major. »Holt größere Tüten. Manche Körperteile sind praktisch intakt.«

Am Straßenrand kniete ein Soldat. Der Major dachte, dass wieder gekotzt würde. Er rannte zu ihm, als sei Kotzen ein Verbrechen, doch als er neben dem Soldaten stand, sah er, dass er weinte.

Der Major blieb einen Moment stehen, die Gummihandschuhe an den Händen und die Plastiktüte mit menschlichen Überresten am Arm.

Er war immer stolz darauf gewesen, dass er alle jedes Mal wieder lebend in die Kaserne zurückgebracht hatte. Dieser Stolz war dahin. Er hatte Befehle bekommen und diese Befehle ausgeführt. Hier jedoch gab es keine Befehle. Hier begann die Freiheit, und es ließ sich nicht leugnen: Die Freiheit gefiel ihm nicht. Der Mensch braucht Halt. Freiheit bot keinen Halt. Sie wussten nicht, wovon sie redeten, all die Politiker, die Intellektuellen, die Bürger, die von Freiheit schwätzten, als hätten sie sie am Freitagnachmittag noch zum Tee dagehabt. Krieg, das war Freiheit. Alles andere war Amüsement.

Er legte dem Soldaten die Hand auf die Schulter. »Du lebst noch«, sagte er. »Das ist das Wichtigste. Konzentrier dich.

Um zu überleben, musst du vergessen. Überleben musst du im Hier und Jetzt und in der Zukunft. Denkst du, mir fällt es leicht, so einen Kopf zu sehen, denkst du, ich bin aus Stein? Aber ich konzentriere mich auf unsere Mission, ich weiß, warum wir hier sind, warum wir Opfer bringen. Wir kämpfen weiter, bis zum letzten Mann, bis zur letzten Kugel. Das haben wir geschworen, dazu sind wir ausgebildet. Darin liegt unser Stolz. Darum sind wir besser als die anderen.«

Während er sprach, fühlte er sich krank. Sein Mund war trocken, ihm war gleichzeitig eiskalt und glühend heiß.

Der Soldat stand auf und sah den Major mit leerem Gesicht an. Der Major hatte erwartet, eine Regung zu sehen – doch nichts. Tränenverschmierte Augen, das schon, ein eingesunkenes, erschöpftes und mitgenommenes Gesicht, doch kein Gefühl.

»Was ist das für eine Mission?«, fragte der Soldat. »Wohin fahren wir?«

»Es ist eine humanitäre Mission«, antwortete der Major. »Auf unseren Schultern ruht eine große Verantwortung.«

Der Soldat zitterte.

»Weißt du«, sagte der Major, »das ist für niemanden einfach, auch für mich nicht. Aber wir müssen hier durch, wir dürfen die Toten nicht im Stich lassen. Wenn wir aufgeben, zurückfahren, dann sind sie umsonst gestorben, verstehst du? Willst du, dass ihr Tod umsonst war?« Er hielt die Tüte mit menschlichen Überresten hoch. »Wäre dir lieber, ich würde ihnen sagen: ›Wir hören auf, wir werfen die Flinte ins Korn. Ihr seid umsonst gefallen, ihr steckt umsonst in dieser Plastiktüte, denn eure Kameraden hatten keine Lust mehr, sie wollten nach Hause?‹«

Der Soldat schüttelte den Kopf.

»Ihr Opfer war nicht umsonst«, sagte der Major und hielt die Tüte noch etwas höher.

Der Soldat nickte.

Dann ging der Major zum zerbostenen Fahrzeug zurück. Man hatte eine große Plastiktüte gefunden.

Auch der Major verspürte Brechreiz, aber er wusste, dass man eine Operation nur dann zu einem guten Ende führte, wenn man sich keine Gefühle erlaubte, und Würgen kam von einem Gefühl. Er konzentrierte sich auf das Einsammeln der menschlichen Überreste, und tatsächlich: Die Übelkeit verschwand.

Als der Kopf in der großen Tüte verstaut war, wurde diese, so gut es ging, zugeknotet, worauf der Major sie eigenhändig auf den wachsenden Stapel von Bergungstüten legte.

Er zog seine Handschuhe aus und gab sie einem Soldaten. Die größten Stücke waren geborgen. Was übrigblieb, unbedeutende Reste. Er blieb bei dem Stapel Tüten stehen und betrachtete die geleistete Arbeit. Trotz des erlittenen Rückschlags konnte er ein Gefühl von Zufriedenheit nicht unterdrücken.

Etwas weiter weg zwitscherten Vögel. In Bälde würde es Tag sein.

Ein Soldat stellte sich neben ihn.

»Ihr Opfer ist nicht umsonst gewesen«, flüsterte der Major, fast mechanisch, und zeigte auf die Tüten und Beutel in verschiedenen Farben und Größen.

»Herr Major, wir gehen alle drauf, was?«, fragte der Soldat leise. »Unser ganzer Konvoi? Wir werden alle sterben, nicht wahr?«

Der Major antwortete nicht. Er begann zu summen. Ein Kampflied – als er noch neu bei der Armee war, wurde es viel gesungen. Jetzt nicht mehr. Heutzutage rückte die Armee ohne Musik aus. Als der Soldat sagte: »Mir macht es nichts aus, ich will es nur aus Ihrem Mund hören: Wir werden alle sterben, nicht wahr?«, begann der Major, noch lauter zu summen.

Es war spät in der Nacht, als der Major bekanntgab, dass die Bergungsarbeiten nunmehr beendet waren.

»Wir haben unsere Pflicht getan«, sagte er. »Was jetzt noch übrig ist, sind vernachlässigbare Reste. Wir haben hart gearbeitet. Wenn die Toten uns hätten sehen können, wären sie stolz auf uns gewesen.«

Die Plastiktüten wurden in einen der Lastwagen geladen. Einen Kühlraum gab es nicht, doch wenn sie erst einmal auf der Hochebene wären, würde es nachts frieren, und das würde die Verwesung bedeutend verlangsamen.

»Wir fahren weiter«, sagte der Major. »Fahrzeug Nummer zwo fährt jetzt an der Spitze. Wir lassen uns nicht einschüchtern.«

Er kletterte in seinen Panzerwagen, wieder das Kampflied summend. Zwischen seinen Beinen jetzt keine Plastiktüte mehr, nur noch sechs lose Zimtschnecken in Alufolie, notdürftig zusammengehalten von der braunen Papiertüte, die eigentlich zu klein war für so viel Gebäck.

»Wir fahren«, sagte der Major.

Der Fahrzeugkommandant nahm das Funkgerät: »Hier Romeo, Romeo, hören Sie uns?«

Langsam setzte sich der Konvoi in Bewegung.

Der Sergeant mit der nervigen Stimme ließ eine Tüte

Gummibärchen herumgehen. Nach einigem Zögern nahm der Major eins, ein rotes. Er sah sich im Wagen um.

Der Korporal hatte seine Schutzweste und sein Hemd ausgezogen.

»Was machst du da?«, fragte der Major.

»Mich juckt's.«

»Was?«

»Mich juckt's. Es kitzelt.«

Der Major betrachtete die nackte Brust des Korporals. Um die Brustwarzen hatte er kleine rote Pickel. Um den Nabel wuchsen ein paar Haare, aber nicht viele.

»Wo ist deine Identitätsmarke?«, fragte der Major.

»Meine was?«

»Deine Marke. Die du tragen musst, mit deinem Namen, deiner Dienstnummer und deiner Blutgruppe. Wo ist die?«

»Ach, die«, sagte der Korporal. »Die hab ich verloren. Ich sollte eine neue bekommen, aber sie war nicht rechtzeitig fertig.« Er sah den Major nicht an, er schaute an ihm vorbei.

Die anderen kauten ihre Gummibärchen und taten, als hätten sie nichts gehört.

Sie fuhren an dem zerstörten Fahrzeug vorbei. Der Major schaute durch eine Luke und hätte jetzt gern sagen können, er empfände Schmerz. Oder Niedergeschlagenheit. Doch er fühlte sich weniger niedergeschlagen als seit Wochen und Monaten. Eigentlich spürte er nur eins: dass er noch lebte. Mehr als beim Festnehmen verdächtiger Individuen, mehr als beim Sex mit seiner Frau oder dem Reinigen seines Swimmingpools.

Er lebte.

Gleich danach kam ihm wieder zu Bewusstsein, dass mit

dem Leben etwas einherging: ein Haus in der Provinzstadt, ein Swimmingpool, und in dem Haus nicht nur eine Haushälterin und eine Frau, sondern auch ein Kind. Sein Nachkomme.

Der Major suchte einen Filzstift. Nach einigem Suchen fand er einen Kuli und gab ihn dem Korporal.

»Schreib deine Blutgruppe auf«, sagte er.

Der Korporal kratzte sich immer noch. Vielleicht waren die kleinen Pickel auch Flohbisse.

»Worauf?«

»Auf deinen Bauch, auf die Brust. Viel wird's nicht nutzen, aber man weiß nie. Wir haben Blut dabei. Wenn das nicht auch wer vergessen hat.«

Der Korporal nahm den Kuli, und der Major wandte sich ab; er betrachtete die verpackten Zimtschnecken und dachte an Lina.

Für sie musste er zurückkehren.

»Herr Major.«

Der Korporal musste die Anrede wiederholen, dann erst wandte der Major sich ihm zu. Der Korporal saß da mit dem Kuli, mit nacktem Oberkörper, Schutzweste und Helm auf dem Schoß.

»Ich weiß es nicht«, sagte der Korporal.

»Was weißt du nicht?«

»Meine Blutgruppe.«

»Du weißt deine Blutgruppe nicht?«

»Nein, Herr Major.«

»Dann schreib: ›Ich weiß es nicht.‹«

Der Korporal tat nichts. Er schwieg einen Moment, dann fragte er: »Auf meine Brust?«

»Ja«, sagte der Major.

Wieder Stille. Das Rascheln einer Tüte Bonbons, schmatzendes Lutschen.

»Soll das ein Witz sein?«

»Ich mag keine Witze«, sagte der Major.

Noch kurz zögerte der Korporal, dann schrieb er in Druckbuchstaben auf seine Brust, quer über die roten Pickel: »Ich weiß es nicht.« Er gab dem Major den Stift zurück.

Der Korporal zog sich wieder an. Das Jucken war offensichtlich vorbei.

Die Gummibärchen gingen noch einmal herum. Jetzt nahm der Major ein gelbes.

8

Immer höher stiegen sie hinauf. Und je höher sie kamen, desto schlechter wurde die Straße, desto langsamer kam der Konvoi voran. Durch den Regen der vergangenen Wochen hatte die Straße sich in eine Art Flussbett verwandelt. Zweimal schon war ein Fahrzeug stecken geblieben und hatten andere es herausziehen müssen.

Die Baumgrenze hatten sie hinter sich gelassen.

Nicht weit von hier hatte der Major in jungen Jahren sechs Monate an einem Kontrollpunkt gestanden. Die Nächte dort waren eisig, und tagsüber verbrannte man in der Sonne. Die Einsamkeit machte einen verrückt. Wenn die Lieferungen auf sich warten ließen, was immer wieder einmal passierte, lebten die stationierten Soldaten von Wasser und Kartoffeln.

Das Leben auf dem Kontrollposten war erbärmlich. So hatte man es ihm angekündigt, und ausnahmsweise hatten die Ankündigungen einmal so ziemlich mit der Wirklichkeit übereingestimmt.

Trotzdem konnte der Major nicht leugnen, dass er dort das Glück kennengelernt hatte. Ein eigenartiges Glück war es gewesen, das er im Moment selbst gar nicht als solches erkannt hatte. Wenn mein Dienst hier zu Ende ist, hatte er gedacht, verlasse ich die Provinzstadt. Dann fängt es an, dann geht es los. Was immer »es« auch sein sollte, was immer sich hinter dem unschuldigen Wort auch verbarg, dann wäre es so weit.

In Erwartung des Lebens, so hatte er dort am Kontrollpunkt gestanden: ein paar Sandsäcke, zwei große Betonblöcke, eine Lehmhütte. Die Aufgabe der stationierten Soldaten bestand darin, Terroristen, die es damals noch kaum gab, am Durchfahren zu hindern. Sie diskutierten vor allem, die Terroristen, bis zu Aktionen gedieh ihre Aktivität nie, weil all ihre Energie sich in Versammlungen erschöpfte, all ihr Geld für Kaffee und Alkohol draufging. Wenn sie einen guten Tag hatten, pinselten sie einen Slogan auf ein Laken: »Der Wille des Volkes wird geschehen!« Solche Texte. An solchen Tagen.

Erst hatten sie zu dritt den Kontrollpunkt bewacht, doch dann wurde der dritte Mann krank. Bauchschmerzen, Blähbauch, irgendwas mit dem Bauch jedenfalls, Parasiten hatten den Magen befallen, und es wollte nicht heilen. Er wurde abgeholt, und da waren sie nur noch zu zweit. Sie hatten auf Vertretung gewartet und zunächst auch noch gefragt, wo die denn bleibe, doch nach einiger Zeit hatten sie sich damit abgefunden, dass die nicht kommen würde. Ihr Kommandeur hatte offenbar anders entschieden. Es herrschte Mangel an allem, nicht nur an Material, auch an Leuten.

So hatte er sich mit dem anderen Soldaten angefreundet. Eine Freundschaft, aus Not geboren, doch darum nicht weniger tief.

Nach ein paar Wochen war ihnen ein Hund zugelaufen und bei ihnen geblieben. Im Laufe der Zeit wurden sie zu einer kleinen Familie, die beiden Soldaten und der Hund. Der Kontrollposten war ihr Zuhause, die Hochebene ihr

Ausblick. Die Lehmhütte ihre Villa, die Sandsäcke ihr Garten. Ihr einziges Fahrzeug war ein altes Moped, das sie fast niemals benutzten. Wozu auch? Wo sollten sie hin? Selbst das nächste Dorf war praktisch unerreichbar.

Zehn, fünfzehn Autos pro Tag kamen vorbei, ansonsten nirgends eine Spur menschlichen Lebens. Nur die Hochebene, die endlose Ebene.

Die Armee schien sie vergessen zu haben. Wenn sie gewollt hätten, hätten sie den Kontrollposten verlassen können. Niemandem wäre es aufgefallen. Doch teils aus Pflichtgefühl, teils, weil echte Alternativen fehlten, waren sie auf ihrem Posten geblieben.

Sie sollten abgelöst werden, doch auch ihre Ablösung ließ auf sich warten. Und so warteten sie weiter. Auf das Leben und auf die Ablösung.

Was stattdessen kam, war der kleine Lastwagen, der sie circa alle zehn Tage mit dem Nötigsten versorgte. So blieben sie informiert über das, was im Rest des Landes passierte. Mit den Kartoffeln, etwas Büchsenfleisch und halb verdorbenem Gemüse kamen meistens auch ein paar alte Zeitungen und Zeitschriften. Nach einer Woche hatten sie alles dreimal gelesen, wickelten sich das Papier um die Beine, um nachts nicht zu frieren. Und wenn das Klopapier alle war, benutzten sie das Altpapier, um sich damit abzuwischen.

Irgendwann hatten sie den Glauben an die Ablösung verloren, vielleicht kam die Ablösung, vielleicht auch nicht. Mit beiden Möglichkeiten konnten sie leben. Die Idee, für immer dort bleiben zu müssen, war nicht mehr beängstigend, nicht beängstigender jedenfalls als all die anderen Möglichkeiten, die das Leben so bot.

Alles war zum Stillstand gekommen. Ob ihr Leben hier oben begann oder nicht vielmehr endete, war unklar, und obwohl sie zu Anfang noch aufgeregt und begeistert von ihren Plänen gesprochen hatten, von Reisen, Frauen, einer fernen Zukunft, hatten sie nach und nach damit aufgehört. Zwar redeten sie immer noch von der Zukunft, doch eher deren näherer Variante: Was wohl die nächste Lieferung bringen würde, der Speiseplan wechselte ab und zu. Bohnen in Büchsen statt pürierter Tomaten in Dosen. Oder wann das nächste Fahrzeug vorbeikäme. Bei näherer Betrachtung war das Warten auf das Leben genauso interessant wie das Leben selbst.

Der Freund des Majors, der damals noch kein Major war, hatte von seinem Heimatdorf erzählt, seinen Eltern, seinen Brüdern und Schwestern, von den Vögeln, die er beobachtet hatte. Doch irgendwann waren alle Informationen ausgetauscht, und auch über Vögel kann man nicht endlos reden. Sie wussten alles voneinander, und was sie nicht wussten, lohnte sich nicht zu erzählen. Sie waren wie ein altes Ehepaar: Mangels Alternativen blieb das Feuer der Liebe bestehen.

Abends saßen sie in oder vor ihrer Hütte, mit Decken und Zeitungen über den Beinen, und aßen ihre karge Mahlzeit. Der Geschmack begeisterte sie trotz leichten Hungers noch immer nicht, ebenso wenig wie der Geruch. Doch es schmeckte ihnen, oder sie taten doch so, und zwar so überzeugend, dass sie das nach ein paar Bissen selbst glaubten.

Eines Abends waren sie nach dem Essen in ihren alten, halb kaputten Gartenstühlen am Feuer vor der Lehmhütte sitzen geblieben und vertrieben sich die Zeit. Es war noch zu früh, um schlafen zu gehen. Nachts war der Kontrollpunkt geschlossen. Wer nachts durchfahren wollte, musste lange hupen, bis einer der Soldaten aus dem Schlafsack gekrochen kam, um die vorgeschriebene Routine durchzuziehen: den Führerschein kontrollieren, den Ausweis, das Nummernschild. Wer nachts keine Geduld hatte, bis die Militärs wach geworden waren, konnte natürlich auch einfach durchfahren, was denn auch regelmäßig geschah.

So in einem der alten Gartenstühle sitzend, in Erwartung der Nacht, hatte der Major an dem Abend ein Tier gesehen. Wirklich außergewöhnlich war das nicht. Außer dem streunenden Hund, der bei ihnen geblieben war, waren in den vergangenen Monaten mindestens zwanzig weitere Hunde vorbeigekommen. Einer von ihnen war kurz darauf überfahren worden, in der Nähe des Kontrollpunkts. Die Hunde auf der Hochebene waren Kamikazehunde. Sie hatten keinen Respekt vor Autos, keinen Respekt vor dem Tod. Wenn sie nicht Kamikazehund spielten, schnüffelten sie an den Sandsäcken und an der Hütte, fraßen etwas aus dem Mülleimer daneben und verschwanden wieder. Ein paarmal war auch ein Lama vorbeigekommen, das seine Herde verloren hatte.

So saßen sie am Feuer, Teller auf dem Schoß, Beine unter der Decke. Drei Wochen zuvor hätte die Ablösung kommen sollen, und immer noch saßen sie an ihrem Kontrollpunkt. Als Anthony bei den Vorgesetzten diesbezüglich einmal vorsichtig nachgefragt hatte, war die einzige Antwort gewesen: »Die Armee ist kein Reisebüro.«

Kein Reisebüro, gut – was die Armee aber stattdessen war, hatte sich damit noch nicht aufgeklärt.

Mit den leeren Tellern auf dem Schoß hatten sie dem Tier zugesehen, das in einiger Entfernung von ihnen stehengeblieben war und sie unverschämt anstarrte, wie Kinder das manchmal tun.

»Ist das ein Esel?«, fragte Anthony.

»Ja«, antwortete der andere Soldat, »ein weißer Esel«. Er lachte verschmitzt dabei, als sei das mit dem Esel ein Witz.

»Ich bin mir nicht sicher, ob er weiß ist«, hatte Anthony erwidert und seinen leeren Teller auf den Boden gestellt. Kurz nach ihrer Ankunft auf diesem Posten hatten sie noch ab und zu etwas Essen übriggelassen. Jetzt nicht mehr. Jetzt aßen sie alles. Keinen Krümel warfen sie weg, ob lecker oder nicht.

»Das ist der Onkel«, hatte sein Kamerad gesagt, »wir dürfen ihn nicht ansehen.«

»Was ist das, der Onkel?«, hatte Anthony gefragt. Das Feuer fiel immer mehr in sich zusammen, ein sicheres Zeichen für das Nahen der Nachtruhe. Jetzt würden sie schlafen, bis die Sonne aufging. Wirklich gut schliefen sie nicht, sie lagen auf verdreckten Matratzen, die ihre beste Zeit schon zehn Jahre hinter sich hatten, doch an diese Unterlage hatten sie sich gewöhnt. Die Matratzen waren voller Viecher, Flöhe und anderem Ungeziefer, doch auch mit den kleinen Quaddeln hatten sie leben gelernt. Man brauchte fast nichts zum Überleben, solange man glauben konnte, dass es nur vorübergehend war. Dass es ein Leben danach gab. Dass es nicht mehr lange dauern würde.

»Der Onkel ist überall«, hatte der Soldat ihm erklärt. »Der Onkel ist diese Ebene, der Onkel ist der Berg, der Boden unter unseren Füßen, der Teller, den du gerade auf den

Boden gestellt hast, er ist immer da. Wenn du ihm zu essen gibst, ist er gut zu dir, ernährst du ihn nicht mehr, wird er dich vernichten.«

Der Major hatte nicht weiter gefragt. Er hatte genickt und etwas gemurmelt wie »Aha«. Doch gedacht hatte er: Wir werden hier langsam verrückt, wir verlieren den Verstand, und das ist kein Wunder. Vor der Abreise zu diesem Einsatz hatten sie ihm erzählt, dass man verrückt wurde, wenn man zu lange hier oben blieb, und hatten ihm Beispiele genannt. Soldaten, die nach einem halben Jahr auf der Hochebene wahnsinnig geworden waren, sie waren zurückgekommen und von heute auf morgen verschwunden. Niemand hatte je wieder etwas von ihnen gehört. Oder sie waren bei der Armee geblieben und hatten eines Tages die Waffe gegen sich selbst gerichtet. Ein anderer Soldat saß eines Morgens wie ein großer Vogel neben der Kaserne in einem Baum. Einige Offiziere hatten vom Fuß des Baums aus gerufen: »Komm runter!« Doch niemand hatte etwas unternommen. Und so war er da geblieben, bis er nach vierundzwanzig Stunden, von Schlafmangel erschöpft, eingeschlafen und vom Baum heruntergefallen war. Auf dem Weg ins Krankenhaus war er gestorben.

Es war die Einsamkeit der Hochebene, die einen verrückt machte, hieß es. Der Major hatte das nie wirklich geglaubt. Menschen suchen Erklärungen für das, was sie beunruhigt, er hatte dieses Bedürfnis nie verspürt. Er hatte immer getan, als sei das Beunruhigende normal, alltäglich wie ein Handtuch, so brauchte er keine Erklärungen mehr.

Und dennoch: Als er da vor der Lehmhütte saß, die ihm beim ersten Mal wie eine Zelle vorgekommen war, an die er sich aber mittlerweile gewöhnt hatte, da war ihm der Wahnsinn nicht mehr bedrohlich erschienen, eher angenehm, so, wie der feste Glaube anderer ihm manchmal erstrebenswert schien. Es musste herrlich sein, aufrichtig an einen gerechten Gott glauben zu können. Er konnte sich an etliche Gelegenheiten erinnern, wo er auf treue Kirchgänger neidisch gewesen war. Der Wahnsinn aber, der hier herrschte, war anziehender als Gott.

»Er nährt sich von Menschenblut«, sagte der Soldat leise. »Wir dürfen ihn nicht ansehen. Hörst du den Hund heulen?«

»Das macht der Hund öfter«, hatte Anthony gesagt.

»Wenn du den Onkel siehst, sagen sie, musst du summen oder singen, um ihn abzuwehren. Pfeifen geht auch. So zeigst du ihm, dass du stark bist. Er mag den Gesang der Menschen nicht.«

Trotzdem hatte der Major das Tier am Horizont fixiert, das »Onkel« genannt wurde, aber ein Esel war, es fixiert, bis ihm die Augen tränten. Er trotzte dem Wahnsinn, er trotzte seinem Kollegen, er trotzte sich selbst – und der Armee, die sie vergessen zu haben schien.

Er wusste, dass Menschen Erklärungen für Fehlschläge suchen, dass der Tod der größte Fehlschlag von allen war, und doch war »Onkel« ein Wort, mit dem er mehr anfangen konnte als mit »Gott«. Der Onkel war das Gebirge und die Hochebene, und er nährte sich von Menschenblut. Der Onkel war gut zu einem, wenn man ihn nährte, wie unwahrscheinlich sich das auch anhörte. So war es, so musste es sein. Der Onkel war ein Gott derjenigen, die von der Zivilisation vergessen worden waren, für sie hier, die an den Kontrollposten Verbannten.

Wie jede Nacht legten sie sich zum Schlafen dicht aneinander, das mussten sie, um sich zu wärmen. Manchmal bekam Anthony eine Erektion, doch darüber wurde nicht gesprochen. So, wie sie auch nicht mehr darüber sprachen, wann endlich die Ablösung käme.

Der Kontrollpunkt schien nur noch pro forma zu existieren. Ein Tag glich dem anderen, und nachträglich musste der Major zugeben, dass Glück in Eintönigkeit bestand, oder besser gesagt: dass wahres Glück einförmiges Glück war.

Mit jedem Tag hatten Müdigkeit und Kälte sie fester im Griff. Und eines Nachmittags – die niedrige Sonne schien ihnen in die Augen – hatte der Major gesagt, dass er sich mit dem Hund ein wenig die Beine vertreten wolle. In der Ebene um den Kontrollpunkt sah man einen Menschen auf Kilometer Entfernung, so dass man, so weit man auch ging, nie wirklich den Eindruck hatte, sich von der Station zu entfernen.

So hatte der Major alles von weitem gesehen. Auf einem kleinen Erdhügel sitzend, den Stock in der Hand, den der Hund beim Spazierengehen mit Begeisterung apportiert hatte. Der Hund war jetzt müde. Müde vom Spielen, müde vom Toben. Gedankenverloren hatte der Major zum Kontrollpunkt hinübergesehen, dem Kontrollpunkt im Nichts, in der Einöde. Wie waren die Sandsäcke und Betonblöcke sein Zuhause geworden? Alles andere war weit weg und schon allein darum unbedeutend. Eltern, Provinzstadt, Ausbildung – es gab sie noch, doch vor allem als Erinnerung, eine Erinnerung, die immer mehr verblasste.

So hatte er dort in einiger Entfernung vom Posten gesessen und alles gesehen. Wie ein Auto gekommen war. Wie es zu stoppen schien, wie alle Autos, Lastwagen und Mopeds und sogar Fahrräder – denn selbst die fuhren hier –, wenn er oder sein Kollege auf die Straße kamen und die »Stopp«-Kelle hochhielten. Im letzten Moment jedoch hatte dieser Fahrer beschlossen zu tun, was all die Zeit niemand getan hatte. Der Fahrer gab Gas. Der Fahrer fuhr weiter, über den Soldaten drüber, durch ihn hindurch, müsste man sagen. Mitten durch ihn hindurch.

Der Major war zurückgerannt, der Hund hinter ihm her, und obwohl er rannte, dauerte es mindestens zehn Minuten, bis er den Kontrollpunkt erreichte.

Sein Kamerad lag auf der Straße, mitten in der Sonne, die hier so schön war, dass man von jedem Sonnenuntergang ein Foto machen wollte.

An seinem Körper war alles noch dran, doch auf irgendwie seltsame Weise wie zerknautscht. Ein Fuß war merkwürdig verdreht, ein Arm lag unnatürlich daneben.

Der Kamerad stöhnte und sagte: »Das wird nicht mehr, das war's.«

»Nein«, sagte Anthony, »natürlich wird das wieder. Wir schaffen das.«

Der Soldat flehte Anthony an, etwas zu unternehmen, ihm zu helfen, notfalls ein Ende zu machen, weil er wusste, dass es doch nichts mehr würde.

»Alles kommt wieder in Ordnung«, sagte der Major, der damals noch kein Major war. »Das kriegen wir wieder hin.«

Er schleifte den Soldaten mühsam in die Hütte, die sie seit Monaten teilten. Der Junge ächzte. Anthony merkte, dass er ihn vielleicht doch besser nicht von der Stelle bewegt hätte.

Doch was wäre die Folge gewesen? Er versuchte, Hilfe herbeizufunken, es dauerte mindestens eine Viertelstunde, bis er Verbindung bekam. Als es endlich gelang, bestellte er einen Krankenwagen.

Obwohl er wusste, dass die Helfer Stunden brauchen würden, um herzukommen, fühlte er sich erleichtert. Ihm war, als ächzte der Verwundete schon etwas leiser. Draußen bellte der Hund.

Er überlegte, ob er das Moped nehmen sollte, doch wie sollte er darauf einen Verwundeten transportieren?

Darum beschloss er, das erste vorbeikommende Auto als Krankenwagen zu requirieren.

Erst nach fünf Stunden näherte sich ein Fahrzeug, was nichts Außergewöhnliches war. Manchmal kam zwölf Stunden lang niemand. Und während das Auto sich näherte, flehte der Kamerad, der in der Hütte auf dem schmutzigen Boden lag, zwischen Krümeln und Staub, Papierschnipseln und Sand, Anthony an, seinem Leiden ein Ende zu machen, auch wenn das für ihn selbst das Ende bedeuten sollte. Die paar Schmerztabletten in ihrem Arzneikoffer hatten nicht gewirkt. Hier hörte es auf, es war schön gewesen, aber nun war es vorüber.

Je mehr solcher Dinge der Soldat zu ihm sagte, desto mehr kam ihm alles wie ein Fiebertraum vor, als würde er selbst phantasieren.

Doch auch damals schon hatte der Major seine festen Überzeugungen. Er hatte sie immer gehabt, sie hatten ihn nie wirklich verlassen. Er hatte einen Erste-Hilfe-Kurs in Traumabehandlung absolviert, das gehörte zur Ausbildung, und tat, was er in dem Kurs gelernt hatte. Sosehr der Freund auch bettelte, ihm ein Ende zu machen, der Major blieb standhaft. Er wiederholte so ruhig wie möglich, dass Hilfe unterwegs sei, dass ein Fahrzeug sich nähere. Man dürfe die Hoffnung nicht aufgeben. Die Armee würde sie nicht im Stich lassen.

Endlich hielt das Auto, doch dann waren es noch mindestens neun Stunden bis zum nächsten Krankenhaus. Der Verwundete brüllte vor Schmerz. Sie hatten ihn vorsichtig ins Auto gehoben, der Hund war hinter ihm in den Wagen gesprungen.

Unterwegs heulte der Hund, sie hatten ihn hinauswerfen wollen, doch das taten sie nicht, und so fuhren sie neun Stunden über holprige Wege, mit dem ächzenden Soldaten und einem heulenden Hund.

Als sie endlich im Krankenhaus ankamen, stellte sich heraus, dass beide Beine amputiert werden mussten. Das Leben selbst könnte gerettet werden, die lebenswichtigen Organe waren nicht betroffen. Und so geschah es. Noch in derselben Nacht wurden dem Kameraden die Beine abgenommen.

Der Major kehrt noch kurz zum Kontrollpunkt zurück, während sein Freund nach der Operation in eine Reha-Klinik gebracht wurde. Nur der Hund blieb im Krankenhaus. Vom Kontrollpunkthund war er zum Krankenhaushund geworden.

Kurz darauf lernte der Major seine Frau kennen.

Er ging noch ab und zu in die Klinik und später ins Pflegeheim, wo sein Freund im Rollstuhl saß und seine Tage mit Lesen, Schach und zweimal die Woche Physiotherapie verbrachte. Doch der Major besuchte ihn immer seltener, bis seine Besuche von Ansichtskarten abgelöst wurden und schließlich auch das aufhörte. Es war kein böser Wille, doch mit der Amputation der Beine war auch die Freundschaft amputiert.

Das Pflegeheim, das zu fast achtzig Prozent von verletzten Armeeangehörigen besetzt war, deprimierte den Major, wie auch sein früherer Freund ihn immer mehr deprimierte. Worüber sollten sie reden? Die Zukunft hatte für einen von ihnen aufgehört, die Vergangenheit war zu schmerzhaft, um darüber zu reden, was blieb, war die Gegenwart: eine kleine Wiese, auf der man inmitten anderer Invaliden im Schatten eines Baumes sitzen und mit etwas Glück vor sich hin dösen konnte.

Die Hunde des Krieges, so wurden Söldner genannt. Doch jedes Mal, wenn der Major das Heim für invalide Armeeangehörige besuchte, hatte er das Gefühl, dass eigentlich sie die Hunde des Krieges waren. *Les chiens de guerre*, sie saßen da in ihren Rollstühlen, hingen auf ihren Krücken, lagen sabbernd auf ihrer Matratze. Wer seinen Verstand noch nicht verloren hatte, war dabei, ihn zu verlieren. Die Hunde des Krieges, die man nicht rechtzeitig erschossen hatte, erst vergessen vom Tod und zuletzt auch von den Lebenden.

Das konnte er nicht ertragen, darum beschränkte er sich auf Ansichtskarten, bis er langsam zerstreut wurde, so zerstreut, dass er zuletzt auch die Ansichtskarten vergaß.

Das leichte Schuldgefühl, das ihm davon geblieben war, wurde nach und nach zur Routine. Als er endlich auch das Schuldgefühl vergessen hatte, gelang es ihm, nicht mehr an das Pflegeheim und die Hunde des Krieges zu denken, ebenso wenig wie an den Kontrollpunkt auf der Hochebene, der sein Zuhause gewesen war. Er hatte Verpflichtungen übernommen, und einige davon hatten Vorrang. Er hatte eine Frau, er machte Karriere, und immer öfter wurde er mit der Festnahme verdächtiger Individuen betraut. Da das vor allem nachts zu geschehen hatte, blieb ihm wenig Zeit für melancholische Erinnerungen an seine Jugend.

Doch jetzt, in dem Panzerwagen, hatte er das Gefühl, als sei er erst gestern am Kontrollpunkt gewesen. Plötzlich kam es ihm vor, als hätte er gerade erst gehört, dass man den Onkel abwehren könne, indem man sang, summte oder pfiff.

Als hätte er den Kontrollpunkt niemals verlassen.

9

Die Explosion war nicht so heftig wie die vorige, doch diesmal blieb es nicht bei einer einzigen. Es folgte eine zweite, und dann eine dritte. Die Soldaten im Wagen des Majors, die eben noch Gummibärchen gekaut hatten, kauten weiter, doch anders, sie kauten, als seien sie am Marschieren.

Es wurde still, doch die Soldaten kauten weiter.

»Verlangen Sie Information«, befahl der Major.

Der Fahrzeugkommandant nahm langsam das Funkgerät.

Es war beruhigend, fand der Major, dass selbst Straßenbomben Routine werden konnten.

»Hier Romeo«, sagte der Sergeant neben dem Fahrer.

Rauschen und Knacken.

Alle kauten wie besessen, auch der Major. Je länger diese Mission dauerte, desto mehr siegte seine Autorität über seine Verlegenheit.

Diesmal wartete er nicht auf eine gefunkte Nachricht, blieb nicht im Panzerwagen sitzen. Er zeigte auf den kranken Korporal und den Sergeant mit der quengelnden Stimme und sagte: »Ihr zwei kommt mit.«

Weniger zögernd als beim letzten Mal kletterten sie aus dem schlecht gepanzerten Fahrzeug, der Major sogar mit einer gewissen Bravour. Nicht, dass er plötzlich übermütig geworden wäre, er machte aus der Not eine Tugend: Hier begann die nackte Freiheit, und der konnte man nicht hasenherzig begegnen.

Sie standen an einem Hang, in einer Kurve. Durch die Kurve waren die hintersten und vordersten Fahrzeuge des Zugs außer Sicht.

Der Sergeant und der Korporal gingen voran, über den nassen Boden, der Sergeant mit der Taschenlampe. Hinter ihnen ging der Major.

An einigen Stellen versanken sie bis zu den Knöcheln im Schlamm. Es fiel feiner Regen.

Der Panzerwagen an der Spitze des Zugs war getroffen. Er qualmte noch. Diesmal war das Dach nicht abgerissen.

Der Wagen schien auf andere Weise getroffen worden zu sein als der erste, den der Konvoi verloren hatte.

Zu dritt standen sie da und betrachteten den Schaden aus der Distanz. Der Geruch kam dem Major fast vertraut vor. Diesmal wagte er nicht zu fragen, ob es Verwundete gab.

»Gut«, sagte er leise, »so was kann passieren, das ist ein Rückschlag, aber mit Problemen haben wir gerechnet. Holt Plastiktüten und ein paar Jungs. Wir werden die Toten bergen.«

Er zeigte auf den Korporal. Der Korporal hatte seinen Helm in der Hand. Das Haar auf seinem Kopf sah aus wie Moos.

Doch wenn man ihm einen Befehl gab, führte er ihn aus.

»Setz deinen Helm auf«, sagte der Major.

»Mich juckt's«, antwortete der Korporal. »Und ich schwitze.«

»Egal. Setz deinen Helm auf. An Juckreiz stirbt man nicht.«

Der Korporal blieb regungslos stehen. Er stand einfach nur da, den Helm in der Hand.

»Worauf wartest du?«, fuhr der Major ihn an.

»Hören Sie das?«, fragte der Korporal.

Sie horchten. Aus dem an drei Stellen getroffenen Fahrzeug kam ein Geräusch.

Der Major holte seine eigene Taschenlampe heraus. Er näherte sich dem Fahrzeug und leuchtete über die Trümmer. Die Rückseite des Wagens war von der Explosion abgerissen, sauber abgeschnitten wie ein Stück Kuchen.

Der Major kletterte hinein.

Mindestens einer der Insassen lebte. Er gab leise Geräusche von sich. Ein Stück Metall hatte ihn auf Höhe des Bauchs von hinten durchbohrt. Es ragte heraus wie ein Cocktailspieß aus einem Knackwürstchen.

»Wir haben einen Verwundeten!«, rief der Major. Es klang fast triumphierend. Diesmal nicht nur Tote, endlich auch ein Verwundeter.

Er legte dem Jungen die Hand auf die Stirn. »Alles wird gut«, sagte er. »Bleib ganz ruhig, Hilfe ist unterwegs.«

Er kletterte aus dem Wrack und rief dem Korporal zu: »Wir haben einen Verwundeten! Hol den Arzt!«

Der Korporal ging davon. Eine schlaksige Figur, ein Junge, der seine Blutgruppe nicht wusste. Doch viel würde dieses Wissen ihm hier ohnehin nicht nutzen.

Der Sergeant tat nichts, er stand da wie erstarrt, das Gesicht eine seltsame Grimasse.

Der Major kletterte ins Fahrzeug zurück. Er kniete sich neben den Jungen, dessen Gesicht voller Schrammen und Wunden war, als hätte ihn jemand mit Glasscherben bearbeitet.

Der Major holte seine Wasserflasche hervor. Er setzte sie dem Jungen an die Lippen. »Trink«, sagte er.

Kurz berührte er das Stück Metall, das aus dem Jungen herausragte. Der Junge stöhnte.

Er konnte nicht sehen, ob der Verwundete trank oder das Wasser nur aus der Flasche auf sein Gesicht lief, doch er hielt sie ihm vorsichtig weiter an die Lippen, und unterdessen fragte er sich, wie sie den Jungen von hier wegbekämen. Wie sollten sie ihn an einen sicheren Ort bringen oder, wenn das nicht ging, wie ihn am Leben halten, bis sie wieder in die bewohnte Welt zurückkehrten?

Um ihn herum lagen Tote. Die meisten Körper waren nicht mehr intakt. Sie waren zerfetzt, wie ein enttäuschtes Kind ein gemaltes Bild in Stücke reißt.

Der Major nahm die Flasche von den Lippen des Jungen. Er drehte den Verschluss wieder zu. »Sie kommen gleich«, flüsterte er. »Sie kommen, um dir zu helfen.« Er nahm die Hand des Verwundeten und drückte sie leicht. Ihm fiel wieder ein, was ein Offizier ihm einmal gesagt hatte: Man vergaß nie die Namen der Jungs, die unter dem eigenen Kommando gefallen waren, und wenn doch, konnte man sicher sein, dass man verrückt wurde.

Er wusste nicht, wie dieser hier hieß, er hatte keine Ahnung.

»Noch etwas Wasser?«, fragte er. Es gab nichts, was er tun konnte, außer den Jungen festhalten und flüstern, dass alles wieder gut würde, dass dies hier nur ein bitterer Moment war, der gleich vorbei wäre, eine Erinnerung würde, über die man lachen konnte, und wenn nicht lachen, dann wenigstens von ihr erzählen.

»Herr Major!« Jemand rief ihn von draußen.

Er ließ die Hand des Verwundeten los und kletterte aus dem zertrümmerten Fahrzeug. Der Schlafmangel zehrte langsam an seinen Nerven.

Draußen stand der Korporal neben einem jungen Burschen, der den Blick zu Boden richtete. In diesem Licht sahen alle irgendwie gleich aus.

»Bist du der Arzt?«, fragte er.

»Ich bin Sanitäter«, sagte der junge Mann. Auch ein Sergeant.

»Wo ist der Doktor?«

»Der konnte nicht kommen. Er war krank.«

»Was soll das heißen? Wo ist der Doktor?«

»Der Doktor ist nicht mit dem Konvoi mitgekommen. Er war krank.«

Der Major sah den Sergeant an. Er konnte sich kaum vorstellen, dass dieser Junge imstande sein sollte, mit einer Waffe umzugehen, ganz zu schweigen von medizinischen Handgriffen. Töten war einfacher als heilen. Der Major fluchte.

»Es ist nicht meine Schuld«, sagte der Sanitäter.

»Wir haben einen Verwundeten«, sagte der Major. Er zeigte auf den zertrümmerten Wagen. Er ging dem Sanitäter voran.

Der Major kniete sich wieder neben den Verletzten. Er nahm seine Hand. »Es ist Hilfe gekommen«, sagte er. »Wir bringen dich hier raus.«

Der Sanitäter sah sich um. »Heilige Mutter Gottes«, sagte er leise. Dann kniete auch er sich hin und öffnete seine Tasche. Während er noch darin herumkramte, holte der Major seine Wasserflasche hervor und setzte sie dem Soldaten wieder vorsichtig an die Lippen.

»Wir müssen ihn an einen sicheren Ort bringen«, sagte der Sanitäter.

»Das geht nicht«, flüsterte der Major, während er die Hand des Verletzten losließ. »Wir haben keine Luftunterstützung. Er muss mit uns mitkommen. Er schafft das schon, aber wir müssen das Metall aus seinem Körper holen.«

Der Sanitäter schüttelte den Kopf, und der Major steckte die Wasserflasche wieder ein. Vorsichtig wischte er dem Jungen die Lippen trocken.

»Wie lange bist du schon Sanitäter?«, fragte der Major.

»Nicht sehr lang. Seit ein paar Wochen.«

»Wir werden ihn anheben müssen«, sagte der Major leise, das Gesicht von dem Verletzten abgewandt. »Wir müssen ihn über das Metall heben. Das ist die einzige Möglichkeit.«

Der Sanitäter nickte. Er bereitete eine Spritze vor.

»Das wird deine Schmerzen lindern«, sagte er zu dem Jungen. Er stieß ihm die Nadel in den linken Arm.

»Ich hab das noch nie gemacht«, flüsterte er dem Major zu. »Verdammt, ich hab das noch nie gemacht.« Er zog die Nadel wieder aus dem Arm und klebte ein Pflaster auf die Einstichstelle.

»Er braucht keine Pflaster«, zischte der Major. Er nahm die Hand des Verwundeten wieder und sagte zum Sanitäter: »Geh raus und hol ein paar Männer. Wir werden ihn vorsichtig anheben. Das ist das Einzige, was wir tun können.«

Der Sanitäter verließ das zerfetzte Fahrzeug. Der Major kniete weiter neben dem Soldaten, und für einen Moment – warum, wusste er selbst nicht – dachte er an seinen Swimmingpool und an Lina mit achtzehn, wenn sie am Rand des Beckens säße. Was hatte er gewollt? Worauf gehofft?

Der Verwundete schien etwas sagen zu wollen. Er öffnete den Mund. Es kam kein Laut heraus.

Der Major wischte dem Jungen mit dem Handrücken über die Stirn. »Wir holen dich hier raus«, sagte er. »Ich lasse dich nicht im Stich, ich habe noch nie jemanden im Stich gelassen.«

Der Sanitäter kam mit vier Männern zurück. Sie zwängten sich in das Fahrzeug.

Der Major stand auf. Er zeigte auf den Soldaten. »Wir müssen ihn über das Metall heben«, sagte er, »das ist die einzige Möglichkeit. Aber vorsichtig, eine falsche Bewegung, und er stirbt.«

»Das geht nicht«, sagte einer der Männer. »Das ist unmöglich.«

»Wenn ich sage, es ist möglich, dann ist es möglich.«

Früher wäre so etwas undenkbar gewesen. Sie redeten mit ihm wie mit ihresgleichen. Sie respektierten ihn nicht – doch warum sollten sie auch? Was hatte er getan, um ihren Respekt zu verdienen?

Er hatte sie hierhergebracht.

Der Major zeigte auf zwei Soldaten. »Ihr nehmt ihn bei den Armen«, sagte er. Er zeigte auf die beiden anderen. »Und ihr bei den Beinen.«

Einer der Männer musste sich auf einen Toten stellen, um an den rechten Arm des Verwundeten zu kommen.

Der Major hob den Arm wie ein Dirigent. Schräg hinter ihm stand der Sanitäter.

»Ich zähle bis drei«, sagte er, »dann hebt ihr ihn langsam hoch.«

Sie sahen ihn an, wie um sicher zu sein, dass er es ernst meinte. Er konnte die Skepsis in ihren Gesichtern erkennen. Vielleicht mehr als Skepsis: Verachtung, Hass.

»Eins, zwei – drei!«, sagte der Major. Er hatte keine Wahl. Was sollte er tun?

Sie begannen, den jungen Soldaten anzuheben. Es war mühsam, sah der Major, doch sie zerrten, und langsam hob sich der Körper empor. Ein heiseres Kreischen kam aus dem Mund des Jungen. Es war, als biete das Stück Metall Widerstand, als wollte es sich vom Körper, in den es eingedrungen war, nicht lösen, wie eine verzweifelte Frau sich an ihren Mann klammert, der auf einen gefährlichen Einsatz fährt, und ruft: »Lass mich nicht allein!«, so schien dieses tödliche Stück Metall sich in den Soldaten verbissen zu haben.

»Nicht aufgeben!«, rief der Major. »Höher!«

Das Kreischen hörte nicht auf. Den Major verblüffte, woher der Junge all die Kraft nahm.

»Du hast ihn doch betäubt?«, schrie er den Sanitäter an. »Hast du ihn betäubt oder nicht?«

Sie hoben ihn immer höher, sie gaben nicht auf, sie hoben ihn in die Höhe, wie auf einer Hochzeit die Braut.

Einen Moment hatte der Major das Gefühl, als hätte das Metall seinen eigenen Körper durchbohrt. Als käme das Kreischen nicht aus dem Mund des Soldaten, sondern aus seinem eigenen. »Nicht aufgeben!«, rief er, doch es klang, als wolle er damit vor allem sich selbst Mut machen.

Endlich hatten sie den Körper über das Stück Metall hinweggehoben. Sie trugen den Jungen ins Freie. Dort legten sie ihn auf den Boden. Das Geschrei ließ endlich nach, bis es zuletzt nicht mehr war als ein schwaches Geröchel.

Der Sanitäter machte sich daran, die Wunde zu verbinden. Es war ein Loch von gut einem Quadratzentimeter, und der Major schämte sich jetzt, dass er beim Anheben nicht mitgeholfen hatte. Warum eigentlich? Er wusste es nicht.

»Wach bleiben«, rief der Sanitäter dem Verwundeten zu. »Los, bleib bei Bewusstsein. Du hast das Schlimmste hinter dir.«

Der Major entfernte sich ein paar Schritte. Er lockerte seinen Helmriemen. Er wollte den Männern ein Vorbild sein, er musste sie führen, doch am liebsten hätte er sich an Ort und Stelle zu Boden geworfen und geschlafen, Gefahr und Konvoi hin oder her. War er je ein inspirierendes Vorbild gewesen? Nicht seinen Männern. Nicht richtig jedenfalls. Es gab zwei Arten Kommandeure: diejenigen, für die der Auftrag an erster Stelle stand, und diejenigen, die das Wohl der Truppe voranstellten. Für ihn ging die Mission vor. So war er ausgebildet. Das machte ihn zum Major: diese Überzeugung, dieser Glaube.

War er seiner Frau ein inspirierendes Vorbild gewesen? Wenn er nicht zurückkäme, woran von ihm würde sie sich erinnern? Welche Erinnerungen würden als Letztes verblassen?

Und den verdächtigen Individuen, die er festgenommen oder deren Festnahme er veranlasst hatte? Er hatte versucht, sie korrekt zu behandeln, aber inspirierend hatten sie ihn bestimmt nicht gefunden.

Er musste handeln, wie damals bei der ersten Begegnung mit Lina. Damals war es nicht schwierig gewesen, ein Blick auf ihre Zöpfe, und er wusste genug. So zielstrebig, wie er damals gehandelt hatte, so würde er auch jetzt wieder handeln. Diese Operation stand unter seinem Kommando, er würde ohne Zögern die Toten einsammeln, den Verwundeten stabilisieren lassen, um ihn dann zu transportieren. Die Operation musste weitergehen. Erst kam der Auftrag, dann kam das Leben. Wer das Leben über den Auftrag stellte, dem blieb keine Armee.

Der Sanitäter kniete neben dem Jungen.

Der Major entfernte sich noch ein paar Schritte vom Fahrzeug. Nicht zu weit, nie zu weit. Man wusste nie, worauf man trat.

Jemand tippte ihm auf die Schulter. Der Major drehte sich ruckartig um.

Vor ihm stand der Sergeant aus seinem Wagen, der junge Sergeant mit der quengelnden, fast nöligen Stimme. Er hielt seine Taschenlampe in der Hand, als sei sie ein Knüppel gegen einen unsichtbaren Feind.

»Jetzt fahren wir doch zurück?«, fragte er leise.

Der Major antwortete nicht. Er dachte an sein Haus, an den Generalleutnant, an seine Tochter, der er Papiere besorgt hatte, die von echten nicht zu unterscheiden waren. Ihm fiel ein, wie der Geldwechsler ihr mit einem Ruck die Pyjamahose heruntergezogen hatte, um nachzusehen, ob sie dort unten schon Haare hatte. Er hatte sich vorgenommen, das Mädchen zu retten, und er hatte es getan.

Der Major machte ein paar Schritte auf das zertrümmerte Fahrzeug zu. Er ließ seinen Blick darüberschweifen. Wieder tippte ihm jemand auf die Schulter.

»Jetzt fahren wir doch zurück, nicht wahr, Herr Major?«, wiederholte der Sergeant. »Jetzt wird die Mission abgebrochen?«

Der Major drehte sich um. »Nein«, sagte er.

Umkehr? Kam gar nicht in Frage. Umkehr war eine schmähliche Niederlage. Umkehr war schlimmer als der Tod.

»Es hat keinen Sinn, Herr Major, wir kommen nicht weiter. Es hat keinen Sinn. Geben wir auf. Wir kommen ein andermal wieder.«

Der Major betastete seine Wangen. Der Bart war binnen kurzem ordentlich gewachsen. »Sie zählen auf uns«, sagte er langsam. »Sie erwarten uns. Wenn wir jetzt umkehren, lassen wir sie im Stich. Ich habe noch nie jemanden freiwillig im Stich gelassen.«

Er sagte nicht, wer es war, den sie im Stich lassen würden. Seine Prinzipien sprachen für sich. Sie bedurften keiner Erklärung.

Sie durften nicht zu lange bleiben, sie mussten weiter. Jede Stunde Zeitverlust gefährdete den Erfolg der Mission, doch er konnte die Toten nicht zurücklassen. Andere Offiziere würden das tun und die Toten später einsammeln. Er nicht. Gerade weil der Sergeant so sehr auf Umkehr drängte, erkannte der Major, wie sehr sie sich beeilen mussten.

Er zog den Pistolenhalfter fester um seine Hüften.

»Herr Major.« Wieder diese schreckliche Stimme. Er hatte Angst, dass er noch mit achtzig an diese Stimme denken müsste, und nicht nur denken, sie immer noch hören würde, so, wie er auch ganz genau wusste, dass das Stück Metall, das den Leib des Soldaten durchbohrt hatte, ihn ewig verfolgen würde.

»Major, ich bin nicht der Einzige, der so denkt. Es gibt noch mehr.«

Er drehte sich um. Er musterte den Jungen von oben bis

unten, soweit das bei diesem Licht möglich war. Er kam aus einem Slum. Wer Geld hatte, ging nicht zur Armee. Wer Verbindungen besaß, entzog sich der Wehrpflicht. Zu seiner Zeit war das anders gewesen, für ihn jedenfalls. Die Armee hatte ihn gerufen, wie andere sich zur Kunst berufen fühlten. Die meisten von ihnen gaben die Kunst frühzeitig auf. Kein Talent, vielleicht noch schlimmer: zu wenig Berufung. Oder gar keine. Doch er hatte weitergemacht.

»Schweigen Sie, Sergeant«, sagte er. »Im Einsatz Ruhe bewahren und Mund halten.«

Der Sergeant schien eher erstaunt als erschrocken.

Der Major dachte an seine Frau in der Abstellkammer, an die Nächte, in denen sie dort gelegen hatte, bis sie sich wieder beruhigte. Für ihn war das Leben ein Kampf gewesen. Andere hatten es genossen, als gäbe es nirgends eine Bedrohung. Doch er hatte sie immer gespürt, jeden Moment, auch wenn er in der Kaserne war oder zu Hause im Schlafzimmer. Ja gerade dort.

Der Sergeant ging davon. Major Anthony bemerkte es kaum. Hier, wo es allen Grund gab, sich bedroht zu fühlen, war er auf merkwürdige Weise betäubt. Er spürte die vertraute Mischung von Ekel und Scham, spürte mit an Sicherheit grenzender Wahrscheinlichkeit, dass er diese Operation nicht erfolgreich beenden würde. Er würde scheitern.

Er versuchte, aus den gegebenen Umständen das Beste zu machen. Vielleicht war das alles, was er später über diese Mission sagen könnte.

Andere Offiziere hätten sich geweigert, die Fahrt unter diesen Umständen fortzusetzen, doch so ein Offizier war er nicht. Sein Glaube an die Hierarchie war unumstößlich, er konnte diesen Glauben nicht ablegen, ohne sein ganzes Leben rückwirkend für bedeutungslos zu erklären.

Der Korporal mit der ungesunden Hautfarbe riss ihn aus seinen Überlegungen. »Herr Major, wir schaffen's nicht. Wir bringen ihn nicht durch.«

Wenn dieser Korporal nicht zu früh geschossen, nicht die Kontrolle und Beherrschung verloren hätte, wäre Lina nicht zum Major gekommen. Dann hätte er sein großes Glück verfehlt. Das Glück von Vater, Mutter und Kind.

Es gab keine Alternative zu diesem Glück, manche glaubten das, doch ihre Versuche waren die von Sterblichen, die ihre Fäuste machtlos gegen die Götter ballen.

»Major, hören Sie mich?«

Der Major öffnete den Mund und spuckte etwas aus. Etwas Saures, Magensaft, der ihm aufgestoßen war. »Was schaffen wir nicht?«

»Der Sanitäter sagt, dass der Junge stirbt. Er kann ihm nur noch Schmerzmittel geben. Es dauert nicht mehr lange, sagt er.«

Der Major eilte mit langen Schritten zu dem verwundeten Soldaten. Mit einer einzigen Taschenlampe, vor die ein Tuch gebunden war, wurde er beleuchtet.

Er kniete sich neben den Verwundeten. Wieder holte er die Wasserflasche hervor und setzte sie dem Jungen, dessen Namen er nicht wusste, an die Lippen.

»Es sind lebenswichtige Organe getroffen«, flüsterte der Sanitäter. »Ich bin kein Arzt, Herr Major, aber das hier dauert nicht mehr lange.«

Das Wasser lief aus der Flasche in den Mund des Verletzten und wieder heraus, ruhig und gleichmäßig.

Der Major steckte die Flasche an seinen Gürtel zurück. Sie war fast leer.

»Ich habe bis jetzt immer all meine Männer zum Stützpunkt zurückgebracht«, flüsterte er. »In den vergangenen Stunden gab es Tote, ich weiß. Aber dieser Verwundete wird nicht sterben. Dieser Verwundete wird überleben, das ist ein Befehl, hörst du?«

Er stand auf und ging zu seinem Panzerwagen zurück. All die Momente, in denen er diese Einsamkeit verspürt hatte, diffus, doch nicht zu leugnen, rätselhaft und doch so quälend, waren nichts als Vorbereitungen auf diesen einen Moment gewesen. Alles war eine Bewährungsprobe, um die Spreu vom Weizen zu trennen, die wahren Offiziere von den ewigen Unteroffizieren, die Infanteristen von denen, die für immer im Verwaltungsdienst bleiben würden.

Als er jung war, wollte er auf die Probe gestellt werden, um herauszufinden, was in ihm steckte. Später wusste er es: Es war wenig. Und doch war der Drang, bewertet zu werden, nie ganz verschwunden, als könnte er das Ergebnis all dieser Prüfungen nicht glauben.

Ein Soldat stellte sich ihm in den Weg. »In unserem Fahrzeug ist der Proviant zu Ende. Wir haben Hunger, Major.«

Der Major beachtete ihn kaum. »Hast du nicht gelernt, dass Hunger dazugehört, so ein bisschen Hunger einen abhärtet?«

Späher, das war seine Berufung gewesen, vorangehen und hören, was sonst niemand hört, erspähen, was sonst niemand sieht. Doch er war seiner Berufung untreu geworden. In den letzten Jahren hatte er vor allem verdächtige Individuen ausgespäht.

Noch schneller versuchte er, zu seinem Fahrzeug zu kommen, mit jedem Schritt versank er tiefer im Dreck. Die Straße war zum Morast geworden.

Was hatten sie hier zu suchen? Sollten die hier oben doch erst mal richtige Straßen bauen, dann könnte die Armee Frieden schaffen.

Seine Augen hatten sich an die Dunkelheit gewöhnt, doch seine Beine immer noch nicht an diese Schlammpiste. Er kletterte ins Fahrzeug.

Jemand schnarchte. Es stank noch mehr nach Schweiß und Stuhlgang als vorhin.

Mühelos fand er die Papiertüte mit den Zimtschnecken.

Er nahm die Tüte. »Wir bergen die Toten«, sagte er zu den Soldaten.

Er wartete nicht auf sie, er eilte zurück an die Spitze des Zugs, ohne zu merken, dass keiner ihm folgte. Erst als er stehen blieb, weil das Gehen im Schlamm ihn erschöpfte, bemerkte er es. Sie wollten die Toten nicht bergen.

Auch gut. Dann würde er es eben allein machen, zusammen mit denen, die sich nicht zu fein waren, ihren Kameraden die letzte Ehre zu erweisen.

Da stand der hungrige Soldat von eben.

»Du da«, sagte der Major. »Du hattest doch Hunger?«

Der Soldat kam langsam näher.

»Hattest du Hunger oder nicht?«

Der Soldat nickte. Verlegen, fast verschämt.

Aus der Tüte holte der Major eine Zimtschnecke. »Hier«, sagte er, »von meiner Haushälterin gebacken.«

»Meine Stiefel ziehen Wasser, Major«, sagte der Soldat. »Alles pitschnass.«

Der Major drückte ihm die Zimtschnecke in die Hand und ging weiter.

War das dem Kommandanten einer Operation gemäß? Der Major wusste es nicht. Er zweifelte nicht mehr daran, dass er dabei war, den Verstand zu verlieren, doch man hatte ihm beigebracht, dass man den in lebensgefährlichen Situationen schon beinahe verlieren *musste*, wollte man überleben.

Egal, dachte er, Verstand hin oder her, solange ich den Konvoi nur zum Außenposten bringe. Hab ich den erst beliefert, ist es gleich, was ich dabei verliere.

»Das war's«, sagte der Korporal.

Der Major schob ihn beiseite. Er kniete sich neben den Verletzten.

»Es ist vorbei«, flüsterte der Sanitäter.

Der Major beugte sich über den Jungen, dessen Namen er nicht wusste. Er starrte ihm ins Gesicht, in der einen Hand noch immer die Tüte mit Zimtschnecken. Sein Helm berührte den Kopf des jungen Soldaten. Er hoffte, dass die anderen ihn nicht sehen konnten. Zum Glück war es dunkel.

Er hatte das Bedürfnis zu weinen, und gleichzeitig empfand er eiskalte Gleichgültigkeit. Dass dieser Tod ihm naheging, lag nur daran, dass es seine Operation war, dieser Tote fiel in seine Verantwortung. Der Todesfall bestätigte sein Scheitern, der Tod selbst ließ ihn kalt. Nur insofern, als das Sterben dieses Soldaten etwas mit ihm zu tun hatte, erschütterte es ihn.

»Lina und Paloma, könnt ihr mich sehen?«, flüsterte er unvernehmbar. »Könnt ihr mich hören? Das ist der Preis, den ich für den Gesetzesbruch bezahle, und ich werde ihn zahlen, ich werde nicht feilschen. Ich werde den Konvoi über die Berge bis zum Außenposten bringen, ich werde es tun. Denn das wurde mir befohlen.«

Noch kurz blieb der Major sitzen, dann stand er auf. »Ich weiß, du hast dein Bestes getan«, sagte er zum Sanitäter. »Du hast alles gegeben. Hier, nimm eine Zimtschnecke.« Er hielt ihm die Tüte seiner Haushälterin hin.

Der Sanitäter schüttelte den Kopf.

»Selbstgebacken«, sagte der Major.

Der Sanitäter schüttelte nochmals den Kopf.

»Nimm«, drängte der Major.

Der Sanitäter zögerte, dann griff er in die Tüte und nahm eine Schnecke heraus. Sie war noch eingewickelt. Er blieb damit stehen, als wüsste er nicht, was man damit macht, als hätte er vergessen, dass man Zimtschnecken isst.

»Wir müssen die Toten bergen«, sagte der Major.

Der Sanitäter wickelte die Zimtschnecke aus der Alufolie und nahm einen Bissen.

»Was?« Er sprach mit vollem Mund.

»Wir bergen die Toten«, wiederholte der Major.

Früher hatte er sonntagmorgens immer warme Zimtschnecken gefrühstückt. Es kam ihm vor wie in einem anderen Leben.

Er drehte sich um, er würde vorangehen.

Da sah er es.

Die Männer waren aus den Fahrzeugen gekommen. Sie bewegten sich langsam auf ihn zu. Wie eine Fußpatrouille, außer Kontrolle geraten.

So viele Männer brauchte er nicht zum Bergen der Toten.

Der Major sah die Männer an und rief von weitem: »Wir bergen die Toten!«

Keinerlei Reaktion. Wie ein Wurm bewegte sich die Fußpatrouille in seine Richtung.

Er kniff die Augen ein wenig zusammen. Ob sie es wussten? Dass sie eine Investition waren, die man vollkommen abgeschrieben hatte? Dass es niemandem etwas ausmachte, wenn sie nicht wiederkämen, man es vielleicht sogar hoffte? Sie waren nur Ballast, nicht mehr als Sand im Getriebe, darum hatte man sie zu diesem Konvoi auserwählt. Es war Großinventur, Räumungsverkauf. Alles musste raus.

»Wir werden die Toten bergen!«, rief er. »Wir dürfen nicht zu lange hier stehen.«

Er sah den jungen Sergeant mit der greinenden Stimme; der lief vorneweg.

»Ich brauche zwanzig Mann«, sagte der Major. »Der Rest geht zurück in sein Fahrzeug und macht sich zur Abfahrt bereit.«

Durch den Schlamm rückten sie vor. Schritt um Schritt.

»Ich wiederhole«, rief er, »zwanzig Mann bleiben hier! Der Rest kehrt zu den Fahrzeugen zurück.«

Einige Soldaten waren jetzt so nah, dass er ihre Gesichter erkennen konnte. Ihre schmutzigen Gesichter. Sie sahen ihn abwartend an.

Einen Moment lang spürte er den unwiderstehlichen Drang, die Wahrheit zu sagen. Doch nur ganz kurz. Nur keine Schwäche zeigen, das konnte er sich nicht leisten. Wenn das Leben letztlich nichts anderes war als ein Test, dann war dies die Bewährungsprobe, von der er befürchtet hatte, dass sie niemals mehr käme.

»Männer«, sagte der Major. »Wie ihr seht, setzt der Feind – sehr effektiv – unerlaubte Guerillamethoden ein, aber wir lassen uns nicht einschüchtern, wir werden diese Mission fortsetzen, wir werden tun, wofür wir …«

Er brachte seinen Satz nicht zu Ende. Er sah seine Untergebenen an. Es war, als wollten sie sich im Halbkreis um ihn herumstellen. Von hinten kamen neue Soldaten.

Wenn er verdächtige Individuen festnehmen musste, ging er immer mit drei, höchstens vier Mann los. Das war überschaubar. Vielleicht hatten seine Vorgesetzten recht gehabt. Vielleicht war das wirklich sein größtes Talent: das Festnehmen verdächtiger Individuen.

»Wir bergen erst unsere Toten. Wo sind die Plastiktüten?« Er rief nicht mehr. Er sprach in normalem Ton, wenn auch laut und deutlich.

Es kam keine Antwort.

»Wo sind die Plastiktüten?«, fragte er nochmals. Jetzt etwas lauter.

Niemand antwortete. Sie starrten ihn an.

Der Sergeant mit der Greinstimme trat vor. »Wir wollen wissen, wo unsere Mission hingeht, bevor wir weiterfahren.«

»Hier?«, rief der Major. »Jetzt? Was wollt ihr wissen?«

Er sah die Jungs an wie beim Appell in der Kaserne, doch ihre Gesichter wirkten jetzt anders. Vielleicht lag es daran, dass hier das bläuliche Licht des Innenhofs fehlte.

»Wir wollen wissen, wohin wir fahren«, wiederholte der Sergeant.

Der Major sah in die Runde. Wenn man sich die Uniformen wegdachte, waren es Kriminelle, Taschendiebe, kleine

Dealer, Hehler, Vergewaltiger, gescheiterte Zuhälter. Auswurf der Gesellschaft.

»Die Operation ist geheim«, sagte der Major. »Offiziell gibt es sie nicht. Für den Generalstab ist diese Operation nicht existent. Anders gesagt: Uns – euch gibt es nicht. Wir sind nicht hier. Mehr kann ich nicht sagen. Jetzt bergen wir die Toten.«

Ein Soldat rief: »Mir ist egal, was der Generalstab sagt, ich will wissen, wohin wir fahren!«

Der Sergeant mit der Greinstimme schrie: »Wir wollen zurück in die Garnison! Unter diesen Umständen fahren wir nicht weiter! Wir haben keine Ausrüstung für diese Operation!«

Es war ein Alptraum, den er früher oft gehabt hatte: Er stand vor seinem Bataillon und hatte keine Autorität mehr. Sie lachten ihn aus, und er stand machtlos vor ihnen.

Obwohl es zu dunkel war, ihren Gesichtsausdruck zu erkennen, glaubte er, raten zu können, wie sie ihn ansahen. Abwartend und doch eindeutig voll Hass. Er spürte den Hass auf seinem Körper.

»Diese Operation«, sagte er, »habe ich initiiert. Ich trage die volle Verantwortung für alles, was bisher geschehen ist und noch geschehen wird. Wir werden die Außenposten in den Nordprovinzen beliefern. Wir werden die Verwundeten evakuieren. Das ist das Ziel unseres Konvois. Wir überlassen die Außenposten nicht ihrem Schicksal. Wir hoffen nicht auf ein Wunder. Nicht, solange ich was zu sagen habe. Wir *sind* das Wunder. Darum sind wir hier.«

Mit der Linken umklammerte er die braune Papiertüte der Haushälterin. Für einen Moment schien er geradezu selber zu glauben, was er da eben gesagt hatte. Es war nicht Todesverachtung, die ihn zu diesen Worten verleitet hatte. Noch nie hatte er so große Angst vor dem Tod gehabt. Doch die Angst schärfte seine Sinne, und trotz der Angst schätzte er sein Leben immer geringer, bis zur Verachtung.

Der Sergeant mit der schrecklichen Stimme drängte sich weiter nach vorn. »Major«, ächzte er. »Wir sind losgefahren, ohne zu wissen, wohin es geht. Hätten wir das gewusst, hätten viele von uns sich verdrückt. Die letzten drei Konvois zu den Außenposten sind nie angekommen. Wie sollen wir das schaffen? Wir fahren nicht weiter, wir fahren zurück.«

Der Major hasste den Sergeant. Er verachtete ihn, nicht nur wegen seiner Stimme, sondern für das, was er sagte, vor der gesamten Truppe. Wenn er sich das hier bieten ließ, konnte er gleich umkehren, dann konnte er gleich hier im Dreck versinken.

»Glaubst du, dass du die Gefahren besser einschätzen kannst als ich? Denkst du, du weißt besser, wie wir diese Mission erfolgreich beenden?« Trotz seines Hasses und der Angst merkte er, wie die Müdigkeit seine Rednergaben beeinträchtigte. Er hatte schon besser gesprochen.

»Wir werden mit zwanzig Mann die Toten bergen«, sagte er. »Der Rest geht zu den Fahrzeugen zurück. Das ist ein Befehl.«

»Wir sind für diese Mission nicht ausgerüstet!«

Der Major erkannte den Soldaten, der das rief. Er hatte ihm gerade die Zimtschnecke gegeben.

Ein anderer rief: »Wir haben Hunger!«

Ein Korporal sagte: »Niemand würde weiterfahren. Andere Offiziere hätten diese Operation längst abgebrochen.«

»Wir tragen eine Verantwortung«, sagte der Major. Seine rechte Hand lag auf seiner Dienstwaffe. Der Hass siegte über die Müdigkeit. Nicht, dass er etwas gegen diese Jungs hatte, nichts Persönliches jedenfalls. Wenn er sie unversehrt wieder am Ausgangspunkt in der Kaserne abgeliefert hätte, könnten sie mit ihrem Leben tun, was sie wollten. Sie könnten in ihr kriminelles Dasein zurückkehren oder irgendwo in einem Restaurant Tortillas backen. Ihm war es gleich.

Früher waren noch ab und zu Jungs in der Truppe gewesen, zu denen er eine tiefere Beziehung entwickelt hatte. Nicht für immer, aus den Augen, aus dem Sinn, aber für kurze Zeit hatte es eine Beziehung gegeben, eine tiefere Bindung.

»Ich weiß nicht, was Sie tun, Herr Major«, sagte der Sergeant. »Aber wir fahren zurück.«

»Du bleibst hier«, sagte der Major. »Du hilfst mir beim Bergen der Toten.«

Auf den Hass war Panik gefolgt, und mit der Panik kamen die Gedanken an seine Tochter. Er würde ihr einen Schlappschwanz als Vater ersparen. Wie seiner Frau einen Schlappschwanz als Mann, er hatte ihr schon genug angetan. Er würde diese Mission erfolgreich beenden, um so auch der Scham ein für allemal ein Ende zu machen.

»Die Toten brauchen uns nicht«, sagte der Sergeant. »Wir verweigern diesen Befehl.« Er wandte sich langsam ab, als hätten seine Worte nicht schon genug Verachtung ausgedrückt.

Der Major nahm seine Dienstwaffe. Er zielte in die Luft. »Diese Operation steht unter meinem Befehl.«

Noch in der Ausbildung hatte jemand es ihm erzählt, doch er konnte sich weder an dessen Namen noch Aussehen erinnern: Um angesichts des Todes zu überleben, muss man ein klein wenig verrückt sein.

Er richtete die Waffe auf den Sergeanten, der sich langsam durch den Schlamm von ihm entfernte.

Auch die anderen entfernten sich, wandten sich ab. Sie gingen zu ihren Fahrzeugen zurück. Der Sanitäter. Der Soldat, dem er die Zimtschnecke gegeben hatte. Niemand wollte die Toten bergen.

Die Waffe war entsichert.

Wenn er jetzt nicht verrückt wurde, dann niemals. Jetzt musste er seinen Verstand verlieren, um zu zeigen, wer er war, um seine Familie zu retten.

Zuerst richtete er die Waffe mit einer Hand auf den Sergeanten. Dann mit beiden Händen, ohne die Tüte mit Zimtschnecken loszulassen. Seine Hände zitterten. Vor Müdigkeit und Kälte. Seine Hände zitterten wie bei einem Alkoholiker. Doch wer im Angesicht des Todes seinen Verstand verliert, hat immer zitternde Hände.

»Wir werden unsere Toten bergen!«, rief der Major.

Und er schoss.

Einen Moment dachte er, sein Ziel verfehlt zu haben.

Es geschah nichts.

Der Sergeant blieb stehen.

Eine Ewigkeit schien zu vergehen, bis er zu Boden ging. Der Major hatte ihn in den Nacken getroffen.

Reue spürte der Major nicht. Eher energiegeladen fühlte er sich. Erfrischt. Wie von den Toten auferstanden.

Die Soldaten, die sich schon zu ihren Fahrzeugen hinbewegt hatten, hielten an, drehten sich um, blickten zu ihm, dem Kommandanten des Konvois.

»Wir werden unsere Toten bergen!«, rief der Major. »Jetzt bergen wir endlich unsere Toten!«

In dem Moment begann der Beschuss.

Von der Böschung herab.

Aus den Hügeln links von der Straße.

Aus der Schlucht rechts darunter.

Es kam von vorn und von hinten. Es kam von links und von rechts. Es kam von allen Seiten.

So schnell ging es, dass niemand Gelegenheit hatte, auch nur »Hinterhalt« zu rufen.

Der Major suchte Deckung hinter dem zweiten Panzerwagen. Er sah, wie Soldaten unter Fahrzeuge krochen, wie welche getroffen wurden, sah, wie andere sich in den Dreck warfen.

Hinter dem Fahrzeug kniend, bemerkte er, dass er die Tüte mit den Zimtschnecken noch immer umklammerte. Als sei er entschlossen, die Schnecken mit seinem Leben zu verteidigen.

III

Umsiedlung

1

Der Major kneift die Augen zusammen. Das Sonnenlicht blendet.

Vor ihm steht eine kleine Schüssel mit Wasser. Eine weiße Schüssel mit blauem Rand. Wenn er sich vorbeugt, kann er mit Mühe und Not daraus trinken. Unangenehm ist es schon, weil das Seil, mit dem seine Handgelenke hinter dem Rücken an einen Pfahl gefesselt sind, ihm dann tiefer ins Fleisch schneidet. Unmöglich ist es nicht.

Er kniet. Seine Knie sind aufgeschürft. Wahrscheinlich hat man ihn über den Boden geschleift, doch davon weiß er nichts.

Sein linkes Auge fühlt sich an, als sei er geschlagen worden. Doch wenn er das rechte zusammenkneift, kann er mit dem anderen Auge noch alles erkennen, es funktioniert also noch, wenn auch verschwommen. Ein paarmal versucht er es: rechtes Auge zu, sehen mit dem linken. Es klappt.

Er befindet sich auf einem Basketballfeld. Er ist an den Pfahl eines der Körbe gefesselt. Um ihn herum ein kleines Dorf in einem Tal zwischen Bergen. Die Häuser sind ärmlich. Die Hänge in der Umgebung machen einen kahlen, trostlosen Eindruck.

Er hat nie verstanden, was andere Leute an den Bergen finden. Was sind die Berge im Vergleich zum Meer?

Obwohl es bewölkt ist, sticht ihm das Licht in die Augen.

Ein Stück von ihm entfernt befindet sich eine kleine Tribüne. Sie ist aus Beton. Auf ihr sitzen Menschen, wohl aus dem Dorf. Er sieht Frauen, Kinder, Frauen mit Babys, Männer. Sie schauen ihn an.

Links von der Tribüne steht ein Orchester. Er erkennt Blasinstrumente, Trommeln. Trompeten, Zugtrompeten vielleicht. Aus dieser Entfernung kann er es nicht richtig erkennen. Er versucht, sich zu erinnern, wie dieses andere Blasinstrument gleich wieder heißt. Posaune? Die Musiker sehen ihn nicht an, sie starren geradeaus. Sie tragen irgendeine Tracht.

Er hat Durst und beugt sich vor, um zu trinken. Das Seil schneidet ihm tiefer ins Fleisch. Auf dem Wasser schwimmen Insekten. Durch das grelle Licht und sein tränendes linkes Auge kann er nicht sehen, ob sie noch leben. Übelkeit überkommt ihn, doch der Durst ist stärker.

Der Major beugt sich tiefer und schlürft etwas Wasser.

Irgendwo beginnt ein Baby zu schreien. Er richtet sich wieder auf. Auf der Tribüne sieht er eine Frau, die ihrem Baby die Brust gibt. Er wendet den Blick ab, es gehört sich nicht, eine stillende Frau anzustarren. Nicht einmal aus dieser Entfernung.

Seine Unterlippe brennt, als hätte er im Schlaf daraufgebissen. Jetzt erst bemerkt er, dass seine Schuhe fort sind. Auch die Socken hat man ihm abgenommen.

Und seine Armbanduhr und seinen Gürtel.

Auch seine Füße sind hinter dem Pfahl zusammengebunden.

Er will etwas sagen, rufen, dass er seine Schuhe zurückhaben will, dass jeder Mensch Recht auf Schuhe hat, auch

Kriegsgefangene. Doch das widerspricht dem Reglement: Ein kriegsgefangener Militär darf keine Schwäche zeigen.

Das T-Shirt, das er unter seiner Uniform trug, hat er noch. Auch seine Uniformhose. Wie das T-Shirt ist die Hose an verschiedenen Stellen zerrissen.

Er hofft, dass sie die Uhr zusammen mit seinen anderen persönlichen Dingen – ein paar Fotos, Bleistift, Notizbuch, eine Taschenlampe – sicher weggepackt haben, versehen mit seinem Namen und Dienstgrad. Wenn das hier vorbei ist, möchte er sein Eigentum gern wiederhaben, und zwar vollständig.

Was er von dem Überfall noch weiß, ist nur, dass er hinter ein Fahrzeug kroch und sein Schließmuskel dabei den Geist aufgab. Er benutzte seine Waffe zwar noch, aber er feuerte ziellos, wie blind. Er wusste nicht einmal, ob er nicht auf die eigenen Männer schoss.

Das war ihm noch nie passiert, dass sein Schließmuskel ihn im Stich ließ. Trotzdem konnte er sich nicht erinnern, mehr Angst gehabt zu haben als sonst. Warum sein Schließmuskel gerade in dem Moment den Dienst quittierte, weiß er ebenso wenig zu sagen. Nur, dass es beschämend war.

Bis zur letzten Kugel hatten sie nicht gekämpft. Er sah, dass einige Männer sich ergaben, doch den Feind selbst erkannte er nicht. Plötzlich bekam er einen Schlag auf den Hinterkopf, wahrscheinlich mit einem Gewehrkolben, und dann noch einen.

Rechts auf der Tribüne, von ihm aus gesehen, sieht er einen Jungen mit einem Ball. Immer wieder lässt der Junge den Ball auf dem Boden hüpfen. Der Ball springt hoch, und der Junge fängt ihn auf, der Major kann das Geräusch hören.

Einen Moment konzentriert er sich auf den springenden Ball. Dann versucht er zu schlucken.

Das Schlucken fällt ihm schwer. Sein Hals ist trocken.

»Guckt nicht so!«, will er den Leuten auf der Tribüne zurufen. »Hört auf, mich so anzuglotzen!«

Er lässt den Kopf sinken und starrt auf den Boden. Auch der ist hier aus Beton: Soweit er sehen kann, die einzige befestigte Fläche im Dorf.

Er kennt solche Dörfer. Nicht dieses Dorf. Aber die Art. Es gibt hier nichts. Nur Alkohol. Häuser. Und Menschen. Die Menschen sterben früh. Sie haben keinen Ehrgeiz. Sie wollen nichts. Nur sich betrinken.

Der Major beugt sich vor, um noch einen Schluck Wasser zu nehmen, dabei schließt er die Augen, um das Ungeziefer nicht sehen zu müssen.

Er hat das Gefühl, die Insekten in seinem Mund krabbeln zu spüren. Schnell schluckt er das Wasser hinunter.

Selbst in der Kehle spürt er noch dieses unangenehme Krabbeln.

Dann schaut er wieder zur Tribüne. Die Leute sitzen vollkommen ruhig da. Nach dem Stand der Sonne zu urteilen, müsste es Nachmittag sein, doch er ist sich nicht sicher. Er ist kein Experte auf dem Gebiet. Nicht hier jedenfalls, nicht in den Bergen.

Der Major denkt an seine Frau und sein Kind. Er ist froh, dass es ihnen erspart bleibt, ihn so zu sehen. Er denkt an seine Männer. Den Gedanken, sie im Stich gelassen zu haben, wird er nicht los. Er ist gescheitert: Der Konvoi hat sein Ziel nicht erreicht. Er hat das Maul aufgerissen, er wollte etwas beweisen. Was hat er bewiesen? Scheitern zu können.

Das ist er, dieses Scheitern. Jeder Mensch ist sein eigenes Scheitern, doch einige sind es mehr als die anderen.

Wo genau er ist, weiß er nicht. In seinem Land. Wahrscheinlich. Wenn er kichern könnte, würde er kichern. Doch es gelingt ihm nicht. Es bleibt bei etwas schwerem Atmen, wie beim Arzt. Sein Land, was bedeutet das noch? Dieses Basketballfeld ist sein Land. Der Pfahl, an den er gefesselt ist, der Boden, auf dem er kniet.

Er versucht, sich ein wenig zu recken, soweit das in seiner Position möglich ist. Seine Beine tun weh. Für einen Augenblick weiß er nicht mehr, welcher Körperteil ihm am meisten weh tut. Ein verwirrender Moment. Dann spürt er es wieder: Seine Beine, der am meisten schmerzende Teil seines Körpers sind die Beine.

Er ist bei den Terroristen, so viel ist sicher. Er befindet sich in einem Terroristennest.

Aber er lebt, ist keinen Heldentod gestorben. Vielleicht ist das auch besser so. Wie sein Schließmuskel gezeigt hat, war sein Körper zum Heldentod nicht bereit. Und er selbst? War er bereit für den Tod?

Er denkt wieder an seine Frau und seine Tochter. An den Körper der Frau, ihre Brüste, den Hintern. Dem Mädchen hatte er gesagt, dass es auf ihn folgen würde, doch dachte seine Frau womöglich an einen anderen Nachfolger für ihn? Ist der andere vielleicht gar schon da, womöglich die ganze Zeit schon, ohne dass er es bemerkte? Vielleicht hat jeder Mensch einen Nachfolger, von dessen Existenz er nichts weiß?

Eine Gestalt verlässt die Tribüne. Sie kommt auf ihn zu. Es ist ein Mann.

Der Major sieht ihn langsam näher kommen. Er trägt ein Hemd und darüber einen Pullunder.

Beim Wort »Pullunder« ergreift ihn ein kurzer Schwindel. Der Major hat es so lang nicht benutzt. Mit den Lippen formt er das Wort. Einen Augenblick meint er, ihm schwindle vor Glück, doch Glück ist es nicht. Es ist Fassungslosigkeit, an diesen Pfahl auf einem Basketballfeld gefesselt zu sein. Er lacht, lacht über sich selbst, weil er nicht glauben kann, dass wirklich er es ist, der hier als Gefangener kniet.

Der Mann im Pullunder ist jetzt bei ihm. Der Pullunder ist weiß, ein gebrochenes Weiß. Der Mann beugt sich zu ihm und fragt: »Hat man Sie korrekt behandelt?«

Nach dem Kriegsrecht ist der Major nicht verpflichtet zu antworten. Er kennt das Kriegsrecht, es war Teil seiner Ausbildung. Trotzdem will er unbedingt etwas sagen. Er muss reden. Wenn es einen Weg aus dieser Situation gibt, dann sind es Worte.

Er holt tief Luft, seine Augen scheinen für einen Moment aus den Höhlen zu treten. Er öffnet den Mund, um zu sprechen, doch es kommt nichts.

Er konzentriert sich. Er will etwas sagen, doch dazu muss er sich anstrengen. Er analysiert seine Situation, legt sich genau die Worte zurecht, er will überzeugend reden, doch ohne emotional zu werden.

Um den Mann im Pullunder ansehen zu können, muss er den Blick schräg nach oben richten. Der Mann im Pullunder steht, der Major kniet.

Jetzt weiß er, was er sagen will. Eben wusste er es auch schon, doch er konnte die Worte nicht finden. »Mach mich los«, sagt der Major.

Offenbar spricht er nicht deutlich, er hatte den Eindruck zu schreien, doch der Mann im Pullunder scheint ihn nicht zu verstehen. Er beugt sich wieder zu ihm und fragt: »Was sagten Sie? Hat man Sie korrekt behandelt?«

Der Major wirft einen Blick auf das Wasser in der Schüssel. Sie ist aus Steingut, vermutet er, vielleicht Porzellan. Für einen Moment ist ihm der Unterschied zwischen Steingut und Porzellan nicht mehr präsent.

Sie wollen, dass er durchdreht, darum stellen sie ihm solche Fragen. Doch das lässt er nicht mit sich machen. Für Fälle wie diese wurde er ausgebildet, wenn auch vor langer Zeit. Als er Späher wurde.

Wieder richtet er den Blick schräg nach oben. Er versucht, dem Mann im Pullunder in die Augen zu sehen. Seine eigenen Augen tränen. »Sie können nichts von mir fordern«, sagt der Major, noch lauter, noch deutlicher als zuvor, »außer meinen Namen und meinen Dienstgrad.«

Er schreit so laut, dass ihm der Hals weh tut.

Er ist nur noch sein Körper. Sein schmerzender Körper. Wenn der Körper genügend weh tut, verschwinden die Gedanken an das eigene Scheitern.

Der Mann im Pullunder geht neben dem Major in die Hocke. Er legt ihm den Handrücken auf die Stirn, als wollte er fühlen, ob er Fieber hat. Der Major erschrickt, macht eine brüske Bewegung, wodurch das Seil ihm noch tiefer ins Fleisch schneidet.

»Wo sind meine Schuhe?«, fragt er. »Ich will meine Schuhe zurück.« Er schämt sich, dass er vor der Hand auf seiner Stirn erschrocken ist.

Die Hand ist längst wieder verschwunden.

Niemand darf ihn einfach berühren.

Dann entspannt er sich, soweit das hier geht. Er starrt auf das schmutzige Wasser. Ist es wirklich in einer Schüssel? Ist es nicht vielmehr ein Napf?

»Ich bin Ihr Verteidiger«, sagt der Mann im Pullunder.

Er ist jung. Höchstens dreißig. Jünger als der Major. Doch der Major sieht ihn nicht an. Er kennt dieses Spiel, er kennt dessen Regeln.

»Wenn Sie meinen Dienstgrad wissen wollen, werde ich Ihnen den sagen. Wenn Sie mich nach meinem Namen fragen, sage ich Ihnen auch den.« Er konzentriert sich auf das schmutzige Wasser. Einen Moment glaubt er, sich selbst darin gespiegelt zu sehen.

»Ich bin Ihr Verteidiger«, wiederholt der Mann im Pullunder.

Der Major würde gern die Hände benutzen, um sein Gesicht zu betasten. Er will wissen, wie es sich anfühlt, wo es geschwollen ist. Ob es geschwollen ist. Er würde sich gerne die Haare richten, und wäre es nur mit den Händen. Dann könnte er ruhig und gefasst mit diesem Mann reden. Er würde ihm die Regeln erklären. Jede Situation unterliegt Regeln, auch diese.

»Fragen Sie mich nach meinem Dienstgrad!«, schreit der Major und wirft sich mit Macht nach vorn. Sein Gesicht landet in der Schüssel, doch er trinkt nicht.

Als er sich aufrichtet, sieht er, dass der Mann im Pullunder zur Tribüne zurückgeht.

Wasser tropft dem Major vom Gesicht.

»Komm zurück!«, ruft er. »Komm zurück!«

Ihm ist kalt. Er zittert. Er hat ein Recht auf eine Decke.

»Komm zurück!«, brüllt er wieder.

Der Major versucht, die Entfernung zwischen sich und der Tribüne zu schätzen. Er kann es nicht. Die Leute wollen seinen Widerstand brechen. Doch das wird ihnen nicht gelingen.

Alles ist eine Probe. Auch das hier.

Der Major denkt an seine Bücher über Napoleon. Er versucht, sich an Sätze zu erinnern, Daten, Namen, Ereignisse. Die Wache, die sah, wie Napoleon sich näherte, ihn nicht erkannte und rief: *»On ne passe pas.«* Im Jahr 1812 wusste Napoleon, dass sein Schicksal sich unerbittlich erfüllte. Er handelte nicht danach. Wie ein Geliebter seine Geliebte, so erwartete Napoleon sein Schicksal.

Seine linke Wange juckt. Er schneidet Grimassen, um das Jucken zu lindern. Es nutzt nichts.

Der Mann im weißen Pullunder löst sich wieder aus der Menge. Er geht auf den Major zu. Er hat etwas in der Hand.

Der Major sieht eine Waffe.

Er soll exekutiert werden. Einfach so. Ohne dass er seinen Namen und Dienstgrad hat nennen können.

Sie werden ihm in den Kopf schießen. Er wird schreien, aber es wird nichts nutzen. Oder wird er nicht schreien? Wenn es doch nichts nutzt?

Wird er seinen Schließmuskel diesmal beherrschen können? Sich würdevoll verhalten, wie man es ihm beigebracht hat, es von ihm erwartet? Ein Tuch vor die Augen wird er ablehnen, erhobenen Hauptes und ohne zu zittern will er in den Gewehrlauf sehen, in Gedanken bei seiner Frau, ihrem Körper und seinem Kind.

Doch was sich in der Hand des Mannes befindet, ist ein

Stück Brot. Er hält es dem Major hin. Der Major isst dem Mann das Brot aus der Hand.

Der Mann im weißen Pullunder hockt sich neben ihn hin und schaut zur Tribüne. »Ich bin Ihr Verteidiger«, sagt er. »Das dort ist das Volkstribunal. Wir haben improvisierte Volkstribunale eingerichtet. Ihre Sache wird gleich behandelt. Haben Sie mir etwas zu sagen?«

Der Major schüttelt den Kopf. Das Brot hat ihn nur noch hungriger gemacht. Er starrt auf die Hände des Mannes. »Ich habe Hunger«, sagt er.

Der Mann im weißen Pullunder nickt. Aus seiner Hosentasche holt er noch ein Stück Brot. Es ist härter als das erste. Der Major isst ihm auch das aus der Hand. Er leckt dem Mann, der sich seinen Verteidiger nennt, die Krümel von den Händen. Der Mann wischt sie sich sorgfältig an der Hose ab.

Der Major schämt sich nicht, Hunger zu haben. Er hat keine Wahl. Er schämt sich für andere Dinge.

»Verstehen Sie, was ich sage?«, fragt der Mann.

Der Major brummt. Er weiß, dass sie ihn brechen wollen. »Ich erkenne dieses Tribunal nicht an«, sagt er. »Ich bin Militär. Ich habe nur meine Pflicht getan.«

Er starrt auf das Wasser. Wann werden sie ihm endlich frisches Wasser geben? Wird es Wasser ohne Ungeziefer sein? Wann wird er seine Schuhe zurückbekommen?

»Die Anhörung wird gleich beginnen«, sagt der Mann. Er spricht, als sei es ihm unangenehm. »Wir wollen keine Rache, obwohl wir allen Grund dazu hätten. Wir wollen Gerechtigkeit.«

Der Major flüstert: »Warum fragt mich niemand nach

meinem Dienstgrad und meinem Namen? Ich brauche nur meinen Namen und Dienstgrad zu nennen.«

»Ich rate Ihnen zu kooperieren«, sagt der Mann. »Nach meiner Erfahrung ist das am besten.«

Der Major schließt die Augen. Er denkt an den Generalleutnant. Er wird inzwischen über den Fall unterrichtet sein. Rettungskommandos sind unterwegs. Er muss Zeit gewinnen. Die Zeit arbeitet für ihn. Lang kann es nicht mehr dauern.

»Mir ist kalt«, sagt der Major.

Der Mann im weißen Pullunder nickt. Er nickt, als könne er ihn verstehen. Als spüre er selbst die Kälte, obwohl er doch einen Pullunder trägt. »Ich werde sehen, was ich für Sie tun kann«, sagt er.

Er steht auf und geht Richtung Tribüne.

Der Major schaut ihm nach. Er denkt an seinen Swimmingpool. Niemand im ganzen Viertel hat einen Pool. Niemand. Nur er, und er ist stolz darauf. Selbst wenn er nicht mehr ist, wird der Swimmingpool bleiben. Seine Frau und sein Kind werden darin schwimmen und an ihn denken. Er hofft, dass seine Frau die Meerjungfrau wird aufstellen lassen, auch ohne ihn. Und dass sie seinem Nachfolger von ihm erzählt. Von ihm und dem Wasserspeier in Form einer Meerjungfrau.

Wird sein Nachfolger auch im Pool schwimmen? Seinen Körper im Lehnstuhl daneben in der Sonne brutzeln?

Der Major schiebt den Gedanken beiseite. Er darf nicht an die eigene Abwesenheit denken. Das macht ihn schwach. Er darf seinen Tod nicht vorwegnehmen. Er muss an das Leben denken.

Der Major betrachtet die Wasserschüssel mit den Insekten. Das ist Leben. Da, vor ihm. Er zwingt sich, etwas zu trinken.

Dann denkt er doch wieder an den Pool. Er kann es nicht lassen. Er muss. Der Swimmingpool ist seine Hoffnung. Er sagt sich dessen Maße vor, die Länge, die Breite, die Tiefe. Er denkt an den Käscher, mit dem er morgens immer die Blätter aus dem Becken fischte. Das machte ihm Freude. Auch wenn niemand an dem Tag vorhatte zu schwimmen, der Pool musste sauber sein.

Das Orchester beginnt zu spielen.

Niemand hat ihnen ein Zeichen gegeben. Sie haben keinen Dirigenten, sie haben von selbst angefangen. Aus dem Nichts.

Der Major erschrickt. Er denkt, die Musik sei das Zeichen zu seiner Exekution. Der Mann im Pullunder hat zwar von einer Anhörung gesprochen, doch vielleicht ist die schon vorbei.

Das Orchester setzt sich in Bewegung. Die Musiker spielen und marschieren. Sie gehen langsam über den Platz.

Die Musik klingt traurig, findet der Major.

Er will nicht sterben.

Er schaut die Musiker an, versucht, ihre Gesichter zu unterscheiden.

Die Armee wird kommen und ihn retten. Euphorie überkommt ihn, so lebendig und plastisch steht ihm die Rettung vor Augen. Vielleicht ist es nur noch eine Frage von Minuten, einer halben Stunde höchstens. Die Armee wird kommen und ihn retten, sie haben keine andere Wahl. Auch die Luftwaffe werden sie einsetzen. Sie können es sich nicht leisten, einen Offizier seines Ranges lebend in die Hände des Feindes fallen zu lassen.

Er grinst, bleckt die Zähne. Um seine Gesichtsmuskeln zu lockern, beginnt er, sie zu bewegen. Wahrscheinlich sieht es aus, als schneide er Grimassen, doch ihm ist egal, was sie von ihm denken. Er darf nicht aufgeben, das ist das Wichtigste. Im Moment ist das das Einzige, was er tun kann.

Der Mann im weißen Pullunder taucht wieder auf. Er geht beschwingter als beim ersten Mal.

Der Mann beugt sich zum Ohr des Majors und flüstert, als verkünde er ihm ein großes Geheimnis: »Ich hab mein Äußerstes getan. Wenn es dunkel wird, kriegen Sie eine Decke. In wenigen Augenblicken beginnt die Verhandlung.«

Der Major kneift kurz die Augen zusammen. Das Orchester steht jetzt auf der anderen Seite des Platzes. Es hat aufgehört zu spielen.

Er würde sich gern hinlegen. Es würde ihm viel bedeuten, es bräuchte nicht mal auf einer Matratze zu sein. Hier, auf dem Beton des Basketballfelds. Sich kurz hinlegen, mehr will er nicht. Die Augen schließen und sich hinlegen. Oder besser: erst hinlegen, dann die Augen schließen.

Der Mann im weißen Pullunder hockt sich neben ihn.

Der Major öffnet den Mund, zum Zeichen, dass er noch etwas essen möchte, doch sein Mund bleibt leer.

Er wagt nicht, das Wort »Hunger« noch einmal auszusprechen. Er hat Angst vor Repressalien. Er darf sich nicht schwach zeigen. Hunger ist eine Schwäche. Wenn sie seine Schwäche bemerken, werden sie ihn brechen. Doch Appetit darf er durchaus zu erkennen geben. Darum öffnet er den

Mund. Erst ein klein wenig, dann immer mehr, bis der Mund ganz aufgesperrt ist.

Eine andere Gestalt löst sich aus der Menge. Sie trägt einen blauen Overall.

»Das ist der Ankläger«, flüstert der Mann im weißen Pullunder.

Beide betrachten den Ankläger. Er kommt auf sie zu.

»Er ist gefoltert worden«, sagt der Mann im weißen Pullunder.

Der Major schluckt. Das Kribbeln auf seiner linken Wange ist stärker geworden. »Von wem?«, fragt der Major.

»Von Ihnen.«

Der Major schüttelt den Kopf. »Ich habe niemanden gefoltert. Ich bin Militär.«

»Er hat fliehen können«, sagt der Mann im weißen Pullunder. »Einer der wenigen.«

Sie betrachten den Mann im blauen Overall. Was macht er da? Er kommt nicht mehr näher. Er bleibt mitten auf dem Platz stehen, als hätte er etwas vergessen.

»Er wird Ihnen einige Fragen stellen«, sagt der Mann im weißen Pullunder. »Er wird Ihnen erklären, wie das Volkstribunal funktioniert.«

Der Major wendet sein Gesicht dem Verteidiger zu. »Könnten Sie mich kurz kratzen?«, bittet er. »Es juckt.«

Er bewegt die Gesichtsmuskeln, um dem andern die Stelle zu zeigen, doch der Mann versteht ihn nicht. »Meine linke Wange«, sagt der Major. »Sie juckt.«

Der Mann wirft einen Blick darauf. »Da ist eine kleine Wunde«, sagt er. »Die dürfen Sie nicht berühren.«

»Aber es juckt«, wiederholt der Major. Dann nimmt er

sich zusammen. Er muss stark bleiben. Hilfe ist unterwegs. Rettung naht.

Was wird er tun, wenn sie ihn befreit haben? Soll er bei der Armee bleiben? Wie werden die anderen ihn ansehen, wenn sie von seinem Scheitern erfahren? Doch wo soll er hin? Er kann nichts anderes.

Oder soll er einen Laden eröffnen? Möbel verkaufen?

Und seine Tochter? Er wollte, dass sie auf ihren Vater stolz sein kann. Doch er empfindet nur Scham, Scham, dass er seine Aufgabe nicht besser erfüllt hat, Scham, Fehler begangen zu haben. Alles in seinem Leben ist Scham, bis auf den Swimmingpool. Selbst seine Tochter. Er hat sie gestohlen, das Gesetz übertreten, er hat sie aus dem Rachen des Staates geraubt, und der Staat hat Hunger, genau wie jetzt er. Er hat den Staat, der immer für ihn sorgte wie ein guter Verwandter, verraten, indem er ihm seine Nahrung stahl. Und dabei hat der Staat einen großen Magen, der Staat ist ein Onkel mit gesundem Appetit.

Der Mann im Overall steht jetzt neben ihm. »Die Anhörung beginnt in wenigen Augenblicken«, sagt er. Seine Stimme klingt heiser. Er spricht sachlicher als der andere Mann. »Sie kennen die Anklage?«, fragt er.

Der Major schüttelt den Kopf.

»Sie wissen, was man Ihnen vorwirft?«

Wieder verneint der Major. Er hat gewaltigen Hunger, doch er wagt nicht, um Essen zu bitten. Darum öffnet er den Mund, hemmungslos diesmal, sperrangelweit, um zu zeigen, dass er etwas hineingestopft haben möchte.

So weit hat er den Mund noch nie aufgesperrt, nicht mal beim Zahnarzt.

»Verbrechen gegen das Volk«, sagt der Mann. Es klingt, als sei damit alles gesagt.

Einen Moment ist es still.

»Haben Sie mich verstanden?«, fragt der Ankläger. »Verstehen Sie, was ich sage?«

»Ich bin Militär«, sagt der Major, nachdem er den Mund wieder zugemacht hatte. »Ich habe keine Verbrechen begangen.«

Er wirft noch einen Blick auf die Schüssel mit Wasser. Viel ist nicht mehr darin. Da er nicht weiß, wann er wieder frisches bekommt, muss er sparsam sein. Sich beherrschen. Auch das hat er gelernt. Selbstbeherrschung.

»Sie sind verantwortlich für die Festnahme von Hunderten, nein, Tausenden unschuldiger Bürger. Sie sind verantwortlich für Folter, Totschlag und Mord ohne jeden Prozess.«

Die Stimme des Anklägers klingt fast uninteressiert. Ob er das öfter macht? So eine Anklage häufiger vorträgt?

»Ich habe niemanden gefoltert«, sagt der Major. Wieder beginnt er, systematisch die Gesichtsmuskeln zu lockern. »Es juckt«, erklärt er.

Die Herren beachten ihn nicht. Sie reden flüsternd miteinander.

»Ich möchte noch Wasser!«, ruft der Major. »Ich habe ein Recht auf Wasser!«

Doch sie hören ihn nicht. Sie scheinen ihn nicht einmal zu bemerken. Sie haben ihn völlig vergessen.

Jetzt steht der Mann im blauen Overall mitten auf dem Platz. Ein anderer hat ihm ein Megaphon gegeben. Er spricht zu den Leuten auf der Tribüne. Das Megaphon verstärkt seine Stimme, doch trotzdem, oder gerade deshalb, kann der Major ihn nicht verstehen.

Kurz entspannt er sich. Er versucht, sich zu erinnern, wie er als Kind aussah. Er weiß, dass er einmal eins war, aber er kann es nicht glauben. Er kann sich nur noch an wenig aus seiner Kindheit erinnern. Was hat er damals gemacht? Womit spielte er? Worüber dachte er nach?

»Können Sie ihn verstehen?«, fragt der Verteidiger.

Der Major schüttelt den Kopf.

»Er erklärt, was Sie verbrochen haben. Er sagt, dass Sie nicht nur Befehle ausgeführt haben, sondern auch Befehle erteilten.«

»Ich bin Militär«, wiederholt der Major. »Mein Beruf besteht aus Befehle-Empfangen und Befehle-Erteilen, doch über uns steht die Politik. Wir sind ein Instrument in deren Händen.« Er gewinnt seine Haltung zurück. »Ich sag's Ihnen ehrlich«, sagt er. »Die Politik weiß nicht, wie sie mit uns umgehen soll, sie versteht die Armee nicht, sie kennt sie nicht. Die Politiker haben keine Ahnung, wo die Stärken der Armee liegen und wo ihre Schwächen.«

Jetzt dreht der Ankläger sich zum Major um. Er sagt etwas zu ihm, doch der Major kann ihn immer noch nicht verstehen.

»Er fragt Sie etwas«, sagt der Mann im Pullunder.

Der Major hält den Blick auf die Beine gerichtet. Er würde gern sein eigenes Gesicht sehen.

»Er fragt, wie viele Bürger Sie festgenommen haben.«

Der Major schüttelt den Kopf. »Das müsste ich nachsehen«, sagt er. »In meinen Papieren. Ich habe meine Papiere nicht bei mir.«

Ein Mann kommt auf ihn zu, er ist schon etwas älter. Er geht mühsam und trägt ein Megaphon, bückt sich, hält es dem Major vor den Mund.

»Sie müssen antworten«, sagte der Mann im Pullunder. »Das ist das Beste.«

Solchen Hunger hat der Major, dass er mit dem Hunger vollkommen eins ist.

»Was war noch einmal die Frage?«, flüstert er. Er hört seine Stimme verstärkt und verzerrt durch das Megaphon.

»Wie viele Bürger Sie festgenommen haben.«

Er schüttelt den Kopf. Er schaut auf seine zerrissene Hose, die aufgeschürften Knie, dann blickt er hoch und spricht so stolz und deutlich wie möglich ins Megaphon: »Ich weiß es nicht.«

»Sie müssen nachdenken«, sagt der Verteidiger. »Antworten Sie. Das ist das Beste. Ehrlichkeit spricht zu Ihren Gunsten.«

Der Major denkt nach.

Der alte Mann nimmt das Megaphon von der rechten in die linke Hand.

Der Major sammelt Speichel. Er spuckt ihn aus, vorsichtig, weil er sich selbst nicht bespucken will. Er will niemanden treffen.

»Die Festnahmen erstreckten sich auf acht bis zehn Individuen pro Nacht«, sagt er, »in meinem Distrikt. Mein Distrikt war die Provinzstadt, in der ich stationiert bin, inklusive Umgebung. Für diesen Bezirk trug ich die Verantwortung. Auch am Wochenende nahmen wir Verdächtige fest. Die Feinde des Staates schliefen ja nie. Wenn sie am Wochenende Pause gemacht hätten, hätten wir uns auch einmal

Ruhe gönnt. Aber das haben sie nicht getan. Fanatiker gönnen sich nie Ruhe.«

Er fragt sich, ob seine Botschaft deutlich rübergekommen ist. Er ist nicht verpflichtet, etwas zu sagen, doch es liegt in seiner Natur, mit den Autoritäten zu kooperieren. Es ist nicht für lange, doch er muss sich der Situation stellen. Er wird sich korrekt verhalten. Solange sie keine vertraulichen Informationen von ihm verlangen, ist er bereit, einige ihrer allgemeinen Fragen ebenso allgemein zu beantworten. Das ist das Beste. Er muss wenigstens den Anschein erwecken, bei der Anhörung mitzuwirken. In Fällen wie diesem kommt es auf Pragmatismus an.

Der Verteidiger klopft dem Major an den Hinterkopf. Wie an eine Tür.

»Er hat Sie etwas gefragt«, sagt er. »Waren Sie auch für andere Distrikte verantwortlich?«

Der Major schüttelt den Kopf. »Nein, nur für diesen«, spricht er ins Megaphon.

Seine Stimme. Er hasst seine Stimme. So hat er seine Stimme noch nie gehört.

Aber was denken sie sich? Dass er bei seinem Dienstgrad gar keine Verantwortung trug? Wofür halten sie ihn? Einen bloßen Befehlsempfänger? Einen schlechten Offizier – ohne Verantwortung, ohne Ehrgeiz?

Der Verteidiger fragt: »Könnten Sie Ihre Tätigkeiten näher beschreiben?«

Einen Moment ist es still. Der Major hört das Rauschen des Windes, das Hüpfen eines Balls. Dann beginnt er wieder, seine Gesichtsmuskeln zu lockern. Der Mann mit dem Megaphon steht immer noch bei ihm. Er rührt sich nicht, steht gebückt da, als tue er das öfter. Dem Major wäre lieber, er ginge weg. Er will seine eigene Stimme nicht hören. Er will schon reden, aber flüsternd.

Er atmet tief durch. »Von Hause aus bin ich Späher«, sagt er. »Es war meine Aufgabe zu hören, was sonst niemand hört, und zu erspähen, was sonst niemand sieht.«

Sein Körper beginnt zu beben. Auch vor seinem rechten Auge verschwimmt alles. Ein unerklärlicher Schmerz überspült ihn. Er ist größer als die Angst, mächtiger als alle taktischen Erwägungen und alle militärischen Übungen seines Lebens.

Er senkt den Kopf, damit niemand seine Tränen sieht.

Er schweigt für ein paar Sekunden.

Dann hat er sich wieder unter Kontrolle.

Er blickt wieder auf. Der Mann mit dem Megaphon sitzt immer noch regungslos neben ihm. Er hat sich hingehockt. Als bekäme er nie einen Krampf. Wie eine Maschine.

»Als mein Bataillon bei der Reorganisierung der Streitkräfte den Arbeitsbereich ›Festnahme verdächtiger Individuen‹ zugewiesen bekam«, sagt der Major, »herrschte dort ein einziges Chaos. Die Verdächtigen wurden verhaftet und dann wochenlang festgehalten, in Einrichtungen, die für einen solchen Zweck nicht gebaut waren. Es gab Ausbrüche, Aufstände. Ich habe nicht nur geholfen, diesen Ablauf effizienter zu machen, ich habe ihn auch humanisiert. Ich habe Memoranden verfasst, in denen ich Verfahrensrichtlinien festlegte und Vorschläge unterbreitete, wie sich das System verbessern ließe. Später habe ich auch selbst Festnahmen begleitet, weil es wichtig ist, die Arbeit vor Ort kennenzulernen. Ich habe nie eine Auszeichnung oder ehrenvolle Erwähnung für meine Arbeit bekommen, aber ich bin mir ganz sicher, dass dank meiner Tätigkeit oder wenigstens meinem Zutun die Festnahme Verdächtiger in den vergangenen Jahren in meinem Distrikt um Vieles reibungsloser und störungsfreier verlief als anderswo.«

Das Gefühl, verkannt zu sein, das er sich nie richtig eingestanden hat, kommt ihm jetzt voll zu Bewusstsein. Es tut ihm weh, fast so sehr wie die Haltung, in der er hier kniet.

Niemand hat ihn je richtig zu schätzen gewusst. Nicht seine Vorgesetzten, nicht seine Untergebenen, nicht seine Frau, nicht seine Eltern. Er hatte sich immer gesagt, dass Mangel an Würdigung und Bestätigung abhärte, weil alles nun einmal eine Probe war, und hatte das Würdigen selbst übernommen, bis zu einem gewissen Grad. Ein paarmal hatte er mit einem älteren Kollegen darüber gesprochen, der erklärte, dass er die Bestätigung vor allem von seinem Hund erfuhr. Einen Hund hatte der Major nicht. Er hatte seinen Swimmingpool, und der Vorteil eines Pools bestand darin, dass er nichts sagte. Doch er bestätigte einen auch nicht. Er wartete nur auf ihn, jeden Tag treu im Garten, bis der Major von seiner Arbeit in der Kaserne zurückkehrte.

An diesem Ort wirkt der Mangel an Würdigung plötzlich auf ihn wie die Besiegelung seines Lebens und Zustands: vom Rest der Welt abgeschnitten – eigentlich war er es schon immer. Abgeschnitten vom Leben und dem, was andere Gott nennen. Abgeschnitten von der Liebe und dem, was man Frau nennt. Abgeschnitten von der Zärtlichkeit und dem, was andere Eltern nennen.

Seine Augen werden wieder feucht. Er verbirgt sein Gesicht für einige Sekunden, so gut es geht. Er denkt an das

Kind, seine Tochter, die er in einer Anwandlung mitgenommen hat, einem Anfall, den man nachträglich vielleicht als Wahnsinn bezeichnen müsste. Doch er spürt: Von ihr ist er nicht abgeschnitten. Er hat sein Schicksal mit ihrem verbunden und sie, wenn auch unfreiwillig, ihres mit seinem.

Wieder klopft jemand gegen seinen Kopf.

»Wussten Sie, was mit den Gefangenen geschieht?«, fragt der Mann im weißen Pullunder.

Der Major befeuchtet sich die Lippen. Er richtet sich kerzengerade auf. Noch immer hält man ihm das Megaphon vor den Mund.

»Meine Verantwortung für die festgenommenen Individuen«, sagt er mit einer Gelassenheit, die ihn selber erstaunt, »war zu Ende, sobald ich sie bei den Vernehmungseinrichtungen abgeliefert hatte. Dort übernahm eine andere Einheit. Ich nehme an, dass die Individuen vernommen wurden. Meine Aufgabe und Verantwortung waren in dem Moment beendet. Ich nahm verdächtige Individuen fest und lieferte sie am vereinbarten Ort, zur vereinbarten Zeit ab, auch wenn es manchmal natürlich Verzögerungen gab. Am nächsten Tag nahm ich neue Verdächtige fest oder veranlasste ihre Festnahme. Vergessen Sie nicht, ich hatte auch viel in der Verwaltung zu tun. Im Grunde habe ich ein Transportunternehmen geleitet. Natürlich, auch ich habe Gerüchte über gewisse Vorkommnisse gehört, aber vergessen Sie nicht, dass es sich um Staatsfeinde handelte, um Individuen, die den Staat bekämpften oder vorhatten, das zu tun. Wenn wir nichts unternommen hätten, hätte es Dutzende, nein: Hunderte, Tausende von Toten gegeben. Daran zweifle ich keinen Moment. Nochmals, die Aufgabe meiner Einheit bestand ausschließlich darin, Personen festzunehmen, um sie dann schnell, geräuschlos und für alle Beteiligten so schmerzlos wie möglich in den Vernehmungseinrichtungen abzuliefern. Wenn Sie die Zahlen der anderen Distrikte betrachten, werden Sie feststellen, dass ich meine Aufgabe professionell und effizient erfüllt habe. Auch weil ich, anders als meine Vorgänger, mir nicht zu schade war, selbst vor Ort zu gehen. Ich wusste, was es heißt, Verdächtige festzunehmen. Aber es ist absurd, mir die Verantwortung zuzuschieben für das, was mit den Verdächtigen in den Vernehmungseinrichtungen geschah; ebenso absurd, wie die Fluggesellschaft zur Verantwortung zu ziehen, wenn einem der Strand nicht gefällt. Ich bin für eine solche Verantwortung auch nicht ausgebildet, von Haus aus bin ich Späher.«

Er biegt sich die Wahrheit ein wenig zurecht. Zu den Einsätzen vor Ort hatte man ihn gezwungen, es war nicht seine Entscheidung gewesen. Aber was spielt das für eine Rolle? Jetzt, da er redet wie niemals zuvor, hat er seinen Schmerz für einen Augenblick vergessen, scheint einen Teil seiner Haltung wiederzugewinnen. Er war doch mehr als das Scheitern, er befehligte ein Bataillon, das effizient Operationen durchführte. Nicht alles, was von ihm kam, war misslungen.

Wieder klopft jemand ihm an den Kopf.

Der Mann im weißen Pullunder schaut ihn an. »Man fragt, ob Sie auch Kinder festgenommen haben oder haben festnehmen lassen.«

Der Major verneint wortlos.

Er fährt sich mit der Zunge über die Lippen. Schnell, oder so schnell wie möglich, steckt er den Kopf in die Schüssel mit schmutzigem Wasser. Er schämt sich, dass er es trinkt, dass sie ihn sehen. Sie könnten denken, er weiß nicht, was sich gehört, dass er solch schmutziges Wasser gewöhnt ist.

Er richtet sich wieder auf.

»Nein«, sagt er langsam. »Kinder haben wir nicht festgenommen.« Er drehte seinen Kopf, er hat einen steifen Hals. »Aber natürlich kam es vor, dass wir Kinder in den Häusern verdächtiger Individuen vorfanden. Ich habe sie in den Vernehmungseinrichtungen abgeliefert, in dem Wissen, dass es dort eine eigene Stelle gab, die sich um sie kümmerte. Wenn beide Eltern Staatsfeinde waren, konnte man so ein Kind ja nicht alleine zurücklassen. Das wäre unverantwortlich gewesen. Es ist also nicht so, dass ich Kinder festgenommen habe oder habe festnehmen lassen. Das ist formal nicht korrekt. Aber wenn ich ein oder mehrere Kinder bei Verdächtigen vorfand, lauteten meine Instruktionen, das Kind oder die Kinder mitzunehmen und, solange die Eltern in Haft waren, zur Verwahrung abzuliefern. Ich lege Wert darauf festzustellen, dass auch diese Einsätze, von der einen oder anderen Ausnahme abgesehen, völlig korrekt und professionell verliefen.«

Schweigen. Offenbar hat niemand mehr eine Frage.

Der Major schaut zu den Leuten auf der Tribüne, dann auf den Mann im weißen Pullunder. Er fragt sich, was jetzt wohl geschieht. Ihm ist schlecht, doch trotz der Übelkeit hat er immer noch Hunger.

Der Mann im weißen Pullunder teilt mit: »Die Anhörung wird auf morgen vertagt.«

Die Zuschauer stehen langsam auf. Sie gehen nach Hause, sich betrinken, vermutet der Major, oder schlafen. Vielleicht haben sie Sex.

Er sieht, dass auch Alte unter dem Publikum waren, ganze Großfamilien entfernen sich.

Der Ankläger ist schon nicht mehr zu sehen. Auch der Mann mit dem Megaphon ist verschwunden, ohne noch etwas zu sagen. Nur das Orchester steht immer noch da.

Ein kleiner Junge rennt auf den Major zu. Ungefähr zehn Meter vor ihm bleibt er stehen.

Der Major lächelt. Jedenfalls versucht er das. »Hallo«, sagt der Major.

Der Junge schweigt. Er kommt ein paar Schritte näher.

Der Major schätzt ihn auf sechs oder sieben. »Hallo«, sagt er noch einmal. »Hallo, mein Junge.«

Das Gesicht des Jungen ist voller Flecken, als habe er eine Krankheit gehabt. Das Haar voller Kletten. Zwischen den Flecken sieht man Schorf.

Dreckig, denkt der Major. Er muss in die Wanne. Sie müssen ihn waschen. Auch die Jogginghose des Jungen ist voller Flecken.

Jetzt steht der Junge ein kleines Stück vor dem Major. Er öffnet die rechte Hand. Darin liegt ein Keks. Ein halber Keks. Der Junge hält dem Major die geöffnete Hand hin.

Der Major lächelt.

Er empfindet den Hunger als etwas von ihm Getrenntes, der Hunger ist ein Tier, das in ihm haust.

Der Junge kommt noch etwas näher.

Jetzt kann der Major den Keks erreichen, doch er wagt es nicht. »Du hast da einen Keks«, sagt er. »Was für ein herrlicher Keks.«

Der Junge bleibt stehen, die Hand geöffnet. Braun ist der Keks, braun und krümelig.

Der Major beugt sich vor. »Hallo, mein Junge«, sagt er. »Ich bin Major Anthony. Ich leite diese Operation.«

Von welcher Operation spricht er? Es ist ihm herausgerutscht. Der Junge schweigt weiter, steht da, in der geöffneten Hand den zerkrümelten Keks. Egal, es ist unwichtig geworden, ob das, was der Major sagt, passt oder nicht.

Der Major beugt sich weiter vor. Er isst dem Jungen den Keks aus der Hand. Er kann nicht sagen, wonach er schmeckt. Der Keks schmeckt nach nichts.

Er leckt dem Jungen die Krümel von den Fingern. Er leckt, als hänge sein Leben davon ab.

Der Junge bleibt stehen und lacht auf, laut und schrill. Kein unangenehmes Lachen. Ein Kichern. Als würde der Junge gekitzelt. Dann rennt er weg. In der Mitte des Platzes dreht er sich um und sieht den Major an.

»Komm her!«, ruft der Major. »Komm her und rede mit mir.«

Doch der Junge rennt weg, wahrscheinlich zu seiner Mutter.

Das Orchester hat wieder angefangen zu spielen. Die Musiker überqueren langsam den Platz. Die Musik ist immer noch traurig.

Jetzt ist der Major allein.

Nach ein paar Minuten kommt der Mann im weißen Pullunder wieder. Er hat etwas in der Hand. Er wirft es ihm zu. Es ist eine Decke.

Der Mann beugt sich zu ihm und löst das Seil, das um seine Handgelenke gebunden ist. Dann macht er ihn anders an seinem Pfahl fest: Er nimmt eine lange Kette und schließt sie mit einem Vorhängeschloss um seine Knöchel.

Der Major hat sich nach vorn fallen lassen. Auf die Decke.

»Ruhen Sie sich aus«, sagt der Mann zum Major. »Ruhen Sie sich gut aus.«

2

Der Major wird vom Regen geweckt, glaubt er jedenfalls. Was sonst sollte ihn geweckt haben?

Die Kälte?

Es ist dunkel, vermutlich mitten in der Nacht. Er hat keine Ahnung, wie lange es schon regnet, aber alles ist nass. Seine Kleidung, die Haare, die Decke, auf der er liegt. Er selbst ist völlig durchnässt. Als käme er direkt aus der Wanne.

Mit dem Regen ist Schlamm gekommen. Der Schlamm ist überall. Auf dem Major, unter und neben ihm, auf der Decke.

Es ist, als liege er in einem Fluss. Das Wasser strömt an ihm vorbei. Es reißt den Schlamm mit sich. Vielleicht hätte es auch den Major mitgerissen, wäre er nicht am Pfahl festgebunden. Einen Moment lang hält er das für möglich, erwägt die verrückte Idee, dann verwirft er sie wieder. So stark ist die Strömung nicht. Nicht hier. Vielleicht anderswo, weiter oben in den Bergen.

Trotz der Dunkelheit kann er den Schlamm gut erkennen. Seine fahle Farbe, die Konsistenz. Der Basketballplatz wird von ein paar Scheinwerfern beleuchtet, doch sie geben nur schwaches Licht. Anders als in der Kaserne.

Weiter entfernt sieht er noch ein paar Lichter. Öllampen vielleicht. Taschenlampen. Vielleicht Kerzen. Sonst nichts. Keinerlei andere Beleuchtung.

Auch sein Mund ist voll Dreck. Er scheint aus seiner Nase zu kommen. Der Major richtet sich auf. Sein Rücken tut weh. Er schneuzt sich in die Hand und streift diese an der nassen Hose ab.

Auch seine Wimpern sind vom Schlamm wie verklebt. Er reibt sich die Augen, doch das macht es nur schlimmer. Der Schlamm brennt darin. Er nimmt einen Zipfel seines T-Shirts und versucht vorsichtig, sich den Dreck aus den Augen zu wischen. Vor allem sein linkes Auge brennt.

Er legt sich auf den Rücken. Er muss die Augen aufhalten, dann wird sie der Regen schon sauberspülen.

Nach ein paar Minuten wählt der Major eine andere Position, er macht sich so klein wie möglich. Je besser er sich zusammenrollt, desto weniger Angriffsfläche bietet er. Doch es nutzt nichts. Der Regen geht auf ihn nieder wie eine Peitsche.

Er setzt sich wieder aufrecht, öffnet den Mund, um etwas Wasser aufzufangen. Er schluckt.

Selbst der Regen hier schmeckt nach Dreck.

Es wundert ihn, dass das Unwetter ihn jetzt erst geweckt hat, es muss schon eine Weile so stürmen.

Vorsichtig fasst er sich in den Nacken und massiert ihn. Er bewegt seinen Kopf, lässt ihn kreisen. Er muss in Form bleiben, das ist das Wichtigste.

Da sieht er es. Er schreckt so heftig zurück, dass die Kette ihm tief in die Fußknöchel schneidet. Er brüllt auf. Doch der Regen übertönt alles. Erst jetzt, wo er gebrüllt hat, merkt er, wie laut der Regen niederprasselt.

Neben ihm sitzt jemand. Ganz in der Nähe. In zwei, drei Metern Entfernung.

Ein Mann mit einem Gewehr zwischen den Knien. Er trägt einen Hut. Über den Hut hat er eine Plastiktüte gestülpt. Er starrt den Major an. Regen tropft ihm übers Gesicht, doch er bewegt sich nicht. Ungerührt. Wie versteinert.

Der Major kennt ihn. Natürlich, wie könnte er ihn je vergessen? Niemals, und wenn er in einem Altersheim endet oder einem Pflegehospiz für invalide Veteranen. An dieses Gesicht wird er sich ewig erinnern.

Es ist der Korporal. Der bleiche, schießwütige Korporal.

Der Major kriecht auf ihn zu, soweit die Kette das zulässt. Der Korporal verzieht keine Miene. Der Regen prasselt laut auf die Plastiktüte, läuft ihm über die Nase, doch er sitzt da wie in der schönsten Sonne.

»He«, sagt der Major leise. »He.«

Der Korporal antwortet nicht.

»Bist du's?«, fragt der Major, etwas lauter jetzt. Er hat das Gefühl, den Regen übertönen zu müssen, doch er befürchtet, andere könnten ihn hören.

Unter dem linken Nasenloch hat der Korporal eine kleine Wunde.

»Bist du's?«, fragt der Major noch einmal.

Der Korporal beginnt, langsam zu nicken, nickt weiter, länger als nötig. Als wollte er das Wasser auf der Plastiktüte durch Heben und Senken des Kopfes entfernen.

»Was haben sie mit dir gemacht?« Der Major streckt den Arm nach ihm aus.

»Was haben sie mit dir gemacht?«, wiederholt der Major, doch jetzt bewegt der Korporal den Kopf anders. Er schüttelt ihn, mit Nachdruck.

»Nichts«, sagt er. »Nichts haben sie mit mir gemacht.«

Die Stimme klingt vertraut. Sie gibt dem Major fast das Gefühl, dass der Konvoi weitergeht, noch unterwegs ist zu den Außenposten, dass sie nur ein paar Rückschläge erlitten haben. Bald brechen sie auf. Noch einen Moment, und der Konvoi fährt wieder durch die Berge.

Er grinst. Er weiß selbst nicht, warum. Nur, dass er grinst. »Wie meinst du das: ›Nichts‹?«

Immer noch streckt der Major den Arm aus. Als wolle er den andern berühren, befühlen. Doch er kann ihn nicht erreichen. Den kränklichen Korporal. Den Mann, der nicht wusste, wann er zu schießen hatte, vielleicht noch niemals geschossen hatte, bevor er ins Schwarze traf. Nicht in Wirklichkeit jedenfalls. Ein paarmal auf dem Schießplatz vielleicht, doch was sagt das schon, schießen unter idealen Bedingungen?

Trotzdem will er diesen Jungen berühren, das letzte Überbleibsel seines Konvois. Ein Relikt, so wie er. Doch ein lebendes Relikt. Er will ihn umarmen. Ihn an sich drücken.

»Ich bin nicht hier, um mit Ihnen zu reden. Ich soll Sie bewachen, Major«, sagt der Korporal. Er sitzt stocksteif da. Nur sein Mund bewegt sich.

Der Major sieht, wie der Regen weiter auf die Plastiktüte, die der Korporal sich über den Hut gestülpt hat, niederprasselt, und denkt an den Schießplatz, das Schießen im Liegen, die Beine gespreizt für einen sicheren Halt. Er erinnert sich an den Schießlehrer wie an einen fernen Geliebten und daran, wie der einmal zu ihm sagte: »Gut gemacht, Anthony.« – Das schönste Kompliment vielleicht, das er jemals bekommen hat. Alle Einschüsse hatten innerhalb der Körperumrisse gelegen.

Der Major kratzt sich im Gesicht. Es juckt wieder. Ein elendes Jucken. Er würde sich gern rasieren. Vielleicht ginge das Jucken dann weg. Wie sehnt er sich nach Rasierschaum und Pinsel. Er erinnert sich an sein Badezimmer, die Stelle, wo sein Rasiermesser liegt. Die Schminksachen seiner Frau. Die Handcreme. Die Nachtcreme. Die Tagescreme. Die Creme für die Augenpartien. Die Enthaarungscreme. Die Creme für den Bauch. Die Creme gegen Falten. Die Sonnenschutzcreme. Woran er sich von seiner Frau am besten erinnert, das sind ihre Cremes. Der Geruch und die Cremedöschen, die Gesten, mit denen sie sich einrieb.

Wie sehnt er sich danach, bei den Cremetöpfen zu sein, bei ihr und den Cremes.

»Du gehörst doch zu uns?«, sagt der Major. »Zu meiner Einheit? Du gehörst zum Konvoi.«

Der Korporal holt tief Luft. Der Major meint zu sehen, wie der Adamsapfel des Jungen sich bewegt. Er glaubt, ihn atmen zu hören, durch das Geräusch des Regens hindurch.

»Nicht mehr«, sagt der Korporal.

»Wie meinst du das?«

»Eigentlich hab ich niemals dazugehört.« Jetzt bewegt er sich, nimmt die Plastiktüte von seinem Hut, schüttelt sie aus. Als würde das bei diesem Regen was nützen.

Ist er verrückt geworden? Er befestigt sie wieder, sorgfältig, quälend langsam stülpt er sich die Tüte über. Der Major schaut zu. Atemlos.

»Mach mich los«, sagt der Major. »Zusammen haben wir eine Chance. Mach mich los.« Er spricht schnell. Die Zeit drängt. Wie lange bleibt es noch dunkel?

Der Korporal schüttelt den Kopf. »Sie sind ein Feind des

Volkes«, sagt er, und offenbar findet er das selbst äußerst traurig.

Außer dem Korporal kann der Major niemanden sehen. Keine andere Wache. Kein Zeuge. Niemand. Nur sie beide. Hier tun sich Möglichkeiten auf.

Der Major nimmt seine Decke. Er schüttelt sie aus, so gut es geht. Weg mit dem Schlamm. Dann setzt er sich. Das Ausschütteln hat nicht viel genutzt.

Er starrt den Korporal an. Ein Schwächling. Ein Kranker. Er hatte es gleich gemerkt, an dem Abend, als er Lina zum ersten Mal sah.

»Wo sind die anderen?«

»Welche anderen, Major?«

»Von unserm Konvoi. Die anderen.«

»Die meisten sind tot, Herr Major. Die Überlebenden aber haben die Chance bekommen, die Feinde des Volks zu bekämpfen.«

Wieder grinst der Major. Er kann es nicht lassen. Doch dann merkt er, dass es kein Grinsen ist, sondern dass seine Mundwinkel von allein zucken. »Und was haben sie gesagt?«

»Wer?«

»Meine Männer«, sagt der Major. »Sind sie eingegangen auf dieses niederträchtige Angebot?«

»Sie haben es angenommen. Eigentlich wollte ich schon immer die Feinde des Volkes bekämpfen. Ich war froh über die Chance. Den meisten von uns ging es so.«

Der Major hält ihm die geöffnete Hand hin. Der Korporal könnte sie ergreifen, die Hand des Majors drücken.

Keinerlei Reaktion.

»Nimm meine Hand«, sagt der Major.

»Warum, Herr Major?«

»Nimm meine Hand«, wiederholt er. Auch die Hand ist voll Dreck. Eine schmutzige, schmuddlige Hand.

Der Korporal schüttelt den Kopf. »Ich bin hier, um Sie zu bewachen«, sagt er. »Nicht, um Sie anzufassen. Sie sind ein Feind des Volkes.«

Schweigen.

Der Major zwingt sich, den Kopf zu heben und mit dem Mund Wasser aufzufangen. Sein Magen tut weh. Oder ist der Schmutz außen auf seinem Körper, auf seinem Bauch? Er weiß es nicht. Er hat den Unterschied zwischen Magen und Bauch vergessen. Mit beiden Händen kratzt er sich im Gesicht. Kurz brüllt er auf. Man hört ihn ja doch nicht. Niemand hört ihn.

»Was ist das für ein Gewehr?«, fragt er nach einer kurzen Pause.

»Das ist meins«, sagt der Korporal.

»Ist es geladen?«

Der Korporal schüttelt den Kopf. »Wenn ich mich bewährt habe und bewiesen habe, dass es mir ernst ist, bekomme ich Munition.«

»Dass dir womit ernst ist?«

»Die Feinde des Volks zu bekämpfen.«

»Hör zu«, sagt der Major, »sie kommen. Sie wissen, wo wir sind. Ein Rettungskommando ist unterwegs. Wenn sie dich sehen, wie du jetzt da sitzt mit deinem Gewehr, halten sie dich für den Feind. Sie werden dich töten. Mach mich los. Es ist deine Chance. Deine einzige Chance.«

Der Korporal lacht. Ja, jetzt lacht er. Fast herzlich, nicht einmal höhnisch. Als sei er im Kino und müsse trotz des schlechten Films doch einmal auflachen.

»Selbst wenn ich Sie losmachen würde«, sagt er, »wohin wollten Sie fliehen? Wohin? Hier ist nichts. Sobald es hell wird, würde man Sie finden. Außerdem bin ich hier, um Sie zu bewachen. Das ist meine Aufgabe. Was sollte dann aus mir werden?«

Wieder hält der Major ihm die Hand hin. Als würde es etwas nutzen, als würde alles sich ändern, wenn er ihn nur kurz berühren dürfte, den todkranken Korporal.

»Komm mit. Zusammen können wir's schaffen. Zu zweit schaffen wir's. Sonst verlierst du dein Leben.«

»Wer die Feinde des Volkes bekämpft, weiß, dass er nichts zu verlieren hat. Ich habe mein Leben schon lange verloren.« Es klingt entschlossen.

Sie haben dem Jungen eine Hirnwäsche verpasst. Was haben sie nur mit ihm gemacht?

Der Major lässt den Arm sinken. Mit beiden Händen schlägt er sich auf den Körper, als wolle er Wasser von sich abklopfen. Wie lange ist es noch bis zum Tag? Wird es dann aufhören zu regnen? Um ihn herum ist der reinste Erdrutsch im Gang. Kleine Steine rollen vorbei.

»Fass mich an«, sagt der Major. »Mehr verlange ich nicht. Fass mich kurz an.«

Bedächtig schüttelt der Korporal den Kopf. »Das geht nicht, Major«, sagt er. »Ihre Zeit ist abgelaufen. Es tut mir leid.« Es klingt aufrichtig.

Der Zeit des Majors ist also abgelaufen. Doch eigentlich kann er sich nicht mal erinnern, wann sie begonnen hat. Wann war seine Zeit? Wann war die Zeit des Majors?

Er nimmt die klitschnasse Decke und legt sie sich um die Schultern.

»Warum haben sie dich ausgesucht?«, fragt der Major.

»Ausgesucht wofür?«

Der Major schluckt. Er fährt sich mit der Zunge über die Lippen. Trotz des Regens sind sie trocken. Sie fühlen sich an wie Schmirgelpapier. »Um mich zu bewachen.«

»Wir haben gelost.«

Keinerlei Regung. Der Korporal sitzt da wie versteinert.

Das hier braucht Zeit. Der Major muss reden, immer weiterreden. So kann er den Jungen auf andere Gedanken bringen. Es könnte gelingen, er weiß es. Seine Frau hat er auch mit Worten verführt, vor langer Zeit, in den Bergen. Er verwickelte sie in ein Gespräch. Damit fing alles an. Der Rest folgte aus diesem Gespräch.

Seine Frau. Er darf nicht an sie denken. Nicht an sie und nicht an das Kind. Das macht ihn schwach.

»Was für ein Zufall, dass es dich getroffen hat.«

Der Korporal schüttelt den Kopf. »Gestern war es jemand anders. Aber da haben Sie geschlafen, Major. Da hatte das Volkstribunal noch nicht begonnen.«

Er hatte geschlafen, das war es also. Sie hatten ihm etwas eingeflößt. Sie haben ihn schlafen lassen, ihn betäubt.

»Ich habe Hunger«, sagt der Major. Er hüllt sich in seine Decke.

Schweigen. Und Regen, das alles übertönende Geräusch des Regens, das ihn langsam verrückt macht.

»Ich habe Hunger«, wiederholt er, jetzt lauter.

»Sie werden sich an den Hunger gewöhnen müssen, Major. Viele Leute haben Hunger.«

Der Major kriecht näher zu ihm. Die Kette spannt. Er zieht daran. Mit beiden Beinen zieht er fest an der Kette.

»Du bist an der Nase verletzt«, sagt er leise, doch eindringlich. »Was haben sie mit dir gemacht?«

Keinerlei Reaktion.

»Du bist an der Nase verletzt!«, schreit der Major. Wieder kratzt er sich im Gesicht. Er hat etwas aufgekratzt, spürt er. Doch es ist ihm egal.

»Mach mich los«, sagt er. »Wir haben in derselben Armee gedient, in derselben Einheit. Wir sind Kameraden. Blutsbrüder. Mach mich los. Du wirst es nicht bereuen. Wenn du mir nicht hilfst, wirst es dir später mal leid tun, und du wirst dir die Haare raufen. Glaub mir. Es wird dich immer verfolgen. Nur wenn du mich losmachst, kannst du mich vergessen, dann lös ich mich auf, spurlos. Vielleicht hast du recht, vielleicht komm ich nicht weit, aber das ist nicht dein Problem. Ich habe als Späher angefangen, ich habe gelernt, mich allein durchzuschlagen, vor allen andren, als Vorhut. Ich kann mich in Luft auflösen, ja, selbst wenn ich nicht durchkomme, bleib ich verschwunden. Du wirst nie wieder was von mir hören. Ich versprech's. Niemand wird mich erwähnen. Niemand sieht mich je wieder.«

Einen Moment glaubt der Major, es habe gewirkt, meint, etwas im Gesicht des Korporals zu entdecken. Zweifel. Schwäche.

»Ich bin zur Armee gegangen«, sagt der Korporal schließlich, »weil ich arbeitslos war. Ich musste. Die Armee war mir egal. Ich hatte Hunger, Major. Ich hab durch die Fenster der Kneipen und Restaurants geguckt und den Leuten beim Essen zugesehen. So musste ich satt werden, mit den Augen.

Ich bin zur Armee gegangen, weil ich Hunger hatte. Jetzt haben Sie Hunger. So geht das.«

»Ich flehe dich an«, sagt der Major, »ich beschwöre dich, im Namen meiner Familie, im Namen meiner Frau und meiner Tochter: Mach mich los.«

Der Korporal setzt sich anders hin. Er rührt sich. Das macht ihn menschlich. Der Major hat den Eindruck, dass er langsam weiterkommt.

»Als meine Schwestern und Brüder starben, Major, denken Sie, damals hätte jemand unser Flehen erhört? Warum sollte ich das jetzt bei Ihnen tun? Niemand hat mir zugehört. Die Welt ist taub. Aber wer die Feinde des Volkes bekämpfen will, muss manchmal taub sein. Ich bin hier, um Sie zu bewachen, um zu beweisen, dass es mir ernst ist, mit der Revolution, mit der Zukunft. Wir dürfen uns nicht aufzwingen lassen, wie Hunde zu leben und wie Hunde zu sterben, nur weil das das Los unserer Vorfahren war. Ich hab lange genug wie ein Hund gelebt.«

»Du musst auf mich hören«, sagt der Major, »weil es deine einzige Chance ist. Glaubst du, dass die hier den Krieg gewinnen?« Er zeigt auf das Dorf. »Verlieren werden sie ihn. Vielleicht gewinnen sie eine Schlacht. Vielleicht auch zwei. Sie haben unseren Konvoi gestoppt – geschenkt! Vielleicht stoppen sie noch einen, vielleicht auch zwanzig. Aber den Krieg, den verlieren sie. Sie können ihn nicht gewinnen. – Was haben sie dir denn zu bieten? Ein Gewehr ohne Munition. Einen Platz im Regen. Dreck. Schau dich doch um, überall Dreck, nichts als Dreck, Schlamm und Geröll!«

Die Worte des Majors gehen in eine Art Kreischen über, er weiß, das ist ein schlechtes Zeichen. Natürlich. Er hat keine Ahnung, warum er kreischt, aber er tut es. Er kreischt den Dreck an.

»Die Landbevölkerung ist auf dem Vormarsch«, sagt der Korporal überzeugt. »Das Land wird die Städte umzingeln, erst die kleinen, dann die großen. Es wird die Städte überwuchern und verändern. Das hier ist erst der Anfang. Denken Sie, es gibt keinen Plan? Keine Anführer? Denken Sie, ich bin der Einzige, der so denkt?«

Der Major umkrampft seine Decke. So fest, dass es ihm weh tut. Er kann nicht schweigen. Wer schweigt, gibt auf, und das darf er nicht.

»Aber schau doch nur, was du hier hast«, hält er dem anderen vor. »Ich habe einen Swimmingpool, und ich habe immer der Armee gedient. So habe ich mir einen Pool mit Springbrunnen erarbeitet. Sie haben für mich gesorgt. Glaubst du, dass du deinen eigenen Pool kriegst? Niemand hier wird einen bekommen. Nicht mal ein eigenes Haus. Du hast aufs falsche Pferd gesetzt. Komm mit, und wenn du nicht mitkommen willst, lass mich wenigstens laufen. Ich habe ein Kind. Das weißt du. Du kennst es. Du hast sie gesehen. Niemand, der sie einmal gesehen hat, kann sie vergessen. Tu es für sie.«

»Sie sind ein Feind des Volkes«, sagt der Korporal. »Darum haben Sie einen Swimmingpool. Und ich kenne Ihr Kind nicht, Major. Ich habe es nie gesehen.« Er greift sein Gewehr jetzt mit beiden Händen.

»Mach mich los«, versucht der Major es noch einmal. Er spricht leise und eindringlich. »Ich bin Major. Der Kommandant deines Konvois. Mach mich sofort los.«

Der Korporal leugnet das Kind, tut so, als gebe es Lina

nicht. Ein gutes Zeichen: Es bedeutet, dass er beim Gedanken an das Kind schwach wird, und es ist nur eine Frage der Zeit, bis er wieder an Lina denkt.

Niemand kann sie vergessen.

»Ich habe den Schlüssel zum Schloss nicht.« Die Stimme des Korporals klingt verlegen, fast kläglich.

Der Major schweigt. Er schaut zum Himmel, ob es schon Tag wird. Ob irgendwo ein Lichtstreifen zu sehen ist.

Er sitzt im Schneidersitz, weil ihm das am wenigsten weh tut. Er lehnt sich an den Pfahl, denkt nicht mehr an den Korporal oder das Basketballfeld, nicht mal an seine Frau oder an Lina. Er denkt an Napoleon. Er versucht, sich an Details aus seinen Büchern zu erinnern. Sein Aussehen, das etwas arrogante, doch trotzdem joviale Gesicht. Dem Major waren die Augen des Kaisers immer wie Schweinsäuglein vorgekommen. Er hört sich selbst Daten und Fakten ab. So hofft er, einschlafen zu können. Er schließt die Augen und wiederholt leise einen Satz, an den er sich wörtlich erinnert und den er sich einmal mit Hilfe eines Wörterbuchs übersetzt hat: *»Ils grognaient et le suivaient toujours.«*

Als er die Augen wieder öffnet, ist es Tag. Noch nicht sehr hell, doch hell genug. Der Regen hat aufgehört, die Wolken aber sind immer noch da. Tiefhängende Wolken, die einem die Sicht auf die höheren Berggipfel versperren.

Der ganze Basketballplatz liegt voll großer Steine und Erdbrocken, dazwischen Geröll. Überall Steine. Der reinste Erdrutsch. Ein Teil des Berges ist über Nacht heruntergekommen.

Er schüttelt die Decke aus und faltet sie auf dem Boden

auseinander, damit sie so trocknet. Doch alles ist nass. Alles trieft, ist voll Schlamm und Dreck.

Er wringt sein T-Shirt aus.

Hinter dem Pfahl findet er die Schüssel mit dem blauen Rand. Es ist Wasser darin. Und Schlamm. Er hebt sie hoch. Seine Hände zittern. Die Schüssel ist schwer wie Blei. Er zittert so sehr, dass er einen Teil verschüttet.

Es gelingt ihm, ein paar Schlucke zu trinken. Es ist mehr Dreck als Wasser. Er spuckt ihn aus. Der Sand setzt sich ihm zwischen die Zähne, er klebt auf der Zunge.

Der Korporal ist fort. Er ist allein. Der Korporal ist gegangen. Niemand bewacht ihn, doch das nutzt ihm wenig. Er rasselt mit seiner Kette.

Bald wird der Mann im weißen Pullunder erscheinen. Er wird ihm frisches Wasser bringen. Vielleicht etwas Brot. Ganz bestimmt, er wird Brot bekommen. Vielleicht mehr als Brot. Sie sind verpflichtet, ihm Essen zu geben.

Er bleibt an den Pfahl gelehnt sitzen. In einiger Entfernung sieht er ein Tier. Es sieht aus wie ein Esel. Er starrt es in einem fort an. Der Esel zieht einen Karren, es müsste ein Mensch dabei sein. Wo Esel mit Karren sind, sind auch Menschen. Doch die sieht er nicht. Vielleicht ist es ein Pferd. Ein kleines Pferd.

Er wartet, versucht, sich auf das langsam zunehmende Licht zu konzentrieren und trotz der Wolken herauszufinden, wo Osten ist. Nach seiner Schätzung müsste es zwischen sechs und sieben Uhr morgens sein.

Der Major will ausrechnen, wie lange der Überfall wohl zurückliegt, doch es gelingt ihm nicht. Er weiß nicht, wie lange er geschlafen hat, wie lange sie ihn betäubt haben.

Nach einer Weile sieht er zwei Gestalten, dort, wo er zuvor den Esel mit dem Karren entdeckte. Es dauert einen Moment, bis er merkt, dass sie auf ihn zukommen. Er will winken, doch er beherrscht sich.

Dann sieht er, dass er sich geirrt hat. Es ist nur eine Person.

Sie nähert sich. Es ist ein Kind. Das Kind kommt auf den Basketballplatz, langsam, aber entschlossen.

Der Major kennt das Kind. Es ist der Junge von gestern, der ihm den Keks geschenkt hat. Der Major winkt.

Das Kind trägt einen Trainingsanzug, dazu Sandalen. Es klettert behende über die nassen, verdreckten Steine. Nichts hält den Jungen auf.

Dann bleibt er stehen.

Der Major winkt. Er ruft. Er weiß selbst nicht, was. Keine Worte, nur Laute. »U-hu!« Und: »Ju-hu!«

»Komm!«, ruft er, als die Laute keinen Erfolg zeigen.

Das Kind geht wieder auf ihn zu.

In der Nähe des Majors bleibt der Junge stehen.

Die seltsamen Flecken in seinem Gesicht sehen aus wie niemals geheilte Wunden. Der Major denkt an sein eigenes Gesicht. Er beginnt, sich zu kratzen. Es juckt wieder, doch er will den Kleinen nicht erschrecken. Vielleicht ist seine Erscheinung auch so schon beängstigend genug. Der Major hat keine Ahnung, wie er aussieht.

Das Kind wiederholt das Spiel von eben: ein paar Schritte auf den Major zu, dann stehen bleiben.

Jetzt kann der Major das Kind fast berühren.

Der Junge erinnert ihn an Lina. Nicht, dass sie einander ähneln, der Junge ist jünger als seine Tochter, er hat ein anderes Gesicht, auch andere Haare – und dennoch. So, wie er Lina gerettet hat, könnte er auch diesen Jungen hier retten, wenn sie ihn nur losmachten. Er stellt sich vor, wie Lina und der Kleine zusammen spielen. Sie toben um den Swimmingpool, und der Major im Lehnstuhl am Beckenrand schaut zu, wie sie rennen, schneller und schneller.

Das Kind holt etwas aus seiner Hosentasche. Es ist ein halber Maiskolben. Es hält ihn dem Major mit beiden Händen hin. Der Major kann ihn gerade noch erreichen und greift zu.

Der Major beißt hinein. Das Zubeißen tut weh. Sein Zahnfleisch scheint entzündet zu sein, doch das nimmt er in Kauf. Er beißt noch einmal zu, und noch einmal.

Dann wirft er wieder einen Blick auf den Jungen. Er steht immer noch da. »Wer hat dich geschickt?«, fragt der Major, den Mund voll Mais.

Der Kleine schaut ihn nur an. Er starrt auf den Mund des Majors.

»Wer hat dich geschickt?«, fragt der Major noch einmal. »Du bringst mir das hier doch nicht von selbst?! Wer hat dich geschickt? Habe ich Freunde? Hab ich hier Freunde? Ich bin Major Anthony. Habe ich hier Freunde?«

Warum antwortet der Junge nicht? Er muss doch reden können?

Der Major wedelt mit dem halben, größtenteils abgenagten Maiskolben. »Jetzt sag doch was!«, ruft er. »Ich bin Major Anthony.«

Er lässt den Maiskolben fallen. Dann fällt er selbst auf die Knie. Wie ein Tier kriecht er durch den Dreck.

Die Kette rasselt.

Es gelingt ihm, ein Bein des Jungen zu erhaschen. Er greift, auf dem Boden liegend, mit beiden Händen danach. Hält sich fest, wie am Beckenrand seines Swimmingpools.

»Sag's doch«, fleht der Major, »wer sind meine Freunde? Hab ich hier Freunde? Du bringst mir das hier doch nicht ohne Grund?«

Mit der Rechten lässt er das Bein des Jungen los, nimmt den halben Maiskolben und schwenkt ihn wieder durch die Luft.

Der Kleine sieht ihn an, versucht nicht, sich zu befreien.

»Das hier hast du mir gebracht«, sagt der Major. »Aber wer hat es dir gegeben? Wer hat dir gesagt: ›Major Anthony liegt gefesselt auf dem Basketballplatz. Er wird Hunger haben. Bring ihm den Maiskolben.‹ Wer hat das zu dir gesagt? Wer sind meine Freunde?«

Der Major versucht, den Gesichtsausdruck des Jungen zu deuten, doch das Gesicht verrät nichts. Erstaunen vielleicht? Nicht einmal das. Nur, dass es voll unverheilter Wunden ist, voll seltsamer, unverheilter Wunden.

Der Major lässt den Maiskolben los. Er beginnt, das Bein des Kleinen zu streicheln, er streicht mit der Hand darüber, die ganz verdreckt ist. Doch der Schlamm ist hart geworden, getrocknet, er macht nicht mehr schmutzig.

Er schiebt das Hosenbein des Jungen ein wenig nach oben. Auch auf dem Bein sind Wunden. Und auf dem Knöchel.

»Mein Junge«, sagt er, während er sanft mit der Hand über das nackte Bein streichelt, »wie heißt du? Ich bin Major Anthony. Das zwölfte Bataillon stand unter meinem Kommando. Ich bin der Kommandant des Konvois, der die Außenposten beliefern soll. Von Haus aus bin ich Späher, aber bei der Reorganisation der Armee bin ich den Antiterroreinheiten zugeteilt worden. Hörst du? Das musst du den Leuten erzählen, die dich geschickt haben. Ich bin nicht verantwortlich für das, wofür sie mir die Verantwortung nur zuschieben. Ich habe nichts damit zu tun.«

Das Bein des Jungen ist warm. Dem Major ist kalt.

»Sag mal, mein Junge«, fragt er, »wie heißt du? Sagst du mir das? Du musst es mir sagen. Ich will dir für den Maiskolben danken. Das war sehr lieb. Lieb, dass du zu mir gekommen bist, um ihn mir zu geben. Ich möchte, dass du nachher zum Spender dieses Maiskolbens gehst und ihm oder ihr sagst, was ich jetzt dir sage. War es deine Mutter? Oder dein Vater? Egal, du musst ihm sagen, dass es meine Aufgabe war, Verdächtige festzunehmen. Ich bekam Listen mit Namen, und diese Leute nahm ich dann fest. Dann habe ich sie bei den Vernehmungseinrichtungen abgeliefert. Das ist eine gute und nützliche Arbeit. Wenn wir keine Verdächtigen festnehmen würden, ginge es uns allen an den Kragen. Hörst du, mein Junge? Dann gingen wir alle drauf.«

Das Bein des Jungen ist so warm. Selbst, wenn der Major es nur leise berührt, spürt er die Wärme.

»Ich bin Major Anthony, eigentlich bin ich Späher, und ich kann nicht beurteilen, ob die Individuen, die ich festnehmen soll, wirklich verdächtig sind, ich muss mich an meine Listen halten. Wenn ich anfange, die Listen nach eigenem Gutdünken zu interpretieren, kommt Sand ins Getriebe, und alles geht schief. Man kommt ja nicht umsonst auf so eine Liste. Wer nichts ausgefressen hat, steht da auch nicht drauf.«

Der Major atmet schwer. Er packt den Maiskolben wieder und nimmt einen Bissen, ohne das Bein des Jungen loszulassen. Langsam zermahlt er die Körner zwischen den Zähnen.

»Wenn Leute nach mir fragen, musst du sagen, dass Major Anthony dein Freund ist. Das kann dich vielleicht schützen.«

Im Mund des Majors sind immer noch Körner. Er lässt sie sich langsam auf der Zunge zergehen, ohne darauf zu kauen.

»Wie heißt dieses Dorf?«, fragt er, als der Kleine noch immer nichts sagt. »Wo sind wir? Welcher Tag ist heute? Ich habe lange geschlafen. Sie haben mich nicht geweckt.«

Immer noch liegt er wie eine Schlange im Schlamm. Er fasst das Bein des Jungen noch fester. Er presst seinen Kopf dagegen, reibt sich daran, wie eine Katze, die sich an ihren Menschen anschmiegt.

»Du bist lieb«, sagt der Major, »so lieb. Und ich bin dein Freund. Ich weiß nicht, wie lange ich noch hier bin, aber vielleicht kannst du mich am Spätnachmittag besuchen, dann können wir zusammen was spielen. Wie heißt du? Ich bin Major Anthony, aber wie heißt du?«

Stille. Jetzt, wo es nicht mehr regnet, ist es so still, dass der Major vor seiner eigenen Stimme erschrickt. Er bricht die Stille damit. Ab und zu hört er den Wind.

Noch immer das Bein des Jungen umklammernd, schaut der Major auf die Berge, die Wolken. »Was, denkst du, wollen sie von mir?«, fragt er, ohne seinen Blick von der Umgebung zu lösen.

Und dann, nach einer kurzen Pause: »Und du? Bist du hier geboren? In diesem Dorf? In dieser Kälte? Bist du schon mal irgendwo anders gewesen, wo es nicht so kahl und kalt ist? Warst du schon mal im Tal? Ich komme aus dem Tal, da ist es warm und feucht. Manchmal auch kalt, aber meist warm und feucht. Ich habe da eine Tochter. Wenn das hier vorbei ist, alles vorbei ist, könnte ich dich ihr vorstellen. Meine Frau und Tochter warten auf mich. Ich habe gesagt, dass ich in zwei Wochen wieder da bin, aber ich habe keine Ahnung, wie lang ich schon weg bin. Wenn das hier vorbei ist, könnte ich dich in die Stadt mitnehmen, wo ich wohne, und dich meiner Tochter vorstellen. Und meiner Frau. Ich hab einen Swimmingpool, einen eigenen Swimmingpool. Meine Tochter heißt Lina.«

Er hat das Bedürfnis, ihren Namen zu sagen, ihn zu wiederholen, als sei dieser Name die Quintessenz seines Lebens. Nicht die Daten und Fakten, die er immer so liebte, nein, dieser Name: Lina. Und der Name des Jungen vielleicht, seines Freundes. Wenn der Junge nur sagen wollte, wie er heißt! Er wüsste es so gern.

Der kleine Wicht streckt die Hand aus, krault dem Major den Kopf, wie einem Zicklein.

»Schön«, sagt der Major. »Das tut gut. Mich juckt es so. Alles juckt. Aber man kann nicht dauernd kratzen. Ich darf nicht.«

Er lässt den Jungen los. Kurz streichelt der Junge den Major weiter, dann macht er einen Schritt zurück. Zieht sich das Hosenbein herunter. Winkt.

»Nicht weggehen«, sagt der Major.

Der Junge entfernt sich noch ein paar Schritte.

»Nicht weggehen!«, ruft der Major. »Bleib hier. Ich hab dir noch so viel zu erzählen.«

Der Junge dreht sich um und rennt über Dreck und Steine Richtung Dorf.

Der Major presst sein Gesicht in den Schlamm.

Kurz bleibt er so liegen. Dann richtet er sich auf. Er brüllt wieder.

Er schaut sich nervös um. Er sucht den halben Maiskolben, wühlt dazu im Dreck. Dann sieht er ihn. Er wischt den Maiskolben ab und knabbert daran.

In einiger Entfernung sieht er den Jungen noch wegrennen. Seinen Freund. Jetzt rennt er nicht mehr, er geht. Vielleicht kann der Junge den Major noch hören.

»Habe ich Freunde?«, ruft der Major ihm hinterher. »Habe ich Freunde im Dorf? Sind wir Freunde?«

Doch er braucht nicht zu fragen, er hat Freunde im Dorf. Der Maiskolben ist der Beweis.

3

Das Orchester ist als Erstes erschienen. Lange bevor der Major die Musiker gesehen hat, konnte er ihre traurigen Melodien schon hören. Erst als er sie nicht mehr erwartete, als er schon dachte, dass die Kapelle dieses Mal nicht auf dem Basketballplatz aufspielen würde, sah er sie. Langsam, fast feierlich zogen sie auf den Platz. Vorsichtig, Schritt für Schritt, nicht immer völlig in Reih und Glied, um nicht auf den großen Erdbrocken und Steinen auszurutschen.

Sie würdigten den Major keines Blickes. Zu guter Letzt hielten sie an der Stelle, wo sie am Vortag auch schon gestanden hatten. Die Kälte schien ihnen nichts auszumachen.

Dann kamen die Zuschauer. Frauen mit Kindern, junge Mädchen, alte Männer am Stock. Manche blieben stehen, andere setzten sich. Ein paar hatten Taschen dabei – mit Proviant, wie der Major vermutete. Sie würden picknicken. Zur Mittagszeit würden sie Essen und Trinken herausholen.

Sie kamen nicht gleichzeitig. Selbst als der Major dachte, dass längst alle ihren Platz auf der Tribüne gefunden hätten, kamen immer noch neue.

Jetzt, wo man ihn wieder anstarren kann, findet der Major es ungehörig, im Dreck sitzen zu bleiben. Er nimmt seine Decke und breitet sie sorgfältig aus. Langsam wischt er den nassen Schmutz von ihr ab. Es ist schwer zu sagen, wo die

Decke aufhört und der Dreck beginnt, doch er säubert sie so gut wie nur möglich.

Dann nimmt er die weiße Schüssel mit dem blauen Rand. Er deponiert sie auf einem Deckenzipfel. Neben dem abgenagten halben Maiskolben. Sein Besitz. Er betrachtet ihn, mit Genugtuung fast. In Anbetracht der Umstände ist er auf merkwürdige Weise zufrieden.

Der Major gibt sich Mühe, so würdevoll wie möglich auf der Decke zu sitzen, doch ab und zu quält ihn das Jucken zu sehr. Dann beginnt er, sich unkontrolliert zu kratzen. Es juckt ihn am Hals und an den Wangen, auch auf dem Kopf spürt er es. Nach ein paar Minuten hat er sich wieder im Griff und schlägt die Arme übereinander.

Eine fahle Sonne dringt durch die Wolken. Sie vermag kaum zu wärmen, doch das bisschen Wärme genügt. Ein Glücksgefühl überkommt ihn. Er wiegt den Oberkörper hin und her. Er hofft, dass jetzt alles trocknet. Wie herrlich Wärme sein kann! Wie glücklich einen die Sonne doch macht.

Schnell hat er sich an das fahle Sonnenlicht gewöhnt, doch das Glücksgefühl währt nur kurz. Wieder verspürt er die alles durchdringende Kälte. Die Wärme war eine Täuschung.

Er nimmt den halben Maiskolben und beginnt erneut, daran herumzunagen, obwohl eigentlich gar nichts mehr dran ist. Ein schaler, leicht widerwärtiger Geschmack bleibt zurück. Maisfasern hängen dem Major zwischen den Zähnen, die er unauffällig herauszupulen versucht.

Dort – sein Verteidiger. Wie am Tag zuvor trägt er einen weißen Pullunder. Der Major sieht ihn herankommen. Das ist sein Mann. Mit ihm muss er klarkommen.

Er legt den abgenagten Maiskolben ordentlich neben die

Wasserschüssel und nimmt Haltung an. Kerzengerade. Er will nicht den Eindruck von Schwäche erwecken, als hätten sie ihn gebrochen. Er will nicht wirken wie jemand, der langsam die Hoffnung verliert.

Der Mann bleibt stehen, rechts vom Major. Er geht neben ihm in die Hocke.

»Haben Sie gut geschlafen?«, fragt der Mann.

Der Major schluckt. Er sieht sein Gegenüber an, wie das unter zivilisierten Menschen üblich ist. Freundlich, unverbindlich.

»Es gab ein Unwetter.«

»Daran können wir nichts ändern.«

»Mir ist kalt. Alles trieft. Ich bin nass.«

Er gibt sich Mühe, nicht zu jammern. Er zählt die Fakten auf. Mehr nicht. Die Kälte, die Nässe, das Unwetter: harte, nicht persönliche Fakten. Die Schlussfolgerungen überlässt er dem anderen. In diesem Stadium will er nur freundliche, vorsichtige Andeutungen machen. Er kennt seinen Platz.

»Ich werde sehen, ob ich ein Handtuch für Sie organisieren kann.«

»Ich muss austreten.«

»Sie können gegen den Pfahl pinkeln. Wenn Sie sich ein wenig davor knien, wird niemand Sie sehen.«

»Ich muss nicht pinkeln.«

Der Mann im weißen Pullunder ist einen Moment still. »Ich werde sehen, was ich für Sie tun kann«, sagt er dann. »Aber ich muss Rücksprache halten.«

Der Verteidiger bleibt in der Hocke. Er regt sich nicht. Wenn er mit jemandem Rücksprache halten will, sollte er aufstehen, sich rühren, etwas tun.

»Gern« sagt der Major. »Tun Sie das, halten Sie Rücksprache. Bitte.«

Endlich steht der Mann auf, geht Richtung Tribüne. Er hat es nicht eilig.

Der Major entspannt sich ein wenig. Er greift zur Wasserschüssel und nimmt trotz des Drecks einen Schluck. Die Hände zittern ihm immer noch. Er zittert am ganzen Leib, wie es scheint.

Ob den Leuten auf der Tribüne nicht auch langsam kalt wird vom ewigen Glotzen? Worauf warten sie eigentlich? Dass der Platz noch gekehrt wird und ein Basketballmatch stattfindet? Wann hat hier zum letzten Mal jemand gespielt?

Er klopft sich auf die Brust und den Rücken, doch auch davon wird ihm nicht warm. Wenn das Tribunal vorbei ist, bekommt er vielleicht eine warme Zelle oder kommt wenigstens an einen Ort, wo es wärmer ist als hier.

Der Major lässt den Blick über die Tribüne schweifen, auf der Suche nach seinem Freund, doch er kann ihn nirgends entdecken.

Natürlich ist der Junge doch da, bestimmt, er wird nur von größeren Leuten verdeckt. Der Junge lässt ihn nicht im Stich.

Der Major sehnt sich danach, seinen Freund wiederzusehen.

Es scheint dem Major eine Ewigkeit, bis der Mann im weißen Pullunder zurückkommt. Neben ihm gehen zwei Herren in leicht zerschlissenen Anzügen, ein älterer und ein jüngerer. Die Hemden unter ihren Anzügen sind tadellos weiß. Makellos.

»Es war schwierig«, sagt der Mann im Pullunder, »es hat

Mühe gekostet. Aber ich hab es geschafft. Sie dürfen auf die Toilette.« Der Mann löst die Kette, die den Major an den Pfahl fesselt.

Der Major rappelt sich hoch. Er hat kaum genug Kraft. Als wären seine Muskeln in der kurzen Zeit restlos geschwunden. Sobald er aufrecht steht, fürchtet er, jeden Moment hinzuschlagen. Doch er gibt sich keine Blöße. Er fällt nicht um. Er beißt sich auf die Unterlippe.

Der alte Mann nimmt ihn am linken Arm, der junge am rechten.

Auch ohne Gürtel rutscht die Hose des Majors nicht herunter.

»Das Volkstribunal geht gleich weiter«, sagt der Mann im Pullunder. »Beeilen Sie sich also bitte ein bisschen.«

Gestützt von den beiden Männern, geht der Major ein paar Schritte. Die Kette liegt immer noch um seine Knöchel, er zerrt sie hinter sich her. Auch dadurch geht er nur mühsam, kann keine größeren Schritte machen. Außerdem ist die Kette recht schwer.

Auf dem eiskalten, feuchten Boden spürt der Major ein Stechen an den nackten Füßen. Den Major schaudert, er bleibt stehen. Seine Füße schmerzen. Mit dem rechten reibt er sich, so gut es geht, den linken. Er hat Angst, nicht weiter zu können. Er hüpft auf der Stelle, springt vom einen Fuß auf den anderen, soweit die Kette um seine Knöchel das zulässt. Kleine, seltsame Sprünge, wie bei einem Bären im Zirkus.

»Der Schlamm auf dem Boden hier ist eiskalt«, sagt der Major zur Entschuldigung. Er sagt nicht, dass es weh tut, er darf keine Schwäche zeigen.

Die Männer reagieren nicht. Sie schauen stur vor sich hin. Sie sehen aus, als hätten sie selber Probleme. Der Jüngere hat einen angespannten, fast verzerrten Gesichtsausdruck.

Wieder machen sie ein paar Schritte.

Es ist, als gewöhnten sich die Füße des Majors langsam an Kälte und Nässe, doch das ist ein Irrtum. Jetzt sticht es zwar weniger, aber nur, weil seine Füße taub geworden sind, gefühllos. Ab und zu versinkt der Major bis zu den Knöcheln im Schlamm.

Die Herren scheinen damit weniger Probleme zu haben. Sie wissen, wo sie hintreten müssen. Sie tragen Gummistiefel.

»Sie sind hier geboren«, sagt der Major, als er kurz stehen bleibt, weil er nicht weiterkann. »Wo ich wohne, kennen wir solche Schlammlawinen nicht.«

Die Herren ignorieren ihn. Sind sie taub?

Sie führen ihn weg vom Basketballfeld, doch nicht Richtung Dorf. Die Herren halten ihn locker an den Oberarmen. Es wirkt, als stützten sie ihn für einen kurzen Spaziergang, nicht, als wollten sie seine Flucht verhindern.

Ein alter Mann, der ohne Begleitung nicht mehr gehen kann.

Wohin sollte er rennen, mit der Kette um die Beine? Wie weit würde er kommen? Er muss sich tadellos verhalten, korrekt bleiben. Das ist seine einzige Chance.

Der Major fragt sich, wie weit es bis zur Toilette noch ist. Er hat nicht die Kraft, so weit zu gehen. Sein Körper tut weh. Sein Körper streikt. Wie eine Maschine, die blockiert.

Eben auf dem Basketballplatz hat er sich noch eingeschärft, dass er sich in Form halten müsse. Jetzt begreift er, wie absurd dieser Gedanke ist. Es kostet ihn ja schon Mühe, auch nur zur Toilette zu gehen.

Schweigend führen die Herren ihn weiter. Ab und zu stupsen sie ihn leicht an, wenn er in die falsche Richtung zu gehen droht. Wie Hirten, die ein verirrtes Schaf nach Hause zu bringen versuchen.

Der Major findet die Herren zuvorkommend, hat den Eindruck, dass sein Schicksal sie rührt.

Der junge Mann zeigt auf eine Grube. »Da«, sagt er.

Sie gehen näher heran. Die Grube ist mit brauner Brühe gefüllt, aus der ein penetranter Geruch aufsteigt.

»Wo ist die Toilette?«, fragt der Major.

»Das ist unsere Toilette«, antwortet der junge Mann. »Die Grube. Wenn es trocken ist, verbrennen wir alles, aber jetzt in der Regenzeit geht das natürlich nicht.«

Der Major schüttelt den Kopf.

Sie gehen zum Rand vor. Dem Major wird übel, und er fragt sich, woran es wohl liegt, dass den anderen der Gestank nichts ausmacht. Jetzt sieht er auch, womit die Grube gefüllt ist. Kein normaler Dreck. Kot.

»Hier können Sie austreten«, sagt der jüngere der beiden Männer.

Der Major wirft einen Blick in die Grube. Er hat keine Wahl. Wenn das hier die Toilette ist, wird er sie benutzen. Er will seine Hose öffnen, doch von der Kälte sind die Hände wie tot. Vergeblich fummelt er an seinem Hosenknopf herum. Die Finger sind taub. Seine Hände verweigern den Dienst.

Die Herren schauen ihm zu.

Er fummelt weiter, hektischer als zuvor. Der Major findet

es unerträglich, dass seine Hände ihm nicht gehorchen. Er hasst seine Hände. Er zerrt an dem Knopf, zieht an der Hose.

Schließlich gibt er es auf und fragt: »Könnten Sie mir helfen? Ich bekomme die Hose nicht auf.«

Er versucht, es möglichst selbstverständlich klingen zu lassen, so, als brauche er eigentlich gar keine Hilfe, als frage er in einer fremden Stadt nach dem Weg. »Wo ist das Postamt?« So soll es klingen, und so klingt es auch, findet er.

Der jüngere der beiden Männer kommt auf ihn zu. Er sieht erst den Major an, dann seine Hose. Er öffnet sie ihm und zieht sie mit einem Ruck herunter.

Er tritt ein paar Schritte zurück.

Um seine Unterhose kümmert der Major sich allein. Das klappt. Anstrengend, doch es gelingt. Die Unterhose ist schmutzig, und der Major hat den Eindruck, dass sein Schließmuskel mehr als einmal versagt hat. Nicht nur, als sie in den Hinterhalt gerieten und das Schießen begann, auch noch danach.

Er will sich entschuldigen, aber er schweigt.

Er muss sich hinhocken, befürchtet jedoch, in die Grube zu fallen. Er reibt sich über die Nase, schaut zu den Wolken. Langsam hockt er sich trotzdem hin, krallt sich am Boden fest, soweit es geht. Er umfasst einen kleinen Stein.

Die beiden Herren sehen ihm geduldig zu.

So sitzt er da. Starrt auf seine Füße. Eben musste er noch so dringend, und jetzt kommt es nicht. Er schaut wieder nach oben, zu den zwei Männern.

»Ich bin Major Anthony«, sagt er. »Wir haben uns noch nicht vorgestellt.«

Solange er freundlich Konversation führt, wahrt er Haltung. Er muss höflich bleiben. Und menschlich, denn auch Menschlichkeit ist eine Frage guter Manieren. Auch Verdächtigen gegenüber, die er festnehmen musste, war er stets freundlich, zuvorkommend sogar, wenn die Umstände es zuließen. Nicht alle in seinem Bataillon waren so, aber er. Er hatte immer auf der Einhaltung höflicher Umgangsformen bestanden.

»Nach der Reorganisation der Armee wurde ich den Antiterroreinheiten zugeteilt. Aus meinem Mund klingt es vielleicht komisch, aber ich sage immer: ›Die wahren Pazifisten sind bei der Armee.‹«

Solange er redet, hat er weniger Angst, in die Grube zu stürzen. Solange er redet, fällt er nicht in Ohnmacht.

»Was sind Sie von Beruf?«, fragt der Major.

Er erwartet nicht einmal eine Antwort. Er denkt an seinen jungen Freund vom Vortag und frühen Morgen. Den Jungen, der ihn nicht im Stich lassen wird. Wie Lina.

Wenn er *einen* Freund im Dorf hat, gibt es vielleicht noch mehr.

Jetzt schweigt er, der Gesprächsstoff ist ihm ausgegangen. Er konzentriert sich auf das, weswegen er hergekommen ist. Er versucht, den Gestank zu vergessen, die ihn anstarrenden Herren, seine aufgeschürften Knie, die abscheuliche Unterhose. Er versucht, an seine eigene Toilette zu denken, zu Hause. Mein Gott, wie oft hat er die Schüssel gesehen, und doch gelingt es ihm nicht, sich deutlich an sie zu erinnern. Die Farbe der Brille, des Deckels. Weiß. Gebrochenes Weiß. Links von der Schüssel hängt das Toilettenpapier. Weißes Papier mit einem Muster. Seine Frau bevorzugt bedrucktes.

Wenn die Haushälterin aus Versehen einmal nur rosa Papier kaufte, konnte sie fuchsteufelswild werden. Rosa Toilettenpapier ist etwas für Arme, findet sie.

Er richtet den Blick wieder auf die zwei Herren. Sie wirken so traurig, kommt es ihm vor.

Endlich geschafft! Er hat sein Geschäft verrichtet, alles aus dem Körper gepresst. Er ist erleichtert.

Lange dauert die Erleichterung nicht. Vielleicht war es auch keine echte Erleichterung, wie er sie früher empfand, wenn seine Einheit ihr Soll erfüllt hatte, soundso viele Festnahmen pro Woche. Wenn man den Krieg selbst schon nicht gewinnen konnte, dann wenigstens den um die Statistik. Seine Einheit schaffte immer ihr Soll. Meist sogar ein gutes Stück mehr. Das verschaffte ihm tiefe Befriedigung.

»Papier?«, fragt er.

Der jüngere der beiden Männer schüttelt den Kopf.

»Papier?«, fragt der Major noch einmal.

Der Jüngere hält seine Hand hoch. »Unser Papier«, sagt er.

Der Major sieht auf seine eigene. Sie ist voller Dreck: eingetrockneter Schlamm.

Er schüttelt den Kopf.

Vorsichtig, um nicht abzugleiten, steht er auf. Er zieht sich die Unterhose hoch. Es strengt ihn so an, dass er keucht.

»Ich bin Major Anthony«, sagt er. »Ich hatte den Auftrag, die Außenposten zu beliefern und die Verwundeten zu evakuieren. Formal gehörte ich zu den Antiterroreinheiten.«

Er klappert mit den Zähnen. Er will damit aufhören, doch es gelingt ihm nicht. Er klappert wie wild.

Ein paar Sekunden lang steht er so da, dann zieht er sich

die Hose hoch und versucht, den Bundknopf zu schließen. Wieder gelingt es ihm nicht. Er fummelt und fummelt, doch der Knopf will einfach nicht zugehen.

»Sie müssen mir helfen«, sagt er leise. »Es liegt an der Kälte. Ich fühl mich nicht gut.«

Der jüngere der zwei Männer kommt zu ihm, zieht kurz an der Hose und schließt sie dann schnell.

Die Herren nehmen den Major wieder am Arm. Sie machen sich auf den Rückweg. Langsam geht der Major zwischen ihnen, ganz langsam, trotzdem scheinen sie schneller voranzukommen als auf dem Hinweg.

»Ich habe einen Freund im Dorf«, sagt der Major, als sie kurz stehen bleiben, weil er nicht mehr kann. »Viele Freunde hab ich nie gehabt, aber hier im Dorf habe ich einen.« Er lächelt. Die Herren sehen ihn an, und für einen Moment glaubt er, etwas wie Mitgefühl in ihren Augen zu sehen. Ein Anflug von Freundschaft?

Nach ungefähr zehn Minuten sind sie wieder auf dem Basketballplatz.

Der Mann im blauen Overall ist inzwischen auch eingetroffen. Er steht mitten auf der freien Fläche, das Megaphon in der Hand, und betrachtet den Major.

Der Major winkt ihm zu. Er würde ihn gern richtig begrüßen, doch weil das nicht geht, beschränkt er sich aufs Winken. Dazu muss er einem Begleiter den Arm entreißen. Den Begleitern macht das nichts aus.

Als er bei seinem Pfahl angekommen ist, lassen die Herren ihn los. Erschöpft sinkt der Major auf seine Decke. Die Kette wird wieder am Pfahl befestigt. Er nimmt die Wasserschüssel und trinkt ein paar Schlucke. Nichts als Sand.

Überraschend taucht der Mann im weißen Pullunder neben ihm auf. »Hat alles geklappt?«

»Ich hätte gern frisches Wasser«, sagt der Major. Er zeigt auf die Schüssel. »Da – Sand.« Er zeigt auf seine Zähne.

Der Mann im Pullunder sieht ihn ernst an. »Die Männer, die Sie zum Abort begleitet haben, wurden gefoltert. Sie haben es überlebt, aber fragen Sie nicht, wie.«

»Ich habe niemanden gefoltert«, sagt der Major.

»Sie haben Gefangene bei den Folterkellern abgeliefert.«

Der Major schüttelt den Kopf. »Ich habe Verdächtige in die Vernehmungseinrichtungen verbracht. Das war meine Aufgabe, und die habe ich korrekt erfüllt. Wenn Sie wüssten, was für ein Chaos es war, als ich mit dieser Arbeit betraut wurde. Ich habe nicht nur die Organisation verbessert, ich habe auch erst richtig für Disziplin gesorgt.« Er schlägt mit der rechten Faust auf die Decke.

Trotz der Kälte, der Schmerzen im Rücken und an den Füßen, der Hände, die ihm den Dienst versagen, trotz alledem spürt er noch einen anderen, tieferen Schmerz, der mitten durch seinen gepeinigten Körper geht. Den Schmerz des Verkanntseins. Er spürt Wut in sich aufsteigen wie noch niemals zuvor. Eine ihm neue Wut: nicht gegen die, die ihn hier gefangen halten, sondern gegen die Vorgesetzten, die ihn hinter seinem Rücken vermutlich noch auslachten, gegen die Mitoffiziere, die ihn tagtäglich in der Kantine fragten, ob er den Krieg zu Hause gewinnen könne, gegen jeden Soldaten der Garnison, der ihn ansah, als gehöre er nicht richtig dazu. Als könne man ihn wegpusten wie eine Staubfussel. Er könne den Krieg zu Hause nicht gewinnen? Von wegen! Er hat ihn gewonnen. Er hat sich als Mann erwiesen.

»Ich habe den Transport der Verdächtigen organisiert!«, schreit der Major. »Und das habe ich nicht mit hundert Prozent Einsatz getan, sondern mit hundertzwanzig Prozent. Darüber waren alle sich einig, selbst die Verdächtigen.«

Der Mann im weißen Pullunder schaut ihn verblüfft an. »Sie brauchen mich nicht anzuschreien«, sagt er. »Ich bin Ihr Verteidiger.«

Die Wut des Majors verraucht langsam.

Der Major zeigt auf die Schüssel. »Ich hätte gern Wasser ohne Dreck«, sagt er. »Als Gefangener habe ich ein Recht darauf.«

Der Mann im blauen Overall setzt das Megaphon an den Mund. Er hat ein Blatt Papier in der Hand und verliest etwas. Das Publikum hört schweigend und aufmerksam zu.

Der Major sitzt auf der Decke. Er kann nichts verstehen. Er spielt mit dem Maiskolben, er denkt an seinen neuen Freund, an seine Tochter, an seine Frau. Er denkt an den letzten Tag vor seinem Aufbruch, wie er sich in ihrem Beisein auszog. Für einen Moment kann er sich nicht mehr vorstellen, je wieder eine Erektion zu bekommen.

Der Verteidiger flüstert ihm zu: »Können Sie ihn verstehen?«

Der Major schüttelt den Kopf.

»Er nennt die Namen.«

»Die Namen?«, fragt der Major.

»Die Namen der Kinder im Dorf, die gestorben sind, weil sie keine medizinische Versorgung hatten, kein Krankenhaus, keinen Arzt.«

»Was habe ich damit zu tun?«, flüstert der Major. »Berührt das irgendwie mein Verfahren?«

»Der Staat hat uns vergessen«, sagt der Mann im weißen Pullunder. »Wenn es nach dem Staat ginge, könnten wir hier alle verrecken. Sie sind der höchste Vertreter des Staates, den dieses Dorf je gesehen hat.«

Der Major schüttelt den Kopf. »Ich bin kein Vertreter«, sagt er zu niemandem im Besonderen. »Ich bin Militär.«

Der Ankläger schaut ihn jetzt an. Der Major nickt höflich zurück. Der Ankläger nimmt ein anderes Blatt und liest weiter.

»Das sind die Namen der Einwohner des Dorfs, die an Unterernährung gestorben sind. Gleich folgen die Namen derer, die verhaftet und gefoltert wurden und nie mehr zurückkehrten. Wir konnten sie nicht mal begraben.« Die Stimme des Mannes im weißen Pullunder klingt angespannt, als wisse er selbst nicht genau, was jetzt kommt.

Der Major schaut in die Schüssel. Er nimmt noch einen Schluck Wasser. Er schließt die Augen und fragt sich, wie lange es noch dauert, bis die Armee ihn rettet. Wie viele Tage werden sie brauchen?

Jetzt schweigt der Ankläger. Er wendet sich ab.

»Sie dürfen etwas sagen«, flüstert der Mann im weißen Pullunder.

Der Major schüttelt den Kopf.

»Stehen Sie auf«, rät der Verteidiger, »das macht einen besseren Eindruck. Es ist auch besser für Sie, wenn Sie etwas sagen.«

Langsam steht er auf. Wieder klappert er mit den Zähnen. Auch seine Beine zittern. Doch er bricht nicht zusammen. Sie werden ihn nicht hinstürzen sehen.

Wie am vorigen Tag kommt der alte Mann mit dem Megaphon zu ihm. Er hält es ihm an den Mund.

»Was wollen Sie hören?«, fragt der Major. Er sieht die Hand des Mannes, der das Megaphon hält. Er könnte es selber halten, jetzt, wo seine Hände nicht mehr gefesselt sind, doch offenbar wollen die Leute das nicht.

Er hört seine eigene Stimme, kratzend, verstärkt und dadurch noch unangenehmer als sonst.

»Haben Sie etwas zu den Einwohnern des Dorfes zu sagen, die vom Staat auf all diese Arten umgebracht wurden? Sie haben ihre Namen gehört. Haben Sie etwas dazu zu sagen?« Der Verteidiger bleibt sachlich. Aus seiner Stimme spricht keinerlei Vorwurf, auch keine Wut.

Der Major schüttelt den Kopf. Er reibt sich übers Gesicht, hat den Eindruck, dass auch das ganz verdreckt ist. Doch er kann sich nicht sehen. Er weiß nicht, wie er auf die Leute auf der Tribüne wirkt. Er hofft, dass sie ihn noch einigermaßen als das wahrnehmen, was er war: ein treusorgender Familienvater, ein Soldat mit Respekt vor Staat und Armee.

»Ich will es noch einmal erklären«, sagt er. Er leckt sich über die Lippen. Erneut spürt er das Jucken und kratzt sich wie wild, doch schnell beruhigt er sich wieder. Er wird ganz gefasst.

»Bei der letzten Reorganisation der Armee«, sagt er und versucht, die Zuschauer auf der Tribüne zu fixieren, »wurde mein Bataillon den Antiterroreinheiten zugeteilt. Im Grunde arbeiteten wir als staatliches Transportunternehmen. In unserm Distrikt waren wir für die Verbringung verdächtiger Individuen zuständig. Ich bedaure die Todesfälle in diesem

Dorf. Aber ich kann keine Verantwortung für Dinge übernehmen, die außerhalb meiner Zuständigkeit liegen.«

Es ist still. Der Major schaut sich um. »Ich würde diese Gelegenheit gern nutzen, Sie um Trinkwasser ohne Dreck und Ungeziefer zu bitten.«

Keinerlei Reaktion.

Der Mann im blauen Overall spricht wieder, doch der Major kann ihn nicht verstehen.

»Sie sind der höchste Vertreter des Staates, den unser Dorf je gesehen hat«, flüstert der Mann im weißen Pullunder dem Major nochmals ins Ohr. »Wenn Sie keine Verantwortung für das Geschehene übernehmen, wird niemand es tun. Verstehen Sie, was das bedeutet?«

Der Major schweigt. Er steht zwar noch, und der alte Mann hält ihm das Megaphon an den Mund, doch er sagt nichts mehr. Sie verstehen ihn nicht. Sie wollen ihn nicht verstehen.

»Ich bin kein Vertreter des Staates«, spricht er zuletzt langsam ins Megaphon. Er hat aufgegeben, das Publikum zu fixieren, er starrt nur noch auf das Gerät vor sich. »Zugegeben, natürlich dient die Armee dem Staat, und ich bin Teil der Armee und damit des Staates. Aber wer wäre das nicht? Nach meiner persönlichen Meinung ist der Staat unsere einzige Hoffnung, ohne Staat würden wir …«

Der Major schluckt. Er will etwas ausspucken, Sand, ein kleines Insekt, doch er wagt es nicht. Er schluckt es herunter.

»Ohne Staat – und somit ohne Armee – wären wir bloß Tiere«, sagt er leise. »Letztlich ist es der Staat, der uns vom Tier unterscheidet. Aber das spielt jetzt keine Rolle, das ist meine persönliche Meinung. Und es stimmt: Ich habe geholfen, die Feinde des Staats zu bekämpfen, weil es sonst den Staat nicht mehr gäbe. Nicht weil ich persönlich etwas gegen sie hatte. Ich leide nicht unter Gefühlen. Aber um meine Arbeit so gut wie möglich zu machen, habe ich versucht, ein System aufzubauen, das seine Aufgaben professionell erledigt, und zwar auf eine für alle Beteiligten möglichst korrekte und problemlose Weise. So effizient wie möglich. Vergessen Sie nicht, dass jede Armee früher oder später mit Engpässen zu kämpfen bekommt. Veraltetem Material, maroden Unterkünften – das kann die Moral der Truppe untergraben. Trotzdem ist es mir immer gelungen, mein Soll zu erfüllen. Ich hab nicht herumgefaulenzt wie manche Kollegen. Die waren oft schon froh, wenn sie pro Woche fünf, sechs Verdächtige festgenommen hatten. Ich aber habe immer gesagt: ›Wir haben ein Soll, und das besteht nicht umsonst. Das ist von oben festgelegt, und daran halten wir uns.‹ Wenn wir das Soll nicht mehr achten, können wir gleich alles vergessen, das führt zu Chaos und Anarchie, und eh wir's uns versehen, enden wir alle wie Tiere. Dabei habe ich sehr wohl an die Verdächtigen gedacht, an ihre Gefühle, ihr Leben. Ich habe versucht, ihnen das Unangenehme so angenehm wie möglich zu machen, auch wenn ich wusste, dass sie mich wahrscheinlich umgebracht hätten, hätten sie Gelegenheit dazu gehabt.«

Der Major setzt sich. Seine Beine zittern zu sehr. Er muss sich kratzen.

Der Ankläger ergreift wieder das Wort. Der Major versucht nicht einmal mehr, etwas zu verstehen. Die Stimme des Anklägers ist ihm nur noch ein vages Rauschen. Kurz schließt er die Augen.

»Sie sind schuldig«, flüstert der Mann im weißen Pullunder ihm zu, »am Tod der Einwohner des Dorfs, für die es keine medizinische Versorgung gab, schuldig am Tod derer, die nicht genug zu essen hatten. Sie sind schuldig an Folter und Tod der Einwohner unseres Dorfs, die als Feinde des Staates verhaftet wurden.«

»Wer sagt das?«, fragt der Major.

»Der Ankläger«, flüstert der Mann im Pullunder. »Es steht fest, dass Sie der höchste Vertreter des Staates sind, den wir hier jemals zu sehen bekommen werden. Haben Sie etwas zu Ihrer Verteidigung zu sagen?«

Der Major steht wieder auf. Mühsam, doch er steht auf.

Man hält ihm das Megaphon an den Mund.

Er zögert.

»Haben Sie etwas zu sagen, das zu Ihrer Verteidigung dient?«, flüstert der Mann im Pullunder.

Der Major holt tief Luft. Er hat Hunger.

»Haben Sie je Mitleid verspürt, je Mitgefühl für Ihre Opfer empfunden?« Die Stimme des Mannes im weißen Pullunder klingt fast flehend.

Mitgefühl? Dem Major steht der Mund offen. Er schüttelt den Kopf. Die Frage ist eine Beleidigung. Zu welcher Aussage wollen sie ihn hier drängen? Dass er ein Amateur war? Ein Anfänger?

»Ich habe mich immer korrekt verhalten«, spricht er ins Megaphon. »Unter den jeweiligen Umständen war ich immer so korrekt wie nur möglich.«

Er kratzt sich. Muss er noch mehr sagen?

Sein Verteidiger stößt ihn an. »Fällt Ihnen nichts ein, was positiv für Sie zu Buche schlägt?«, flüstert er. »Niemand, den Sie gerettet haben? Nichts, was Sie entlasten könnte? Sie wissen doch, was auf dem Spiel steht?«

Der Major schüttelt bedächtig den Kopf. Er denkt an seine Tochter. Aber die geht die Leute nichts an. Er hat auch seinen Stolz. Selbst hier noch. Gerade hier. Soll er diese Rettungsaktion zu seiner Verteidigung anführen? Soll er sich vor diesen Leuten auf die Brust schlagen für etwas, das im Grunde ein Fehltritt war, nur weil der Fehltritt an diesem unseligen Ort als Heldentat gilt? Soll er seine Ruchlosigkeit preisgeben? Niemals. So tief wird er nicht sinken. Er mag im Dreck liegen und wie ein Schwein im Morast geschlafen haben, doch es gibt Grenzen.

Er erinnert sich genau an die Szenen in der Kaserne, die Gesichter seiner Mitoffiziere, das Geflüster in der Kantine, das verstummte, sobald er dazukam, den halb ironischen, halb herablassenden Ton, in dem er zu Partys eingeladen wurde. Und etwas, das er sich nie eingestand, geht ihm nun auf. Man hat ihn nie ernst genommen, ihn ausgelacht, all die Jahre. Nicht nur hinter seinem Rücken, nein: in seinem Beisein sogar. Wer sich in der Kaserne über ihn lustig machte, hatte nichts zu befürchten. Man konnte ihn ungestraft ignorieren.

Jetzt, wo er hier steht, barfuß, mit zerrissener Hose, hört er seine Kollegen wieder lachen, lauter als je zuvor, und gleichzeitig spürt er, dass ihn das nicht mehr berührt. Schaut, wer sich über euch lustig macht, scheinen Füße und Hände und Kopf des Majors zu sagen, schaut, wer sich weigert, euch für euren Einsatz zu loben, und schaut, wer die Mission nicht abgebrochen hat, auch als es gefährlich wurde, und wer der einzigen Haltung treu blieb, die eine Armee zur Armee macht: Erst kommt der Auftrag, dann kommt das Leben.

Da staunen sie, die Kollegen, das hätten sie nicht von ihm gedacht.

»Ich habe alles gesagt, was es zu sagen gibt«, schließt der Major. »Ich habe hart gearbeitet. Die Arbeit kam immer an erster Stelle. Und dabei habe ich in den letzten zehn Jahren keine einzige Auszeichnung bekommen, kein Wort des Dankes gehört.« Seine Stimme überschlägt sich, er schreit, hat er den Eindruck, doch es muss raus, er kann es nicht länger für sich behalten: »Ich hab meine Arbeit getan, der Armee gedient! Wenn wir uns mit Mitgefühl abgeben wollten, wie Sie das offenbar wünschen, dann gäbe es keine Armee mehr, dann müssten wir die Armee auflösen! Sie verlangen das Unmögliche von mir: zu sagen, dass ich meine Arbeit nicht gut gemacht habe. Aber meine persönliche Meinung spielt hier keine Rolle – sicher, auch ich hatte ab und zu Zweifel an bestimmten Dingen, aber wenn von oben einmal eine Entscheidung gefällt ist, sind persönliche Zweifel Privatsache. Ich kann Ihre Wut auf den Staat ja verstehen, aber Sie können nicht mich zur Verantwortung ziehen für Entscheidungen, die ich nicht gefällt habe. Ich bin Militär. Ich fordere eine korrekte Behandlung für mich und meine Männer.« Seine Stimme wird wieder leiser.

»Und dürfte ich zunächst einmal um sauberes Trinkwasser bitten?«, fügt er noch hinzu, doch es klingt plötzlich schwach und erbärmlich.

Er schaut sich um, als erwarte er, irgendwo seine Männer zu sehen. Den kranken Korporal und die anderen, die den Angriff auf den Konvoi überlebt haben.

Er sieht sie nicht.

Jetzt sagt niemand mehr etwas. Er hört nur den Wind.

Der Major hat das Bedürfnis, sich wieder auf seine Decke zu setzen, doch er bleibt stehen.

Der Ankläger spricht wieder ins Megaphon.

Der Major kneift die Augen zusammen, er meint, seinen Freund auf der Tribüne zu sehen, doch es ist ein anderes Kind.

Trotzdem: Daran muss er sich festhalten, mehr noch als an seiner Frau oder Tochter, an der simplen Tatsache, dass er hier im Dorf einen Freund hat. Wenn die Tage in der Zelle lang und langweilig werden, wird sein Freund ihn besuchen. Sie werden zusammen reden, vielleicht wird sein Freund ihm Notizbuch und Bleistift bringen.

Sie werden sich näherkommen. Er wird einsam die Tage verbringen, bis die Armee ihn befreien kommt, doch sein Freund wird jeden Tag nach ihm sehen. Er wird dafür sorgen, dass er den Mut nicht verliert. Sie können viel voneinander lernen.

»Warum haben Sie noch mehr Verdächtige festgenommen, als Sie strikt mussten?«, flüstert der Mann im weißen Pullunder. »Warum haben Sie sich nicht auf die Befehle Ihrer Vorgesetzten beschränkt?«

Der Major schaut auf seine Füße. Nie hätte er gedacht, dass sie eines Tages so aussehen würden.

»Sie müssen antworten«, sagt der Mann im Pullunder. »Man hat Sie etwas gefragt.«

Der Major schaut weiter auf seine Füße. »Müßiggang ist aller Laster Anfang«, sagt er dann leise.

»Wie bitte?«, fragt der Mann im weißen Pullunder.

»Müßiggang ist aller Laster Anfang«, wiederholt der Major, jetzt etwas lauter. Er starrt unverändert auf seine Füße.

Der Ankläger ergreift das Wort, und über dessen lautstarker Erwiderung hört der Major leise die Stimme seines Verteidigers: »War es Ihre eigene Initiative, mehr Bürger festzunehmen, als Ihre Vorgesetzten befohlen hatten?«

Der Major zögert. Er richtet den Blick auf die Tribüne. Wenn er jetzt seinen Freund sieht, wird alles gut. Aber er sieht ihn nicht.

»Tiere«, sagt der Major, »können bloß fressen, schlafen und sich vermehren, aber wir Menschen können mehr, wir befriedigen nicht nur unsere unmittelbaren Bedürfnisse, wir arbeiten. Dadurch unterscheiden wir uns vom Tier. Der Mensch ist zur Arbeit geboren. Wir hatten ein Soll, und es erschien mir vernünftig, einen Sicherheitspuffer aufzubauen, falls mein Bataillon sein Soll einmal nicht schaffen sollte. Ich finde, ein Militär muss seine Arbeit so tüchtig und professionell wie möglich erledigen. Ich habe meine Arbeit immer sehr ernst genommen, auch wenn sich das vielleicht nicht in Auszeichnungen und Beförderungen niederschlägt. Aber ich glaube, dass die Geschichte auf meiner Seite steht. Die Geschichte wird über mich richten, nicht Sie.«

Ihm fällt nichts mehr ein. Er hofft, dass er sich verständlich gemacht hat.

»Es war also Ihre eigene Initiative?«, fragt der Verteidiger.

Der Ankläger schaut den Major an, wie alle anderen auch. Er selbst schaut auf seine Füße. »Ein Späher ohne Eigeninitiative ist kein Späher«, erklärt er. »Vergessen Sie nicht, wozu ich ausgebildet wurde. Ein Späher muss improvisieren.«

Die Leute sehen ihn an, als müsste noch etwas kommen, doch er hat zu Ende geredet. »Ich würde gern etwas essen«, flüstert er dem Mann im Pullunder noch zu.

Der Ankläger beginnt wieder zu sprechen.

Diesmal wartet der Mann im weißen Pullunder, bis der Ankläger fertig ist. Dann flüstert er dem Major zu: »Wir würden gern mehr über die Gründe für Ihre Eigeninitiative erfahren. Es ist uns wichtig. Warum haben Sie sich nicht auf das beschränkt, was Ihre Vorgesetzten von Ihnen verlangten?«

Ein Lächeln huscht über das Gesicht des Majors. Er muss an die Nacht denken, als er seiner Tochter begegnete. Er lächelt, weil ihm klar ist, dass andere Leute ihrem Kind zum ersten Mal im Krankenhaus oder einem Schlafzimmer begegnen, wenn »begegnen« das richtige Wort hierfür ist, er jedoch nicht, er begegnete ihr bei einem nächtlichen Einsatz, bei Verdächtigen, die gestorben waren, bevor man sie vernehmen konnte.

»Ein guter Offizier«, sagt er, »wartet nicht erst auf den Befehl. Er weiß, was von ihm verlangt wird, und handelt danach. Ich wusste, dass der Krieg nicht hundert Prozent günstig für uns verlief, dass es auch Rückschläge gab. Rückschläge, mit denen wir gerechnet hatten, aber auch solche, die unvorhergesehen waren. Wenn ich mehr Verdächtige festnehmen ließ als befohlen, geschah das, um solch unvorhergesehene Rückschläge zu kompensieren, als reine Vorsichtsmaßnahme. Wie das Eichhörnchen im Herbst seinen Wintervorrat anlegt.«

4

Der Mann im blauen Overall hat sich zurückgezogen, auch der alte Mann mit dem Megaphon ist verschwunden. Doch auf der Tribüne sitzen noch immer Leute. Sie gehen nicht nach Hause, nicht zur Arbeit, vorausgesetzt, dass sie überhaupt welche haben. Noch immer lebt der Major, und das tut er seit kurzem auf seiner Decke. Er sitzt nicht, er liegt, mit geschlossenen Augen, zusammengerollt wie ein kleines Tier. Langsam öffnet und schließt er die Fäuste.

Etwas muss er bewegen, und wenn es nur die Hände sind.

Inzwischen versucht er, sich ein Bild von der Zukunft zu machen. Nicht der fernen, der nahen. Er wird inhaftiert werden. Es wird noch einige Zeit dauern, bis die Armee ihn befreit. So viel ist sicher.

Er wird die Haftzeit nutzen müssen, möglichst sinnvoll. Vielleicht werden sie ihm Bücher geben. Egal welche. Aus jedem Buch kann man etwas lernen.

Auch gegen Zwangsarbeit würde er sich nicht wehren. Wenn sie ihm nur Schuhe geben und etwas Warmes zum Anziehen. Er muss sowieso etwas für seine Kondition tun, schon, um nicht krank zu werden.

Wenn er die Augen öffnet, sieht er die Tribüne mit den Zuschauern.

Niemand ist zu ihm gekommen, um ihn näher zu mustern. Als hätten die Leute Angst vor ihm. Bis auf seinen

Freund. Wenn sie wüssten, dass er einen Freund hat, dann würden sie auch verstehen, dass es keinen Grund für Angst vor ihm gibt. Sollte er länger hierbleiben müssen, werden sie ihn bestimmt im Lauf der Zeit als vollwertiges Dorfmitglied akzeptieren. Er wird zeigen, dass er bereit ist, sich einzufügen, sich für die Gemeinschaft nützlich zu machen, bis er ein Teil von ihr ist. Zu guter Letzt werden sie denken, er gehörte schon immer dazu.

Der Mann im blauen Overall ist offenbar doch nicht gegangen, er steht bei den Leuten auf der Tribüne und redet mit ihnen. Manche von ihnen gestikulieren wütend, andere bleiben ruhig. Der Major holt tief Luft. Er betrachtet den abgenagten Maiskolben. Er schließt wieder die Augen. Er muss schlafen. Schlafen ist das Beste. Wer schläft, vergisst, auch die Zeit, und je schneller die Zeit vergeht, desto schneller ist er wieder weg. Wer schläft, wird gesund.

Der Major stellt sich vor, wie er nach Hause kommt, seine Frau und seine Tochter wiedersieht. Werden sie ihn erkennen? Wird schon ein anderer Mann da sein? Was soll der Major zu ihm sagen? Eins weiß er: Er wird höflich bleiben, zuvorkommend.

Lina wird ihn erkennen. Sie wird ihn umarmen. Da ist er sicher. So lange wird er nicht fort gewesen sein, höchstens etwas länger, als ursprünglich gedacht, aber nicht Jahre. So lange wird das hier nicht dauern.

Er kannte Soldaten, die ein Jahr an einem abgelegenen Ort in den Bergen stationiert waren und Angst hatten, bei ihrer Rückkehr nach Hause jemand anderen in ihrem Bett vorzufinden. Darum sagten sie ihrer Frau nicht, wann sie zurückkämen. Mit vorgehaltener Waffe schlichen sie sich in ihre eigene Wohnung, um den anderen auf frischer Tat zu ertappen.

Werden sie noch auf ihn warten? Wird seine Frau sich an Linas Anwesenheit gewöhnen? Wird sie sie lieben lernen? Ob sie sich Sorgen machen, weil sie so lange nichts von ihm gehört haben?

Er denkt an die Haushälterin, die bei seiner Heimkehr sicher ein Festmahl zubereiten wird, und der Gedanke ist ihm fast peinlich. All die Mühe, die sie sich für ihn macht, für ihn, der sie kaum je bemerkt hat.

Der Schlaf will einfach nicht kommen.

Jemand tippt ihm auf den Rücken.

Er hält die Augen geschlossen, stellt sich vor, dass es sein Freund ist. Sein kleiner Freund, mit den Wunden am Bein und im Gesicht. Der Freund, der ihm noch mehr Freunde zuführen wird. Wo einer ist, muss es mehr geben.

Wieder wird ihm auf den Rücken getippt.

Als er endlich die Augen öffnet, sieht er den Mann im weißen Pullunder.

»Sind Sie wach?«, fragt der Mann.

Der Major nickt.

»Wie es aussieht, hat das Volkstribunal eine Entscheidung getroffen«, sagt der Mann.

Wieder nickt der Major. »Das ging schnell«, erwidert er, ohne zu wissen, warum.

»Der Ankläger wird das Urteil verkünden, dann müssen Sie aufstehen.«

»Ja«, sagt der Major. Langsam rappelt er sich hoch. Er reibt sich die Augen, hört aber gleich wieder auf, aus Angst, sie könnten erneut anfangen zu brennen.

Wenigstens regnet es nicht. Immerhin etwas. Wenn er Glück hat, liegt er heute Abend nicht mehr im Dreck. Jetzt, wo ein Urteil gefällt ist, werden sie ihm eine Zelle geben. Improvisiert vielleicht, aber immerhin: eine Zelle.

Der Mann im blauen Overall stellt sich mit dem Megaphon mitten auf den Platz.

»Jetzt müssen Sie aufstehen«, flüstert der Verteidiger ihm zu.

Der Major stellt sich hin. Sein Blick schweift über die Berge. Das Stehen strengt ihn noch mehr an als vorhin. Seine Arme tun weh, so wie sein Bauch. Sein Körper tyrannisiert ihn.

Zu seinem eigenen Erstaunen fällt ihm plötzlich ein, dass er noch nie Basketball gespielt hat. Jetzt könnte er es lernen. Wenn er längere Zeit hier im Dorf bleibt, wird er ohnehin etwas für seine Bewegung tun müssen. Früher, während der Ausbildung, spielten sie Volleyball.

Da ist das Geräusch wieder, die Stimme des Anklägers, doch es rauscht an ihm vorbei. Der Major konzentriert sich auf die kahlen und düsteren Berge. Wie sieht es nach der Regenzeit hier wohl aus? Ob er dann noch im Dorf ist?

Der Mann im Pullunder beugt sich zu ihm. »Als höchsten Vertreter des Staates, den dieses Dorf je gesehen hat«, flüstert er, »befindet man Sie für schuldig am Tod der Kinder und Erwachsenen, die starben aufgrund schlechter medizinischer Versorgung, schuldig am Tod all derer, die an Unterernährung starben, am Tod der Frauen und Männer, die als Feinde des Staates verhaftet, vergewaltigt und gefoltert und ohne jeden Prozess ermordet wurden. Haben Sie dazu etwas zu sagen?«

Der Major schaut immer noch auf die Berge.

»Haben Sie etwas dazu zu sagen?«, fragt der Mann im weißen Pullunder, lauter jetzt und eine Spur ungeduldig. »Wenn Sie etwas zu sagen haben, müssen Sie es jetzt tun.«

Der Major schüttelt leicht, fast unmerklich, den Kopf.

Sein Verteidiger fasst ihn an der Schulter: »Ich rate Ihnen, etwas zu sagen.«

»Wer behauptet das alles?«, fragt der Major. Seine Stimme klingt schwach. Er kann seine Stimme nicht leiden.

»Es ist das Urteil des Volkstribunals«, antwortet der Mann im weißen Pullunder. »Das ist das Urteil. Jetzt müssen Sie etwas sagen. Sagen Sie was.«

»Gut«, flüstert der Major. Er will die Einwohner des Dorfs nicht vor den Kopf stoßen.

Der Mann mit dem Megaphon kommt auf den Major zu. Er kommt langsam näher, widerwillig, mit leerem Gesichtsausdruck. Er hält ihm das Megaphon an den Mund.

Der Major räuspert sich. Kurz schaut er den alten Mann an, den Mann mit dem Megaphon. Das ist alles, was er von ihm weiß. Er würde gern sein Freund sein, ihn wenigstens kennenlernen. Sie könnten sich austauschen und einander so vielleicht näherkommen.

Der Major stellt sich gerader hin. Er will Haltung bewahren.

»Ich bin Major Anthony«, sagt er. »Ich kann keine Verantwortung übernehmen für Dinge, für die ich nicht verantwortlich war und nicht verantwortlich bin. Selbst wenn ich einige Ihrer Probleme verstehen könnte, hätte das nichts zu bedeuten, denn meine persönliche Meinung spielt hier keine Rolle und hat auch in der Vergangenheit nie eine größere

Rolle gespielt. Dass ich Ihnen in die Hände gefallen bin – ein Zufall, wie Sie zugeben müssen –, ist kein Grund, mir die Verantwortung für Dinge zuzuschieben, die außerhalb meiner Zuständigkeit liegen.

Ich glaube, dass ich mich immer korrekt verhalten habe, und bitte Sie, dasselbe zu tun. Wenn Sie mich zur Zwangsarbeit einsetzen wollen, bin ich dazu bereit. Ohne Arbeit ginge die Welt zugrunde. In dem Fall bitte ich nur um geeignetes Schuhwerk und bessere Kleidung. Ohne richtige Ausrüstung keine gute Arbeit.

Ich werde Ihre Befehle befolgen, wenn sie sich innerhalb vernünftiger Grenzen bewegen. Gehorsam ist die Seele des Militärberufs. Wer sich nicht unterordnen kann, hat in der Armee nichts verloren. Vielleicht auch anderswo nicht. Hätte man mir seinerzeit befohlen, meine Familie als Verdächtige festzunehmen und bei den Vernehmungseinrichtungen abzuliefern, hätte ich auch das ohne längeres Zögern getan.

Wer seine Arbeit mit Freude tut, tut sie gut. Und umgekehrt. Ich habe immer für meine Arbeit gelebt.

Ich gebe zu, dass auch mir hier und da Gerüchte über gewisse Vorkommnisse in unserem Staat zu Ohren gekommen sind, aber ich habe diesen Gerüchten keine Beachtung geschenkt, weil es meine Arbeit gefährdet hätte, hätte ich mich zu lange mit ihnen beschäftigt. Mein Standpunkt war immer, dass jeder sein Tun selbst verantworten muss, auch meine Kollegen. Entscheidungen werden aufgrund einer bestimmten Bedrohungslage getroffen, und ich bin davon überzeugt, dass diese Bedrohung in unserer Situation real war und es immer noch ist. Eine solche Bedrohung rechtfertigt auch weniger angenehme Entscheidungen.

Ich komme zum Schluss: Was die Armee getan hat, tat sie, um Menschenleben zu retten. Wenn es in Ihren Augen falsche Entscheidungen waren, müssen Sie sich bei den politischen Instanzen beschweren. Nicht bei uns. Ich habe mir immer Mühe gegeben, meine Arbeit so gut wie möglich zu tun. Höchstens, das gebe ich zu, wollte ich mich meinen Vorgesetzten gegenüber beweisen, weil ich merkte, dass sie Zweifel an meiner Arbeit und meiner Befähigung hatten. Angesichts der von mir geleisteten Arbeit denke ich, dass ich ihre Zweifel zerstreuen konnte.«

Der Major wischt sich den Mund. Er würde sich gern bücken, um einen Schluck Wasser zu trinken, glaubt aber, dass es besser ist stehen zu bleiben. Er wendet den Kopf zum Mann im weißen Pullunder, doch der sieht ihn nicht an. Er spürt, dass das Jucken sich wieder meldet, auf seinem Kopf, auch auf den Wangen, und kratzt sich einen Moment unkontrolliert, wie ein Wilder, als sei er allein.

Dann hat er sich wieder im Griff. »Und jetzt?«, flüstert er.

Der Mann im weißen Pullunder nickt nur, und auf dem Basketballplatz redet der Mann im blauen Overall abermals los. Er redet und redet, doch der Major kann sich nicht darauf konzentrieren. Er würde sich so gern setzen. Er ist müde.

Jemand tippt ihm auf den Arm. Der Mann im weißen Pullunder beugt sich zu ihm. Er flüstert: »So, wie der Staat uns vergessen hat und uns bekämpfte, als wir ihn an seine Vergesslichkeit erinnerten, so werden wir Sie vergessen. Wir werden Sie nicht bekämpfen, wir vergessen Sie nur. Sie werden verurteilt zum Tod durch Vergessen.«

Der Major schüttelt den Kopf. »Ich bin schon vergessen«, sagt er.

Und während er das sagt, geht ihm auf, dass es stimmt. Man hat ihn vergessen, zu Lebzeiten schon – seine Arbeitskollegen, seine Frau, seine Vorgesetzten. Vielleicht sogar seine Eltern. Womöglich war er schon vergessen, noch ehe er zur Welt kam. Vielleicht erinnert nur seine Tochter sich noch an ihn, weil er sein Schicksal mit ihrem verbunden hat. Und die Haushälterin? Die darf ihn nicht vergessen, das ist ihr Beruf. Und sein Freund hier im Dorf vergisst ihn auch nicht.

Das Orchester beginnt wieder zu spielen. Ohne sich von der Stelle zu rühren.

»Wie meinen Sie das?«, fragt der Major. »Ich verstehe nicht.« Er wischt sich den Mund. Seine Lippen sind trocken, sie fühlen sich geschwollen an.

»Sie werden sterben, darauf läuft es hinaus«, flüstert der Mann im weißen Pullunder. Er sagt es ohne Freude, mit unverkennbarem Bedauern.

»Ja, aber wie?«, fragt der Major. »Ich verstehe nicht.«

»Sie werden schon sehen«, sagt der Mann.

Da ist das Jucken auf seinem Kopf wieder, und der Major kratzt sich. Für einen Moment hat er keinen Gedanken außer dem einen intensiven Bedürfnis. Als bestehe er nur noch aus diesem Jucken. Auch der Juckreiz vergisst ihn nicht.

Die Herren, die ihn zum Austreten begleitet haben, kommen auf ihn zu.

»Sind Sie bereit?«, fragt der jüngere Mann.

»Bereit wozu?«, fragt der Major.

Sie antworten nicht.

Die Kette, mit der er am Pfahl befestigt ist, wird losgemacht. Wie beim Gang zum Abort lassen sie die Kette um seine Knöchel.

Langsam gehen sie mit ihm Richtung Tribüne. Der Major schleift die Kette hinter sich her. Er dreht sich um. Dahinten steht sein Verteidiger. Neben dem Pfahl.

»Was passiert jetzt?«, ruft der Major. »Ich verstehe nicht.«

Der Mann im weißen Pullunder gibt keine Antwort. Er schüttelt nur leicht den Kopf, als wollte er sagen, dass der Major nicht so viel fragen soll.

Die Kälte des Bodens tut nicht mehr so weh wie beim ersten Mal. Seine Füße sind fast gefühllos. Als gehörten sie nicht mehr zu ihm.

Je mehr er sich der Tribüne nähert, desto besser kann er die einzelnen Gesichter erkennen. Seinen Freund sieht er nirgends.

Die Leute sehen ihn an, ungerührt, eigentlich auch ohne größere Neugier. Für sie ist er nichts Sensationelles mehr. Sie schauen ihn an wie einen Fleck an der Decke.

Ungefähr zehn Meter vor der Tribüne bleiben die Männer mit dem Major stehen.

»Ich würde gern etwas trinken«, sagt der Major.

Die Herren nehmen ein Seil und binden ihm die Hände auf den Rücken.

Jetzt sieht er es: Neben der Tribüne steht der Korporal. Halb verdeckt, als wäre er am liebsten nicht hier. Neben dem Korporal stehen noch ungefähr zehn andere Männer. Er erkennt sie an ihren Uniformen. Viele sind zerrissen oder kaputt, doch der Major erkennt sie sofort.

Sein Konvoi.

Der Major würde gern salutieren, doch weil seine Hände gefesselt sind, beschränkt er sich auf ein Nicken. Dann schaut er wieder auf die Tribüne, er sucht seinen Freund.

»Was passiert jetzt?«, fragt er wieder.

»Sie werden vergessen«, sagt der jüngere der beiden Männer.

Der Major schüttelt den Kopf. »Ich verstehe nicht«, sagt er wieder. »Werden Sie mich exekutieren?«

Wieder das Jucken, er kann sich nicht mehr kratzen. Er macht ruckartige Bewegungen mit dem Kopf, doch das nutzt nichts.

Sie halten ihn bestimmt für verrückt. Er wird es erklären, gleich wird er alles erklären.

Die Herren legen dem Major eine Art Geschirr um die Hüften. Es ist aus Leder, altem Leder, der Major glaubt, es riechen zu können. Der Geruch von Kühen, alten Kühen in einem alten Stall.

Er hat einen komischen Geschmack im Mund. Als schmecke er seine Zunge, obwohl er nicht sagen könnte, wonach die schmecken soll. Die Zunge ist ihm im Weg.

Die Herren gehen los. Sie schieben ihn sanft vor sich her, doch das ist nicht nötig. Er geht von selbst, trotz Kette um die Knöchel. Er hat sich mit ihr abgefunden, als sei er sein Leben lang nicht anders gelaufen.

Noch einmal dreht er sich um. Keine bekannten Gesichter auf der Tribüne. Keine Freunde.

Er geht an seinen Männern vorüber. Er wird an ihnen entlanggeführt wie an einer Ehrenwache. Wie dreckig sie aussehen – sieht er genauso aus? Einige von ihnen tragen eine Waffe, doch die Waffen sind alt. Nichts Besonderes. Das sieht er gleich.

Sie sehen ihn an, einige von ihnen haben die Augen niedergeschlagen.

»Sie gehören zu meinem Konvoi«, flüstert er den Herren zu.

Die Herren schweigen. Sie gehen zügig voran.

Muss er seinen Männern jetzt etwas sagen? Er ist für sie verantwortlich. Sie sind hier, weil er unbedingt einen Konvoi zu den Außenposten losgeschickt sehen wollte. Gehört es nicht zu seiner Verantwortung, ihnen ein Zeichen zu geben? Und wäre es noch so klein?

Kein Laut kommt über seine Lippen.

Er beschließt, besser nichts zu sagen. Keine überflüssigen Worte. Während er an seinen Männern vorbeigeht, nickt er ihnen noch einmal zu, als begegne er ihnen außerhalb ihrer Dienstzeit. Ein informelles Nicken genügt dann.

Die meisten der Männer sehen ihn mit leerem Blick an. Als sähen sie ihn zum ersten Mal. Als würde ein Elefant an ihnen vorbeigeführt. Nur ein paar blicken zu Boden.

Dem Major macht es nichts aus, wie seine Männer ihn ansehen. Er kann es verstehen. Er nickt ihnen einem nach dem anderen zu. Es geht darum, Haltung zu bewahren, korrekt zu bleiben.

Viel ist von seinem Konvoi nicht übriggeblieben, wenn das alles ist.

Er muss an die Zimtschnecken der Haushälterin denken. Die Erinnerung rührt ihn. Gern würde er jetzt so eine Zimtschnecke essen. Am Rand des Swimmingpools, zusammen mit seinem Kind. Dem gestohlenen Kind. Ihm ist es gleich, dass es gestohlen ist. Wenn man richtig darüber nachdenkt, ist eigentlich jedes Kind gestohlen. Das wird er später auch sagen, nach dem Krieg, wenn die Leute ihn fragen, wie alles kam.

Er kämpft gegen die Rührung.

Jetzt ist er an seinen Männern vorbei. Sie sehen ihn noch, aber er sie nicht mehr. Wenn er sich umdrehen würde, könnte er sie noch einmal sehen, aber das tut er nicht. Ein Soldat schaut nicht zurück. Es ist gut so. Sie haben gesehen, dass er Haltung bewahrt hat, das ist das Wichtigste.

»Das waren meine Männer«, sagt der Major. »Ich kenne sie nicht alle beim Namen. Wir haben viel Fluktuation, in den letzten Jahren ist bei der Armee ein einziges Kommen und Gehen.«

Er bleibt stehen, er keucht.

Die Herren lassen ihn geduldig zu Atem kommen.

»Wohin gehen wir?«, fragt der Major. »Ist es weit?«

Der Jüngere der beiden schüttelt den Kopf. Doch das kann alles bedeuten.

Die Herren sind nicht bewaffnet.

Darum kann sich der Major auch nicht vorstellen, dass er exekutiert wird. Wenn sie das vorgehabt hätten, hätten sie es schon auf dem Basketballplatz getan. Oder wollten sie so etwas nicht vor Publikum tun?

Sie gehen nicht Richtung Kloake, sondern in die entgegengesetzte Richtung. Der Major räuspert sich.

Man kann es kaum eine Straße nennen, worauf sie jetzt gehen. Es ist ein Pfad durch Schlamm und Dreck, bergaufwärts. Machen sie den Pfad erst im Gehen, oder war er schon da? Und wenn er schon da war, wo führt er hin, und wer ist früher darauf gegangen?

Der Major bleibt wieder stehen. Die Herren schubsen ihn nicht. Sie haben Geduld. Sie verhalten sich korrekt, das weiß der Major zu schätzen.

Er dreht sich um. Unter sich sieht er den Basketballplatz, die Tribüne – fast leer. Die Leute sind nach Hause gegangen. Die Vorstellung ist vorbei. Auch seine Männer sieht er nicht mehr.

Der Major überblickt noch einmal den zurückgelegten Weg, und da sieht er es. Endlich.

Auf dem Pfad, der womöglich gar kein offizieller Weg ist, sieht er seinen Freund, den kleinen Jungen.

Einen Moment zweifelt er, ob er es wirklich ist, vielleicht ein anderes Kind? Doch ein genauerer Blick zeigt ihm, dass kein Zweifel möglich ist.

Es ist sein Freund.

Mit einem überwältigenden und wahnsinnigen Glücksgefühl wendet er sich an die Herren, man sieht es ihm bestimmt an. »Da ist mein Freund«, sagt der Major.

Der Junge kommt näher. Er stapft durch den Schlamm, als habe er es jahrelang trainiert, er legt den Pfad, den der Major mit so viel Anstrengung erklommen hat, ohne sichtbare Mühen zurück. Als kenne er jeden Stein, wisse von jedem Erdbrocken genau, wo er liegt. So klettert er, als sei es sein täglicher Weg, wie eine Ziege.

»Da ist mein Freund«, wiederholt der Major, und währenddessen überkommt ihn wieder die Rührung. Die Rührung ist größer, als er ertragen kann, zu viel für seinen geschwächten Körper. Er starrt angestrengt auf die Berge, die Wolken. Er muss die Rührung unterdrücken.

»Wir müssen weiter«, sagt er selbst zu den Herren.

Langsam setzen sie ihren Aufstieg fort.

Jetzt kommt es auf Beherrschung an. Er denkt an die Memoranden, die er geschrieben hat, Worte, die er für praktische

Probleme suchte, wie man zum Beispiel Verdächtige schneller zu den Vernehmungseinrichtungen bringen könnte.

»Ich habe mit meinem Freund einen Keks gegessen«, sagt der Major zu den Herren, während er weiter auf die Berge starrt und langsam vorangeht. »Das hört sich vielleicht läppisch an, aber ich habe mich nie gut ausdrücken können. Über meine Arbeit habe ich mit meiner Frau auch fast niemals gesprochen. Wen macht das glücklich? Wer hat was davon? Ein- oder zweimal hab ich ihr was erzählt, und das war ihr genug. Mir eigentlich auch. Mein Freund und ich haben zusammen einen Keks gegessen. Mir bedeutet das viel.«

Der Weg wird immer schlechter. Der Major hat das Gefühl, dass er auf einen scharfen Stein getreten ist und sein rechter Fuß blutet, aber er schaut nicht hin. Er schaut weiter nach oben. Er beginnt, ein wenig zu hinken, um den rechten Fuß zu entlasten.

Dann spürt er eine Hand an seinem Bein, doch er schaut nicht nach unten. Er spürt, wie zwei Hände an seinem rechten Bein zerren, doch er starrt weiter auf Berge und Wolken.

Er schaut nach oben, immer nach oben.

Er darf nicht nach unten sehen. Wenn er das tut, ist alles verloren. Er schaut stur immer empor und geht weiter, langsam, aber stetig. Die Hände klammern sich weiter um seine Beine, während er geht.

Der Major darf seinen Freund nicht ansehen. Wenn er ihn sieht, wird er die Fassung verlieren.

»Mein kleiner Freund«, sagt der Major. »Geh nach Hause. Die Herren und ich machen einen Spaziergang, aber das ist nichts für dich. Geh nach Hause.«

Der Major macht einen Schritt. Und noch einen. Und noch einen.

Er spürt weiter die Hände des Jungen. Er hört seine Schritte. Einen Moment lang glaubt er sogar, seinen Atem zu hören. Was will sein Freund von ihm?

»Ist es noch weit?«, fragt er die Herren.

Er macht noch einen Schritt.

Die Herren schweigen.

»Jetzt geh doch nach Hause«, sagt der Major zu dem Jungen, während er auf die Berggipfel starrt, als wolle er sie hypnotisieren. »Freundschaft besteht, auch wenn der Freund geht, in der Erinnerung dauert sie an. In Gedanken. Jetzt geh. Die Herren und ich müssen etwas besprechen. Geh nach Hause. Ich komme gleich. Merk dir nur eins: dass du mein Freund bist. Dass Major Anthony immer an dich denkt, wo er auch ist, er wird dich nie vergessen.«

Sie gehen weiter, und der Major weiß, dass er nicht anhalten darf, solange er die Hände des Jungen spürt, den Atem des Jungen hört und ihn riecht. Er schwört sich, dass, solange er weitergeht, solange er nicht anhält, alles zuletzt wieder gut wird.

Reden kann er nicht mehr. Er konzentriert sich auf seine Schritte. Auf das Gehen, den Weg, der kein Weg mehr ist.

Endlich spürt er die Hände des Jungen nicht mehr. Er atmet schwer, doch nicht vor Erschöpfung, sondern wegen des Freundes. Durch tiefes Ein- und Ausatmen versucht er, seine Gefühle, die ihn zu überwältigen drohen, unter Kontrolle zu bringen. Der Major schaut weiter zum Himmel, bis er sicher ist, dass der Kleine ihm nicht mehr folgt.

Der Junge ist talwärts gerannt. Der Major hat es nicht gesehen, aber er weiß, dass es so ist. Sein Freund ist nach Hause gegangen. Er wagt wieder, nach unten zu sehen. Er zittert wie im Fieber.

In der Ferne sieht er ein Kind rennen. Mühelos, wie ein Wiesel. »Ist es noch weit?«, fragt er.

»Wir sind fast da«, sagt der jüngere der beiden Herren. Er zeigt auf etwas, doch der Major kann nicht erkennen, was es ist.

Noch mindestens fünf Minuten gehen sie weiter.

Sie halten an einer Art Brunnen.

Der Brunnen ist tief, der Major kann nicht auf den Grund sehen.

Neben dem Brunnen liegt ein langes Seil, und die Herren beginnen, es am Geschirr des Majors zu befestigen.

»Das war mein Freund«, sagt der Major. »Wo ein Freund ist, gibt es noch mehr, auch wenn man sie nicht sieht. Bei der Armee hatte ich keine Freunde, dadurch kamen auch nie welche dazu. Mein Freund dort war meine Arbeit, darum wurde nur die immer mehr.«

Es kostet die Herren Mühe, das Seil am Geschirr des Majors zu befestigen. Das Seil ist sehr dick. Sie schimpfen und fluchen leise.

»Ich habe zu Hause einen Swimmingpool«, sagt der Major. Er möchte mit den Herren ins Gespräch kommen. Er hat Bildung, wenn sie einmal mit ihm reden, werden sie das merken. »Ich habe vor, einen Wasserspeier in Form einer Meerjungfrau aufstellen zu lassen.«

Die Herren ziehen das Seil durch einen Ring am Geschirr. Sie machen einen Knoten. Der sitzt perfekt. Und noch einen. Jetzt ist das Seil an zwei Stellen am Geschirr befestigt.

Der Major schaut zu. »Ich habe eine Frau«, sagt er. »Und ein Kind. Vielleicht liegt schon ein anderer Mann in meinem Bett. Möglich wär's. Dann ist es gut, dass ich heute nicht nach Hause komme. Man weiß nie, wie man in so einem Fall reagiert, man kann dann nicht für sich garantieren. Aber ich habe mir vorgenommen, auf jeden Fall höflich zu bleiben.«

Solange er redet, hat er das Gefühl, noch eine gewisse Kontrolle über die Situation zu besitzen. Doch jetzt hat er zu Ende geredet, und es ist an seinen Begleitern, etwas zu sagen.

Die Herren machen ein paar Schritte Richtung Brunnen, der bei näherer Betrachtung eher ein Spalt in der Erde ist.

»So, wie der Staat uns vergessen hat, so werden wir Sie vergessen«, sagt der Jüngere. Seine Stimme klingt schrill, sie überschlägt sich.

Der Major muss husten. Jetzt juckt es ihn auch in der Kehle. »Es wird bald dunkel«, sagt er, als er zu Ende gehustet hat.

»Aber wir werden Sie nicht foltern, wie der Staat uns gefoltert hat«, sagt der Ältere.

Es ist das erste Mal, dass er etwas sagt, und der Major erschrickt vor seiner Stimme. Eine rauhe, Angst einflößende Stimme hat der ältere Mann.

»Das erkenne ich an«, sagt der Major leise. »Ich weiß das zu schätzen.«

»Soll ich's Ihnen zeigen?«

Bevor der Major etwas antworten kann, hat der Alte seinen Pullover schon hochgezogen. Der Major wendet sich ab. »Ich kann kein Blut sehen«, sagt er. Es klingt wie ein Vorwurf. Erst als der Ältere seinen Pullover heruntergezogen hat, schaut der Major wieder hin.

Einen Moment ist es still. Der Ältere wirft einen kurzen Blick in den Brunnen. Es ist wirklich eher eine Erdspalte. Eine seltsame Öffnung.

Dann ergreift der Jüngere der beiden das Wort. »Sie müssen sich auf den Rand setzen«, sagt er. »Wir werden Sie langsam hinunterlassen.« Jetzt überschlägt seine Stimme sich nicht mehr.

Der Major nickt.

Wieder spürt er das Jucken. Er schaut auf die Berge. Was für eine groteske Landschaft! Wie können Leute hier leben? Nichts zu sehen, kein Baum, kein Strauch. Kaum eine Farbe.

»Gut« sagt der Major. »Dann ist, glaube ich, der Moment zum Abschiednehmen gekommen. Ich danke Ihnen für die korrekte Behandlung. Ich weiß es zu schätzen und möchte betonen, dass ich mich selbst auch immer korrekt verhalten habe.«

Er kann die Hand nicht ausstrecken. Seine Arme sind gefesselt.

»Ich würde Ihnen gern die Hand geben«, sagt der Major. Er schaut die Herren an. Höflich, doch nicht zu unterwürfig. Er nickt ihnen zu wie zuvor seinem Konvoi, als er an den Soldaten vorbeilief.

Der Jüngere nickt, der Ältere pfriemelt an seinem Pullover herum, als wollte er ihn jeden Moment wieder hochziehen, um dem Major seine Wunden zu zeigen. Schnell, jetzt, ehe es zu spät ist.

Der Major setzt sich an den Rand des Lochs. Die Herren stehen hinter ihm, das Seil in den Händen.

Der Major wendet den Kopf um, so weit, wie es geht. Er schaut die Herren an. Ihre Gesichter sind grau und freudlos, und der Major fragt sich, ob er selbst genauso aussieht. Wann hat er zum letzten Mal in den Spiegel geschaut? Wird er es je wieder tun?

Sie wirken bedrückt, in erster Linie aber sind sie konzentriert. Was er für Trauer hält, ist pure Konzentration, so wie bei ihm damals in seiner Zeit als Späher. Sie halten das Seil in den Händen, stellen sich vorsorglich in Position.

Sie wollen nicht, dass er sich zu Tode stürzt.

Niemand will, dass er beim Hinablassen stirbt.

Dann gibt der Jüngere ihm einen Schubs.

Einen Moment lang scheint er zu fallen, hat er die Illusion, in ein Schwimmbecken zu springen, jeden Augenblick das lauwarme Wasser zu spüren, unterzutauchen und wieder nach oben zu kommen, seinen Garten zu sehen, das Wasser, den Pool. Doch dann spürt er die Wirkung des Seils.

Es stoppt seinen Fall.

Er fällt nicht, er schwebt.

Mit dem Knie schlägt er gegen die Wand. Trotz des Schmerzes versucht er, nicht zu schreien.

Nur ganz kurz stöhnt er auf, ein kleiner Seufzer.

Wenn er sich jetzt nicht korrekt verhält, hätte er es sein ganzes Leben lang lassen können. Auch schwebend bewahrt er noch Haltung. So weit wie möglich zieht er die Beine an. Er macht sich klein.

Langsam sinkt er weiter hinab. Das Licht wird schwächer. Es wird schnell dunkel, das Licht ist nicht mehr als ein vager Schein über ihm. Doch er achtet nicht auf das Licht, er wartet auf den Boden.

Er kann gar nicht glauben, dass es so lange dauert. Er hat die Hoffnung fast aufgegeben, den Boden noch zu erreichen. Jedes Mal, wenn er denkt, es ist so weit, geht es doch noch weiter hinab, als nehme der Schacht gar kein Ende. Wie lang das Seil wohl ist?, fragt er sich.

Schließlich kommt er doch unten an.

Er hängt da wie ein Paket, ein altes Klavier, das auf die Straße gehievt wird. Doch die Herren lassen ihn langsam hinunter, die Herren sind korrekt. Sie tun alles, um ihm eine faire Chance zu geben.

Endlich spürt er Boden unter den Füßen. Endlich angekommen, am Boden der Grube. Es steht Wasser darin. Er ist im Wasser gelandet. Der Major rappelt sich hoch. Er zittert. Er ist triefnass.

Das Licht ist nicht mehr zu sehen, er weiß, dass irgendwo dort oben die Herren sind, und auch das Tageslicht, doch ist es nicht mehr als ein Dämmer, eine vage Vermutung.

Das Seil kommt herunter. Die Herren müssen es ihm hinterhergeworfen haben. Es fällt ins Wasser. Mit einem Spritzen in alle Richtungen. Das Geräusch hallt ohrenbetäubend wider.

Der Major stellt sich an die Wand der Grube. Er streckt die Zunge heraus. Auch die Wände sind feucht. Feuchter Stein, feuchter Lehm, was es auch ist. Wenn er sich nicht rührt, hört er ganz in der Ferne das Geräusch tropfenden Wassers. Er weiß nicht, woher es kommt. Doch er hört es, er ist nicht verrückt.

Die Fläche unter seinen Füßen ist nicht groß genug, um sich hinzulegen. Er könnte sich ins Wasser setzen.

Vorläufig bleibt er lieber stehen.

Wenigstens hat er Wasser. Das ist schon mal was. Er kniet sich hin und beugt sich vor. Die Hände kann er nicht benutzen.

Wie ein Vogel muss er trinken, ein großer Vogel, der zu groß ist für seinen Käfig. Die Knie tun ihm weh, als ob jemand mit einem Prügel daraufschlägt, doch es gelingt ihm, ein paar Schluck zu trinken.

Das Wasser schmeckt nach Metall. Es knirscht zwischen den Zähnen. Auch das Wasser hier enthält Sand.

Er richtet sich auf.

Der Schmerz in seinen Knien lässt etwas nach.

Die Erde hat ihn verschluckt. Doch sie wird ihn auch wieder ausspucken.

Die Armee wird kommen. Jemanden seines Dienstgrads lässt man nicht sterben, das ist undenkbar.

Und er hat einen Freund im Dorf. Sein Freund wird andere mobilisieren. Es werden mehr werden. Sie werden ihn retten.

Er hat das Bedürfnis, eine Stimme zu hören, die eigene Stimme. Er beginnt zu singen. Es klingt hohl, und es hallt, doch weniger stark als erwartet.

Der Major wird müde, hört auf zu singen, und trotz der Kälte setzt er sich ins Wasser, mit dem Rücken zur Wand.

Er zittert. Als klappere sein ganzer Körper mit den Zähnen. Als werde er hin- und hergeschüttelt von Kräften, die er nicht kennt und nie mehr kennenlernen wird.

Er steht wieder auf. Mühsam, sein Körper widersetzt sich, sabotiert seinen Willen, aber er steht. Er schaut nach oben.

»Meine Herren!«, ruft er. »Sind Sie da?«

Dann setzt er sich wieder.

Kurz versucht der Major, sich an die Bücher über Napoleon zu erinnern, nicht bloß an den Inhalt, auch an die Bücher selbst, die Umschläge, wann er sie gekauft oder geschenkt bekommen hat. Dann denkt er an sein Haus. An seine Frau. Das Bett. Er fragt sich, ob es etwas gibt, das er vergessen hat, ihr zu sagen.

Jetzt, wo niemand mehr da ist, für den er Haltung bewahren muss, verliert er sie. Der Major weint lautlos.

Er bricht abrupt ab. Vielleicht beobachten sie ihn? Vielleicht können die Herren ihn irgendwie sehen. Vielleicht sind sie irgendwo hier, näher, als er vermutet.

Er muss sich korrekt verhalten, auch unter diesen Umständen. Wer heult, hat verloren. Wer heult, gibt auf.

»Meine Herren!«, ruft er nochmals. »Sind Sie da?«

Wahrscheinlich wollen sie ihm einen Schrecken einjagen, darum haben sie ihn hier hinuntergelassen. Sie wollen ihn bestrafen, ihn foppen. Wenn sie ihn nachher heraufholen, lachen sie ihn aus. Nicht unhöflich. Eher so, wie Freunde untereinander.

Auch diese Grube ist eine Probe. Sie wollen wissen, wie stark er ist.

Er wird keine Schwäche zeigen.

Er denkt an seine Tochter und seinen Freund hier im Dorf. Es gibt Menschen, die ihn lieben, Menschen, die auf ihn warten.

Alles ist eine Probe, hält er sich vor.

Gleich steht er wieder oben und sieht seinen Freund. Er wird ihn umarmen. Wie man das mit Freunden tut. Man drückt sie an sich und lässt sie nicht mehr los, zehn, zwanzig, dreißig Sekunden.

Doch tief in ihm regt sich die Wahrheit, die seinen Körper erzittern lässt, die stärker ist als das Jucken auf seinem Kopf, die seine Gedanken lenkt und schließlich beherrscht: Der Tod kommt schneller als das Entsetzen.

5

Sie hält den Topf mit zwei Lappen fest, die sie in ihrer Freizeit gehäkelt hat. Sie häkelt gern, doch auch Socken- und Strümpfestopfen machen ihr Freude. Den Fingerhut hat sie von ihrer Mutter bekommen. Ein goldener Fingerhut. Wenn sie mit dem Nähen fertig ist, versteckt sie ihn unter ihrer Matratze. Nicht, dass hier im Haus gestohlen würde, aber man weiß ja nie.

Nichts als der Fingerhut ist ihr von ihrer Mutter geblieben.

Langsam, Schritt für Schritt geht sie von der Küche ins Wohnzimmer. Der Topf ist heiß, und sie hat keine Eile.

In all den Jahren, die sie hier arbeitet, herrschte Ordnung im Haus. Jetzt ist es mit der Ordnung vorbei. Erst kam ein Kind, dann ging der Major auf Dienstreise, dann blieb er länger weg als angekündigt. Und niemand sagt ihr was, niemand weiß was.

Sie stellt den Topf auf den Tisch. Auch den Untersetzer hat sie gehäkelt. Große Mühe hat sie sich dabei gegeben, die gnädige Frau ist so kritisch, was ihre Häkelarbeiten angeht.

Vor kurzem wollte sie sogar überhaupt keine gehäkelten Untersetzer mehr. Sie sagte: »Meine Freundinnen nehmen alle Untersetzer aus Kork oder gar keine, keine von ihnen hat noch solche Dinger.« Da hatte der Major gerufen: »Wir haben einen Swimmingpool, das haben deine Freundinnen nicht! Für uns sind gehäkelte Untersetzer genug.«

Damit war die Sache erledigt.

Doch sie hatte es gehört und es nie vergessen.

Sie häkelte weiter ihre Untersetzer und Topflappen und gab sich noch mehr Mühe damit. All ihre Zärtlichkeit steckt in den Untersetzern, all ihre Liebe in den Topflappen. Jetzt, wo das Mädchen da ist, kann sie vielleicht für sie etwas häkeln. Sie weiß nur noch nicht, was.

Da sitzen sie, das Kind und die Señora, einander am Tisch gegenüber, immer am selben Platz, stocksteif und schweigend. In diesem Haus wurde schon immer viel geschwiegen, doch auch das Schweigen ist nicht mehr dasselbe wie früher. Es wirkt drückender, eisiger, unangenehmer. Vielleicht, weil der Major nicht mehr da ist. Sein Schweigen war selbstverständlich, sein Beruf brachte das mit sich.

»Soll ich auftun?«, fragt sie.

Die Señora nickt, und die Haushälterin schöpft Suppe in die Teller.

Früher wurde geschwiegen, weil es nicht viel zu sagen gab und weil das, was man hätte sagen können, nicht gesagt werden durfte, jedenfalls erklärt sie es sich so. Wenn Leute nichts zu sagen haben, schweigen sie eben. Unangenehm war das nicht. In der Küche hörte sie Radio und, wenn sie es ausschaltete, das Schweigen von Don Anthony und Doña Paloma, ab und zu unterbrochen vom Geräusch eines Löffels, der über den Teller kratzte. Nur ungefähr einmal pro Woche schrie die Señora, dass es eine Freude war, doch das dauerte nie lange. Sowohl das Radio als auch das Schweigen ihres Chefs und der Señora versöhnten sie mit ihrem Dasein.

Jetzt ist es anders. Das Schweigen lastet auf ihr wie der Krieg, der immer näher rückt. Sie hat es von Frauen auf dem Markt, von befreundeten Haushälterinnen, Leuten im Radio: Der Krieg rückt immer näher. Er findet nicht mehr nur hoch in den Bergen statt, er hat den Stadtrand erreicht. Sie hat es auch selbst gesehen, in ihrem kleinen Fernseher, der auf dem Nachtschränkchen steht.

Als sie zehn Jahre hier arbeitete, hat sie den Fernseher bekommen. Das Nachtschränkchen bekam sie schon nach zwei Jahren. Es hatte auf der Straße herumgestanden, doch es erfüllt seinen Zweck bestens. Es gibt ihr alles, was man von einem Nachtschränkchen erwarten kann. Der Fernseher ist schwarzweiß, aber auch das macht ihr nichts. Manche Dinge sieht sie besser nicht in Farbe.

Sie sitzt in der Küche und isst. Hastig, auf den Ellbogen gestützt, den Blick fest aufs Essen gerichtet.

Manche Leute haben eine Meinung über den Krieg, sie sind dafür oder dagegen. Sie hat keine, solange der Krieg nur weit genug wegbleibt. Krieg mag sie genauso wenig wie Hunde. Weil Hunde das auf merkwürdige Weise irgendwie riechen, es immer zu wissen scheinen, kommen sie ständig zu ihr und schlecken sie ab. So kommt auch der Krieg dauernd näher, wenn man ihn nicht mag. Wie ein Hund, der einen abschlecken will.

Wo soll sie hin, wenn der Krieg das Haus hier erreicht? Ihr geht es hier gut. Sie wird nicht geschlagen wie manche anderen Haushälterinnen, auch nicht vergewaltigt wie wieder andere. Und dann gibt es natürlich noch die, die geschlagen werden und vergewaltigt. Nein, ihr geht es hier gold.

Sie ist nicht mehr in dem Alter, in dem man vergewaltigt

wird, aber sie kennt Haushälterinnen, die das auch nicht waren und doch ins Bett gezerrt wurden. Hunger macht blind. Das sagte ihre Mutter schon immer: »Die Einsamkeit des Mannes währt ewig, das ist so und bleibt so für immer. Sie werden sich niemals ändern, und darum ist alles so, wie es ist.«

Sie hat etwas gespart, aber nicht genug. Wenn sie von hier wegmüsste, stünde sie auf der Straße, mit ihrem Nachtschränkchen und dem Fernseher. Jedoch ohne Bett. Sie könnte den Fernseher verkaufen, obwohl er wohl kaum genug einbrächte, um ein Bett davon zu bezahlen. Wer will heutzutage schon einen Schwarzweißfernseher? Die Leute wollen Farbe, sie lieber nicht. In Schwarzweiß ist der Krieg besser zu ertragen, in Schwarzweiß sieht es aus, als sei er schon lange vorbei.

Der Major hat gesagt: »Solange ich hier bin, bleibst auch du hier.« – Nur: Wo ist der Major?

Menschen verschwinden. Sie hat es von Frauen auf dem Markt gehört, von ihrem Sohn, dem Gärtner, von anderen Haushälterinnen. Wenn Menschen verschwinden, ist der Major irgendwann vielleicht auch weg.

Sie vertraut noch auf Gott, obwohl ihr Vertrauen in letzter Zeit stark geschwunden ist. Sie geht immer noch brav in die Kirche, doch mittlerweile vor allem zum Singen. Im Radio wird auch gesungen, doch längst nicht so schön wie in der Kirche.

Wenn sie ehrlich ist, muss sie zugeben, dass Gott sie verlassen hat, mit dem Krieg, der immer näher rückt, dem Ausgangsverbot und der Mangelwirtschaft, ganz zu schweigen von dem, was hier im Haus vor sich geht. Sie weiß, dass Gott die Menschen prüft, aber ist sie nicht langsam genug geprüft worden? Wie oft kann man ein und denselben Menschen prüfen? Eigentlich sollte Gott nach einer Weile doch sagen: »So, den haben wir genug gepiesackt. Jetzt ist wer anders dran.«

Sie geht zurück ins Wohnzimmer. Der Teller von Doña Paloma ist nur zur Hälfte geleert, das Kind hat gar nichts gegessen.

»War es nicht lecker?«, fragt sie. Sie wartet nicht auf Antwort und räumt ab.

Für wen kocht sie eigentlich noch? Der Major aß wenigstens. Ab und zu auch mal nicht, oder weniger, wenn er es eilig hatte, weil er nachts arbeiten musste, doch meistens aß er. Der Major tat, was man von ihm erwartete.

Sie nimmt den Auflauf aus dem Ofen. Viel Süßkartoffel, wenig Fleisch. Wenn es bestimmte Zutaten nicht gibt, muss man improvisieren, dann nutzt einem ein Kochbuch gar nichts. Die Topflappen, mit denen sie die Form festhält, haben verschiedene Farben, Grün und Rot. Sie denkt nie lang über Farben nach. Sie häkelt die Lappen aus Wollresten.

Während sie die Schüssel auf den Tisch stellt, fragt sie: »Und, Doña Paloma? Haben Sie was vom Major gehört?«

Die Señora seufzt tief. Das Kind starrt vor sich hin. Ohne die Haushälterin anzusehen, antwortet sie: »Das hast du heute Morgen auch schon gefragt. Wenn ich etwas höre, sag ich dir's schon.«

Die Topflappen in der Hand, will sie in die Küche verschwinden, doch nach ein paar Schritten bleibt sie stehen. Sie dreht sich um.

»Das Kind«, sagt sie. »Es isst nicht. Es hat aufgehört zu essen.«

»Soll ich sie zwingen?«

Die Haushälterin wischt sich mit den Topflappen die Hände. »Das sage ich nicht. Ich teile es Ihnen nur mit, falls es Ihnen nicht aufgefallen ist. Vielleicht haben Sie es ja nicht bemerkt.«

Sie spricht leise, als dürfe das Kind sie nicht hören. Der wahre Grund ist, dass sie keine Schwierigkeiten will. Sie kennt ihren Platz, und daran muss sie sich halten. Zu viel Verantwortung ist schlecht für den Menschen. Man kriegt Probleme, wenn man sich in Sachen einmischt, die einen nichts angehen.

»Sie isst nicht«, sagt die Señora. »Nein, essen tut sie nicht. Dafür singt sie die halbe Nacht. Sie raubt mir den Schlaf mit ihrem Gesinge. Sagt deswegen irgendjemand mal was?«

Immer noch knetet die Haushälterin die Topflappen. Als wische sie sich damit ab. »Ich höre nichts.«

»Nein, du schläfst auch im Keller. Du hast das beste Zimmer im Haus eingesackt, wo du nichts hörst, wo es immer ruhig ist, aber da, wo ich liege, da hört man alles.«

Die Stimme der Señora klingt schrill. Fast schreit sie. Auch das kommt öfter vor. Wenn die Señora richtig schrie, packte der Major sie sich auf die Schulter und brachte sie in die Kammer. Das half, das war ihre Medizin. Es machte ihr klar, dass es ihr so schlecht nicht ging. So hat der Major es der Haushälterin wenigstens einmal erklärt, und sie verstand es. Es gibt Tage, an denen sie selbst fast vergisst, wie gut es ihr hier im Haus geht.

Jetzt gibt es niemanden mehr, der die Señora in die Kammer sperrt. Niemanden, der ihr ihre Medizin gegen die Seelenqualen verabreicht. Jetzt kann sie nach Herzenslust brüllen. Jetzt bleibt ihr nichts andres mehr übrig.

Die Haushälterin wendet sich direkt an das Kind. »Warum singst du nachts?«, fragt sie streng. »Nachts darfst du nicht singen. Nachts schlafen die Leute. Das weißt du doch?«

Sie bekommt keine Antwort. Das Kind nimmt das Besteck, und die Haushälterin fürchtet, dass sie ihre Grenzen vielleicht überschritten hat. Der Major legt großen Wert auf Formen. Wie oft hat er nicht zu ihr gesagt: »Das ist ein anständiger Haushalt, hier wird nicht geschrien.«

Sie geht schnell aus dem Zimmer, als fühle sie sich ertappt.

In der Küche hört sie wieder die Stimme der gnädigen Frau. Laut und schrill. Ja, jetzt schreit sie. Kein Zweifel. Jemand müsste ihr ihre Medizin geben. Aber sie selbst kann Doña Paloma schlecht in die Abstellkammer tragen, dazu ist sie nicht stark genug.

Gut, die gnädige Frau hat Schmerzen in der Seele, aber das haben andere auch. Muss sie darum so einen Aufstand machen? Und warum so laut? Geht es nicht ein bisschen diskreter?

»Warum schläfst du nachts nicht wie normale Kinder, warum musst du mir das Leben zur Hölle machen?«, schreit Doña Paloma. »Warum macht jeder mir hier das Leben zur Hölle?«

Sie kann das Geschrei in der Küche wortwörtlich verstehen.

Die Haushälterin gießt den Rest Suppe in einen Plastikbehälter, der sich mit einem Deckel verschließen lässt. Für morgen zu Mittag. Sie stellt ihn in den Kühlschrank.

Das Geschrei der gnädigen Frau macht sie nervös. Heftig rückt sie dem Suppentopf mit einem rauhen Schwamm zu Leibe, als bliebe sie dadurch vom Schreien verschont.

Und tatsächlich, das Schreien hört auf. Doch jetzt hört sie etwas anderes. Kurz hält sie inne, bleibt totenstill stehen, den Schwamm in der Hand. Sie irrt sich nicht: Das Kind singt. Ist das Kind nicht normal? Ist es krank? Will es Ärger?

Die Kleine singt, laut und hell, nicht hässlich, aber die Señora hat ihr doch gesagt, dass ihr Gesang sie wahnsinnig macht?

Jetzt schrubbt die Haushälterin wie eine Besessene. Sie schrubbt den Topf, als grübe sie ein Grab.

Wieder hört sie die Stimme der gnädigen Frau.

»Ruhe!«, ruft sie. »Ich kann es nicht mehr ertragen. Ich halt das nicht aus. Du machst mich krank und verrückt.«

Die Haushälterin stellt den Topf in die Spüle und geht Richtung Wohnzimmer. Sie schleicht sich heran, aber geht nicht hinein.

An der Tür bleibt sie stehen.

Da sitzt die Señora. Leichenblass. Sie hält ihre Gabel. Sie stochert nicht im Essen herum, legt die Gabel nicht neben den Teller, sie hält die Gabel bloß in der Hand.

»Weißt du eigentlich, warum du hier bist?«, fragt sie das Mädchen. »Weißt du das?«

Jetzt bricht das Singen ab. Endlich, das Kind hat verstanden. Wenn Doña Paloma ihre Medizin nicht bekommt, muss der Rest des Haushalts ein wenig Rücksicht auf ihre Empfindlichkeit nehmen. Und empfindlich ist sie.

»Warum bin ich hier, Señora?«, fragt das Kind.

Schweigen.

Eigentlich will die Haushälterin in die Küche zurück, um den Topf weiterzuschrubben, sie schrubbt gern Töpfe, es befriedigt sie und beruhigt sie, doch jetzt bleibt sie stehen, weil sie selbst eine Antwort auf diese Frage will. Nach all der Zeit möchte sie es auch einmal wissen.

Wie einen Pinsel hält Doña Paloma die Gabel. Sie starrt das Kind an, wie manche in der Kirche zum Altar starren, in der Hoffnung, eine Erscheinung zu sehen, endlich, nach all den Jahren, das Wunder zu erleben.

»Du bist hier«, sagt die Señora, »weil mein Mann sich geirrt, einen Fehler gemacht hat: Er hat deinen Papa und deine Mama ermordet. Ein Irrtum, denn dafür ist er nicht zuständig. Er ist nur zuständig für den Transport. Nicht für Tod oder Leben. Und da hat er sich so erschrocken, dass er dich mit nach Hause genommen hat und zu mir sagte: ›Hier ist dein Kind.‹ Darum bist du hier. Es tut mir leid, aber so ist es. Darum sitzt du mit mir hier am Tisch.«

Das Mädchen nimmt langsam Messer und Gabel und schneidet ein Stück Auflauf ab. Sie steckt es sich in den Mund und beginnt es zu kauen wie Kaugummi, als wolle sie jeden Moment eine Blase machen.

Die Señora sitzt regungslos da. Wie erstarrt, ohne sich zu bewegen, die Gabel in der Hand.

Endlich ist das Kind fertig mit Kauen. Ihr Mund ist leer. Sie wischt sich die Lippen mit der Serviette ab. »Das ist nicht wahr«, sagt sie.

Die Señora stützt ihren Kopf in die rechte Hand, als habe sie Schmerzen. Schmerzen nicht nur in der Seele, jetzt auch im Kopf. »Doch«, sagt sie, »es ist so, und es wurde Zeit, dass du es erfährst. Er kann nichts dafür. Es war ein Irrtum. Ich finde es auch traurig für dich, aber ich wollte lieber ein eigenes Kind, keine Waise, die mir mein Mann eines Abends auf die Bettkante setzt. Einfach ein eigenes Kind aus meinem eigenen Bauch, verstehst du? Aber mein Mann denkt, dass so alles gut ist, dass es nichts ausmacht, woher ein Kind kommt. Als wäre es ein Brot aus dem Supermarkt.« Die gnädige Frau lacht.

»Señora, wo sind mein Papa und meine Mama?«, fragt das Kind. Es klingt entschlossen, fast streng.

Die Gabel wird auf den Tisch gelegt.

Das Kinn auf die Hände gestützt, schaut die Señora dem Mädchen direkt ins Gesicht. »Jemand musste es dir sagen«, antwortet sie. »Früher oder später hättest du es doch erfahren, darum sag ich's dir. Du darfst meinem Mann nicht böse sein. Vergib ihm. Ich hab ihm auch vergeben. Er kann im Grunde wenig dafür. Aber ich kann es auch nicht ändern. Ist es meine Schuld, dass er auf einmal Gewissensbisse bekam? Hat ihn das Gewissen geplagt, als sich herausstellte, dass er mir kein Kind machen konnte? Hab ich nicht zu ihm gesagt: ›Ein Swimmingpool ist kein Kind, Anthony?‹ Ich hab mir den Swimmingpool nicht von ihm gewünscht. Dich hab ich mir auch nicht gewünscht. Ich hab nicht darum gebeten, hier als alte Jungfer mit dem Kind einer anderen herumzusitzen. Ich finde es auch traurig für dich, wirklich, aber du bist nicht die Einzige. Es gibt Dutzende, was sag ich, Hunderte Kinder wie dich. Soll ich mich um die alle kümmern? Und wer kümmert sich um mich?«

Die Stimme der Señora geht wieder in die Höhe. Gleich wird sie schreien, die Haushälterin spürt es.

Die Kleine ist aufgestanden. Sie hält sich an der Tischkante fest. Es ist ein hoher Tisch, sie kann kaum darübersehen.

»Señora, wo sind mein Papa und meine Mama?«, fragt sie.

»Hier nicht!«, ruft Doña Paloma. »Ich weiß nicht, wo sie sind, aber hier sind sie nicht. Hat denn mit mir jemand Mitleid? Wen hab ich auf der Welt? Meine Freundinnen veranstalten Wohltätigkeitsabende und sammeln Geld für einen guten Zweck. Wir haben das nie gemacht, weil unser Haus zu klein ist, weil wir nicht mitzählen und mein Mann ein kleiner, armseliger, impotenter Major ist, der nie befördert werden wird, weil die anderen ihm seine Armseligkeit schon vom Gesicht ablesen. Die sehen schon von weitem: Das ist ein armer impotenter Wicht, der kann froh sein, dass er es überhaupt bis zum Major gebracht hat. Oh, ich hab ihn geliebt, und ich liebe ihn immer noch, auf meine Art. Aber ich hab doch auch ein Recht auf ein bisschen Ansehen? Ich hab doch auch ein Recht, jemand zu sein? Ich hab ihm gesagt: ›Suchen wir uns einen kleinen, bescheidenen guten Zweck.‹ Ich hatte mir sogar schon was ausgedacht: kranke Krokodile im Dschungel. Das Projekt war schon fix und fertig auf dem Papier. Aber er wollte nicht, er sagte: ›Wir haben einen Swimmingpool, und das haben die anderen nicht, das ist guter Zweck genug.‹ Das war seine immer gleiche Antwort: ›Wir haben einen Swimmingpool.‹

Dabei sehe ich doch gut genug aus, um dazuzugehören? Meine Freundinnen sind nicht nur Mutter, sie spielen auch eine Rolle in der Gesellschaft. Und ich? Fehlanzeige – keine Mutter, keine Rolle in der Gesellschaft. Ich versaure hier, mit einem gestohlenen Kind und einer altersschwachen Haushälterin. Ich bin am Verrotten. Verstehst du jetzt, warum dein Gesinge mich manchmal zum Wahnsinn treibt? Verstehst du, dass ich oft denke: Hätte mein Mann ihre Eltern nur nicht aus Versehen erschießen lassen? Dann hättest du sie noch, deinen Vater und deine Mutter, und ich hätte dich nicht am Hals.«

Das Mädchen geht Richtung Tür, an der Señora vorbei, doch die scheint sie nicht zu bemerken. Sie sitzt da. Regungslos, erschöpft und leichenblass.

Das Kind läuft aus dem Wohnzimmer, vorbei an der Haushälterin und rennt die Treppe hoch, flieht wie ein Tier.

Die Haushälterin wird sich ihrer Pflicht wieder bewusst. Sie geht ins Wohnzimmer. »Darf ich abräumen?«

Die gnädige Frau nickt geistesabwesend.

Das Abendessen liegt unberührt auf ihrem Teller. Die Haushälterin nimmt ihn und den des Mädchens und deckt beide in der Küche mit Alufolie ab. Für morgen oder den Fall, dass sie mitten in der Nacht noch Hunger bekommen. Man weiß nie.

Dann geht sie vorsichtig nach oben. Um diese Tageszeit hat sie dort eigentlich wenig zu suchen, doch jetzt, wo der Major nicht da ist, muss jemand seine Verantwortung übernehmen.

Die Kleine steht in ihrem Zimmer, im kurzen Mantel. In der Hand hält sie den roten Eimer mit dem grünen Schippchen.

Streng schaut Lina die Haushälterin an. Unnahbar. Das Kind huscht an ihr vorbei, eilt die Treppe hinunter, doch sie folgt ihr.

Das Kind geht in den Vorraum. Es will die Haustür öffnen.

Jetzt fragt die Haushälterin. »Wohin gehst du?«

Keine Antwort.

Die Hand des Kindes kämpft weiter mit dem Schloss.

»Geh nicht weg«, sagt die Haushälterin. »Es ist schon spät. Um diese Zeit bleiben die Leute drin, die Kinder gehen jetzt schlafen.« Sie findet sich selbst nur wenig überzeugend.

Die Kleine dreht sich halb um. »Ich gehe Papa und Mama suchen«, sagt sie.

»Bleib hier«, sagt die Haushälterin. »Hier ist es warm. Hier hast du zu essen. Papa und Mama kommen schon noch. Die kommen allein zurecht. Bleib bei mir. Ich hab auch niemanden.«

Die Kleine schüttelt den Kopf. Sie schaut verbissen vor sich hin. »Ich gehe Papa und Mama suchen«, wiederholt sie.

Die Haushälterin will noch etwas sagen und tausend Einwände machen, doch sie ist diesem Blick nicht gewachsen. Dieser Blick ist stärker als sie, dieser Blick ist stärker als der Tod. Eiskalt schaut die Kleine sie an, fast bestrafend, als sei sie schuld an ihrem Schicksal.

Die Haushälterin horcht nach der Señora, hört aber nichts.

Die gnädige Frau schweigt.

»Warte«, flüstert sie, »ich geb dir was mit.«

Sie geht in die Küche und schneidet hastig vier Stück Rührkuchen ab. Sie verpackt sie in Alufolie. Aus einer Dose holt sie fünf Kekse, die sie ebenfalls in Folie verpackt. Beide Päckchen legt sie in eine kleine Plastiktüte, die sie mit einem doppelten Knoten verschließt.

Dann geht sie in den Vorraum zurück. Sie gibt die Tüte dem Kind. »Hier«, sagt sie, »eine Kleinigkeit für unterwegs.« Sie kniet sich hin und knöpft dem Mädchen den Mantel richtig zu.

Der kurze Mantel hat fast dieselbe Farbe wie die Schippe im Eimer. Genauso grün.

»Pass gut auf dich auf«, sagt die Haushälterin. »Und komm bald wieder, hier ist es besser als draußen. Ich werd auf dich warten.«

Das Kind steckt die Plastiktüte in den Eimer, und die Haushälterin öffnet die Tür. Wie eine Katze gleitet das Mädchen hinaus, geht ohne zu zögern davon, dreht sich nicht um, winkt nicht einmal.

Sie würdigt das Haus, in dem sie gewohnt hat, nicht eines Blickes.

Die Haushälterin schließt wieder die Tür und fragt sich, was das jetzt wieder war. Was hat sie getan? Hätte sie das Mädchen nicht zurückhalten müssen? Wenn der Major zu Hause wäre, wäre das Kind niemals gegangen. Wenn der Major da wäre, läge sie jetzt auf ihrem Bett und würde fernsehen.

Ohne den Major versinkt der Haushalt im Chaos.

In der Küche schrubbt sie weiter den Topf. Sie schrubbt noch fester als eben, und dadurch hört sie nicht, wie die gnädige Frau die Küche betritt.

Doña Paloma greift zu einem Döschen und nimmt zwei Vitamintabletten, ohne Wasser. Sie zerkaut sie.

»Wo ist sie?«, fragt die Señora.

Die Haushälterin legt Topf und Schwamm beiseite. Sie wischt sich die Hände an der Schürze ab. »Wer?«

»Lina.«

»Sie sucht ihren Vater und ihre Mutter.«

Kurz ist die gnädige Frau still. Als hätte sie nicht verstanden oder sei es ihr egal. Dann sagt sie: »Warum?« Es klingt nicht wie eine Frage. Eher wie ein Aufschrei, ein Schrei aus Verzweiflung.

Trotzdem antwortet die Haushälterin: »Das weiß ich nicht.«

Die Señora greift noch einmal zu dem Döschen und nimmt zwei weitere Pillen. Zerstreut, als würde sie naschen.

»So hatte ich es nicht gemeint«, sagt sie. Sie macht ein paar Schritte auf die Haushälterin zu und packt sie am Oberarm. »So hatte ich es nicht gemeint«, wiederholt sie.

Die Haushälterin nickt. »Das weiß ich doch, Doña Paloma«, sagt sie. »Das weiß ich doch.«

Die gnädige Frau rüttelt am Arm der Haushälterin, sie zieht so stark, als wolle sie Kirchenglocken läuten.

Und weil so stark an ihrem Arm gezogen wird, wiederholt die ältere Frau: »Das weiß ich doch.«

Im Gesicht der Señora sieht sie etwas, das weiter reicht als die Spuren der Seelenqualen, an die sie sich schon gewöhnt hat. Sie sieht Entsetzen, völlige Ratlosigkeit.

Die Haushälterin führt Doña Paloma aus dem Zimmer, als hätte sie nie etwas anderes getan, als lebten sie schon immer zusammen und kämen ohne einander nicht aus. Nur sie beide, die Haushälterin und die gnädige Frau, als seien der Major und die seltenen Besucher nur flüchtige Passanten gewesen, als hätte es von Anfang an nur sie beide gegeben.

Schritt für Schritt führt sie die Señora in den Flur.

»Ich werde nie wieder was von ihm hören, meinst du nicht auch?«, fragt die Señora. Sie bleibt stehen. »Wir hören nie mehr was von ihm.«

»Ich weiß es nicht«, flüstert die Haushälterin.

»Er hat uns verraten, er ist schuld an alldem hier. Wir werden nie wieder was von ihm hören, und ihm ist es egal, wie es uns geht. Wenn es ihm nicht egal wäre, wäre er doch nicht weggegangen. Oder?«

Sie stehen vor der Abstellkammer. Die Haushälterin hält Doña Paloma am Arm. Gemeinsam gehen sie hinein.

»Ich hatte es nicht so gemeint«, sagt die Señora. »Aber sie kommt zurück, denkst du nicht? Wenn sie Hunger hat, kommt sie schon wieder.«

»Ja«, sagt die Haushälterin. »Sie ist bald wieder da.«

Sie geht aus der Kammer und verschließt sorgfältig die Tür. Sie lässt die Señora allein. Jetzt muss die Medizin ihre Wirkung tun.

Dann geht sie zu ihren Töpfen zurück. Sie setzt sich auf den Küchenhocker, doch heute genügt ihr das nicht.

Sie kniet sich auf den Boden, als wollte sie wischen. Sie möchte beten, doch die Worte des Gebets fallen ihr nicht mehr ein.

6

Mit jedem Schritt, den sie geht, kommt sie näher nach Hause, da ist Lina sich sicher. Wie könnte sie daran zweifeln? Endlich geht sie nach Haus. Sie hat keine Ahnung, wo das ist. Das heißt: Ja, sie weiß es natürlich, sie kennt den Namen der Straße, könnte das Haus wiedererkennen, schon von weitem, aber sie weiß nicht, wie sie dorthin kommt, nicht von hier, aus dieser Gegend.

Sie geht, als hätte man sie kurz vor der Ausgangssperre noch schnell zum Einkaufen geschickt: Brot, Äpfel, ein Pfund Zucker. Und während sie so geht, denkt sie an das, was die Haushälterin ihr über die gnädige Frau in dem großen Haus erzählt hat, über die Gnädige selbst und über ihre Schmerzen, vor allem über Letzteres.

Die Haushälterin konnte das schön erzählen. »Die gnädige Frau hat Schmerzen in der Seele«, sagte sie immer, »darum ist sie ab und zu ein bisschen komisch.«

Manchmal sagen Leute nicht die Wahrheit. Das ist aber nicht dasselbe wie lügen. Manchmal machen Leute einen Witz, der ist nicht wahr, kann das aber später noch werden.

Ihr Vater sagt auch ab und zu: »Lina, du bist so süß, so zum Anbeißen, heut Abend werden wir dich fressen. Mama, stell schon mal den Backofen an.«

Beim ersten Mal hatte Lina noch gekreischt wie am Spieß. Sie hatte Angst, wirklich in den Ofen gesteckt und gefressen zu werden. Später gehörte das Gruseln einfach zum Spiel, und noch etwas später verstand sie, warum Papa von vielen »Witzbold« genannt wurde. Sie verstand alles, und seitdem antwortete sie herablassend nur noch »Witzbold«, wenn Papa wieder mal sagte: »Lina, du bist so süß, heut Abend werden wir dich fressen.«

Unbeirrbar geht Lina mit dem Eimer weiter. Sie rennt fast durch die ihr mittlerweile bekannten Straßen des Viertels. Sie hat die Häuser vom Auto des Majors und seiner Frau aus betrachtet, aus dem Schulbus und manchmal Hand in Hand mit der Haushälterin, wenn sie zum Einkaufen gingen.

Doch das ist nun alles vorbei. Von jetzt an wird alles anders. Endlich geht sie nach Hause zurück.

Lina bleibt stehen, schaut sich um. Sie weiß nicht mehr, wo sie ist. Eben hat sie die Gegend noch gekannt, doch jetzt geht sie durch eine Straße, in der sie noch niemals gewesen ist. Nicht mit dem Schulbus, nicht mit der Haushälterin, nicht mit dem Major.

Auf dem Bürgersteig laufen Hunde herum. Sie wechselt die Straßenseite. Ein Hund kommt hinter ihr her, doch sie geht unbeirrt weiter.

Sie geht, bis sie nicht mehr kann, ganz sicher ist, dass ihr niemand mehr folgt: die Hunde nicht und nicht die Menschen, nicht die Señora und auch nicht die Haushälterin.

Lina setzt sich auf den Bordstein, unter einen Baum. Vorsichtig hat sie sich eine saubere Stelle gesucht. Aus ihrem Eimer nimmt sie die Plastiktüte. Vorsichtig öffnet sie den doppelten Knoten. Sie hätte die Tüte auch aufreißen können, aber hinterher will sie alles wieder ordentlich verstauen. Sie geht sehr sorgfältig mit ihren Sachen um.

Als die Tüte geöffnet ist, nimmt sie ein Stück Kuchen aus dem Silberpapier. Eine Katze läuft über die Straße. Es ist niemand mehr draußen. Die Leute sind drin, wie die Frau des Majors, die sich so ärgert, weil Lina nicht aus ihrem Bauch gekrochen ist.

Aus wie vielen Bäuchen hätte Lina denn kriechen sollen? Man kann nicht jedem einen Gefallen tun.

Sie isst das Stück Kuchen nur halb, die andere Hälfte tut sie wieder zurück. Konzentriert streicht sie das Silberpapier glatt. Dann steckt sie es in die Tüte und knotet sie wieder zu.

Sie muss weiter, sie kann hier nicht sitzen bleiben. Sie muss nach Hause. Aber sie steht noch nicht auf. Sie singt, leise, damit niemand sie hört.

»Wenn du Angst hast, musst du singen«, hat Mama immer gesagt. »Die Angst fürchtet sich vor dem Lied, so wie Feuer vor Wasser. Wenn die Angst ein Lied hört, bekommt sie es selbst mit der Angst zu tun und verkriecht sich in eine Ecke.«

Nach zehn Minuten Singen beschließt sie weiterzugehen. Die Häuser hier sehen anders aus als das des Majors und seiner Frau, auch anders als das von Papa und Mama.

Sie findet es schade, dass sie nicht ein paar Dinge mehr mitgenommen hat, es hätte gut noch was in den Eimer gepasst. Aber sie ist aufgebrochen, ohne lang nachzudenken. Zwar hatte sie es sich früher schon oft vorgestellt, sehr oft sogar, war aber jedes Mal zu dem Schluss gekommen, dass sie besser abwarten sollte. Wenn sie geduldig genug wartete, kämen ihre Eltern von selbst wieder zurück. Früher war ihre Geduld immer belohnt worden.

Bis heute Abend, da ging es nicht mehr. Vielleicht machte die Señora ja nur einen Spaß, aber ihre Witze waren nicht witzig, ihre Witze waren gemein. Sie hatte Lina Angst eingejagt, und ausnahmsweise war das Lied diesmal nicht stärker gewesen als ihre Angst.

Lina kommt zu einem kleinen Platz. Sie weiß nicht, wie es von hier aus weitergeht. Sie marschiert auf gut Glück.

Sie erkundet den Platz. Niemand zu sehen, selbst die Hunde bleiben in dieser Gegend im Haus. Nur da – eine Ratte?

Früher dachte sie immer, im Schrank wohne ein gefährliches Monster. Papa und Mama erklärten ihr, dass das Monster aus ihrer Phantasie stamme und dass man vor Phantasien keine Angst zu haben brauche. Selbst das Gruseligste, was die Phantasie einem zeigt, soll einem nur helfen.

Die Ratte, die sie gerade gesehen hat, stammt wahrscheinlich auch nur aus ihrer Phantasie. Schade, dass die Phantasie einem immer nur Dinge zeigt, auf die man auch gut verzichten kann. Wenn sie mal groß ist, will sie die Phantasien beherrschen, zähmen will sie sie wie ein Pferd.

Auf der rechten Seite des Platzes geht es in einen Park. Sie erinnert sich an eine Geschichte, die ihr mal jemand vorgelesen hat. In der Geschichte war auch ein Park vorgekommen. Sie weiß nicht, wie spät es ist, wie viel Nacht sie schon hinter sich hat und wann es wieder hell wird.

Lina geht durch den Eingang.

Früher hat Mama sie manchmal zu einem Sandkasten im Park mitgenommen. Lina mochte es nicht, durch den Sand zu rennen wie andere Kinder. Schrecklich fand sie es, mit Sand beworfen zu werden. Sie selbst hat das bei anderen auch nie gemacht. Jedenfalls nicht mehr in letzter Zeit. Früher vielleicht, als sie noch klein war und es nicht besser wusste.

Am liebsten spielte sie im Sandkasten mit ihren Förmchen. Sie machte Kuchen, als hätte sie eine Konditorei. Immer noch stellt sie sich vor, wenn sie mal groß ist, eine Konditorei zu eröffnen. Manchmal grub sie auch nur im Sand, um zu sehen, was sie finden würde. Da gab es vielerlei: Zweige, kleine tote Tiere, Plastikteile, Flaschenverschlüsse.

Bloß weil sie allein ist, darf sie jetzt nicht weinen. Das ist nicht tapfer. Nicht, dass sie bei der Haushälterin und der Señora hätte weinen dürfen, aber jetzt noch weniger als dort.

Im Park stehen Bänke. Sie mustert sie kritisch. Eine Bank ist ganz sauber. Kein Vogeldreck. Sie setzt sich darauf.

Niemand kommt zu ihr. Niemand sieht sie.

Der Park hat keine Beleuchtung. Nur etwas Licht von den Straßenlaternen und den Häusern am Platz. Man sieht etwas, aber nicht viel.

Ob die Dunkelheit wohl auch nur aus ihrer Phantasie stammt?

Nach ein paar Minuten legt sie sich hin. Den Eimer stellt sie neben ihren Kopf. Dann fällt ihr ein, dass das doch keine so gute Idee ist, sie nimmt ihn auf den Bauch und hält ihn am Henkel fest. Sie rekelt sich auf der Bank, wie im Bett.

Sie braucht nicht zu singen. Sie ist zu müde dazu.

Sie wird von Kinderstimmen geweckt. Jemand zieht sie am Ärmel. Sie ist mit einem Schlag wach und packt den Henkel des Eimers mit beiden Händen. Sie setzt sich auf.

Es ist schon hell, wenn auch nicht ganz. Wenn sie im Haus des Majors und seiner Frau aufwachte, war es immer schon heller.

Die Kinder rufen aufgeregt durcheinander. Es sind vier: drei Jungs und ein Mädchen. Sie haben langes Haar und sind dreckig.

Mama sagt immer: »Sauberkeit ist das Wichtigste im Leben.« Wer sauber ist, kann sich überall sehen lassen. Auch hat sie Mama mal sagen hören: »Die Revolution ist kein Grund, nicht zu duschen.«

»Wie heißt du?«, fragt das Mädchen.

Sie ist ungefähr so alt wie Lina, genauso groß jedenfalls, aber viel schmutziger.

Lina sitzt auf der Bank und hält noch immer mit beiden Händen den Henkel des Eimers fest. »Ich heiße Lina Siñani Huanca«, sagt sie laut und deutlich, wie sie es gelernt hat. Wenn man zu schnell spricht, können die Leute dich nicht verstehen und verhunzen deinen Namen.

»Und wo wohnst du?«, fragt einer der Jungs. Sein Pullover ist voller Flecken. Das ganze Ding ist mehr Fleck als Pullover.

Lina nennt den Namen ihrer Straße.

»Wo ist das?«, fragt das Mädchen.

»Hier in der Stadt«, sagt Lina.

»Und was machst du dann hier?«, fragt der Junge im schmutzigen Pullover.

Ein anderer Junge, der ein T-Shirt mit dem Aufdruck »16« trägt, fragt: »Was ist in dem Eimer?«

»Da drin sind meine Sachen«, sagt Lina. »Und ich mache hier nichts.«

Sie steht auf. Sie geht langsam Richtung Ausgang, sie hat Angst, dass die Kinder ihr ihre Sachen wegnehmen. Die Kinder folgen ihr, bilden um sie einen Kreis.

»Was hast du heute Nacht hier gemacht?«, fragt der Junge mit dem schmutzigen Pullover.

»Geschlafen«, sagt Lina.

»Hast du kein Zuhause?«

»Na klar«, sagt Lina. »Klar hab ich ein Zuhause.«

Sie zerren an ihrem Eimer, doch Lina lässt ihn nicht los.

»Und warum schläfst du dann nicht zu Hause, wenn du ein Zuhause hast?«

»Weil meine Eltern verreist sind«, sagt Lina. »Papa und Mama sind verreist.«

»Und warum haben sie dich nicht mitgenommen?«

Lina zuckt mit den Schultern. Man muss nicht auf alles antworten. Manche Fragen sind unverschämt, und unverschämte Fragen überhört man am besten.

Sie macht noch ein paar Schritte Richtung Ausgang, doch die Kinder folgen ihr wieder. Sie wollen mit ihr spielen, obwohl sie nicht in Stimmung dazu ist.

»Lasst mich durch«, sagt Lina. »Ich muss nach Hause.«

Sie lassen sie nicht. Sie versucht, sich zwischen den Kindern hindurchzudrängen. Die Tüte fällt aus dem Eimer.

Das Mädchen hebt sie auf. Sie riecht daran, schnüffelt daran wie ein Hund. Auch ihr Gesicht sieht ein bisschen so aus.

Sie wirft die Tüte dem Jungen im T-Shirt zu.

Lina ruft: »Gebt das zurück!« Sie hat Angst, doch jetzt kann sie nicht singen. Das geht nicht, nicht hier.

Die Tüte wird weitergeworfen. Es ist ein Spiel, die Kinder spielen geschickt, als übten sie es seit Jahren, als hätten sie ihr ganzes Leben nichts andres getan.

Lina befürchtet, dass die leckeren Sachen zerkrümeln.

Sie ruft: »Wenn ihr mir die Tüte zurückgebt, geb ich euch ein Stück von dem Kuchen!«

Das Mädchen hält die Tüte hoch, sie scheint zu überlegen. Mit einer Hand streicht sie über Linas kurzen Mantel. In der anderen baumelt die Tüte, hoch über ihrem Kopf.

»Du siehst komisch aus«, sagt das Mädchen.

Lina schüttelt den Kopf. Blitzschnell wie eine Katze reißt sie dem Mädchen die Tüte aus der Hand.

»Ich werd euch was von dem Kuchen abbrechen«, sagt sie.

Sie gibt sich viel älter als die anderen Kinder. Bei ihr wirkt es völlig natürlich. Papa sagt manchmal: »Lina, tu nicht so altklug.« Und Mama fügt oft hinzu: »Und nicht so etepetete.«

Lina setzt sich auf eine Bank, die Kinder folgen ihr. Der dritte Junge, der bisher geschwiegen hat, hinkt ein wenig. Seine Behinderung fasziniert sie. Auf der französischen Schule gab es einen Junge ohne Arm, das heißt, sein linker Arm war ein Stummel. Der Junge gefiel ihr, dass er nur einen Arm hatte, machte ihn für sie nur noch schöner. Manchmal dachte sie sogar, dass sie ein bisschen verliebt in ihn war.

»Woher hast du den Mantel?«, fragt das Mädchen. Sie streichelt weiter über den Ärmel, als wäre es ein Tier, ein Kaninchen.

»Den hab ich vom Major bekommen«, sagt Lina, während sie die Tüte aufmacht.

»Wer ist der Major?«, will der Junge mit dem schmutzigen Pullover wissen.

»Ein Freund«, sagt Lina.

»Was für ein Freund?« Der Junge stellt sich dicht vor sie hin.

»Ein Freund halt«, sagt sie, während sie den Kuchen aus dem Silberpapier wickelt.

»Und der hat dir diesen Mantel geschenkt?«, fragt das Mädchen, ohne das Kleidungsstück loszulassen.

Lina nickt. Sie zerteilt ein Stück Kuchen und gibt dem Mädchen und dem hinkenden Jungen je eine Hälfte. Das nächste Stück wird zwischen dem Jungen mit dem schmutzigen Pullover und dem mit der »16« auf dem T-Shirt geteilt.

Sie selber isst nichts. Sie hat zwar Appetit, aber sie wartet lieber ein bisschen. Wenn die Kinder weg sind, wird sie selbst etwas essen.

Die Kinder essen schnell. Ein kleines Stück Kuchen fällt auf den Boden, doch das wird aufgehoben und landet doch noch im Mund. Immer noch hält das Mädchen Linas Mantel fest.

»Darf ich ihn kurz anziehen?«, fragt sie.

»Nein«, sagt Lina entschieden.

Es sind noch anderthalb Scheiben übrig. Sie schließt sie sorgfältig wieder in Silberpapier ein.

Dann steht sie auf und klopft sich die Krümel vom Mantel. Jetzt kommt auch der hinkende Junge, der bisher geschwiegen hat, näher. »Schöner Mantel«, sagt er.

Lina nickt. »Ich muss weiter«, sagt sie. »Nach Hause.« Sie geht Richtung Parkausgang.

Die Kinder folgen ihr nicht. Sie sieht sie nicht mehr, hört nur ihre eigenen Schritte.

Lina geht langsamer. Bevor sie den Ausgang des Parks erreicht, hält sie an, dreht sich um. Die Kinder stehen immer noch bei der Bank. Sie schauen ihr hinterher.

Lina steht, doch die Kinder folgen ihr nicht. Sie winkt ihnen zu.

Das Mädchen winkt zurück.

Sie nimmt den Eimer von der einen Hand in die andere. »Wie muss ich gehen?«, ruft sie.

Die Kinder starren sie weiter an, reagieren nicht.

»Wie muss ich gehen?«, wiederholt Lina, jetzt etwas lauter. »In welche Richtung?«

Endlich kommen die Kinder in Bewegung. Sie gehen auf sie zu, das Mädchen und der Junge mit dem schmutzigen Pullover als Erste.

Lina wartet geduldig.

Das Mädchen fasst wieder nach ihrem Mantel und sagt: »Wenn ich den Mantel kurz anziehen darf, bringen wir dich nach Hause.«

Lina seufzt. »Na gut, aber nur ganz kurz«, sagt sie. »Danach muss ich ihn wiederhaben. Ich hab ihn von meinem Freund, dem Major, bekommen.« Sie stellt den Eimer zwischen ihre Beine und zieht sich den kurzen Mantel schnell aus.

Das Mädchen nimmt ihn entgegen und streichelt über das Futter. »Weich«, sagt sie. Dann zieht sie ihn an.

Der Mantel steht ihr nicht. Er sitzt komisch, er passt nicht zu ihr.

»Ist der Major reich?«, will das Mädchen wissen.

»Er hat ein eigenes Schwimmbad«, sagt Lina mit merkwürdigem Stolz, als gehöre das Schwimmbad ein wenig auch ihr.

Zum ersten Mal ist sie stolz darauf, den Major zu kennen. Auf der französischen Schule war ein Major nichts Besonderes. »Pff, Major«, sagte ein Junge, »mein Vater ist Oberst!« Hier ist der Major wer.

Sie wartet einen Moment, dann sagt sie: »Jetzt muss ich meinen Mantel aber wiederhaben!«

So wie sie das einige Male auf der französischen Schule gesehen hat, stellt sie sich hinter das Mädchen und hilft ihr beim Ausziehen.

»Jetzt bringt mich nach Hause«, sagt Lina. »Ihr habt's mir versprochen.«

»Das stimmt«, sagt der Junge mit dem schmutzigen Pullover, »aber erst müssen wir arbeiten. Wenn wir mit der Arbeit fertig sind, bringen wir dich nach Hause.«

Lina wüsste gern, warum sie arbeiten und ob sie nicht in die Schule müssen, aber sie schweigt, weil die Frage sie daran erinnert, dass sie heute eigentlich selbst in die Schule müsste. Der Schulbus wird vor dem Haus des Majors und seiner Frau halten, aber sie wird nicht kommen. Der Fahrer wird warten und hupen, dann wird die Haushälterin vor die Tür kommen und ihm etwas sagen. Lina hat keine Vorstellung, was, die Wahrheit wahrscheinlich: »Lina ist zu ihren Eltern zurück. Ihren richtigen Eltern, ihrem Papa und ihrer Mama. Sie wohnt nicht mehr hier.«

Zu fünft gehen sie die Straße entlang, Lina in der Mitte. Die Kinder wirken jetzt stolz auf sie, so wie sie zuvor auf den Major.

Einen Moment lang ist Lina völlig zufrieden, doch dann kommt sie wieder ins Grübeln. Sie würde die Kinder gern fragen: »Wo arbeitet ihr?« Und: »Wo wohnt ihr?«

Sie schweigt. Sie geht mit den Kindern, sie wird geführt. Vier Hirten und ein Stück Vieh.

An einer vielbefahrenen Straße mit einer Ampel, nicht weit von einer Brücke, verschwindet der Junge mit dem schmutzigen Pullover in einem Gebüsch. Die anderen Kinder warten, und Lina mit ihnen. Sie reden nicht mehr viel, Lina beginnt selten selbst ein Gespräch. In der französischen Schule sagte sie »Bonjour«, wenn sie hereinkam, und »Au revoir«, wenn sie wieder ging. Der Major hatte ihr oft genug eingeschärft: »Verrate dich nicht. Tu nichts, was uns verraten könnte.«

Der Junge kommt mit einem Eimer zurück. Kein Eimer wie der von Lina: ein großes abgewetztes Ding mit einem rostigen Henkel. Im Eimer liegen drei Bälle, ein Schwamm an einem Stiel, ein Abzieher und zwei Lappen.

Der hinkende Junge nimmt die Bälle. Er wirft sie nacheinander hoch in die Luft. Es gelingt ihm, alle drei oben zu behalten. Dann fängt er sie wieder auf. In der Linken hält er jetzt zwei, in der Rechten einen.

Er spuckt auf den Boden. »Ich bin Jongleur«, sagt er. Es klingt aggressiv, fast provozierend.

Der Junge mit dem schmutzigen Pullover bestätigt: »Ja, er ist unser Jongleur.«

»Bist du auch was?«, fragt der Jongleur Lina.

Lina schüttelt den Kopf. Sie sieht, wie der Junge mit dem schmutzigen Pullover zu einem Hotdog-Stand an der Brücke geht. In der Hand trägt er den alten Eimer.

»Du bist also nichts?«, stellt der Jongleur fest. Er scheint enttäuscht, er hatte etwas anderes erwartet, das sieht man. »Überhaupt nichts?«

Der Junge macht zwei Schritte auf Lina zu. Es ist, als hinke er jetzt mehr als zuvor. Er stößt Lina an. Er ist einen halben Kopf kleiner als sie.

»Du musst auch schnell was werden«, sagt er. »Sonst überlebst du nicht.«

Der Junge mit dem schmutzigen Pullover kommt von der Brücke zurück. Er hat Wasser im Eimer.

Als er vor Lina steht, grinst er. Zwei Vorderzähne fehlen. »Setz dich so lange«, sagt er. »Dann siehst du, was wir machen.«

Lina nimmt im Schneidersitz auf dem Bürgersteig Platz. Es ist zu gefährlich, auf dem Bordstein zu sitzen, die Autos fahren manchmal ganz dicht vorbei.

Auf dem Schoß hat Lina ihren eigenen Eimer, und sie schaut zu. Als die Ampel auf Rot springt, stellt der hinkende Junge sich vor die Autos und beginnt zu jonglieren. Er jongliert nicht lange, aber gut. Dann geht er zu den Autos und klopft an die Scheiben. Meistens bleiben sie zu oder werden geschlossen, kurz bevor er dagegenklopft. Rasend schnell schließen die Fahrer den Wagen, wenn sich der hinkende Junge ihrem Auto nähert, doch manchmal wird auch etwas nach draußen geworfen. Eine Münze, und nicht nur das. Ab und zu kommt auch Essen.

Der Junge zeigt Lina, was er verdient hat: ein Stück Brot, einen Kaugummi, ein Bonbon, einen angenagten Hähnchenschenkel.

Die anderen Kinder wischen die Scheiben der Autos. Sie wischen die Scheiben auch dann, wenn der Fahrer ihnen Zeichen macht, dass er keinen Wert darauf legt. Manchmal kommen die Kinder nicht überall ran, dann bleibt ein Stück Fenster schmutzig.

Es gibt auch Fahrer, die ihren Scheibenwischer anstellen, um zu verhindern, dass ihre Scheibe geputzt wird. Aber die

Kinder geben nicht auf, sie machen weiter, auch wenn die Leute ihre Dienste nicht wollen. Sie geben sich mit einem Nein nicht zufrieden.

Papa hat einmal gesagt: »Es gibt verschiedene Arten von Ja.«

Hier ist alles Nein, sieht Lina. Doch wenn man beharrlich nachfragt, bringt auch ein Nein Geld.

Immer wieder unterbricht das grüne Licht ihre Arbeit. Dann rennen sie auf die Seite und warten neben Lina auf das nächste Rot. Der Jongleur hinkt hinter ihnen her. Er arbeitet für sich. Manchmal lässt er einen Schrei los, bevor er die Bälle in die Luft wirft, einen Schrei, der Lina Angst macht.

Erst im letzten Moment, wenn die Ampel für die Fahrer schon wieder auf Grün steht, hinkt er zur Seite. Als wollte er sie herausfordern, ihn anzufahren.

Um die Mittagszeit machen sie Pause. Die Ampel springt für die Autos auf Rot, doch die Kinder schwingen nicht Lappen und Schwamm, der Jongleur lässt keinen Schrei los und wirft auch seine Bälle nicht in die Luft.

Sie sitzen neben Lina. Hier gibt es kaum Fußgänger, nur Autos und ein paar Mopeds. Manchmal ein offener Lastwagen mit Soldaten darin oder ein Jeep. Manche Autofahrer halten auf der Brücke und kaufen am Kiosk Hotdogs und Wasser oder eine Zeitung.

Das Wasser im Eimer der Kinder ist braun. Lina wirft einen Blick hinein, sie findet es eklig. Es macht ihr eine Gänsehaut.

»Wir sind die Fensterputzer«, sagt der Junge im schmutzigen Pullover. »Und er ist Jongleur, aber wer bist du?«

Lina schüttelt den Kopf. »Ich hab doch gesagt, wer ich bin«, antwortet sie. »Ich bin Lina Siñani Huanca.« Sie spielt mit dem Henkel ihres Eimers. »Ihr wolltet mich nach Hause bringen. Ich werde erwartet.«

»Wir bringen dich auch nach Hause«, sagt das Mädchen. »Aber wir müssen noch arbeiten. Wir sind noch nicht fertig.«

Lina nickt verständnisvoll.

Von einem Autofahrer hat der Jongleur einen Lolly bekommen. Er zeigt ihn Lina. »Du kannst ihn haben«, sagt er. »Ich hab noch viele Lollys zu Hause.«

»Wo wohnst du denn?«

»Dahinten, ein ganzes Stück weiter«, sagt der hinkende Junge.

»Und wo hast du jonglieren gelernt?«

»Das hab ich mir selbst beigebracht.«

»Ich habe Talent. Du musst auch ein Talent an dir finden. Weißt du schon, was dein Talent ist?«

Lina schüttelt den Kopf. Sie nimmt den Lolly und legt ihn in ihren Eimer.

Das Mädchen ist zum Kiosk auf der Brücke gegangen. Sie kommt mit Hotdogs und Wasser zurück. Die Hotdogs sind scharf. Lina ist froh, dass sie nur ein halbes Würstchen bekommt, sie mag keine scharfen Sachen.

Als alles aufgegessen ist, gehen die Kinder zurück an die Arbeit.

Lina bleibt sitzen, wo sie schon den ganzen Morgen gesessen hat. Kurz sehnt sie sich nach dem Haus vom Major und seiner Frau, wo die Haushälterin neben dem Radio in der Küche sitzt. Lange hängt sie dieser Sehnsucht nicht nach, sie muss endlich das Haus ihrer Eltern finden – wie lange warten die nicht schon auf sie?

Der Jongleur kommt zu ihr. Er schweigt und lässt ein Rotlicht aus, und noch eins. Dann fragt er: »Möchtest du auch jonglieren lernen?«

Lina schüttelt den Kopf.

»Bist du sicher? Vielleicht hast du Talent.«

»Das lerne ich nie«, antwortet Lina.

Er schaut sie einen Moment stirnrunzelnd an und macht sich dann wieder an seine Arbeit.

Lina wundert sich, dass er nicht müde wird, dass es ihn nicht entmutigt, wenn – wie so oft – die Fenster sich schließen und nichts auf die Straße geworfen wird, nicht einmal ein Bonbon.

Am Spätnachmittag steigt der Junge mit dem schmutzigen Pullover in ein Auto. Kurz redet er mit dem Fahrer. Das passiert öfter, manchmal reden die Fahrer mit den Kindern, bevor sie ihnen etwas in die Hand drücken. Diesmal jedoch steigt der Junge ein. Seinen Lappen gibt er dem Mädchen.

Das Auto fährt davon, und mit ihm der Junge.

Die anderen Kinder reagieren nicht. Sie machen mit ihrer Arbeit weiter, als sei nichts geschehen.

Wenn die Ampel auf Rot springt, stürzt der Jongleur nach vorn, stößt seinen Schrei aus und wirft die Bälle in die Luft. Manchmal schaut er dabei, als wolle er sich vor das nächstbeste Auto werfen.

Er kommt zum Bordstein zurück, geht zu Lina, sperrt seinen Mund auf und ruft: »Aaaah!«

Der Junge grinst. »Das ist mein Jongleurgesicht«, sagt er.

7

Sie gehen durch die Stadt. Manchmal glaubt Lina, etwas wiederzuerkennen, ein Geschäft, eine Kreuzung, ein Reklameschild, doch meist stellt sich heraus, dass sie sich geirrt hat. Und selbst wenn sie wirklich etwas wiedererkennt, nutzt es ihr wenig. Sie weiß dann, dass sie irgendwann einmal dort war, vor langer Zeit, aber nicht, wie sie von da weiter nach Hause kommt.

»Wo ist der Junge mit dem schmutzigen Pullover?«, fragt Lina, als sie an einer Ampel stehen bleiben.

»Welcher Junge?«, fragt das Mädchen. Ihre Stimme klingt kühl.

Lina kann nicht glauben, dass das Mädchen nicht weiß, von welchem Jungen sie spricht. Wie viele Jungen mit schmutzigem Pullover haben mit ihnen an der Straße gestanden? »Der Junge, der eben noch bei euch war.«

»Ach, der«, sagt das Mädchen. »Der kommt schon wieder.«

In der Nähe des Busbahnhofs holt Lina vier Kekse aus ihrem Eimer und teilt sie mit den anderen. »Jetzt sind wir bald da«, sagt sie. »Hier in der Nähe hab ich gewohnt.« Doch sie ist sich nicht sicher, sie hat keine Ahnung, wie nah oder fern das Haus ihrer Eltern noch ist.

Lina wagt nicht, Passanten nach dem Weg zu fragen, das Mädchen schon. Sie fasst Erwachsene an der Hand oder zieht sie am Hosenbein. Sie zwingt sie routiniert, stehen zu bleiben, bevor sie ihre Frage stellt. Manchmal reißt ein Erwachsener sich los oder schlägt ihr auf den Kopf, aber das entmutigt sie nicht.

»Du hast keine Angst«, sagt Lina zu dem Mädchen. Sie versucht, sich ihre eigene Angst nicht anmerken zu lassen.

Das Mädchen verzieht das Gesicht, gibt vor, Lina nicht zu verstehen. »Gib mir lieber noch was Süßes«, sagt sie.

Aus dem Silberpapier holt Lina den letzten Keks. »Bitte schön«, sagt sie und fügt hinzu: »Sie sind von der Haushälterin, selbstgebacken.« Dabei merkt sie erstaunt, dass die Erinnerung sie traurig macht. Tieftraurig, als fehle die Haushälterin ihr entsetzlich. Dabei: Was ist die Haushälterin jetzt noch für sie? Was hat sie mit ihr zu tun? Sie geht endlich nach Hause. Dass die Haushälterin weg ist, ist kein Grund, traurig zu sein.

Und doch ist sie da, diese Traurigkeit, so stark, dass sie sich beherrschen muss, nicht laut loszuheulen.

Sie hat auch Papa schon weinen sehen, aber niemals lange.

Lina nimmt sich vor, so fröhlich wie möglich zu sein, so fröhlich, dass niemand ihr etwas anmerkt. So gut gelaunt, dass ihre Eltern stolz auf sie wären und der Major auch. Niemand soll ihr etwas anmerken.

Es dämmert schon, als sie Linas Viertel erreichen. »Jetzt weiß ich's wieder« sagt sie. »Ab hier find ich's allein.« Sie würde am liebsten »Da bin ich!« rufen, in der Hoffnung, dass ihr Vater und ihre Mutter sie hören. Doch sie beherrscht sich. Sie weiß, dass ihre Eltern sie gar nicht hören könnten, selbst wenn sie zu Hause wären und auf sie warteten.

»Okay«, sagt das Mädchen. »Dann bis zum nächsten Mal.«

Das Mädchen will gehen, zusammen mit den anderen, doch Lina macht ihr ein Zeichen zu warten. Sie durchsucht ihren Eimer nach etwas, das sie ihnen mitgeben könnte, vielleicht ein paar Kekse. Die Kinder sind arm.

Doch die Kekse sind alle.

So steht sie da und sucht in ihrem Eimer nach etwas, das nicht mehr da ist. Sie weiß es, und doch sucht sie weiter, bis der Jongleur sagt: »Wir kommen mit. Wo wir doch schon mal hier sind.«

»Wir wollen dein Haus sehen«, sagt das Mädchen.

Der andere Junge sagt nichts. Er ist nur dabei. Still, den Kopf nach unten geneigt, als suche er etwas auf dem Boden.

Die Kinder gehen mit Lina, doch jetzt geht sie nicht mehr in ihrer Mitte, wie ein verirrtes Stück Vieh, das zur Herde zurückgebracht werden muss. Sie geht voran.

Ab dem Moment, als sie ihr Haus sehen kann, geht sie schneller. Sie würde am liebsten rennen, traut sich aber nicht.

»Da ist es«, sagt sie. »Unser Haus.« Sie zeigt darauf.

Lina fragt sich, ob ihre Eltern daheim sind und wie sie wohl reagieren, wenn sie sie sehen. Ob sie sich wundern werden? Und was soll sie sagen?

Vor dem Haus bleibt sie stehen. »Hier ist es«, sagt sie. »Hier wohne ich mit meinem Papa und meiner Mama.«

»Und wo sind deine Brüder und Schwestern?«, fragt der hinkende Junge, während er das Haus mustert.

»Ich habe keine«, antwortet Lina. »Meine Mama sagt, dass vielleicht noch ein Brüderchen oder ein Schwesterchen kommt, wenn wir Papa überzeugen können.«

Sie schämt sich, dass sie das einfach so ausplaudert, und nimmt sich vor, die Familiengeheimnisse in Zukunft besser zu bewahren.

Immer noch stehen sie auf der Straße. Keiner rührt sich.

Ob ihre Eltern im Haus sind? Und wenn sie das sind, müssten sie sie dann nicht schon hören? Meist schließen ihre Eltern die Haustür nicht ab. Jeder kann von draußen hereinkommen. Manchmal vergisst ihre Mutter sogar, die Tür vor der Nacht abzuschließen.

Auch jetzt ist die Haustür nicht zu. Sie drückt dagegen, und die Tür geht auf. Ein gutes Zeichen.

Drinnen ist nicht viel Licht. Sie muss sich an das Halbdunkel gewöhnen.

Am Tisch sitzt eine fremde Familie und isst. Lina kennt sie nicht. Sie hat die Leute noch niemals gesehen. Einen Moment denkt sie, dass sie sich geirrt hat, vor Aufregung ins falsche Haus gelaufen ist, doch sie erkennt den Tisch und den Schrank, die Lampe und auch die Stühle.

Alles stimmt. Bis auf die Leute.

Am Kopf des Tisches sitzt ein Mann im weißen Hemd. Ein weißes Trägerunterhemd. Er trägt einen Kinnbart und hat Haare auf der Brust, die unter dem Hemd hervorquellen. Er schaut Lina an.

Sie schaut zurück.

Die Gabel in der Hand, fragt er: »Was gibt's?«

Lina sagt nichts. Sie starrt weiter ins Haus. Ihr Zuhause. Viel hat sich nicht verändert, selbst die meisten Bücher im Regal stehen noch da.

Jetzt steht der Mann auf. Auch die anderen am Tisch schauen zu Lina.

Die Frau, die dem Mann gegenübersitzt, fragt: »Wer ist das?«

Der Mann geht auf Lina zu. Er trägt eine graue Hose und braune Schuhe, nur ohne Socken. »Was willst du?«, fragt er.

Er hat viele Haare, nicht nur auf der Brust, auch auf den Armen und Schultern. Außerdem spricht er mit vollem Mund, er kaut auf etwas.

Lina schaut immer noch nach drinnen, auf die Möbel, die breite Leiter, die Tür zu ihrem Zimmer. »Hier wohne ich«, sagt Lina.

Der Mann schüttelt den Kopf. »Hier wohnen wir«, sagt er. Freundlich klingt es nicht, eher abweisend.

Am Tisch sitzen außer der Frau zwei kleine Kinder, eines ganz klein. Sie sehen Lina neugierig an, als warteten sie auf einen Zaubertrick, darauf, dass die Vorstellung endlich beginnt.

Auch den Topf auf dem Tisch erkennt Lina. Es ist Mamas Topf. »Hier wohne ich«, wiederholt sie.

Der Mann schüttelt den Kopf. »Hier wohnen wir jetzt«, sagt er. »Du wohnst hier nicht.«

Lina zeigt auf den Tisch. »Der Topf da gehört meiner Mama«, sagt sie.

Die Frau am Tisch schaut sie eindringlich an. »Gib ihr ein Stück Brot«, sagt sie.

Der Mann geht zum Tisch. Er nimmt etwas Brot. Lina folgt seinen Bewegungen. Selbst den Brotkorb erkennt sie. Aber das Brot ist anders. Der Mann drückt es ihr in die Hand. Das Brot ist hart. »Und jetzt verschwinde«, sagt er.

Lina schüttelt den Kopf. Der Mann will die Tür schließen.

»Hier wohne ich!«, ruft sie. »Das ist unser Tisch. Das ist Mamas Topf!«

Der Mann fasst den Türgriff. Er schiebt die Tür langsam zu. »Wir mieten möbliert!«, ruft er. »Das gehört alles uns!«

Er schaut die Kinder an, die hinter Lina auf der Straße stehen. »Kommt ihr alle um Brot betteln?«, fragt er.

Die Tür ist immer noch nicht zu, denn Lina steht in der Öffnung.

»Jetzt aber raus, du!«, ruft der Mann. »Dreckiges Bettelkind.«

Lina holt tief Luft, als wollte sie wieder singen, doch sie sagt nur so ruhig wie möglich: »Ich bin Lina Siñani Huanca.«

Sie dreht sich zu ihren Freunden um. Der Jongleur holt seine Bälle hervor und wirft sie in die Luft, doch Lina beachtet ihn nicht.

Die Frau ist jetzt auch aufgestanden, sie stellt sich neben den Mann. Sie trägt ein Kleid, ihr ist sichtlich warm, ihr Körper ist feucht vor Schweiß. »Was wollen sie?«, fragt sie ihren Mann.

»Nichts«, antwortet er.

Lina muss höflich bleiben. Das ist das Wichtigste. »Señor, wo sind mein Papa und meine Mama?«, fragt sie.

Für einen Moment schaut der Mann sie nachdenklich an. Ihm scheint etwas einzufallen. Sein Gesichtsausdruck ändert sich. Er nimmt eine Münze aus der Hosentasche, drückt sie ihr in die Hand und sagt: »Jetzt hau aber ab!«

Am Tisch beginnt das Baby zu weinen.

Lina weiß, sie muss höflich bleiben. Wenn sie freundlich weiterfragt, werden die Leute ihr bestimmt sagen, wo Papa und Mama sind. Vielleicht haben ihre Eltern das Haus ja vermietet. Vielleicht sind sie umgezogen, seit Lina nicht mehr da ist.

»Ich wohne hier, Señor«, wiederholt Lina. »Zusammen mit meinen Eltern. Wissen Sie, wo mein Papa und meine Mama sind?«

Die Frau ist dick, sie sieht Lina an, und ab und zu wischt sie sich mit dem Handrücken über die Stirn. Doch der Schweiß geht davon nicht weg.

Lina macht einen Schritt ins Haus. Der Mann und die Frau stellen sich ihr nicht in den Weg. Sie zeigt auf die Tür zu ihrem Zimmer. »Da sind meine Sachen, Señor«, sagt sie. »Da drin.«

Sie würde am liebsten schreien, kreischen, sich auf den Boden werfen. Heulen, wie früher, bis jemand sie aufhob und tröstete, obwohl sie eigentlich schon zu groß dafür war.

»Hier wohnen wir jetzt«, wiederholt der behaarte Mann. Er klingt etwas freundlicher.

Lina geht in ihr Zimmer, das harte Stück Brot und die Münze fest in der Hand. »Das ist mein Bett«, sagt sie.

Die Frau folgt ihr. Sie packt Lina bei den Schultern. »Mach, dass du fortkommst«, ruft die Frau, »aus meinem Haus!«

Lina wehrt sich. Sie will sich von der Frau nicht aus ihrem Zimmer vertreiben lassen.

Die Frau zieht Lina am Haar und schreit ihren Mann an: »Tu endlich was! Steh hier nicht rum wie ein Ölgötze!«

Das zweite Kind beginnt jetzt auch zu weinen.

Auch Lina weint inzwischen. Die Frau hat Linas Haar losgelassen. Lina steht heulend am Tisch mit zwei heulenden Kindern, während auf dem Tisch immer noch der Topf ihrer Mama steht.

Der Mann im weißen Unterhemd schaut zu seiner Frau, dann zu Lina, dann wieder zu seiner Frau.

»Tu was, du Schlappschwanz!«, ruft die Frau. »Oder soll ich sie selbst aus dem Haus werfen?«

Vor der Tür wirft der Jongleur immer noch seine Bälle. Er macht sein Jongleurgesicht.

Lina sammelt sich. Sie schafft es, wieder ruhiger zu werden.

Der Mann steht immer noch an der Tür.

»Señor«, sagt sie, »bitte!« Sie nimmt seine Hand. »Wo sind mein Papa und meine Mama?«

Der Mann reißt sich los.

Die Frau versucht, ihre Kinder zu beruhigen. »Wirf sie raus!«, ruft sie, während sie dem Jüngsten die Brust gibt.

»Hier sind sie nicht!«, sagt der Mann. »Such sie woanders. Wir haben sie nicht gesehen. Wir kennen deinen Papa und deine Mama nicht. Sie tauchen schon wieder auf.«

Lina will nach oben ins Elternschlafzimmer, doch der Mann ist schneller und stellt sich vor die Leiter. Er streckt die Arme aus wie ein Verkehrspolizist. »Was willst du?«, ruft er. »Hast du mich nicht verstanden? Hast du mich nicht gehört? Was willst du?«

Da fällt Lina ein, was sie ab und zu auf der Straße gesehen hat und was dort immer großen Eindruck auf sie machte. Sie ergreift die Hand des Mannes. Er reißt sich nicht sofort los. Sie kniet vor ihm, vielleicht hilft das. Man weiß nie. »Bitte, Señor!«, ruft sie. »Mein Papa und meine Mama!«

Der Mann legt die andere Hand auf ihren Kopf. Er schweigt, krault ihr durchs Haar wie einem jungen Kätzchen.

»Mein Papa und meine Mama«, ruft sie noch einmal. »Bitte, Señor. Wo sind sie?«

Sie schmiegt ihren Kopf an sein Bein. Sie schaut nach oben, auf sein Gesicht, er steht regungslos da, nachdenklich, wie es scheint.

In dem Moment beginnt die Frau zu kreischen.

»Was machst du da mit dem Luder?«, schreit sie. »Ist es schon so weit? Gehst du nicht nur selbst zu den Huren, holst du sie dir jetzt auch nach Hause? Hast du gar keinen Respekt vor deiner Frau und den Kindern? Ist dir schon völlig egal, was die Nachbarn denken? Wirf sie aus dem Haus, bevor ich der kleinen Hure eigenhändig die Knochen breche!«

»Das ist keine Hure!«, schreit der Mann. »Du Drecksweib, das ist keine Hure.«

Er nimmt die Hand von Linas Kopf und bückt sich. Er hält seinen Kopf ganz nah vor ihr Gesicht.

»Bist du eine Hure?«, fragt er. »Sei ehrlich. Du darfst mich nicht anlügen. Du musst es ganz ehrlich sagen. Wenn's so ist, ist es nicht schlimm, aber du darfst nicht lügen. Bist du eine Hure?«

Lina schüttelt den Kopf. »Nein, Señor«, sagt sie. »Ich bin keine Hure.«

Der Mann steht auf. »Hast du gehört?«, brüllt er. »Hast du gehört? Sie ist keine Hure!«

»Was ist sie denn dann?«, schreit die Frau. Das Baby an ihrer Brust hat wieder angefangen zu heulen, sie drückt seinen Mund fester auf ihre Brustwarze.

Der Mann bückt sich wieder. »Nun sag schon, was bist du dann?« Er kitzelt Lina mit dem Zeigefinger unter dem Kinn.

Bevor sie antworten kann, ruft die Frau: »Ich glaub ihr kein Wort! Du machst aus jeder Frau eine Hure. Wirf sie aus dem Haus. Ich will, dass die kleine Hexe verschwindet.«

»Ich suche meinen Papa und meine Mama«, sagt Lina.

»Aber hier sind sie nicht«, sagt der Mann, während er Lina weiter das Kinn krault. »Siehst du sie irgendwo? Hier sind sie nicht. Such sie irgendwo anders. Wir haben selbst Probleme genug. Hier sind sie nicht.« Er flüstert ihr was ins Ohr. Lina spürt seinen Bart auf ihrer Haut. Sie schaudert. »Vielleicht hast du mal hier gewohnt«, flüstert er. »Vor langer Zeit. Aber jetzt wohnen wir hier. Es gibt ein Amt für Bürgerumsiedlung. Da musst du hin. Du bist ein großes Mädchen. Geh dorthin, und sag, dass du eine Wohnung brauchst. Das haben wir auch gemacht, als wir unsere alte verloren hatten, mit allen Möbeln. Mit allem, was wir hatten.«

Die Frau kommt aus der Küche gelaufen. Sie hat das Baby immer noch auf dem Arm und schwingt ein Geschirrtuch, mit dem sie um sich schlägt. »Jetzt aber raus!«, ruft sie und versucht, sowohl ihren Mann als auch Lina mit dem Geschirrtuch zu treffen.

Der Mann im Unterhemd scheint ratlos. Er steht einfach da, als gehe ihn alles nichts an. Selbst die Schläge mit dem Geschirrtuch scheint er nicht zu spüren.

»Einen schönen Eimer hast du da«, sagt er zu Lina, nachdem er seine Frau einige Sekunden lang angestarrt hat, die immer noch mit dem Geschirrtuch um sich schlägt. »Was für ein schöner Eimer!«

Der Jongleur kommt ins Haus und wirft dabei seine Bälle hoch, doch als er einmal im großen Zimmer steht, hört er auf. Die Decke ist zu niedrig.

Er schaut sich um.

Die Frau versucht, auch ihn mit dem Geschirrtuch zu treffen.

»Ruf die Polizei!«, schreit sie. »Ruf die Armee! Die wissen, was sie mit solchen Kindern machen müssen.«

Jetzt kommt der Mann in Bewegung. Behutsam nimmt er Lina bei den Schultern. Er schiebt sie Richtung Haustür. »Jetzt musst du wirklich gehen«, sagt er. »Wir haben hier schon genug Probleme.«

Lina klammert sich an ihren Eimer. Der Mann stellt sie vor die Tür wie einen Müllbeutel. Sie schaut ihn an, so, wie sie den Major ansah, als sie ihm zum ersten Mal begegnete und noch nicht wusste, dass er der Major war.

Sie steht auf der Straße, wie zuvor, als sie noch hoffte, dass sie hier ihre Eltern finden würde.

Der Mann beugt sich zu Lina hinunter. »Jeder verliert was in diesem Krieg«, sagt er verschwörerisch. »Aber du bist noch jung. Was du verlierst, kriegst du schon wieder. Was wir verloren haben, bekommen wie nie mehr zurück. Wir müssen mit den Verlusten leben. Geh zum Amt für Bürgerumsiedlung, wie wir. Da helfen sie dir. Da gibt es auch Leute, die sich um Huren kümmern, du bist zwar keine, aber du kannst eine werden. Denk drüber nach. Lass dir Zeit. Als Hure hast du immer zu tun, und solange du jung und frisch bist, gibt es überall Kunden.« Er streichelt ihr über den Kopf.

Auch der Jongleur ist jetzt aus dem Haus gekommen.

Die Frau hat endlich aufgehört, mit dem Geschirrtuch um sich zu schlagen. Mit dem Kind auf dem Arm ruft sie ihrem Mann zu: »Geh doch wieder zu deinen Flittchen, wenn du es hier nicht aushältst! Geh doch hin! Geh doch zu ihnen! Jeder weiß es. Alle reden davon.«

Der Mann schaut Lina kurz an. »Was du auch immer verloren hast«, sagt er, »du hast dein Leben noch vor dir.«

Dann geht er ins Haus.

Die Tür wird geschlossen, der Schlüssel herumgedreht.

Drinnen geht das Geschrei weiter.

Lina setzt sich, sie bricht in Tränen aus, hemmungslos, sie sitzt vor ihrem eigenen Haus und weint, während das Mädchen und der Junge mit der »16« auf dem T-Shirt sich neben sie setzen.

Nur der Jongleur steht immer noch da und stößt seinen Schrei aus. Niemand achtet auf ihn. Er hat wieder angefangen zu jonglieren, sieht Lina aus den Augenwinkeln. Er jongliert auch ohne Publikum.

»Ich wohne hier«, sagt Lina, die Augen noch feucht, doch sie versucht, tapfer zu sein. »Das ist mein Haus«, sagt sie noch einmal.

»Nicht mehr«, sagt das Mädchen.

»Es ist mein Haus«, beharrt Lina. Sie hat das Gefühl, dass, wenn sie es oft genug sagt, es auch wieder wahr wird.

»Nicht mehr«, sagt das Mädchen noch einmal.

Lina wischt sich die Nase. »Ich soll zum Amt für Bürgerumsiedlung«, sagt sie.

»Ich kenne das Amt nicht«, erwidert das Mädchen. »Aber ich würde zu überhaupt keinem Amt gehen.« Sie steht auf.

»Aber ich muss doch da hin«, beharrt Lina. Sie will wieder weinen, aber sie weiß, dass, selbst wenn sie sich auf den Boden wirft, niemand sie hochheben wird.

»Ich würde nicht dahin gehen«, sagt das Mädchen und

macht sich auf Richtung Busbahnhof. Der hinkende Junge und der mit dem T-Shirt folgen ihr. Der Jongleur dreht sich nach Lina um und macht sein Jongleurgesicht.

»Wohin geht ihr?«, fragt sie.

Keiner antwortet.

»Wohin geht ihr?«, fragt sie noch einmal.

»Wir gehen nach Hause!«, ruft das Mädchen, ohne sich umzudrehen.

Lina rennt den Kindern hinterher. »Nicht so schnell!« Sie gibt sich Mühe, mit den Kindern Schritt zu halten.

»Du kannst heute Nacht bei uns schlafen«, sagt das Mädchen, wieder, ohne Lina anzusehen.

»Und wo wohnt ihr?«, fragt Lina.

»Am Stadtrand.«

Der Jongleur lässt sich ein paar Schritte zurückfallen und geht neben Lina. Er schaut sie an, doch sie ignoriert seinen Blick. Er hinkt weiter neben ihr. Dann fragt sie: »Wo sind deine Eltern?«

Der Junge sagt: »Weg.« Er nimmt Lina am Arm und fügt hinzu: »Das ist auch besser so. Sie waren böse.«

»Warum waren sie böse?«, fragt Lina, während der Junge immer noch ihren Arm festhält.

»Weil ich nicht genug nach Hause brachte«, sagt der Jongleur.

Ein Jeep mit Soldaten fährt vorbei. Lina schaut dem Jeep hinterher, als erwarte sie, den Major darin sitzen zu sehen, als hoffe sie heimlich, dass jemand sie sucht. Doch der Major sitzt nicht in dem Jeep.

»Was hast du nicht genug nach Hause gebracht?«, fragt sie, als der Jeep verschwunden ist.

Vor ihnen gehen das Mädchen und der Junge mit der »16« auf dem T-Shirt.

»Geld«, sagt der Jongleur. »Da hat mein Vater mir das Bein gebrochen, weil: Kinder mit gebrochenen Armen und Beinen verdienen mehr Geld. Und eine Weile funktionierte das auch. Das gebrochene Bein machte Eindruck. Aber nach einer Weile hatten die Leute das Bein über und gaben fast nichts mehr. Da hat mein Vater gesagt: ›Jetzt brech ich dir auch das andere Bein.‹ Da hab ich nicht drauf gewartet und bin abgehauen.«

Er zeigt auf den Jungen und das Mädchen, die vor ihnen gehen. »Schau«, sagt er flüsternd. »Sie waschen Autos. Das hat keine Zukunft. Ich jongliere. Das ist was anderes. Du musst dir auch einen Beruf mit Zukunft suchen. Ich hab entdeckt, dass ich ein Talent habe. Vielleicht hast du auch eins.«

Lina nickt. »Ja, vielleicht«, antwortet sie.

Am Stadtrand, neben der großen Straße, die in die Berge führt, sieht Lina ein Feld mit lauter kleinen Lichtern. Es brennen Fackeln, und zwischen den Fackeln herrscht geschäftiges Treiben. Von der erhöhten Stelle aus, wo Lina mit den Kindern steht, wirken die Leute auf dem Feld wie Insekten.

»Da wohnen wir«, sagt das Mädchen.

Das Feld ist eine Art Lager. Es gibt Zelte, aber nicht nur. Manche Leute sitzen auf einer Decke, andere haben Stühle auf einen Teppich gestellt. Es gibt Leute mit Koffern, andere mit kleinen Karren. Wieder andere haben nur eine Plastiktüte. Manche sitzen, die meisten gehen herum. Alte und Junge, Familien und Alleinstehende. Selbst einige Rollstuhlfahrer sieht Lina.

Im Lager herrscht viel Betrieb, mehr sogar, als man von oben sehen konnte. Manche kochen. Es wird Karten gespielt. Die Kinder schlüpfen durch die Menge. Lina hat Mühe, ihnen zu folgen. Leute stoßen zusammen. Manchmal absichtlich, hat sie den Eindruck. Jemand fasst sie an der Schulter. Die Kinder sind schnell, sie sind vorbeigelaufen, bevor jemand sie festhalten kann.

»Wartet auf mich!«, ruft Lina den Kindern hinterher. Sie hat Angst. Nur der Jongleur geht etwas langsamer. Wegen seinem Bein, denkt Lina. Sie darf ihn nicht aus den Augen verlieren.

Sie kommen an einem Feuer vorbei. Der Duft von Fleisch steigt Lina in die Nase. Er erinnert sie daran, dass sie großen Hunger hat.

Der Jongleur fasst sie am Arm. »Komm mit«, sagt er und zieht sie hinter sich her wie einen unwilligen Esel.

Ihr Eimer fällt hin.

»Mein Eimer!«, ruft Lina. Sie wirft sich auf den Boden. Die Erde ist feucht und glitschig. Dass ihr Mantel dreckig wird, macht nichts, sie hat Angst, dass Leute auf den Eimer treten. Das wäre viel schlimmer.

Sie hebt den Eimer auf und rennt dem Jongleur hinterher. Zwischen Erwachsenen und Kindern rennt sie hindurch und auch zwischen Tieren. Es gibt Hunde und Esel, sie sieht Ziegen. Alles und jedes ist hier versammelt.

An einer dunklen Stelle bleiben die Kinder stehen.

»Hier wohnen wir«, sagt das Mädchen.

Lina blickt sich um, aber sie sieht nichts. Nur ein Stück Stoff auf dem Boden.

Die Kinder setzen sich auf das Tuch.

»Wo wohnt ihr?«, fragt Lina.

Neben den Kindern sitzen zwei Erwachsene auf einem Feldbett, ein Mann und eine Frau. Sie essen aus einem Topf, doch was sie essen, kann Lina nicht sehen. Sie schauen nirgendwohin, nur in den Topf.

»Hier«, sagt das Mädchen. Sie zeigt auf das Tuch. Sie lacht.

Dann setzt sich auch Lina. Sie zieht die Beine an, dazwischen stellt sie den Eimer. Sie verteilt die letzten anderthalb Stück Kuchen.

Die Kinder essen. Lina isst langsam, und währenddessen mustert sie die Vorbeigehenden. Sie denkt an ihr Haus. Ob ihre Eltern wohl wissen, dass andere Leute jetzt darin wohnen?

Ein Hund legt sich zu ihnen. Der Jongleur sucht auf dem Boden, findet einen kleinen Stein und wirft ihn nach ihm. Der Hund läuft weg.

»Unsere Wohnung ist zu klein für einen Hund«, sagt der Jongleur.

Die Kinder lachen, doch Lina schweigt. Mit der Hand befühlt sie den Stoff. Der Stoff ist feucht.

»Wo ist die Toilette?«, fragt Lina.

Das Mädchen zeigt hinter sich. »Da, auf dem Feld«, sagt sie. »Aber wenn es dunkel ist, darfst du nicht zu weit gehen. Das ist gefährlich. Mach dann lieber hier hinten.«

Lina bleibt sitzen.

»Ich werd was zu essen besorgen«, sagt der Jongleur.

Er löst seinen Gürtel und holt aus dem Hosenbund Zigaretten. Er sieht, wie Lina ihn anstarrt.

»Rauchst du?«, fragt Lina.

Der Jongleur schüttelt den Kopf. »Nein, viel zu teuer. Aber das hier ist besser als Geld.« Er hält die Zigaretten hoch.

»Bin gleich zurück«, sagt er zu Lina.

Das Mädchen hat sich hingelegt, sie scheint zu schlafen.

Dann steht Lina auf. Ihren Eimer nimmt sie mit. Sie sucht eine ruhige Stelle, aber sie wagt nicht, weit weg zu gehen. Die Kinder haben sie gewarnt. Kurz hinter dem Tuch senkt sich der Boden ein wenig und kommt kurz darauf wieder hoch. In dieser Kuhle sieht Lina einige Leute hocken. Dutzende. Vorsichtig klettert sie nach unten. Es ist kalt, sie rutscht aus. Macht nichts, sie ist sowieso schon dreckig.

An einer weniger überfüllten Stelle hockt sie sich hin. Mit einer Hand hält sie den Eimer fest, mit der anderen rafft sie den Mantel.

Ein Hund kommt zu ihr. »Geh weg«, zischt sie. Doch der Hund lässt sich nicht verscheuchen.

Sie hört auf zu pinkeln. Sie müsste noch mehr, aber der Hund macht ihr Angst. Sie zieht sich die Hose hoch, knöpft sie sich zu und klettert die Böschung hinauf.

Jemand ruft ihr etwas hinterher, was sie nicht versteht. Sie versucht, nicht darauf zu achten.

Die Wohnung der Kinder ist ein Stück Stoff; als sie dort angekommen ist, setzt sie sich. Das Mädchen schläft immer noch. Nur der Junge mit der »16« auf dem T-Shirt ist wach.

Er schaut Lina an und rückt langsam näher. Als er neben ihr sitzt, sagt er: »Psst!«

Lina sieht ihn an. »Ja?«, fragt sie.

Er flüstert: »Hast du Pläne?«

Lina schüttelt den Kopf.

Der Junge rückt noch näher an sie heran. Er bringt seinen Mund dicht an ihr Ohr, sie spürt seinen Atem, und er sagt: »Hier kannst du niemandem trauen. Wenn du Pläne hast, behalt sie für dich. Sag niemandem, wie du heißt, niemandem, wo du herkommst, niemandem, wie alt du bist, sag überhaupt nichts. Niemandem kann man trauen.«

Er setzt sich wieder ans andere Ende des Tuchs, doch seine Lippen bewegen sich weiter.

»Ich verstehe dich nicht«, sagt Lina.

Dann sagt er es lauter. Jetzt versteht Lina ihn. »Niemandem«, sagt der Junge. »Niemandem.«

»Okay«, antwortet Lina. Sie stützt sich auf die Ellbogen. Sie hat Angst einzuschlafen, sie ist müde, aber sie muss wach bleiben. Jetzt, wo sie sich gesetzt hat, merkt sie erst, wie müde sie ist.

Der Jongleur kommt zurück. Er hat ein Brötchen mit Hühnerfleisch und eins mit anderem Fleisch. Was für Fleisch, kann Lina nicht sehen.

Die Brötchen werden geteilt. Das Mädchen ist sofort hellwach. Die Kinder essen schnell, nur Lina isst langsam.

»Was ist das für Fleisch?«, fragt sie.

Niemand antwortet.

Sie isst widerwillig, sie kann nicht sagen, ob es lecker ist oder eklig. Es ist, als hätte sie ihren Geschmackssinn verloren. Ab und an schaut sie zu dem Jungen mit der Zahl auf dem T-Shirt, doch der schaut nicht zurück.

Wieder denkt Lina an ihr Haus und an die Leute, die jetzt darin wohnen. Sie ist nicht böse auf sie. Wahrscheinlich wissen ihre Eltern davon, sie werden es schon wieder in Ordnung bringen.

Noch einmal schaut sie zu dem Jungen mit dem T-Shirt. Sie schaut, ob er noch mal »niemandem« sagt, ohne dass die anderen es hören. Doch sein Blick ist leer.

Lina ist als Letzte fertig mit Essen.

Das Mädchen hat etwas aus der Tasche geholt. Sie gibt es dem Jongleur. Der gibt es dem stillen Jungen, und der gibt es Lina.

»Was ist das?«, fragt Lina.

»Du musst daran schnüffeln«, antwortet das Mädchen.

Lina riecht daran.

»Tiefer einatmen«, sagt das Mädchen. »Du musst dir das Ende ein bisschen in die Nase stecken.«

Lina steckt es sich ein Stück in die Nase. »Was ist das?«, fragt sie. Sie schaut es sich an. Es ist eine Tube Klebstoff.

Sie gibt die Tube dem Mädchen zurück. Lina findet, der Kleber riecht komisch. Nicht eklig, aber doch auch nicht angenehm.

»Jetzt gehen wir schlafen«, sagt das Mädchen.

»Putzen wir uns nicht die Zähne?«, fragt Lina.

»Das machen wir nie«, sagt das Mädchen.

Die Kinder legen sich dicht aneinander. »Sonst wird dir kalt«, sagt das Mädchen. Die Körper der Kinder bilden ein Knäuel.

Der Jongleur klettert auf Lina. »Bumm, bumm«, sagt er.

»Was ist das?«, fragt Lina. »Bumm, bumm?«

»Das ist geil«, sagt er.

8

Im ersten Morgenlicht öffnet Lina die Augen. Schon in der Nacht ist sie ein paarmal wach geworden, aber da wagte sie nicht, sich zu bewegen. Das wäre auch kaum gegangen, sie lag eingeklemmt zwischen den Kindern.

Sie hat in ihrem Mantel geschlafen, den Eimer auf dem Bauch. Die anderen Kinder hatten ihre Kleidung angelassen, und so hatte sie beschlossen, das Gleiche zu tun.

Jetzt, wo die Sonne aufgegangen ist, wagt sie, sich zu bewegen. Der Junge mit dem schmutzigen Pullover ist wieder da. Er liegt neben dem Mädchen. Seine Augen sind offen. Lina winkt ihm zu. Sie betrachtet die Leute in ihrer Nähe, die meisten schlafen offenbar noch. Neben der Wohnung der Kinder liegt das Paar auf dem Feldbett. Dass sie zu zweit darauf passen, grenzt an ein Wunder. Selbst den Topf haben sie zu sich unter die Decke geholt. Er ragt halb darunter hervor. Doch wenigstens haben sie eine Decke.

Lina versucht, noch einmal einzuschlafen, aber es klappt nicht. Sie beschließt, liegenzubleiben und zu warten, bis die anderen Kinder wach werden. Sie muss sich anpassen. Das hat sie auf der französischen Schule gelernt.

Lina findet, dass die Kinder lange zum Aufwachen brauchen, viel zu lange. Im Haus des Majors wartete sie manchmal auch auf den Morgen, aber dort konnte sie singen, und wenn man singt, vergeht die Zeit schneller.

Je länger sie warten muss, desto ungeduldiger wird sie und desto mehr muss sie an das Haus ihrer Eltern denken und ihre Sachen, die da noch liegen.

Als die anderen Kinder endlich aufgewacht sind, sagen sie nichts. Nicht: »Guten Morgen«, nicht: »Hallo!« Sie stehen wortlos auf. Niemand ist erstaunt, dass der Junge mit dem schmutzigen Pullover wieder da ist, niemand fragt, wo er war. Die Kinder gehen zur Kuhle hinter der Wohnung, aber Lina hält es lieber noch etwas ein.

Auch das Paar auf dem Feldbett ist jetzt wach. Sie sitzen auf ihrer Liege und sehen Lina an. Der Mann trägt ein Jackett und holt eine kleine Flasche aus seiner Brusttasche. Er nimmt einen Schluck. Er sieht Lina unverwandt an, winkt ihr, doch sie folgt der Einladung nicht. Dann erhebt er sich selbst, streckt den Arm aus und gibt ihr die Flasche: »Das wärmt.«

Lina wagt nicht abzulehnen. Sie setzt die kleine Flasche an den Mund, nimmt einen Schluck. Das Zeug ist unglaublich eklig. Sie würde es am liebsten ausspucken, aber sie will nicht unhöflich sein. Mühsam schluckt sie das Zeug hinunter. Es ist das Ekligste, was sie je getrunken hat.

»Danke, Señor«, sagt sie.

Als die Kinder aus der Kuhle zurück sind, sagt Lina zu ihnen: »Ich muss zum Amt für Bürgerumsiedlung. Vielleicht wissen sie da, wo mein Papa und meine Mama sind.«

Die Kinder schauen sie groß an, aber reagieren mit keinem Mucks auf das, was sie sagt. Als hätte sie nichts gesagt. Wahrscheinlich wissen sie nicht, wo das Amt für Bürgerumsiedlung ist, aber trauen sich nicht, es zuzugeben.

Das Mädchen sagt zu dem Jungen im T-Shirt: »Heute bist du dran.«

Der Junge geht schweigend davon. Er schlurft, soweit das auf einem Feld möglich ist.

Lina hat sich wieder hingesetzt. Sie will singen, jetzt, wo alle wach sind. Sie singt, nicht zu laut, denn ihr fällt wieder ein, dass die Frau des Majors ihren Gesang nicht mochte, vielleicht geht es ja noch mehr Leuten so.

Der Jongleur kommt zu ihr. Er setzt sich vor sie. Sie schaut ihn nicht an, schaut weg, Richtung Kuhle, aber singt leise weiter. Das Lied vertreibt die Angst.

Während sie so singt, versucht sie, sich zu erinnern, was ihre Mutter sonst noch so zu ihr gesagt hat, doch das meiste hat sie vergessen.

Plötzlich unterbricht der Jongleur sie. »Du hast ja ein Talent«, sagt er, und reibt sich über das behinderte Bein. »Es ist ein kleines Talent, aber es ist eins.«

Er ruft die anderen Kinder. »Hört mal«, sagt er.

Sie lauschen, doch Lina bleibt still. Ihr fällt plötzlich ein, dass Mama einmal gesagt hat, dass sie mal klitzeklein war, bis jetzt schon gewachsen ist und später noch größer wird. Vielleicht ist es mit ihrem Talent genauso. Jetzt ist es noch klitzeklein, in ihrem Bauch, aber es wird wachsen.

»Sing«, befiehlt der Jongleur. »Jetzt sing doch!«

Sie traut sich nicht mehr. Singen geht nicht auf Befehl.

»Jetzt sing!«, ruft der Jongleur.

Da beginnt Lina zu singen.

Die Kinder hören zu, aber zucken schon bald mit den Schultern. Nur der Jongleur ruft: »Da wird sie Geld mit verdienen!«

»Vielleicht hat sie noch mehr Talente«, sagt das Mädchen.

Der Junge mit der »16« auf dem T-Shirt ist zurückgekommen. Er hat eine Flasche Cola dabei und zwei Brötchen. Die Kinder trinken die Cola und teilen die Brötchen. Die Brötchen sind nicht belegt.

Lina nimmt zwei Bissen, dann gibt sie das Brötchen weiter. In der Hosentasche findet sie ein Papiertaschentuch, mit dem sie sich unauffällig über die Zähne reibt, um sie zu putzen. Das ist wichtig. Ein Mensch muss sich sauber halten, und das beginnt bei den Zähnen. Der Major hat ihr eine schöne Zahnbürste geschenkt und Zahnpasta, die angenehm schmeckte, doch weder Zahnpasta noch Zahnbürste hat sie mitgenommen. Das Papier wird ihr im Mund nass, sie spuckt die aufgeweichten Stücke vorsichtig aus.

Mama hat immer gesagt: »Deine Zähne kriegst du nie mehr zurück, Lina.«

Die Kinder stehen auf. Jetzt, wo niemand auf dem Tuch sitzt oder liegt, kann man sehen, wie kahl ihre Wohnung ist.

»Wer passt auf das Tuch auf, wenn ihr nicht da seid?«, fragt Lina.

»Niemand«, sagt der Junge mit dem schmutzigen Pullover.

»Habt ihr keine Angst, dass jemand es mitnimmt?«

»Das wagen sie nicht«, sagt das Mädchen.

Der Junge im schmutzigen Pullover zeigt Lina ein kleines Messer. Er grinst, aber er meint es nicht böse. Das sieht Lina. So etwas spürt sie. Sie hat Mama mal sagen hören: »Lina lernt schnell.«

Sie wird schnell lernen.

Die Kinder gehen über das Feld in die Richtung der Straße, die in die Berge führt. Lina rennt ihnen hinterher, zwischen den anderen Leuten hindurch. Sie denkt an die

Nachbarn ihrer Eltern, die einen Hühnerstall hinter dem Haus haben. Das hier ist auch wie ein Hühnerstall, nur für Menschen.

Sie darf nicht vergessen, zum Amt für Bürgerumsiedlung zu gehen. Da wird sie wieder ein Bürger werden wie ihr Vater und ihre Mutter. Sie will kein Huhn zwischen Hühnern sein.

Vor der großen Straße bleiben sie stehen, in zwei Gruppen überqueren sie die Fahrbahn. Lina verliert den Anschluss. Sie hat schon auf der Straße gestanden, ist aber wieder zurückgelaufen. Sie hat zu lange gezögert. Das passiert ihr öfter beim Über-die-Straße-Gehen, und auch im Turnen. Komisch, dass ihr das an dem Abend nicht so ging, als sie die Frau des Majors und die Haushälterin verließ. Da hatte es kein Zögern gegeben, sie war sich ganz sicher.

»Jetzt!«, ruft der Jongleur.

Sie rennt los, so schnell sie kann, den Eimer in der Hand. Die Schippe fällt auf die Straße, doch sie rennt weiter, sie wagt nicht stehen zu bleiben.

»Meine Schippe«, sagt sie, als sie auf der anderen Seite ist.

Die Schippe liegt mitten auf der Fahrbahn, Autos rasen darüber, aber zerquetschen sie nicht. Noch nicht.

»Lass sie liegen«, sagt der Jongleur.

»Aber meine Schippe!«, ruft Lina noch einmal.

Immer mehr Autos fahren darüber. Das Mädchen und der Junge im schmutzigen Pullover sind schon weitergegangen.

»Aber ich brauche die Schippe doch«, sagt Lina.

»Wir finden schon eine neue«, antwortet der Jongleur.

Sie will zurückgehen, um sich die Schippe zu holen, sie

hat sie vom Major bekommen, doch der Jongleur hält sie am Mantel fest. »Wir finden schon eine neue«, wiederholt er.

Lina würde am liebsten losheulen. Sie schaut den Jongleur an und denkt an den Jungen auf der französischen Schule, dem ein Arm fehlte. Zusammen mit dem Jongleur folgt sie schnell den anderen Kindern.

Als sie wieder bei ihnen ist, geht sie erst eine Weile schweigend nebenher, doch dann fragt sie: »Wo geht ihr hin?«

»Wir gehen an die Arbeit«, sagt der Jongleur. »Aber du kannst nicht mit, du musst irgendwo anders arbeiten.«

Lina nickt, obwohl sie nirgendwo anders arbeiten will. Sie will zum Amt für Bürgerumsiedlung.

»Seid ihr eine Bande?«, will Lina wissen.

»Du darfst nicht so viel fragen«, antwortet das Mädchen. »Was willst du eigentlich von uns?«

»Nichts«, sagt Lina leise.

Sie wird zu dem Amt gehen. Jetzt weiß sie es sicher. Mit ihrem Vater ist sie ein paarmal beim Postamt gewesen. Unter dem Amt für Bürgerumsiedlung stellt sie sich auch so was vor, ein großes Gebäude mit Schaltern und Leuten dahinter, die jeder für etwas anderes zuständig sind. Sie wird sich bei einem der Schalter melden, jemand wird dahinter sitzen und sich um sie kümmern. Ihre Probleme sind dann im Handumdrehen gelöst.

Sie gehen zum Zentralen Busbahnhof. Lina erkennt den Weg wieder.

Im Inneren des Busbahnhofs stehen die großen Busse, die weiter weg fahren. Manche sogar über die Grenze. Draußen stehen die kleineren, die in der Stadt bleiben. Viele Soldaten laufen herum und Leute, die Sachen verkaufen, die offenbar niemand haben will: Stühle, Teppiche, aber auch Dinge zu essen, gebratenes Fleisch, das lecker riecht. Das kaufen die Leute schon.

Seit ihrer Zeit beim Major hat Lina keine Angst mehr vor Soldaten. Der Major war ihr Freund, auf seine Art. Das hat die Haushälterin auch immer gesagt: »Auf seine Art ist er dein Freund, und auf seine Art ist er auch meiner.« Die Soldaten werden auf ihre Art auch ihre Freunde werden.

»Hier ist es«, sagt der Jongleur. Er flüstert dem Mädchen etwas ins Ohr. Sie bleibt stehen.

Dann nimmt der Jongleur Lina bei der Hand, obwohl er kleiner ist als sie. Er bringt sie zu den Stadtbussen. Er scheint keinen Zweifel zu kennen, als würde er so etwas jeden Tag tun.

Sie steigen ein. Der Bus ist voll. Der Fahrer sagt etwas zu dem Jongleur. Lina kann es nicht verstehen, doch der Jongleur schüttelt den Kopf. Dann ruft der Busfahrer: »Raus hier!« Und noch einmal: »Raus!«

Sie steigen aus.

»Wir probieren's mit einem anderen Bus«, sagt der Jongleur.

Lina schweigt. Sie folgt dem Jungen. Er hält ihre Hand nicht mehr fest. Sie folgt ihm, und er scheint das die normalste Sache der Welt zu finden.

Sie steigen in einen anderen Bus. Diesmal sagt der Fahrer nichts. Er schaut sie nur an. Er stellt keine Fragen.

Der Jongleur führt Lina in die Mitte des Gangs. »So«, sagt er.

Im Bus sitzen Leute, aber längst nicht so viele wie in den anderen Bussen. Alte, Junge, Kinder in Schuluniformen.

»Sing«, sagt der Jongleur.

Lina lächelt. Dann beißt sie sich auf die Unterlippe.

»Du musst singen«, sagt der Jongleur. »Wo wir arbeiten, ist zu viel Krach. Hier kannst du singen. Du fährst mit, und du singst. Steig ab und zu um. Und schau die Leute an, wenn du das Geld einsammelst. Vergiss das nicht. Das ist das Wichtigste. Schau sie an, sonst geben sie nichts. Schau sie so an, dass sie wissen, wer der Boss ist. Du bist der Boss.«

Lina beißt sich nicht mehr auf die Unterlippe. Sie lächelt nur, wie sie das auf der französischen Schule auch immer machte, wenn sie nicht antworten konnte oder wollte.

»Ich seh dich heute Abend«, sagt der Jongleur. »Du weißt, wo du uns findest.«

»Ja«, antwortet Lina.

Doch der Jongleur bleibt stehen. »Ich gehe nicht eher, als bis du zu singen anfängst.« Er packt sie am Oberarm und drückt ihn.

»Nicht hier«, sagt Lina. »Hier kann ich nicht singen.«

»Willst du lieber verhungern?«, fragt der Jongleur. »Kannst du jonglieren?«

Lina schüttelt den Kopf.

»Was kannst du dann?«

Lina schweigt.

»Dann musst du singen. Du kannst singen, und du wirst singen.«

Der Jongleur hält sie noch immer am Arm. Lina öffnet den Mund, am liebsten würde sie schreien, er solle sie loslassen, es tut weh, doch sie hat Angst.

Sie singt.

Sie singt wie in ihrem Zimmer im Haus des Majors und

wie manchmal bei Tisch, obwohl sie wusste, dass die Frau des Majors es nicht mochte, aber sie musste doch ihre Angst vertreiben. Und während sie singt, verlässt der Jongleur den Bus, sie sieht ihn nicht mehr, er schlüpft hinaus, verschwindet in der Menge. Sie versucht nicht, ihm hinterherzusehen.

Sie singt.

Der Bus fährt los, sie muss sich an einer Sitzlehne festhalten, doch sie singt weiter.

Sie singt mit geschlossenen Augen.

Eins weiß sie genau: Solange sie singt, kann ihr nichts geschehen. Darum singt sie weiter. Selbst als sie kaum noch Luft übrig hat.

Und noch eins weiß sie: Sie darf die Augen nicht öffnen. Wenn sie die Augen zu früh aufmacht, wird etwas Schreckliches geschehen.

Der Bus rüttelt hin und her, auch Lina wird hin- und hergerüttelt, und während sie singt, denkt sie an ihre Schippe auf der Straße, die zitterte, weil die Autos mit solch großer Geschwindigkeit darüber hinwegfuhren. Der Bus kommt zum Stillstand, fährt wieder an, doch Lina hält weiter die Augen geschlossen und singt. Leute stoßen mit ihr zusammen, schieben sie beiseite, berühren sie mit klebrigen Fingern, stoßen mit Taschen gegen ihren Kopf, doch sie singt weiter.

Dann hört sie ein Geräusch, anders als die anderen Geräusche im Bus. Jemand hat etwas in ihren Eimer geworfen.

Sie öffnet die Augen. Eine Münze im Eimer! Sie hört auf zu singen.

Es ist, als erwache sie aus tiefem Schlaf, nach einem Traum, an den sie sich nur halb erinnern kann, der einem entgleitet, sobald man ihn klarer zu fassen versucht. Sie steht im Bus, eine Münze im Eimer, und erinnert sich an den Jongleur, der sagte, dass sie Talent hat. Das muss wohl stimmen, klitzeklein war es, wie sie selbst einmal im Bauch ihrer Mutter, doch es wird wachsen. Daran muss sie arbeiten.

Sie geht in den hinteren Busteil. Ein Mann fasst sie an der Schulter, sie will sich losreißen, sie denkt, er will sie schütteln oder Schlimmeres, schlagen, doch der Mann sagt: »Moment!«, und wirft etwas in ihren Eimer. Noch eine Münze.

Sie machen ein fröhliches Geräusch, die Münzen im Eimer.

Hinten im Bus fällt ihr ihre Aufgabe für diesen Tag wieder ein. Ihre Aufgabe ist nicht singen, ihre Aufgabe ist, zu einem Postamt zu gehen, das kein Postamt sein wird. Ihre Aufgabe ist, eine neue Schippe zu finden.

In der Nähe sitzt eine Dame mit freundlichem Gesicht. Eine Dame mit Hut. Ein Hut hat etwas Vertrauenerweckendes. Der Hut erinnert sie an das Haus des Majors. Manchmal trug die Señora auch einen Hut. Vorsichtig geht sie auf die Dame zu, sie zwängt sich zwischen den Menschen hindurch.

Als sie neben der Dame steht, sieht sie, dass neben ihr ein Soldat sitzt. Er hat sein Gewehr zwischen den Knien. Kurz schaut er sie an, dann wendet er das Gesicht ab, als sei er erschrocken. Aber wovor? Die eine Hälfte seines Gesichts ist voller Pickel, die andere Hälfte sieht aus wie Löcherkäse.

Kann sie in Anwesenheit des Soldaten sprechen? Auch wenn sie keine Angst mehr vor Soldaten hat, ist ihr die Gefahr bewusst. Sie beschließt, das Risiko einzugehen. Sie stellt sich dicht neben die Dame und sagt: »Ich bin Lina Siñani Huanca, ich soll zum Amt für Bürgerumsiedlung.«

Die Dame sieht sie an, scheint etwas sagen zu wollen, doch es bleibt bei einem seltsamen Lächeln. Lina sieht, dass sie lauter goldene Zähne hat. Als das Lächeln verschwunden ist, nimmt die Dame ihr Portemonnaie und wirft eine Münze in Linas Eimer.

Eins ist deutlich: Die Leute wollen nicht mit Lina reden, sie wollen ihr Geld in den Eimer werfen.

Lina betrachtet die drei Münzen in ihrem Sammelbehälter, zwei große, eine kleine. Dann fällt ihr wieder ein, was der Junge mit dem T-Shirt ihr eingeschärft hat: dass sie nie ihren Namen nennen darf, und auch, was der Major einmal sagte: »Heul niemals. Wer heult, zieht Aufmerksamkeit auf sich, und das Letzte, was wir brauchen können, ist Aufmerksamkeit.«

Sie hat ihren Namen genannt, einen Namen, den sie nicht hätte aussprechen dürfen, den sie hätte vergessen müssen, und jetzt hat sie ihn einer Fremden genannt, einer Dame neben einem Soldaten. Schon ein paarmal hat sie ihren Namen gesagt, obwohl sie ihn aus ihrem Gedächtnis hätte streichen sollen. Merkwürdig, wie hartnäckig ein Name sein kann. Sie hat Aufmerksamkeit auf sich gezogen.

An der nächsten Haltestelle steigt sie aus. Dort stehen Leute und warten auf diesen Bus, doch auch auf andere Busse. Die Straße kennt sie nicht.

Hinter den Wartenden setzt sie sich vorsichtig auf den Boden und zählt ihr Geld. Erst einmal, dann noch mal, und schließlich ein drittes Mal. Wie viel wird die Schippe wohl kosten?

Ein Junge, der Wasser verkauft, kommt vorbei. Sie will eine Flasche, doch der Junge glaubt ihr nicht, dass sie Geld hat. Sie muss es ihm zeigen.

Sie öffnet die Hand mit dem Geld. Sie zeigt es ihm, hält es ihm unter die Nase und schaut ihn dabei hochmütig an. Es tut ihr weh, wenn Leute ihr nicht glauben. Schnell nimmt er zwei Münzen aus ihrer Hand und gibt ihr die Flasche.

»Ich krieg noch etwas zurück!«, ruft sie ihm hinterher, doch er geht weiter, ohne sich umzudrehen. Er tut, als habe er sie nicht gehört.

Das Geld ist jetzt fast alle. Lina wartet mit den anderen auf den nächsten Bus. Zwei Busse muss sie vorbeifahren lassen, der eine ist zu voll, der nächste nicht voll genug. Den dritten Bus nimmt sie. Der Busfahrer sieht sie fragend an.

»Ich singe«, sagt sie.

Er schaut sie weiter an. Die Bustür ist immer noch offen.

»Ich singe«, sagt sie noch einmal.

Der Mann zuckt mit den Schultern.

Jetzt schließt er die Tür. Lina geht in die Mitte des Busses, dort bleibt sie stehen. Sie hält sich gut fest. Jemand tritt ihr auf die Füße. Sie schließt die Augen. Sie denkt an den Jongleur, an die Ampel, die auf Rot springt, und wie er dann hervorschießt. Ihn muss man einfach ansehen. Vielleicht liegt es an seinem Hinken oder an seinem merkwürdigen Gesicht, schmutzig und verschmiert, beschädigt und doch sanft, vielleicht erzwingt er dadurch die Aufmerksamkeit der Leute.

Lina brauchen die Leute nicht anzusehen, um zu erleben, was sie kann, sie brauchen nur zuzuhören. Erst wenn sie zu Ende gesungen hat, müssen sie sie anschauen.

Mit diesem Gedanken beginnt sie zu singen. Eigentlich weiß sie nicht einmal, was sie singt, irgendein Lied, das sie einmal gelernt hat. Manchmal fällt ihr der Text nicht mehr ein, dann summt sie oder denkt sich Worte aus, auf jeden Fall aber singt sie weiter.

Eine Frau ruft: »Geh doch in die Kirche, wenn du unbedingt singen musst!«

Sie singt weiter.

Ein Mann ruft zurück: »Lassen Sie doch das Kind!«

Eine andere Frau sagt: »Das ist auch mein Bus. Ich zahle, um ungestört hier zu sitzen .«

Und Lina singt. Ein Lied noch, dann will sie die Augen öffnen. Sie hält den Eimer fest umklammert, eine Münze liegt noch darin. Das hat sie absichtlich getan. Sie hätte die Münze auch einstecken können, doch dann wissen die Leute nicht, wozu der Eimer bestimmt ist und was sie hineinwerfen sollen.

Sie öffnet die Augen, jetzt schweigt sie. Sie hält den Eimer anders umklammert als eben, demonstrativer. Sie hält ihn hoch. Aber die Leute beachten sie nicht, wenn sie mit dem Eimer vor ihnen steht. Manche werfen einen kurzen Blick hinein, als erwarteten sie, etwas Besonderes darin zu sehen, und wirken enttäuscht, wenn sie auf dem Boden des Eimers nur eine Münze entdecken.

Jemand kneift ihr in den Oberschenkel.

Sie beachtet es nicht, ihr fällt wieder ein, was der Jongleur ihr gesagt hat: Beim Geld-Einsammeln muss man den Leuten direkt in die Augen sehen. Das ist genau, was sie tut. Sie schaut den Leuten direkt ins Gesicht, soweit das geht jedenfalls. Manche meiden auch ihren Blick. Dann starrt sie sie an, reißt die Augen auf, als sehe sie etwas Unglaubliches. Ein Wunder.

Die meisten Leute schauen beschämt weg oder halten ihre Zeitung höher als nötig. Nur hinten im Bus beginnt ein alter Mann in seiner Hosentasche zu kramen. Er holt eine Handvoll Münzen hervor. Einen Moment lang denkt Lina, er wolle ihr alle geben.

Doch er betrachtet die Münzen eine nach der anderen, bedächtig und liebevoll, und steckt sie eine um die andere wieder ein. Schließlich bleibt eine einzige übrig. Auch die betrachtet er zärtlich. Dann wirft er sie in den Eimer.

Sie geht zum Ausgang. Die Frau, die erst sagte, sie solle doch in die Kirche gehen, ruft etwas hinter ihr her. Nicht jeder findet, dass sie ein kleines Talent hat, doch das hatte sie vorher gewusst. Sie steigt aus.

Diesmal bleibt Lina nicht lange stehen. Es ist eine ruhige Straße. Sie zählt ihr Geld nicht, das wäre auch überflüssig. Sie geht auf die andere Straßenseite und wartet auf den Bus in die Gegenrichtung.

Jetzt weiß sie, was sie sagen muss. Nicht mehr ihren Namen, nur noch, was sie tut. Das genügt. »Ich singe«, wird sie sagen. Das erklärt alles. Was brauchen die Leute sonst noch zu wissen?

So singt sie den ganzen Morgen. Im einen Bus läuft es schlechter, im anderen besser. Die Leute stecken sich gegenseitig an. Wenn einer was gibt, geben die anderen auch was. Wenn sie vorne nichts geben, bekommt sie hinten im Bus auch nichts.

Einmal fragt sie ein Mann: »Wie heißt du? Wo kommst du her?«

Sie macht nicht ihren alten Fehler. Anweisungen bekommt man nicht ohne Grund. Das hat der Major einmal zu ihr gesagt: »In diesem Haus bekommst du die Anweisungen von mir, und die befolgst du. Zu deiner eigenen Sicherheit.« Sie weiß ihre Anweisungen wieder: In der Öffentlichkeit nicht heulen. Niemandem etwas sagen. Sie wird die Anweisungen nicht mehr vergessen. »Ich singe«, sagt sie zu dem Herrn.

Der Mann schaut sie erstaunt an. »Aber wie heißt du?«

»Ich singe«, sagt sie noch einmal. Dann geht sie weiter.

Als sie müde wird, kauft sie sich an der Straße ein Stück Pizza mit Artischocken. Auf ihrer Pizza liegt nur eine einzige Artischocke. Sie isst die Hälfte, den Rest Pizza wickelt sie in eine Serviette und deponiert ihn sorgfältig in ihrem Eimer.

Den Nachmittag wird sie für ihren Auftrag nutzen.

An einer Bushaltestelle wendet sie sich an einen Mann mit Einkaufstüte, sie findet, er sieht freundlich und sauber aus. »Señor, ich suche das Amt für Bürgerumsiedlung«, sagt sie.

Er zuckt mit den Schultern, murmelt etwas Unverständliches und geht weiter. Ein anderer Mann, ein jüngerer, weiß es auch nicht oder hat keine Lust zu antworten.

Eine Frau jedoch antwortet zu guter Letzt auf ihre Frage. »O ja«, sagt sie, »ich hab da in der Nähe zu tun. Steig mit ein, dann zeig ich's dir.«

»Ich muss auch eine Schippe kaufen«, sagt Lina.

Die Frau lacht. »Wozu brauchst du eine Schippe?«

Lina schaut in den Eimer. Es ist schwer zu erklären. Sie hat eine Schippe verloren, darum braucht sie wieder eine. Wenn man etwas verliert, muss man es ersetzen.

»Ich brauche sie eben«, sagt sie, doch die Frau ist schon wieder mit etwas anderem beschäftigt.

Jetzt, da Lina nicht singt, kauft sie sich eine Fahrkarte.

Im Bus ist Platz genug. Die Frau lädt Lina ein, sich neben sie zu setzen. Zuerst liest sie in einer kleinen Bibel, die in ihrer Handtasche steckte. Darin sind viele Stellen unterstrichen, mit Bleistift, sieht Lina. Dann beginnt die Frau ein Gespräch. Zuerst erzählt sie etwas von sich, was Lina nicht richtig versteht und sich darum auch nicht merken kann, dann stellt sie ihr Fragen. Doch es sind Fragen von der Sorte, die sie nicht beantworten darf. Wie heißt du? Wo kommst du her? Wo wohnst du? Wo sind deine Eltern?

Lina tut, als hätte sie die Fragen überhört, obwohl es ihr schwerfällt. Gern hätte sie höflich geantwortet.

In einer kleinen, engen Straße im Zentrum steigt die Frau aus. Lina folgt ihr.

»Hier um die Ecke«, sagt die Frau, »rechts kommt ein Gebäude mit einer weißen Tür. Da musst du rein.«

Lina dankt ihr. Dreimal sogar, auch, um sich zu entschuldigen, dass sie ihre Fragen nicht beantworten konnte.

Die Frau schüttelt den Kopf.

Sie geht in die Straße, die die Frau ihr gezeigt hat, doch ein Gebäude mit einer weißen Tür sieht sie nicht.

Zweimal schon ist sie die Straße abgelaufen, und immer noch ist keine weiße Tür zu sehen. Eine blaue, eine grüne, eine schwarze, selbst an einer gelben ist sie vorbeigekommen, aber an keiner weißen.

Ein Mann kommt ihr entgegen. Ihn will sie fragen. Wohlerzogen und höflich.

Er trägt ein T-Shirt und geht etwas komisch, unsicher, als

hätte er Angst hinzufallen. Seine Augen sind braun und wirken verschwommen.

»Señor«, sagt sie.

Er bleibt stehen, scheint sie zu erkennen. So sieht er sie an.

Sie hat Angst, aber hier kann sie nicht singen. Nicht jetzt. Es geht nicht.

Der Mann bückt sich, bleibt so eine Weile. Dann hockt er sich hin.

»Señor«, sagt sie noch einmal. Sie muss es ihn fragen. So schwer kann es doch nicht sein. »Wo ist das Amt für Bürgerumsiedlung?«, mehr muss sie nicht sagen. Sie schließt die Augen.

Er fasst sie am Kinn und wendet ihren Kopf hin und her. »Bist du das?«, fragt er.

Sie öffnet die Augen, schaut ihn an. Sein Atem stinkt.

»Bist du das?«, fragt er noch einmal.

Lina antwortet nicht. Sie schaut nur. Sie schaut auf den Mann, auf den Boden, in ihren Eimer. Die Straße ist menschenleer. Es ist heiß. Niemand zu sehen. Keine weiße Tür weit und breit.

»Hab ich dir nicht geholfen?«, fragt er.

Lina schüttelt den Kopf.

»Ich hab vielen Menschen geholfen«, sagt der Mann. Lina wird schlecht von seinem stinkenden Atem. »Aber hilft mir wer?«

»Das Amt für Bürgerumsiedlung, Señor?«, fragt Lina.

Der Mann holt tief Luft. Sie würde sich am liebsten die Nase zuhalten. Der Mann rülpst.

»Du bist bei mir gewesen«, sagt er. »Ich hab dir zu einer

Identität verholfen. Ich kenne dich. Durch mich bist du, wer du bist.«

Der Mann stützt sich mit einer Hand auf den Boden. Er lässt ihr Kinn los und streicht ihr mit dem Handrücken über die Wange.

»Wo ist dein Papa?«, fragt er. »Unser Anthony? Wo ist er hin?«

Er atmet schwer, als wäre er zu schnell gelaufen. Der Mann schaut traurig. Er kauert vor ihr am Boden.

»Ich weiß es nicht«, sagt Lina.

»Was weißt du nicht?« Der Mann packt sie wieder am Kinn und kneift hinein. »Was ist in dem Eimer? Was hast du da?«

»Meine Sachen, Señor.«

Er nimmt das Stück Pizza. Er riecht daran und wirft es in den Eimer zurück.

Sie muss wieder an das Haus ihrer Eltern denken, die Leute, die da jetzt wohnen, an den Mann, der ihr sagte, dass sie zum Amt für Bürgerumsiedlung gehen soll. Diesem Mann hier muss sie die Wahrheit erzählen, oder wenigstens einen Teil. Das ist das Beste.

»Ich singe, Señor«, sagt sie. »Ich bin keine Hure.«

Die Augen des Mannes beginnen zu strahlen. »Schade«, sagt er. »Schade. Hast du inzwischen Haare da unten? Wenn Haare drauf sind, ist es legal. Hast du da Haare? Wächst da was? Nicht mal ein paar?«

Leise beginnt Lina zu singen. Leise, weil es auf der Straße so still ist. Der Mann lässt sie nicht los. Jetzt riecht sie seinen Atem nicht mehr. Sie singt nur noch, völlig versunken.

Als das Lied fertig ist, beendet sie ihren Gesang.

Der Mann bleibt in der Hocke, er zückt sein Portemonnaie. Er wirft zwei Münzen in ihren Eimer und beugt sich noch näher zu ihr. Er drückt seinen Mund auf ihren. Ihr wird wieder schlecht. Dann lässt er sie los. Er holt zwei weitere Münzen hervor und wirft sie ihr in den Eimer. »Das sind meine guten Taten«, sagt er und küsst sie noch einmal auf die Lippen. »Du bist meine gute Tat.«

Langsam rappelt er sich hoch. Kurz bleibt er stehen. Er wankt. Dann geht er weiter.

Lina schaut hinter ihm her, bis er um die Ecke verschwunden ist. Jetzt ist sie wieder allein auf der Straße, der Straße, in der das Amt für Bürgerumsiedlung sein soll. Wahrscheinlich hat die Frau sie belogen, und hier ist gar kein Amt.

Noch einmal geht Lina die Straße ab. Die ganze Straße, sie ist nicht lang. Eine weiße Tür sieht sie nirgends, doch kurz vor dem Ende sieht sie einen Mann vor einem Gebäude stehen. Er wartet auf irgendetwas. Sie geht zu ihm und stellt sich daneben.

Er klopft an eine große Tür, die nicht weiß, sondern grün ist. Vielleicht hat das Amt für Bürgerumsiedlung neu gestrichen.

Die Tür öffnet sich. Lina sieht einen Innenhof, in dem Leute Schlange stehen. Sie schlüpft hinein, zwischen den anderen hindurch.

Sie findet das Ende der Schlange. Die Schlange führt durch einen Torbogen, womöglich in ein Gebäude. Die Schlange ist lang, Lina kann nicht sehen, wo sie anfängt, nur, wo sie endet. Hier im Innenhof. Da, wo sie steht.

Sie fragt eine junge Frau mit Kind auf dem Arm: »Ist das hier das Amt für Bürgerumsiedlung?«

Die junge Frau nickt.

Lina stellt sich hinter ihr an. Sie wartet.

Nach einiger Zeit, ihr kommt es vor wie mindestens eine Stunde, ist sie kaum vorangekommen. Aus ihrem Eimer holt sie das restliche Stück Pizza. Sie wickelt es aus, es bleibt Papier daran kleben, doch sie isst alles auf. Die Pizza ist zäh geworden. Die Frau mit dem Kind schaut neidisch, doch Lina ignoriert ihren Blick.

Eigentlich möchte sie lieber zurück zu den Kindern, auf das Feld oder an die Straße, wo sie Autoscheiben putzen, aber sie zwingt sich, weiter hier in der Schlange zu bleiben. Das ist ihre Aufgabe. Der Mann, der jetzt in ihrem Haus wohnt, sagte, dass sie hierhergehen soll. Er wollte wissen, ob sie eine Hure ist. Huren bekommen Hilfe, die andere Leute nicht kriegen. Sie wird demjenigen, der ihr helfen wird, das Problem erklären. Seltsame Leute wohnen in ihrem Haus. Das ist das Problem.

Von dem Rest Pizza hat sie Durst bekommen, aber sie will ihren Platz nicht verlassen, um Wasser zu kaufen, obwohl sie genug Geld dazu hat. Mehr als genug.

Sie nimmt sich vor, auf Fragen zu antworten: »Ich singe, ich habe ein kleines Talent.«

Lina achtet darauf, dass niemand sich zwischen sie und die Frau mit dem Kind drängt. Es gibt Leute, die das versuchen, doch dann drückt sie sich so dicht an die Frau, dass niemand dazwischenpasst. Auch von hinten drängeln sich Leute heran.

Nach einiger Zeit kommt endlich Bewegung in die Schlange. Die Leute hinter ihr drängeln noch mehr als zuvor. Alle werden nach vorn gedrückt, auch die Frau mit dem Kind.

Auf zwei Dinge achtet Lina: nur ja ihren Eimer nicht zu verlieren und weiter dicht an der Frau zu bleiben. Die Frau trägt einen Rock, in den Lina sich krallt.

Jetzt geht es schneller. Wie ein riesiger Wurm schiebt sich die Schlange voran.

Der Innenhof führt in einen weiteren Innenhof, zwischen beiden befindet sich das Tor. Jetzt steht Lina im zweiten.

Die Türen werden geschlossen.

Es gibt Leute, die im zweiten Innenhof stehen, und solche, die noch im äußeren Innenhof warten. Lina steht immerhin im zweiten. Das ist gut, vermutet sie. Hinter ihr sagt ein Mann: »So, wir sind drin.«

Im zweiten Innenhof stehen Soldaten.

Die Schlange ist zum Stillstand gekommen. Sicherheitshalber hält Lina sich immer noch am Rock der Frau fest.

Die junge Frau dreht sich um und sagt: »Könntest du mich nicht loslassen? Du zerreißt mir noch meinen Rock.«

Lina lässt los, und fast gleichzeitig beginnt sie, sich Sorgen zu machen, ob sie hier überhaupt richtig ist. Das Amt für Bürgerumsiedlung hatte sie sich anders vorgestellt. Mehr wie ein Postamt. Kein Innenhof.

Sie dreht sich um und fragt den Herrn hinter ihr: »Señor, ist das hier das Amt für Bürgerumsiedlung?«

Der Mann nickt, scheint es, aber sie ist sich nicht sicher. Vielleicht schüttelt er auch den Kopf, vielleicht zittert er.

All die Leute stehen bestimmt in der Schlange, weil man ihnen hier helfen wird, weil man sich um sie kümmert.

Ein Mann geht an der Schlange vorbei. Schon ein paarmal ist er stehen geblieben und hat einen der Wartenden etwas gefragt. Er kommt näher.

Lina drängt sich dicht an die Frau mit dem Kind, obwohl sie den Rock nicht mehr zu berühren wagt.

Jetzt bleibt der Mann stehen. Neben der Frau. Oder nein – doch nicht: Er steht neben Lina.

Lina schaut zu der Frau, auf den Rock, ein schwarzer Rock mit vielen Falten.

Der Mann hält Linas Gesicht zwischen Daumen und Zeigefinger, dreht es zu sich. »Wie heißt du?«, fragt er. Er trägt Anzug und Krawatte. Und einen Schnauzbart. Einen grauen Schnauzbart.

»Ich singe«, sagt Lina.

»Wie heißt du?«, fragt er noch einmal. »Wo ist dein Ausweis?«

»Ich singe«, sagt Lina. »Ich kann singen. Ich habe ein Talent.« Leise fügt sie hinzu: »Ich bin keine Hure.«

Sie will den Mund öffnen und singen, doch bevor sie das tun kann, hebt der Mann mit dem Schnauzbart sie hoch in die Luft.

»Wem gehört dieses Kind?«, ruft er. Und sie fragt er, etwas leiser: »Zu wem gehörst du?«

»Ich singe«, antwortet sie nur.

Die Leute in der Schlange schauen Lina an, sie schwebt hoch über dem Boden und sieht die erstaunten und ängstlichen Gesichter der Leute. Manche sehen sie freundlich an, andere böse.

»Wem gehört dieses Kind?«, ruft der Mann noch einmal. »Ich frage es zum letzten Mal.«

Es bleibt still, die Leute starren auf Lina, während sie in der Luft schwebt.

Niemand sagt etwas. Auch Lina nicht.

Offenbar gehört sie zu niemandem. Sie hat nie so darüber nachgedacht, aber so ist es. Wenn Leute sie in Zukunft fragen, zu wem sie gehört, wird sie ohne Umschweife sagen: »Zu niemandem.«

»Ich gebe euch eine letzte Chance!«, ruft der Mann mit dem Schnauzer. Noch immer schwebt sie über ihm und allen Leuten in der Schlange. »Eine allerletzte Chance.«

Es ist wichtig, dass sie ihren Eimer nicht loslässt.

Sie hört eine Stimme. »Zu mir«, sagt jemand. »Zu mir gehört sie.«

Die Stimme kommt von irgendwo weiter hinten.

Der Mann mit dem Schnauzer geht mit Lina ans Ende der Schlange. Er scheint es eilig zu haben.

»Wer hat das gesagt?«, ruft er.

Ein Mann tritt vor. Der Mann mit dem Schnauzer geht langsam auf ihn zu. Er hält Lina immer noch fest.

»Warum hast du dich nicht früher gemeldet?«, fragt er.

»Ich habe geträumt«, sagt der andere Mann.

»Wo ist der Ausweis des Kindes?«

Der Mann antwortet leise: »Zu Hause. Vergessen. Ich dachte, ein Kind …«

»Niemand darf hier ohne Ausweis herein. Nehmen Sie das Kind, und kommen Sie mit ihr und dem Ausweis zurück«, sagt der Mann mit dem Schnauzbart. Er setzt Lina ab. »Was denken Sie sich?«, sagt er zu dem Mann.

Der Mann schweigt.

Der Mann mit dem Schnauzer ruft den anderen zu: »Immer den Ausweis dabeihaben! Auch Minderjährige, auch Kinder. Jeder, der auf die Straße geht, muss seinen Ausweis dabeihaben. Es ist zu eurer eigenen Sicherheit.«

Der Mann geht mit Lina über den ersten Innenhof zur Tür nach draußen. Er hält sie fest an der Hand. Ein Soldat öffnet, die Tür ist tatsächlich weiß. Von innen sind die Türen weiß gestrichen.

Dann stehen sie auf der Straße.

Der Soldat schließt die Tür hinter ihr und dem Mann.

Draußen stehen Leute, die noch hineinwollen. Als die Tür für sie beide kurz aufging, versuchten die Leute hineinzugelangen, doch der Soldat schob sie weg.

Der Mann geht los, Lina fest an der Hand. Kurz überlegt sie, ihm zu sagen, dass sie singt, ein Talent hat und keine Hure ist, doch schließlich erscheint es ihr besser, jetzt nichts zu sagen.

Schweigend folgt sie dem Mann.

9

Zwei Ecken weiter bleibt der Mann stehen. Er hockt sich neben sie hin. »Wie heißt du?«, fragt er. Er trägt eine blaue Windjacke.

Lina schüttelt den Kopf. »Ich singe«, sagt sie.

»Wo sind deine Eltern?« Bei der Frage schaut er sie eindringlich an.

Sie schaut auf seine Augenbrauen. Dicke Augenbrauen, mit vielen Haaren.

»Verreist«, sagt sie.

»Und für wie lange?«

»Für eine Weile.«

»Wo wohnst du?«

»Dahinten.« Sie zeigt ins Nichts, irgendwo hinter sich.

Eine Frau mit einem Einkaufstrolley kommt vorbei. Der Mann wartet, bis sie vorüber ist, dann fragt er noch einmal: »Wo wohnst du?« Als wäre er wütend auf sie.

»Bei meinen Freunden«, sagt Lina.

Einen Moment ist der Mann still. Er schaut in den Eimer. Dann fasst er in ihre Manteltaschen, erst in die linke, dann in die rechte. Er findet nichts, nur ein Taschentuch, ein paar Krümel, ein bisschen Kleingeld. Der Mann steckt alles zurück und wischt sich die Krümel von den Händen.

»Hast du einen Ausweis?«, fragt er.

»Nicht dabei.«

»Ist dein Ausweis zu Hause?«

»Verloren«, sagt Lina.

Sie redet zu viel. Auch wenn sie nichts sagt, sie redet zu viel, sie spürt es. Sie hat diese Anweisung nicht ohne Grund bekommen. Vielleicht sollte sie singen.

»Hör mal«, sagt Lina. »Ich singe.«

Der Mann schüttelt den Kopf. Schon die Ankündigung von Gesang scheint ihn zu reizen. »Sind deine Eltern festgenommen?«

Sie schüttelt den Kopf.

»Ist die Militärpolizei bei euch gewesen?«

Wieder ein Kopfschütteln.

»Was wolltest du da drin? Was hattest du vor?« Er zeigt in die Richtung, aus der sie gekommen sind, wo sie am schwarzen Rock der Frau Halt gesucht hat.

»Ich sollte zum Amt für Bürgerumsiedlung.« Es klingt feierlich, fast wie ein Versprechen.

»Wer hat das zu dir gesagt?«

Wieder kommen Leute vorbei, zwei Frauen diesmal. Der Mann schweigt.

Lina schaut ihn lächelnd an. Sie will höflich sein, obwohl sie findet, dass er seltsam riecht. Nach Kaugummi, Aftershave und nach Schweiß. Doch am meisten nach Kaugummi. Kein angenehmer Geruch.

Er fasst sie an den Schultern. »Ist die Militärpolizei bei euch gewesen?«

Sie schüttelt den Kopf. Sie denkt an den Jungen mit der »16« auf dem T-Shirt. Der sagte auch nichts. Er war mit den anderen zusammen, aber er redete nicht. Ihr ist kalt. Sie zittert.

»Ist die Armee bei dir zu Hause gewesen?«

»Der Major war bei mir zu Hause«, sagt sie. »Der Major ist mein Freund.«

Der Mann richtet sich auf, fasst sie fest an der Hand, und sie gehen weiter, gehetzt. Er zieht sie hinter sich her, sie muss rennen, um mit ihm Schritt zu halten. Selbst wenn sie ihre Hand von seiner losreißen wollte, es würde ihr nicht gelingen.

Sie laufen durch mindestens zwanzig Straßen, vielleicht noch mehr, und weil sie so schnell gehen, beginnen Linas Beine zu schmerzen. Doch der Mann wird nicht langsamer.

Es wird nach und nach dunkel. Lina wäre jetzt gern bei den Kindern, auf dem Feld, wo so viele Leute zusammen sind, dass man sie nicht mehr auseinanderhalten kann, nur noch Beine sieht und Schuhe und Bäuche. Sie weiß nicht, ob sie das dem Mann erzählen soll. Wahrscheinlich kann man ihm nicht trauen. Andererseits: Wenn man sowieso niemandem trauen kann, ist es auch wieder egal.

Der Mann bleibt bei einer Frau stehen, die frisch gepressten Orangensaft verkauft. Lina bekommt einen Plastikbecher voll, der Mann selbst nimmt auch einen. Er trinkt hastig, Lina merkt, dass er Durst hat vom schnellen Gehen, wie sie. Sie schaut ihn an, während er trinkt. Als er fertig ist, leckt er sich die Lippen.

Der Apparat, mit dem die Orangen ausgepresst werden, gefällt Lina. Er hat eine Art Hebel, der die Presse auf die Orangen drückt. Die Frau dreht dazu an einem kleinen Rädchen wie ein Busfahrer an seinem Lenkrad: schnell und geschickt.

Als Lina ihren Becher halb ausgetrunken hat, schenkt die

Frau ihr nach. Unterdessen sieht Lina die ausgepressten Orangenschalen in einem durchsichtigen Beutel am Karren der Frau hängen.

Der Becher ist wieder voll. Es schwimmt Fruchtfleisch darin.

»Ich kann dir nicht helfen«, sagt der Mann. »Aber ich bring dich zu wem, der dir helfen kann. Trink aus.«

Schnell leert Lina den Becher. Sie gibt ihn der Frau zurück. »Sie brauchen mir nicht zu helfen«, sagt sie. »Ich muss zum Amt für Bürgerumsiedlung. Ich brauche eine Schippe, und dann will ich zu den Kindern zurück und dem Jongleur.«

Es ist gut, dass sie das herausgebracht hat. Solange man höflich bleibt, darf man sagen, was man auf dem Herzen hat. Diese Worte verraten nichts.

Der Mann ignoriert ihren Wunsch. Als hätte sie gar nichts gesagt. »Wenn die Militärpolizei bei euch zu Hause war, müssen wir mit dem Schlimmsten rechnen«, sagt er leise. »Wie bist du entkommen? Hast du dich versteckt?«

»Pass auf«, erwidert sie ihm, »hör gut zu.« Das haben sie auf der französischen Schule auch immer zu ihr gesagt: »Hör gut zu.« Als wäre sie taub.

Sie weiß, dass es nicht gut ist, wütend zu sein. Wüten wird ihr nicht helfen, hat ihre Mutter immer gesagt. Aber dieser Mann macht sie wütend. Er will ihr nicht zuhören, will sie nicht verstehen.

»Hör gut zu«, sagt sie noch einmal. »Ich habe mich nicht versteckt. Der Major ist mein Freund. Er sagt, er ist mein zweiter Papa, aber so einen brauche ich nicht. Der Major sagt, jeder braucht einen zweiten Papa, auch wenn er mir mal erzählt hat, dass sein Papa nicht mal halb Papa war. Ich denke, *ein* Papa ist genau richtig. Ein einziger.« Sie streckt den Zeigefinger empor, um ihren Worten Nachdruck zu verleihen.

Der Mann nimmt ihre Hand. Er bezahlt die Orangensaftfrau. Zum Abschied lächelt sie Lina kurz an. Erst jetzt fällt es ihr auf: Die Frau mit der Saftpresse sieht der Haushälterin ähnlich. Es liegt vor allem an ihrem Lächeln, mehr noch als daran, wie sie sie ansieht.

Sie gehen weiter, als sei der Mann jetzt noch mehr in Eile. »Ich bring dich wo hin, wo du sicher bist«, sagt er. »Ohne Ausweis kannst du in der Stadt nicht bleiben. Was machten deine Eltern beruflich?«

Lina bleibt bei ihrem Entschluss: Bloß nicht antworten.

Wieder einmal soll sie irgendwohin gebracht werden. Das ist sie inzwischen gewöhnt. Sie überlegt kurz, sich loszureißen und wegzurennen, aber sie hat keine Ahnung, wie sie von hier zu dem Feld und den Kindern kommen soll. Sie wird es schon merken, wo der Mann sie hinbringen will. Wenn sie erst dort ist, kann sie immer noch weglaufen.

Endlich bleibt er vor einer großen Tür stehen. Eigentlich sind es zwei, zusammen so groß, dass ein Auto hindurchpassen würde. Er klingelt. Eine der beiden Türen geht von allein auf. Auch hier gibt es einen Innenhof, nur kleiner. Mit Lina an der Hand durchquert ihn der Mann, bis sie zu einer anderen Tür kommen. Ein Mann, der den Hof fegt, schaut ihnen hinterher, ohne jedoch seine Arbeit zu unterbrechen.

Wieder drückt der Mann, der Lina an einen sicheren Ort bringen will, auf einen Klingelknopf. Auch diese Tür öffnet sich von allein. Der Mann geht mit ihr eine Treppe hinauf. Die Treppe ist steil. Jedes Mal, wenn sie denkt, dass sie angekommen sind, geht die Treppe noch weiter hoch. Wohin er sie auch bringt, auf jeden Fall in eins der oberen Stockwerke.

Die ganze Zeit über hält der Mann Linas Hand fest. Sie hat Mühe, mit ihm Schritt zu halten, aber sie will nicht rufen: »Nicht so schnell!« Dann wäre sie eine Heulsuse, dann würde sie Schwäche zeigen.

Endlich bleiben sie stehen. Der Mann klopft ein paarmal an eine Tür.

Eine Frau öffnet. Sie hat halblanges Haar und trägt eine Brille.

Der Mann flüstert ihr etwas ins Ohr, und noch mehr, und noch mehr. Die ganze Zeit hält er Lina an der Hand. Ab und zu schaut die Frau Lina an. Dann hört er zu flüstern auf und lässt Linas Hand los. Er tritt einen Schritt zurück.

Wieder starrt Lina auf seine Augenbrauen. Sie sind groß und buschig. Sie haben eine seltsame Farbe. Anders als die seiner Haare. Silbern sind sie, an manchen Stellen weiß und zwischendurch grau.

»Ich habe getan, was ich konnte«, sagt der Mann. »Jeder tut, was er kann. Alles Gute.« Er tippt Lina lässig auf die Schulter. Dann eilt er die Treppe hinunter.

Lina schaut ihm hinterher.

Sie versucht, an ihre Mutter zu denken und daran, was für Kleider sie immer anhatte.

»Komm rein«, sagt die Frau. Sie führt Lina in ein dunkles Zimmer mit einem großen Tisch, auf dem eine Decke liegt. »Zieh deinen Mantel aus.«

»Nein«, antwortet Lina, »ich behalte ihn an.«

»Willst du deinen Eimer irgendwo abstellen?«, fragt die Frau.

»Nein«, sagt Lina, »den behalte ich auch.«

»Möchtest du Tee? Oder Wasser?«

»Ja, bitte, Señora. Tee.«

Die Frau geht aus dem Zimmer.

Lina schaut sich um, und erst jetzt sieht sie die anderen Frauen. Sie sitzen auf Stühlen an der Wand und sehen sie an.

Den Eimer hat sie neben sich hingestellt. Sie setzt sich an den Tisch und wartet auf Tee. Wenn Leute sie anschauen wollen, bitte schön. Sie ist es gewöhnt.

Insgesamt vier Frauen sitzen an der Wand.

Die Frau, die eben die Tür aufgemacht hat, kommt mit einer Teekanne und einer Tasse zurück. Auf die Tasse ist etwas gemalt, aber Lina kann es nicht erkennen. Die Frau trägt eine Schürze. Vielleicht ist sie hier die Haushälterin?

Sie setzt sich Lina gegenüber. »Möchtest du Zucker?«, fragt sie. »Oder Honig?«

Lina schüttelt den Kopf, doch dann sagt sie: »Honig.«

»Er ist heiß«, sagt die Frau. »Der Tee.« Sie steht auf und kommt mit einem Glas Honig zurück.

Lina pustet. Im Honigglas steckt ein Löffel. Langsam lässt sie den Honig vom Löffel in den Tee laufen.

Die Frau spielt mit einem Teelöffel. »Was möchtest du mir erzählen?«, fragt sie. »Möchtest du mir was erzählen?«

Lina schüttelt langsam den Kopf. Sie schaut zu den Frauen an der Wand. »Ich bin müde«, sagt sie.

Das ist die Wahrheit. Sie ist müde. Sie würde gern schlafen. Wenn sie aus der französischen Schule zurückkam, ging sie immer auf ihr Zimmer im Haus des Majors und legte sich heimlich kurz hin. Bis die Haushälterin kam und sie in die Küche holte.

»Das verstehe ich«, sagt die Frau. »Natürlich bist du müde. Ist das hier alles, was du dabeihast?« Sie zeigt auf den Eimer. »Ich meine: Hast du kein Gepäck?«

»Verloren«, sagt Lina. »Das Gepäck.« Sie hat noch Sachen beim Major, aber das braucht niemand zu wissen. Sie trinkt den Tee in kleinen Schlucken.

Die Frau nickt. Sie legt den Teelöffel hin. »Morgen früh bringen wir dich weg. An einen sicheren Ort, außerhalb der Stadt. Deine Eltern, wann hast du die zum letzten Mal gesehen? Weißt du das noch?«

Lina zuckt mit den Schultern.

»Vor einem Monat?«

»Ungefähr.«

»Vor zwei Monaten?«

»So ungefähr.«

»Möchtest du nicht darüber reden?«

Lina legt die Hände auf den Tisch. »Sie sind verreist«, sagt sie.

Die Frau nickt. »Ja, und du verreist auch. Morgen.«

Lina fragt sich, ob sie überhaupt verreisen will.

»Hast du eigentlich Hunger?«, fragt die Frau. Sie stellt die Frage, als hätte sie es ganz vergessen und es fiele ihr jetzt wieder ein.

»Ein bisschen«, sagt Lina.

Die Frau mit der Schürze steht auf und geht aus dem Zimmer, kommt aber nicht sofort wieder.

Lina wartet und denkt an die Haushälterin, an den Major,

an seine Frau und die Kinder. Wenn sie verreist, wird sie sie nicht wiedersehen. Vorläufig nicht jedenfalls. Auch an ihre Eltern denkt sie und an die Nacht, als sie wach wurde und den Major zum ersten Mal sah. Sie erinnert sich an alles. Sie durfte es niemandem erzählen, aber sie hat nichts vergessen von alledem.

Sie denkt an ihr Zuhause. An ihr Zimmer.

Endlich kommt die Frau mit einem Teller und einem Baguettebrötchen zurück. »Ich habe es warm gemacht«, sagt sie.

Lina nimmt ein paar Bissen. Den Rest lässt sie stehen.

»Genug?«, fragt die Frau.

Lina nickt. »Ich singe«, sagt sie.

»Du musst jetzt schlafen«, antwortet die Frau.

Sie bringt Lina in ein kleines Zimmer, wo ein paar Schlafsäcke auf dem Boden liegen. Ansonsten ist das Zimmer leer.

»Nimm den hier«, sagt die Frau. Sie zeigt auf einen grünen Schlafsack.

Die Frau zögert, sie spielt mit einer Haarsträhne, setzt ihre Brille ab. »Brauchst du Hilfe?«, fragt sie. »Oder soll ich dich allein lassen?«

»Ich brauche keine Hilfe«, sagt Lina.

Die Frau geht aus dem Zimmer, sie lässt die Tür einen Spalt offen.

Das Zimmer wird von einer Deckenlampe grell erleuchtet, aber Lina kann auch bei Licht schlafen. Am Licht lag es nicht, wenn sie nicht schlafen konnte.

Sie stellt den Eimer ans Kopfende des Schlafsacks. Sie zieht den Mantel aus, die Schuhe, die Hose. Ihre Socken und den Pullover behält sie an.

Wieder hat sie keine Zahnbürste bekommen. Ihre Mutter wäre darüber sehr unglücklich. Aus der Tasche ihres zusammengefalteten Mantels holt sie ein letztes Papiertaschentuch und reibt sich damit gründlich über die Zähne. Ihr Mund wird trocken davon.

Als sie mit dem Putzen fertig ist, steckt sie den Rest des Papiertuchs in ihre Manteltasche zurück.

Sie gehört zu niemandem. Der Gedanke wirkt kalt auf sie, doch seltsamerweise auch stark. Frei, unabhängig. Nicht hilflos macht es sie, vielmehr mächtig. Der Major sagte einmal, dass Macht Menschen wärmen kann; wer Macht hat, kann dafür sorgen, dass Menschen, denen kalt ist, nicht frieren.

Lina erwacht, als Leute ins Zimmer kommen. Es sind die Frauen, die im Wohnzimmer saßen. Sie stellt sich schlafend. Ab und zu linst sie hinüber. Die Frauen ziehen sich schnell aus, aber nur halb, so wie Lina.

Neben sie legt sich ein Mädchen, das auch nicht so alt ist. Wie alt genau, kann Lina nicht sagen, aber viel älter als sie ist sie nicht. Ihr Kopf liegt fast neben dem Linas.

Lina sieht sie an, sie hat jetzt beide Augen geöffnet.

»Schlaf«, sagt das Mädchen.

»Wer seid ihr?«, fragt Lina.

»Du bist eine von uns«, sagt das Mädchen. Ihre Wangen sind rot, und sie hat Haare auf der Oberlippe. Sie streichelt Lina über den Kopf. Auch auf den Armen wachsen ihr Haare. Dunkle Haare.

»Wer seid ihr?«, fragt Lina noch einmal.

Das Mädchen lacht. »Uns gehört die Zukunft«, sagt sie, während sie Lina weiter den Kopf streichelt.

Eine der anderen Frauen steht auf und schaltet das Licht aus.

Wenn ihnen die Zukunft gehört, dann müssen sie selbst auch die Zukunft sein. Lina spürt, wie die streichelnde Hand sich zurückzieht. Sie selbst tastet noch kurz nach ihrem Eimer. Er steht neben ihr.

Sie kann nicht sagen, wie lang sie geschlafen hat oder wie spät es ist, nur, dass sie aufgewacht ist und pinkeln muss. Sie starrt ins Dunkel. Neben ihr liegt immer noch das Mädchen. Etwas weiter schnarcht leise eine Frau. Erst will sie es noch abklemmen, aber sie merkt, dass es nicht mehr geht.

So geräuschlos wie möglich windet sie sich aus ihrem Schlafsack. Ihr Blick sucht den Eimer, doch sie beschließt, ihn stehen zu lassen.

Dann geht sie leise zur Tür, die immer noch einen Spalt offen steht. Als sie sie öffnet, knarrt sie, doch niemand wird wach.

Es ist unhöflich, Leute nachts zu wecken. Früher kroch sie manchmal zu ihren Eltern ins Bett, aber das haben sie ihr verboten. Sie ist zu alt, um bei anderen ins Bett zu kriechen.

Sie sieht das Zimmer mit dem Tisch, auf dem noch immer der Teller mit dem Baguettebrötchen steht, das sie hat liegen lassen. Links von ihr ist die Tür, durch die sie in die Wohnung hereingekommen ist.

Sie geht nach rechts, so leise wie möglich, sie macht kein Geräusch. Beim Major ging sie nachts auch öfter auf die Toilette; dann spülte sie nicht, um keinen Krach zu machen. Morgens stand sie schnell auf und drückte die Spülung, aber manchmal hatte jemand anders das schon getan.

Sie öffnet eine Tür. Ein Zimmer, mehr ein Schrank eigentlich, ein großer Schrank voller Sachen. Vollgestopft. Im Haus des Majors gab es auch so einen Schrank. Manchmal saß die Señora darin.

Sie tastet sich vor, weil es zu dunkel ist, um etwas zu sehen. Sie spürt einen Gegenstand und nimmt ihn. Ein Fernglas. Mit beiden Händen muss sie es festhalten. Sie hält es sich vor die Augen. Immer noch sieht sie nichts.

In dem Moment spürt sie eine Hand auf der Schulter.

Sie dreht sich schnell um.

»Was suchst du hier?«

Es ist das Mädchen, das neben ihr lag. Sie trägt nur einen Slip und ein T-Shirt. »Was suchst du?«, fragt das Mädchen noch einmal.

Lina denkt an die Kinder, die Autoscheiben putzen, und den Jungen mit seinem Jongleurgesicht. Wenn man zu niemandem gehört, bleibt man nie lange bei Leuten.

»Ich such die Toilette.«

»Komm mit«, sagt das Mädchen. »Und gib mir das.« Sie nimmt Lina das Fernglas ab und legt es zurück zu den anderen Sachen.

Das Mädchen schließt die Tür zu dem Zimmer, das eigentlich ein Schrank ist. Dann bringt sie Lina zur Toilette. Sie ist doch in der anderen Richtung. Neben der Wohnungstür. Das Mädchen schaltet das Licht an.

Lina setzt sich auf die Schüssel. Es ist ein kleiner Raum mit einem winzigen Waschbecken. Das Mädchen wartet auf sie. Ihr Slip ist dunkelgrün.

»Nicht gucken«, sagt Lina.

Das Mädchen schließt die Tür.

Lina pinkelt. Nach einigem Zögern beschließt sie, die Spülung zu drücken. Auch wäscht sie sich die Hände. Neben dem Wasserhahn hängt ein kleines Handtuch. Als Lina die Toilettentür wieder öffnet, steht das Mädchen immer noch da.

»Es ist kalt«, sagt sie. »Komm schnell zurück ins Bett.«

Lina folgt dem Mädchen ins Zimmer. Sie kriecht zurück in den Schlafsack.

Kurz spürt sie die Hand des Mädchens auf ihrem Kopf. »Morgen gehst du auf die Reise«, sagt das Mädchen.

Dann hört sie nichts mehr, niemand sagt mehr etwas, überall Schweigen. Die Hand zieht sich zurück.

Lina denkt an das schwere Fernglas, das sie in den Händen hatte. Neben ihr liegt die Zukunft. Sie betrachtet sie sich. Die Zukunft ist es, die sie nicht schlafen lässt.

10

Der Lastwagen ist alt und klapprig. Im Laderaum liegen Kartoffeln, vorn sitzen der Fahrer, Lina und das Mädchen.

In aller Frühe haben sie Lina geweckt, obwohl das eigentlich unnötig war. Sie tat, als schliefe sie noch, als das Mädchen ihr auf die Schulter tippte. Danach musste sie auch so tun, als ob sie wach würde. Sie reckte sich demonstrativ, rieb sich die Augen. »Guten Morgen«, sagte sie.

Schnell zog sie sich an. Im selben Zimmer wie am Vortag bekam sie ein Glas Milch und ein Käsebrötchen, das sie im Stehen halb aufaß. Was übrigblieb, tat sie in ihren Eimer. Der Käse war hart und salzig.

Danach nahm das Mädchen sie mit, die Treppe hinunter, die sie und der Mann mit den buschigen Augenbrauen am Tag zuvor so schnell hochgestiegen waren. »Komm«, sagte das Mädchen, »wir haben es eilig.«

Unten stand das Auto bereit, ein kleiner, altersschwacher Lastwagen. Das Mädchen half Lina beim Einsteigen. Die Sitzbezüge waren zerrissen. Lina bekam den Platz neben dem Fahrer. Er sah sie nicht an, als sie sich neben ihn schob, er blickte stur geradeaus, als sei er schon mitten im dichten Verkehr.

Schräg über dem Fahrer hängt eine kleine Marienfigur. Auf der französischen Schule hatten sie auch so eine.

Sie fahren aus der Stadt. Lina passt genau auf, aber sie kommen nicht an der Brücke vorbei, wo der Jongleur und die anderen Kinder arbeiten. Auch nicht an dem Feld, wo sie wohnen. Sie nehmen einen anderen Weg.

Das Mädchen sagt: »Ich bin Dominga, ich glaube, ich hab mich gestern Abend nicht vorgestellt.« Der Fahrer schweigt weiter.

Lina beschließt, auch etwas zu sagen. »Ich bin Lina«, sagt sie. So viel darf sie verraten. Lina, so hieß sie auch beim Major.

Kurz nach dem Stadtrand halten sie an einem Kontrollpunkt, vor dem schon eine lange Schlange steht. Niemand hupt. Manche Fahrer sind ausgestiegen und warten neben dem Wagen.

Als sie endlich an der Reihe sind, gibt das Mädchen seinen Ausweis und den des Fahrers durchs Fenster einem Soldaten.

Der Soldat fragt etwas. Lina kann nicht verstehen, was.

Das Mädchen sagt, Lina sei ihre kleine Schwester, ihre Papiere seien gestohlen worden.

Lina und das Mädchen müssen aussteigen. Der Soldat betrachtet Lina nur flüchtig, er hat wenig Interesse an ihr. Dafür mustert er eingehend Dominga und studiert ihre Papiere.

Er gibt den Ausweis einem anderen Soldaten, der ihn in eine Baracke ein Stück weiter hinten mitnimmt. Selbst betrachtet er weiter das Mädchen, als wäre sie eine Skulptur.

Lina denkt an den Major, der einmal gesagt hat: »Ich trage meine Uniform auch zu Hause, denn manchmal vergisst deine Mama, wer ich bin.« Eigentlich hat der Major Lina eine Menge erzählt.

Der Soldat geht um das Mädchen herum, um sie auch von hinten zu mustern. Das Mädchen bleibt ungerührt stehen, es scheint ihr nichts auszumachen, betrachtet zu werden.

Der andere Soldat kommt aus der Baracke zurück. Er schwenkt Domingas Ausweis. Er gibt ihn dem ersten Soldaten, der ihn nochmals studiert. Er dreht ihn um, und noch mal, und noch mal.

Das Mädchen streckt die Hand aus. Es liegt Geld darin. Mit derselben Bewegung, mit der er ihr den Ausweis zurückgibt, nimmt der Soldat das Geld in Empfang.

Das Mädchen will wieder einsteigen, doch der Soldat sagt, dass er den Laderaum noch kurz überprüfen will.

Das Mädchen führt ihn nach hinten und zeigt ihm die Kartoffeln. Lina folgt ihnen. Sie ist lieber bei dem Mädchen als allein mit dem Fahrer, außerdem kann sie ohne Hilfe nicht in den Lastwagen klettern.

»Nur Kartoffeln?«, fragt der Soldat.

»Nur Kartoffeln«, antwortet das Mädchen.

Der Soldat steigt in den Lastwagen und pikt mit seinem Gewehr in die Ladung. Die Kartoffeln interessieren ihn sehr. Er nimmt eine und begutachtet sie, so, wie er eben das Mädchen begutachtet hat.

»Was für eine Sorte ist das?«, ruft er.

»Ich weiß nicht«, antwortet das Mädchen. »Kartoffeln.«

»Die haben wir hier nicht genug«, ruft er zurück. »Was ist das für eine Sorte? Eine gute?«

Das Mädchen geht nach vorn und holt zwei Plastiksäcke aus der Fahrerkabine, die sie dem Soldaten gibt.

Breitbeinig zwischen den Kartoffeln stehend, füllt der Soldat die Säcke. Er benimmt sich wie beim Gemüsehändler.

Immer wieder legt er Kartoffeln, die er schon in der Hand hatte, zurück. Als die zwei Säcke fast voll sind, macht er einen Knoten und wirft sie hinaus auf den Boden. Er klettert vom Wagen. »Ihr könnt weiterfahren«, sagt er.

Fast scheint es, als wolle er dem Mädchen einen freundschaftlichen Klaps auf die Schulter geben, doch er überlegt es sich anders. Der Soldat nimmt die Säcke, wendet sich abrupt ab und geht Richtung Baracke. Er dreht sich nicht um.

Lina und Dominga steigen wieder ein. Der Fahrer fährt los.

»Das ist der Anfang vom Ende«, sagt Dominga. »Sie haben keine Kartoffeln mehr.«

Lina beginnt zu singen, erst sacht, doch weil niemand Protest einlegt, nach einiger Zeit kräftiger. Die anderen sagen nichts, auch als sie lauter singt, keiner protestiert gegen Linas Gesang, aber es sagt auch keiner, dass sie Talent hat.

Sie fahren den ganzen Tag. Auch als es dunkel wird, halten sie nicht. Sie fahren in die Berge.

Endlich hält der Fahrer an einem kleinen Parkplatz. Es ist mehr eine Straßenverbreiterung als ein Parkplatz. Sie steigen aus, um zu pinkeln. Früher gab es hier ein kleines Restaurant, doch das muss lange her sein. Die Mitteilung, dass man hier gebratenes Huhn serviert, ist noch lesbar, doch die Scheiben sind eingeschlagen. Ein Teil des Mobiliars liegt davor. Einige Stühle wurden benutzt, um ein Feuer zu machen. Daneben ein halb ausgebranntes Auto.

Lina und das Mädchen pinkeln hinter dem Wrack. Dann gehen sie ein wenig herum. »Sich die Beine vertreten« nennt es das Mädchen. Doch sie gehen nicht weit, es ist kalt. Sie setzen sich wieder in den Wagen.

Dominga packt zwei Plastikbehälter aus, in denen eine Art Brei ist.

»Was ist das für ein Brei?«, fragt Lina.

»Das ist kein Brei«, sagt das Mädchen. »Das ist Mais mit Hühnchen. Das Hühnchen ist kleingeschnitten. Es sind keine Knochen mehr drin, du kannst es so essen.«

Lina nimmt zwei Löffel davon. Es schmeckt ihr nicht. Sie gibt es an den Fahrer weiter, der alles aufisst. Er löffelt hastig, ohne zu kleckern. Das Mädchen hat seine eigene Schale.

Das ist ein anderer Nachteil, wenn man zu niemandem gehört: Die Leute wissen nicht, was einem schmeckt.

Sie schlafen im Auto, unter zwei Decken, die unangenehm riechen. Lina schläft mit dem Kopf im Schoß des Mädchens. Ihr ist es egal, sie ist müde. Dem Mädchen macht es auch nichts aus.

Noch vor Tagesanbruch fahren sie weiter. Es gibt kein Frühstück, nur Wasser.

Lina hat immer noch ein Stück Papiertaschentuch in der Tasche, doch sie wagt sich die Zähne hier nicht zu putzen. Das wird sie später tun, wenn niemand zusieht.

»Wir nehmen die alte Straße«, sagt der Fahrer. »Die ist sicher.«

Es ist der erste Satz, den er seit Anfang der Reise gesagt hat. Davor war es nur »ja«, »nein« und »danke«. Einmal sagte er »lecker«. Der Brei, den Lina so eklig fand, hat ihm offenbar geschmeckt.

Lina fragt sich, wohin sie fahren. »Ist es noch weit?«, will sie wissen.

»Weit ist es nicht«, sagt der Fahrer. »Aber die Straße ist schlecht.«

Lina schaut aus dem Fenster. »Wohnen hier Leute?«, fragt sie.

»Überall wohnen Leute«, sagt Dominga. »Aber manchmal sieht man sie nicht.«

Das kann Lina kaum glauben. Wenn Leute hier wohnen, müsste man doch auch Häuser sehen?

Es ist bewölkt, die Wolken sind näher, als Lina sie in der Stadt je gesehen hat, manchmal ist es, als führen sie direkt durch sie hindurch. Lina fallen die Augen zu.

Zweimal steckt der Lastwagen fest, zweimal wird Lina davon geweckt. Der Fahrer holt eine Schaufel aus dem Laderaum und schippt die festgefahrenen Reifen frei. Beide Male steigen Lina und das Mädchen aus. Sie schauen zu, wie der Mann schaufelt.

Zweimal sagt Lina: »Es ist kalt hier«, zweimal wird darauf nicht reagiert.

Während der Fahrt schläft Lina weiter. Sie träumt nichts. Wiederholt schreckt sie aus dem Schlaf, doch wenn sie merkt, dass das Auto noch fährt, fallen ihr die Augen wieder zu. Ihr ist vor allem kalt.

Zu guter Letzt sagt Dominga: »Wir sind da.«

Lina setzt sich auf. Sie sind in einem Dorf. Es ist immer noch bewölkt, und die Häuser haben die Farbe von Lehm. Es sind eher Hütten als Häuser. Um das Dorf herum sind Berge ohne Bäume und Sträucher. Die Farbe der Berge ist irgendwo zwischen Bräunlich und Grau; ungefähr dieselbe wie die der Häuser, wodurch es wirkt, als wollten die Häuser in der Landschaft verschwinden.

Sie steigen aus dem Wagen. Drei junge Männer haben sich darum versammelt. Sie beginnen, die Kartoffeln auszuladen.

Dominga und Lina gehen ein Stück den Hügel hinab, das Dorf liegt in einer Mulde. Der Fahrer bleibt bei den Jungen. Er hat sich nicht verabschiedet.

Der Weg ins Dorf führt durch Matsch. Linas Schuhe werden schmutzig, auch sie sind bald schlammbedeckt. Wie die Berge hat auch der Boden verschiedene Farben von Bräunlich bis Grau, sieht Lina. Mit der Linken hält sie den Eimer fest. Dominga will sie bei der Hand nehmen, doch Lina sagt, das sei nicht nötig.

Unten im Dorf ist ein Sportplatz. So einen gab es auch auf der französischen Schule. Er ist aus Beton. Ebenfalls schlammbedeckt, doch weniger als alles rundherum. Wenn man vorsichtig ist, kann man hier gehen, ohne sich schmutzig zu machen.

Hinter dem Sportplatz ist ein überdachter Verkaufsstand aus Holz. Darin eine Lampe und unter der Lampe die Waren: Kekse, Bonbons, Limonade, Zigaretten. Viel mehr gibt es nicht, mehr kann man offenbar hier nicht kaufen.

Lina und Dominga bleiben neben dem Stand stehen. Dominga schweigt, ab und zu schaut sie sich um, als erwarte sie jemanden. Doch weit und breit ist kein Mensch zu sehen. Alles wie ausgestorben. Nur hinter dem Verkaufstisch sitzt eine alte Frau. Sie regt sich nicht, sitzt einfach nur da. Als würde sie schlafen.

Vielleicht sind die Häuser genauso verlassen. So sehen sie jedenfalls aus. Doch als Lina Dominga das fragt, sagt die, dass natürlich Menschen drin wohnen. Sie brauche sich keine Sorgen zu machen, sie ist nicht allein.

»Wo sind wir hier eigentlich?«, fragt Lina.

»In Sicherheit«, antwortet das Mädchen.

Ein Mann kommt auf sie zu. Er geht gebeugt. Er trägt eine Mütze, einen grünen Pullover, einen beigen Mantel bis an die Knie und Sandalen. Komisch, dass er in Sandalen durch den Matsch läuft. Die Hose ist kariert und sieht aus wie selbst genäht, vielleicht hat sie auch jemand anderem gehört. Sie ist ihm zu kurz.

Der Mann ist mindestens fünfzig. Er bleibt neben Lina und Dominga stehen und nickt der Älteren kurz, fast unmerklich zu. Dann nimmt er Lina an die Hand und geht davon.

Sie folgt ihm, sie muss. Er führt sie den Berg hinauf. Er schweigt.

Lina dreht sich im Gehen noch einmal um. Dominga steht immer noch neben dem Stand, genauso regungslos wie die alte Frau hinter dem Tisch. Lina winkt dem Mädchen zu.

Wenn man niemandem gehört, begegnet man jeden Tag neuen Leuten. Leuten, die einem Ratschläge geben, Leuten, die Auskünfte verweigern, Leuten, die einen bei der Hand nehmen, einen streicheln, Leuten, die sich auf oder neben einen legen. Sie denkt wieder an den Jongleur, an ihren Vater, an den Major und seine Frau. An ihre Mutter.

Oben, wo das Dorf aufhört, steht eine Reihe Häuser. Keine Einzelhäuser, sie sind aneinandergebaut. Die Häuser haben Vorgärten, aber nichts gedeiht dort, außer Dreck. Trotzdem haben die meisten Vorgärten einen Zaun.

Im Vorgarten des Mannes mit der karierten Hose ist über den Matsch ein dickes Brett gelegt. Zusammen gehen sie darüber ins Haus.

Auf dem Fußboden dort liegen Zeitungen. Ein kleiner Holztisch steht darin. An der Wand ein Kalender mit einer blonden Frau im Badeanzug. Daneben ein Bild von Jesus am Kreuz, darunter Fotos von Kindern.

Der Mann bedeutet Lina, sich an den Tisch zu setzen. Es gibt zwei Stühle. Er klopft seine Sandalen auf den Zeitungen aus und setzt sich ihr gegenüber. Lina sieht, dass er Socken trägt, doch auch sie haben die Farbe von Lehm. Im Haus ist es genauso kalt wie draußen.

»Wie heißt du?«, fragt der Mann. Seine Hände liegen auf dem Tisch, auch sie irgendwie schlammfarben.

»Lina«, sagt sie.

Der Mann nickt. Auch im Sitzen wirkt er gebeugt. Als läge etwas auf seinem Rücken. »Du bist eine Waise«, sagt er nach einer Weile. »Weißt du, was eine Waise ist?«

Lina schüttelt den Kopf.

Der Mann kramt ein Taschentuch hervor und spuckt hinein. Keine Spucke, etwas anderes. Vielleicht einen Kern. Dann verschwindet das Taschentuch wieder.

»Eine Waise ist ein Mensch ohne Eltern. Deine Eltern sind verschwunden. Vielleicht tauchen sie irgendwann wieder auf, dann bist du keine Waise mehr. Aber darauf würde ich nicht warten. Wahrscheinlich sind sie tot. Ermordet.«

Er verschränkt die Hände und legt sein Kinn darauf. »Hier bist du sicher«, sagt er. »Hier haben wir die Macht. Hier regiert das Volk. Verstehst du?«

»Ja«, sagt Lina. Sie ist in Gedanken noch bei ihren Eltern.

Der Mann steht auf. Hinter dem Tisch steht ein Ofen. Er zündet ihn an. Es ist ein Holzofen. Als das Holz brennt, erhitzt er Wasser in einem alten Kessel. Dann setzt er sich wieder. Er schaut Lina an. Dann von ihr weg zum Kalender mit der blonden Frau im Badeanzug.

»Wir leben hier«, sagt er, »wegen der Mine. Alles, was du hier siehst, verdanken wir ihr. Hier wächst nichts, hier gibt es nur Gold, aber das Gold ist unter der Erde, tief drunten. Wir holen es herauf. Das ist unsere Arbeit. Weißt du, was Gold ist?«

Lina nickt.

»Und auch eine Mine? Eine Mine ist unter der Erde. Wir arbeiten da, die meiste Zeit.« Der Mann sieht Lina kurz an. Er scheint kontrollieren zu wollen, ob sie versteht, was er sagt. Dann nimmt er den Kessel vom Feuer und schenkt heißes Wasser in eine Tasse mit abgebrochenem Henkel. Er wirft Blätter hinein.

Er gibt Lina die Tasse. Sie betrachtet die Blätter.

Selbst trinkt er nichts. Er steckt sich ein paar der merkwürdigen Blätter in den Mund. »Ich werde dein Stiefvater sein«, sagt der Mann. »Eigentlich dürfen Frauen nicht in die Mine, aber für Witwen und Waisen machen wir eine Ausnahme. Du bist Waise, darum also auch eine Ausnahme für dich. Du bist eine Waise ohne Familie.«

Der Tee ist heiß. Lina schaut sich um. Sie hört das Geräusch eines Tiers, sie kann es nicht einordnen, sieht auch nirgends ein Tier.

»Ich kann auch singen«, sagt sie. »Ich habe ein Talent. Und ich bin keine Hure.«

Kurz schaut der Mann sie an, dann richtet er den Blick wieder auf den Kalender. »Nur ein Orchester haben wir«, sagt er. »Das spielt, wenn jemand stirbt und bei besonderen Anlässen. Sonst gibt es hier nichts, bis auf die Mine. Wir sind Bergleute vom Vater auf den Sohn. Die Mine steckt uns im Blut. Unsere Toten sind in der Mine, und unser Leben.

Alles, was wir haben, im Guten und Schlechten, kommt von dort. Gleich werd ich dich hinbringen. Dann siehst du, wovon ich rede und wo du arbeiten wirst. Es ist einfache Arbeit. Das Schwierige übernehme ich. Du machst das Leichte. Ich such das Gold, du bringst die Steine nach draußen. Abgemacht? Soll ich dein Stiefvater sein?«

Lina nickt.

Der Mann steht auf und gibt ihr die Hand. Dann holt er Gummistiefel. Er gibt Lina ein Paar.

»Es ist das kleinste Paar, das ich finden konnte«, sagt er.

Die Stiefel sind Lina viel zu groß.

»Schlüpf mit den Schuhen rein«, sagt er, »vielleicht hilft das.«

Sie schlüpft mit den Schuhen in die Stiefel. Das hilft, ein bisschen.

Aus einem Schrank, in dem sonst nur noch ein paar Tassen stehen, holt der Mann zwei Helme. Er gibt Lina einen, der ihr über die Augen rutscht. Auf dem Helm ist eine Lampe befestigt, und daran an einer langen Schnur eine Batterie, die sie sich in die Tasche stecken muss.

»Es ist die kleinste Größe, die ich bekommen konnte«, sagt er. »Sonst musst du ihn eben mit einer Hand festhalten.« Auch er setzt sich einen Helm auf. Dann steckt er ein Fläschchen in seine Hosentasche.

Wieder hört Lina das Geräusch eines Tiers, vielleicht eines Pferdes. Ob hier irgendwo in der Nähe ein Pferd ist?

Sie gehen aus dem Haus, über das dicke Brett. Der Mann schließt die Gartenpforte. Er wirft noch einen kurzen Blick auf Lina, dann geht er los.

Lina rutscht ein paarmal aus, fällt aber nicht hin. Sie hat

ihren Eimer dabei. Es ist nicht einfach für sie, in den zu großen Stiefeln zu laufen. Außerdem muss sie ihren Helm festhalten. Und ihren Eimer.

»Es ist nicht weit«, sagt der Mann. Er nimmt sie nicht an die Hand, doch regelmäßig bleibt er stehen, um auf sie zu warten. Er scheint nicht böse, dass sie so lange braucht. Es ist das erste Mal, dass sie hier entlanggeht.

»Wir haben versucht, einen Weg anzulegen«, sagt er, »aber die Regenzeit spült alles wieder weg. Manchmal sogar die Häuser. Alles wird weggespült, nur die Mine und die Minenarbeiter nicht.«

Nach und nach gewöhnt Lina sich an die zu großen Stiefel. Sie lernt, wie sie das Gleichgewicht halten, wie sie auftreten muss. Den Eimer hat sie in den Helm gelegt. Im Moment braucht sie den Helm doch nicht.

Endlich gelangen sie zum Eingang der Mine.

Der Eingang ist nicht groß, eher unscheinbar, verdeckt von etwas trockenem Gestrüpp. Wer es nicht weiß, kann nicht sehen, dass das hier der Zugang zur Mine ist. Es sieht mehr aus wie ein Felsloch.

Auf dem Boden liegen Holzschienen, das fällt noch am ehesten auf, doch die Schienen werden offenbar nicht mehr benutzt. Sie sind vermodert.

»Setz deinen Helm auf«, befiehlt der Mann.

Sie gehorcht. Der Mann schaltet die Lampe auf ihrem Helm an.

Sie gehen hinein. Der Mann geht vor, Lina folgt.

In einigen Teilen der Mine steht Wasser. Es ist schmutzig. Manchmal reicht es Lina bis kurz unter die Knie, dann wieder nur bis zu den Knöcheln.

Sie gehen durch einen Tunnel. Die Decke ist niedrig. Der Mann muss sich immer wieder bücken. Lina nicht, sie passt überall mit Leichtigkeit durch.

Der Mann bleibt stehen. Er schaut zu, wie sie vorankommt. »Manchmal denke ich«, meint er, »die Mine ist eigentlich für Kinder gemacht.«

»Wo sind die anderen?«, fragt Lina. »Die Arbeiter?«

»Die arbeiten tiefer«, sagt der Mann. »Viel, viel tiefer.«

Sie gehen weiter. Es gibt verschiedene Tunnel. Und immer wieder Kreuzungen. Man verirrt sich leicht, ein Tunnel sieht aus wie der andere.

Sie biegen um eine Ecke. Und noch eine, und noch eine. Langsam wird es trockener.

Lina und der Mann gelangen in einen Raum, in dem ein paar Bänke stehen. Hier ist kein Wasser auf dem Boden. Hier gibt es auch zusätzliches Licht. Licht, das nicht aus ihren Helmlampen stammt. Vor den Bänken steht eine Art Stuhl auf einem Stapel Steine. Die Steine bilden fast eine Bühne.

Einmal waren Papa und Mama mit ihr in einem Theater, wo getanzt und gesungen wurde. »Jetzt weiß ich, was Singen und Tanzen ist«, hatte Lina gesagt, als es vorbei war.

Auf dem Stuhl sitzt eine Puppe. Doch keine gewöhnliche, wie Lina sie früher zu Hause hatte.

Die Puppe ist genauso groß wie Lina, ein Puppenmann, vielleicht etwas größer. Er hat braune Augen und scheint Lina anzuschauen.

Von der Decke des Raums hängen Luftschlangen. Wenn Lina Geburtstag hatte, verzierten Papa und Mama ihren Stuhl auch mit Girlanden. Doch hier sind es viel mehr. Auch auf der Bühne liegen welche und davor allerlei andere Dinge, Fläschchen und Flaschen, Zigarettenpackungen, komische Pflanzenblätter, noch mehr Zigaretten.

Hier hängen auch Lampen. Zwei, sieht Lina, von derselben Sorte wie die auf ihrem Helm, nur hängen sie hier von der Decke.

Im Mund der Puppe steckt eine Zigarette. Die Augen sind aus Stoff, und doch spürt Lina ihren Blick.

Lina findet die Puppe furchteinflößend, dennoch sieht sie sie unverwandt an, sie und die Flaschen, die Zigarettenpackungen und die Blätter davor auf dem Boden.

Der Mann setzt sich auf die Bank und bedeutet Lina, das Gleiche zu tun. Er sitzt näher bei der Puppe, sie näher am Ausgang. »Das ist El Tio«, sagt der Mann, »unser Onkel.«

Sie schaut die Figur an. Über ihr hängt ein Schild mit ihrem Namen: »El Tio« – »der Onkel«. Er hat auch etwas in der Hand, sieht sie jetzt, doch was genau, kann sie nicht erkennen. Es sieht aus wie eine riesige Gabel.

»Auf der Erde herrschen andere Mächte«, sagt der Mann. »Vielleicht gibt es dort einen Gott, vielleicht auch nicht, hier jedenfalls gibt es keinen, kann Gott uns nicht helfen. Hier unter der Erde sieht er uns nicht. In der Mine herrscht unser Onkel. Die Mine gehört ihm, die Berge, die Erde, die Tiere, vielleicht gehört sogar alles ihm, aber ganz sicher die Mine, und darum bekommt man hier nichts umsonst. Der Onkel macht keine Geschenke.«

Lina denkt an ihren Vater und ihre Mutter, dann an den Major. Das war eigentlich auch ein Onkel, obwohl er wollte, dass sie »Papa« zu ihm sagte, oder, wenn das wirklich nicht ging, »mein Freund«.

Wie der Onkel unter der Erde, herrschte der Major in seinem Haus. Das hatte die Haushälterin auch oft gesagt. »Er muss befehlen«, hatte sie gemeint. »Das ist sein Beruf.«

»Stell dich vor ihn hin«, sagt der Mann. »Und sag: ›Verzeihung, Onkel, dass ich nicht von hier bin.‹«

Lina steht auf. Sie stellt sich vor die Figur, den Eimer in der Hand. Sie kann immer noch nicht erkennen, woraus die Puppe gemacht ist, nur, dass sie voll Girlanden hängt, weshalb sie wieder an ihren Geburtstag denken muss.

Ihr Stuhl fällt ihr ein, verziert mit Girlanden. Wie schlecht sie immer nur schlafen konnte, wie früh sie an ihrem Geburtstag wach wurde, die Geschenke, die ihr Vater und ihre Mutter versteckt hatten, das Lied, das sie für sie sangen, die Torte, die Mama gebacken hatte.

Sie erinnert sich an das eine Mal, als ihre Mutter gefragt hatte: »Möchtest du ein paar Kinder zum Feiern einladen?«

Sie wusste nicht, wen sie einladen sollte. Es durften nicht zu viele werden, hatte Mama gesagt. Sie konnte sich nicht entscheiden.

Sollte sie jetzt ihren Geburtstag mit diesem Onkel feiern?

»Sag's«, befiehlt der Mann.

Erst schaut sie den Mann an, dann den Onkel. »Verzeihung, Onkel«, sagt sie. »Verzeihung, dass ich nicht von hier bin.«

Sie setzt sich wieder neben den Mann, der ihr Stiefvater sein will. Er schaut den Onkel nicht an. Er starrt vor sich hin. An die Wand.

»Eins musst du dir merken«, sagt er. »Wenn du unserem Onkel zu essen gibst, ist er gut zu dir. Aber wenn du dich nicht um ihn kümmerst, wendet er sich gegen dich. Wenn du ihm gibst, was er braucht, steht er dir bei. Gibst du's ihm nicht, wird er gefährlich. Dann wird er dich vernichten.«

Der Mann steht auf, holt das Fläschchen aus seiner Hosentasche und schraubt den Verschluss ab. Die Flüssigkeit darin ist rötlich, fast braun. Die Hälfte des Inhalts gießt er vor die Puppe. Dann tritt er ein paar Schritte zurück. »Unser Onkel mag Cognac«, sagt er.

Er sucht in seiner Tasche, findet eine Packung Zigaretten und wirft ein paar Richtung Figur. Dann setzt er sich wieder. Jetzt nimmt auch er einen Schluck Cognac.

Er gibt Lina die Flasche. Sie tut, als ob sie trinken würde.

Der Mann starrt erneut vor sich hin. Er nimmt die Flasche wieder an sich. »Was wir haben, teilen wir mit dem Onkel«, sagt er.

Aus seiner Hosentasche holt er Blätter, wie er sie in Linas Tee getan hat, und wirft sie vor die Figur des Onkels. Doch nicht unhöflich, er tut es mit Ehrfurcht.

»Wenn du Gold in der Mine findest«, sagt er, »verdankst du das ihm. Dann weißt du, dass er dir beisteht. Aber manchmal lässt er dich zu viel finden, dann macht er dich süchtig. Dann hat er dich in seiner Gewalt und lässt dich nicht mehr los.« Der Mann nimmt noch einen Schluck und steckt die Flasche wieder ein.

Lina sieht, dass die Puppe sie immer noch anstarrt. Sie würde sie gern berühren, wüsste gern, wie sie sich anfühlt.

Sie schweigen.

Lina steht auf. Sie tritt vor den Onkel. Aus ihrem Eimer holt sie das eingepackte halbe Brötchen. Sie nimmt es aus der Tüte und legt es vor der riesigen Puppe mit ihren Luftschlangen, der riesigen Gabel und der Zigarette im Mund auf den Boden.

»Was war das?«, fragt der Mann.

»Ein Käsebrötchen«, sagt Lina.

Der Mann schüttelt den Kopf. »Käsebrötchen mag unser Onkel nicht«, sagt er. »Behalt das Brötchen lieber für dich.«

Sie hebt das Brötchen auf, steckt es in die Papiertüte zurück und lässt es in den Eimer fallen. Dann setzt sie sich neben den Mann. Sie weiß nicht, was sie sagen soll.

»Manchmal«, sagt der Mann, »will unser Onkel mehr als das hier.« Er zeigt auf die Gaben vor der Puppe. »Unser Onkel mag Schnaps, vor allem Cognac. Unser Onkel raucht gern, kaut gern Kokablätter. Aber manchmal will er noch mehr, dann ist ihm das alles zu wenig. Manchmal will er einen Menschen. Weil unser Onkel einsam ist. Er ist gut zu uns, ohne die Mine würden wir sterben, und die Mine ist unser Onkel. Aber auch Güte hat ihren Preis. Du kannst unserem Onkel nichts verweigern. Auch keinen Menschen.«

Lina nickt.

»Bevor du mit der Arbeit anfängst und bevor du wieder nach Hause gehst, musst du immer erst kurz beim Onkel vorbeischauen. Es braucht nicht lange zu sein, aber du darfst ihn nicht vergessen. Er ist hier allein. Er darf nicht noch mehr vereinsamen, unser Onkel.«

Sie stehen auf und gehen.

»Bis bald, Onkel«, sagt der Mann, bevor sie den Raum verlassen.

»Bis bald, Onkel«, wiederholt Lina.

Langsam gehen sie zum Eingang zurück. Lina merkt, dass der Weg jetzt leicht aufwärts verläuft. Als sie in die

Mine ging, war ihr nicht aufgefallen, dass sie zuletzt abwärtslief.

An einer Kreuzung sieht Lina zwei Männer mit Schubkarren vorbeikeuchen. Die Gesichter der Männer sind verkrampft vor Anstrengung. Sie scheinen nichts anderes zu sehen als die Schubkarren und ihre Füße.

Lina schaut ihnen hinterher. »Warum rennen sie so?«, fragt sie.

»So ist es weniger anstrengend«, sagt der Mann. »Man muss zum Ausgang rennen, sonst hält man nicht durch.«

Sie gehen weiter, jetzt wieder abwärts. Je schneller sie gehen, desto höher spritzt das Wasser.

Als sie aus der Mine kommen, ist es schon dunkel. Es gibt keine Straßenbeleuchtung im Dorf.

Lina sieht nichts, trotzdem schaltet der Mann ihre Helmlampe aus. »Das ist Verschwendung«, sagt er.

Es ist jetzt so dunkel, dass Lina den Mann an der Hand fassen muss. Im Stockdunkeln geht er genauso schnell wie bei Licht.

Während der Mann sie so an der Hand hält, muss sie an die Hände der Haushälterin denken, an das Haus des Majors und die Wärme in der Küche. Eine Tages sagte die Haushälterin: »Wenn Männer nicht so einsam wären, wär vieles besser auf dieser Welt.« Dann gab sie Lina einen Kuss.

Zu Hause zurück, bringt der Stiefvater Lina ins obere Stockwerk. Dort stehen zwei Betten. In den Betten liegen sechs Kinder.

»Das sind meine Kinder«, sagt er. »Such dir ein Bett aus. Wir gehen hier früh schlafen. Meine Frau und ich auch.«

Lina versucht zu erkennen, in welchem Bett sie am meisten Platz hat, doch das ist unmöglich. Beide Betten sind gleich eng. Ein paar Kinder sehen sie neugierig an. Andere scheinen sich absolut nicht für sie zu interessieren.

Sie zeigt auf gut Glück auf ein Bett, das linke.

»Gut«, sagt der Mann, »dann ist das dein Bett.«

Die Kinder im linken Bett liegen unter mehreren Decken. Vier Decken insgesamt, zählt Lina. Auch schlafen alle im Pullover.

»Ich muss noch auf die Toilette«, sagt Lina.

»Die ist unten«, sagt der Mann.

Den Eimer am Arm, geht sie die Treppe hinunter. Der Mann folgt ihr.

Schräg hinter dem Ofen ist eine Tür. Der Mann öffnet sie. »Da draußen ist die Toilette«, sagt er.

Er schließt die Tür wieder.

Jetzt steht Lina hinter dem Haus. Es ist dunkel. Lina sieht nichts, spürt nur den Matsch an ihren Füßen. Die erste Schicht ist weich, darin versinkt man, darunter ist eine härtere Schicht. Sie fragt sich, wo die Toilette ist.

In dem Moment hört sie das Geräusch, dasselbe, das sie am Nachmittag auch schon gehört hat. Doch jetzt hört sie es lauter, deutlicher. Das Geräusch macht ihr Angst.

Ein Pferd, denkt sie. Hier ist ein Pferd. Der Gedanke beruhigt sie ein wenig.

Kurz denkt sie wieder an die Puppe in der Mine.

Allmählich beginnt sie, im Dunkeln zu sehen. Ein klein wenig Licht aus dem Haus dringt nach draußen. Sie schaut nach dem Pferd. Sie geht ein paar Schritte nach links. Da ist was, ungefähr an der Stelle, wo das Geräusch herkam.

»Pferdchen!«, ruft sie. »Pferdchen!«

Sie stapft durch den Schlamm auf das Geräusch zu.

Es ist kein Pferd. Es ist ein Stuhl, und auf dem Stuhl sitzt eine Frau, eine Frau, die sehr alt sein muss und von der die Geräusche kommen.

Lina erschrickt so, dass sie ins Haus zurückrennt. Sie rutscht aus, steht wieder auf. Schmerz spürt sie nicht, sie will nur so schnell wie möglich hier weg. Weg von dem Pferd, das aussieht wie ein Mensch. Weg von dem Stuhl mit dem Pferd, das kein Mensch ist. Weg von dem Scheißegeruch.

Lina öffnet die Tür. Der Mann steht vor dem Ofen. Er scheint sich zu wärmen. Sie schaut ihn an. Sie wagt nicht, etwas zu sagen.

»Was ist?«, fragt er.

Sie zeigt auf die Tür. »Wer ist das da draußen?«, fragt sie. »Wer sitzt auf dem Stuhl?«

»Ach, das«, sagt der Mann. »Das ist Oma. Der wird doch nicht mehr warm. Darum sitzt sie draußen.« Er hält die Hände über den Ofen.

»Aber die Toilette?«, fragt Lina.

»Die ist daneben«, sagt der Mann. »Da draußen.«

Lina öffnet wieder die Tür.

»Tür zu!«, ruft der Mann. »Die Kälte kommt rein.«

Sie schließt die Tür, damit es drinnen nicht kalt wird. Vorsichtig watet sie durch den Schlamm, Schritt für Schritt, um nicht auszurutschen. Sie gibt sich Mühe, die Pferdegeräusche zu ignorieren, sie will sie nicht hören.

Wo Oma aufhört, beginnt die Toilette.

11

Paloma wartet, sie kann nicht anders. Sie hat versucht, es sich abzugewöhnen. Sie hat mit Freundinnen darüber gesprochen, mit ihrem Hausarzt und mit einem Therapeuten, aber sie kommt nicht davon los. Zuerst wartete sie darauf, von ihren Eltern und der Tankstelle wegzukommen, dann wartete sie auf ihre Hochzeit, und schließlich wartete sie auf ein Kind. Kurz darauf begann das Warten auf den Generalleutnant. Jetzt kommt noch das Warten auf die Rückkehr ihres Mannes dazu. Mittlerweile wartet sie auf so viel, dass es eigentlich nichts gibt, worauf sie nicht wartet. Sie wartet auf ihr Kind, auf den Generalleutnant, der den Krieg mehr liebt als sie, auf ihren Mann, und womöglich wartet sie inzwischen sogar auf das gestohlene Kind, das sie erst gar nicht haben wollte. Mehr als einmal hat sie sich schon dabei ertappt, aus dem Fenster zu sehen, zu der Uhrzeit, wenn der Schulbus vorbeikommt, in der heimlichen Hoffnung, das Kind möge aussteigen und an der Tür klingeln. Dann hört sie wieder die Schritte auf der Treppe und das Singen.

Manchmal öffnet sie am Spätnachmittag die Haustür, um zu sehen, wer wohl zuerst kommt. Ihr Mann, der Generalleutnant oder das Kind. Doch die Einzige, die kommt, ist die Haushälterin.

Heute Nachmittag kommt sie vom Markt, wie an den meisten Tagen. Vielleicht ist sie bei einer ihrer Geheimadressen gewesen, wo es noch gutes Rindfleisch gibt, doch darüber redet sie nie.

Der Appetit der Frau des Majors nimmt jeden Tag ab. Man kann nicht auf so vieles warten und gleichzeitig essen. Man muss sich auf eins konzentrieren. Sie hat sich fürs Warten entschieden. Dem muss man sich voll und ganz widmen.

Die Frau des Majors geht ins Bad. Sie pudert sich das Gesicht. Sie hat eine rote Stelle am Kinn. Schon vor einer Stunde hat sie sie mit einem Deckstift bearbeitet, der die Haut gleichzeitig reinigt und trocknet, so dass der Fleck schnell verschwunden sein wird. Den Stift hat sie von einer Freundin bekommen, die selbst viele Probleme mit ihrer Haut hat.

Paloma hat sich vorgenommen, nach dem Pudern in die Kaserne zu fahren und den Generalleutnant zu besuchen. Er ist so lange nicht bei ihr gewesen. Er übergeht sie. Er meidet sie. Sie wird selbst zu ihm gehen und ihm sagen, dass sie nicht mehr warten will. Dass es ihr langt.

Sie will nicht länger gemieden werden, diese Wahrheit muss sie ihm sagen. Jetzt ein Kind oder nie. Und wenn kein Kind, dann eben gar nichts mehr. Dann ist es aus. Aus und vorbei, das ist das Wort, das sie ihm ins Gesicht schleudern will, wenn er nicht bereit ist zu hören.

Ihn kann sie wenigstens aufsuchen. Ihr eigener Mann hat sie in den letzten Wochen genauso vernachlässigt, eigentlich schon lang vor seiner Abreise, als sich herausstellte, dass er ihr nicht geben konnte, worauf jede Frau doch ein Recht hat. Vielleicht sogar noch früher, doch zu ihm kann sie nicht gehen, ihm die Wahrheit nicht ins Gesicht schleudern wie dem Generalleutnant.

Die Freundin, von der sie den Deckstift hat, meinte: »Einem Mann musst du immer die Wahrheit sagen. Deine Wahrheit. Du musst sie ihm geduldig erklären, dann weiß er, was Sache ist, und kann sich danach verhalten. Oder auch nicht, dann ziehst du Konsequenzen.«

Sie ist mit dem Pudern fertig und geht ins Schlafzimmer. In Unterwäsche sucht sie sich ein Kleid aus. Sie legt ein paar Kleider aufs Bett. Sie zögert, hält sich vor dem Spiegel die verschiedenen Modelle an, sortiert eins nach dem anderen aus.

Ein Kleid könnte den Eindruck erwecken, dass sie sich bewusst aufgetakelt hat, als sei sie nur seinetwegen in die Kaserne gekommen, als sei sie verzweifelt. Verzweiflung macht unattraktiv, Verzweiflung ist nicht verführerisch. Abscheulich und ekelhaft ist die Verzweiflung. Nein – besser kein Kleid.

Sie weiß, was sie zu ihm sagen wird: »Ich war zufällig in der Nähe, ich dachte: Ich schau mal vorbei. Mal sehen, wie's ihm geht.«

Sie legt ein paar Röcke aufs Bett. Ein Rock ist besser. Ihr Blick bleibt an einem schwarzen Lederrock hängen. Sie zieht ihn an.

Ihr Hintern gefällt ihr nicht. Es ist ihr ein Rätsel, wie sie diesen Rock je hat kaufen können. Wie fett ihr Hintern in diesem Rock wirkt, nicht wohlgerundet, sondern monströs, abstoßend rund. In diesem Rock sieht ihr Hintern nicht aus wie ein Hintern, sondern wie zwei gigantische Hühnereier.

Verzweiflung befällt sie, eine Verzweiflung, die weiter reicht als der Rock und ihr Hintern. Am liebsten würde sie sich aufs Bett werfen und heulen, lange und laut, bis sie erschöpft von den Tränen einschlafen würde, doch sie hat Angst, all ihre Kleider zu zerknittern. Ihr Make-up würde verlaufen. Stundenlange Arbeit umsonst.

Sie darf nicht verzweifeln, sie weiß, was sie will. Sie darf das Entscheidende nicht aus den Augen verlieren und wird es auch nicht vergessen.

Paloma hört die Haushälterin von der Eingangstür rufen: »Doña Paloma! Doña Paloma!«

In Unterwäsche geht sie die Treppe hinunter, schnell und auch etwas aufgeregt. Wenn jetzt bloß der Generalleutnant nicht vor der Tür steht.

Die Haushälterin hat eine Einkaufstüte in der Hand. Sie holt ein Päckchen hervor: in Zeitungspapier eingewickeltes Hackfleisch. »Das ist alles, was ich kriegen konnte«, sagt sie.

Sie hält Paloma das Paket vor die Nase. Dann verschwindet es wieder in der Einkaufstüte. Paloma folgt der Haushälterin in die Küche.

Die Haushälterin legt das Gehackte in den Kühlschrank.

»Hab ich ihn eigentlich gut behandelt?«, fragt Paloma.

Die Haushälterin dreht sich um. »Wen?«

»Meinen Mann«, sagt die Frau des Majors.

Die Haushälterin zieht sich den Mantel aus. Sie legt ihn über den Hocker. »Sie müssen sich was anziehen, Doña Paloma, Sie erkälten sich noch.«

Während die Haushälterin sich die Hände wäscht, fragt Paloma: »Hab ich ihn gut behandelt?«

»Sehr gut«, antwortet die Haushälterin, »und wenn er bald wieder da ist, werden Sie ihn noch besser behandeln.« Sie trocknet sich die Hände ab, nimmt ein Küchenbrett und beginnt, eine große Mohrrübe zu schneiden.

»Ich hab es ihm übelgenommen, aber das hätte jede Frau an meiner Stelle getan.«

Die Haushälterin schneidet die Mohrrübe zu Ende, und ohne Unterbrechung nimmt sie die nächste. Insgesamt schneidet sie drei. Als ob der Major noch da wäre, und auch das Kind. So viele Mohrrüben brauchen so schwache Esser wie die Frau des Majors und die Haushälterin gar nicht.

»Jetzt sag doch was«, ruft Paloma. »Wir sind allein. Schon seit Wochen. Sag endlich was. War ich übertrieben verbiestert? Dass er mir kein Kind machen konnte, zum Beispiel. Hätte ich sagen sollen: ›Oh, macht nichts, mein Schatz, dann eben kein Kind, dann eben ein Pool. Auch gut. Schwimmen ist auch schön, vielleicht sogar schöner, als den ganzen Tag Windeln zu wechseln, als ein Kind zu haben, ein eigenes Kind.‹«

»Ich versteh wenig von solchen Dingen, Doña Paloma«, sagt die Haushälterin. Sie wirft die geschnittenen Mohrrüben in eine Pfanne.

»Manchmal hat er mich in die Abstellkammer gesperrt und gesagt: ›Ich tu das zu deinem Besten, damit du zur Besinnung kommst. Das wird dich von deinen Dämonen befreien.‹ Ist das menschlich? Nächtelang musste ich in der Kammer bleiben. Ich hab mich daran gewöhnt, mich damit abgefunden, die Kammer irgendwie sogar lieben gelernt, aber ich hab nie gewagt, es meinen Eltern zu erzählen. Meinen Freundinnen auch nicht. Von einem anständigen Ehemann erwartet man so was doch nicht? Du hast mich auch ab und zu eingeschlossen, aber das ist was anderes. Schau mich an, hab ich Dämonen? Bin ich besessen? Was sind Dämonen eigentlich? So was wie Vitamine, nur eben schlecht für einen?«

»Ich weiß es nicht, Doña Paloma«, sagt die Haushälterin. »Ich versteh nichts von solchen Dingen.« Sie nimmt eine Zwiebel.

Die Frau des Majors stellt sich an die Tür in den Garten. Sie betrachtet den Pool. »Er wollte auch nie eine Soiree bei uns erlauben, für einen guten Zweck. Ich hab ihn angefleht: ›Veranstalten wir auch mal einen Wohltätigkeitsabend. All meine Freundinnen veranstalten welche.‹ Aber er sagte nur: ›Unser Haus ist zu klein, ich mag kein Tamtam.‹ Oder: ›Ich muss an dem Abend arbeiten.‹ Irgendeine Ausrede hatte er immer. Also sagte ich: ›Dann suchen wir uns eben ein kleines Projekt, Schatz. Ganz klein, kein Problem, und wir warten, bis du einen Tag frei hast.‹ Aber er wollte von so einem Abend nichts wissen, nicht für den kleinsten guten Zweck. Hätte ich ihm das auch vergeben sollen?«

»Vergebung ist immer gut«, sagt die Haushälterin.

Die Frau des Majors dreht sich um. Sie schaut an sich hinunter, sieht ihre Beine, den Slip, ihren Bauch, den BH.

»Und das Kind? Hätte ich da nicht ehrlich sein sollen, nicht sagen: ›Ich hab dich nicht geboren. Du stammst nicht von mir. Du stammst aus dem Bauch einer Frau, die ich nicht kenne. Einer Fremden, nicht fremd für dich, aber für mich. Einer Frau, die nicht mehr da ist. Du gehörst nicht hierher. Als Gast vielleicht. Als Gast bist du willkommen, aber Gäste gehen irgendwann auch mal wieder.‹

Hätte ich das alles nicht sagen sollen? Hätte ich besser gelogen? Mein Mann wollte, dass ich sie liebe, aber man kann doch nicht auf Befehl jemanden lieben. Auf Befehl kann man schießen, aber schießen ist keine Liebe.

Mein Mann denkt, das ist alles dasselbe. Ich hab ihn mal

mit seiner Dienstwaffe reden hören. ›Du bist mein Freund‹, hat er zu ihr gesagt. ›Dich lass ich nie im Stich. Wo ich hingehe, da gehst auch du hin. Wir sind unzertrennlich, Freunde fürs Leben.‹ Als ich hereinkam, tat er, als würde er die Waffe mit dem Rasierpinsel reinigen. ›Man muss eine Waffe gut pflegen‹, sagte er.

Und ich hab geschwiegen. Aber ist das normal? Ich muss es ihn einmal fragen. Er wird doch wiederkommen? Sie haben nicht gemeldet, dass was passiert ist. Sonst hätten sie doch was gesagt? Sonst hätten sie hier vor der Tür gestanden, zu zweit, wie sich's gehört, und gesagt: ›Ihr Mann ist tot.‹

Bis jetzt ist er nur bis auf weiteres vermisst, haben sie gesagt. Das kann jedem passieren. Vor allem, wenn man weit wegfährt. Und wer bis auf weiteres vermisst ist, kann jederzeit wieder auftauchen.«

»Solange was nicht sicher ist, ist es nicht sicher«, sagt die Haushälterin. Sie ist immer noch mit Zwiebelschneiden beschäftigt. »Zwiebeln gibt es noch in Hülle und Fülle«, meint sie kurz darauf seelenruhig. »Bald leben wir nur noch von Zwiebeln.«

Die Frau des Majors geht durch die Küche, auf Zehenspitzen, wie auf hohen Absätzen. »Wenn du nichts dazu sagen willst«, versucht sie ein anderes Thema, »wenn du nicht mit mir reden willst, dann sag mir wenigstens, wie ich aussehe. Wird der Generalleutnant mich so empfangen? Und wenn er mich sieht, wird er mich verstehen? Wird er endlich alles begreifen? Ich geh zu ihm. Ich warte nicht mehr länger. Wie lange kann ein Mensch warten?«

Die kleingeschnittene Zwiebel wird in die Pfanne geworfen. »Sie müssen sich was anziehen«, sagt die Haushälterin.

Die Frau des Majors legt sich die Hände auf den Bauch. »Ich brauch mich für all das nicht zu schämen«, sagt sie. »Für meinen Bauch. Ich hab die Bäuche meiner Freundinnen gesehen. Manche haben ihn mir selbst gezeigt, auf mein Bitten natürlich. Bei anderen hab ich heimlich geguckt, nach dem Yoga, im Umkleideraum. Was den Bauch angeht, bin ich die strahlende Ausnahme. Aber sag doch selbst einmal, was du von mir hältst.«

Die Haushälterin schlägt die Arme übereinander. Sie schaut Doña Paloma an. »Sie haben mich letzten Ersten nicht bezahlt«, sagt sie. »Zum ersten Mal in all den Jahren, die ich für Sie arbeite, hab ich kein Geld bekommen. Das ist nicht korrekt. Ich hätte ja gehen können, aber ich weiß nicht, wohin. Außerdem sind Sie und der Major immer gut zu mir gewesen. Darum fass ich mich in Geduld.«

»Ich hatte zuletzt nichts mehr zum Anziehen«, sagt die Frau des Majors. »Das Geld war in null Komma nichts weg, und so konnte ich ihm nicht unter die Augen treten, mit dem, was ich anhatte. Aber er kam nicht. Jetzt geh ich zu ihm. Nächsten Monat bezahle ich dich, mit Zins und Zinseszins. Wir haben doch nur noch uns, du und ich? Wer ist sonst noch da? Wer wohnt noch hier? Wer kommt noch vorbei?«

Die Haushälterin steht mit verschränkten Armen vor der Spüle. Die Frau des Majors umarmt sie. »Wir haben doch nur noch uns beide«, sagt sie. »Mach dir das klar, das fänd ich schön. – Aber wie steht es inzwischen mit dem Krieg? Was hörst du darüber?«

»Ich hör nichts über den Krieg, ich hör da schon lang nicht mehr hin. Die Geschichten machen mich nervös. Ich weiß nur, dass es immer weniger zu kaufen gibt und dass Sie mir immer weniger Geld geben, das bisschen zu kaufen, was es noch gibt. Mehr weiß ich nicht.« Die Haushälterin schiebt die Frau des Majors vorsichtig beiseite. Sie muss das Abendessen vorbereiten. Sie stellt die Pfanne auf den Herd.

»Wir dürfen uns nicht allein lassen«, sagt Paloma. »Nicht jetzt, nach allem, was wir durchgemacht haben. In diesem Haus.«

Sie geht schnell nach oben, zieht ihr neuestes Kleid an. Jetzt zögert sie nicht mehr: ein grünes mit Spaghettiträgern. Und grüne Schuhe wählt sie dazu. Auch neu. Keine Strumpfhose, obwohl es ein wenig kalt ist. Sehr nach Alltagskleidung sieht es nicht aus, nichts, was man anzieht, wenn man zu einer kleinen Besorgung in die Stadt fährt, aber das macht nichts. Sie will ihn überwältigen.

Vor dem Spiegel kämmt sie sich die Haare. Fünf Minuten nimmt sie sich Zeit, jeden noch so kleinen Filz zu entfernen. Schließlich legt sie den Kamm beiseite. Dann nimmt sie ihn doch wieder und kämmt kurz weiter, sicherheitshalber.

Die Frau des Majors geht die Treppe hinunter, ein elegantes Täschchen am Arm. Das Täschchen ist fast leer. Nur etwas Lippenstift und eine Duschhaube sind darin.

»Ich bin kurz weg!«, ruft sie der Haushälterin zu. »Ich fahr zum Generalleutnant.«

Sie bekommt keine Antwort. Es wird gekocht.

Sie wird ihn konfrontieren, erst mit ihrem Körper, dann mit ihrem Geist, er kann ihr nicht mehr entkommen.

Sie setzt sich ins Auto, lässt aber den Motor nicht an. Die Hände am Lenkrad, der Zündschlüssel im Schloss, doch auf einmal überkommen sie Zweifel. Ausgerechnet jetzt. Sie hat angefangen, sie kann nicht mehr kneifen, jetzt muss sie hier durch. Aber sie kann die plötzlich in ihr aufkommenden Fragen nicht unterdrücken: Was werden sie in der Kaserne wohl von ihr denken? Wird der Generalleutnant überhaupt da sein? Was sagen die anderen Offiziere, wenn sie dort aufkreuzt? Ist es nicht ungehörig, den Generalleutnant zu besuchen, jetzt, wo ihr eigener Mann vermisst wird? Sie liebt ihren Mann, trotz alledem, das steht für sie fest, doch sie liebt auch den Generalleutnant. Ihr Herz ist groß. Ihr Herz ist hungrig.

Paloma steigt aus dem Wagen. Langsam geht sie wieder ins Haus. Die Haushälterin arbeitet immer noch in der Küche. Paloma schleicht nach oben. Im Badezimmer betrachtet sie sich im Spiegel. Sicherheitshalber pudert sie sich noch einmal. Gründlich und liebevoll, so, wie ihr Mann seine Dienstwaffe reinigte. Ihr Gesicht ist ihre kleine Dienstwaffe, eine Pistole. Ihr Körper ist ihr Maschinengewehr.

Dann geht sie ins Schlafzimmer, setzt sich aufs Bett und zündet sich eine Zigarette an. Jetzt, wo ihr Mann nicht da ist, kann sie nach Herzenslust rauchen. Nach zwei Zügen drückt sie die Zigarette im Aschenbecher aus. Sie greift zum Telefon, das auch auf dem Nachttisch steht; daneben die Kette mit dem Meerjungfrauenanhänger. Sie wirft einen kurzen Blick darauf. Dann wählt sie die Nummer, die sie schon ein paarmal gewählt hat. Immer wieder legte sie auf, wenn die Sekretärin des Generalleutnants abnahm. Sie wagte es nicht. Jetzt legt sie nicht auf. Sie nennt ihren Namen und verlangt, den Generalleutnant zu sprechen.

Eigentlich wollte sie auch diesmal gleich wieder auflegen, doch sie kann nicht zurück.

»Einen Moment«, sagt die Sekretärin.

Paloma sitzt in ihrem neuesten Kleid auf dem Bett, auf der Seite ihres Mannes. Die Schuhe hat sie ausgezogen. Plötzlich hört sie den Generalleutnant schnaufen. Er hat etwas im Mund, er schmatzt. Er schmatzt anders als andere Männer.

»Ich warte auf dich«, sagt sie.

»Ich auch auf dich«, sagt der Generalleutnant. Sein Mund ist jetzt leer. »Ich warte auf dich, ich warte darauf, zu dir zu kommen, dich zu sehen, zu berühren. Mein Körper zerspringt, wenn ich an dich denke, und ich denk oft an dich. Aber kennst du die Lage? Weißt du, was los ist? Soll ich dir eine Zusammenfassung der letzten Entwicklungen geben? Willst du ein Briefing? Ja, Liebling? Willst du einen Bericht zur Sicherheitslage?«

»Ja«, sagt Paloma und setzt sich im Schneidersitz auf das Bett, »gib mir ein Briefing.«

»Sie nähern sich den Außenbezirken«, sagt der Generalleutnant. »Sie machen vor nichts halt, haben vor nichts Respekt. Nicht vor Denkmälern, nicht vor Vereinbarungen, nicht vor Geld, nicht vor Bürgern. Sie benutzen Bürger als Schutzschild. Gestern sind fünfundvierzig Bürger ums Leben gekommen. Fünfundvierzig Bürger musste ich töten lassen, aus einem Hubschrauber. Einem der wenigen, die diese Idioten von der Luftwaffe noch haben. Für nichts und wieder nichts, weil sie im Weg standen. Weil die Piloten den Feind nicht sehen konnten. Aber der Feind hat geschossen, jedenfalls in der Gegend, irgendwo wurde geschossen. Die Piloten hatten keine andere Wahl. Ich konnte nicht anders.

Dann schmeckt einem das Essen nicht mehr, Liebling, wenn man fünfundvierzig Bürger hat töten müssen, weil der Feind keinen Respekt vor den Regeln des Kriegsrechts hat.

Es sind Terroristen, auch wenn sie sich Freiheitskämpfer nennen. Freiheit, von wegen! Sie hassen die Freiheit, sie hassen alles, was frei ist, freie Menschen, freie Haustiere, freie Pflanzen.

Und dann macht man einen Fehler, Liebste, einen Fehler aus der Luft. Eigentlich fällt die Luftwaffe gar nicht unter mein Kommando, aber der zuständige General ist Alkoholiker, ein Schürzenjäger, mit einem Wort: ein Defätist, und irgendwer muss die Verantwortung doch übernehmen, nicht wahr? Jemand muss es doch tun.

Und dann sag ich noch gar nichts von den fünfundvierzig Toten, zwölf davon Kinder und zwei Babys, meine Liebe. Ja, zwei Babys, da vergeht einem einen Moment lang der Appetit. Man will nichts mehr essen und auch nicht zu dir. Da kann man kurz keine Frau mehr nehmen, selbst wenn sie die schönste und aufregendste ist und Paloma heißt. Verstehst du?

Der Krieg braucht mich jetzt notwendiger denn je. Ohne mich wird es nichts. Ich bin von Idioten umgeben, von unfähigen, antiintellektuellen Schweinen, die sich zu Unrecht Militär nennen.«

»Aber ich brauche dich«, sagt Paloma. »Ich sterbe ohne dich.«

»Nicht sterben, Schätzchen, nicht sterben. Halt durch. Es sterben schon Leute genug. Du musst am Leben bleiben. Bleib schön zu Hause und am Leben. Sie kommen immer näher, aber das ist Strategie, meine Strategie, wir lassen sie näher kommen, und wenn sie ganz nah sind, schlagen wir schrecklich zurück. Heute Morgen hat die Operation Heißer Winter begonnen. Das ist meine Operation. Die Operation wird unbestimmte Zeit dauern. Wenn's sein muss, bis zum Sommer, dann werde ich die Operation Heißer Sommer nennen, denn ich werde meine Mission erfüllen, ich weiche keinem Widerstand, ich bin kein antiintellektuelles Schwein.

Weißt du was, Paloma? Ich bring meine Mission zu Ende, und dann komm ich zu dir. Dann nehme ich dich. Mein Gott, dann nehm ich dich ran, hart und lange, sechsmal hintereinander, zehnmal vielleicht, bis aufs Blut, denn das willst du doch. Blut ist Leben, im Blut steckt unsere Lebenskraft.«

»Und das Kind?«, fragt Paloma. »Du wolltest mir doch ein Kind machen. Du hast es mir so oft versprochen. Wie oft hast du nicht gesagt: ›Noch einmal in deinen Mund, und das nächste Mal richtig.‹ So oft.« Paloma weint, doch sie sorgt dafür, dass der Generalleutnant es nicht hört. Niemand soll es hören, niemand sehen.

»Ich werde dich nehmen«, sagt der Generalleutnant, »sobald meine Mission erfüllt ist. Und dann mach ich dir ein Kind. Versprochen ist versprochen. Ein herrliches Kind wird es werden. Wundervoll. Unser Kind. Ein göttliches Kind.«

»Ich kann nicht warten, bis die Operation Heißer Winter vorbei ist«, flüstert Paloma. »Komm heute Abend zu mir. Jetzt. Ich bin für dich bereit. Ich bin nackt, ich lieg auf dem Bett und spiele mit mir.«

»Heute Abend geht nicht«, sagt der Generalleutnant. Er hat wieder etwas im Mund. Sie hört es. Vielleicht eine Praline oder einen Bonbon. »Heute Abend wird's spannend. Heute muss ich hierbleiben, um zu sehen, wie es läuft. Es steht viel auf dem Spiel, eine große Operation. Aber morgen,

morgen hab ich kurz Zeit, morgen Nachmittag um fünfzehnhundert komm ich zu dir. Lass die Tür einen Spalt offen, und ich werde hineinschlüpfen. Spiel jetzt nicht an dir rum. Überlass das mir. Morgen spiel ich mit dir, dass dir Hören und Sehen vergeht.«

»Okay«, sagt Paloma. »Dann morgen. Endlich. Und mein Mann? Wie geht es meinem Mann?«

Der Generalleutnant seufzt. »Es sieht nicht gut für ihn aus«, sagt er. »Unser Nachrichtendienst glaubt, dass man ihn entführt hat und dass es schwer wird, ihn zu befreien. Wir suchen nach Möglichkeiten, Kontakt aufzunehmen, in Vorverhandlungen einzutreten und dann in richtige. Aber natürlich kann ich nichts dazu sagen, offiziell reden wir nicht mit Terroristen. Es werden Geheimverhandlungen sein müssen. Das sind politische Entscheidungen, und die treffen andere. Die Armee führt nur aus. Wir selbst treffen so gut wie keine Entscheidungen.«

»Das wär aber besser, wenn die Armee selbst Entscheidungen treffen würde«, sagt Paloma mit einem Seufzer. »Kannst du nicht entscheiden? Ich möchte gern, dass mein Mann wiederkommt. Ich liebe dich, aber er soll auch wiederkommen.«

»Das Wichtigste, meine Schönste, Aufregendste, Herrlichste, Geilste, ist, dass dein Mann, wenn er tot ist, als ein Held gestorben sein wird. Wenn er tot ist, brauchst du dich für ihn nicht zu schämen. Dann bist du mit einem Helden verheiratet gewesen. Wie viele Frauen können das von sich sagen? Und wenn er einen Heldentod gestorben ist, wird er auch als Held geehrt werden. Ich seh dich morgen um fünfzehnhundert. Ich sehn mich nach dir. Ich zerspringe und weiß, dass du auch fast zerspringst, aber jetzt braucht mich der Heiße Winter noch kurz.«

»Ich lieg auf dem Bett und spiel heimlich an mir herum!«, ruft die Frau des Majors, doch der Generalleutnant hat schon aufgelegt.

Noch ungefähr fünf Minuten bleibt die Frau des Majors auf dem Bett sitzen. Regungslos. Ohne etwas zu tun. Dann geht sie ins Bad und zieht sich aus. Alles gleitet zu Boden. Es macht nichts, wenn es zerknittert oder schmutzig wird. Sie lässt alles zu Boden gleiten und stellt sich unter die Dusche.

Erst ist das Wasser zu kalt, dann zu heiß. Sie spürt es nicht. Sie wäscht sich den Puder vom Gesicht und befriedigt sich selbst, breitbeinig stehend, eine Hand an der Duschwand, die andere an ihrem Geschlecht.

Doch es ist keine Lust, die sie zum Höhepunkt bringt, es ist Verzweiflung. Ihr Höhepunkt ist ein Höhepunkt der Verzweiflung. So empfindet sie es. Und wenn sie es so empfindet, ist es auch so.

Dann trocknet sie sich ab. Weil die Kleider am Boden nun mal in Reichweite liegen, zieht sie sie wieder an. Sie hat dunkle Schmiere unter den Augen. Die wird sie später wegwischen.

Aus der Tasche holt sie die Duschhaube. Sie hängt sie wieder auf.

Schuhe zieht sie sich nicht an, barfuß geht sie nach unten ins Wohnzimmer.

Dort setzt die Frau des Majors sich zu Tisch. Lange braucht sie nicht zu warten. Die Haushälterin kommt herein, ohne Topf, mit einem Teller. Hackfleisch, Mohrrüben, Zwiebeln und ein paar Kartoffeln.

Sie stellt den Teller vor ihre Herrin. »Guten Appetit«, sagt sie und geht zur Tür.

»Warte«, sagt Doña Paloma. Die Haushälterin bleibt stehen. »Iss heute mit mir zu Abend.«

Die Haushälterin schüttelt den Kopf.

»Hier, mit mir am Tisch, das ist gemütlicher. Hier ist es wärmer.«

Die Haushälterin schüttelt nochmals den Kopf. »Ich hab immer in der Küche gegessen. Ich ess lieber dort.«

»Komm her und iss mit. Setz dich dazu. Ich will mich nicht aufdrängen, aber wir können es uns doch zu zweit gemütlich machen. Wenn es dir recht ist, möchte ich dir in Zukunft im Haushalt helfen. Dann mach ich auch mal sauber. Dann putzen wir zum Beispiel zusammen das Bad. Und jetzt setz dich her, da gegenüber.«

»Tut mir leid«, sagt die Haushälterin. »Aber ich ess wirklich lieber da drüben.« Sie geht, zu ihrem Teller in der Küche. Zu ihrem Radio, und ihrer Ruhe. Doch als sie im Flur ist, schreit ihre Herrin. Laut und gellend.

Die Haushälterin kommt wieder ins Zimmer.

»Siehst du nicht, dass ich nicht mehr kann?«, fragt Doña Paloma.

»Ich sehe es«, sagt die Haushälterin.

»Ich will nicht mehr allein essen. Ich will, dass du dich da hinsetzt und mitisst.« Sie zeigt auf den Stuhl des Majors.

»Da sitzt Don Anthony«, sagt die Haushälterin.

»Egal. Jetzt sitzt du da. Mein Mann ist nicht da. Der Generalleutnant sagt, wir müssen damit rechnen, dass er einen Heldentod gestorben ist. Ich will, dass wir uns dabei gemeinsam helfen. Darum musst du dich da hinsetzen.«

»Wenn die gnädige Frau das wirklich schön findet, will ich es ausnahmsweise einmal gern tun.«

»Ich finde es sehr schön«, sagt die Frau des Majors. »Und dir wird es auch gefallen.«

Die Haushälterin geht in die Küche. Sie kommt mit ihrem Teller zurück. Das Besteck liegt darauf.

Die gnädige Frau zeigt auf den Stuhl des Majors. »Setz dich«, sagt sie.

Die Haushälterin bleibt stehen, den Teller in der Hand.

»Setz dich«, wiederholt die Frau des Majors.

Keinerlei Reaktion.

»Du bist jetzt der Major«, sagt Doña Paloma. »Du bist der Major.«

Die Haushälterin setzt sich. Ihr ist nicht wohl bei der Sache, doch schnell beginnt sie zu essen. Hastig und konzentriert, wie in der Küche.

Mitten im Essen unterbricht Doña Paloma sie. »Kannst du singen?«, fragt sie.

Die Haushälterin schüttelt den Kopf.

Die Frau des Majors steht auf. Sie geht langsam zur Haushälterin, doch auf halbem Weg bleibt sie stehen.

Sie lässt ihr Kleid sinken, nicht so tief, dass ihr Slip sichtbar würde, nur ihr BH und ihr Nabel. »Schau«, sagt die Frau des Majors. »Wenn man mir nicht ins Gesicht sieht, nur meinen straffen Bauch, könnte man denken, ich wäre achtzehn. Neunzehn vielleicht. Mein straffer Bauch ist meine Geheimwaffe.«

Kurz bleibt die Haushälterin sitzen. Schweigend starrt sie auf den Bauch ihrer Herrin. Dann steht sie auf und geht in die Küche.

»Du bist der Major!«, ruft die Herrin ihr hinterher. »Du bist jetzt der Major!«

Paloma bleibt nicht lange im Wohnzimmer zurück. Sie setzt sich nicht mehr, steht eine Weile gedankenverloren neben dem Tisch. Sie ruft ein paarmal etwas, versteht aber selber nicht, was sie sagt. In der Küche hört sie die Haushälterin abwaschen.

Paloma geht in die Küche und sagt: »Er meinte: ›Das ist alle Liebe, die ich habe, mehr kann ich dir nicht geben. Ich bin Major, ich muss stark sein, ich muss den Krieg gewinnen.‹ Hätte ich mit dem bisschen zufrieden sein müssen? Es war fast nichts. So entsetzlich wenig.«

Die Haushälterin schrubbt den Topf. Sie schaut die gnädige Frau nicht an, die ihr sagte, dass ihr Bauch ihre Geheimwaffe ist.

Dann geht Paloma, die Frau mit der Geheimwaffe, nach oben ins Schlafzimmer. Sie streift ihre Kleidung ab. Sie legt sich ins Bett und schläft ein.

Mitten in der Nacht erwacht sie von einem Geräusch. Sie bleibt liegen, um zu horchen. Unten knarrt etwas. Knistert. Sie ist sich ganz sicher: ein Geräusch. Kurz denkt sie an ein Tier, doch Tiere machen nicht solche Geräusche. Es ist jemand im Haus. Jemand geht durch den Flur.

Sie denkt an das Kind. Das Kind ist wieder da. Das Kind, das sie weggeben wollte. Doch auch Lina macht nicht solche Geräusche. – Es ist der Major. Er ist nach Hause gekommen, ohne vorher anzurufen, um sie zu überraschen. Um nachzusehen, ob jemand in seinem Bett liegt, weil er der Sache doch nicht ganz traut. Es will sie ertappen. Aber es ist niemand da, er ertappt sie mit niemandem.

Sie ist allein. Sie liegt da, nur für ihn. Sie liegt da, für ihn ganz allein.

Sie setzt sich auf, und auf dem Bett sitzend, horcht sie weiter. Ja, es ist der Major. Kein Zweifel möglich. Sie legt sich auf die Bettdecke. Nackt. Spreizt die Beine. So wird er sie sehen, wenn er hereinkommt. Er wird denken, sie habe auf ihn gewartet. Alles andere wird er nie erfahren.

Exakt um fünfzehnhundert steht der Generalleutnant vor dem Haus des Majors. Obwohl Krieg ist, hat seine Sekretärin einen Strauß Blumen ergattert, den er nun mit einem gewissen Stolz in der Hand hält.

Die Tür steht einen Spalt offen.

Das hatte er nicht erwartet. Er fragt sich, ob die Frau des Majors es absichtlich getan hat. Ein Hinweis, eine zusätzliche Einladung.

Dann fällt ihm wieder ein, dass er sie darum gebeten hat. Sie tut alles für ihn.

Sie erwartet ihn, keine Frage. Sie schmachtet nach ihm. Wer würde nicht nach ihm schmachten?

Trotzdem drückt er sicherheitshalber die Klingel.

Er wartet.

Nichts geschieht.

Noch einmal klingelt er.

Leise ruft er: »Hallo!?«

Er würde gern rufen: »Liebling, ich bin da und bin geil! Es ist Krieg, aber mein Verlangen nach dir ist stärker als der Krieg. Meine Geilheit ist stärker als der Tod.« Doch er lässt es bei einem bescheidenen: »Hallo.« Man weiß nie, wer noch zuhört.

Wo ist sie? Wo bleibt sie? Er würde gern rufen: »Operation Heißer Winter läuft wie geschmiert, darum bin ich so geil! Hörst du? Je besser der Krieg läuft, desto geiler werd ich!« Doch er hält sich im Zaum.

Vorsichtig schiebt er die Tür weiter auf. Er sieht die Garderobe, die Mäntel daran.

Er geht durch den Flur, kurz vor der Treppe bleibt er stehen. »Hallo!«, ruft er noch einmal.

Vielleicht wartet sie oben auf ihn. Nackt, auf dem Bett. Oder halbnackt, das wäre noch besser. Die Kleider müssen vom Leib gerissen werden. Das ist das halbe Vergnügen. Doch er geht nicht hinauf, erst öffnet er die Tür zum Wohnzimmer. Vielleicht liegt sie dort auf dem Tisch, wartet dort auf ihn.

Auf dem Tisch ist nur eine Obstschale mit ein paar Bananen. Die Terrassentür steht offen.

Keine Paloma.

Der Generalleutnant geht durch das Zimmer bis zu der Tür zum Garten. Er öffnet sie und geht hinaus, den Blumenstrauß in der Hand.

Seine Paloma hat sich versteckt. Paloma, du Frechdachs! Sie spielt mit ihm, ein todgeiles Spiel. Es ist niemand zu Hause, dann kann man so etwas spielen. Sie hat sich versteckt, und er soll sie suchen. Wenn er sie gefunden hat, wird er ihr den Hintern versohlen.

Er geht zum Swimmingpool. Er hat keinen eigenen Pool, aber ist Mitglied in einem exklusiven Sportclub, sehr exklusiv. Das ist besser.

Der Generalleutnant denkt an den exklusiven Sportclub, der Pool dort ist an einigen Stellen mindestens drei Meter tief. Er beugt sich über den Pool des Majors, als wolle er sich überzeugen, wie schrecklich flach er ist, wie armselig. So armselig wie der Major selber.

Da sieht er sie.

Sie liegt auf dem Grund des Beckens.

Tatsächlich – als würde sie ihn erwarten. Sie ist nackt und auf merkwürdige Weise verlockend. Obwohl er sie durch das Wasser nicht genau sehen kann, kein Zweifel: Sie ist attraktiv. Unnahbar und durch ihre Nacktheit verführerisch.

Der Generalleutnant nimmt seine Dienstwaffe. Er dreht sich um, doch niemand ist da. Er legt die Blumen auf den Gartenstuhl, geht wieder ins Wohnzimmer und ruft die Militärpolizei.

Dann geht er zum Becken zurück. Er bleibt am Rand stehen und muss an den Sex mit der Frau, die da im Wasser liegt, denken, wie er über sie phantasiert hat, wenn er einen Moment Zeit hatte, wie er ihr versprochen hat, ihr die geile Hurenvotze zu füllen mit seinem Samen, sobald der Krieg vorbei wäre.

Sicherheitshalber bleibt er im Garten, dicht beim Swimmingpool. Das Haus muss die Militärpolizei durchsuchen, das ist nicht seine Aufgabe.

Er hatte sie noch gewarnt. »Der Krieg kommt näher. Sie respektieren nichts.« Er hatte sie beschworen, vorsichtig zu sein. Zu spät.

Ein Militär in seiner Position kann sich Gefühle nicht leisten. Das Gefühl ist der Feind der Moral, doch jetzt fühlt er etwas, er kann es nicht leugnen. Obwohl er selber nicht weiß, was er empfindet.

Schlecht ist ihm auch.

Er späht in das flache Becken, er wird den Gedanken nicht los, dass auch er dort hätte liegen können, da, am Grund des Pools des Majors. Das ist es, was er empfindet. Ein überwältigendes Gefühl. Stärker als der Krieg, stärker als sein Samen. Das Gefühl sagt ihm nur eins: dass er selbst es hätte sein können.

Die Militärpolizei kommt. Die Jungs lärmen. Der Generalleutnant mahnt sie zur Ruhe.

Während der Generalleutnant zusieht, holt die Militärpolizei die Frau des Majors aus dem Pool. Sie legen die nackte Frau neben das Becken.

Auf Brüste und Bauch hat jemand ihr mit einem scharfen Gegenstand eine Nachricht geritzt: »Der Wille des Volks wird geschehen«, steht da zu lesen.

Sie liegt im Gras, neben dem Gartenstuhl. Die Militärpolizisten sehen sie an. Sie ist schön, erst jetzt sieht der Generalleutnant, wie schön sie eigentlich ist. Am liebsten würde er sie küssen. Auf ihren Bauch, sie war immer so stolz auf ihren Bauch. Sie wollte, dass er sie vollspritzt, da hinein, in ihr Geschlechtsteil, die Möse, obwohl das Wort jetzt so schmutzig und so respektlos klingt. Nicht mehr geil, nur noch eiskalt.

Er nimmt die Blumen vom Gartenstuhl. Er wird sie seiner Frau schenken. Verschwendung, sie hierzulassen. Die wird sich darüber freuen. Sie hat schon lange keine Blumen mehr von ihm bekommen.

Schweigend geht der Generalleutnant in die Küche.

Die Haushälterin liegt vor der Spüle.

»Man hat ihr aus geringer Distanz durch den Kopf geschossen«, sagt ein Mann von der Militärpolizei.

Der Generalleutnant nickt.

»Zweimal«, sagt der Mann.

Der Generalleutnant schaut auf den Körper der Haushälterin. Sie kann er ansehen, bei ihr geht es.

Niemand hat sich die Mühe gemacht, ihr eine Nachricht in den Körper zu ritzen.

IV

Die Befruchtung

1

Lina ist die einzige Frau in der Mine, und sie hat einen Vorteil, den die Männer nicht haben: Sie braucht sich nirgends zu bücken. Ihr Kopf stößt sich nirgends an einem Stein. Die Gänge sind für sie gemacht, sie schlüpft überall durch.

Selbst will sie noch keine Frau sein, auch wenn sie nicht mehr zur Schule geht und die Männer in der Mine sie behandeln wie eine Erwachsene. Wie eine Erwachsene, doch nicht wie einen Mann.

»Ich bin keine Frau«, sagt sie, wenn die Männer sie fragen, wer sie eigentlich ist, was sie hier macht. »Ich bin Bergmann.«

Sie hat in den Stiefeln gehen gelernt, die ihr ein paar Nummern zu groß sind. Die Stollen der Mine sind erst ihr zweites, und schließlich ihr erstes Zuhause geworden. Wirklich leben tut sie nur in der Mine, im Haus ihres Stiefvaters schläft und isst sie vor allem.

Von Anfang an hat sie darauf geachtet, dem Onkel täglich ein kleines Opfer zu bringen. Seit kurzem redet sie auch mit ihm. Die Gespräche werden immer vertrauter. Der Besuch bei ihm ist keine lästige Pflicht mehr. Der Onkel fragt, was kein anderer fragt, und er hört, was sonst niemand hört, also wird er auch wissen, was sonst niemand weiß.

Vor langer Zeit redeten ihr Vater und ihre Mutter immer

vom Schicksal, von der Welt, die ein Paradies sein könnte. Das Wort »Schicksal« fand sie damals beängstigend, jetzt nicht mehr. Sie weiß, was es bedeutet. Die Mine ist ihr Schicksal. Mehr noch als das Dorf oder das Haus, wo sie ein Bett mit drei anderen Kindern teilt. Unter der Erde, im Halbdunkel nach Gold suchend, wird sie lebendig. Man lebt, wo andere einen nicht oder kaum sehen können. Hier ist sie kein Kind und kein Mädchen. Zum Glück auch keine Frau, obwohl andere das sehr gerne hätten. Sie ist Bergmann. Vielleicht noch kein perfekter, aber sie lernt schnell. Und an den meisten Bergleuten gibt es das eine oder andere auszusetzen.

Sie haben jeder ihr eigenes Stück Mine, an dem sie nagen wie große Würmer. Findet ein Bergmann Gold in seinem Teilstück, gehört das Gold ihm und seiner Familie. Wie Würmer bewegen sie sich durch den Bauch des Berges, um an den Steinen zu knabbern. Auch Lina ist ein Wurm und will nichts anderes sein.

Obwohl jeder für sich arbeitet, gehört Lina zu einer Gemeinschaft, sucht sie zusammen mit den anderen Bergleuten nach Gold, versucht, Freud und Leid mit ihnen zu teilen, sie zu verstehen, und sie hofft, dass eines Tages ihr Gesicht so schwarz ist wie ihres, damit sie nicht mehr auffällt.

Natürlich arbeitet sie in erster Linie mit ihrem Stiefvater, für den sie Steine schleppt, doch er hat gesagt, in der Mine seien alle eine große Familie, mit eigenen Gesetzen und Regeln. Manche Arbeiter singen, während sie auf die Steine einhämmern, doch Lina nicht. Sie arbeitet still vor sich hin.

Als Lina zum ersten Mal einem Vertreter der Organisation begegnet, geschieht auch dies tief im Schacht. Sie ist gerade beim Onkel gewesen. Sie hat wieder mit ihm geredet, hat, was sie an Alkohol hatte, mit ihm geteilt, wie der Stiefvater es ihr beigebracht hat. Sie hat sich auf einen Stein gesetzt. Es ist Mittagspause.

Ein paar Stollen weiter arbeitet ihr Stiefvater. Er ruht sich nie aus. »Wenn du dich in der Mine ausruhst, wirst du nur noch müder«, sagt er immer. »Ausruhen kannst du zu Hause, in der Mine musst du suchen. Suchen und graben. Jede Sekunde zählt.«

Ein Minenarbeiter setzt sich neben sie. Sein Gesicht ist kohlrabenschwarz. Wer lang in der Mine arbeitet, wird nicht mehr sauber. Die Haut wird wie der Stein.

Er isst sein Brot und sie ihres.

Der Mann sieht sie an und fragt: »Hast du schon mal was vom Dirigenten gehört?«

Sie schüttelt den Kopf.

»Wirklich nicht?«

Wieder ein Kopfschütteln.

»Der Dirigent ist unser Retter«, sagt der Mann.

Sie dachte immer, gerettet hätte sie der Major. Überall gibt es Retter, sie denkt an den Onkel, der ihr schweigend zuhört, schweigend ihre Geschenke annimmt.

Der Mann zeigt auf die Schaufel, die neben ihm liegt. »Weißt du, was das ist?«, fragt er.

»Eine Schaufel«, sagt Lina.

»Werkzeug«, verbessert der Mann. »Das ist Werkzeug.«

Er nimmt einen Bissen von seinem Brot und kaut langsam und gründlich. Auch seine Zähne sind schwarz. Als er zu Ende gekaut hat, packt er mit einer Hand Linas Kopf und kneift ihr leicht in die Wange. Seine Hand riecht nach Stein, nach dem Berg.

»Bist du auch Werkzeug?«, fragt er. »Kann ich dich benutzen?«

»Ich bin noch keine Frau«, sagt Lina. Sie denkt an den Mann, der mit seinen Kindern und der schreienden Frau in ihrem Haus wohnt. Eine Hure ist sie auch nicht, will sie sagen, aber sie schweigt.

»Du bist eine von uns«, sagt der Mann. »Du bist meine süße kleine Schwester.«

»Ich kann singen«, sagt sie.

Er ignoriert ihre Antwort, ihr Gesang interessiert ihn nicht.

Wenn niemand sie hört, singt Lina immer noch ab und zu, doch nicht mehr so häufig. Sie hat schon lange nicht mehr zu hören bekommen, dass sie Talent hat. Nur wenn niemand anders dabei ist, singt sie für unseren Onkel.

»Wir alle sind Werkzeug«, sagt der Mann, »für die anderen.« Er wischt sich den Mund ab. »Der Staat sieht uns so, die Mine, das Dorf. Das Problem ist, dass der Staat nicht zwischen guten und schlechten Menschen, sondern nur zwischen brauchbarem und unbrauchbarem Werkzeug einen Unterschied macht.«

Er hustet. Er spuckt etwas aus.

»Es gibt eine Organisation«, fährt er fort, »die sagt, dass wir kein Werkzeug sind, auch du nicht. Der Gründer und Anführer der Organisation ist der Dirigent. Niemand weiß, wo er ist, niemand weiß, wo er wohnt, doch der Staat zittert vor ihm. Und solange der Staat vor ihm zittert, haben wir Hoffnung.«

Die Männer im Berg sagen oft Dinge, die sie nicht versteht. Zum Glück wird in der Mine nicht viel geredet. Es wird vor allem gesucht und gegraben, es werden Steine geklopft. Manchmal wird auch an ihr herumgefummelt.

Der Mann neben ihr isst weiter. »Armut ist eine Form von Gewalt«, sagt er.

Lina streicht sich über die Haare. Sie sind wieder länger geworden.

»Gewalt provoziert Gegengewalt«, fährt der Mann fort. Er packt sie wieder am Kopf. »Was hast du? Was bist du? Du gehörst in die Schule, nicht in die Mine. Darum gibt es die Organisation. Die Organisation will dir helfen. Du bist meine kleine Schwester, meine süße kleine Schwester.«

Sie hat es gleich gemerkt. Dieser Mann und seine Organisation wollen ihr helfen. Das wollen noch mehr Männer hier. Sie bieten ihr etwas an. Brot oder eine Zigarette. Sie isst das Brot und raucht die Zigarette, nicht weil es ihr schmeckt, sondern weil die Männer rauchen und sie eine von ihnen ist.

Meist wollen die Männer eine Gegenleistung. Sie sagen: »Es dauert nicht lange.« Manche sogar: »Nur eine Minute.«

Eine Minute ist nichts.

Sie hört dem Mann von der Organisation nicht länger zu. Es gibt zu viele, die ihr helfen wollen. Sie konzentriert sich lieber auf den letzten Rest Brot. Wer isst, muss das mit Ehrfurcht tun. Doch der Mann von der Organisation fasst sie fest an den Schultern und sagt: »Merk dir, was ich dir gesagt habe. Wenn du mich brauchst, weißt du, wo du mich findest.«

Er steht auf und verschwindet in einem Stollen.

Obwohl er nicht mehr da ist, lächelt Lina weiter. Das tut

sie meistens. Nicht reden, lächeln. Das hat sie schon auf der französischen Schule getan, und das tut sie auch hier.

Sie nimmt ihren Eimer, den sie immer noch regelmäßig zur Arbeit mitnimmt. Sie trägt keine Steine darin – davon ginge der Eimer kaputt –, sondern Essen, Zigaretten, etwas zu trinken und kleine Geschenke für unseren Onkel. Sie singt für ihn, um die Angst zu vertreiben. Er ist ihr Vertrauter. Und singend vor unserem Onkel wird sie die, die sie hätte bleiben sollen, das Kind ihres Vaters und ihrer Mutter. Indem sie weitersingt, nicht aufhört, zwingt sie das Glück herbei, das man hier unter der Erde erkaufen muss. Sie wird Gold finden, Bergmann werden, nichts anderes als das. Alles besser, als Frau zu sein.

Sie wird das Glück kaufen, und wenn sie es hat, darauf einschlagen, so wie die Männer auf das Innere des Berges.

Ein paar Tage später begegnet sie dem Mann wieder. Abends, am Eingang zur Mine, in der Dämmerung. Er winkt ihr.

Sie wird öfter herbeigewunken, das ist sie gewohnt. Doch dieser Mann hier will reden. Nicht fummeln, nicht sie anglotzen, nur reden. Das sagt er auch, während er winkt: »Ich will nur mit dir reden, kleine Schwester.«

Ein komischer Kauz.

»Hast du darüber nachgedacht?«, fragt er.

»Worüber?«, fragt Lina zurück.

»Über das, was ich dir gesagt habe.«

Sie nickt, obwohl sie nicht mehr genau weiß, was es war. Sie hat andere Dinge im Kopf. Und viel Zeit zum Nachdenken hat sie sowieso nicht.

»Außerhalb der Mine kannst du der Gemeinschaft nützlicher sein als da drin«, sagt der Mann. »Die Organisation hat Aufgaben im Dorf übernommen, die der Staat nicht mehr erfüllen kann oder will.«

Lina nickt und geht weiter, den Eimer in der Hand. Eigentlich findet sie, dass sie für ihren roten Eimer langsam zu groß wird. Sie hat ein paarmal versucht, ohne Eimer das Haus zu verlassen, doch dann fühlte sie sich nicht wohl. Er fehlte ihr, sie fühlte sich unvollständig. Ohne Eimer fühlt sie sich nackt.

Der Mann lässt sie nicht in Ruhe. Kurz bleibt er stehen, taucht aber sofort wieder neben ihr auf. Zu guter Letzt fragt sie selbst: »Dauert es eine Minute?«

Seit circa drei Jahren arbeitet Lina jetzt in der Mine. Sie kennt die Stollen, als sei sie in ihnen geboren. Die Mine birgt keine Geheimnisse mehr für sie. Nur der Onkel wirkt auf sie manchmal noch rätselhaft. Sie ist Bergmann geworden. Die Mine ist ihre Vergangenheit und ihre Zukunft.

Gerade als Lina sich endlich wie ein richtiger Bergarbeiter fühlt, beschließt das Dorf, dass sie nicht mehr dort arbeiten darf. Sie hält die Männer von der Arbeit ab. In Wirklichkeit dauert es oft doch länger als eine Minute. Angeblich hat sie einen schlechten Einfluss auf die Arbeiter und bringt Unglück.

Sie soll kleine Kinder hüten, das passe besser zu ihr und ihrer Statur. Die Stiefel, den Helm und den Overall gibt sie ihrem Stiefvater wieder. Er legt sie schweigend zurück in den Schrank, aus dem er sie drei Jahre zuvor herausgeholt hat.

Seither geht er morgens wieder allein zur Arbeit. Manchmal schürft er auch nachts. Je länger man sucht, desto größer die Chance, etwas zu finden. Manche Familien haben nur ein kleines Stück Mine.

Die Mine fehlt ihr: das Graben, das Schürfen.

Jetzt passt sie auf Kinder auf, obwohl sie selbst noch ein Kind ist. Erwachsen für ihr Alter, sagen die einen. Doch das ist etwas anderes als erwachsen. Ein vernünftiges Mädchen, sagen die anderen. Sie passt auf die Kinder auf, wie sie vorher an ihre Arbeit in der Mine heranging: mit Einsatz und durchaus einer gewissen Liebe, doch oft auch geistesabwesend, als gehe sie das Ganze nicht wirklich etwas an.

Hinter dem Haus ihres Stiefvaters sitzt immer noch Oma. Sie gehört schon lange nicht mehr zu den Lebenden, doch auch nicht zu den Toten. Immer noch macht sie Pferdegeräusche. Daran haben sich alle gewöhnt, auch Lina erschrickt nicht mehr vor ihnen, genauso wenig wie vor Omas Äußerem. Manchmal sagt Lina etwas zu ihr: »Kalt heute, Oma«, zum Beispiel. Doch nie bekommt sie eine andere Antwort als vages Gewieher. Nach und nach sind Omas Geräusche und die Toilette in ihrem Kopf eine merkwürdige Einheit geworden. Wo immer auch Lina auf die Toilette geht, immer meint sie, ein Pferd wiehern zu hören.

In Gesellschaft der Kinder und einiger Babys in einer zugigen Hütte, die von den Leuten im Dorf »Krippe« genannt wird, sehnt Lina sich immer mehr nach der Mine. Ihr fehlt die Geborgenheit, das Zusammensein mit den Männern, der Abstieg in den Berg, das Unter-der-Erde-Sein, unsichtbar für den Rest der Welt und darum unverwundbar. Ihr fehlt das Gefühl, zu den Männern zu gehören, Teil von etwas zu sein, das wichtiger ist als ihr eigenes Leben und es darum verschönert.

Der Mann von der Organisation hat einmal zu ihr gesagt, dass sie einen wachen Blick hat. Vielleicht hat er recht. Im Schlafzimmer hängt ein kleiner Spiegel, und schon ein paarmal hat sie ihre Augen gemustert.

Sie sagt nicht viel, doch hört gut zu und merkt sich, was sie hört. Wochen-, ja monatelang hatte sie in der Überzeugung gelebt, das hier sei nicht ihre Endstation, nur vorübergehend, sie würde weiter verschoben, an einen anderen Ort, und zuletzt ihre Eltern wiedersehen. Doch nach und nach stellte die Vermutung sich ein, dieses Dorf könnte doch ihre Endstation sein, und niemand käme mehr, um sie noch irgendwo anders hin mitzunehmen.

Eines Tages sitzt sie mit den Kindern in der Baracke und sagt leise zu sich, was sie schon eine ganze Weile vermutet: »Das ist es jetzt.« Nun, da diese Vermutung für sie zur Gewissheit geworden ist, beschließt Lina, sich zu ändern. Sie lässt den Eimer im Schlafzimmer stehen, sagt nicht mehr »Danke, Señora«, wenn sie Essen und Trinken von ihrer Stiefmutter bekommt, sie nimmt es schweigend entgegen, und wenn sie frei hat, spielt sie mit den Hunden der Nachbarn. Sie hat keine Angst mehr vor Hunden, sie fürchtet nichts.

Die Kinder, mit denen sie das Bett teilt, haben sie akzeptiert wie eine zugelaufene Katze. Zwar bekommt Lina ab und zu einen Tritt, aber nur, weil jemand sich umdreht, nicht, weil sie sie aus dem Bett werfen wollen. Ein Kind hält sich am anderen fest, um nicht selbst aus dem Bett zu fallen. Es ist ein Knäuel von Kindern, doch sie ist keine Fremde mehr, nicht für die anderen jedenfalls, höchstens sich selbst.

Ihre Stiefmutter hat Lina Zöpfe geflochten, doch nicht mehr so lange wie früher, vor langer Zeit, als sie eines Nachts dem Major begegnete. Es sind auch andere Zöpfe, als ihre Mutter sie flocht.

Eines Tages kämmt ihre Stiefmutter Lina die Haare und sagt: »Du bekommst Brüste. Ab jetzt musst du aufpassen.«

Aufpassen, das hat sie schon immer getan. Sie kann sich nicht erinnern, irgendwann einmal nicht aufgepasst zu haben. Nur in der einen Nacht vielleicht nicht, als sie ihre Eltern verlor, vielleicht hat sie da nicht genug aufgepasst.

Es ist, als steuerten ihre Gedanken den Körper, als wandle ihr Körper sich, weil sie jetzt anders denkt.

Die Kinder, mit denen sie das Schlafzimmer teilt und die eigentlich auch selbst immer weniger Kind sind, wiederholen, was ihre Mutter gesagt hat: »Du wirst eine Frau, Lina.« Die Jüngsten kneifen ihr vorsichtig in die Brüste. »Mal sehen, ob was rauskommt«, sagen sie. Aus den Brüsten kommt nichts.

Jeden Morgen um halb acht geht Lina den Berg hinunter, Richtung Sportplatz und Basketballfeld. Dahinter steht die Baracke, wo sie auf die Kinder aufpasst. Sie fragt sich immer noch, warum Leute hier wohnen, die Umgebung erinnert sie nach wie vor an das, was sie auf der französischen Schule über unbewohnbare Planeten gehört hat.

Sie setzt sich in das Gebäude auf einen Stuhl und wartet. Eins nach dem anderen kommen die Kinder herein. Manche werden von der Mutter oder älteren Schwester gebracht, andere kommen allein.

Sie versucht, sich die Namen der Kinder zu merken, doch das fällt ihr schwer. Außerdem bleiben immer wieder Kinder vom einen auf den anderen Tag weg, und stattdessen kommen andere.

Was genau sie zur Kinderbetreuung tun muss, hat ihr niemand gesagt, nur, dass sie sich damit für die Gemeinschaft nützlich macht. Manchmal spielt sie mit den Kindern, manchmal sitzt sie einfach nur da und schaut ihnen zu, ganz selten singt sie für sie, doch nie so schön oder so lange wie für den Onkel.

Sie grübelt über ihren Körper nach, noch mehr aber über ihr schwaches Gedächtnis. Ihre Eltern sind darin nur noch vage Schemen und noch vagere Geräusche, der Major eine Uniform, seine Frau ein Morgenmantel und der Jongleur ein Kriegsschrei, bevor er seine Bälle in die Luft wirft.

Während sie auf die Kinder aufpasst, versucht sie, sich all diese Dinge vors innere Auge zu holen, aber es nutzt nichts. Was leer ist, bleibt leer. Was verschwunden ist, bleibt verschwunden. Von ihrer Mutter ist ihr nichts geblieben als der Ratschlag, sich gründlich die Zähne zu putzen, und das tut sie denn auch. Sie hat eine abgebrochene Zahnbürste gefunden, das ist ihre Mundpflege. Morgens und abends steht sie damit neben der wiehernden Oma. So gedenkt sie ihrer verschwundenen Eltern. So ehrt sie sie.

Wenn sie mit ihrer nützlichen Arbeit für die Gemeinschaft fertig ist, wartet oft der Mann von der Organisation auf sie. Mindestens einmal pro Woche, manchmal auch öfter. Zusammen mit ihr stapft er durch den matschigen Dreck den Hügel hinauf bis zu dem Haus, wo man sie, ohne Fragen zu stellen, aufgenommen hat. Er redet, sie hört zu. Er sagt: »Jeder Mensch wird von seinem Feind definiert. Darum haben wir uns den stärksten Feind ausgesucht, den wir finden konnten.« Oder: »Unser Dirigent hat seine Vergangenheit ausgelöscht. Er lebt für die Zukunft.«

Eines Tages jedoch erwartet er sie schon morgens auf halber Strecke zur Arbeit. Er steht am schlammigen Weg und fragt: »Darf ich dich kurz umarmen, kleine Schwester?«

»In Ordnung«, sagt Lina.

»Danke«, sagt der Mann von der Organisation. »Wir sind kein Werkzeug. Du auch nicht. Darum zerbrechen wir die alten Strukturen.«

»Ja«, sagt Lina. »So ist es.«

»Kleine Schwester«, sagt der Mann. »Der Staat muss seine Mörderhände von dir lassen.«

Ein Tag nach dem andren vergeht. Es kommen, so scheint es, keine neuen Erinnerungen hinzu, aber es verschwinden auch keine mehr.

Während der Regenzeit im sechsten Jahr in dem Dorf, das sie an einen wüsten Planeten erinnert, schenkt ihre Stiefmutter ihr eine Strickjacke. Das erste Geschenk ihrer neuen Familie.

»Selbst gestrickt«, sagt die Frau.

Lina weiß nicht, ob sie Dankbarkeit zeigen soll. Was früher nützlich war und wichtig, ist hier zweifelhaft, überflüssig, oft unpassend. Hier gelten andere Regeln. Einmal hat ihre Stiefmutter geweint und Lina an sich gedrückt. Lina ließ es geschehen. Sie fand es weder angenehm noch unangenehm. Sie selbst hat schon lange nicht mehr geweint. Sie weiß auch nicht mehr, weswegen man überhaupt weinen soll.

Nur wenn etwas mit ihrem Eimer geschähe, würde sie weinen. Sie hat ihn denn auch fast nie mehr dabei, außer ab und zu für den Onkel. Er steht unterm Bett, als Aufbewahrungsort für ihre abgebrochene Zahnbürste.

Ihr Körper wirft immer mehr Fragen auf, er ist das Allerseltsamste von all den Dingen im Dorf. Aber sie ist selten allein und hat dadurch auch selten Gelegenheit, ihn zu erkunden. Sie will nachsehen, ob sie tatsächlich schon eine Frau wird. Einmal tat sie das im Dunkeln, in Omas Gesellschaft. Weil Oma doch nichts sagt und wahrscheinlich auch nichts mehr sieht, war der Hinterhof dazu der ideale Ort.

Der Schlamm ist da, weil in der Regenzeit alles weggespült wird, darum ist es sinnlos, Wege anzulegen, sinnlos, etwas zu bauen, was ein paar Monate später doch wieder zerstört wird. Hier lassen die Leute alles so, wie es ist, weil es wieder wegschwimmt, von Schlamm überspült wird, weil sie an eine Zukunft denken, in der alles vergeht. Das ist die Antwort auf viele Fragen. Doch die Fragen, die ihr Körper aufwirft, sind nicht zu beantworten.

Die neue Strickjacke macht sie dick, findet sie. Sie findet sie hässlich, doch sie trägt sie Tag und Nacht. Sie zwingt sich dazu. Die hässliche Jacke hält einen jungen Mann nicht davon ab, eines Tages die Hütte zu betreten, wo sie auf die Kinder aufpasst. Sie kennt ihn vom Sehen, hat aber noch nie mit ihm geredet.

Er wartet, bis alle Kinder fort sind, dann geht er auf sie zu. Er stellt sich vor sie hin, schaut sie lange an. »Willst du mich heiraten?«, fragt er.

Lina lächelt. »Wenn es nur eine Minute dauert«, antwortet sie.

Der junge Mann schüttelt den Kopf. Er geht weg und sagt nichts mehr. Doch als sie aus der Baracke kommt, steht er da, um sie nach Haus zu begleiten, als könne er nicht glauben, dass sie ihm einen Korb geben will.

Der Lastwagen steht vor der Tür. Er wird jetzt immer hier ausgeladen, neben dem Basketballplatz. Er kommt unregelmäßig. Manchmal wochenlang nicht. Lina bleibt stehen, der Junge neben ihr auch.

Diesmal hat der Wagen nicht nur Lebensmittel dabei, sondern auch Zeitungen. Die Militärzensur hat die Namen Verdächtiger freigegeben, die auf der Flucht erschossen und bei Gefangenenaufständen ums Leben gekommen sind.

Zeitungen haben die Listen abgedruckt.

Die Listen sind lang.

Das halbe Dorf ist zusammengelaufen, um die Listen auf bekannte Namen zu überprüfen.

Wer lesen kann, liest die Zeitungen den anderen vor. Sie umringen den Lastwagen, als enthielten die Zeitungen sehnlichst erwartete Nahrung.

Lina bleibt stehen, um zuzuhören.

»Bist du dir sicher?«, fragt der junge Mann. Er hat ein großes Muttermal auf der Wange.

»Was?«, fragt Lina geistesabwesend.

Jede Familie kennt jemanden auf der Liste.

Als das Dorf alle Zeitungen studiert hat und manche Bewohner Teile der Liste auswendig gelernt haben, gehen alle wieder nach Hause.

Lina hebt eine Zeitung auf, die neben dem Lastwagen liegengeblieben ist.

»Wenn du mich heiratest, werden wir glücklich sein«, sagt der Junge. Er lässt nicht locker.

Sie fragt sich kurz, wie alt er wohl ist, doch dann ignoriert sie ihn wieder. Sie fängt an zu lesen. Die Listen sind so lang, dass sie nicht auf eine Seite passen, sie muss umblättern.

Zwischen all den anderen Namen sieht sie ihren eigenen. Den Namen, den sie nicht mehr benutzt, den sie hätte vergessen sollen, was sie aber nicht konnte. Alles konnte sie vergessen, nur das nicht.

»Lina Siñani Huanca.«

Da steht es. Nicht zu leugnen. Jeder, der lesen kann, kann es sehen. Es stehen zwei Daten dabei. Neben dem zweiten Datum ein Kreuz.

Über ihrem eigenen Namen stehen die ihrer Eltern, ebenfalls mit Kreuzen versehen.

Sie reißt die Seite heraus. Das hier ist der Beweis, dass sie tot ist. Ein Beweis, dass sie einmal gelebt hat, aber jetzt eine Tote unter Lebenden ist. Jetzt hat sie es schwarz auf weiß.

Sie steckt sich die Seite in ihre Jackentasche. Im Eimer könnte sie sie verlieren.

Der Junge steht immer noch da. Er ahnt nichts. Er schaut sie nur an, immer noch hoffnungsvoll. »Und?«, fragt er. Es klingt jämmerlich. Sie mag keine Jammerlappen.

Lina ist tot, ihr kann nichts mehr geschehen. Sie kann so kalt und gefühllos sein, wie sie will, die Toten sind nun mal kalt und gefühllos. »Wenn es nur eine Minute dauert«, wiederholt sie. »Und nicht hier, ich mach es nur in der Mine.«

Schneller als sonst geht sie den Berg hinauf zum Haus ihrer Stiefeltern. Der Junge folgt ihr nicht mehr.

Ihre neue Mutter sitzt im Zimmer am Tisch und nimmt ein Huhn aus. Sie schaut Lina an. »War jemand dabei, den du kanntest?«, fragt sie.

Lina schüttelt den Kopf. Die Leute wissen nicht, wie sie heißt, kennen nur ihren Vornamen: Lina. Erst haben ihre neuen Verwandten sie noch nach ihrem Familiennamen gefragt, doch weil sie nie antwortete, haben sie sich zuletzt mit »Lina« zufriedengegeben. Wie Oma halb Pferd ist und die Regenzeit alles wegspült, so hat Lina in diesem Dorf nur einen Vornamen. Nichts überrascht die Leute hier, nichts ist unmöglich. Solange in der Mine nur geschürft werden kann, solange die Mine ihre Geheimnisse den Auserkorenen ab und zu preisgibt.

Sie geht nach oben, ins kleine Schlafzimmer mit den zwei Betten. Nicht nur ihre Eltern sind tot, auch sie selbst.

Sie legt sich aufs Bett und wartet, dass Tränen kommen, doch es geschieht nichts.

Sie nimmt den Ausriss aus der Tasche, liest nochmals die Namen, und immer noch geschieht nichts.

Kaum zu leugnen: Ihr Äußeres gleicht dem einer Lebenden. So sehen die anderen sie auch. Man hält um ihre Hand an. Kann eine Tote heiraten? Gibt es Brautkleider für Tote?

Sie isst, verdaut, sie geht aufs Klo, ihr Körper verwandelt sich, das sagt genug. Die Körper von Toten verwandeln sich anders.

Vielleicht ist es ein Irrtum, und es lebt nicht nur sie, sondern es leben auch ihre Eltern noch. Oder sie befindet sich zwischen Leben und Tod, wie Oma, die sich auch nicht entscheiden kann, ob sie nun zu den Lebenden oder den Toten gehört. Eine Art Scheinleben, wie es auch Scheinschwangerschaften gibt. Das hat sie von ihrer neuen Mutter gelernt.

An dem Abend geht Lina zum ersten Mal, seit man sie weggeschickt hat, seit man sie dort nicht mehr haben wollte, zur Mine zurück, obwohl das offiziell verboten ist. Wer nichts in der Mine zu tun hat, darf sie nicht betreten. Von dem Geld, das ihr ab und zu zugesteckt wird – ein Gehalt bekommt sie nicht, doch ab und zu ein Trinkgeld von der Gemeinschaft, für die sie sich nützlich macht –, hat sie eine Flasche Cognac und ein Päckchen Zigaretten gekauft.

Aus dem Schrank ihres Stiefvaters hat sie ihre alten Stiefel geholt. Sie lagen noch am selben Platz. Overall und Helm lässt sie zu Hause, sie nimmt nur die Lampe mit.

Im Schlafzimmer zieht sie den Eimer unter dem Bett hervor. Den Cognac und die Zigaretten tut sie hinein.

Als sie neu hier war, konnte sie den Weg im Dunkeln nicht finden. Jetzt gelingt es ihr mühelos.

Sie schleicht sich in die Mine. Sie kennt alle Stollen, wird sie nie vergessen. Sie findet den Raum, in dem der Onkel auf seine Besucher wartet, sofort.

Sie gießt den Cognac vor ihm aus, damit er etwas zu trinken hat. Dann wirft sie ihm die Zigaretten zu, damit er rauchen kann. Sie setzt sich auf eine Bank, erinnert sich an das, was ihr Stiefvater einmal gesagt hat: »Wenn du unserem Onkel gibst, was er braucht, steht er dir bei, vernachlässigst du ihn, wendet er sich gegen dich.«

Von jetzt an wird sie dem Onkel jeden Tag reichlich zu essen geben. Ob sie tot ist oder lebendig, spielt keine Rolle. Auch die Toten können Hilfe gebrauchen.

Lina steht auf, sie möchte den Onkel berühren, obwohl sie niemals gesehen hat, dass jemand anderes das getan hätte. Sie betrachtet die Luftschlangen, die Figur. Sie streckt den Arm nach ihm aus, mit ihren Fingerspitzen berührt sie die Schlangen. Sie zittert. Langsam lässt sie die Luftschlangen durch ihre Finger gleiten.

Aus dem Mund des Onkels ragt die halb vermoderte Kippe. Linas Hand krampft sich um die Luftschlangen zusammen. »Ich bin tot«, sagt sie leise. »Es steht in der Zeitung. Ich bin kein Werkzeug und auch keine Hure, ich bin tot.«

Mit beiden Händen befühlt sie ihren toten Körper. Sie weiß, wer und was sie ist. Er weiß es jetzt auch. Sie lässt ihn allein.

Schnell verlässt sie die Mine, in der Rechten den Eimer, er ist so gut wie leer. Nur die abgebrochene Zahnbürste ist noch darin.

Zwei Bergleute überholen sie, doch sie sagen nichts, vielleicht sehen sie sie nicht einmal, nur ihre Schubkarren, ihre eigenen Füße.

Zu Hause isst sie nicht zu Abend. Aus dem Eimer holt sie sich ihre Bürste. Neben Oma putzt sie sich schnell die Zähne, mit halbem Ohr auf ihr Gewieher horchend. Wenn man lange genug horcht, kann man manchmal ein Wort verstehen, ein echtes Wort, nicht aus der Sprache der Tiere, sondern aus der der Menschen.

Sie geht als Erste zu Bett. Wer als Erster im Bett liegt, hat den besten Platz, muss aber auf die anderen warten, damit ihm warm wird.

Jemand kommt die Treppe herauf. Sie denkt, jetzt würde ihr warm, doch es ist ihre Stiefmutter, und die legt sich nicht neben sie.

»Es gibt einen Schönheitswettbewerb«, sagt sie. »Zum ersten Mal seit langer Zeit.« Sie zieht eine der vielen Decken, die auf dem Bett liegen, gerade. »Es wird ein großes Fest. Es kommen wichtige Leute. Zu dem Fest und zur Wahl.«

Lina lächelt. In ihrer Jackentasche fühlt sie den Zeitungsausriss.

»Du musst mitmachen«, sagt ihre neue Mutter. »Vielleicht gewinnst du ja.«

2

Lina steht vor unserem Onkel. Sie hat nicht viel für ihn mitgebracht, nicht so viel wie an anderen Abenden. Jetzt, da sie beschlossen hat, sich an der Misswahl zu beteiligen, geht sie fast jeden Abend zu ihm. Ob man es wirklich einen Entschluss nennen kann, ist die Frage: Sie nimmt teil, weil man es von ihr erwartet, weil ihre neue Mutter das so wollte.

In ihrer Situation muss man tun, was andere wollen. Man darf sie nicht verärgern. Der willige Mensch währt am längsten.

Wenn sie mit der Arbeit fertig ist, wenn alle Kinder abgeholt worden oder von selbst gegangen sind, eilt sie nach Hause. Sie zieht ihre Stiefel an, nimmt die Helmlampe und geht in die Mine. Allmählich muss es aufgefallen sein, dass sie wieder regelmäßig dorthin geht, doch niemand fragt sie etwas.

Nicht nur ihre neue Mutter, auch andere Familienmitglieder haben sie ermutigt, bei der Wahl mitzumachen. Sie haben geprüft und befunden, dass sie gute Chancen hat, obwohl sie nicht die einzige Bewerberin in der Familie ist. Zwei ihrer Stiefschwestern machen auch mit und noch ein paar Cousinen, sie weiß nicht einmal, wie viele. Es gibt zu viele Verwandte, nicht nur im Dorf, auch außerhalb.

Ihre nächsten Verwandten erwarten von ihr, dass sie gewinnt. Ob sie ein neues Talent hat? Ein bisher unbemerktes? Vielleicht meinen sie es nicht ernst. Leute sagen oft Dinge, die sie nicht meinen.

Zusammen mit den Verwandten arbeitet sie an ihrem Kostüm. Ihrem Rock, ihrer Bluse. Später sollen noch Accessoires dazukommen. Sie kann ein bisschen nähen, aber nicht so gut wie die anderen in der Familie. Ihr Beitrag ist vor allem symbolisch. Ab und zu zieht sie einen Faden durchs Nadelöhr. Sie steht daneben, schaut zu. Sie probiert etwas an. Einen Schuh, einen Strumpf, eine Bluse. »Sitzt alles perfekt«, sagt ihre neue Mutter. »Und auch, wenn es nur ungefähr passt, die Leute sehen dich doch nur von weitem, nicht aus der Nähe.«

Linas wirklicher Beitrag zum Fest und zur Wahl besteht in den Besuchen beim Onkel. Manche sagen, dass er nur unter der Erde herrscht, doch weil sie eine Tote ist, macht er für sie bestimmt eine Ausnahme. Lina steht in seiner Gewalt, wo immer sie auch ist: über oder unter der Erde, es macht keinen Unterschied. Diesmal überreicht sie ihm feierlich die Zigaretten, wirft sie ihm nicht zu, wie die Männer das tun. Sie legt sie sorgsam vor ihm auf den Boden, Stück für Stück. Unser Onkel ist ein großer Raucher.

Dann tritt sie ein paar Schritte zurück und schaut ihn an. Je öfter sie ihn so ansieht, desto schöner wird er. Man muss sich an seinen Anblick gewöhnen, dann erst erkennt man seine Schönheit. Ob das bei ihr auch so sein wird?

Sie setzt sich auf die Bank, direkt vor den Onkel.

Wenn die Leute wollen, dass sie gewinnt, sollte sie das wenigstens probieren. Die Leute wollen alles Mögliche. Wie kann man etwas anderes wollen als sie? Vor allem, wenn sie deine neue Familie sind?

»Onkel«, sagt sie leise. »Hörst du mich, Onkel? Ich geb dir zu essen. Siehst du? Siehst du, was ich dir mitgebracht habe?«

Aus ihrem Eimer holt sie ein Fläschchen mit Cognac. Sie ist zu alt für den Eimer. Ihre Schwestern sagen es auch, lauter als ihre Mutter. Die Brüder kneifen ihr lieber in die Brüste. Die älteren jetzt nicht mehr fest und auch nicht gemein, sie kneifen fachmännisch, wie Männer im Berg die Wände abklopfen, um zu hören, ob der Felsen stabil ist. Sie kneifen in Linas Brüste, um zu kontrollieren, ob die auch stabil sind. Jeden Tag wieder stellen sie mit Zufriedenheit fest, dass das der Fall ist.

Doch Lina kann den Eimer nicht aufgeben, so, wie es anderen mit dem Alkohol geht.

Sie sprengt unserem Onkel etwas Cognac vor die Füße, die Füße, die mit Papiergirlanden bedeckt sind. Obwohl man eigentlich nicht richtig von Füßen sprechen kann. Die Beine des Onkels hören einfach auf, gehen in den Boden über, den Stein, der vielleicht Gold enthält.

Der Onkel ist wild auf Cognac, doch er trinkt auch Whisky.

Sie schaut ihn an. Sie würde ihn gern berühren, obwohl sie inzwischen weiß, dass es verboten ist. Sie steht auf und bringt ihren Mund an sein Ohr. Das Ohr schillert in allen Farben des Regenbogens. Wer hat diesen Onkel gemacht? Wie lang haben sie dazu gebraucht? Ob sie ihn nach und nach zusammengesetzt haben? Oder in einer einzigen Nacht, mit Unmengen Alkohol?

»Onkel«, flüstert sie. »Onkel, ich habe dich vernachlässigt, aber ich habe dich nicht vergessen. Ich bringe dir alles, was du willst, aber mach doch, dass ich gewinne. Sie wollen das, sie erwarten es von mir. Was soll aus mir werden, wenn ich es nicht schaffe? Du musst wissen, eigentlich bin ich tot. Ich habe es in der Zeitung gelesen. Darum musst du mir beistehen. Ich werde ihnen zeigen, wozu Tote imstande sind, dass auch Tote gewinnen können. Hilf mir, Onkel. Sag mir, was du brauchst, ich werde es dir bringen. Ich will dir alles geben.«

Sie zeigt ihm den Eimer, in dem nur noch die halbe Zahnbürste ist.

»Andere Leute haben eine Mutter«, sagt sie, »und einen Vater. Wir nicht. Darum müssen wir zusammenhalten. Zusammen sind wir unschlagbar. Die Leute werden zu uns aufsehen, uns bewundern, beneiden, sie werden uns hassen, aber ihr Hass kann uns egal sein, weil wir unbesiegbar sind.«

Sie umarmt den Onkel zärtlich, besorgt, er könne auseinanderfallen. In der Ferne hört sie ein Tröpfeln. Wenn es lange geregnet hat, regnet es auch im Berg.

Sie zieht sich langsam zurück. Am Ausgang des Raums dreht sie sich um und sieht den Onkel noch einmal an. Er ist beängstigend und schön zugleich. Sein Schweigen ist eine Warnung, ein Fingerzeig. Ein Fingerzeig, der ihr Mut macht.

Sie verlässt die Mine. Trotz des Grubenwassers geht sie so schnell, dass sie fast rennt. Draußen kämpft sie sich durch den Schlamm zu ihrem Haus. Sie bahnt sich einen Weg, das ist sie gewohnt.

Auch an diesem Abend wird an den Kostümen gearbeitet, doch Lina braucht nichts anzuprobieren. Heute ist das Kostüm einer ihrer Schwestern dran. Sie putzt sich die Zähne und horcht auf die Geräusche um sie herum. Je länger sie über unseren Onkel nachdenkt, desto mehr erstarkt in ihr das Gefühl, dass sie mit seiner Hilfe unschlagbar sein wird. Sie gibt ihm, was niemand anderes ihm gibt, wie könnte er ihr ihren Wunsch verweigern?

Eines Tages wird sie nicht mehr von der Güte der Mitmenschen abhängen. Sie wird sie ablehnen können. »Nein danke«, wird sie sagen, »nicht nötig.« Sie muss sich nicht mehr von anderen mitnehmen lassen. Deren bloße Anwesenheit wird nichts mehr sein, wofür sie dankbar sein muss. Weil unser Onkel auf ihrer Seite steht und sie auf seiner. Untrennbar verbunden. Zwei Körper, ein Geist. Zwei Tote, ein Leben.

Ein paar Tage vor dem Fest und der Misswahl passt der Vertreter der Organisation sie ab. Sie sieht ihn schon warten, während die Kinder noch in der Baracke sind, sie sie noch beschäftigen und mit ihnen spielen muss, sie trösten muss, wenn sie hingefallen sind.

Als sie endlich vor die Hütte tritt, kommt er langsam auf sie zu. Er ist älter geworden, findet sie. In der Mine hat er einen Finger verloren. Er hat immer noch einen Verband um die Hand, schlecht gewickelt und schmutzig.

Lina trägt wieder die Jacke, die ihre neue Mutter für sie gestrickt hat. Sie hat sich inzwischen daran gewöhnt.

Er stellt sich ihr in den Weg. Groß ist er nicht, doch größer als sie. »Machst du noch mit?«, fragt er.

»Wobei?«, fragt sie.

»Bei dem Wettbewerb. Wirst du Miss Mine?«

Lina nickt. Sie macht sich auf den Weg nach Hause. Er begleitet sie, wie der Junge, der sie heiraten wollte. Sie muss ihr

Kostüm noch mal anprobieren. Ihre Stiefmutter wartet auf sie.

»Eigentlich ist das Fest nichts anderes als ein Vorwand zum allgemeinen Besäufnis«, sagt der Mann. »Aber man kann den Leuten nicht alles verbieten.«

Er hält sie fest, legt seine gesunde Hand auf ihre Jacke. Ein Faden ist lose. Er pfriemelt daran herum. »Nicht so schnell«, sagt er. »Weißt du, wer zu dem Fest kommt?« Er löst seinen Griff. Der Faden hängt immer noch herunter.

»Nein«, sagt Lina.

Der Mann schaut sie an. Zig Schichten Staub scheinen auf seiner Haut zu liegen. »Um alle Anführer rankt sich ein Mythos«, sagt er. »Ein Anführer muss ein Mythos sein, sonst kann er die Leute nicht inspirieren, aber unser Dirigent hat das nicht nötig. Vielleicht kommt er persönlich zum Fest. Man weiß bei ihm nie. Er ändert seine Pläne oft im letzten Moment, aber möglicherweise kommt er. Und wenn er diesmal nicht kommt, kommt er ein andermal.«

Sie geht wieder weiter.

»Dieses Dorf ist befreites Gebiet«, sagt er. »Hier wurde der Staat beseitigt wie eine Kakerlakenplage. Hier gibt es keine Kakerlaken mehr.« Wieder stellt er sich ihr in den Weg. »Lina«, sagt er. »In unserem Dorf brauchst du keine Angst mehr zu haben. Die Kakerlaken sind vertilgt. Hier können sie keinen Schaden mehr anrichten, kleine Schwester.«

Sie bleibt stehen und schaut den Mann an, der an der rechten Hand nur noch vier Finger hat. Der Mann, der sie nicht befummeln will, nur reden. Würde er doch nur fummeln, dann hätte sie's hinter sich.

Sie schaut ihm ins Gesicht, das die Farbe der Mine angenommen hat, die Farbe des Bergs. Sie geht weiter. Sie will nach Hause.

»Keine Angst, Lina!«, ruft der Mann.

Sie geht schnell hügelaufwärts. Je länger sie hier wohnt, desto mehr haben für sie die Häuser die Farbe der Umgebung angenommen. Auch die Menschen. Auch sie selbst bekommt mehr und mehr die Farbe der Berge, die Farbe des Lehms. Doch am farblosesten von allem ist dieser Mann. Noch einmal ruft er sie. Aber sie kann es schon nicht mehr verstehen.

Mit Klebeband und Sicherheitsnadeln wird am Abend letzte Hand an Linas Kostüm gelegt. Linas Stiefmutter wiederholt, dass niemand sie aus der Nähe sehen wird, wenn sie abends im Licht der Scheinwerfer über den Basketballplatz defiliert. In dem Licht wird alles perfekt aussehen.

Lina ist sich da nicht so sicher. Weder was das Licht anlangt, noch das Kostüm. Doch sie nickt. »Danke«, sagt sie. »Sehr schön.«

Im Spiegel sieht sie etwas, das sie unbehaglich stimmt: sich selbst in einem seltsamen Aufzug. Eine Leiche im Rock. Eine Tote in Stiefeletten, Strumpfhosen und grellgelber Jacke. Auch ihr Rock leuchtet bunt: grün, gelb und ein klein bisschen rot. Selbst in ihrem Hut ist viel Gelb.

Sie fragt sich: Sieht sie im Spiegel ein Werkzeug – oder vielleicht doch eine Hure?

Ihre neue Mutter sagt, dass das Kostüm wundervoll aussieht, mindestens so prächtig wie das ihrer Schwestern, und dass es egal ist, wer gewinnt. Bevor Lina das Kostüm auszieht, fügt sie hinzu: »Du hast schöne lange Beine, das kommt in dem Rock gut zur Geltung. Das mögen die Männer. In unserer Familie haben wir nicht so lange Beine.«

Langsam zieht Lina sich aus. Sie schaut auf ihre Beine, kann nichts Langes daran entdecken. Sie zieht die Strickjacke und ihre Hose an. Am Abend besucht sie den Onkel ein zweites Mal. So spät geht sie normalerweise nicht in die Mine, so spät besucht sie den Onkel sonst nie. Doch sie braucht ihn jetzt, sie will für ihn singen.

Am Eingang der Mine sieht sie den Mann wieder. Er steht da mit seinem Werkzeug. Regungslos. Als hätte er auf sie gewartet.

Sie wagt nicht, an ihm vorbeizugehen, und bleibt stehen.

»Nachts arbeite ich in der Mine«, sagt er. »Tagsüber arbeite ich für die Organisation.«

»Ja«, sagt Lina. In ihrem Eimer sind die Geschenke für unseren Onkel.

»Bist du bereit?«, fragt er.

Lina nickt. Meint er die Misswahl? Oder das Fest? Oder noch etwas anderes?

Er berührt sie, legt ihr erst die Hand auf die Schulter, dann auf die Brust. Es ist die Hand, an der ein Finger fehlt. »Die Leute freuen sich darauf«, sagt er. »Sie haben lange kein Fest mehr erlebt.« Mit der anderen Hand fährt er sich durch die Haare; der gesunden Hand.

Sie betrachtet die Hand mit dem Verband. Er legt sie woanders hin, jetzt ruht sie auf ihrem Kopf. Die Hand ist schwer.

»Überall Korruption«, sagt er. »Es ist eine Lebensweise, ein Stil. Vor allem das: Je korrupter die Leute, auf desto größerem Fuß leben sie, aber das ist nicht unser Stil.«

Lina sagt leise: »Ja.« Früher sagte sie immer: »Ja, Señor.« Jetzt bloß noch: »Ja.« Immer noch liegt die Hand des Mannes auf ihrem Kopf.

»Weißt du, wer wir sind?«, fragt er.

Sie will zum Onkel. Sie will nicht zu spät nach Hause kommen. Zum ersten Mal seit langem denkt sie wieder an den Major. Sie weiß nicht, warum. Vielleicht wegen der Hand auf ihrem Kopf. Hat der Major ihr auch manchmal die Hand auf den Kopf gelegt? Was genau hatte er eigentlich mit ihr vor?

»Ich weiß es nicht«, sagt sie.

Ihr Vater und ihre Mutter haben ihr nie die Hand auf den Kopf gelegt. Sie haben sie einfach umarmt.

»Wir sind das vernichtete Volk«, sagt der Mann. »Erst haben sie uns hier vernichtet, in der Mine und draußen. Dann haben sie unsere Lebensweise zerstört. Und jetzt bekehren sie uns, um auch noch unsere Seelen zu vernichten. Aber unsere Seele lässt das nicht zu, sooft sie uns auch bekehren. Darum haben wir uns hierher zurückgezogen, weil sie uns hier nicht finden können. Hier ist es zu hoch und weit weg für sie, zu nass und zu kalt. Von hier aus werden wir zurückschlagen, von hier aus haben wir bereits mächtig zurückgeschlagen.«

Lina nickt. Sie hat nur mit halbem Ohr zugehört. Sie denkt an ihr Kostüm und ihre Beine.

»Jetzt weißt du, wer du bist«, sagt der Mann. Er hat seine Hand von ihrem Kopf genommen. Was für eine Erleichterung. »Jetzt weißt du, warum du hier bist«, sagt er.

»Ja«, sagt Lina. »Jetzt weiß ich es.«

Wenn sie tot ist, ist sie auch vernichtet. Zwischen Tod und

Vernichtung gibt es kaum einen Unterschied. Aber sie fühlt sich nicht so, tot vielleicht, aber nicht vernichtet.

Sie versucht, an dem Mann vorbeizugehen, doch er lässt sich nicht abschütteln.

Sie will allein in die Mine. Er versperrt ihr den Weg und packt ihr Gesicht. Als wollte er sie küssen.

»Du hast eine große Zukunft vor dir«, sagt er. »Ich beobachte dich, seit du hier bist, seit dem Tag, als sie dich hier abgeliefert haben wie ein Paket. Um das vernichtete Volk wachzurütteln, braucht es manchmal Leute von außen. Unser Dirigent kommt auch von außen, eigentlich ist er keiner von uns, er ist einer der unsren geworden. Wir brauchten jemanden von außen, der uns aus unserer Lethargie befreit.«

Sie sagt nicht mehr »Ja«. Sie lächelt nicht mehr. Sie will schnell zurück nach Hause. Dann besucht sie den Onkel eben morgen und wird ihn dann besonders verwöhnen. Sie lässt den Mann stehen.

»Es gibt Gerüchte, dass der Dirigent ins Dorf kommt!«, ruft er ihr hinterher. »Wenn er kommt, werd ich dich ihm vorstellen. Du musst ihn kennenlernen. Du musst ihn sprechen hören! Wenn du ihn gehört hast, wird das dein Leben verändern.«

Immer schneller geht Lina. Was der Mann ihr hinterherruft, kommt kaum bei ihr an. Sie denkt an nichts anderes, als dass sie gewinnen muss. Das erwartet man von ihr. »Tu nichts, was du dich nicht traust«, hat Mama ihr einmal gesagt. Sie ist sich nicht sicher, ob sie sich das alles hier zutraut. Sie weiß nicht, was morgen von ihr erwartet wird, wie sie gehen und wie sie die Leute ansehen soll. Nur, dass es gut ist zu gewinnen, wenn die Leute das von einem erwarten.

Und auch wenn sie es nicht erwarten, kann es nicht schaden. Genauso wenig wie Gold finden. Wenn es nur nicht zu viel ist.

Zu Hause ist das Zimmer voller Verwandter, Mädchen und Frauen, die bei der Wahl morgen mitmachen. Alle tragen ihr Kostüm, vergleichen ihre Röcke, ihre Stiefel und Hüte. Sie lachen nicht, genauso wenig wie Lina.

Sie muss an die Frau des Majors denken, wie die im weißen Bademantel in der Küche reihenweise Pillen schluckte.

Lina betrachtet ihre Schwestern und Cousinen. Sie fragt sich, warum ihre Stiefmutter glaubt, dass Lina gewinnen wird. Sie findet die anderen Frauen schöner. In ihrem eigenen Körper fühlt sie sich nicht wohl. Vielleicht, weil sie tot ist und die anderen das nicht wissen. Sie muss ein Handicap ausgleichen. Darum muss sie gewinnen.

Aus dem oberen Stockwerk hat die Mutter einen kleinen Spiegel geholt. Die Stiefschwestern und Cousinen lachen, als sie in den Spiegel schauen, sie kichern wie über etwas noch niemals Gesehenes. Doch als Lina in den Spiegel blickt, lacht sie nicht. Sie sieht ein Werkzeug. Es macht ihr nichts aus. Sie denkt an die Worte des Mannes. Sie ist brauchbares Werkzeug. Nur darauf kommt es an. Ein Werkzeug sein ist nicht schlimm. Werkzeug sein, das niemand haben will, das ist schlimm.

Unten im Dorf haben die Männer schon angefangen zu trinken. Niemand geht mehr in die Mine, alle warten auf das Fest. Nur der Mann, dem ein Finger fehlt, arbeitet wohl noch.

Das Orchester ist ausgerückt. Sie spielen auf dem Basketballplatz, Lina kann es von hier oben aus hören. Sie geht in den Vorgarten. Die Männer tanzen zur Musik.

Ab und zu kommt ein Mann vorbei, schon müde vom Tanzen. Einer von ihnen fällt vor dem Haus um und bleibt liegen.

»Lina, komm rein!«, ruft ihre Stiefmutter.

Doch Lina bleibt stehen und betrachtet den Mann, der vor ihrer Gartentür umgefallen ist. Noch einmal ruft ihre Stiefmutter, eine kleine Frau, die zig Röcke übereinanderträgt, so wie viele Frauen hier im Dorf. Linas eigene Mutter trug nie solche Röcke.

Ihre neue Mutter kommt in den Vorgarten.

Lina betrachtet noch immer den Mann, der da im Dreck vor dem Haus liegt.

»Ein Säufer«, sagt ihre neue Mutter.

»Warum sind die Leute so betrunken?«, fragt Lina.

»Weil ihnen kalt ist. Vom Trinken wird einem warm.«

»Und warum legen sie sich dann nicht ins Bett, angezogen unter die Decke, wie wir?«

»Weil sie jetzt draußen tanzen müssen.«

»Und warum müssen sie tanzen?«

»Weil das Dorf feiert.«

Lina zeigt auf den Mann vor dem Zaun. »Sollen wir ihm eine Decke geben?«, fragt sie.

»Der wird schon wieder wach«, sagt Linas neue Mutter.

»Aber er liegt vor unserer Tür.«

»Wenn wir rausgehen, werden wir vorsichtig drübersteigen.«

Lina geht wieder ins Haus. Sie zieht ihr Kostüm aus und läuft die Treppe hoch. Im Schlafzimmer holt sie ihren Eimer hervor. Mit der halben Zahnbürste geht sie in den Hinterhof.

Sie putzt sich, neben Oma stehend, die Zähne. Von unten im Dorf erklingt Musik. Sie hört nicht auf, die Musiker werden nicht müde. Morgen werden sie wieder spielen. Sie werden spielen bis zum Umfallen.

Lina putzt weiter. Ihre Stiefmutter kommt dazu. Sie rafft ihre Röcke und hockt sich hin.

»Eigentlich hat das Fest schon begonnen«, sagt sie. »Aber weil du morgen ausgeruht sein musst, gehen wir nicht hin. Wir feiern, wenn ihr fertig seid, du und deine Schwestern, wenn die Leute euch alle gesehen haben.«

Lina nickt. Sie geht ins Haus, aber durch die andere Tür wieder hinaus. Durch den Vorgarten, über das Brett und den Matsch bis vors Gartentor. Sie stellt sich neben den zusammengesackten Mann und versucht, sein Gesicht zu erkennen. Sie fragt sich, ob er ihr schon mal geholfen hat. »Hilfe« bedeutet in der Praxis oft, dass jemand sie betastet. In der Mine ist das nicht so schlimm, im Dunkeln herrschen andere Gesetze.

Von hier aus kann man den Basketballplatz und die tanzenden Dorfbewohner noch besser erkennen. Ein paar hundert Meter vom Basketballplatz entfernt steht ein von der Armee gebauter Sendemast, der nie in Betrieb genommen wurde. Kurz betrachtet sie ihn, dann wieder die tanzenden Menschen. Sie überlegt, dass sie morgen eine von ihnen sein wird. Sie blickt auf das Dorfzentrum, das aus nichts anderem besteht als dem Basketballplatz, der heute Abend als Tanzplatz dient und auf dem das Orchester spielt.

Plötzlich fällt Lina auf, dass sie eben beim Zähneputzen

kein Wiehern gehört hat. Sie geht zurück hinters Haus. In den Hof, der zugleich Toilette ist, oder umgekehrt. Oma sitzt auf ihrem Stuhl. Auf dem Boden der angeschlagene Teller mit dem Essen, das ihr jeden Tag hinausgebracht wird.

»Oma«, sagt Lina.

Wenn sie das sagt, beginnt Oma meistens zu wiehern. Doch jetzt wiehert sie nicht. Kein Laut. Stille. In der Ferne hört man Musik.

Lina stellt sich neben sie, kneift der alten Frau in den Arm. Berührt ihre Hand. Die Hand ist kalt. Beim Zähneputzen denkt sie meist an ihre Mutter, auf das Gewieher der alten Frau horchend.

»Oma«, sagt sie noch einmal.

Nur Stille. Weit entfernt die Musik.

Oma ist tot. Anders als Lina. Richtig tot.

Schnell geht sie ins Haus zurück. Wahrscheinlich ist es das Beste, niemandem etwas zu sagen. Besser vielleicht, wenn die alte Frau einfach dort sitzen bleibt, wie all die Jahre. Wenn sie sagt, was mit Oma geschehen ist, werden sie vielleicht meinen, dass sie schuld ist an ihrem Tod.

Lina legt sich ins Bett. Die anderen liegen schon da. Kurz kommt das Körperknäuel in Bewegung, bis jeder sich wieder eingerichtet hat.

Lina schaut an die Wand, auf den drei Jahre alten Kalender einer Biermarke, und daneben das Bild von Jesus am Kreuz. Ein merkwürdiges Bild: Das Kreuz steht an einem See. Darin schwimmen Erwachsene und Kinder.

Lina konzentriert sich auf den Kalender der Bierfirma. Er zeigt eine Frau. Leicht bekleidet. Wahrscheinlich hat die

Frau einen Preis gewonnen. Doch Lina sieht keine Ähnlichkeiten zwischen sich und der Frau.

Die Mutter schaltet das Licht aus.

Lautlos setzt sich das Knäuel in Bewegung. Wenn einer der Schlafenden sich umdreht, müssen alle anderen folgen.

3

Seine Karriere begann mit einem Gedichtband, der von der Kritik freundlich aufgenommen wurde. Freie Verse verabscheute er, oder besser: »Der freie Vers war ihm ein Greuel.« Manche Gedichte waren in Jamben, andere in Trochäen geschrieben, alles stimmte bis aufs i-Tüpfelchen. Dichten ist Zählen und Rechnen.

Er ist der Sohn von Emigranten, die rechnen ja sowieso viel.

Seine Haut ist weiß. Dadurch fällt er auf in diesem Land, wo viele seine Blässe für erstrebenswert halten. Die Oberschicht will bleich sein, je bleicher, je lieber. So erstrebenswert ist diese Blässe, dass nicht nur Frauen, sondern auch Männer viel Geld für Cremes und Lotionen ausgeben, die ihre Gesichter bleichen sollen. Aller Erfolg beginnt mit einer ungesunden Hautfarbe.

Er will keine Karriere, keine normale jedenfalls. Erfolgsstreben zeugt von Engstirnigkeit, Engstirnigkeit und Kleingeist. Er will sich sein Leben nicht von der Meinung anderer Leute vorschreiben lassen. Darum verachtet er seine Hautfarbe, er hätte lieber eine dunkle, wie viele Männer in diesem Land, ohne Bartwuchs. Dunkle Haut verkörpert für ihn, was seinem Vater fehlt: Männlichkeit.

Was ist ein Mann ohne Männlichkeit? Eine Weinflasche ohne Inhalt.

Seine Eltern besitzen mehrere Buchläden. Erst hatten sie einen, dann zwei, schließlich drei, und jetzt haben sie vier. Weil das Büchergeschäft nicht mehr viel abwarf, haben sie die Buchhandlungen in Schreibwarenläden mit einer kleinen Abteilung für Literatur hintendrin umgewandelt, zu finden hinter den Reißzwecken und dem Kopierer. Dort steht Literatur, die sich – mit etwas Glück – noch verkaufen lässt.

Bücher sind zu teuer geworden, ein Luxus. Nur Diätbücher gehen noch gut. Die Flucht aus der Realität, die Bücher oft bieten, ist keine Flucht in die Phantasie mehr, nur noch in den Schlankheitswahn. Die meisten Feinde des Volkes sind entweder besiegt oder zu abstoßend, um sich mit ihnen abzugeben. Der letzte verbliebene Feind ist das Fett. Das hat große Vorteile: Fett gibt es immer, dieser Feind läuft nicht weg und ist nie ganz besiegt. Der treueste Feind ist das Körperfett.

Irgendwann zwischen drittem und viertem Buchladen, inmitten des Übergangs vom Buchhandel ins Schreibwarengeschäft, wurde der Sohn geboren. Eine schwere Geburt. So ließen sie es bei dem einen Sohn bewenden. Vier Buchhandlungen, ein Sohn, mehr konnte man nicht verlangen. Mehr durften sie auch nicht verlangen. Nur keine Ansprüche, nur keine Fragen. Der Sohn selbst fragte auch nicht viel. Nicht, warum er keine Brüder und Schwestern hatte, nicht, warum seine Haut so weiß war, nicht, warum seine Eltern in diesem Land wohnten. Wie viele Emigranten waren seine Eltern ängstliche Menschen. Sie hatten Angst vor fast allem: Angst vor der Zukunft, Angst vor der Gegenwart, Angst vor den anderen und eigentlich auch vor sich selbst, Angst, aus der Rolle zu fallen, sich zu versprechen. Die Vergangenheit jagte ihnen immer noch Angst ein, darum wurde niemals darüber geredet. Man wusste nie, wer noch zuhörte. Nicht, dass sie etwas zu verbergen hatten, aber das machte es nur noch beängstigender: Warum eigentlich hatten sie nichts zu verbergen?

So, wie er die eigene Hautfarbe verachtete, verachtete der Sohn seine Eltern. »Buchhandlung Gutentag.« Schon der Name! Ein Name für Verlierer. Den bürgerlichen Erfolg hatte er als kleingeistigen Wunschtraum entlarvt. Hier mochte seine Blässe als Ideal gelten, er selbst hatte echte Ideale.

Der Sohn studiert, veröffentlicht seine ersten Gedichte, beginnt, Zigarren zu rauchen, und wird zu einem Poesiefestival eingeladen, wo er aus seinem Werk vortragen darf. Dort ist er auch zu einer Diskussion über die Zukunft der Poesie eingeladen. Vor allem Frauen interessieren sich für Gedichte. Oder für die Zukunft der Poesie. Während er mit ihnen redet und sie begehrt, geht ihm auf, dass seine Eltern für ihn genau das verkörpern, was er als schlimmsten Feind alles Vitalen betrachtet: die nackte und alles durchdringende Angst vor dem Leben. Sein Vater nimmt unverkäufliche Bücher oft selbst mit nach Hause, um sie irgendwann mal zu lesen, wenn Zeit und Muße es ihm erlauben. Die Bücher stapeln sich auf. Die Wohnung seiner Eltern verwandelt sich in ein Warenlager. Langsam verschwinden die Eltern hinter Stapeln von Ladenhütern, Sachen, die man nicht wegwerfen darf. Das wäre Verschwendung. Irgendwann wird man sie noch mal brauchen.

Eines Abends kommt er unangekündigt nach Hause, und seine Eltern scheinen endgültig verschwunden. Abgetaucht, nicht nur hinter unverkäuflichen Büchern, auch hinter ausgebleichten Ringheftern, Farbbändern für Schreibmaschinen, die niemand mehr benutzt, Kisten voller Locher, Hefte und Bücher mit dem Aufdruck: »beschädigt«.

Dort findet er auch die Mängelexemplare seiner eigenen Gedichte.

Der Vater sitzt im Lehnstuhl am Fenster und rechnet. Die Buchhaltung wird immer noch mit dem Bleistift erledigt. Der Vater reagiert nicht, als sein Sohn das Zimmer betritt, der Bleistift fährt über die Seite, eine Hand regt sich, sonst nichts. Leben seine Eltern überhaupt noch? Er kneift sie in den Oberarm, zieht sie an den Haaren. Ja, leben tun sie.

Der Sohn beschließt, sich von den Eltern zu distanzieren. Es ist das Beste für alle. Er besucht sie immer seltener, schickt zu Geburtstagen nur noch Karten oder ruft an. Wer sind diese sterbensängstlichen Menschen, fragt er sich in unbeschäftigten Momenten. Was habe ich mit ihnen gemein? Wenn er vor irgendwas Angst hat, ist es das: etwas mit ihnen gemeinsam zu haben.

Auf diese erfolgreiche Elternaustreibung folgen die ersten Enttäuschungen. Angefangen beim Dichten. Die Liebe zur Poesie war kurz und nicht einmal heftig. Leidenschaft konnte man es nicht nennen. Was ist denn Leidenschaft? Auf dem Papier wird alles zur Metapher, und was hat eine Metapher mit echter Leidenschaft zu tun? Papier ist geduldig, jedes Wort schillert, jede Silbe lässt sich auf zig Weisen interpretieren. Es macht ihn rasend, wie seine Eltern. Nicht das Ausbleiben der Karriere, die Karriere selbst ist es, die er verachtet, letztlich ist die genauso kleingeistig wie der Kleinbürger selbst. Roman- und Dichtkunst können nichts anderes als die Moral der Bourgeoisie perpetuieren. Erfindungen des Kleinbürgertums sind sie. Eine bittere Enttäuschung, die Poesie.

Da brechen die Studentenunruhen aus: Die Studenten streiken. Den Grund hat er vergessen. Als spiele der eine Rolle. Einen Grund gibt es immer. Auf die Poesie des leeren Blattes folgt die Poesie des Wasserwerfers.

Die Streikenden suchen Steine, finden welche, werfen damit, doch Steine allein sind etwas nüchtern. Die Streikenden suchen nach Poesie. Sie erinnern sich an den Sohn der Emigranten, den bleichen jungen Mann mit dem schlaksigen Körper, der großen Brille und den Zigarren. Nie um eine Meinung oder eine Utopie verlegen.

Ein komischer Kauz, finden sie. Doch Streiken verbrüdert. Lasset die komischen Käuze zu uns kommen, scheinen die Streikenden zu denken. Sie können ihn ja jederzeit wieder rausekeln. Er wäre nicht der Erste, bei dem sie das tun.

Der Dichter darf mitmachen. Nicht beim Steinewerfen, das wäre auch gar nichts für ihn. Er trägt Gedichte vor, auf einer Kundgebung der Studenten, am Nachmittag, im grellen Sonnenlicht der Plaza Mayor der Provinzstadt, in der seine Eltern sich einst nach ihrer Flucht niederließen. Niemand war ihnen mehr auf den Fersen. Doch was ist ein Leben ohne Verfolger? Die Hölle.

Drei Gedichte trägt er vor. Als Zugabe, wegen großen Erfolgs, noch ein viertes, und was für eins! Mit dem Streik haben die Gedichte wenig zu tun. Doch mit etwas gutem Willen wird alles zum Symbol für einen Wasserwerfer. Der Dichter schließt mit ein paar eigens für diesen Anlass geschriebenen Worten, die er am Vorabend schnell zusammengehudelt hat. Keine Jamben mehr – Ausrufezeichen!

Endlich Zukunft! Aggressiver Optimismus! Und sei es nur darum, weil das so schön mit dem ängstlichen Pessimismus seiner Eltern kontrastiert. Rhetorik mag eine enttäuschende Disziplin sein, hier ist sie besser als nichts. Auf der Plaza Mayor der Provinzstadt, in einem entlegenen Winkel der Welt, wo einst seine Eltern sich nach ihrer Flucht niederließen und einen Buchladen eröffneten, kommt der Sohn zu dem Schluss, dass dieses Nest seinen Einwohnern nichts anderes zu bieten hat als Rhetorik. Seine Rhetorik. Die Stimme des aggressiven Optimismus. Wer die Zukunft liebt, wer Dichtkunst und Roman als armselige Vehikel zur Affirmation der Ideologie des Kleinbürgertums demaskiert hat, muss bereit sein, die Vergangenheit radikal zu vernichten.

Die Streikenden sind begeistert. Für Steine können sie selber sorgen, doch das hier ist etwas Besonderes. Die strammen Aktivisten haben schon Eisenstangen gehortet, aber es fehlten ihnen noch die zündenden Parolen zum Zuschlagen. Jetzt nicht mehr. Der komische Kauz erweist sich als Glücksgriff. Er ist zwar etwas blass, seine Zigarren sind etwas zu dick und seine Gedichte etwas zu unverständlich, aber seine Ansprachen? – Perfekt!

Er wird wieder eingeladen, und wieder.

Er kommt, und er spricht. Er verliert sich, ohne sich ganz zu verlieren. Er verliert sich nur halb, eher der Form halber, und manchmal verletzt er die Formen. Der aggressive Optimismus wirkt ansteckend. Er ist glücklich. Nicht lange, Gott sei Dank nicht für lange. Glück macht schlaff.

Die Masse aufpeitschen, sie elektrisieren kann er gut. Und man muss sagen: Er tut es gern. Er tut es umsonst. Es gibt massenhaft weibliche Streikende, schon ihr Anblick ist ihm genug. Revolution ist immer auch: sexuelle Revolution.

Das Elektrisieren der Massen ist aufregender als das Analysieren und Diskutieren auf Festivals für Poeten, die außerhalb ihres eigenen Kreises kein Leser kennt. Erst wenn er elektrisiert, vergisst er, woher er stammt. Endlich kann er seinen Eltern wirklich entkommen. Der Bleistift, mit dem die Buchhaltung erledigt wurde, die unverkäuflichen Bücher, die Ladenhüter, die das Haus überwuchern: alles vergessen, besiegt und vernichtet. Er liebt die Streikenden, und die Streikenden lieben ihn.

Die Frage ist nur, was er tun soll, wenn der Streik um ist. Immer weniger Pflastersteine werden aus der Straße gerissen, immer seltener kommt der Wasserwerfer zum Einsatz. Polizeibeamte und Studenten sitzen in der Sonne und essen Eis.

Alles scheint vorbei, alles verloren. Zurück zur Poesie. Es ist schlimmer als eine Niederlage.

Zunächst hat er keine Ahnung, wie er diese kurze Affäre in die Länge ziehen könnte. Seinen Eltern verübelte er, dass sie nichts darstellten. Sie dachten, am Leben bleiben sei schon genug.

Er hat den Kleingeist hinter sich gelassen, hat erlebt, was es heißt, auf der großen Bühne zu stehen, jenseits des kleinbürgerlichen Getues. Das darf nicht einfach zu Ende sein.

Es muss ein Leben nach dem Streik geben, das kalte und leicht eintönige Leben nach dem Abzug des Wasserwerfers. Nicht, dass er den je am eigenen Leibe gespürt hätte. Als

Kind hatte er leichtes Asthma gehabt. Wenn der Wasserwerfer in Aktion kam, saß er immer schon längst im Café und schrieb neue Reden. Und er redete, redete auf die Leute ein. Auf die Kellnerinnen. Und wenn er die niedergeredet hatte, auf das Personal in der Spülküche. Er ließ die arbeitende Masse nicht ruhen.

Seine Eltern waren Verfolgte, er hat die Seite gewechselt. Selbst verfolgen ist zwar nichts für ihn, doch dafür wird seine Sprache die Menschen verfolgen, seine Worte werden sie nicht zur Ruh' kommen lassen. Bis lange nach seinem Tod werden sie die Menschen noch um den Schlaf bringen.

Das ist Männlichkeit: die Menschen aufrütteln, um den Schlaf bringen. Sie werden es noch bereuen, dass sie seine Eltern ins Land ließen. Wo er erscheint, bleibt kein Stein auf dem anderen. Erst kommt die Vernichtung, dann kommt der Aufbau.

Versammlungen organisiert er, Aktionen und noch mehr Aktionen. Das kalte Leben taut langsam auf. Adjutanten werden angeheuert, Assistenten und Handlanger geworben.

So, wie der Soldat den Krieg zu seiner Aufgabe macht, der Dichter die Metapher, der Sozialarbeiter die Armut, so macht er zu seiner Aufgabe das Unrecht.

Und das Unrecht ist da, in riesigen Mengen. Es ist unübersehbar, verfolgt einen, wohin man auch geht, es streckt seine schmutzigen Hände nach einem aus. Man könnte es himmelschreiend nennen, doch das tut er nicht. Er hat bessere Adjektive im Köcher. Nenne ein Unrecht, und er kommt mit einer Umschreibung, an die vor ihm noch kein Mensch gedacht hat.

Er ist kein Opportunist und kein Zyniker. Ihm ist klar,

dass das Unrecht ihn genauso sehr braucht wie er selber das Unrecht. Das sieht er, das fühlt er. Er weiß, dass sie füreinander geschaffen sind.

Der Sohn studiert zu Ende und bekommt eine Stelle an einer kleinen Universität mit einem passablen Ruf, soweit Universitäten in seinem Land überhaupt einen Ruf haben.

Er gibt Seminare über Jamben und Trochäen, über berühmte und weniger berühmte Dichter, klassische und moderne, doch immer wieder auch über das Unrecht, das er zu seiner Sache gemacht hat. Und in der Freizeit organisiert er weiter, er spricht, elektrisiert und peitscht auf, agitiert. Er produziert Flugschriften am laufenden Band wie ein verliebter Poet Liebesgedichte. Ein Flugblatt pro Woche, manchmal auch zwei.

Er hasst nicht nur die Sünde, er hasst auch die Sünder. Sein Name ist nicht Jesus Christus. Wer das Unrecht an der Wurzel packen will, muss anders zu Werk gehen. Muss durchgreifen. Die Masse ist ein Orchester und er der Dirigent.

So, wie die Angst das Leben seiner Eltern bestimmte, wird seines bestimmt von Hass. Er hasst eigentlich alles. Am allermeisten aber die Welt, der er entstammt, die Welt, in der er Karriere gemacht hat, die seine Gedichte pries, ihm die Stelle an der Universität, ein Büro, ein Gehalt und Wohnraum gewährte. Diese Welt hasst er mit rückhaltloser Verzweiflung, einer Verzweiflung, die sich von Leidenschaft kaum unterscheiden lässt. Er weiß, dass der Hass sein schwacher Punkt ist, doch er wird aus ihm seine Stärke machen. Alles Lob ist ein Bestechungsversuch, jedes Kompliment von außen dazu bestimmt, ihn mundtot zu machen, alles darauf angelegt, seine Männlichkeit zu erschüttern.

Eines Abends ruft er bei seinen Eltern an und fragt sie geradeheraus: »Warum interessiert ihr euch nicht für das Unrecht? Denkt ihr, ihr seid die Einzigen, die Unrecht erlitten haben? Hört endlich auf, in eurem erlittenen Unrecht zu schwelgen! Schaut euch um.«

Am anderen Ende bleibt es still. Die Mutter gibt den Hörer an seinen Vater, und sein Vater gibt ihn der Mutter zurück.

»Ihr steht auf der falschen Seite der Geschichte!«, ruft er. Und während er das ruft, wird ihm klar, dass seine Eltern auf überhaupt keiner Seite stehen, höchstens der armselige Überrest der Geschichte sind. Doch er kann sich kein Mitleid erlauben. Nicht mit ihnen.

Er schwört seinen Eltern endgültig ab. Er kann nicht anders. Er muss sich entscheiden: das Unrecht oder die Eltern. Die Wahl fällt nicht schwer: Seine Eltern können ohne ihn leben, sie haben noch ihre vier Buchläden. Aber was wird ohne ihn aus dem Unrecht?

Er kommt nirgendwoher, aus dem Nichts. Er will keine Vergangenheit, nur noch Zukunft.

Alle Geschichte verlangt nach dem Sprengstoffexperten und einem Funken, der den Sprengstoff entzündet. Er will der Funke sein.

Noch einmal erscheint ein Buch von ihm, ein Erzählband, doch die Kritik macht ein Kreuz über ihn. Er ist zu politisiert, urteilen die Rezensenten, zu eindimensional, zu wenig Metapher, zu viel Propaganda. Doch er hat über die Kritik schon lange ein Kreuz gemacht, genau wie über die Poesie. Ihre Zurückweisung trifft ihn, doch sieht er sie vor allem als Kompliment. Was kann das Establishment anderes tun, als ihn zurückweisen? Alles andere wäre schrecklich gewesen. Eine Katastrophe. Das Establishment enttäuscht ihn nicht.

Kurz darauf erscheinen seine Reden in einem Samisdatverlag, hinter dem er und seine politischen Freunde stehen. Es ist seine erste Untergrundpublikation.

Seine Reden auf Versammlungen jagen einander. Die Sprache wird schärfer, die Musik hinterher lauter, jemand verkündet, er wisse, wie man Bomben baut.

Zum Glück ist der Vorrat an Unrecht schier unerschöpflich. Er mag sich von der Poesie abgewandt haben, und seine früheren Freunde mögen sich über ihn lustig machen, doch ein entrechteter Bürger ist keine Metapher. Ein getretener Bürger ebenso wenig. Ein Bürger der unterprivilegierten Klasse schon gar nicht. Das sind alles real existierende Menschen, die sich nach seinen erlösenden Worten sehnen.

Wohin man auch blickt: Entrechtete und Unterdrückte.

Seine Eltern haben ihre Flucht in einem Land beendet, wo es von Entrechteten und Unterdrückten nur so wimmelt, vielleicht, weil sie nicht auffallen wollten, doch sie hatten die falsche Hautfarbe, die falsche Geschichte.

Die Söhne und Töchter der Unterprivilegierten strömen ihm zu, sie wollen mit ihm reden, ihn hören. Sie sind die erste Generation ihrer Familien, die eine Universität besucht, empfänglich für den aggressiven Optimismus, den er so enthusiastisch vertritt.

Er vertreibt ihre Einsamkeit, er bannt die Lethargie. Macht er ihr Leben schon nicht schöner, macht er es wenigstens spannend. Intensiv. So, wie es sein soll.

Und es bleibt nicht bei diesen Söhnen und Töchtern.

Es gibt auch noch die Söhne und Töchter der Bourgeoisie, begeistert von Idealismus oder umgetrieben von der Langeweile des Lebens in den Villenvororten der großen Städte. An jeder Ecke ein privater Wachdienst, auf jedem Dach vier Kameras, hinter jedem Haus ein Swimmingpool und sonntags ein Grillfest im Garten. Auch sie hungern nach seiner befreienden Rhetorik.

Der Sohn der Emigranten, die mit Schreibwaren und Büchern handeln, sagt: »Der wichtigste Unterschied zwischen Armut und einer Autobombe ist der, dass eine Autobombe weniger Opfer fordert.« Das versteht jeder. Das enthält kein Wort Latein. Die Kinder, die die Armut nur vom Hörensagen kennen, genauso wie diejenigen, die mit ihr geschlafen haben wie mit einer krätzebefallenen Geliebten, sie alle fressen ihm aus der Hand.

Doch er meint es ernst. Er nimmt das Unrecht persönlich, immer persönlicher, er nimmt alles persönlich, die ganze Welt.

Was bleibt, ist das Problem der Hautfarbe. Die lässt sich nicht wegwaschen. Nicht seine und nicht ihre. Die Privilegierten haben nicht nur eine bestimmte Sprache, fahren bestimmte Autos, leben in bestimmten Häusern und lassen sich von bestimmten Hausmädchen bedienen, sie haben auch eine bestimmte Hautfarbe. Sie haben das Land geraubt. Hier gewütet. Und was sich nicht verkaufen ließ, das haben sie vernichtet. Er muss sich von seiner Hautfarbe trennen. Er will einer von ihnen werden. Einer der anderen. Wahre Solidarität endet nicht bei der Hautfarbe.

Manche sagen seither, dass seine Seele im falschen Körper steckt. Die Seele, das ist für ihn ein hoffnungslos verlogener Begriff. Doch sollen sie's ruhig sagen. Mit oder ohne Seele, wenn seine Pläne erst realisiert sind und der Feind besiegt ist, wird der Begriff der Seele verschwinden, als Ausdruck einer überwundenen Epoche.

Er ist pragmatisch und völlig utopisch zugleich, er kombiniert das Wünschenswerte mit dem Notwendigen, und seine Lehre ist rigoros. Seine Lehre, die ein Amalgam aus zahllosen anderen Lehren ist. Wenn *er* nicht streng in der Lehre ist, wer sollte es sonst sein?

Was ihn antreibt, ist nicht die Liebe und eigentlich auch nicht das Unrecht, obwohl er ohne letztlich ein Nichts wäre, nein, was ihn antreibt, ist verzweifelter Hass. Hass ist immer stärker als Liebe, stärker als alle Schönheit. Im Hass liegt Wahrheit, aus Verzweiflung und Hass nährt sich die Hoffnung. Sein verzweifelter Hass ist die Zukunft, die Hoffnung auf eine bessere Welt. Er schämt sich nicht mehr dafür: Hass ist die höchste Steigerung der Liebe.

Auf Versammlungen sagt er: »Es gibt Verräter, doch wir werden sie strafen.«

Und die Verräter werden bestraft. Ihre Körper ziert eine kurze Botschaft. Nicht poetisch, dafür umso klarer. Endlich hat das Wort aufgehört, schillernd zu sein, ist, was es sein soll, ein Tritt in die Magengrube: »So sterben Verräter.«

Jeder braucht einen Feind. Mit den Dichtern will er nichts mehr zu tun haben, nicht mal als Feind. Sie sind ihm zu unbedeutend. Die Universität genauso. Er wird sich einen Feind aussuchen, der diesen Namen verdient, einen Feind, der ihm nicht ausweichen kann und er ihm genauso wenig: den Staat. Seine Eltern waren Feinde des Staates, doch einmal emigriert, hatten sie nichts Eiligeres zu tun, als mit dem Staat Frieden zu schließen. Die Kuscher. Wären sie Staatsfeinde geblieben, könnte er sie noch respektieren. Wären sie weiter geflohen, wären sie jetzt glücklich.

Er wird ihre Flucht fortsetzen. Die ewige Revolution und die ewige Flucht, zwei Worte für ein und dieselbe Sache.

Doch was ist eine Flucht ohne Frau? Er findet sie. In seiner Umgebung gibt es viele, aber nur eine, die Puppen macht. Ihre Eltern haben mit Möbeln ein Vermögen verdient, Importmöbeln. Doch sie hat sich von ihnen abgewandt wie er sich von den Schreibwaren seiner Eltern. Carlotta heißt sie. Ihre Puppen sind lebensgroß. Sie bezeichnet ihre Puppen als erotisch.

In ihrem Atelier streift er verloren herum. Carlotta hat sich vom Möbelgeschäft distanziert, doch ihre Eltern zahlen noch immer für alles. Von aggressivem Optimismus hier keine Spur, eher aggressive Melancholie.

Als er sich die Puppen eine nach der anderen angesehen hat, schläft er mit ihr. Im Atelier, auf dem Boden, zwischen den erotischen Puppen. Danach muss er sie sich noch einmal ansehen, diesmal genauer.

Vor den lebensgroßen Puppen, die sich auf merkwürdige Weisen umarmen, erklärt er es ihr. Die Melancholie dieser Figuren bedrückt, ja beängstigt ihn, könnte ihn dazu verführen, alles aufzugeben und den Rest seines Lebens in einem Atelier zu verbringen, inmitten der Schwermut lebensgroßer Puppen, die ihn vielleicht genauso erfüllen könnte wie die Revolution. Er muss sie entführen und bekehren. Wenn er das nicht tut, tut sie es mit ihm. Man wird von seinem Gegner definiert, denkt er. Man ist, was man vernichten will. Was einen selbst vernichten will.

Er küsst sie aufs Ohr. »Die Revolution ist ein Netz«, sagt

er. »Ein Netz, das ich gesponnen habe, das nützlichste Netz, das es je gab.«

Durch ihn hat sie erfahren, wer sie ist. Doch er traut ihr nie ganz. Immer wieder fragt er: »Weißt du, wer du bist?« Sie werden ein unzertrennliches Paar.

Noch bevor sie sich richtig an diesen Zustand gewöhnt hat, lernt sie seine Untreue kennen. »Untreue«, sagt der Sohn, »ist ein Nebenprodukt des Kampfes, das Derivat einer Ordnung, die ihr Existenzrecht verloren hat. Alles, was spontan aussieht, muss immer erst organisiert werden. So ist es in der Literatur, so auch in der Revolution.«

Es dauert nicht mehr lange, bis die erste Bombe explodiert. Ein unscheinbares Ding. Ein bisschen Sachschaden, ein Verletzter.

Was als Liebhaberei begann, wird zur Karriere. Man braucht Geld, man überfällt eine Bank. Eine organisierte Struktur entsteht. Wie in einem Gedicht. Alles eine Frage der Berechnung und des Kalküls. Die Organisation bekommt einen poetischen Namen. Ein wahrer Dichter kann sich nicht verleugnen.

Er erhält eine Vorladung von der Universitätsleitung. Es gebe Gerüchte, dass in seinen Seminaren »Klassische und Moderne Poesie« regelmäßig Fragen diskutiert würden wie: »Wie bekämpfe ich die Armut? Wie verbreite ich das revolutionäre Wort? Wie baut man Bomben? Wie werde ich selbst zur Bombe? Wie werbe ich Menschen für unser Netz?«

Was hat das mit klassischer und moderner Dichtkunst zu tun? Sind das nicht eher Fragen fürs Hinterzimmer, für den Dachboden oder den Keller?

Er kann ihnen alles erklären, und das tut er auch gern. Das

leitende Gremium ist bestürzt. Er spürt es sofort, an ihrem Schweigen, ihren betretenen Gesichtern. Doch als die Bestürzung vorbei ist, schreiten sie zur Tat. Er bekommt einen Brief.

Was sie »Radikalisieren« nennen, nennt er »Menschwerdung«. Der Mensch, der sich weigert, ein Werkzeug zu sein, sich instrumentalisieren zu lassen, wird radikal, was bleibt ihm anderes übrig?

Er vernichtet seine Vergangenheit, seine Aufzeichnungen, Fotos, seine Gedichte, soweit er sie noch hat finden können, und seinen Namen.

Jetzt ist er ein unbeschriebenes Blatt.

Ohne Vergangenheit taucht er unter, verschwindet im Nichts und hinterlässt nur ab und zu eine Flugschrift, Untergrundpublikationen und Befehle an die Organisation.

Manche seiner Kämpfer sind streng katholisch und gehen jedes Mal in die Kirche, um zu beten, dass die Bombe im richtigen Moment hochgehen möge. Er lässt sie gewähren. Endlich werden die Sünder gehasst. Es ist ganz einfach: Lebe nicht als Verräter, willst du nicht als Verräter sterben.

Wie man das genau anstellt, lässt die Organisation im Dunkeln.

Seine Eltern sind der Vernichtung entkommen, sagten sie. Endlich hat er das wirklich vernichtete Volk gefunden. Lange vor dem Volk seiner Eltern wurde dieses andere Volk schon vernichtet.

Er will dem Volk etwas zurückgeben. Ihr Land, ihre Hoffnung, die er »aggressiv optimistisch« getauft hat, ihre Sprache. Und ihre Würde.

Wenn er etwas sein will, er etwas ist, zu irgendetwas geboren wurde, dann ist es dies: ein Indio zu sein.

Der Wille des Volkes ist gebrochen, sie haben dem Volk seinen Willen genommen, doch er wird ihm den Willen zurückgeben, und dann wird der Wille des Volkes geschehen.

Ihr Wille ist er.

4

Das ganze Dorf hat sich um den Basketballplatz versammelt, nur die Schwerkranken sind zu Hause geblieben. Selbst die Blinden sind gekommen und die Babys auf dem Arm ihrer Mütter und Omas. Schwangere, Männer, die kaum noch gehen und atmen können, weil der Staub ihre Lungen verklebt. Alle sind zusammengeströmt. Nicht nur auf der Tribüne und um den Platz, viele stehen auch mitten darauf.

Das Orchester spielt unermüdlich. In rauhen Mengen geht Maisschnaps herum: in roten, grünen, gelben und weißen Eimern. In jedem Bottich treibt ein Kürbisnapf. Man trinkt und gibt den Eimer weiter. Immer hastiger.

Auch das Orchester spielt immer schneller. Die Mädchen, die an der Schönheitskonkurrenz teilnehmen, tänzeln im Rhythmus der Musik über den Platz. Als Paare, in Gruppen zu dritt oder allein. Manche hinken ein wenig, aber das macht nichts, auch die Hinkefüße sind wundervoll. Sie tragen Nummern auf Rücken und Bauch, damit sie leichter zu unterscheiden sind, so kann man nachher für sie stimmen.

In der ersten Reihe der Tribüne sitzen die wichtigsten Anführer der Organisation. Sie sind gekommen, um mitzufeiern, das befreite Gebiet zu inspizieren. Der Staat kann sich hier nicht mehr sehen lassen, sie schon.

Auch der Dirigent ist gekommen, er sitzt zwischen den

anderen Anführern. Er ist der Überraschungsgast, zu ihrem Ansporn. Er trinkt mit aus den Eimern. Gegen die Kälte gibt es hier nur den Schnaps. Ihm ist zu kalt, um zu reden, stocksteif sitzt er auf der Tribüne. Nur wenn er einen Schnapseimer nehmen muss, kommt Leben in ihn. Er betrachtet das Schauspiel, ohne den Kopf zu drehen.

Die Beine der Mädchen sind nackt, bis zu den Slips. Jetzt tanzen sie, bald werden sie trinken bis zum Umfallen. So geht es zu bei diesem vernichteten Volk.

Der Dirigent schaut allem zu und denkt nach. Seine Pläne sind so gewaltig, dass er nie aufhören darf zu denken. Er hat Angst, Zeit zu verlieren, dass ihm der Sieg entgleitet, darum denkt und arbeitet er unaufhörlich. Seine Pläne sind zu groß für ein Menschenleben. Wenn niemand hinsieht, schüttet er den Napf mit Maisschnaps wieder aus. Kälte ist ihm lieber als Trunkenheit. Er ist ein Indio bis in die Knochen, doch sein Magen hat sich noch nicht daran gewöhnt.

Dort, in der ersten Reihe, sitzen das Herz und das Hirn der Organisation. Wenn jetzt eine Bombe hier einschlüge, wäre es um die Bewegung geschehen. Wenn der Staat jetzt käme, jetzt einen Angriff startete, wären Herz und Hirn der Organisation vernichtet. Doch es passiert nichts, niemand kommt, niemand weiß, dass sie hier sind, es fällt keine Bombe. Der Staat ist hoffnungslos geschwächt.

Der Geheimdienst weiß nicht, wie er in die Organisation eindringen soll, er ist machtlos. Der Dirigent konstatiert es zufrieden. Der Geheimdienst rechnet nicht damit, dass der Feind denken kann. Sie glauben immer noch, es mit einer Horde aufgescheuchter Wilder zu tun zu haben.

Er betrachtet die Mädchen, die über den Platz tanzen, und

denkt kurz an Carlotta. Sie wird immer für ihn da sein, darum kann er ohne sie leben. Puppen macht sie jetzt keine mehr. Sie hat ihn. Wie oft hat er ihr nicht gesagt, dass ihre Eifersucht unnötig ist? Sie ist ständig in seinen Gedanken.

Er sieht Dutzende Mädchen, doch eine sieht aus wie die andere. Dasselbe Kostüm, dieselbe Art, sich zu bewegen, dieselbe Frisur.

Diese Leute kennen weder Tag noch Nacht, das Fest geht rund um die Uhr, dehnt den Tag ins Unendliche aus. Die Mädchen tanzen, manche besser als andere, doch alle tanzen unaufhörlich.

»Wann ist das hier vorbei?«, flüstert er, ohne den Kopf zu drehen.

»Ein Fest dauert hier leicht mal drei Tage«, sagt einer der Adjutanten.

So lang kann er nicht warten. Man muss in Bewegung bleiben, unberechenbar. So kommt man davon, setzt die Flucht fort, bis sie nicht mehr nötig ist, weil man den Feind besiegt hat.

Man hat seine Eltern festgenommen, hat er gehört, in Präventivhaft, um zu verhindern, dass sie das Opfer spontaner Volkswut werden. Er hätte es wissen können. Einmal Staatsfeind, immer Staatsfeind. Seine Eltern waren nicht unberechenbar. Doch ohne Opfer kein Erfolg. Ihr Blut wird den Boden bereiten.

So, wie Leute dem Schnaps und den Zigaretten abschwören, hat er den Eltern abgeschworen, und genau wie Entwöhnte ab und an wehmütig an Zigaretten und Schnaps zurückdenken, denkt er manchmal mit unerklärlicher Melancholie an seine Eltern. An ihre Wohnung, die einem Warenlager glich, an die Kartons, hinter denen sie langsam verschwanden, an ihre Zähne, die wacklig wurden und ausfielen, und an ihre geringe Körpergröße. Nicht nur verschwanden sie hinter unverkäuflichen Beständen, sie schrumpften auch, jedes Jahr um einen Zentimeter. Als wollten sie ihr Verschwinden erleichtern, es sich einfacher machen, sich hinter den Kisten in nichts aufzulösen.

Seine Wehmut gefällt ihm nicht, wie in Carlottas Atelier. Er schiebt sie beiseite, verdrängt sie, wie Angst manchmal verdrängt werden muss. Jetzt kann er die Mädchen mit den Augen verfolgen, wie sie über den Basketballplatz defilieren, als sei dies kein Minendorf, als würde hier kein Gold geschürft – die letzten Reste jedenfalls, das meiste wurde schon vor Jahren aus dem Boden geholt. Als wäre dies nicht das Ende der Welt, so stolzieren sie. Sie tanzen, als seien dieses Dorf und der Basketballplatz und sie alle allein dafür da.

Frauen spielen eine wichtige Rolle in seiner Organisation. Junge Frauen, doch auch ältere. Sie sind oft motivierter als Männer, können sich freier bewegen, werden an Checkpoints nicht so oft kontrolliert. Er arbeitet gern mit Frauen und sie gern mit ihm. Es gibt hervorragende Scharfschützinnen. Ein Großteil der Organisationsleitung sind Frauen. Sie sind auch leichter im Zaum zu halten. Männer sind im Allgemeinen viel fauler – oder ehrgeiziger, oft beides zugleich, eine tödliche Mischung.

Die Scheinwerfer gehen an, und in ihrem kalten Licht tanzen die Mädchen weiter, im Hintergrund die Umrisse der verbitterten Berge. Er hat kein anderes Wort dafür: Die Berge sind verbittert.

Er schnieft, muss sich eigentlich schneuzen, hat aber kein Taschentuch dabei.

Hier ist es zu kalt für den Staat, der Staat ist solche Entbehrungen nicht gewöhnt. Doch kalt ist dem Dirigenten auch.

Er denkt an seine Rede, nicht an »Miss Mine«, an das Fest oder die Mädchen auf dem Basketballplatz, er denkt daran, womit er die Masse elektrisieren will. »Die Bourgeoisie ist süchtig nach der Pornographie der Gewalt«, hat er einmal gesagt. »Wir werden das Objekt ihrer Begierde in die Städte und Vororte tragen, in ihre Restaurants und Gartencenter, in ihre Hotels und Kinos, in ihre Villen und Vorgärten. Der einzige Sinn, der der postindustriellen Mittelklasse geblieben ist, ist die Pornographie der Gewalt. In der Angst vor ihr sowie in der gewaltigen Faszination, die Gewalt auf sie ausübt, findet die Mittelklasse Bedeutung. Die Darstellung und Ästhetisierung von Gewalt hat für die Mittelklasse den Platz des Gebets eingenommen. Jetzt, da alle Götter entthront sind und alle Autoritäten entlarvt, ist nur noch eine einzige wirkliche Autorität übriggeblieben, existiert nur noch ein Gott, ein demokratischer Gott, verfügbar für alle, die bereit sind, nicht vor den Konsequenzen zurückzuschrecken: nackte Gewalt. Die Bourgeoisie konsumiert diese Pornographie wie gekühlten Rosé. Nun, wir werden sie zu Teilnehmern an ihrem Produktionsprozess machen, sie in seine Geheimnisse einweihen. Sterben ist nicht nur etwas für Tiere, für wirtschaftlich nicht überlebensfähige Individuen. Wer dachte, die Geschichte wäre zu Ende, und glaubte, ihr entkommen zu sein, dass die Geschichte sich für ihn auf so etwas wie eine Gartenparty mit einem Kater am nächsten

Morgen beschränkte, der wird noch einen ganz anderen Kater erleben. Wer glaubt, dass wir dem Feind mit unseren Kampagnen in die Hände spielen, dem sage ich, dass wir den Staat damit zwingen, sein wahres Gesicht eines grausamen Unterdrückers zu zeigen, seine Leere, die die entlegensten Winkel der Gesellschaft infiziert, sich in die Herzen der Bürger eingenistet hat.«

Das hat er einmal gesagt. Er steht noch immer dazu.

Er erinnert sich an frühere Ansprachen. Er ist glücklich, wenn seine Überzeugungskraft, seine Rhetorik Wirkung erzielt. Nach weniger gelungenen Auftritten kann er in Trübsinn verfallen, doch wenn er spürt, dass die Magie des Wortes wirkt, der Funke überspringt, blüht er auf. Im Vergleich zu seiner jetzigen Tätigkeit ist Poesie ein langweiliges Spiel, Literatur ein Placebo. Die Revolution ist eine Oper, ein von ihm zu inszenierendes Gesamtkunstwerk.

Das Orchester verstummt. Die Mädchen stellen sich auf dem Platz in eine Reihe. Jetzt sieht er, dass eine von ihnen einen Klumpfuß hat, etwas weiter entdeckt er eine Hasenscharte, oder bildet er sich das ein? Keine Familie will sich die Chance entgehen lassen, das schönste Mädchen des Dorfes hervorgebracht zu haben. Und was wiegt besser einen Klumpfuß auf als die Wahl zur Miss Mine?

Die Abstimmung erfolgt offen. Ein Mann im Overall ruft Nummern durchs Megaphon, und die Leute auf der Tribüne heben die Hand. Bei jeder Nummer gehen Hände in die Höhe. Der Dirigent wird nicht schlau daraus.

Die Hände werden nicht wirklich gezählt, dazu sind es zu viele. Man schätzt.

Der Dirigent nimmt nicht an der Abstimmung teil. Er hat

in dieser Sache keine Meinung. Welche Nummer gehört zu welchem Gesicht? Mit verschränkten Armen schaut er zu.

Lang dauert die Abstimmung nicht. Dazu ist es für die Mädchen zu kalt. Stillstehen bedeutet, von der Kälte geschüttelt zu werden, vor allem in diesen luftigen Röcken. Musik und Tanz ersetzen für sie den Alkohol. Vom Tanzen wird einem warm. Und auch mit Klumpfuß kann man tanzen.

Jetzt tanzen alle, selbst die Blinden und die mit Staublunge. Die Leute tanzen, tanzen und trinken bis zum Umfallen. Als wären Tanzen und Trinken nur ein Vorwand, zu Boden zu gehen.

Die Abstimmung ist vorüber. Es werden keine Nummern mehr ausgerufen.

Er schaut auf die Männer neben sich. Den Dorfvorsteher, seine Adjutanten. Sie scheinen von dem Schauspiel wirklich ergriffen zu sein, gefangen genommen. Vielleicht liegt es am Schnaps. Sie schütten den Trinknapf nicht heimlich aus.

Der Mann im Overall sagt: »Die dritte Siegerin ist …« Er nennt einen Namen, doch der Dirigent kann ihn nicht verstehen. Das Megaphon verzerrt die Stimme des Mannes.

Die Siegerin wird bekanntgegeben. Das Publikum applaudiert, ein paar Jüngere johlen.

Die drei schönsten Mädchen stehen jetzt in einer Reihe auf dem Platz, die Siegerin und zwei andere Mädchen, die nicht ganz so viele Stimmen bekommen haben, doch auch eine Anerkennung verdienen. Warum muss er sich das ansehen? Sein Unbehagen wird immer größer. Primitiv findet er es, eine primitive Angelegenheit. So darf er nicht denken, er darf nicht, und doch tut er es.

Vielleicht liegt es an der Kälte. Der Müdigkeit. Der Höhe.

Der Mann im Overall flüstert den Mädchen etwas ins Ohr. Sie setzen sich in Bewegung. Sie wirken nicht fröhlich, doch wer wirkt hier schon so? Am ehesten vielleicht diejenigen, die vor Erschöpfung umgefallen sind. Sie strahlen eine unendliche und ehrfurchtgebietende Trunkenheit aus.

Eines nach dem anderen kommen die Mädchen heran, um den Anführern des Dorfes und der Organisation die Hand zu geben. Ein wenig schüchtern sind sie, ihre Augen starren ins Leere. Sie wirken völlig hypnotisiert. Jetzt, aus der Nähe, sieht er es. Ist es die Kombination von viel Tanzen und Schnaps?

Der Dirigent steht auf. Am liebsten kleidet er sich unauffällig. Keine Uniform, weder eine spezielle Hose noch ein besonderes Hemd. Ein Pullover – aus Kaschmir, das schon –, eine Jeans, Turnschuhe. Eine Jacke, wie tausend Studenten im Land sie tragen.

Schon vor der Reise hat er nichts mit dieser Wahl anfangen können, aber man kann nicht alle alten Bräuche auf einmal abschaffen. Man muss langsam vorgehen. Schritt für Schritt, Stein um Stein muss man das Alte abbrechen, um das Neue zu errichten.

Er schüttelt den Mädchen die Hand. Sie sind viel kleiner als er. Das ist er gewohnt. Wirklich groß ist auch er nicht, aber hoch in den Bergen sind die Menschen noch kleiner. Er lächelt, er sagt: »Herzlichen Glückwunsch, ihr seid der Stolz eures Dorfes, der Stolz eures Volks.«

Bei jeder fügt er noch etwas Persönliches hinzu: »Schönes Kostüm.« Oder: »Schöne Augen.« Und auch: »Schönes Haar.« Eines nach dem anderen bekommen die Mädchen etwas Individuelles zu hören. Er weiß, was von einem Dirigenten erwartet wird.

Die Mädchen murmeln ihre Namen. Doch er versteht sie auch jetzt nicht. Das Orchester spielt wieder.

Immerhin sieht er ihre Gesichter und Röcke, ihre Kostüme, an denen, so weiß er, tagelang gearbeitet wurde. Wochen vielleicht. Jung und frisch sind sie. Er ist gern von jungen Frauen umgeben. Die Jugend und die Frauen müssen die Führung übernehmen.

Jetzt schaut der Dirigent die Mädchen direkt an. »Weil ihr gewonnen habt«, sagt er, »werdet ihr morgen die Ersten sein, die Schießunterricht bekommen. Wir haben Waffen für euer Dorf mitgebracht.«

Sie nicken. Sie scheinen ihn kaum zu verstehen, was für Unterricht sie morgen bekommen, was dann geschehen wird. Doch als klar ist, dass er zu Ende geredet hat, tippt einer der Adjutanten die Mädchen leicht an, und sie gehen weiter, um sich von ihren Verwandten und anderen Dorfbewohnern beglückwünschen zu lassen. Eimerweise wird ihnen Maisschnaps in die Hand gedrückt. Weil sie gewonnen haben, müssen sie noch mehr trinken.

Er schaut den Mädchen hinterher. Wegen ihrer geringen Größe muss er wieder an seine Eltern denken. Er ist weitaus der Größte in der Familie. Er denkt an die Buchhandlungen und fragt sich kurz, ob die Ladenhüter wohl auch mit beschlagnahmt wurden. Oder ob sein Vater im Gefängnis die Bücher jetzt liest, die er zu Hause für den Ruhestand aufgespart hatte. Die Gedanken stimmen ihn wehmütig, noch wehmütiger als zuvor.

Der Dirigent will nicht mehr auf dem Fest bleiben. Einer

seiner Adjutanten schlägt vor, ihn zu ihrer Unterkunft zu begleiten, doch der Dirigent winkt ab, er sagt: »Bleib hier. Ich find den Weg schon allein.«

Er geht den Berg hinauf, eine kleine Taschenlampe in der Hand. Mühsam bahnt er sich durch Dreck und Steine einen Weg. Die Musik klingt hier leiser, ist nicht mehr so dröhnend, doch immer noch hörbar, aufpeitschend und berauschend in ihrer ständigen Wiederholung.

Sie macht ihn verrückt, er sehnt sich nach Ruhe. Eigentlich wäre er am liebsten in dem Versteck geblieben, wo er nach der Flucht von der Universität untergetaucht war. Das Reisen ist nichts für ihn. Diese Dörfer. Doch er muss hin, um die Leute zu überzeugen. Niemand kann das so gut wie er. Zwar gibt es Mitglieder der Organisation, die mehr wissen und verstehen als er, doch wenn es drauf ankommt, fehlt ihnen die Gabe des Wortes. Wenn er die Ansprachen für sie aufschreibt, wissen sie nicht, wo sie pausieren müssen, wo ihre Stimme erheben, wo unbedingt schneller werden.

Sprechen ist eine Kunst, mehr noch als Poesie. Sprechen ist nicht Vorlesen oder, noch schlimmer, Herunterleiern von etwas Aufgeschriebenem.

Es gibt Momente, in denen er sich fragt, warum er sich für dieses Leben entschieden hat. Niemand ahnt etwas davon. Er belästigt niemanden damit, auch Freunde nicht. Hat er eigentlich Freunde? Die Revolution ist sein Freund. Außerdem, Zweifel sind eine hochansteckende Krankheit, er will niemanden in seiner Umgebung damit infizieren. Die Gefahren der Ansteckung sind ohnehin groß genug. Überall lauern Verräter.

Die Höhenluft macht ihm Probleme, der Matsch, die

Kälte, doch am meisten leidet er unter Zweifeln. Er hätte an der Universität bleiben, hätte weiter Gedichte schreiben können und kritische Betrachtungen. Doch wer einmal begonnen hat, den großen Pornographen zu bekämpfen, kann nicht mehr zurück. Es gibt nur noch den Weg vorwärts für die, die sich den allerstärksten Feind ausgesucht haben, der alle anderen Feinde überflüssig macht.

Er geht in das Haus, wo er mit zwei Adjutanten untergebracht ist. Die Familie ist nicht da, sie sind noch unten am Feiern. Die anderen Mitarbeiter schlafen woanders. Er setzt sich an den Tisch.

Der Tisch wackelt. Es steht ein Teller darauf, mit abgenagten Maiskolben.

Der Dirigent behält seine Jacke an, zieht die Kapuze auf. Hier weht wenigstens kein Wind. Die Kapuze ist jetzt sehr angenehm.

Er greift nach einer Zigarre. Er ist prinzipiell nie bewaffnet. Er ist der Ideologe der Organisation, der politische Führer. Die praktischen Aktionen werden von anderen unternommen. Er schaut höchstens bei Übungen zu, und selbst das mit einem gewissen Widerwillen.

Seine Kopfschmerzen haben sich zu einer Migräne ausgewachsen. Es liegt an der Höhe. Er ist nicht dafür geschaffen, er hätte im Tal bleiben sollen. Er sucht in seinen Taschen nach Kopfschmerztabletten, kann keine finden. Und wieder ist da der Zweifel, vielleicht ist es auch keiner, vielleicht ist es Trauer. Hundsordinäre Trauer. Er kann sich Trauer nicht leisten. Das ist was für Mädchen und alte Weiber, für die Schwachen.

Er könnte sich aufs Bett legen, doch er bleibt wach, er will nicht ruhen. Er sitzt am Tisch, wird dort sitzen bleiben, höchstens ein wenig dösen. Er denkt an seinen Tod, einen möglicherweise gewaltsamen Tod. Es ist eine Möglichkeit, die er in Erwägung zieht, eine Alternative, ein Plan B oder besser besagt: C, wenn alle anderen Pläne gescheitert sind. Der Tod ist jetzt so weit weg, dass er in aller Ruhe darüber nachdenken kann.

Er zündet sich die Zigarre an.

Er nimmt einen Bleistift aus seiner Tasche, notiert sich eine Idee für eine Ansprache. Wenn er die Menschen elektrisiert, hat er das Gefühl zu wissen, was Liebe ist. Wenn die Worte seinem Mund entströmen, ist es, als mache er Liebe mit seinen Zuhörern. Gemeinschaft mit der Masse ist so viel intensiver als Sex mit dem Einzelnen.

Der Einzelne, das Wort bleibt ihm im Hals stecken wie ein Hühnerknochen.

Die Zigarre ist ausgegangen. Er zündet sie noch einmal an. Er denkt an die Seminare, die er auf der Universität gegeben hat, die Diskussionen mit seinen Studenten über das Erhabene. Es erscheint ihm wie ein anderes Leben, als sei die Universität auf einem anderen Planeten, so kommt es ihm vor. Sein Hass ist das Erhabene.

Zu zwei Journalisten, vor einiger Zeit, bei seinem letzten Interview überhaupt, hat er gesagt: »Ihr denkt, dass ihr besser dran seid als ich, aber ich weiß, dass mein Leben nicht zählt. Ich kann es jeden Tag verlieren. Was macht das schon? Der Kampf wird weitergehen. Aber ihr, die ihr nichts anderes habt als euer nacktes Leben, ihr seid kleine Mäuse. In diesem Land kostet einen Menschen aus dem Weg räumen zu lassen genauso viel wie eine warme Mahlzeit in einem mittleren Restaurant. Das ist der Preis, und viele sind bereit, ihn zu zahlen. Ebenso, wie viele bereit sind, die Arbeit zu diesem Preis zu erledigen.

Mein Leben ist nichts, es war vorbei, bevor es begonnen hat. Mit dieser Gewissheit lebe ich. Aber ihr, welche Gewissheit habt ihr? Ihr seid nichts als die Angst vor dem Blutvergießen, nichts als die Angst vor dem Tod. Ihr redet von Liebe zum Leben, aber es ist eine Sucht, ihr seid Junkies. Eure Liebe ist eine Niederlage.«

5

Sie stehen auf einer Anhöhe über dem Dorf. Der Schießlehrer, der Dirigent, sein Adjutant und die drei Mädchen, die gestern die Misswahl gewonnen haben.

Sie sehen immer noch müde aus, haben mittlerweile aber ihre Kostüme abgelegt. Sie tragen Alltagskleidung. Schickliche und vor allem praktische Kleidung. Der Schießlehrer hat jeder ein Gewehr ausgehändigt. Die Waffen liegen den Mädchen schwer in der Hand, zu schwer vielleicht, doch sie halten sie tapfer, so, wie sie auch durch die Kälte getanzt sind, mit sanfter Verbissenheit. Das Gewehr ist eine Variante der Kälte: etwas, was man überstehen muss, womit man lernen muss umzugehen.

Die Waffen zu laden haben sie schon gelernt. Praktisch heißt das, dass sie die Magazine unter Anleitung ein paarmal gefüllt und wieder geleert haben. Ob sie es nachher allein auch noch können, ist die Frage.

Der Schießlehrer sagt zum Dirigenten: »Sie sind mit Feuereifer dabei.« Er hat erst vor kurzem selbst laden und schießen gelernt.

Der Dirigent nickt. Er schaut zu, so wie gestern beim Tanz auf dem Basketballplatz. Der Zweifel und die Schwermut, die ihn am Abend zuvor überfallen haben, sind noch nicht verflogen. Es muss an der Höhe liegen. Dem mäßigen Essen.

Aus einer alten Staffelei hat man eine Zielscheibe gebastelt. Der Schießlehrer hat die Konstruktion in ungefähr fünfzig Metern Entfernung von den Mädchen aufgestellt. Mehr als nur aufgestellt, in den Boden gerammt, damit sie vom Einschlag der Kugeln nicht umfällt. Auf dem Gestell hängt die Umrisszeichnung von Kopf und Oberkörper eines uniformierten Soldaten.

»Nachdem ihr jetzt laden gelernt habt, bringen wir euch das Schießen bei«, sagt der Lehrer. »Bald könnt ihr genauso gut schießen wie tanzen. Dann seid ihr nicht nur die schönsten Mädchen im Dorf, sondern auch die besten Schützinnen. Weil Norka gestern gewonnen hat, darf sie als Erste.«

Der Dirigent hätte sie nicht wiedererkannt. Ist sie wirklich die Schönheitskönigin von gestern? Hat er ihr die Hand geschüttelt und mit ihr gesprochen? Sie sieht abgestumpft aus. Jung, aber vor allem abgestumpft.

Abgestumpft wie dieses ganze Dorf.

Mitten in der Nacht hat er sich in Kleidung aufs Bett geworfen. Nur die Schuhe hatte er ausgezogen. Seine Adjutanten sind erst früh am Morgen gekommen, nach Alkohol stinkend.

»Presst das Gewehr fest gegen die Schulter«, sagt der Schießlehrer. »Erst gucken, dann zielen, und dann erst den Finger an den Abzug.«

Das Mädchen schaut, zielt und schießt.

Der Dirigent starrt Norka an und denkt an das vernichtete Volk, dem er eine Stimme und einen Willen gegeben hat. Für ihn existierte es nur noch als Touristenattraktion. Nach der Vernichtung waren die Touristen gekommen, um die Reste der Vernichtung interessiert zu betrachten.

Auch die Touristen hasst er, Tourismus ist im Grunde wie Armut nur eine andere Form der Gewalt, auf die man ebenfalls nur mit Gewalt reagieren kann.

Norka lächelt nicht. Fast ängstlich schaut sie auf den Umriss des Soldaten. Der Dirigent würde sie gern beruhigen, wie früher, als er in den Restaurants und Kneipen mit den Leuten redete, woher sie auch kamen; egal, wie viel Bildung sie hatten, er redete mit ihnen. Er sprach ihre Sprache.

Etwas in ihm ist gebrochen. Das denkt er, während er Norka ansieht. Etwas in ihm ist gebrochen.

Noch einmal schießt sie. Und noch einmal. Bis das Magazin leer ist. Dann geht sie mit dem Lehrer zur Zielscheibe, um nachzusehen, wie oft sie getroffen hat. Gesprochen wird nicht dabei. Ein neuer Umriss wird an dem Gestell befestigt. Nachlässiger gezeichnet als der erste.

»Jetzt Eva«, sagt der Schießlehrer. »Sie ist gestern Zweite geworden.«

Er redet wie der Lehrer an einer Dorfschule. Was nicht zu verwundern braucht, denn bevor er sich ganz der Organisation widmete, war er tatsächlich Dorfschullehrer. Für manche seiner Anhänger schämt sich der Dirigent, so, wie er sich früher für seine Eltern schämte.

Wegen ihres Dilettantismus, der Mischung aus Opportunismus und Naivität, stets begleitet von einem deprimierenden Enthusiasmus. Natürlich gibt es auch Ausnahmen, doch ihre Talentlosigkeit widert ihn an. Das ist die Parallele zwischen Liebe und Revolution: Man arbeitet immer mit dem, was man hat. Das hier ist sein Material. Mit dem wird er arbeiten.

Eva hält das Gewehr wie einen Besen.

Sie sieht etwas besser aus als die Siegerin von gestern. Nicht so stumpf, nicht so lethargisch und darum auch nicht so jämmerlich.

Der Schießlehrer wiederholt, was er gerade zu Norka gesagt hat. Sein betulicher Ton macht den Dirigenten ganz und gar mutlos. Er würde am liebsten schreien, eingreifen. Kurz sehnt er sich nach einer Zigarre.

Das Mädchen Eva sieht ängstlich aus. Je mehr der Lehrer auf sie einredet, desto unsicherer wird sie. Sie scheint das Schießen nicht zu mögen, noch weniger als Norka. Vielleicht hat sie einen Kater von all dem Schnaps, den sie gestern in sich hineingießen musste.

»Geh's langsam an«, sagt der Lehrer. »Später kannst du schnell machen, musst du sogar, wenn du dein Dorf verteidigen willst und dein Volk, aber jetzt hast du alle Zeit der Welt. Bleib ganz ruhig.«

Sie legt an, schaut für einen Moment auf den vagen Umriss des Soldaten, doch dann verlässt sie der Mut offenbar wieder, und sie richtet den Blick, fast verzweifelt, auf den Lehrer.

»Du musst schießen«, sagt der. »Du hast Zeit, aber irgendwann musst du schon schießen. Stell dir vor, dass sie gekommen sind, um dich zu töten, dich und dein Dorf, dann hängt es an dir, dann musst du schießen und sie aufhalten. Dann musst du deinen Grund und Boden mit deinem Körper verteidigen.«

Bei den Worten »mit deinem Körper« schaut Eva an sich hinunter. Sie scheint verwundert, scheint nicht glauben zu können, dass ihr Körper zur Verteidigung von irgendwas dienen könnte, ganz zu schweigen von der Verteidigung ihres Dorfs. Ihr Körper kann nicht einmal seine eigene Ehre verteidigen.

Der Dirigent wendet sich ab. Er presst die Finger der Linken an seine Stirn, um den Kopfschmerz zu lindern.

»Schieß«, sagt der Lehrer noch einmal.

Endlich schießt sie. Schnell, mit verzerrtem Gesicht. Als trinke sie bitteren Hustensaft.

Sie sehen nach, wie sie getroffen hat. Viel wird es nicht sein, vermutet der Dirigent, obwohl er selbst wenig vom Schießen versteht. Dafür versteht er etwas von Menschen, und darauf kommt es an in seinem Metier. Wer die Massen elektrisieren will, muss etwas vom Menschen in der Masse verstehen.

Die beiden anderen Mädchen sehen ihn nicht an, auch nicht zu dem Gestell, wo der Schießlehrer steht. Er macht Gebärden, als erkläre er etwas Hochwichtiges. Sie halten die Waffen wie Spazierstöcke. Sie stützen sich darauf. Schweigend stehen sie nebeneinander.

Dann kommt der Schießlehrer wieder zurück, zusammen mit Eva. Er geht beschwingt, strahlt eine Zufriedenheit aus, die nicht zur Situation passen will, zu diesem Dorf, zu diesen Mädchen. Die Grimasse auf Evas Gesicht ist verschwunden.

Schon von weitem beginnt der Lehrer zu rufen: »Jetzt du«, ruft er. »Du hast Glück: Wenn du Vierte geworden wärst, wärst du jetzt nicht hier.«

Die Banalität dieser Bemerkung lässt den Dirigenten erschaudern. Wie lange muss er sich das hier noch anhören? Wie lange das noch ertragen? Die Kleingeistigkeit des durchschnittlichen Revolutionärs unterscheidet sich kaum von der des durchschnittlichen Dichters. Augenscheinlich begeistert, doch hinter der Begeisterung verbirgt sich eine erschreckende und alles durchdringende Engstirnigkeit. Dieselbe Engstirnigkeit, die ihn an der bürgerlichen Gesellschaft so abstieß.

Sie stellt sich an die Stelle, die der Lehrer mit einem Stein markiert hat. Das Mädchen legt an. Sie hat langes, kräftiges Haar, das zu Zöpfen geflochten ist. Der Dirigent bestaunt die Zöpfe, während das Mädchen sich konzentriert. Sie ist ganz ruhig, als hätte sie schon öfter geschossen, als sei das hier nicht das erste Mal. Fast gelangweilt schaut sie drein, hochmütig. Kurz schaut sie den Dirigenten an. Herausfordernd wirkt es, geradezu respektlos.

Sie schießt, in regelmäßigen Abständen. Weder Krach noch der Rückstoß scheinen sie zu erschrecken. Ihr Busen passt nicht zu ihrem Gesicht und darum auch nicht zum Rest ihres Körpers. Als sei ihr Busen der Zeit vorausgeeilt, sei schneller gewachsen als ihr übriger Körper. Ihr Busen ist voll erblüht, der Rest ist noch Kind, oder ein halbes.

Als sie zu Ende geschossen hat, geht sie geradewegs zur Zielscheibe. Der Lehrer folgt ihr. Sie schaut interessiert auf die Löcher, die sie in den Soldaten gebohrt hat. Sie lässt die Finger über die Löcher in seinem Körper gleiten.

Langsam geht der Dirigent auf sie zu. Der Busen des Mädchens hat etwas Unwirkliches, fast Übertriebenes. Ihre Finger sind klein. Zarte Finger hat sie, wodurch auch die Einschusslöcher etwas Zartes bekommen.

Bei der Zielscheibe angelangt, nimmt der Dirigent seine Brille ab. Er reibt sich die Augen. Der Schießlehrer ist dabei, die Beine des Gestells aus dem Boden zu wuchten. Die Schießübung ist vorüber, jedenfalls hier.

»Wie heißt du?«, fragt der Dirigent, während er die Brille wieder aufsetzt.

»Lina«, sagt das Mädchen. Sie schaut ihn an, das Gewehr in der Hand. Es liegt etwas Hartes und doch vollkommen Kindliches in ihren Augen, wodurch sie im einen Moment Unnahbarkeit ausstrahlt, im nächsten wieder an ein verwundetes Tier erinnert. Oder vielleicht weniger ein waidwundes Tier als vielmehr eins, das nicht hierhergehört, ein Maulwurf, der sich am liebsten unter die Erde verkriechen würde, aber sein Loch nicht mehr findet.

»Macht es dir Spaß?«, fragt er. »Schießen, macht dir das Spaß?«

»Spaß?«, fragt sie. »Was soll mir Spaß machen?« Sie hält das Papier mit dem Umriss des Soldaten in den Händen. Der Dirigent wirft einen Blick auf die Einschusslöcher.

»Nicht schlecht«, sagt er. »Ist das dein erstes Mal?«

Sie nickt.

Er nimmt die Brille wieder ab. Er muss einen Pickel auf der Nase haben, dort, wo die Brille sitzt. Er reibt sich über die schmerzende Stelle und setzt die Brille wieder auf. Er schaut zu den zwei anderen Mädchen. »Wie heißt du weiter?«, fragt er.

»Lina«, sagt sie wieder.

Sie folgen langsam dem Schießlehrer, der schon vorausgegangen ist.

»Aber weiter, mit Nachnamen?«

»Alle nennen mich Lina. – Darf ich das hier behalten?« Sie zeigt auf das Papier mit dem Soldatenumriss. Einer ihrer Schüsse hat ihn mitten in den Kopf getroffen.

»Ich denke schon«, sagt er. Er nimmt ihre Hand. Die

Hand ist klein, doch nicht so glatt, wie er gedacht hat, von Arbeit gezeichnet, rauh. Er riecht an ihrer Hand.

»Schießpulver«, sagt er, »halte ich für einen herrlichen Geruch. Ich selbst schieße nie, ich kann gar nicht schießen, ich kann nur reden, aber den Geruch von Schießpulver finde ich unwiderstehlich, beinahe erotisch. Du hast ihn mitten ins Gesicht getroffen, eine beachtliche Leistung.«

Vorsichtig zieht sie ihre Hand zurück. Sie gehen weiter.

»Warum willst du das hier behalten?«, fragt der Dirigent. Er zeigt auf das Papier.

»Er ist tot«, sagt sie. »Ich habe ihn getötet.«

Der Schießlehrer nimmt die Gewehre zurück. Der Adjutant des Dirigenten hüpft von einem Bein aufs andere. Auch er ist die Kälte nicht gewöhnt. Der Vater des Adjutanten importiert Jeanshosen. Er musste sich zwischen der Firma seines Vaters und der Revolution entscheiden. Kurz erwog er noch eine Karriere als Schauspieler, doch als sich abzeichnete, dass daraus nichts wurde, warf er sich definitiv in die Arme der Revolution.

»Ich würde mich gerne mal näher mit dir unterhalten«, sagt der Dirigent. »Wo wohnst du?«

»Da drüben«, sagt sie. »Die oberste Häuserreihe.«

Sie zeigt, und der Dirigent folgt ihrer Hand. Von hier aus kann er keine oberste Häuserreihe sehen. Es gibt viele oberste Reihen, scheint es.

Neben sich hört er den Schießlehrer reden, er sagt zu den Mädchen, dass er noch eine Weile im Dorf bleibt, um ihnen und den anderen Schießunterricht zu geben. Er kündigt eine baldige Waffenlieferung an. Jeder über zwölf Jahre solle seine eigene Waffe bekommen.

Der Dirigent hört nicht mehr zu. Wenn er doch alles hasst, warum nicht auch das? Warum nicht auch seine Organisation?

Er lässt seinen Adjutanten beim Lehrer auf der Anhöhe zurück, die aus irgendeinem Grund als Ort für die Schießübungen ausgesucht wurde.

Lina hat ihr Gewehr schon abgegeben und sich auf den Weg nach Hause gemacht. Der Dirigent folgt ihr, den Berg hinunter, Richtung Dorf.

Er hat Mühe, mit ihr Schritt zu halten. Sie hüpft sicher von Stein zu Stein, er dagegen tritt ständig falsch auf, wodurch er im Schlamm versinkt oder an Stellen landet, wo er keinen Halt findet.

»Warum baut ihr keine Wege?«, ruft er ihr hinterher.

Sie dreht sich um und schreit: »In der Regenzeit schwimmt sowieso alles weg!«

Dann geht sie weiter.

Er rennt jetzt fast. Warum auch nicht? Vielleicht hilft das gegen die Kopfschmerzen, gegen die tückische Kombination von Kopfschmerz und Schwermut. So gut es geht, hastet er durch den Schlamm.

Endlich ist er bei ihr. Er legt seine Hand auf ihre Schulter. »Du hast Talent«, keucht er.

In manchen Kreisen trägt er den Spitznamen »Shampoo«, weil er Leuten so unfehlbare Hirnwäschen verpasst. Es ist ein Gerücht, dem er nicht widerspricht. Wer eine Hirnwäsche erwartet, macht sich darauf gefasst, hält wenigstens für möglich, dass auch er seine Meinung ändern, ein anderes Leben führen könnte, ein Leben im Dienst von etwas Größerem als den banalen Idealen des Individuums: Glück, Anerkennung, Erfolg. Ideale, die immer neue Opfer fordern, oder besser gesagt: Verlierer, denn wie kann man glücklich sein, wenn nicht im Vergleich zu unglücklicheren Artgenossen? Auf jeden Fall weniger erfolgreicher Artgenossen, weniger gelungener Exemplare der Spezies Mensch. Was ist Erfolg ohne das Gegenteil davon? Wer kann sich erfolgreich fühlen, wenn die Verlierer ihm nicht ab und zu vorgeführt werden? So existiert auch das Gefühl der Anerkennung nur durch den Anblick von Millionen, die selbst niemals Anerkennung erfahren.

Der Dirigent strebt eine Welt ohne Verlierer an.

»Du hast Talent«, sagt er noch einmal.

Sie geht weiter. Nicht aus Unfreundlichkeit offenbar, nicht mal ins Gesicht schaut sie ihm, sie bleibt nur nicht stehen. Sie hat es eilig. Seine Hand ist von ihrer Schulter geglitten.

»Was für ein Talent?«, will sie wissen.

Und wieder sieht er die kindliche Härte in ihrem Gesicht. Eine Kombination von Härte und Kindlichkeit, das eine verstärkt das andere.

»Talent zum Schießen«, sagt er. »Zwischen dir und dem Gewehr gab es eine besondere Beziehung, anders als bei den anderen Mädchen. Hast du wirklich noch nie ein Gewehr in der Hand gehabt?«

Sie schüttelt den Kopf.

Kurz geht er schweigend neben ihr her, immer noch gegen Schwermut und Kopfschmerzen kämpfend. Die Schwermut scheint die Kopfschmerzen zu verstärken.

»Bist du hier geboren?«, fragt er schließlich. Er hat keine Inspiration. Er sucht nach dem Funken, doch findet ihn nicht. In sich findet er nur dieselbe Stumpfheit, wie überall um ihn her. Die Öde der Landschaft hat Besitz von ihm ergriffen.

Sie schüttelt den Kopf.

»Wo denn dann?«, will er wissen.

»Irgendwo«, sagt sie. Es klingt nicht unfreundlich. Mehr, als sei »irgendwo« tatsächlich ein Ort, wo sie geboren ist. »Irgendwo«, warum nicht?

»Also nicht hier?«, fragt er. »Nicht hier im Dorf?«

»Nicht hier im Dorf«, bestätigt sie.

Er würde gern ihre Zöpfe berühren, sich ihr prächtiges Haar durch die Finger gleiten lassen. Notfalls dazu an ihren Zöpfen ziehen, um sie zum Stehen zu bringen.

»Wollen Sie mitkommen?«, fragt sie.

»Ja«, sagt er. »Ich möchte deine Eltern kennenlernen.«

»Das geht nicht«, sagt sie. »Meine Eltern sind tot.«

»Das tut mir leid«, sagt er und denkt kurz an seine eigenen Eltern. Vielleicht sind sie jetzt auch tot. Präventiv getötet. Er hat ihren Wunsch erfüllt, hat das, wozu sie bestimmt waren, auf sie herabbeschworen.

»Wo wohnst du dann? Bei Verwandten?«

»Bei Leuten, die mich aufgenommen haben«, sagt sie. »Ich habe das Amt für Bürgerumsiedlung gesucht und bin hier gelandet.«

Sie erzählt es so sachlich, als gehe es um jemand anderen, als gehe es sie nichts an.

»Wie sind deine Eltern gestorben?«, fragt er.

Sie schüttelt den Kopf.

Er ist sich nicht sicher, ob sie meint, dass sie es nicht weiß oder dass sie es nicht sagen will.

Im Dreck, an einem Zaun, liegt ein betrunkener Mann.

Wenn er seinen Rausch ausgeschlafen hat, wird er aufwachen und weiterarbeiten. Er wird sich nur noch an wenig vom Fest erinnern, was vielleicht auch besser ist.

Sie öffnet die Tür zu einem Vorgarten. Über dem nassen Boden liegt ein dickes Brett. Etwas weiter daneben unternehmen ein paar Pflanzen den hoffnungslosen Versuch, in die Höhe zu wachsen.

Er folgt ihr über das Brett ins Haus. Dort steht ein Tisch, wie in allen Häusern hier. Am Tisch sitzt ein Mann. Er trägt seine Bergarbeiterkluft. Er schaut nicht auf, als das Mädchen hereinkommt, auch nicht, als er den Dirigenten sieht. Vielleicht sieht er den Dirigenten auch gar nicht.

Der Dirigent räuspert sich. Er hustet, obwohl er kein Kratzen im Hals verspürt.

Das Mädchen ist nach oben verschwunden. Er wagt ihr nicht hinterherzugehen. Der Dirigent einer Organisation wie seiner sollte sich alles trauen, doch eigentlich wagt er auffällig viel nicht. Manchmal liest er Artikel über sich in der Zeitung oder in einer Zeitschrift. Er erkennt sich selten darin. Ein mythisches Monster haben die Journalisten aus ihm gemacht, einen Meister des Untertauchens, einen herzlosen Revolutionär. Nicht, dass er über diese Namen unglücklich wäre, er weiß es nur besser. Er kann andere Menschen elektrisieren, doch nicht sich selbst. Zuerst glaubte er an die Poesie, dann an die Revolution. Aber Glaube allein genügt nicht. Jetzt zum Beispiel wagt er dem Mädchen mit den Zöpfen, das so gut schießen kann, nicht ins Schlafzimmer zu folgen, das sie zweifellos mit zwanzig anderen teilt.

Er hustet noch einmal.

Er ist nicht der, für den man ihn hält.

Der Mann schaut nicht auf, doch er spricht. Er sagt: »Meine Mutter ist tot.«

»Ich bin der Dirigent«, sagt der andere. »Der Dirigent der Organisation.«

»Schau«, sagt der Mann und zeigt hinter sich. Er steht auf und öffnet eine Tür.

Gestank steigt dem Dirigenten in die Nase. Hinter dem Haus beginnt der Abort.

Dann sieht er es. Neben dem Abort sitzt eine Frau auf einem Stuhl. Sie ist grünlich verfärbt, grüngrau, wie von Schimmel bedeckt.

Der Mann schließt die Tür. Er setzt sich wieder an den Tisch wie zuvor.

Jetzt spürt der Dirigent nicht nur Schwermut und Kopfschmerz, sondern auch Übelkeit. Die Übelkeit ist akut.

Da steht er. Im großen Zimmer. Warum ist er hierhergekommen? Was ging ihm durch den Kopf, als er das Mädchen schießen sah? Dass er sie retten müsse, aus der Abgestumpftheit dieses Dorfs, aus diesem Leben hier. Er muss ihr eine Zukunft geben.

»Wir müssen sie begraben«, sagt der Mann. »Ich wollte warten, bis das Fest vorbei ist.«

»Ja«, sagt der Dirigent. »Das muss geschehen. Leider kann ich nicht dabei sein. Ich muss bald weiter.«

Er macht eine Pause, um zu sehen, ob seine Worte Eindruck machen, doch der Mann rührt sich immer noch nicht. Er würdigt ihn kaum eines Blickes.

»Ist das Fest jetzt vorbei?«, fragt der Mann.

Der Dirigent nickt. »Ich wollte mit Ihnen über Ihre Tochter sprechen«, sagt er. Er wartet einen Moment. Er muss an die Zeit denken, als er an der Universität unterrichtete. Unterrichten war letztlich eine Frage des Timings. Auch in den Seminaren hatte er Studenten zu elektrisieren gewusst. Wenn nicht für die Revolution, dann für die Poesie. Notfalls für sich selbst.

Langsam kommt der Mann in Bewegung. Er schaut den Dirigenten an. Er scheint etwas sagen zu wollen, doch er schweigt. Er schaut nur. Dann fragt er: »Welche Tochter?«

»Lina«, sagt der Dirigent. »Ihre Tochter Lina.«

Der Mann sinkt zusammen. Als habe er einen Schlag bekommen. »Das ist nicht meine Tochter«, sagt er leise.

»Ich habe sie schießen sehen«, sagt der Dirigent. »Sie hat Talent. Unsere Organisation kann Frauen wie Lina gebrauchen. Sie ist noch jung, aber sehr engagiert. Sie hat große Willenskraft.«

Der Mann in der Bergarbeiterkluft reagiert nicht. Auf dem Tisch liegt sein Helm.

»Ich habe gehört, dass Sie sie erzogen haben«, sagt der Dirigent, »sich um sie gekümmert haben, als ihre Eltern gestorben sind. Sie muss wie eine Tochter für Sie sein. Sie müssen sie sehr lieben. Sie werden sie nicht gern ziehen lassen.«

»Sie ist uns zugelaufen«, sagt der Mann, während er seine Hand über den Helm gleiten lässt wie über ein Haustier. Er streichelt den Helm, so scheint es.

»Ich würde ihr gern eine Ausbildung geben, die beste Ausbildung, die in diesem Land möglich ist«, erklärt der Dirigent. »Wenn wir eine Veränderung realisieren wollen, eine echte und radikale Veränderung, keine kosmetische, dann brauchen wir Frauen wie Ihre Tochter, Frauen wie Lina.«

Es bleibt still.

Der Dirigent fragt sich, wo die anderen Bewohner des Hauses sind. Er betrachtet die Poster an der Wand. Fotos aus jahrelang abgelaufenen Kalendern. Wie kann er diesen Mann elektrisieren?

»Es geht um Lina«, sagt er noch einmal. »Ich möchte ihr Chancen eröffnen, die sie hier nicht hat. Natürlich kommt sie zurück, selbstverständlich.«

»Nimm sie ruhig mit«, sagt der Mann. »Ich muss meine Mutter begraben.«

»Ich weiß, dass das ein Opfer für Sie ist«, sagt der Dirigent, »ein großes Opfer. Doch ohne Opfer geht es niemals voran, gibt es nur Stagnation, ohne Opfer wird das Unrecht immer triumphieren. Ohne Opfer ändert sich nichts.« Er wartet nicht auf Antwort. Er geht die Treppe hinauf, in fünf Schritten ist er oben.

Lina sitzt auf dem Bett, ein Bett mit einem Berg Decken darauf. Auch hier hängen an der Wand Fotos aus alten Kalendern.

»Ich nehme dich mit«, sagt er.

Sie schaut ihn an, anders als eben. Freundlicher, offener. »Sind Sie vom Amt für Bürgerumsiedlung?«

»Nein«, sagt er, »nicht so richtig. Ich bin von der Organisation. Wir haben dem vernichteten Volk eine Stimme gegeben. Manchmal ist die einzige Stimme, auf die man hört, die der Gewalt.«

Ein Lächeln huscht ihm übers Gesicht. Er setzt sich neben sie. Er würde gern den Arm um sie legen.

Sie scheint nicht erstaunt. Nicht, dass er hier ist, nicht, dass er sie mitnimmt. Das verwundert ihn.

Es ist nicht das erste Mal, dass er jemanden mitnimmt.

Man muss Menschen hinter sich sammeln. Ohne das keine Volksbewegung. Manchmal sammelt man selbst, manchmal überlässt man es anderen. So, wie es ihm letztlich egal ist, ob er zwei Individuen elektrisiert oder fünfhundert, ja, tausend, macht es ihm auch nichts aus, selbst Menschen zu rekrutieren. Die praktische Arbeit gibt ihm das Gefühl, am Leben zu sein. Manchmal sogar mehr noch als die Gefahr einer möglichen Festnahme oder drohenden Liquidation.

»Hast du eine Tasche?«, fragt er. »Oder einen Koffer, den du mitnehmen willst?«

Sie schüttelt den Kopf: Sie rutscht vom Bett und holt einen Spielzeugeimer darunter hervor. Der Eimer in ihrer Hand scheint ihren Busen noch zu betonen. »Den nehm ich mit«, sagt sie.

»Hast du keine Tasche?«, fragt er.

»Hier drin sind all meine Sachen.«

Der Eimer ist fast leer. Nur eine kleine Flasche ist darin und eine abgebrochene Zahnbürste.

Er nimmt die Brille ab und reibt sich die Augen.

»Die meisten Leute transportieren ihre Sachen in einer Tasche oder einem Koffer«, sagt er leise. »Hast du wirklich nicht irgend so was?« Er setzt die Brille wieder auf und schaut sich um. Nirgends eine Tasche zu sehen. Im Zimmer stehen zwei Betten. Sonst nur noch ein Schrank, doch den wagt er nicht zu öffnen.

»Ich nehme nur diesen Eimer mit«, wiederholt sie.

Er schaut auf die Uhr. Heute Abend noch will er dieses Dorf verlassen, die Höhenluft macht ihn krank. Zögernd schlägt er die Beine übereinander. Ob sie es wissen, fragt er sich manchmal, wissen, was in ihm vorgeht? Wer man ist, muss man der Phantasie der anderen überlassen. So wird man ein Mythos. Ohne Mythos keine Führung, ohne Führung keine Organisation. Doch haben die Leute hier überhaupt Phantasie?

»Was willst du mitnehmen?«, fragt er, ohne sie anzusehen. »Es wird eine Weile dauern, bis du wiederkommst. Vielleicht möchtest du etwas mitnehmen? Irgendwas, was du brauchst? Kleidung?«

Er schließt die Augen, wartet auf Antwort. Doch er hört nichts als ihren Atem. Und er kann sie riechen, ohne genau sagen zu können, nach was sie riecht. Riecht sie nach sich selber oder nach Schießpulver oder nach beidem zugleich? Er kann es nicht sagen.

Er denkt an den Geruch seiner Eltern. Seine Eltern rochen nach Flucht, nach alten Zügen und muffigen Koffern. Und später nach alten Büchern, nach Ladenhütern. Ohne die Augen zu öffnen, lässt er die rechte Hand wandern. Sie gleitet über das Bett. Er spürt Linas Bein. Kurz hält er inne, riecht seine Eltern wieder, doch dann nur noch sie: Lina.

Ihn durchströmt ein warmes Gefühl. Etwas, das er schon lange nicht mehr empfunden hat, die Spannung einer Berührung, die aufflutende Wärme, etwas, das alle Nebengedanken ausschaltet.

Er lässt seine Hand weiterwandern, bewegt sie aufwärts. Er spürt ihren Arm, den linken. Und sie sagt nichts, gar nichts. Er krabbelt über den Arm weiter wie ein Insekt, bis er ihre Hand spürt. Er nimmt diese Hand, drückt sie zärtlich, rhythmisch und fest wie eine Zitrone.

»Wir gehen gleich weg«, sagt er leise, und unterdessen hat er das Gefühl, am helllichten Tag zu träumen, ein bisschen wie in seiner Jugend bei Fieber. Dann redete er manchmal mit seinen Eltern, ohne zu wissen, ob das Gespräch real war oder ob er sich alles nur einbildete. »Ich darf mich nicht lang an einem Ort aufhalten, nicht einmal hier. Ich muss unberechenbar bleiben.«

Er öffnet die Augen. Wenn er sie ansieht, sieht er vor allem Zöpfe. Er würde gern an ihnen riechen. Ob ihr Haar auch ein wenig nach Schießpulver riecht?

»Macht es dir etwas aus mitzukommen?«, fragt er.

Sie schüttelt den Kopf. Noch immer macht sie keine Anstalten, etwas einzupacken. Sie sitzt in derselben Jacke da, die sie auch bei den Schießübungen trug.

»Werden sie dir fehlen? Die Leute hier? Diese Familie?«

Diesmal schüttelt sie den Kopf nicht. Sie zeigt gar keine Reaktion.

»Ich sage nie jemandem, wann ich gehe. Nicht, dass ich den Leuten nicht traue, aber man darf sie auch nicht in Versuchung führen. Das ist unnötig. Je weniger Leute wissen, was man macht, desto leichter ist es, unberechenbar zu bleiben.«

Ohne ihre Hand loszulassen, steht er auf. Sie macht immer noch keine Anstalten, irgendetwas zu tun, aufzustehen oder sonst irgendetwas.

Wenn sie nur einen Eimer mitnehmen will, nimmt sie eben nur einen Eimer mit. Die Organisation wird für sie sorgen, sie kleiden, sie waschen, die Organisation wird sich um sie kümmern.

Und wieder schaut sie ihn herausfordernd an, fröhlich, könnte man fast sagen, doch auch mit dieser merkwürdigen Kälte. Einer unglaublichen Kälte.

»Ich bin eigentlich tot«, sagt sie.

Er lächelt, als habe sie ihm ein Kompliment für seine Brillenfassung gemacht. »Eigentlich sind wir alle tot«, sagt er. »So musst du denken, das ist die einzige Möglichkeit, etwas zu ändern. Zu viel Liebe zum Leben ist gerade so schlimm wie Trunksucht. Es macht die Menschen zu Kriechern.«

Sie schüttelt den Kopf. Sie steht auf, löst die Hand aus seiner und beginnt, in ihrer Hosentasche zu kramen. Alles Mögliche kommt zum Vorschein: Münzen, Steine und auch ein alter Zeitungsausriss. Sie faltet ihn auseinander, während der Dirigent an seine Kopfschmerzen denkt. Er will hier weg, nicht länger warten, er muss das Hochland verlassen. Hier kann nichts wachsen, hier kann das vernichtete Volk nur immer vernichtet bleiben.

Immer noch steht das Mädchen da, mit dem Zeitungsausriss und ihrem Eimer. Vielleicht ist sie nicht richtig im Kopf. Sie hat einen beachtlichen Busen und herrliche Zöpfe, aber das heißt noch nichts.

»Schau«, sagt sie.

Er wirft einen flüchtigen Blick auf das Papier. Eine Liste verschwundener Bürger, von denen es nachher hieß, sie seien auf der Flucht erschossen oder bei Gefangenenaufständen ums Leben gekommen.

Der Staat hat nur Respekt vor Gewalt. In einem Land wie diesem kann man keinen Unterschied zwischen zivilen und militärischen Zielen machen. Jeder Bürger kann ein Verräter sein, jeder Verräter ist ein legitimes Ziel.

»Wir müssen gehen«, sagt er. »Ich nehme dich mit. Hier gibt es keine Zukunft. Nicht für dich.«

»Schau«, sagt sie noch einmal.

Und noch einmal schaut er. Namen, spaltenweise Namen. Was gibt es da zu sehen? Weiß er nicht besser als irgendjemand, was der Staat verbricht, was er für legitim und wünschenswert hält?

»Was soll ich mir ansehen?«, fragt er. »Ich kenne das. Besser als irgendwer sonst.«

Sie hält den Daumen unter eine Zeile, zeigt ihm den Ausriss, hält ihn hoch, dicht vor seine Augen.

Er denkt an die sanfte Bewegung, mit der sie mit ihrem Finger über die Einschusslöcher im Körper des Soldaten strich, dessen Umrisse auf dem Schießgestell befestigt waren.

»Hier«, sagt sie.

Wieder schaut er, zerstreut und verärgert. Er will den Blick schon wieder auf etwas anderes richten, auf sie, ihre Zöpfe, will noch einmal sagen, dass sie jetzt wirklich gehen müssen, als er auf einmal ihren Namen entdeckt: »Lina.« Nicht mehr als ein Name zwischen anderen. Ein Name wie viele, die in der Zeitung stehen. Doch sein Blick bleibt daran haften.

Er liest die anderen Namen, die sie ihm nicht hat sagen wollen, doch die von jetzt an wieder zu ihr gehören: »Siñani Huanca.«

Das muss sie sein. Das ist sie. Sie ist aus Versehen auf eine Liste geraten, auf die sie nicht gehört. Ein Irrtum. Die Behörden haben sie zu den Toten gezählt, obwohl sie noch lebt. Auch die Behörden machen Fehler.

Auf der Liste stehen ein Señor Siñani und eine Señora Siñani Huanca, über dem Kind Lina. Drei Namen insgesamt. Er sieht sie an, anders als eben, nicht mit größerem Mitgefühl, aber mit mehr Interesse, obwohl dieses Interesse sich eigentlich kaum von Mitgefühl unterscheiden lässt.

»Bist du das?«, fragt er. »Bist du Lina Siñani Huanca?«

»Ich bin tot«, sagt sie und lacht, ein triumphierendes, fast schallendes Lachen.

»Ja, ja«, sagt er, in Gedanken versunken, während er den Ausriss jetzt selber hält. Er hat ihn ihr aus der Hand genommen. Er muss Wochen in ihrer Tasche gesteckt haben. Vielleicht länger. Er löst sich schon langsam auf. »Natürlich nicht«, sagt er plötzlich.

Er dreht den Ausriss um, und noch einmal. »Sind das hier deine Eltern?« Er zeigt auf den Zettel. Jetzt betrachtet er ihn gründlich, mit unbezwingbarer Neugier.

»Meine Eltern sind genauso tot wie ich«, sagt sie.

Er streckt den Arm aus, gibt ihr den Ausriss zurück. Sie faltet ihn sorgfältig wieder zusammen und steckt ihn in die Tasche. »Du bist nicht tot«, sagt er. »Du lebst. Du musst am Leben bleiben. Darum müssen wir jetzt gehen. Wir können nicht länger warten.«

Er nimmt ihre Hand. Sie nimmt den Eimer. Er zieht sie mit sich, die Treppe hinunter. Der Zukunft entgegen, seiner Zukunft.

Der Bergarbeiter sitzt noch immer am Tisch.

»Wir gehen«, sagt der Dirigent. »Ich nehme Ihre Stieftochter mit. Aber wir kommen zurück. Wenn die Revolution in ein neues Stadium getreten ist, kommen wir wieder. – Wo ist Ihre Frau?«

Jetzt wendet er sich an Lina. »Gibt es noch jemanden, von dem du dich verabschieden musst?«

Er schlägt dem Mann leicht auf die Schulter. Das Mädchen verzieht keine Miene. »Wir gehen jetzt«, sagt er. »Ihre Stieftochter und ich. Wir gehen.«

Das Mädchen öffnet die Tür zum Hinterhof. Sie macht zwei Schritte. Der Dirigent folgt ihr. Die alte Frau sitzt immer noch auf ihrem Stuhl, tot, mit ersten Anzeichen der Verwesung.

Dann wendet sich Lina wieder dem Haus zu.

Sie geht voran. Der Dirigent folgt ihr zur Haustür. Einen Moment bleibt sie dort stehen. Sie schaut den Mann am Tisch an, ganz kurz nur, und er nickt, so sieht es jedenfalls aus. Dann verlässt sie das Haus.

Sie gehen über das Brett. Es ist unklar, wer wen an der Hand führt. Dann stehen sie vor dem Zaun, im Dreck. An manchen Stellen ist der Schlamm hart, an anderen weicher.

»Ich muss noch zu unserem Onkel«, sagt sie.

»Deinem Onkel?«, fragt er. »Hast du einen Onkel im Dorf?«

»Unser Onkel«, sagt sie.

Er schaut sich um, als erwarte er, den Mann zu sehen, von dem sie spricht.

»Ich bin dein Onkel«, sagt er leise. »Ich bin der Onkel aller Menschen in diesem Dorf. Ich bin der Onkel des vernichteten Volks, ich bin gekommen, um es zu rächen, es an seinen Willen zu erinnern. Die Revolution ist unser Onkel. Aber geh nur. Und bleib nicht zu lange. Ich warte auf dich. Dahinten.« Er zeigt zum Ende der Häuserreihe. Etwas weiter steht der kleine Lastwagen, mit dem sie fahren werden.

Sie macht sich entschlossenen Schrittes auf den Weg. Er fragt sich nicht, was das hier soll, warum er beschlossen hat, sie mitzunehmen. Selbstzweifel sind etwas für Leute ohne Visionen. Ohne Pläne, ohne Ideen.

Er presst die Hände gegen die Stirn. Der Kopfschmerz nimmt zu. Trotzdem überkommt ihn kein Zweifel. Tausende, nein, Zehntausende warten auf ihn, sind bereit zu sterben, wenn er das Zeichen gibt. Er ist mehr als nur der Führer der Zehntausende in diesem Land, die eingesehen haben, dass eine radikale Revolution ihre einzige Hoffnung ist. Seiner eigenen Familie hat er abgeschworen, um eine neue dafür zu bekommen. Größer und verzweigter, als er es je für möglich gehalten hätte. So viel größer als seine Eltern, die nun einmal die Gewohnheit hatten zu verschwinden, hinter unverkäuflichen Lagerbeständen. Sie hatten auf Unsichtbarkeit gesetzt. Er hat diese Unsichtbarkeit immer gehasst, er wartet auf den richtigen Moment, ins Rampenlicht zu treten.

Eins weiß er genau, ist davon noch überzeugter als vom letztlichen Sieg: Er ist der Onkel des vernichteten Volks.

Sie wird doch wiederkommen? Doch nicht versuchen, ihm und seiner Liebe zu entfliehen? Er beschließt, ihr zu folgen. Durch Schlamm und Schmutz. Er geht, rennen kann er nicht, doch er eilt, so schnell wie möglich, durch den Schlamm, ohne den Kopfschmerz zu spüren. Anderer Schmerz droht.

6

In der Mine dürfte jetzt eigentlich niemand sein. Die meisten Männer schlafen ihren Rausch aus. Und wenn sie nicht schlafen, trinken sie noch.

Diesen Weg ist sie so oft gegangen, unzählige Male. Nun sieht sie ihn wohl zum letzten Mal. Trotzdem geht sie nicht anders als sonst, vielleicht etwas schneller. Jemand wartet auf sie. Sie ist nicht wehmütig. Wehmut kennt sie nicht. Wie die Bergleute, die geben sich auch nicht mit so was ab.

Sie wird wieder mitgenommen. Wie so oft schon. Ständig nehmen Leute sie mit. Der Major hat damit angefangen. Aber jetzt hatte sie so lange in diesem Dorf gelebt, dass sie nicht mehr damit rechnete, dass es noch mal passieren würde. Vielleicht geht es immer so weiter, wird sie bis zum Ende ihrer Tage immer wieder mitgenommen.

Woran sie allerdings zweifelt, ist, dass sie irgendwann noch mal zum Amt für Bürgerumsiedlung kommt. Sie hat das Amt nicht vergessen, aber sie fragt sich, ob sie je noch einmal durch die grüne Tür gelangen und ob es da Leute geben wird, die ihr helfen können. Wenn sie ehrlich ist, glaubt sie nicht mehr daran. Wenn man ihr irgendwann eine Umsiedlung anbietet, wird es für sie zu spät sein.

Sie trägt keine Stiefel, aber was machen nasse Füße schon aus? Sie kann auch in Schuhen in die Mine gehen. Helm und Lampe hat sie auch nicht dabei, nur eine kleine Taschenlampe.

Sie kennt den Weg, sie kennt die gefährlichen Stellen. Trockene Schuhe wird sie später bekommen.

In der Nähe der Mine geht sie plötzlich langsamer. Sie schaut sich noch einmal um, obwohl es schon dämmert – die Dämmerung dauert hier nie lange. Nicht, um Abschied zu nehmen, sondern um sich alles gut einzuprägen.

Lina weigert sich, Abschied zu nehmen. Sie geht nicht weg, sie wird mitgenommen. Manchmal geschieht das monate-, jahrelang nicht, doch dann auf einmal passiert es wieder. Damit kann sie leben, sie hat sich daran gewöhnt.

Kaum dreißig Meter vom Eingang entfernt, hört sie ihren Namen rufen. Sie erkennt die Stimme. Sie braucht sich nicht umzudrehen, um zu wissen, wer es ist.

Endlich sieht sie ihn, den Mann, der behauptet, dass sie hier keine Zukunft hat. Sie sieht ihn stolpernd näher kommen. Der nasse Boden macht ihm zu schaffen.

Nochmals ruft er ihren Namen. Vielleicht hat er es sich anders überlegt. Vielleicht will er sie doch nicht mehr mitnehmen. Er kommt noch näher. Seine Brille ist zu groß für sein Gesicht. »Wohin gehst du?«, fragt er.

»Zu unserem Onkel«, sagt sie. Das hat sie ihm doch erklärt?

»Wo ist der?«

Er scheint verwirrt. Auf einmal auch unsicher. Unsicherer als eben, als er ihr beim Schießen zusah. Das Schießen war nicht unangenehm. »Wir werden euch in die Kunst des Schießens einweihen«, hatte der Schießlehrer gesagt. Und eine Einweihung war es gewesen, und was für eine. Es hatte etwas Endgültiges, als wisse sie jetzt für immer genug. Wer schießen kann, kann alles.

»In der Mine«, antwortet sie. Sie zeigt auf den Eingang, den Eimer in der Hand.

»Ich komme mit«, sagt er.

Das ist ihr eigentlich nicht recht. Sie will allein zu unserem Onkel, aber sie weiß nicht, wie sie es ihm erklären soll. Wenn Leute einen mitnehmen, sollte man freundlich zu ihnen sein. Andererseits: Wenn er sie doch mitnimmt, macht es auch nichts mehr aus. Viele Geheimnisse kann man vor Leuten, die einen mitnehmen, ohnehin nicht bewahren. Und sie kann ihm das Mitkommen sowieso schlecht verbieten. Niemandem kann sie etwas verbieten.

Lina nickt. »In Ordnung«, sagt sie.

Lina geht in die Mine, und der Mann, den alle »den Dirigenten« nennen, manchmal auch »unseren Dirigenten«, folgt ihr. Sie schaltet die Taschenlampe an. Der Tunnel ist zu niedrig für den Mann. Er muss sich bücken.

»Warte«, ruft er. »Nicht so schnell.«

Hier ist sie zu Hause, hier hat sie gelebt und gearbeitet. Hier kennt sie alle Geräusche und Steine, die Tunnel, die Arbeiter und das Gold. Sie weiß, woran man es erkennt.

»Woher kommt das Wasser?«, fragt er.

Sie merkt, wie hoch das Wasser steht: bis zu den Knien. Aber das macht nichts, alles wird trocknen. Sie spürt die Kälte des Wassers und denkt an die Stiefel, die sie von ihrem Stiefvater bekommen hat. Sie denkt an die Frau, die seine Mutter war, die alle »Oma« nannten und die wieherte wie ein Pferd.

Sie schaut sich kurz um. Wie ein Buckliger geht der Dirigent hinter ihr her. Die eine Hand hält er sich über den Kopf, um ihn zu schützen, doch ab und zu stößt er sich trotzdem.

Sie hört es an seinen Flüchen, den Geräuschen, die sie so genau kennt. Er wollte ja unbedingt mit. Nicht, dass sie ihn gewarnt hätte, aber er hätte ja warten können. Sie wäre bestimmt wiedergekommen. Was will er hier?

Der Tunnel wird immer enger. Immer tiefer muss der Mann sich bücken. »Wohin gehen wir?«, fragt er. »Wie weit ist es noch?«

Das Wasser steht hier noch höher.

Sie antwortet nicht auf die Frage. Er wird es schon merken. Das hier ist ihr Terrain. Hier ist sie Herrin. Vielleicht wird ihr das noch am meisten fehlen: die Stille, die feuchte, leicht modrige Luft.

»Warte!«, ruft der Mann.

Sie schaut sich um, richtet ihre kleine Taschenlampe auf ihn. Er hockt am Boden.

Sie geht ein paar Schritte zurück.

Er hockt da, wühlt mit den Händen durch das braune, leicht rötliche Wasser. Ab und zu zieht er sie heraus und schaut sie sich an, als könne er irgendetwas nicht glauben. An seinen Händen klebt Sand. Er schaut sie fragend an.

»Meine Brille«, sagt er. Wieder fährt er mit den Händen durchs Wasser, nervöser als beim ersten Mal. Ohne Brille haben seine feuchten Augen fast etwas Kindliches. »Meine Brille«, sagt er noch einmal. »Sie ist mir hineingefallen.«

Sie macht noch zwei Schritte zu ihm und stellt ihren Eimer auf einen trockenen Stein. Dann hockt sie sich hin, in der Rechten die Taschenlampe.

Mit der Linken fährt sie systematisch durchs Wasser.

Der Mann bleibt in der Hocke. Er hat die Hände aus dem Wasser gezogen und schaut ihr beim Suchen zu. Er wirkt jetzt ruhiger, als hätte er das schon öfter erlebt, als wäre es nicht das erste Mal, dass ihm die Brille in einer Mine heruntergefallen ist.

»Ich spüre nichts«, sagt sie.

Er sagt: »Ich sehe fast nichts ohne Brille.«

Langsam bewegt sie die Hände durchs Wasser. Sie spürt das Gestein, die nasse Kälte. Wenn er nicht mitgekommen wäre, wäre sie jetzt schon beim Onkel.

Endlich spürt sie die Brille. Sie zieht sie an einem der Bügel nach oben. Ein Glas ist gebrochen, ein Sprung ist darin. Das andere Glas wischt sie sauber. Dann gibt sie die Brille schweigend dem Mann.

»Danke«, sagt er. Er flüstert, als hätte er Angst vor dem Echo der eigenen Stimme, die anders klingt als eben, anders als draußen. Vorsichtig setzt er die Brille wieder auf.

Sie richtet den Lichtkegel der Taschenlampe halb auf sein Gesicht. Durch den Sprung im einen Brillenglas hat er etwas Unbeholfenes, Bedrücktes. Er wirkt schwach, strahlt etwas Hilfebedürftiges aus.

Er streckt ihr die Hand entgegen. Die Hand ist nass, voll Grus und Sand. Er fasst sie an einem Zopf.

Sie will aufstehen. Sie will endlich weiter.

»Schön«, sagt er, »schönes Haar.«

Sie steht auf. Der Zopf gleitet ihm aus der Hand.

»Ich kann nicht so schnell«, sagt er. »Ich bin das nicht gewohnt. Es liegt an der Höhe.« Wieder streckt er die Hände nach ihr aus. Er fasst ihre Beine. Er kann nicht ganz aufstehen, dazu ist es zu niedrig, dieser Tunnel benachteiligt Männer. Doch es gelingt ihm, sich halb aufzurichten. Er zieht sich an ihren Beinen empor. Seine Hand liegt auf ihrer

Schulter. »Ich kann nur schwer atmen«, sagt er. »Ist das normal? Ist hier genug Sauerstoff?«

Sie macht ein paar Schritte weiter, in die Mine hinein. Er lässt sie nicht los. Sie schaut sich um. Gebückt folgt er ihr. Ängstlich, sich den Kopf zu stoßen, ängstlich, die Brille wieder zu verlieren. »Ist hier genug Sauerstoff?«, fragt er noch einmal.

Angst vor zu wenig Sauerstoff. Auch das noch.

Sie führt ihn, er folgt. Selbst wenn sie wollte, könnte sie nicht mehr schneller gehen. Er zerrt an ihr. Mit aller Kraft, er will verhindern, dass sie zu schnell geht. Bestimmt hat er Angst zurückzubleiben.

Sie kennt die Angst, von vor langer Zeit. Als sie noch neu hier war. Sie hat das Gefühl, dass sie ihn mitschleift. Als wäre er blind, hätte endgültig die Brille verloren, als würde er sich verlaufen, sobald er sie loslässt.

Erst in dem erleuchteten Raum, bei unserem Onkel, löst sich sein Griff. Hier kann auch er aufrecht stehen. Sie schaut ihn an, wie zerzaust er ist. Er scheint nicht zu wissen, wo er sich befindet, wohin er den Blick wenden soll. Der Blick gleitet über die Wände, den Onkel, über sie, seine Schuhe, bedeckt mit Schlamm, seine Hose, ebenfalls schlammverschmiert, und dann erneut über die Wände, die Steine.

Er nimmt die Brille wieder ab und betrachtet den Sprung, eher beunruhigt als pikiert. Dann setzt er sie wieder auf.

Sie muss an das erste Mal denken, als sie mit dem Mann, der sie bei sich aufnehmen wollte, hierherkam, und an all die anderen Male danach, als sie allein den Onkel besuchte.

Sie betrachtet die Luftschlangen, die Zigarettenopfer vor der Figur, ein paar Stangen Dynamit.

Langsam geht sie auf den Onkel zu.

Der Mann folgt ihr. In diesem Raum steht kein Wasser, trotzdem setzt er vorsichtig Fuß vor Fuß. Er scheint Angst zu haben, jeden Moment ausrutschen zu können, Angst, in Ohnmacht zu fallen.

»Was machen wir hier?«, fragt er schließlich.

»Das ist unser Onkel«, sagt sie.

Sie stellt sich vor ihn. Der Mann kommt langsam näher, bis er neben ihr steht. Vor unserem Onkel.

Dort nimmt er die Brille wieder ab. Er reibt sich die Gläser an seinem Pullover. »So eine Vogelscheuche«, sagt er leise.

Sie hört nicht auf ihn. Aus ihrem Eimer holt sie das Fläschchen mit Cognac.

»Du musst sagen: ›Verzeihung, Onkel, dass ich nicht von hier bin.‹«

Er schaut sie verständnislos an und sagt nichts. Er nimmt ihre Zöpfe, lässt sie durch seine schmutzigen Finger gleiten. Sie lässt es geschehen. Ihr Haar ist Schmutz gewohnt.

Noch einmal erklärt sie: »Du musst sagen: ›Verzeihung, Onkel, dass ich nicht von hier bin.‹«

»Das ist Aberglaube«, sagt er. Es ist, als strenge das Reden ihn an. Er keucht ein wenig, wie manchmal die Männer keuchten, wenn sie Lina gerade halfen. Jeder hilft auf seine Weise.

»Aberglaube ist Stagnation«, sagt er. Er hustet.

Lina schaut unseren Onkel unverwandt an. »Du musst es sagen«, sagt sie.

»Wer muss was sagen?«, fragt er. Seine Stimme klingt anders als eben. Weniger keuchend.

»Du musst es sagen«, wiederholt sie. Sie macht einen Schritt nach vorn, damit er ihren Zopf loslässt.

»Ich weiß nicht …«, sagt er und hustet. »Ich weiß nicht, was das hier soll.« Es klingt ehrlich, als wisse er wirklich nicht, was er hier soll, als habe er nicht die geringste Ahnung.

»Wenn du es nicht sagst«, erklärt Lina, »kann ich nicht mitkommen. Dann machst du ihn wütend. Ich kann unseren Onkel nicht wütend zurücklassen.«

Er dreht sich ein Stück in ihre Richtung. Will er sie genauer ansehen? Oder unseren Onkel? Er ist groß, doch ebendadurch scheint er hier fehl am Platz.

»Du bist dafür zu intelligent«, sagt er. »Ich weiß, dass du intelligent bist. Zu intelligent für so was.«

Lina öffnet den Mund. Seine Anwesenheit stört sie nicht. Sie fängt an zu singen.

»Verzeihung«, sagt er, und es klingt, als würde er gewürgt.

Sie singt weiter. Was macht es schon, dass er hier ist? Im Bus hat sie auch schon einmal vor Leuten gesungen.

»Verzeihung, Onkel«, sagt er. »Dass ich nicht von hier bin.« Er lacht.

Sie weiß nicht, warum er lacht, aber sie findet es auch nicht schlimm. Solange er sich bei unserem Onkel nur entschuldigt. Sie öffnet die Flasche und sprengt den Inhalt vor der Figur auf den Boden. »Was gibst du ihm?«, fragt sie.

Seine einzige Antwort ist seine Hand, die sich nach ihr ausstreckt, auf ihrem Kopf liegen bleibt und dann zu ihrer Nase herunterwandert, zur Wange, zum Kinn.

»Was gibst du ihm?«, fragt sie noch einmal.

»Ich habe nichts«, sagt er. Auch seine andere Hand berührt jetzt ihren Kopf. Mit beiden Händen hält er ihn fest.

»Die Höhenkrankheit«, sagt er, »ist eine Art Rausch.«

»Was gibst du ihm?«, fragt sie zum dritten Mal. Sie bleibt regungslos stehen.

»Warum muss ich ihm was geben?«, fragt der Mann. »Was schulde ich ihm, diesem Onkel von dir?«

Er bückt sich, wie eben im Tunnel, doch jetzt nicht, weil er nicht aufrecht stehen könnte, sondern um seinen Mund ihrer Nase zu nähern. Er berührt sie mit den Lippen.

»Wenn du ihm zu essen gibst, ist er gut zu dir, aber vernachlässigst du ihn, wird er dich vernichten«, sagt sie.

Sie erinnert sich an den allerersten Besuch hier. Wie sie da saß und den Onkel ansah. Ihn und den Mann, der eine Weile ihr Vater sein sollte.

»Ihr seid schon vernichtet«, sagt der Mann, ohne seine Umklammerung zu lösen. »Euer Onkel hat euch im Stich gelassen. Hier in der Mine und überall sonst, überall hat man euch vernichtet.«

Er beißt ihr zärtlich in die Nase. Sie riecht seinen Atem. Langsam beugt er sich zu ihr und presst seinen Mund auf den ihren. Mit beiden Händen hält er sich an ihr fest.

Sie zieht den Kopf zurück. »Ich bin zwar tot«, sagt sie, »aber nicht vernichtet.«

Er lässt sie nicht los. »Tot bin ich auch«, sagt er. »Das haben wir gemeinsam. Auf meinen Kopf steht die höchste Belohnung. Praktisch bin ich schon tot. Es ist nur eine Frage der Zeit.«

Mit Kraft presst er seinen Mund auf den ihren, er zwängt seine Zunge hinein. Sie schmeckt die Zunge des toten Mannes, die kaum anders schmeckt als die Zungen der Lebenden, die ihren Mund auf den ihren gepresst haben.

Sie zieht den Kopf zurück, zwingt ihn, seine Zunge aus ihrem Mund zu nehmen. »Was gibst du ihm?«, fragt sie noch einmal. »Mich hat er nicht im Stich gelassen. Was willst du ihm geben?«

Er schiebt ihren Pullover hoch und holt ihre Brüste aus dem BH, ohne ihn zu öffnen. Er fasst die Brüste mit beiden Händen. Wieder beißt er sie in die Nase.

»Ich gebe mich selbst«, sagt er. Wieder küsst er sie. Seine tote Zunge drängt sich in ihren toten Mund, und sein toter Mund saugt ihre tote Zunge ein.

»Staub bist du, und zu Staub sollst du werden.« Daran erinnert sie sich aus den Bibelstunden auf der französischen Schule.

Doch dieser Staub ist anders.

Tot bist du, und Tod sollst du gebären.

Er bückt sich, er kniet. Es ist, als kniete er vor unserem Onkel, doch er kniet vor ihr, dem toten Mädchen, der toten jungen Frau. Mit seinen großen, etwas geschwollenen Händen nestelt er an ihrer Hose herum. Das Licht fällt auf den Sprung in seiner Brille.

»Ich habe mich geopfert«, sagt er. »Vor langer Zeit schon. Was kann euer Onkel noch mehr von mir wollen? Ich habe ihm alles gegeben, was ich habe. Mich – und meine Eltern.«

Endlich hat er ihre Hose geöffnet. Er zieht sie herunter. Da steht sie, im Slip, vor unserem Onkel.

Kurz scheint der Mann zu erstarren, unfähig, sich zu bewegen. Er redet immer noch, doch sie versteht ihn nicht mehr. Regungslos kniet er vor ihr. Ist er womöglich krank? Sie befürchtet, er könnte sterben. Ausgerechnet hier, an diesem Ort.

In der Mine ist es nicht so kalt wie draußen, trotzdem spürt sie die Kälte an ihren nackten Beinen. Es darf nicht lange dauern. Sie will sich nicht erkälten.

»Wenn du ihm zu essen gibst, ist er gut zu dir«, sagt sie. Sie spricht, als sage sie eine Lektion auf. »Aber wenn du ihn vernachlässigst, aufhörst, ihn zu ernähren, wird er dich als Speise verzehren.«

Dann steht er auf. Tot ist er, doch sterben will er offenbar nicht, der Mann mit dem Sprung im Brillenglas.

Er küsst sie wieder. Mit beiden Händen, den schmutzigen Händen, packt er ihr Gesicht. Diesmal wird sie nicht nur mit-, sondern tatsächlich in Gebrauch genommen. Anders als die anderen Male, als die Bergleute zu ihr sagten: »Keine Angst. Es dauert nur eine Minute.«

Das hier dauert schon viel länger. Dieser Mann ist kein Bergmann.

Mit seinen großen Händen reißt er an seiner eigenen Hose. »Entschuldigung«, sagt er. »Es ist die Kälte. Die Höhe. Meine Finger. Ich hab kein Gefühl mehr darin.«

Lina wirft einen Blick auf den Eimer.

Endlich ist es geschafft. Der Mann streift sich die Hose hinunter. Seine Unterhose ist weiß und pludrig. Schnell schiebt er auch sie hinunter. Eilig hat er es jetzt. Der Mann, der sie mitnehmen will, schaut anders als eben. Konzentrierter. Besessen.

Doch plötzlich erscheint ein Lächeln in seinem Gesicht.

Das hier wird mehr als eine Minute, wird Stunden dauern.

Sein totes Geschlecht scheint voller blauer Flecken.

Er legt seine Hände auf ihre Schultern. Sie zieht sich selbst den BH aus. So, wie er jetzt sitzt, tut er weh. Sie lässt ihn auf den Boden fallen, ein letztes Geschenk an unseren Onkel.

»Ich habe dem vernichteten Volk eine Stimme gegeben«, sagt der Mann, der sie mitnehmen will. »Und Hoffnung. Meine Eltern haben sich hinter Ladenhütern versteckt, ich nicht. Ich habe das nie getan, nie gewollt. Ich habe euch einen Traum gegeben. Unsere Träume sind ihre Alpträume.« Sein Kopf liegt jetzt auf ihrer Schulter.

Das hier ist eine Rede. Nicht das Übliche, das in einer Minute erledigt ist, wenn alles gutgeht. Endlich kommt er in Fahrt. Schnell, als falle ihm wieder ein, dass er es eilig hat. Er zieht ihren Slip herunter, presst sie an die Stollenwand, neben unserem Onkel, der alles mit ansieht, alles versteht, alles vorausahnt.

»Was ist das hier?«, fragt sie.

»Das ist Liebe«, sagt der Mann. »Mehr wird es für uns nicht geben.«

Die Sprache des Onkels ist die Sprache der Liebe. Wenn man ihm nur zu essen gibt. Wenn man nur an ihn denkt.

Mühevoll dringt der Mann in sie ein. Schon das dauert mehr als eine Minute. Trotzdem gleicht er jetzt einem Bergmann. Er hämmert auf sie ein, bearbeitet sie wie die Bergarbeiter den Stein in der Hoffnung, Gold zu finden.

Kurz hält er inne, erstarrt, und sie befürchtet schon, er könnte sterben. Dass es doch noch geschieht. Er flüstert: »Das ist unsere Überlebensration. Mehr wird es nicht geben. Das ist, was uns zugeteilt wurde.«

Dann bearbeitet er sie wieder, hämmert auf sie ein, und dann schreit er. Als hätte er Schmerzen.

Sie schaut unseren Onkel an.

Sie bückt sich und zieht Slip und Hose hoch. Den BH lässt sie liegen. Allerdings achtet sie darauf, ihn mit ein paar Luftschlangen zuzudecken. Er darf nicht auffallen. Er ist ein Abschiedsgruß, ein letztes Geschenk.

Sie gehen zum Ausgang. Jetzt geht er vorneweg, doch nicht lange, dann wird sie ihn wieder führen müssen, den Mann, der von Überlebensrationen und einem vernichteten Volk spricht. Hat er nicht gesagt: »Unsere Träume sind ihre Alpträume?« Sie fragt sich, wo sie das früher schon mal gehört hat.

Doch dann vergisst sie es wieder, denkt an andere Dinge, denkt an sich selbst. Sonst gibt es ja nichts, woran sie noch denken könnte, niemand anderen.

Bevor sie den Raum verlassen, dreht sie sich noch einmal um. Den Eimer wieder fest in der Hand.

Sie wirft einen letzten Blick auf unseren Onkel, die Luftschlangen, die leeren Flaschen, die Zigaretten.

»Verzeihung, Onkel«, sagt sie. »Verzeihung, dass er nicht von hier ist.«

7

Die ersten Monate nach ihrer Abreise aus dem Bergarbeiterdorf lebt Lina mit dem Dirigenten und Carlotta untergetaucht in der Stadt. Der Stadt, in der sie geboren wurde, mit ihrem Vater und ihrer Mutter lebte, und dann eine Weile mit dem Major und seiner Frau. Der Dirigent trinkt Whisky, raucht Zigarren, schreibt ab und zu eine Rede oder auch ein Gedicht. »Alte Liebe rostet nicht«, sagt er zu Lina.

Zwischen dem Schreiben von Gedichten und Reden lässt er Verräter zur Rechenschaft ziehen. Lina hat sich schon manches Mal gefragt, wer diese Verräter wohl sind, hat aber nie eine richtige Antwort bekommen. Nur, dass sie überall lauern, vor allem da, wo man sie nicht erwartet.

Der Dirigent liebt, wie er bestraft. Als könne es nie genug sein, als käme die Liebe immer von dort, wo man sie nicht erwartet.

»Wer den Traum am Leben halten will, muss die Verräter bestrafen«, sagt er auch. So, wie der rettungslos Verliebte überall das Objekt seiner Begierde entdeckt, entdeckt der Dirigent an jeder Ecke Verräter: eine Frau, die eine Volksküche betreibt und Geld vom Staat annimmt, ein Mitglied der Organisation, das heimlich einen Laden besitzt.

Es macht ihn rasend.

Für Verräter gibt es nur eine einzige Strafe.

Was nicht bedeutet, dass er keine Augen für Lina hätte, seine neueste Errungenschaft, die jüngste Frau, aus ihrem Bergarbeiterdorf gerettet, um sie zu beschützen. Um ihr zu geben, was sie dort nicht bekommen konnte.

Neben dem Bekämpfen von Unrecht, dem Bestrafen von Verrätern und dem Inganghalten der Revolution hat er auch noch Augen für jene andere Revolution: die sexuelle.

Was das in der Praxis heißt, weiß Lina: dass er auch andere Frauen begehrt. Der Mensch ist nicht gemacht, um zu besitzen, auch nicht dazu, Besitz zu sein. Die bürgerliche Moral ist das Gleitmittel der Ausbeutung.

Am meisten jedoch liebt er Lina, weil sie sein Kind in sich trägt. Abends besucht er sie auf ihrem Zimmer. Er liest ihr aus Büchern vor, die sie nicht versteht, benutzt Worte, unter denen sie sich nichts vorstellen kann. Er zeigt ihr eine Landkarte mit vielen Fähnchen, sagt ihr, dass Menschen das Recht zu leben verwirken können, dass sie in Zeiten leben, in denen die Leute das vergessen zu haben scheinen. Sie spielen mit dem Feuer und glauben, sich niemals die Finger zu verbrennen.

Er scheint vergessen zu haben, dass seine neueste, die jüngste Frau selber tot ist.

Doch wenn er sich auf sie legt wie heute Abend, sieht sie in seinen Augen, was sie auch früher schon bei anderen gesehen hat: Verlorenheit. Etwas, das größer und stärker ist als der Tod, den sie aus ihren eigenen Augen kennt, und dadurch auch faszinierend, bedrohlich. Sie schließt die Augen und denkt an die anderen Männer, die sie bestiegen oder im Stehen genommen haben, in einem Seitenstollen der Mine. Sie denkt an den Onkel und manchmal auch an ihren Vater und ihre Mutter.

Wenn er von ihr heruntergeht und sich zur Seite rollen lässt, sagt der Dirigent: »Ich weiß, dass du mich liebst wie niemand sonst, wie mich noch nie jemand geliebt hat.« Er streichelt ihr die Brust. »Mein Vater liebte Bücher. Lebendige Dinge konnte er nicht lieben, immer nur Bücher. Ich beschloss, die Menschen zu lieben, ich dachte: Ich lehre sie, was Liebe ist.«

Sie ist seine Überlebensration, weiß Lina, seine tägliche Nahrung. Der Mensch ist offenbar dazu bestimmt, Überlebensration zu sein. Wohin sie auch kam, alles drehte sich um Rationen, für sich und für andere. Vom Werkzeug zur Überlebensration. Es gibt einen Fortschritt. Allerdings muss man auch die gute Portion erwischen. Nicht alle Portionen sind gleich, es gibt gute und schlechte.

Sie hofft, dass sie die bestmögliche Portion für ihn ist.

Er sagt: »Ich habe den Leuten gezeigt, was Liebe ist, was Liebe vermag. Ich habe sie daran erinnert, dass wer mit dem Feuer spielt, sich verbrennen kann. Die Welt gehört denen, die zum Brandopfer bereit sind. Das ist die Wahrheit, die meine Eltern vergessen wollten, die sie unterdrückten und unter den Teppich kehrten.«

Ihn hasst Lina nicht. Wie könnte sie? Er ist freundlicher als die meisten Männer. Er redet ein bisschen viel, wie manchmal auch der Major, doch daran gewöhnt man sich. Man hört nur mit halbem Ohr zu, wie langweiligem Unterricht in der Schule.

Sein Kind allerdings hasst sie. Sie will nicht schwanger sein.

Sie schluckt eine Tinktur, die sie zwei Frauen abgekauft hat, die ihr versicherten, vier Esslöffel davon genügten, jedes

Kind aus dem Körper zu schwemmen. Selbst Zwillinge und Drillinge.

Vier Esslöffel genügen nicht, acht Esslöffel ebenso wenig. Ihr wird speiübel, sie bricht anderthalb Tage, doch das Kind ist störrisch, wie sie. Es ist immer noch da, es will nicht sterben.

Carlotta sagt: »Mein Mann hat dich also geschwängert.« Sie streichelt Lina sanft über die Wange. »Er kann dich nicht lieben. Mich liebt er auch nicht.«

Ihre Stimme klingt traurig, doch nicht verzweifelt. Heimlicher Triumph schwingt darin mit. Wir haben etwas gemeinsam, sagt diese Stimme. Wir sitzen im selben Boot. Doch ich weiß etwas, was du nicht weißt. Was ich hinter mir habe, musst du noch erleben.

Carlotta pflegt Lina. Puppen macht sie schon lange nicht mehr. Lina ist ihre Puppe. »Dummchen«, sagt sie und rennt mit Brei, Tee und Kompressen durchs Haus.

Je mehr Linas Bauch anschwillt, desto schöner scheint Carlotta ihn zu finden, desto mehr will sie ihn streicheln. Es ist, als teilten sie mehr als den Mann, der sie nicht zu lieben vermag. Sie teilen ein Kind.

Lina erzählt ihr, dass sie das Kind erst nicht wollte, doch dass das Kind andere Pläne hatte. Warum sollte sie lügen? Warum nicht ehrlich sein? Wenn sie schon so viel teilen, warum nicht auch das Wissen um ein unerwünschtes Kind, das etwas Besseres wollte als den Tod? Eines Abends auf dem Sofa erzählt sie es, während sie auf den Dirigenten warten: »Ich habe versucht, es abzutreiben«, erklärt sie. »Ich habe ein Mittel geschluckt.«

Carlotta erschrickt sichtlich.

Lina muss es ihr erklären. Dass das Kind einfach nicht totzukriegen war, dass es den Wunsch hat zu leben. Sie hat alles versucht. Nichts hat gewirkt.

Am Abend darauf fragt der Dirigent: »Ist das Liebe?«

Lina liegt auf dem Bett. Sie verbringt ihre Zeit am liebsten mit Schlafen. Nichts geht über Schlaf.

»Ist das hier Liebe?«, fragt er noch einmal.

Er sieht anders aus als in der Mine. Größer, nicht mehr so hilflos, aber auch strenger.

»Ja«, sagt sie, »das ist Liebe.«

Sie zieht sich das T-Shirt aus.

Er setzt sich zu ihr aufs Bett, nimmt ihren Kopf in die Hände. »Wer mein Kind ablehnt, lehnt die Zukunft ab – und lehnt mich ab, denn ich bin die Zukunft.«

Er streichelt ihr übers Haar, über die Wange. »Lehnst du mich ab? Die Revolution?« Er flüstert es in demselben Ton, in dem er ihr erzählte, dass niemand ihn so sehr liebe wie sie.

Sie schüttelt den Kopf, sagt, dass sie nichts ablehnt.

»Bist du eine Verräterin, Lina?«, fragt er.

»Nein«, antwortet sie.

Er küsst sie auf den Mund, auf den Hals, auf die Brüste. »Bist du eine Verräterin?«, fragt er noch einmal.

»Nein«, antwortet sie wieder.

Er presst mit den Daumen auf ihre Wangenknochen.

»Du tust mir weh«, sagt sie.

»Es ist wichtig«, sagt er. »Ich muss wissen, ob die Mutter meines Kindes eine Verräterin ist. Dir wird nichts geschehen, aber ich muss es wissen. Bist du eine Verräterin?«

»Nein«, wiederholt sie.

Er kneift sie in die Wange. Er kneift wie zum Spaß. Dabei blicken seine Augen sie in einem fort liebevoll an. »Wenn du keine Verräterin bist, was bist du dann?«, will er wissen. »Was bist du, Lina? Was bist du?«

Sie schaut ihn an. Sie weiß, dass er schwach ist. Sie verachtet seine Schwäche, mehr noch als die Hand, mit der er sie kneift, mit der er ihr weh tut.

»Ich bin eine Hure«, sagt sie.

Der Mann lässt sie los. Er sieht sie an, als sehe er sie zum ersten Mal. Er schüttelt den Kopf. »Du kannst hier nicht bleiben«, sagt er. »Ich wäre gerne dabei, wenn mein Kind geboren wird, aber es ist zu gefährlich. Es gibt Belange, die wichtiger sind als meine eigenen, wichtigere Dinge als meine persönlichen Vorlieben und Interessen.«

Er küsst sie auf den Mund, schiebt seine Zunge hinein, erst in den Mund, dann in ihr Ohr. »Das hier ist unsere Überlebensration«, sagt er.

Als sie im fünften Monat schwanger ist, wird sie aus der Stadt aufs Land verfrachtet. Berge gibt es hier kaum, dafür ist es umso feuchter und wärmer. Carlotta begleitet sie, sie scheint erleichtert. Sie sagt: »Dank dir weiß ich, es liegt nicht an mir. Er kann es einfach nicht.«

Auf dem Land wird Lina sich in aller Ruhe ihren neuen Aufgaben in der Organisation widmen können.

Mit dem Singen hat sie aufgehört. Das Talent hat sich als zu klein erwiesen, um etwas daraus zu machen. Man lacht, wenn sie davon redet, wenn sie sagt: »Früher hab ich gesungen, ich hatte ein kleines Talent.« Darum spricht sie nicht mehr davon.

Ihr neues Talent drängt sich ihr ebenso unweigerlich auf wie das Kind in ihrem Bauch.

Sie kann schießen. Sie ist eine ausgezeichnete Schützin. Besser als die meisten Männer. Mit einer unglaublichen Ruhe legt sie an, und genauso schießt sie.

»Du hast Talent«, sagen die Kampfgenossen.

»Ist es klitzeklein?«, fragt Lina, in Gedanken an das, was in ihrem Bauch wächst.

»Nein«, sagen sie, »es ist schon ziemlich groß.«

Ihr dicker Bauch behindert sie kaum beim Schießen. Sie tut es immer lieber, auf jeden Fall nimmt ihre Konzentration immer mehr zu. Es macht ihr Freude, weil sie gut darin ist. Sie liebt ihre Waffe. Den Geruch, den Rückstoß, die Geheimnisse, die sich ihr allmählich erschließen.

Sie kann es nicht leugnen. Sie schießt mit Liebe.

8

Die eine behauptet, sie solle viel Treppen steigen. Nicht langsam, ganz schnell. Carlotta sagt, sie solle eine Banane schälen und aus den Schalen Tee kochen. Wieder eine andere behauptet, sie müsse sich ein heißes Bad einlassen, obwohl es dort, wo sie jetzt untergebracht und versteckt ist, überhaupt keine Wanne gibt.

Linas Bauch ist inzwischen so angeschwollen, dass sie kaum noch liegen kann. Nicht auf dem Bauch, das sowieso nicht, doch auch nicht mehr auf dem Rücken. Dann zerquetscht das Kind ihr fast die Organe.

Am besten ist darum ein Mittelding zwischen sitzen und liegen. Manchmal geht sie im Zimmer herum. Dann setzt sie sich wieder.

Sie ruht halb liegend auf einem Sofa in einem fast leeren Zimmer. Carlotta sitzt neben ihr. Es ist Nachmittag, es ist warm. Ab und zu schläft Lina ein, doch nicht für lange, ganz kurz nur, immer wieder fährt sie aus dem Schlaf, sie weiß selbst nicht, warum.

Auch wenn sie nicht schläft, hält sie die Augen geschlossen.

Vor kurzem noch hatte sie ohne Bedenken die Vernichtung ihres Kindes betrieben, doch jetzt ist es dazu zu spät, jetzt will sie wissen, was sich all die Zeit in ihr verborgen hat, in ihr gewachsen ist. Jetzt ist die Niederkunft allein schon eine Frage der Neugier. Wenn das Kind hätte sterben sollen, dann hätte das früher geschehen müssen.

»Was wird wohl herauskommen?«, fragt Lina die anderen manchmal, als erwarte sie ein außerirdisches Wesen.

»Ein Kind«, antworten die. »Die anderen« sind ihre Mitstreiterinnen. Ihre Welt ist klein geworden, sie war es eigentlich schon immer.

Das Kind müsste längst da sein, doch aus irgendeinem Grund will es nicht aus ihrem Bauch. Es ist störrisch, das Ding, das da vor sich hin brütet und wächst.

Sie öffnet die Augen. Sie sieht das leere Zimmer, die Matratzen auf dem Boden, die Wand. Sie versucht, sich zu erinnern, wie lange sie schon hier ist. Ihre Rechte liegt auf ihrem Bauch. Sie hat ihren Nabel untersucht, weil der seine Form geändert hat. Geschwollen ist er, wie der ganze Bauch. Sie fragt sich, ob ihr Nabel je wieder die alte, vertraute Form annehmen wird.

Sie wirft einen Blick auf die Frau neben sich. Wie lange ist die schon hier? Lina weiß, worauf sie wartet: auf ein Kind, doch worauf wartet Carlotta?

Als Carlotta sieht, dass Lina die Augen geöffnet hat, beginnt sie, sie zu streicheln. »Wir beide sind ausrangiert«, sagt sie. »Darum liebe ich dich.«

Das ist ein Schicksal, dem offenbar niemand entgeht. Im Ausrangiertsein verbirgt sich die Wahrheit.

Doch Carlotta weiß nicht, dass Lina eigentlich tot ist und dass man die Toten nicht ausrangieren kann. Der Tod ist selbst eine Art Ausrangiertsein. Dass Lina tot ist, weiß hier niemand. Sie hat einen uneinholbaren Vorsprung.

Außerdem ist der Dirigent Sammler. Er rangiert aus, doch

er wirft nicht weg. Die ausrangierten Frauen bekommen Aufgaben in der Organisation. Auch das ist sexuelle Revolution: Hoffnung schaffen für Ausrangierte. Und Hoffnung schaffen ist seine Spezialität. Manchmal behauptet er, erinnert sich Lina, er sei die Hoffnung schlechthin. Die Hoffnung vieler. So, wie der Clown durch und durch traurig sein muss, um andere zum Lachen zu bringen, muss man selbst hoffnungslos sein, um anderen Hoffnung zu geben.

In den letzten Wochen ihrer Schwangerschaft braucht Lina nicht mehr zu schießen. Es geht auch gar nicht mehr. Die Frauen sagen, dass sie im Haus bleiben soll, dass es zu gefährlich ist, schießen zu üben. Sie sitzt nur noch in ihrem Unterschlupf, zusammen mit ungefähr vierzehn anderen. Ausnahmslos Frauen, ein Unterschlupf nur für Frauen.

Carlotta ist ihre Zimmergenossin – und Krankenschwester, und Hebamme. Aber auch eine strenge Lehrmeisterin. Carlotta sagt: »Was ich bin, wirst du bald werden. Nur eben mit Kind.« Carlotta nennt Lina ihre jüngere Schwester.

Lina kann viel sein. Wenn's sein muss, auch Carlottas jüngere Schwester. Sie hat schon viele ältere Brüder und Schwestern gehabt.

»Einen Mann zu teilen schafft eine engere Beziehung als ein gemeinsamer Glaube«, sagt die Ältere noch. Vor allem, wenn es um einen Mann wie den Dirigenten geht. Doch das sagt sie nicht.

Teilen sie sich einen Mann, können sie sich auch einen Bauch teilen. So geht das: Wer eines teilt, teilt bald auch mehr. Was Eigentum noch heißt, wird man sehen, wenn der Sturm der Revolution sich gelegt hat. So, wie es war, kann es auf jeden Fall nicht bleiben.

Carlotta sagt zu Lina: »Dein Bauch gehört auch ein bisschen mir.«

Lina streicht sich über den Leib. Das T-Shirt ist ihr nach oben gerutscht. Der Bauch liegt offen da, nackt, wie ein schlafendes Tier, das eigentlich nichts mit Lina zu tun hat.

Vielleicht hat Carlotta recht. Linas Bauch gehört ihr nicht, nicht so wie die eigene Hand. Das Kind, das dort wächst, gehört auch ein bisschen Carlotta, weil der Samen, aus dem es erwuchs, ebenfalls ihr gehört. Sie kennt den Samen, hat ihn in sich gespürt, sie hat ihn geschmeckt. Was diesen Samen angeht, ist sie Expertin.

»Carlotta«, sagt Lina, »wenn mein Bauch dir gehört, dann hol es raus. Ich werd sonst verrückt.«

»Du musst Geduld haben«, sagt Carlotta.

Das bringt Lina auf ihre Mutter: Sie denkt seltener an sie als früher, doch wo jetzt von Geduld die Rede ist, fällt sie ihr wieder ein.

»Carlotta«, sagt sie, »wie alt bist du eigentlich?« Sie hat es schon ein paarmal gefragt, doch die andere will es nie sagen.

Carlotta ist nicht nur körperlich klein, etwas in ihr ist offenbar nie erwachsen geworden. Es ist schwierig, ihr Alter zu schätzen. Ist sie dreißig oder erst zwanzig?

»Vielleicht bekommst du auch noch ein Kind«, meint Lina. »Wer weiß?«

Carlotta lächelt. Sie sagt: »Ich werd dir einen Bananentee machen.«

Sie geht ins untere Stockwerk, in die Küche, und macht den Tee. Das hat sie von Freundinnen, hat sie Lina erzählt. Bananentee hilft, ein unfehlbares Mittel. Sex scheint auch zu helfen, doch der Dirigent ist nicht da. Er hält sich an einem geheimen Ort in der Stadt auf mit einer Gruppe auserwählter Getreuer.

Die Revolution ist ein Zug. An manchen Stationen steigen Leute aus, an anderen welche ein, und ab und zu wird jemand aus dem fahrenden Zug geworfen.

Hier sitzen sie auf einem kleinen Bahnhof.

Carlotta kommt mit dem Tee zurück. Sie warten, bis er abgekühlt ist.

So sitzt Lina da. Jetzt ist sie die kleine Schwester. Was ist sie nicht alles gewesen? Eine entfernte Cousine, das Töchterchen, eine Waise. Und jetzt wird sie Mutter.

»Reich mir mal den Tee«, sagt Lina.

Carlotta hat zwei Tassen auf den Boden gestellt. Sie bückt sich, gibt Lina eine davon. Aus Solidarität trinkt sie mit, sagt Carlotta.

Links von Lina, auf dem Sofa, liegt ihre Waffe, ein Mausergewehr. Sie will es immer bei sich haben. Die Füße hat sie auf einen Schemel gelegt, sie sind geschwollen.

»Sie sind zweimal so groß wie sonst«, sagt Lina. »Die Füße.«

Carlotta schaut Lina zu, wie sie trinkt. »Ist er noch heiß?«, fragt sie. »Geschwollene Füße sind normal.«

Lina schüttelt den Kopf.

Jetzt nimmt Carlotta auch einen Schluck. »Lecker ist er nicht«, sagt sie, »der Bananentee.«

»Er ist nicht lecker, aber immerhin nicht zu heiß.« Lina nimmt noch einen Schluck Tee. »Es muss raus«, sagt sie. »Ich will's hinter mich bringen.« Sie pustet in ihre Tasse und trinkt gierig.

Carlotta spricht wie ein Mädchen. Nicht affektiert wie manche Frauen in den angeblich besseren Vierteln, die Schauspielerinnen imitieren, die sie aus dem Fernsehen kennen. Was sie auch sagen, es klingt immer zu laut und zu schrill. Bei Carlotta ist es anders. Wie ihr Körper ist auch ihre Stimme in einem bestimmten Alter stehengeblieben. Auch wenn sie sich große Mühe gibt, normal zu reden, sie wird ihre Kleinmädchenstimme nicht los.

Manchmal nervt das Lina. Jetzt ist sie zu erschöpft dazu.

Lina trinkt den Bananentee aus.

Carlotta hat nach drei Schlucken genug. Sie hält ihre Tasse in der Hand, als wolle sie eigentlich noch trinken, doch dann sagt sie zu Lina: »Trink du das aus.«

Sie stellt Linas leere Tasse auf den Boden. Linas Linke liegt auf der Mauser. Ihrer persönlichen Waffe, für die sie verantwortlich ist, die sie mit ihrem Körper verteidigen muss bis in den Tod. Sie kennt ihr Gewehr besser als irgendwas sonst, besser als jeden Menschen.

»Und?«, fragt Carlotta.

»Ich merke nichts«, antwortet Lina. »So wie die ganze Zeit schon.«

»Du musst Geduld haben«, sagt Carlotta.

»Das hab ich doch schon dauernd«, antwortet Lina.

So sitzen sie nebeneinander. Die anderen Frauen sind woanders im Haus. Weil Linas Niederkunft kurz bevorsteht, braucht sie ihr Zimmer nur noch mit einer Genossin zu teilen. Ein Luxus, ein beneidenswertes Privileg.

»Wann müsste es anfangen zu wirken?«, fragt Lina.

»Ich weiß nicht«, antwortet Carlotta. »Eigentlich schnell. Wie lange brauchen Aspirin?«

»Ich nehme nie Aspirin«, erwidert Lina.

Carlottas Hand liegt auf Linas Rechter, wie Linas andere auf ihrer Mauser.

Lina schweigt.

Ihr Eimer steht in der Ecke, neben dem Schlafsack auf der Matratze. Sie schlafen auf dem Boden. Jede Nacht kommt ihr der Boden weicher vor. Sie hat vergessen, was ein Bett ist. Was hat sie sonst noch vergessen?

»Möchtest du etwas lesen?«, fragt Carlotta.

»Nein«, antwortet Lina. »Ich will, dass es kommt. Hast du so was eigentlich schon mal gemacht?«

»Was?«

»Bei einer Geburt geholfen«, sagt Lina.

»Nicht wirklich«, antwortet Carlotta. »Ich habe Puppen gemacht.«

»Das weiß ich«, sagt Lina. »Aber Puppen machen ist doch was anderes als das hier?«

»Ja«, sagt Carlotta. »Aber doch so ähnlich.«

Lina hat die zweite Tasse Bananentee ausgetrunken. Carlotta stellt die Tasse auf den Boden. »Die Puppen, die ich gemacht habe, waren lebensgroß. Sie brachten nicht so viel ein. Es waren keine Puppen für Kinder, keine Babys oder Krabbelkinder, es waren Krankenschwestern, Soldaten, Kassiererinnen, Beamte, Vertreter. Manchmal haben sie Schweinkram miteinander getrieben.«

Carlotta lacht.

Lina lacht nicht. Schweinkram findet sie kein Thema zum Lachen.

»Hat er mit dir eigentlich auch Schweinkram gemacht?«, fragt Carlotta.

»Wer?«

»Der Vater deines Kindes. Mein Mann«, sagt Carlotta. »Mein lieber Mann.«

»Nicht oft. – Was war das für ein Geräusch?«

Carlotta legt die Hand auf Linas Bauch und fragt, ob sie sie massieren soll. Massieren hilft manchmal. Sie kennt Frauen, die dank Massagen niedergekommen sind. Sie hatten die Hoffnung schon beinahe aufgegeben.

Lina hält das Gewehr jetzt mit beiden Händen. In diesem Haus gibt es einen verborgenen Keller, einen Schutzkeller. Doch es könnte lange dauern, bis sie ihn in ihrem Zustand erreicht. Zu lange. Lina hat schon gesagt: »Wenn es ernst wird, bleib ich hier oben, und du gehst runter. Ich komm schon zurecht.«

Doch Carlotta meinte, sie denke gar nicht daran, ohne sie nach unten zu gehen. Es ist nicht Linas Sache zu bestimmen, wer sich retten darf und wer nicht.

»Ich höre nichts«, sagt Carlotta.

»Ich spüre nichts«, sagt Lina.

Carlotta massiert ihr den Bauch. »Ich bin mir ganz sicher, dass es heute Nacht kommt«, sagt sie.

Das sagt sie schon seit drei Nächten.

»Noch ein bisschen, dann wirkt der Bananentee.«

Das hat sie zuvor noch nicht gesagt.

»Es ist gleich so weit«, sagt Carlotta.

Lina hat ihr Mausergewehr losgelassen. Es liegt wieder auf dem Sofa. Carlotta massiert Lina den Bauch noch fester, als hätte sie nie etwas andres getan, als sei das ihre Lebensaufgabe.

»Du musst tief durchatmen«, sagt sie.

»Ich atme doch«, sagt Lina. »Hörst du das nicht?«

»Hast du eigentlich schon einen Namen?«

»Ich hab Vorschläge bekommen«, sagt Lina. »Vom Dirigenten. Er hat mir eine Liste gegeben. Sie ist in meiner Tasche.« Sie zeigt in die Ecke neben dem Eimer.

»Soll ich sie rausholen?«, fragt Carlotta.

»Nein«, sagt Lina. »Lass mal. Willst du kein Kind?«

Carlotta überhört diese Frage. »Hast du Angst?«, will sie wissen.

Lina schüttelt den Kopf.

Carlotta reibt Lina jetzt mit beiden Händen über den Bauch.

»Vorsicht«, sagt Lina. »Da ist was drin. Der Bauch ist nicht leer.«

»Bist du aufgeregt?«, fragt Carlotta. »Ich meine, findest du es spannend?«

»Nein«, sagt Lina. »Ich bin müde.« Wieder hört sie ein Geräusch. Sie packt ihre Waffe.

»Wir haben jetzt alles probiert«, sagt Carlotta. »Nur noch keinen Sex.«

»Was war das für ein Geräusch?«

»Sex hilft angeblich. Wenn du schmutzige Sachen machst, kommt das Kind.«

»Was war das für ein Geräusch?«, fragt Lina wieder.

»Das sind die Frauen unten. Soll ich dir die Hose ausziehen?«

»Musst du wissen.« Lina trägt eine graue Trainingshose.

Carlotta steht auf. Sie stößt die Tasse um. »Ich bin genauso aufgeregt wie früher«, sagt sie, »wenn wieder eine Puppe fast fertig war.«

»Wie viele Puppen hast du eigentlich gemacht?«, fragt Lina.

Das Geräusch ist wieder weg. Sie lässt ihr Gewehr los, legt es links von sich aufs Sofa.

»Sehr viele«, sagt Carlotta. Sie beginnt, an Linas Trainingshose zu zerren.

»Und warum haben die Schweinkram getrieben?«

»Weil ich das so wollte«, sagt Carlotta. »Was ich wollte, mussten sie machen.« Sie zerrt immer noch an Linas Trainingshose herum. »Wenn das Kind kommt, muss die Hose sowieso runter. Zieh sie besser aus.«

»Da ist was dran«, sagt Lina. Ihre Füße liegen immer noch auf dem Schemel. Ein Kinderschemel. Wie der wohl hierhergekommen ist?

Carlotta legt Linas Trainingshose erst ordentlich zusammen und dann auf den Schlafsack. Carlotta ist ein ordentlicher Mensch. »Soll ich dir den Slip auch ausziehen?«, fragt sie.

»Ich weiß nicht«, sagt Lina. »Ich hör wieder was.«

»Wenn das Kind kommt, muss der Slip sowieso runter. Du hörst nichts. Nichts Besonderes jedenfalls. Nur den Krawall von unten.«

Sie bereiten sich auf eine größere Aktion vor, doch in der Zwischenzeit arbeiten sie gern in der Küche. Die Details der Operation müssen noch bekanntgegeben werden.

Carlotta beginnt, an Linas Slip zu ziehen. Der Slip ist gelb. Er wird heruntergezogen. Dann legt sie ihn ordentlich auf den Schlafsack, oben auf die Trainingshose.

»Vielleicht wollte das Kind nicht kommen, bevor ich den Slip aushatte«, sagt Lina. »Ist noch etwas Bananentee da?«

»Ich werd unten nachsehen«, sagt Carlotta. Sie geht mit den zwei Tassen hinunter.

Lina schließt die Augen. Ihre Linke liegt wieder auf dem Mausergewehr. Es ist eine große Waffe, vielleicht etwas zu groß für sie, doch in ihrer Art hervorragend.

Als sie die Augen wieder öffnet, steht Carlotta mit neuem Bananentee vor ihr.

Lina nimmt die Tasse entgegen. Der Tee ist heiß, aber trinkbar. Sie nimmt kleine Schlucke.

Carlotta hockt sich vor Lina. Dann holt sie aus einer Ecke einen zweiten Schemel. Linas Füße liegen jetzt auf je einem. Zwischen ihren Beinen hockt Carlotta. Sie späht gebannt, wie eine Sportlerin, als könne jede Sekunde ein Ball herausspringen, den sie unbedingt fangen muss.

»Wenn es nur eine Minute gedauert hätte, wäre das nicht passiert«, sagt Lina.

»Ich weiß nicht«, flüstert Carlotta.

»Was schaust du so?«, fragt Lina.

»Ich warte«, sagt die Frau, die Puppen machte, bevor ihr Leben eine andere Wendung nahm.

Es wird still. Lina sagt nichts mehr. Sie schließt die Augen, meint zu träumen. Sie glaubt, mindestens zwanzig Minuten geschlafen zu haben, doch als sie die Augen wieder öffnet, sitzt Carlotta immer noch da wie zuvor.

»Ist es wahr?«, fragt Lina. »Was die Leute sagen?«

»Was?«, fragt Carlotta. »Was sagen die Leute?«

»Dass ich Talent habe.«

Ohne die Augen von der Öffnung zu nehmen, sagt Carlotta: »Es stimmt, niemand schießt so sicher wie du. Niemand hat eine so ruhige Hand. Du weißt doch, was sie sagen: Die Waffe muss eine Verlängerung deines Körpers sein. Bei dir ist die Waffe ein Teil deines Körpers.«

Das stimmt, die Waffe ist ihr viel weniger fremd als ihr Bauch.

»Siehst du was kommen?«, fragt Lina. »Ich meine, was machst du da eigentlich zwischen meinen Beinen?«

»Ich schaue«, sagt Carlotta. »Ich hypnotisiere das Baby, ich zwinge es mit meinem Blick herauszukommen.«

»Und?«

»Es kommt. Aber erst muss die Fruchtblase platzen. Gleich ist es so weit.«

Lina stellt die leere Tasse aufs Sofa, sie fährt sich übers Gesicht. Es ist, als mache ihr der Bananentee nur noch mehr Durst.

Ihr Mund fühlt sich an wie Schmirgelpapier. Sie leckt sich über die Lippen. Sie hat einen Geschmack im Mund, als hätte sie sich seit Wochen die Zähne nicht mehr geputzt. Sie beginnt, sie mit den Fingern abzureiben.

»Ich könnte sie mit den Zähnen zerreißen«, sagt Carlotta.

»Was?«, fragt Lina.

»Die Fruchtblase.«

»Die Fruchtblase mit den Zähnen zerreißen? Wenn du denkst, dass das hilft.«

Lina hasst dieses Haus. Zu Anfang, als sie keine Schießübungen mehr machen durfte, ging sie noch ab und zu vor die Tür, gegen den Rat ihrer Mitstreiterinnen. Später ließen sie sie nicht mehr hinaus. Sie würde alle gefährden.

»Ich weiß nicht, was hilft«, sagt Carlotta. Sie beugt sich näher zu der Öffnung, aus der das Leben kommen soll. »Du riechst wie ein Kuhstall.«

»Wir riechen alle nach Kuhstall«, antwortet Lina.

Auf einem Postamt hat sie ein Foto von Carlotta gesehen. Darauf war eine Belohnung ausgesetzt für den, der sagen könnte, wo Carlotta sich aufhielt. Ein Foto von Lina war nicht dabei. Lina gibt es nicht, Lina ist tot. Zweimal sterben geht nicht. Das bringt die offizielle Buchhaltung des Verwaltungsapparats durcheinander.

»Ich glaube, ich muss sie zerreißen«, sagt Carlotta.

Doch Lina beachtet sie nicht, sie hört wieder etwas. Diesmal wird sie sich nicht mitnehmen lassen. Das weiß sie genau. Was auch geschieht, die Zeit des Mitgenommenwerdens ist vorbei.

Sie packt ihre Mauser. Waffen sind wie Menschen. Jede ist anders. Man muss sie pflegen, sonst rosten sie ein. Lina hat einen alten Rasierpinsel, mit dem sie ihr Gewehr abends vor dem Schlafengehen reinigt.

»Ich werde es rausholen«, sagt Carlotta.

Lina hält ihre Waffe im Anschlag. Wenn die Soldaten kommen, die Antiterrorbrigaden, wird sie schießen. Ganz sicher. Selbst wenn sie gerade niederkommt. Sie wird schießen. Sie wird sich nie wieder mitnehmen lassen.

Carlotta bringt ihre Nase an die Öffnung, aus der das Leben kommen soll. Sie küsst sie, leckt die Öffnung. Wild entschlossen wirkt sie, das Leben mit ihren Zähnen aus dieser Öffnung zu zerren.

Doch Lina hält ihre Waffe im Anschlag, konzentriert sich auf die Tür, sie spürt fast gar nicht, was Carlotta da treibt. Sie denkt: Mir kann nichts passieren, ich bin schon tot.

9

Als ihr der Kleine endlich auf die Brust gelegt wird, begreift Lina alles. »Da bist du ja«, sagt sie.

Sie schaut die anderen an. Ihr Haar ist schweißnass, die Augen sind feucht vor Tränen.

»Warum hat mir niemand gesagt, dass du es bist?«, fragt sie.

Auf Wunsch des Vaters bekommt der Junge den Namen Karl. Nicht nach dem großen Karl, auch nicht nach dem kleinen, sondern nach dem kleinsten, Karl Radek, wird der Junge genannt.

Ein Revolutionär und Spaßvogel.

Der Dirigent dieser Revolution hat eine Schwäche für Spaßvögel.

Was sie erst mit ihrem Eimer und dann mit ihrer Waffe hatte, gilt jetzt für Karl: Er ist ein Teil von ihr, ist es immer gewesen. Zwar kann sie sich an Jahre ohne ihn noch erinnern, doch nur noch mit Mühe. Jene haben etwas Unwirkliches bekommen, als spielten sie keine Rolle, als sei alles ein Spiel gewesen, Vorbereitung auf dieses, das richtige Leben. Obwohl sie noch keine genaue Vorstellung hat, was dieses Leben bedeutet, woraus es besteht, was sie wird vollbringen müssen.

Zusammen mit ihrem Sohn liegt sie im Schlafsack. Sie hat keine Angst mehr, ihn nachts versehentlich totzudrücken, so wie zu Anfang. Auch jetzt, nach der Entbindung, braucht sie ihr Zimmer nur mit Carlotta zu teilen, schließlich muss sie sich um ein neugeborenes Baby kümmern.

Weil es keine Papierwindeln gibt, nimmt sie Windeln aus Baumwolle, die sie in der Küche auswäscht. Sie hat gelernt, wie sie das Baby wickeln muss. Sie lernt schnell.

Karl ist fast kahl. Nur auf dem Hinterkopf wachsen ihm ein paar dunkle Flusen, wodurch er ein bisschen so aussieht wie ein Mönch.

Er ist das Maskottchen des Hauses.

Wenn Lina schläft, nehmen die Frauen das Kind vorsichtig aus ihrem Schlafsack und holen es nach unten, wo jede den Jungen einmal im Arm halten darf.

Manchmal wird Lina wach und merkt, dass das Baby nicht da ist. Dann packt sie die Waffe, hastet die Treppe hinunter und sieht ihr Kind auf dem Schoß oder im Arm einer anderen. Sie mag es nicht, wenn ihr Kind in fremden Händen ist. Ähnlich wie mit dem Eimer – oder mit ihrer Mauser: Sie überlässt das Gewehr lieber keiner anderen zum Schießen. Eine Waffe gewöhnt sich an ihren Besitzer. So ist es auch mit Kindern. Sie sind aufeinander eingespielt, ihr Sohn und sie. Von Anfang an.

Karl weint selten, doch wenn er weint, bricht er in ein solches Kreischen aus, dass Carlotta es »zum Gotterbarmen« nennt. Andere sagen: »Er hat kräftige Lungen.«

Lina schläft viel, aber unruhig. Nachts liegt sie oft stundenlang wach, doch tagsüber schläft sie manchmal drei Stunden am Stück. Wenn ihr Baby das zulässt, zumindest.

Links neben dem Schlafsack liegt ihre Mauser. Ab und zu fühlt sie, ob sie noch da ist, so wie sofort auch nach ihrem

Sohn. Ob er noch atmet, sein Bauch sich noch hebt oder senkt.

Carlotta ist im Erdgeschoss bei den anderen. Sie bereiten eine Operation vor, eine der größten seit langem. Ziel des Anschlags ist ein hoher Militär. Soldaten und Bürger zu treffen ist zu einfach geworden. Bürger treffen kann jeder, das ist keine Kunst. Jetzt geht es um hochgestellte Personen, VIPs, die sich sicher wähnen, die meinen, dem Roulette entkommen zu können, dem bisher nur das Volk zum Opfer fiel. Doch das Roulette wird niemanden verschonen. Das Roulette kennt kein System.

Wegen ihres Babys ist Lina von der Teilnahme an der Operation freigestellt. Wenn es ein Jahr alt ist, wird sie wieder mitmachen. Es gibt feste Regeln. Auch hier.

Sanft krault sie ihm über den Kopf. Sie drückt ihre Nase darauf und riecht seinen Schweiß und seltsamerweise ihre eigene Milch.

Sie fragt sich, ob der Junge genauso tot ist wie sie. Doch nein: Er ist nicht tot. Er nicht, er lebt.

Auch eine tote Mutter kann etwas Lebendiges hervorbringen.

Er schläft, und wieder riecht sie an seinem Kopf. Obendrauf hat er einen merkwürdigen hellbraunen Schorf. Eine der Frauen hat ihr gesagt, das sei Milch, die auf ungewöhnlichem Weg seinen Körper verlässt. Manchmal gibt sein Körper die Milch auch über den Mund wieder ab, wenn er zu gierig getrunken hat.

Sie drückt die Lippen auf seinen Schorf. Sie findet es herrlich, an ihm zu riechen. Das ist jetzt ihr Liebstes: an ihrem Sohn riechen, wie eine Tiermutter an ihm schnüffeln.

Das ist aus ihr geworden: ein Muttertier. Sie ist weder zufrieden noch unzufrieden damit. Es ist eine Phase.

Eines späten Abends kriecht Carlotta, die Puppenmacherin, neben Lina in den Schlafsack und singt. Sie singt leise, um das Kind, das nicht ihres ist, in den Schlaf zu wiegen. In diesem Haus wird alles geteilt. Ein Kind, ein Hund, ein Topf Suppe.

Carlotta kann nicht singen.

Unterdessen reinigt Lina die Waffe. Sie darf nicht schießen, darf das Haus nicht verlassen, aber ihr Gewehr will sie in Schuss halten. Aus ihrem Eimer nimmt sie den Rasierpinsel und staubt es ab. Der Staub kommt von überall, durch die Fenster, die Ritzen.

»Lass gut sein«, sagt sie zu Carlotta, »ich sing gleich für ihn.«

Im Haus gibt es nicht nur ein Baby, auch einen Hund. Eines Tages ist er ihnen zugelaufen. Sie haben ihm zu fressen gegeben, und dann sagten ein paar Frauen: »Behalten wir ihn doch. Er bringt uns Glück.«

Der Hund darf sich eigentlich nur im Erdgeschoss aufhalten, doch manchmal schleicht er sich die Treppe hinauf.

Er ist versessen auf Lina, aber noch mehr auf ihr Kind.

»Hattest du früher mal Hunde?«, fragen die anderen.

»Nein«, sagt Lina, »ich hab sie immer gehasst.«

Sie hat gemischte Gefühle dem Tier gegenüber. Einerseits hat sie Angst, er könnte das Kind schmutzig machen oder mit irgendwas anstecken, und sie will nicht, dass der Kleine nach Hund riecht, andererseits jedoch mag sie ihn auch.

Niemand geht mit dem Hund spazieren. Er geht allein

hinaus und kommt immer wieder zurück. Er weiß, wo er sein Futter kriegt.

Kurz darauf, als das Kind schläft, geht Carlotta wieder zu den anderen nach unten, doch Lina kann nicht einschlafen. Sie liegt totenstill da, mit offenen Augen. Wenn das Kind aufwacht, wird sie es stillen. Aber sie will es nicht wecken, will warten, bis es von selber wach wird. Obwohl sie erschöpft ist, ohne recht zu wissen, wovon, tut sie kein Auge zu.

Oft redet sie mit ihm. Vor allem, wenn niemand dabei ist, wie jetzt. Dann sagt sie: »Karl. Karl!« Sie nennt ihn so oft wie möglich beim Namen, weil sie sich selbst noch an ihn gewöhnen muss. Nicht, dass sie unzufrieden mit ihm wäre. Zwar ist Karl kein sehr klangvoller Name, doch Lina eigentlich auch nicht. Aber Karl und Lina, das hat Musik. Karl und Lina, Lina und Karl, es klingt so selbstverständlich. Als wäre es vorbestimmt.

»Ich bin deine Mama«, sagt sie jetzt zu ihrem Sohn. Sie muss es sich vorsagen, weil sie es immer noch nicht ganz glauben kann. Sie weiß noch genau, wie sie mit ihm niederkam, doch wenn jemand sagen würde, dass es nicht stimmt, kämen ihr dennoch Zweifel.

»Karl«, flüstert sie. »Weißt du, dass ich eigentlich tot bin? Deine Mama ist tot. Es hat in der Zeitung gestanden. Wenn du älter bist und schon lesen kannst, werd ich dir den Ausschnitt mal zeigen, dann bekommst du auch meinen Eimer. Niemand hier weiß, dass ich tot bin. Nur dein Vater, aber der hat es wahrscheinlich schon wieder vergessen. – Was meinst du?«

Doch Karl sagt nichts. Er schläft weiter.

Sie legt ihn sich auf die Brust, hofft, dass er aufwacht, und drückt ihn an sich. »Ich bin deine tote Mama«, flüstert sie, »und du bist mein lebender Sohn. Du wirst tun, was ich nicht mehr kann: leben. Von allen lebendigen Söhnen auf der Welt bis du der allerlebendigste.« Doch er sagt immer noch nichts, er schläft weiter.

Von einer der Frauen hat sie eine kleine Bürste bekommen. Obwohl das Kind fast keine Haare hat, bürstet sie ihn vorsichtig, mindestens dreimal pro Tag. Dann steckt sie die Bürste wieder in ihren Eimer.

Sie wartet, dass Carlotta zurückkommt, doch sie besprechen unten die Operation, die letzten Details. Auf Details kommt es an, auf allerletzte Details.

Lina stellt keine Fragen. Wenn sie nicht schlafen kann, bürstet sie Karls spärliche Haare, so, wie sie sonst die Mauser putzt.

»Komm«, sagt sie. Sie legt den Jungen wieder neben sich. Gleich wird er wach werden, oft wird das begleitet von ohrenbetäubendem Gekreisch. So liegt sie neben ihrem Sohn.

Endlich kommt Carlotta ins Zimmer zurück. Eilig kleidet sie sich im Halbdunkel aus. »Warum bleibst du die ganze Zeit nur im Schlafsack?«, fragt sie. »Du musst dich bewegen.«

»Ich bewege mich doch«, sagt Lina. »Ich beweg mich im Schlafsack.«

Carlotta beginnt zu singen. Noch liegt sie nicht, sie singt leise im Sitzen. Lina kommt hoch und streicht gleichmäßig mit dem Rasierpinsel über ihr Gewehr.

Zärtlich. Alle Zärtlichkeit der Welt liegt in der Hingabe, mit der sie ihr Gewehr und ihr Kind pflegt.

»Weißt du, dass du Geld wert bist?«, fragt Lina.

Carlotta hört auf zu singen. »Wie meinst du das?«,

»Ich hab dein Foto wo hängen sehen«, sagt Lina. Es ist, als würde sie ihr Gewehr mit dem Rasierpinsel kitzeln.

»Wo?«

»In der Stadt, auf einem Postamt.«

»Du bist doch schon ewig in keiner Stadt mehr gewesen«, sagt Carlotta. Sie legt sich hin.

»Ich hab dein Foto wo hängen sehen«, beharrt Lina. »Du bist Geld wert.«

»Wir alle sind Geld wert«, sagt Carlotta. »Aber es herrscht Inflation, immer mehr Inflation.«

»Ich nicht«, erklärt Lina. »Für mich gibt es kein Geld. Mein Foto hängt nirgends. Mich gibt es nicht.«

»Warte nur«, sagt Carlotta. »Bald hängt dein Foto auch überall.«

Lina schüttelt den Kopf.

»Dein Gewehr ist jetzt sauber genug.«

Lina spürt Gereiztheit in Carlottas Stimme. »Ich bin eben sorgfältig«, sagt sie.

»Oder bist du neidisch?«, fragt die andere. Sie hat sich tief in ihren Schlafsack verkrochen. Zumindest klingt ihre Stimme wie unter Kissen hervor.

»Neidisch, worauf?«, fragt Lina.

»Auf das Geld«, sagt Carlotta. »Das Geld, das wir wert sind und du nicht.«

Wieder schüttelt Lina den Kopf. »Ich bin nicht neidisch«, sagt sie. »Tote sind nicht neidisch.«

Ihr Baby fängt an zu schreien. Es könnte das ganze Haus aufwecken. Es geht einem durch Mark und Bein. Es hat etwas Hysterisches, Unmenschliches. Wie ein Urschrei.

Sie macht ihre linke Brust frei und gibt ihrem Sohn Milch.

Er beruhigt sich.

Carlotta kriecht ein Stück aus dem Schlafsack, um ihr beim Stillen zuzusehen.

Lina betrachtet den Jungen in ihren Armen, blickt ihn besorgt an, aber auch so wie noch kein Wesen vor ihm, als könnte sie es immer noch nicht glauben, dass sie etwas Lebendiges hervorgebracht hat.

Wieder drückt sie die Nase auf seinen Kopf. Sie schnüffelt an ihrem Kind wie eine Hundemutter, als suche sie etwas, das niemand anders zu finden vermag.

10

Jemand flüstert ihr etwas ins Ohr, beugt sich über sie. Sie weiß, dass sie gerade geträumt hat, aber nicht mehr, was. Kurz denkt sie, das sei ihr Traum: dass jemand sich über sie beugt und ihr etwas Unverständliches ins Ohr flüstert.

Wie viel Mühe sie sich auch gibt, es bleibt ein Gewisper. Doch endlich begreift sie. Endlich versteht sie, was man von ihr will.

»Schnell«, ruft die Stimme.

Lina setzt sich auf. Sie packt ihr Baby. Es lag neben ihr, halb mit dem Schlafsack zugedeckt. Jetzt presst sie es an sich wie zum Stillen.

Karl trägt ein weißes T-Shirt mit einer Ente auf der Brust. Von einem Secondhandstand auf dem Markt. Gekauft nicht von Lina, von Carlotta. Sie hat es vorher gekocht, damit die Bakterien, die auf so einem Markt rumfliegen, ihm keinen Schaden zufügen.

Das T-Shirt ist ihm zu groß, es sieht aus wie ein Nachthemd. Die anderen Frauen haben ihn spöttisch, doch auch gerührt den »Kleinen Papst« getauft, als sie ihn zum ersten Mal darin sahen.

»Es ist warm«, hatte Lina gesagt. Als müsste sie sich verteidigen, erklären, warum sie ihm das lange Hemd anzog und nichts anderes.

»Sie kommen«, sagt die Stimme.

Sie starrt die Frau an, die sich über sie gebeugt hat.

Auch Carlotta ist jetzt wach.

Lina packt ihr Gewehr. Sie legt es um, über den Rücken. Das kann sie, ohne ihr Kind loszulassen, sie hat es geübt. Für sie selbstverständlich: Wo sie ist, ist das Kind, wo sie und das Kind sind, ist das Gewehr.

Sie steht auf, das Kind auf dem Arm. Sie trägt die graue Trainingshose, die sie auch kurz vor der Geburt anhatte, und ein T-Shirt, das einmal weiß war, nach einer falschen Wäsche jetzt jedoch rosa ist.

Sie stellt sich auf den Schlafsack, das Baby im Arm, die Waffe auf dem Rücken. Endlich wacht das Kind auf. Wie immer: Es schreit ohne Erbarmen.

Sie rennt die Treppe hinunter.

Normalerweise stört das Kreischen sie nicht. Der Junge darf kreischen, so viel er will. Es macht ihr nichts aus, sie weiß, dass er sich zuletzt wieder beruhigt. Jetzt aber stört sie das Kreischen, es macht sie nervös.

Im großen Zimmer im Erdgeschoss ist unter dem Tisch in Fußboden und Teppich eine Luke eingelassen. Durch sie gelangt man in einen Keller. Er wurde als Versteck angelegt, für den Fall, dass die Soldaten kommen.

Viel Platz ist dort nicht.

Zwanzig Flaschen Wasser stehen darin und ein paar Packungen Cracker. Es riecht nach Dreck und langsam trocknenden Fäkalien. Es riecht nach Moder.

Die meisten Frauen sind schon im Keller. Lina kommt als eine der Letzten. Carlotta als Allerletzte. Sie schließt die Luke über sich.

Im Keller gibt es kein Licht und auch keinen Platz zum

Sitzen oder Liegen. Alle stehen. Lina kann die Frau neben sich nicht erkennen. Nur Atmen hört sie und nimmt Gerüche wahr. Den Schweiß der anderen, ihre verbrauchte Luft.

Karl schreit immer noch. Sie macht ihre Brust frei. »Trink, mein Junge«, flüstert sie. »Trink. Alles ist gut. Nur immer schön trinken.«

Er trinkt, und sie flüstert weiter, leise, doch eindringlich.

»Ruhe«, zischt jemand.

Kurz wird es still.

Eine andere Frau flüstert: »Sind sie schon drin? Ich höre nichts.«

Eine andere flüstert: »Jemand hat uns verraten, sonst wären sie nicht hier. Man hat uns verraten.«

Lina kennt die Stimmen nicht. Nur die von Carlotta würde sie erkennen, aber die schweigt.

Sie hat hier im Versteck zurückgezogen gelebt, in ihrem Schlafsack, mit Kind und Gewehr. Sie hat die anderen zwar gesehen, aber sich nicht weiter mit ihnen eingelassen. Jede führt hier ihr eigenes Leben.

Dann hört sie Schritte, über sich. Stimmen, die sie nicht verstehen kann. Jemand ruft etwas.

Die Schritte sind ziemlich leise. Sie hatte Getrampel erwartet, Geschrei. Türenschlagen. Splitterndes Glas.

Sie hält Karl in den Armen, riecht an seinem Kopf. Er riecht so gut. So schrecklich gut. Er scheint wieder einzuschlafen. Lina kann nur daran denken, dass nichts auf der Welt so gut riecht wie er.

Doch er schläft nicht ein, beginnt, leise zu schluchzen. Nicht das Schluchzen, mit dem er immer erwacht, sondern wie wenn er nicht einschlafen kann.

Jemand kneift sie fest in den Arm. Sie kann nicht erkennen, wer, sie spürt es nur. Die Hand auf dem Arm. Und dann das Kneifen.

Sie drückt Karl an die Brust, seinen Mund auf ihre Brustwarze. Kurz hört das leise Geschluchze auf. Doch dann dreht er den Mund weg. Er fängt wieder an zu greinen, scheint nicht mehr trinken zu wollen, nur noch schluchzen.

Sie gibt ihm die andere Brust. Vielleicht ist die linke Brust leer. So leise wie möglich flüstert sie: »Nicht weinen, Karl, bitte, nicht weinen. Nicht jetzt.« Vielleicht ist es nicht einmal Flüstern, so leise spricht sie. Vielleicht eher Hypnose. Sie hypnotisiert ihr Kind. Als sei ihr ganzes Leben nur eine Vorbereitung auf diesen Moment gewesen, als wüsste sie endlich, warum sie all die Jahre nicht aufgegeben hat. Nicht, dass sie das jemals erwogen hätte, doch sie hat sich auch nie gefragt, warum sie nicht aufgab. Sie hat einfach gelebt, weitergelebt, weil das Gegenteil von Leben ihr nicht gefiel. Jetzt weiß sie, warum sie nicht aufgegeben hat: um ihren Sohn am Leben zu halten – und um ihn am Leben zu halten, muss sie ihn hypnotisieren.

Auch diese Brust will er nicht. Er dreht den Mund zur Seite.

»Mein Kleiner«, flüstert sie. »Mein Junge.« Wieder drückt sie seinen Mund auf ihre Brustwarze. »Trink doch«, flüstert sie.

Über sich hört sie Schritte. Weniger, als sie befürchtet hatte. Immer noch wird nicht geschrien. Kurz wird ein Möbelstück beiseitegerückt. Jemand ruft etwas. Sie kann es verstehen. Die Stimme ist deutlich zu hören, eine freundliche Männerstimme, dicht über ihr. »Was ist im Kühlschrank?«

Die Antwort versteht sie nicht. Sie geht unter. Wahrscheinlich kommt sie aus der Küche.

Wieder dreht Karl seinen Kopf von der Brust weg. Kurz ist er still, ganz kurz nur, dann beginnt er wieder zu weinen. Ein klägliches Greinen ist es, das erst tiefem Seufzen ähnelt und dann leisem Schluchzen, eins, das die Ankündigung erbärmlichen Gekreisches in sich trägt.

Sie drückt seinen Mund wieder auf ihre Brustwarze, doch das leise Geschluchze hört nicht auf. Ihr wird fest in den Arm gekniffen. Von zwei Seiten. In beide Arme jetzt. Sie legt sich Karl auf die Schulter, klopft ihm auf den Rücken. Vielleicht muss er sein Bäuerchen machen.

Es nutzt nichts.

Sie klopft fester, sie flüstert: »Komm, Kleiner. Bitte, nicht jetzt. Nachher, nicht jetzt. Komm, mein Junge, mein Kleiner.«

Wieder kneift jemand ihr in den Arm.

Dicht über ihr ist die Stimme, die immer noch etwas ruft. Sie kann nicht mehr verstehen, was, nur wieder das Wort »Kühlschrank«. Kurz denkt sie an das alte, klapprige Ding, das hier in der Küche steht. Ein prähistorisches Modell, das viel Krach macht, aber immer noch funktioniert.

»Leg ihm die Hand auf den Mund«, zischt jemand. »Willst du uns alle umbringen?«

Sie hält Karl umfangen, als wiege sie ihn in ihren Armen. Sein Kopf liegt auf ihrem linken Arm, mit der Rechten bedeckt sie seinen Mund. Jetzt hört das Geschluchze auf. Es ebbt ab. Langsam wird er ruhig. Er entspannt sich nicht, doch er ist still.

Über ihr wieder Schritte. Jemand kommt die Treppe herunter. Sie denkt an ihren Schlafsack.

Dort, wo man sie eben gekniffen hat, wird sie jetzt gekrault. Die Frauen streicheln sie, doch das ist ihr genauso unangenehm wie das Kneifen, nein, noch unangenehmer. Sie will nicht angefasst werden, nicht jetzt.

Kurz nimmt sie die Hand vom Mund ihres Kindes, doch gleich geht es wieder los. Es beginnt nicht als Seufzen, gleich als Geschrei.

Wieder drückt sie ihm die Hand auf den Mund, gleichzeitig küsst sie ihn auf die wenigen Haare und dann überall auf dem Kopf. »Nicht jetzt«, flüstert sie so leise wie möglich, so leise, dass niemand sie hört: »Jetzt musst du still sein, mein Junge, mucksmäuschenstill. Jetzt ist der Moment, leise zu sein.«

Die ganze Zeit küsst sie ihn zärtlich und lautlos, immer auf den Scheitel, als würde ihr kostbarster Besitz entfliehen, sobald sie aufhört zu küssen.

Über ihr wieder Schritte. Ein Stuhl oder ein anderes Möbelstück werden beiseitegerückt. Die Spülung der Toilette wird gezogen.

Sie steht einfach nur da, zwischen den anderen Frauen, eingeklemmt, das Gewehr auf dem Rücken, das Kind auf dem Arm. Sie drückt die Nase in sein Haar, sie riecht, schnuppert an seinem Kopf. Sie küsst ihn wieder, erst zehnmal, dann wieder zehnmal, und noch mal. Sie sind über ihr und können alles hören. Darum küsst sie ihn lautlos, flüstert sie lautlos.

Wieder wird die Spülung gezogen.

Was machen die da? Sind die Soldaten ins Haus eingebrochen, um aufs Klo zu gehen? Haben sie keine eigenen Toiletten mehr?

Ihre Beine fangen an, weh zu tun. Sie würde sich gern setzen, doch dazu ist hier kein Platz, sie muss stehen bleiben, ihren Sohn auf dem Arm.

Auch den Arm beginnt sie zu spüren, doch sie wagt ihn nicht zu bewegen. Sie muss stehen bleiben, so, wie sie steht, bis sie gehen. Wenn sie gehen. Vielleicht bleiben sie über Nacht. Vielleicht haben sie einen Schlafplatz gesucht.

Doch sie wird so stehen bleiben. Sie wird sich nicht rühren. Auch diese Probe wird sie bestehen wie all die anderen. Sie denkt an die Mine, die Bergleute, an den Vater des Kindes, ihres Sohnes.

Lina denkt an die Zukunft. Nicht ihre, die von Karl. Ihre Zukunft ist seine.

Sie hat keine Ahnung, wie lange sie schon hier steht. Vielleicht eine Viertelstunde, vielleicht eine ganze, vielleicht sogar länger. Jemand lacht. Über ihr wird gelacht.

Fast lautlos beginnt sie, auf ihren Sohn einzureden. »Gleich lachst du auch«, flüstert sie, »wenn wir im Schlafsack liegen, wie du noch niemals gelacht hast. Weißt du noch, dass du lachend zur Welt kamst? Du hast mich gesehen und hast gelacht. Bald lachen wir wieder, gleich, oben im Schlafsack, dann können auch wir wieder lachen.«

Die Haustür geht auf. Sie hört es am Knarren, am Quietschen der Scharniere. Jetzt gehen sie weg, denkt sie.

Aber sie gehen noch nicht. Sie sind immer noch da.

Kurz darauf hört sie eine tiefe Stimme dicht über sich. Schritte gehen hin und her. Jemand läuft die Treppe hinauf – oder herunter, das kann sie nicht genau hören.

Sie versucht, den Geruch ihres Jungen zu beschreiben. Wie riecht ihr Kind? Wie riecht der Junge, den sie in den Armen hält? Sie findet keine Worte, weiß nur, dass sie seinen Geruch aus Tausenden herausfinden würde. So wie er riecht niemand anders.

Er ist ruhig, er versteht. Intuitiv begreift er, dass er jetzt still sein muss, jetzt nicht der Moment ist zu schreien, zu strampeln und zu weinen. Vielleicht lag es doch an der Hypnose, vielleicht hat die Hypnose gewirkt?

Der Arm, auf dem sein Kopf liegt, beginnt zu zittern, aber sie wagt nicht, sich zu bewegen. Auch die Frauen neben ihr wagen es nicht. Wenn sie ganz leise ist, hört sie ihren Atem.

Die Haustür geht wieder auf. Sie hört es und streichelt ihr Kind. Sie ist tot, ihr kann nichts passieren, doch ihr Kind lebt, und darum ist sie weniger tot als zuvor. Sie lebt durch ihren Sohn, atmet durch seine Nase, sieht mit seinen Augen und hört mit seinen Ohren. Seine Siege werden ihre sein, seine Niederlagen die ihren.

Es ist still. Mucksmäuschenstill. Vielleicht schlafen sie. Vielleicht hat die Soldaten, nachdem sie den Kühlschrank geplündert hatten, der Schlaf übermannt.

Sie wartet, wagt nicht zu sprechen. Niemand wagt es. Sie spürt das Gewehr auf ihrem Rücken.

Jemand hat einen Furz gelassen. Doch immer noch spricht niemand, niemand kichert, keine stößt die andere an.

Es ist, als lebten die Frauen alle nicht mehr, als wären sie im Schutzkeller versteinert und würden erst Jahrzehnte später von Forschern oder zufälligen Passanten gefunden.

Sie verlagert ihr Gewicht vom einen Bein auf das andere. Ab und zu fährt sie mit der Nase über den Kopf ihres Kindes. Sie denkt daran, dass sie schon bald wieder mit ihm im

Schlafsack liegt, im ersten Stock. Ihr Sohn auf der einen, das Gewehr auf der anderen Seite. Stundenlang wird sie so liegen. Tagelang. Sie wird die Ruhe genießen. Nur zum Windelnwechseln wird sie aufstehen. Sie wird ihm liegend die Brust geben.

So wird es sein, und dann wird die Zukunft beginnen. Ihre Zukunft, die seine ist. Sie werden zusammenbleiben, ihr Kleiner und sie, gegen die Welt zusammenstehen, stärker sein als die ganze Welt, sie restlos besiegen.

Jemand beginnt zu seufzen. Dann flüstert eine Frau, leise, doch hörbar: »Ich glaube, sie sind weg.«

Sie bekommt keine Antwort. Niemand wagt, etwas zu sagen.

Das Seufzen hört wieder auf. Nach ein paar Minuten hört Lina Carlottas Stimme: »Zehn Minuten warten wir noch.«

Wieder Stille.

Lina wagt noch immer nicht, sich zu rühren. Das Gewehr drückt ihr auf den Rücken, das Gewicht des Kindes lässt ihren Arm zittern. Sie geht auf Nummer sicher. Das hat sie immer getan, das tut sie auch jetzt. Nur, dass sie früher nicht wusste, warum, und jetzt schon.

Die Frauen kommen in Bewegung. Sie drängeln, versuchen, hin- und herzugehen. Lina denkt an das Knäuel Kinder, mit denen sie früher im Bergarbeiterdorf das Bett teilte.

Doch immer noch warten sie, wagen das Versteck nicht zu verlassen.

Lina hat kein Gefühl mehr in den Armen und eigentlich auch nicht mehr in den Beinen. Sie merkt nur, dass sie zittert. Dass alles zittert, ihr ganzer Körper.

Endlich öffnet jemand die Luke. Das Licht, das hereinfällt, so schwach es auch ist, blendet Lina. Sie drückt das Kind fester an sich. Eine Frau klettert nach oben. Die anderen warten.

»Sie sind weg«, sagt die Frau.

Eine nach der anderen klettern sie aus dem Versteck. Lina als Letzte. Sie gibt das Baby Carlotta, die an der Luke wartet, und klettert dann selbst hinauf. Es strengt sie an, sie zittert, als wäre sie krank, wie im Fieber. Dann steht sie oben. Carlotta gibt ihr das Kind. Sie nimmt es, drückt es an sich.

Jemand fragt: »Wo ist der Hund?«

»Karl«, flüstert sie.

»Mein Junge«, sagt sie.

»Mein Kleiner.«

Sie legt sich das Kind über die Schulter, klopft ihm auf den Rücken, als müsse noch ein Bäuerchen kommen. Doch es kommt nichts, kein Bäuerchen, kein Geräusch, kein Seufzer. Überhaupt nichts.

»Karl!«, ruft sie.

Die anderen starren sie an. Stehen da, regungslos. Sie schauen Lina wie gebannt an. Fasziniert und erschrocken.

»Karl!«, ruft sie wieder. »Aufwachen! Wach auf, mein Junge. Wach doch auf.« Sie schüttelt ihn. Aber er gibt nichts mehr von sich. Kein Geräusch, keinen Mucks, nicht einmal Milch, es geschieht nichts.

»Er atmet nicht mehr!«, ruft Carlotta. »Er bewegt sich nicht!«

Lina trägt Karl auf dem Arm. Sie geht an den Frauen entlang, hält ihn ihnen hin, jeder Frau einzeln, während sie ruft: »Tut was! Tut doch was! Helft!«

Doch keine kann etwas tun. Sie starren nur vor sich hin,

zu Lina und zu dem Kind. Stocksteif stehen sie da. Sie rühren sich nicht.

»Tut was!«, ruft Lina. »Tut doch irgendwas!«

Keine der Frauen reagiert. Sie stehen nur da und starren.

»Wir können nicht bleiben«, sagt plötzlich eine. »Sie werden wiederkommen.«

Carlotta will ihr das Kind abnehmen, doch Lina wehrt sich. Sie will es nicht loslassen. Sie drückt die Nase auf seinen Scheitel, riecht ihren Jungen, saugt seinen Geruch ein.

»Wir können nicht hierbleiben«, wiederholt die Frau.

Dann gibt Lina ihren Widerstand auf. Ihr Griff löst sich. Jemand nimmt ihr das Kind aus dem Arm. Mit der Rechten fühlt sie nach der Mauser auf ihrem Rücken.

Lina hat sich geirrt, all die Jahre. Die Zeitung hat einen Irrtum begangen. Sie war nicht tot, sie war nur scheintot. Erst jetzt ist sie wirklich tot.

V

Unser Blut

Der Hund ist im Taxi gestorben.«

Sie sitzt auf dem Sofa, hat die Schuhe abgestreift. Vorsichtig legt sie die Beine aufs Polster.

Hinter ihr eine phantastische Aussicht. Ein herrlicher Blick: das Meer, die Stadt, Wolken, Gleitschirmsegler. Stundenlang kann sie ihnen zusehen.

Der junge Mann sitzt ihr gegenüber. Zwischen ihnen ein Wohnzimmertisch. Sein Jackett hängt über dem Stuhl. Er trägt ein kurzärmeliges Hemd.

Ist das überhaupt ein Mann? Ist es nicht vielmehr ein Junge, höchstens ein junger Spund?

Er versteht nichts von Waffen. Jeden Zusammenhang muss sie ihm erklären. Bei Adam und Eva anfangen.

»Im Taxi?«, fragt er.

Sie nickt. Ist er gekommen, um mit ihr über Hunde zu reden?

Auf dem Couchtisch liegt ihr Katalog.

»Sein Bauch war aufgerissen«, sagt sie. »Die Details erspare ich dir lieber.«

Sie redet mit ihm wie mit einem Kind. Er sitzt da wie ein Schüler, darum redet sie so mit ihm. Wie zu einem ahnungslosen kleinen Jungen. Wann wird sie sagen: »Das war's, jetzt musst du gehen?«

Ihr Blick wandert zu den gläsernen Schiebetüren, sie führen auf den Balkon. Fast alles ist hier verglast. Sie will ihm nicht in die Augen sehen. Eigentlich schaut sie Leuten fast nie in die Augen.

Wie sie schaut auch er durch die Scheiben. Die Gleitschirmsegler faszinieren ihn, vermutet sie. Ab und zu fängt sie seinen Blick auf. Er wirkt schüchtern. Eine Schüchternheit, die ihr nicht unsympathisch ist.

Sie ist sich ihrer Wirkung auf andere Menschen bewusst. Ihres Rufs.

Blickkontakt macht alles nur komplizierter.

»Der Taxifahrer wollte ihn erst nicht mitnehmen. Eklige Brühe lief aus ihm heraus. Er war krank«, sagt sie. »Sein Leben war um. Er musste sich ausruhen. Das habe ich auch dem Fahrer gesagt. Menschen müssen sich ausruhen vom Leben. Und Tiere auch.«

Neben ihr auf dem Tisch steht ein Glas Wasser, sie hat es bisher noch nicht angerührt. Sie glaubt nicht an die weisen Ratschläge, dass ein Mensch zwei Liter Wasser pro Tag braucht. Sie trinkt, wenn sie Durst hat. Jetzt hat sie keinen.

Auch neben ihm steht ein Glas, er hat schon ein paarmal daran genippt. Vorsichtig, als sei es heiß.

Ihre Stimme klingt ihr selbst fremd in den Ohren. Rauchen tut sie schon lange nicht mehr, doch ist etwas Rauhes in ihrer Stimme geblieben. Etwas Belegtes, ein heiseres Schnarren. Sie redet nachdenklich, bedächtig, wohlüberlegt. Wenn sie nicht so ruhig reden könnte, hätte sie ihn nicht empfangen. Doch sie kann es, sie hat es gelernt.

»Gehen wir noch einmal zum Anfang Ihrer Karriere zurück«, sagt der junge Mann.

Sie hatte jemand Älteren erwartet. Sie kann nicht sagen,

ob sie enttäuscht war oder erleichtert, als er hereinkam und nicht ein gestandener Mann. Ein distinguierter, älterer Herr – so hatte sie ihn sich vorgestellt, mit Aktentasche unter dem Arm, eine Spur hochmütig, doch nicht so, dass man nicht damit zurechtkommen könnte.

Sie kommt mit allen Leuten zurecht. Wenn etwas sie mit Befriedigung erfüllt, dann das.

Monate, hat er gesagt, Monate habe er gebraucht, sie zu finden. Darum hatte sie zugestimmt, wegen der mühsam unterdrückten Verzweiflung in seiner Stimme. Ihr Assistent hatte gemeint: »Er ruft jeden Tag an! Was soll ich tun?«

»Gib mir den Hörer«, hatte sie geantwortet.

Obwohl sie eigentlich hatte ablehnen wollen, hatte sie am Ende des Gesprächs gesagt: »Kommen Sie Sonntagvormittag vorbei.«

Doch dann hatte sie die Verabredung vergessen, ihr Hund war gestorben. Plötzlich stand der Mann vor der Tür. Erst ein paar Stunden ist er hier. Sie hatte Fruchtsalat zum Frühstück gegessen. Etwas vom Fruchtfleisch hängt ihr noch zwischen den Zähnen. Nachher wird sie es entfernen. Sie war fast schon so weit gewesen, hatte den Zahnstocher schon in der Hand, doch plötzlich hatte sie sein Klingeln gehört.

Am Sonntagvormittag hat sie immer frei.

Ist er das?, hatte sie gedacht. Sie haben mir einen Studenten geschickt. Einen Schuljungen. Ein Kind, das sich Mühe gibt, Mann zu spielen.

Bereut hat sie es nicht. Sie bereut selten etwas. Sie fragte sich nur, was sie ihm erzählen sollte. »Du kannst mich alles fragen«, sagte sie, noch bevor sie sich setzten. »Mach dir nur klar, dass es Dinge gibt, über die ich nicht reden kann oder will. Das Verhältnis zu meinen Klienten ist streng vertraulich.«

Das verstand er.

»Ich hoffe nur«, fügte er hinzu, »dass auch noch was Nicht-Vertrauliches übrigbleibt.«

Sie hatte gelächelt und erwidert: »Das hoffe ich auch.«

Der Zimmerservice hatte das Wasser gebracht. Wie jeden Morgen waren die Gleitschirmsegler vorbeigekommen, sie waren heute früh draußen. »Dann fang ich mal an«, hatte er gesagt.

Er niest. Zweimal.

»Ist dir kalt?«, fragt sie. »Soll ich die Balkontüren schließen?«

Er schüttelt den Kopf.

»Du wolltest zum Anfang meiner Karriere zurück«, sagt sie.

Sie unterdrückt ein Lachen. Von wegen »Karriere«. Sie schaut ihn an und fragt sich, wie alt er wohl ist. Fünfundzwanzig? Möglicherweise noch jünger. Vielleicht ist er so alt, wie ihr Sohn heute wäre. Sie denkt selten an ihn, obwohl sie seinen Geburtstag immer noch feiert. »Feiern« ist vielleicht etwas zu viel gesagt, immerhin speist sie an seinem Geburtstag immer festlich, zusammen mit ihren Hunden. Festlicher als an anderen Tagen. Bei Kerzenlicht.

»Ich habe einen Mikrokredit beantragt«, sagt sie. »Und von dem Geld habe ich Waffen gekauft. Die verkaufte ich weiter. Aber darüber hatten wir doch schon gesprochen?«

Er nickt. Mehr aus Höflichkeit denn aus Überzeugung, wie es aussieht. »Und Minenarbeiterin waren Sie auch eine Weile, nicht wahr?«

Er ist nervös, auf jeden Fall spricht er so. Zu schnell, als sollten andere ihn nicht hören. Nervöse Kunden irritieren sie auch immer.

»Das war lange davor, daran habe ich kaum noch eine Erinnerung.«

Sie kann sich wirklich an fast nichts mehr erinnern. Der Geruch in der Mine, das ist ihr vielleicht noch am besten haften geblieben. Die modrige Luft, das Wasser. Der Onkel. Die Gespräche, die sie mit ihm führte.

Beim Gedanken an unseren Onkel packt sie eine merkwürdige Unruhe.

Der junge Mann schaut sich um. Er hat ein ungewöhnliches Gesicht. Asymmetrisch. »Sie lieben Hunde?« Es klingt wie eine Frage, doch es ist eine Feststellung.

Der junge Mann zeigt auf die Fotos, die überall herumstehen.

»Ich habe immer Hunde gehabt. In den letzten Jahren zumindest. Aber jetzt ist Schluss. Ich fühle mich zu alt für einen neuen Hund.«

Sie sieht, wie sein Blick zu den Wolken wandert.

Schönheit hat sie nie interessiert. Oder besser gesagt: Ein Mangel an Schönheit war für sie nie ein Hinderungsgrund, eher im Gegenteil.

Er schaut immer noch zu den Wolken.

Am Nachmittag reißt der Himmel sicher auf, dann wird es schwül. Noch schwüler als jetzt.

Zehn Tage sei er schon in der Stadt, hat er gesagt. Zehn Tage. Hat er die ganze Zeit auf seinem Hotelzimmer gehockt? Hat er überhaupt ein Hotel?

»Wann bist du geboren?« Es ist ihre erste persönliche

Frage. Sonst stellt sie nur praktische, nie persönliche Fragen. Selten fällt das Persönliche mit dem Praktischen zusammen.

»Warum wollen Sie das wissen?« Er errötet.

»Einfach so«, sagt sie.

Sie schaut ihn nicht an. Nur als sie ihn fragte, ob ihm kalt sei, streifte sie ihn kurz mit dem Blick, als wollte sie prüfen, ob er die Wahrheit sagte. Jetzt starrt sie wieder durch die großen Scheiben auf den Balkon, wo eine Art Planschbecken steht. Es ist zu klein, um darin zu schwimmen. Früh am Morgen taucht sie manchmal hinein. Um wach zu werden. Die Kälte zu spüren. Zu spüren, dass sie lebt.

Er nennt sein Geburtsjahr.

Er ist zwei Jahre älter als ihr Sohn. Gut geschätzt.

»Haben Sie einen Partner?«, fragt er.

Sie findet es eine impertinente Frage. Impertinente Fragen ist sie nicht mehr gewohnt. Ihre Gedanken bleiben am Wort »Partner« hängen. Wohltätigkeit war es, bestenfalls. Von ihrer Seite her. Freundlich und höflich, interessiert und zuvorkommend, manchmal sogar charmant waren die Männer, bis sie einen ins Bett bekamen. Sobald sie sich auf einen legten, war es vorbei mit dem Interesse und der Galanterie, dann gehorchten sie ihrer Bestimmung. Hinterher meinte sie in allen Gesichtern dieselbe Trauer zu sehen: das Bedauern, dass sie sie hatten nehmen können, aber nicht töten.

»Ich habe immer mit meinen Hunden gelebt«, sagt sie entschieden. Ihr Blick fällt auf seine Schuhe. Turnschuhe.

Dann lässt auch sie den Blick über die Fotos der Hunde schweifen. Von jedem hat sie mindestens ein Foto. Ihre Hunde ziehen an ihr vorbei wie ein Film.

»Warum Hunde? Ich meine: Was haben Hunde, das Menschen nicht haben? Sind sie die besseren Partner?«

Was sind das für Fragen? Denkt er, sich alles erlauben zu können?

»Ich habe meine Hunde nie als Partner betrachtet. Es waren Haus- und Wachtiere. Praktisch betrachtet, können Wachhunde Dinge, die ein Mensch niemals kann. Ein gut abgerichteter Wachhund kann einem Angreifer an die Kehle springen und zubeißen. Das kann ein Mensch nicht. Ein Mensch kann wieder andere Dinge.«

Während sie von Zubeißen und An-die-Kehle-Springen redet, schaut sie ihm direkt in die Augen. Sie macht klar, wer der Boss ist. Sie ist diejenige, die weiß, was zubeißen heißt, die zubeißen wird, wenn es erforderlich ist. Ohne zu zögern. Ohne Bedauern. Ohne Reue.

Er nickt, als verstehe er sie. »Man nennt Sie eine Kriegsgewinnlerin, Händlerin des Todes, eine harte und gerissene Geschäftsfrau. Das sind keine Etiketten, die einen glücklich machen. Sind Sie glücklich?«

Sie streicht sich mit der Linken über das Bein, über das Kleid. Es ist ein altes Kleid, kein billiges, aber das fällt eigentlich niemandem auf.

Ihr Lieblingskleid. Sie braucht nicht aufzufallen.

Ihre Gedanken wandern zurück in die Mine. Der Mann, der nichts von ihr wollte, jedenfalls nicht, was die anderen wollten. Die Lieder, die sie für den Onkel sang. Jemand, der etwas ganz anderes wollte. Sie hatte ihm nicht genug zu essen gegeben. Darum hatte er sich von ihr abgewandt.

»Ich hab keine Zeit, mir über die Etiketten von anderen den Kopf zu zerbrechen. Auch nicht über deine. Meine erste Waffe war eine Mauser, wenn es dich interessiert. Ich habe meine Mauser geliebt wie einen Freund, wie ein Kind. Manche heulen offenbar beim Schießen«, sagt sie. »Ich habe geschossen, ohne zu heulen.«

Sie will ihn provozieren, ihn treffen. Sie redet über Themen, die sie vermeiden wollte, über die sie dachte, nie mehr reden zu müssen.

Er schaut an ihr vorbei.

Sie denkt an die Gespräche, die sie mit dem Onkel führte. Den Raum, in dem er stand und wo er wahrscheinlich immer noch steht. Wer hätte ihn wegnehmen sollen?

Er fehlt ihr.

Idiotisch natürlich. Doch wer sonst sollte ihr fehlen? In ihrem Leben ist jeder austauschbar, macht einem anderen Platz, wenn er nicht pariert.

Sie erinnert sich an die Geschichte, die sie vor kurzem gehört hat. Wenn in der Stadt gebaut wird, locken die Bauarbeiter einen Landstreicher zu sich. Sie geben ihm gut zu essen und machen ihn betrunken. Dann werfen sie ihn in den Beton. Unter jedem Gebäude liegt ein Geschenk an unseren Onkel. Man muss ihm zu essen geben und viel zu trinken. Immer wieder. Man hat keine andere Wahl. Er ist unersättlich.

Es gibt Tage, da spürt sie in sich das gleiche Feuer der Unersättlichkeit.

»Der Beruf hat *mich* ausgesucht«, sagt sie. »So war es. So ist es gekommen. Es gibt einen Bedarf nach Waffen. Ich wusste, wie man Waffen besorgt.«

Das war ihr Talent. Das war, was von ihren Talenten übriggeblieben war, die Wahrheit hinter ihrem Erfolg. Sie konnte gut Waffen verkaufen.

»Aber wozu brauchen die Leute die Waffen?«, fragt er. »Sie sagen das so selbstverständlich, aber stimmt es auch? Oder ist Ihnen die Frage unangenehm?«

Sie schüttelt den Kopf. Sie fährt sich durchs Haar, legt es auf die andere Seite ihres Gesichts. Ihr Haar ist ihr Schmuck.

»Ich verkaufe Waffen«, gibt sie zur Antwort. »Solange ich damit Geld verdienen kann, besteht offenbar ein Bedarf.«

Sie ist kein Anhängsel, mit dem andere sich schmücken können. Ganz bestimmt nicht. Sie will es nicht sein. Und fügt hinzu: »Ich sag schon, wenn es mir unangenehm wird.«

Er nimmt einen Schluck Wasser. Das Glas steht auf einer Serviette.

Sie lauscht den Geräuschen im Zimmer. Ein Gluckern der Rohre. Sonst nichts. Seine Stimme; und ihre.

Neben seinem Glas liegt ein Heft, zum Notieren, doch das hat er noch nicht benutzt. Ob er sich alles merkt?

»Ich weiß nicht, warum die Leute sie kaufen«, sagt sie, jetzt etwas zögernd. »Ich bin keine Philosophin. Ich beschäftige mich nur mit praktischen Dingen.«

Ihr Blick streift über die Möbel in der Suite. In ihrem Kopf bilden sich die Worte: »Mein Junge.«

Im Grunde hat sie sich die Möbel noch nie richtig angesehen. Sie hat sie blindlings in Kauf genommen, als sie die Suite mietete, genommen wie gesehen.

»Möchten Sie über etwas anderes sprechen?«, fragt er. Er hat die Beine übereinandergeschlagen.

»Gibt es etwas anderes zu besprechen?«, fragt sie.

Er schüttelt den Kopf. Schaut sich um. »Sie wohnen in diesem Hotel?«

»Hier wohne ich«, bestätigt sie. »In dieser Suite.«

»Und Sie sind erfolgreich?«

»Ich mache nur meine Arbeit.«

Sie spürt seine Verlegenheit. Sie wollte, er würde aufhören, sich so unbehaglich zu fühlen. Es macht sie nervös.

»Der Waffenhandel ist eine Männerdomäne«, sagt er, als kenne er sich dort aus. Als hätte er Jahre in dieser Welt gelebt.

»Ich bin immer ein Mann unter Männern gewesen«, antwortet sie.

Wie er wohl riecht? Wenn sie ihre Nase in seine Haare drückte, röche sie dann ihren Sohn? Oder etwas anderes? Einen Sohn zwar, aber nicht ihren?

Vielleicht auch würde sie gar nichts riechen. Oder Shampoo. Zigarettenrauch. Schweiß. Ob er wohl raucht?

Sie kennt den Geruch von Hunden, ihren Hunden.

Wie riecht ein erwachsener Sohn?

»Was willst du eigentlich?«, fragt sie. »Warum wolltest du mit mir reden?«

Ihre zweite persönliche Frage.

Sie fragt sich, ob sie die aus Interesse oder aus Langeweile stellt. Und ob das eine Rolle spielt. Alles Interesse kommt aus Langeweile, und alle Langeweile ist versandetes Interesse. Lange bevor ihr Interesse gefährlich werden kann, kehren die Leute um und gehen nach Hause. Die meisten jedenfalls.

»Das habe ich doch schon am Telefon gesagt«, antwortet er. »Ich beschäftige mich mit dem Tod. Ich bin dem Tod auf den Fersen wie Paparazzi einer berühmten Schauspielerin.«

Vielleicht ist er nicht, wer er zu sein behauptet. Ein Idealist vielleicht, ein Waffengegner. Es gibt solche Leute. Sie müsste auf der Hut sein. Mehr als jetzt wenigstens.

»Aha«, sagt sie. »Ach ja.«

Sie zeigt auf den Katalog vor ihr auf dem Tisch. Hochglanzpapier. Sie hat ihm alles erzählt, kein Detail übersprungen. Sie hat ihn behandelt wie einen potentiellen Kunden. Ihn eingeweiht. »Wenn du den Katalog mit nach Hause nehmen willst ...«

»Vielen Dank«, sagt er. Er reibt sich über die Stirn, übers Gesicht. »Ich versuche, so nahe wie möglich zu kommen«, sagt er leise. »Der Gefahr, der Vernichtung, dem Tod.«

Jetzt schaut sie nicht mehr auf ihre Möbel, und auch nicht mehr auf die Aussicht.

Sie schaut ihn an.

»Und jetzt bist du hier«, sagt sie. »Kurz davor. Ganz nah dran.«

Er antwortet nicht. Er sitzt auf seinem Stuhl und scheint sie zum ersten Mal wirklich zu sehen, ganz genau schaut er sie an.

Einen Moment ist es still.

Will er sie berühren? Ging es ihm in Wirklichkeit darum? Nicht um die Waffen, nein: um sie selbst, die Händlerin des Todes? Wie die Händlerin sich anfühlt, wie sie riecht, wie sie küsst? Will er ihr das Kleid ausziehen? Ihr Lieblingskleid? Ob er sie begehrt?

»So machst du das also«, sagt er. »So lebst du. Wie ein Tiger, eine Hyäne, mit nur ein paar Fotos von Hunden.«

Was, wenn er genauso riecht wie ihr Sohn?

Sie steht auf. »Wahrscheinlich hast du langsam genug Material«, sagt sie, »wahrscheinlich willst du zurück in dein Hotel?«

Der Gedanke, den Rest des Tages allein zu verbringen,

ängstigt sie. Ein Gefühl, das ihr neu ist. Wo kommt es her? Warum übermannt es sie so plötzlich? Sie weiß nur, dass sie den Rest des Sonntags nicht allein sein will.

Ein Klient fragte sie einmal: »Lina, warum machst du noch weiter? Warum hörst du nicht auf? Was musst du noch beweisen? Setz dich zur Ruhe, genieß das Leben.«

»Es ist eine Probe«, antwortete sie. »Man muss sich immer neu auf die Probe stellen. Man darf nicht damit aufhören. Nie.«

Er hatte gelacht, er war einer ihrer ältesten Kunden. »Du kannst doch gar nicht mehr durchfallen«, hatte er gesagt. »Das ist doch gar keine wirkliche Prüfung mehr. Du kannst nicht mehr durchfallen.«

Er sollte recht bekommen. Alle sind mittlerweile besiegt oder irgendwohin verschwunden. Nur sie ist noch da. Wenn sie an das Wort »unbesiegbar« denkt, denkt sie an sich.

Jetzt will sie sich endlich einmal ergeben. Sie weiß nur nicht, wie. Sie hat kein Talent dazu. Sterben ist noch nicht sich ergeben. Nicht für sie.

Auch er ist jetzt aufgestanden. Sie stehen sich gegenüber. Er hat sein Jackett angezogen, das Notizheft ist in der Brusttasche verschwunden. Er nimmt den Katalog vom Wohnzimmertisch.

»Wenn du noch etwas bleiben möchtest«, sagt sie. »Mein Assistent ist auf Geschäftsreise. Wir können die Nachfrage kaum befriedigen.«

Da steht er, das Kind, das Mann spielen will, unbeholfen. Nervös. Sein Blick geht zu den Fotos der Hunde, weiter zur Aussicht, zu den Balkontüren, dann richtet er sich auf sie.

Er sagt: »Ich bleibe noch etwas.«

Bitte beachten Sie auch
die folgenden Seiten

Arnon Grünberg im Diogenes Verlag

Blauer Montag

Roman. Aus dem Niederländischen
von Rainer Kersten

Die provozierende Lebensgeschichte eines jungen Mannes aus jüdischem Elternhaus, der nicht weiß, wem er sich mehr zugehörig fühlen soll: der zweiten Generation der Holocaust-Opfer oder der ›Generation Nix‹. Dessen Schulkarriere ein frühes Ende nimmt, weil er lieber mit Freundin Rosie durch Kneipen und Cafés zieht. Der das Amsterdamer Rotlichtmilieu zu erkunden beginnt, als Rosie ihn verlässt – wie weh diese Trennung tut, wird nirgends ausgesprochen. Und der es bald nur noch in der gekauften Nähe von Prostituierten aushält, sich dem Alkohol hingibt und dem Verfall. Der schließlich im Anzug des verstorbenen Vaters selbst eine Laufbahn als Gigolo antritt.

»Ein glänzender Debütroman.«
Harald Eggebrecht / Süddeutsche Zeitung, München

Statisten

Roman. Deutsch von Rainer Kersten

Ewald und Broccoli wollen das Glück nicht wie durch eine Sanduhr hindurchrieseln lassen, sondern hängen einer Reihe großer Träume nach: anders zu sein, Schauspieler zu werden und mit Elvira zu schlafen, die in Argentinien in einem einzigen Film die Hauptrolle gespielt hat, die nichts lieber tut als tanzen und schlafen – alleine – und die das Talent hat, alles, was sie tut, so aussehen zu lassen, als sei es die normalste Sache der Welt… Ein sehr gefährliches Talent.

»Ein tragikomischer Slapstick voll Hoffnung und Melancholie.« *Welt am Sonntag, Hamburg*

Phantomschmerz

Roman. Deutsch von Rainer Kersten

Ein Mann zwischen drei Frauen, allein mit seinen Illusionen, seinen Träumen – aber mit dem nötigen Wahnwitz, das Leben als Rausch zu begreifen. In einer Stretchlimousine mit Wasserbett rast er dem Leben hinterher, will es einholen, überholen, dem Alltag entfliehen – und bremst sich dabei doch nur selber aus…

»Bittersüß erzählt, voller Wehmut und mit beißendem Humor. Die Geschichte jenes Mannes, der bei dem Versuch, seinen ›gewaltigen Hunger‹ nach dem Leben zu stillen, in aberwitzigste Situationen gerät, doch letztendlich nie wirklich bei sich selbst ankommt.« *Der Spiegel, Hamburg*

Der Vogel ist krank

Roman. Deutsch von Rainer Kersten

Vor den Wagnissen einer Schriftstellerkarriere hat sich Christian Beck in eine Existenz als Übersetzer von Gebrauchsanweisungen geflüchtet – ein Asyl vor dem eigenen Leben. Doch wie lange kann man sich aus dem Leben heraushalten? Als seine langjährige Freundin todkrank wird, will sie heiraten – aber nicht ihn.

»Ein großartiger Roman, poetische Kraft, slapstickartiger Humor und Überraschungen, die auf jeder Seite lauern.«
Jan Brandt / Frankfurter Allgemeine Sonntagszeitung

Gnadenfrist

Deutsch von Rainer Kersten

Jean Baptist Warnke hat nicht nur einen Job als Diplomat, er hält sich auch im Privatleben aus allem diplomatisch heraus. Bis er sich in Lima mit Haut und Haar verliebt. Doch wer ist die Studentin Malena?

Eine feurige Liebe, die ungeahnten Zündstoff enthält…

»Geradlinig, gewitzt, gelungen. Das subtile Psychogramm eines liebesverblendeten Mannes, der unversehens vom Biedermann zum Brandstifter mutiert.«
Hendrik Werner / Die Welt, Berlin

Der Heilige des Unmöglichen

Deutsch von Rainer Kersten

Sie werden ihr Ziel niemals erreichen: Reichtum und Glück. Da können sie noch so lange zu San Antonio beten, dem Heiligen des Unmöglichen. Denn sie sind Immigranten. Die Brüder Tito und Paul Andino schlagen sich gemeinsam in New York als Illegale durch. Sie arbeiten für einen mexikanischen Lieferservice und tragen Burritos und Chili-Tacos aus. Vor allem aber lieben sie die mysteriöse Kristin.
Arnon Grünberg zieht den Leser mit hinein in eine Welt der Illusionen und der Hoffnung wider alle Hoffnung. Ein Gefühlskarussell, bei dem einem das Lachen im Hals steckenbleibt, während man die Tränen nur mit Mühe zurückhält.

»Arnon Grünberg ist ein Spezialist fürs Skurrile und leicht Groteske, sein Buch *Der Heilige des Unmöglichen* ist vielleicht sein bestes.«
Sigrid Brinkmann / Bayerischer Rundfunk, München

Tirza

Roman. Deutsch von Rainer Kersten

Jörgen Hofmeester, Ende fünfzig, wohlhabend, aber freigestellt, geht ganz auf in seiner Vaterrolle. Vor allem, seit seine Frau ihn verlassen hat. Tirza, so heißt sein Augenstern, die jüngere Tochter. Nach dem Abitur will sie auf Reisen nach Afrika gehen. Dann hat Hofmeester ausgedient, wird keine Rolle mehr spielen – und deshalb fällt er aus der Rolle…

»Die bestürzende Geschichte einer Verkennung. Grünberg beschreibt mit dramaturgischer Souveränität und maßvollem Witz die Geschichte eines schleichenden Verfalls. Absolut lesenswert.« *Die Welt, Berlin*

Mitgenommen

Roman. Deutsch von Rainer Kersten

Major Anthonys Frau wünscht sich ein Kind, aber es klappt nicht. Ließe sich beim Kampf gegen die Guerilleros nicht ein Kind beschaffen? In einem gottverlassenen Ort irgendwo in Südamerika macht Major Anthony seiner Frau das Mädchen Lina zum Geschenk. Doch Liebe auf Kommando, so funktioniert das nicht.
In seinem großen Südamerika-Roman entführt uns Arnon Grünberg in eine gottverlassene Provinzstadt und in Berge, wo die Menschen ebenso lehmfarben sind wie die Hütten um sie herum. Da ist ein Major, dem seine Menschlichkeit zum Verhängnis wird, ein Anführer, für den die Revolution sein privates Kunstwerk ist, und nicht zuletzt ein zehnjähriges Mädchen, das sich durchschlägt.

»Ein großes, verstörendes Werk, das direkt in die Abgründe der menschlichen Seele führt.«
Katrin Hillgruber / Bayerischer Rundfunk, München

Mit Haut und Haaren

Roman. Deutsch von Rainer Kersten

Erst nach einer Beziehung waren die Leute bereit, einen so zu nehmen, wie man war. Vorausgesetzt, dass sie einen dann noch sehen wollten.
Das denkt Roland Oberstein, Dozent für Wirtschaftswissenschaft, ein vielbeschäftigter Mann. Nicht nur mit der Uni hat er viel zu tun, sondern auch mit seinen vielen Frauen. Liebe im Zeitalter des Handys bedeutet Stress – zumal, wenn man Frauen in zwei verschiede-

nen Zeitzonen hat. Und wenn man sich nicht verspekulieren möchte...
Mit Haut und Haaren zeigt ein gnadenloses Panoptikum von Beziehungen heute – bis hin zum Machtmissbrauch. Im Zentrum ein Mann, der seine Vergangenheit durch Distanz abzuschütteln versucht. Doch seine Emotionen nehmen ihn erneut in Geiselhaft.

»Diese Komik, diese jüdische, an Woody Allen und den Marx Brothers geschulte Komik… Es ist alles verzweifelt, aber wir lachen uns kaputt.«
Dirk Schümer / SWR, *Baden-Baden*

Marek van der Jagt

Monogam

Aus dem Niederländischen
von Rainer Kersten

Wer lesen will, daß Sex allein glücklich macht, liegt mit diesem Buch genauso richtig wie die zarten Seelen, die an die große Liebe glauben, sie aber noch nicht gefunden haben. Und diejenigen, die über allem stehen, dürfen sich über die Schwierigkeiten anderer amüsieren …

»Eine unglaublich elegante Abhandlung darüber, was man mit sich selbst für Versuche auf dem Feld der Liebe machen kann. Vom um Zuneigung bettelnden Hund bis zum zynischen Don Juan, stets bemüht, die ›Bestie Liebe‹ zu bezwingen.« *Amica, Hamburg*

»Philosophisch, misanthropisch, lustvoll, obszön zelebriert Marek van der Jagt seine Gedanken. Der Leser taucht in ein Universum aus Sprache, aus verführerisch-verhängnisvollen Gedanken, in denen er sich verlieren kann.«
Katja Uhlemann / Freie Presse, Chemnitz

»Liebe saukomisch und hochneurotisch: Marek van der Jagt ist die niederländische Antwort auf David Sedaris. Von diesem Autor möchten wir gern mehr lesen!« *Franziska Wolffheim / Brigitte, Hamburg*

»Frech, originell und faszinierend gescheit.«
Ira Panic / Hörzu, Hamburg

Holland hat einen neuen Kultautor: Marek van der Jagt.« *Rolf Brockschmidt / Der Tagesspiegel, Berlin*